HEYNE
BÜCHER

Vom gleichen Autor erschienen außerdem
als Heyne-Taschenbücher

Die dunkle Arena · Band 5618
Las Vegas · Band 5675

MARIO PUZO

NARREN STERBEN

Roman

WILHELM HEYNE VERLAG
MÜNCHEN

HEYNE-BUCH Nr. 5832
im Wilhelm Heyne Verlag, München

Titel der amerikanischen Originalausgabe
FOOLS DIE
Deutsche Übersetzung von Roland Fleissner
und Hans E. Hausner

2. Auflage

Printed in Germany 1981
Umschlagfoto: Manfred Schmatz, München
Umschlaggestaltung: Atelier Heinrichs & Schütz, München
Gesamtherstellung: Presse-Druck, Augsburg

ISBN 3-453-01294-1

Für Erika

ERSTES BUCH

1

Hört mir zu! Ich will die Wahrheit über das Leben eines Mannes erzählen. Über seine Liebe zu den Frauen und daß er nie Haß gegen sie empfindet. Jetzt denkt ihr, ich liege bereits falsch! Aber hört mir nur weiter zu! Ihr könnt mir glauben: ich bin ein Meister der Magie.

Meint ihr: kann ein Mann eine Frau wirklich lieben und sie gleichzeitig dauernd betrügen? Nicht körperlich natürlich, sondern geistig, sozusagen in der „Poesie seiner Seele“. Nun gut, es mag nicht leichtfallen, aber die Männer haben es immer getan.

Oder wollt ihr wissen, wie Frauen euch lieben können, euch absichtlich mit dieser Liebe füttern, um euren Körper und euren Geist zu vergiften, einfach weil sie euch vernichten wollen? Und wie sie aus leidenschaftlicher Liebe heraus beschließen, euch nicht mehr zu lieben? Und euch gleichzeitig mit einer idiotischen Ekstase den Kopf verdrehen? Unmöglich? Ganz und gar nicht, es gibt Schwierigeres als das.

Ihr braucht nicht davonzurennen. Das hier ist keine Liebesgeschichte!

Ich will euch die schmerzliche Schönheit eines Kindes erleben lassen, die tierhafte Geilheit des Mannes, die sehnsuchtsvolle, selbstmörderische Launenhaftigkeit des Weibes. Und dann – und hier wird es schwierig – will ich euch zeigen, wie die Zeit Mann und Frau umdreht, sie Körper und Seele tauschen läßt.

Dann gibt es natürlich die „wahre“ Liebe. Hiergeblieben! Es gibt sie wirklich, oder ich werde sie erschaffen. Ich bin nicht umsonst ein Meister der Magie. Ist sie wert, was sie kostet? Und wie steht's mit der Treue im Sex? Klappt das? Ist das Liebe? Ist es überhaupt menschlich, dieses perverse Verlangen, bei nur einem Partner zu bleiben? Und wenn es nicht funktioniert, bekommt man dann dennoch eine Belohnung, weil man's versucht hat? Und beides zugleich geht nicht? Nein, sicher nicht, das ist klar. Und doch...

Leben ist eine komische Sache, und es gibt nichts Drolligeres als

Liebe, die durch die Zeit reist. Aber ein wahrer Meister der Magie kann sein Publikum gleichzeitig zum Lachen und Weinen bringen. Der Tod ist eine andere Geschichte. Über den Tod mache ich keine Witze. Er liegt außerhalb meiner Macht.

Ich warte beständig wachsam auf den Tod. Mich trickst er nicht aus. Ich erkenne ihn immer sofort. Er tritt gern in biederer Verkleidung auf: als lustige Warze, die plötzlich wächst und wächst; als dunkles, haariges Muttermal, das seine Wurzeln bis zum Knochen vorantreibt. Oder er versteckt sich in hübschen kleinen Fieberröschen. Und dann taucht er plötzlich auf, der grinsende Totenschädel, und packt sein Opfer unversehens. Nicht bei mir! Ich warte auf ihn. Und ich treffe meine Vorkehrungen.

Genau wie der Tod ist auch die Liebe mühselig und kindisch, obgleich die Menschen stärker an sie glauben als an den Tod. Frauen sind da wieder anders. Ihr mächtiges Geheimnis ist, daß sie die Liebe niemals ernst nehmen und nie wirklich ernst genommen haben.

Noch einmal: Das hier wird keine Liebesgeschichte. Steckt euch mal die Liebe in die Tasche. Ich werde euch die Macht in ihrer ganzen Spannweite demonstrieren. Zuerst ist da das Leben eines armen, mühsam ringenden Schriftstellers. Talentiert. Empfindsam. Vielleicht ein bißchen genial. Ich zeige euch, wie man den Künstler zur Sau macht wegen seiner Kunst, und warum er das verdammt auch verdient. Dann zeige ich ihn als cleveren Gesetzesbrecher, der sich nie besser gefühlt hat. Ah, welch Freude für einen wahren Künstler, wenn er endlich zum Gauner wird! Endlich hat seine wahre Natur die Hüllen durchstoßen. Nichts mehr von dümmlichem Herumgetue und -gerede über seine Ehre. Der Kerl ist ein Stricher, einer, der stillschweigend mitmacht. Ein Feind der Gesellschaft, und das ganz öffentlich, statt daß er sich hinter seiner Hure Kunst versteckt. Wie erleichternd! Was für eine Freude! Was für ein heimliches Vergnügen! Und dann wird er wieder ein anständiger Mensch, denn es ist die reinste Plackerei, Gauner zu sein.

Man hat allerdings dabei gelernt, die Gesellschaft zu akzeptieren und seinen Mitmenschen zu vergeben. Wer so weit kommt, sollte kein Gauner mehr sein, außer er braucht das Geld wirklich.

Danach geht es weiter mit einer der erstaunlichsten Erfolgsstorys der Literatur. Mit dem Privatleben der Giganten des Kulturbetriebs. Vor allem eines exemplarischen Widerlings unter ihnen. Die Schickeria eben ... Jetzt haben wir also die Welt der armen, ringenden Genies, die Welt der Gauner und die Welt der arrivierten Literaten. Das Ganze verbrämt mit viel Sex und einigen Schaumspritzern Gedankenschwere, die aber niemandem den Kopf verwirren soll, ja sich vielleicht gar nicht so uninteressant liest. Und dann gibt es ein echtes pompöses Hollywood-Ende, bei dem unser Held alles in sich hineinschlingt: Preise, Geld, Ruhm, schöne Frauen. Und schließlich . . . bleibt da und hört mir zu . . . wandelt sich alles zu Asche.

Nicht genug? Alles schon einmal gehört? Vergeßt nicht, ich bin Meister der Magie! Ich kann euch alle diese Leute leibhaftig machen. Ich kann euch zeigen, was sie wirklich denken und fühlen. Ihr werdet um sie weinen, um jeden von ihnen. Oder vielleicht auch nur lachen. Auf jeden Fall eine Menge Spaß haben. Und etwas über das Leben lernen. Was einem allerdings im Grunde nichts nützt.

Ich weiß, was ihr denkt: Der raffinierte Hund will uns bloß dazu bringen, umzublättern. Aber wartet nur ab! Ich will nur eine Geschichte erzählen. Was ist daran so schlimm? Wenn ich sie ernst nehme, heißt das nicht, ihr müßt sie auch ernst nehmen. Ergötzt euch daran.

Ich will eine Geschichte erzählen, nichts sonst. Ich wünsche mir weder Ruhm noch Erfolg, noch Geld. Aber nichts ist leichter als das; die meisten Männer und Frauen wünschen sich das auch nicht, im Grunde. Noch besser, ich will auch keine Liebe. Als ich jung war, sagten mir einige Frauen, sie liebten mich wegen meiner langen Wimpern. Ich ließ es mir gefallen. Später war es dann mein Witz. Dann mein Einfluß und mein Geld. Danach mein Talent. Dann mein Geist. Okay, mit dem allem kann ich fertigwerden. Die einzige Frau, die mir Entsetzen einjagen kann, ist die, die mich um meiner selbst willen liebt. Für die habe ich Vorbereitungen getroffen. Gifte und Dolche und düstere Gräber in Höhlen, um ihren Kopf zu verscharren. Eine solche Frau kann man nicht am Leben lassen. Besonders wenn sie auch noch sexuell treu ist, niemals lügt und einen stets allen und allem vorzieht.

Es wird hier ziemlich viel von Liebe die Rede sein, aber es ist keine Love-story. Sondern ein Buch über den Krieg. Den uralten Krieg zwischen Männern, die gute Freunde sind. Und den großen „neuen" Krieg der Frauen gegen die Männer. Das ist eine alte Geschichte, sicherlich, die aber jetzt offen zutage tritt. Die Kämpfer der Frauenbewegung rühmen sich, etwas Neues entdeckt zu haben, dabei sind bloß ihre Guerilleros aus ihren Unterschlupfen gekommen. Die scheinbar sanften, unterwürfigen Frauen haben den Männern seit ewigen Zeiten Fallen gestellt: an der Wiege, in der Küche und im Schlafzimmer. Und am Grab ihrer Kinder, dem geeignetsten Ort, einen Schrei nach Erbarmen zu überhören.

O weh, denkt ihr, der hat was gegen die Frauen. Doch ich habe sie niemals gehaßt. Und sie kommen bei mir besser weg als die Männer, ihr werdet sehen. Wahr ist allerdings, daß es stets nur Frauen gelungen ist, mich unglücklich zu machen. Und sie haben es seit meinen frühesten Kindertagen getan. Das gleiche wie ich könnten aber die meisten Männer sagen. Es gibt nichts, was man dagegen tun könnte.

Kein kleines Vorhaben, das alles! Ich weiß . . . ich weiß, das Ganze sieht sehr verführerisch aus. Aber Vorsicht! Ich habe so meine Tricks als Geschichtenerzähler. Und ich bin nicht eine von euren verletzlichen Künstlerseelen. Dagegen habe ich mich gefeit gemacht. Und ich habe noch ein paar Überraschungen im Ärmel.

Aber genug jetzt. Laßt mich anfangen. Und laßt mich enden.

ZWEITES BUCH

2

Am glücklichsten Tage seines Lebens betrog Jordan Hawley seine drei besten Freunde. Aber davon wußte er jetzt noch nichts, während er durch den Saal mit den Würfeltischen im riesigen Casino des Hotels Xanadu wanderte und sich fragte, welches Spiel er als nächstes versuchen solle. Es war noch früher Nachmittag, und er hatte bereits zehntausend Dollar gewonnen. Aber er hatte es satt, die blitzenden roten Würfel über das grüne Filztuch rollen zu sehen.

Er verließ den Würfel-pit, also die Abteilung im Spielsaal, wo die Würfeltische standen, der violette Teppich weich unter seinem Schritt, und trat zu dem wispernden Rad auf einem der Roulette-Tische mit den hübschen roten und schwarzen Feldern, dem grünen Zero und dem Doppelzero der Verlierer. Er machte ein paar verrückte Einsätze, verlor und ging in den Blackjack-Saal.

Die kleinen hufeisenförmigen Blackjack-Tische standen in Doppelreihen. Er ging zwischen ihnen hindurch, und es war wie bei einem Spießrutenlaufen. Zu beiden Seiten blitzten die blauen Rückseiten der Spielkarten. Doch sicher gelangte er bis zu den großen Glastüren, die auf die Straßen der Stadt Las Vegas hinausführten. Von hier aus vermochte er den „Strip" hinunterzuschauen, auf dem gleich Wachposten die Luxushotels standen.

Unter der flammenden Sonne Nevadas blitzten in Millionen Watt starken Neonzeichen gut zwölf „Xanadus". Im golden schimmernden Glast schienen die Hotels in eine unerreichbare Fata Morgana zu verschmelzen. Jordan Hawley saß mit seinem Gewinn in der Falle, hier in dem klimatisierten Casino. Es wäre verrückt, dort hinauszugehen, wo nur andere Casinos mit ihren unbekannten Glückschancen auf ihn lauerten. Hier war er Gewinner, und zudem sollte er bald seine Freunde treffen. Hier war er in Sicherheit vor der brennenden gelben Wüste.

Jordan Hawley drehte der Glastür den Rücken zu und setzte sich an den nächstgelegenen Blackjack-Tisch. Schwarze Hundert-Dollar-Chips, winzige verbrannte Sonnen, klapperten in seinen

Händen. Er sah zu, wie ein Dealer Karten aus seinem frisch gelegten „Schuh", der langen Holzbox, gleiten ließ, die die Karten enthielt.

Jordan setzte hoch auf zwei Boxen, machte also zwei Hände zugleich. Das Glück hielt. Er spielte, bis der Schuh keine Karten mehr hatte. Der Croupier verlor oft, und als er mischte, ging Jordan weiter. Seine sämtlichen Taschen waren prall voll mit Chips. Aber das machte nichts, denn er hatte ein von Sy Devore speziell entworfenes „Vegas-Winner"-Jackett an. Es besaß scharlachrote Paspeln auf himmelblauem Tuch und besondere Reißverschlüsse an den Taschen, die optimistisch weit geschnitten waren. Die Innentaschen hatten gleichfalls besondere Reißverschlüsse, so daß kein Taschendieb an sie herankonnte. Jordans Chips waren hier sicher aufgehoben, und er hatte noch viel Platz für weitere Gewinne. Niemand hatte je sämtliche Taschen eines „Vegas-Winner"-Jacketts vollbekommen.

Unter den riesigen Kronleuchtern war alles in bläulichen Neon-Nebel getaucht, Widerschein von den tiefvioletten Teppichböden. Jordan verließ das Licht und ging in die abgedunkelte Bar, die eine niedere Decke hatte und ein kleines Podium für Auftritte. Von seinem kleinen Tisch aus konnte er ins Casino hinüberblicken wie ein Zuschauer auf eine erleuchtete Bühne. Gebannt schaute er den Nachmittagspielern zu, die in komplizierten choreographischen Figuren von Tisch zu Tisch trieben. Wie ein Regenbogen über klarem blauem Himmel blitzte ein Rouletterad sein Rot und Schwarz gegen die Einsätze auf den Gevierten. Karten mit blau-weißem Rücken flogen über grüne filzbespannte Tische. Viereckige rote Würfel zuckten mit weißen Augen wie fliegende Fische über die walförmigen Craps-Tische. Weit hinten, zwischen den Reihen der Blackjack-Tische, „wuschen" die Croupiers, die eben Pause machten, sich symbolisch in der Luft die Hände, um anzuzeigen, daß sie keine Jetons in den Handflächen kleben hatten.

Die Casino-Szene belebte sich mit Akteuren: Sonnenanbeter kamen vom Swimming-pool herein, andere von den Tennisplätzen, den Golfplätzen, von einem Nickerchen oder von kostenloser oder bezahlter Liebe am Nachmittag in einem der tausend Zimmer des Hotels Xanadu. Jordan sah ein anderes „Vegas-Winner"-Jackett durch das Casino treiben. Es war Merlin. Das „Kind". Merlin wurde schwankend, als er am Roulette vorbeikam. Roulette war seine große Schwäche. Trotzdem, er spielte selten da, denn er wußte genau, daß die enormen 5,5 Prozent Gewinnschnitt der Bank wie ein scharfes Schwert zuhieben. Jordan winkte aus der Dunkelheit mit scharlachrot-gestreiftem Ärmel, und Merlin ging weiter, jetzt wie durch Flammen, verließ die erleuchtete Bühne des Casinos und setzte sich. Merlins Reißverschlußtaschen beulten sich nicht von Jetons, und er hielt auch keine in den Händen.

Sie saßen gemütlich beisammen, ohne zu sprechen. In seinem rot-blauen Jackett sah Merlin aus wie ein Athlet. Er war mindestens zehn Jahre jünger als Jordan, sein Haar war lackschwarz. Auch schien er glücklicher, begieriger auf den kommenden Kampf mit dem Schicksal, auf die Nacht des Spieles.

Dann sahen sie, wie aus der entferntesten Ecke des Casinos, von den Bakkarat-Tischen, Cully Cross und Diane die elegante graue Barriere durchschritten und, das Casino querend, auf sie zukamen. Auch Cully trug ein „Vegas-Winner"-Jackett. Diane hatte ein weißes Sommerkleid an, tiefdekolletiert und kühl für die Arbeit tagsüber. Ihr Busen war perlweiß gepudert. Merlin winkte, und sie kamen zwischen den Spieltischen auf sie zu, ohne anzuhalten. Als sie sich gesetzt hatten, bestellte Jordan die Drinks. Er wußte, was sie üblicherweise nahmen. Cully entdeckte Jordans bauchige Taschen. „He", sagte er, „du bist allein losgezogen und hast Glück gehabt! Ohne uns!"

Jordan lächelte. „Ein bißchen." Sie schauten ihn neugierig an, wie er für die Drinks bezahlte und der Kellnerin einen roten Fünf-Dollar-Chip als Trinkgeld reichte. Er merkte die Blicke. Er wußte nicht, warum sie ihn so seltsam ansahen. Jordan war seit drei Wochen in Vegas und hatte sich während dieser drei Wochen erschreckend verändert. Er war zehn Kilo leichter, sein aschblondes Haar war lang und wirkte weißer. Das Gesicht, obschon noch immer anziehend, war nun hager, die Haut wies einen grauen Schimmer auf. Er wirkte ausgelaugt. Doch das war ihm nicht bewußt, er fühlte sich gut in Form. In aller Unschuld fragte er sich, was diese drei Menschen bloß haben mochten, diese Freunde seit drei Wochen, die jetzt die besten Freunde waren, die er auf Erden hatte.

Am meisten mochte Jordan den, den sie „The Kid" nannten, Merlin. Merlin prahlte damit, ein leidenschaftsloser Spieler zu sein. Er versuchte stets, seine Gefühle zu unterdrücken, gleich, ob er gewann oder verlor, und meist gelang ihm dies auch. Außer, daß sein Blick bei einer ungewöhnlichen Verlustserie den Ausdruck erstaunter Verwirrtheit annahm, was Jordan amüsierte.

Merlin The Kid redete niemals viel. Er beobachtete. Jordan wußte, daß Merlin The Kid Protokoll über alles führte, was er, Jordan, tat, weil er ihm auf die Schliche kommen wollte. Auch das amüsierte Jordan. Er hatte The Kid ausgetrickst. Der suchte immer nach Kompliziertheiten und begriff nie, daß er, Jordan, haargenau so war, wie er sich der Welt zeigte. Aber er war gern mit Merlin und den anderen zusammen. Das half ihm in seiner Einsamkeit. Und weil Merlin im Spiel hingegebener und leidenschaftlicher wirkte, hatte Cully ihn The Kid getauft.

Cully selbst war der jüngste unter ihnen, erst 29, schien aber merkwürdigerweise der Anführer der Gruppe zu sein. Vor drei Wochen hatten sie sich in Vegas getroffen, hier in diesem Casino, und sie hatten nichts gemeinsam, außer einer Sache: Sie waren hemmungslose Spieler. Ihre dreiwöchige Spielorgie war etwas Außergewöhnliches, denn der Casino-Gewinnschnitt hätte sie eigentlich nach den ersten paar Tagen in den Wüstensand Nevadas schicken müssen.

Jordan wußte, daß Cully Cross und Diane ebenfalls neugierig waren, was seine Person betraf, aber es machte ihm nichts aus. Seine Neugierde ihnen gegenüber hielt sich in Grenzen. The Kid wirkte auf ihn jung und zu intelligent, um ein hemmungsloser Spieler zu sein. Doch Jordan versuchte nie, dem auf den Grund zu gehen. Es interessierte ihn einfach nicht.

Bei Cully gab es keine Fragen, jedenfalls schien es so. Er war der klassische Hemmungslose mit Geschick. Er brachte es fertig, sich beim Blackjack die gefallenen Karten zu merken, selbst wenn der Schuh vier Pakete Karten zu 52 Stück enthielt. Weshalb er den Spitznamen Cully „Countdown“ hatte – Cully, der „Herunterzähler“. Er war Experte, was die Prozentchancen bei allen Spielen betraf. The Kid war das nicht. Jordan war kühl, wo The Kid ungebärdig war. Und Cully war ein Profi. Jordan machte sich allerdings nichts vor. In diesem Moment gehörte er in ihren Verein: ein Hemmungsloser wie sie. Ein Mann also, der spielte, um zu spielen und zu verlieren. Wie ein Held, der in den Krieg zieht und sterben muß. Zeig mir einen Spieler, und ich zeige dir einen Verlierer; zeig mir einen Helden, und ich zeige dir eine Leiche, dachte Jordan.

Sie waren alle am Ende mit ihren Penunzen und würden bald weiterziehen müssen, außer vielleicht Cully. Cully war teils Macker, teils Schlepper. Versuchte stets Tricks, um die Casinos übers Ohr zu hauen. Gelegentlich kriegte er einen der Croupiers beim Blackjack herum, und sie spielten gemeinsam gegen das Haus. Eine gefährliche Sache.

Das Mädchen, Diane, gehörte eigentlich nicht so recht dazu. Sie arbeitete als Anreißer für das Haus und machte jetzt gerade ihre Pause am Bakkarat-Tisch. Und verbrachte sie mit gerade diesen dreien, weil sie das Gefühl hatte, daß sie die einzigen in Vegas waren, die sich was aus ihr machten.

Als Anreißer spielte sie mit dem Geld des Casinos und gewann oder verlor das Geld des Casinos. Sie unterlag nicht den Launen des Glücks, sondern war abhängig von dem festgelegten Wochenlohn, den ihr das Casino zahlte. Sie mußte nur in der flauen Zeit am Bakkarat-Tisch sitzen, weil Spieler leere Tische mieden. Sie war der Fliegenfänger für die Fliegen. Darum auch ihre herausfordernde Kleidung. Sie hatte langes, lackschwarzes Haar, das sie wie eine Peitsche um sich schwang, hatte einen vollen, sinnlichen Mund, einen fast makellosen Körper und lange Beine. Ihre Brüste waren klein, doch das paßte zu ihr. Und der Boß über die Bakkarat-Tische gab Spielern mit hohen Einsätzen ihre private Telefonnummer. Manchmal auch wisperte ihr der Pit-Boss oder einer der Hilfsknaben zu, daß einer der Spieler sie gern bei sich in seinem Zimmer begrüßen würde. Es stand ihr frei, so etwas abzulehnen, aber sie mußte dabei vorsichtig vorgehen. Wurde man handelseins, dann bezahlte der Kunde sie nicht persönlich. Der Pit-Boss händigte ihr einen Spezialjeton über fünfzig oder hundert Dollar aus, den sie an der Kasse des Casinos einlösen konnte. Das haßte sie an der Sache. Sie zahlte meistens einem der anderen Anreißermädchen fünf Dollar, damit diese für sie kassiere. Als Cully das erfuhr, wurde er ihr Freund. Er liebte sensible Frauen. Die konnte er manipulieren.

Jordan gab der Kellnerin das Zeichen für noch eine Runde. Er fühlte sich nun ganz entspannt. Er hatte eine Art Tugendgefühl, so früh am Tage soviel Glück gehabt zu haben. Es war, als liebte ihn irgendein fremder Gott, einer, der ihn für gut hielt und ihn für all die Opfer zu belohnen trachtete, die er in der Welt da draußen hinterlassen hatte. Und dann fühlte er sich Cully und Merlin kameradschaftlich verbunden.

Oft frühstückten sie gemeinsam. Und immer hatten sie zusammen am späten Nachmittag diesen Drink, ehe sie sich in das große Spielgeschehen stürzten, das die ganze Nacht andauern würde. Manchmal nahmen sie spätnachts einen Snack, um einen Gewinn zu feiern, wobei der vom Glück Begünstigte die Rechnung beglich und für den Tisch Keno-Tickets kaufte. Während der letzten drei Wochen waren sie Kumpel geworden, obgleich sie absolut nichts gemein hatten und ihre Freundschaft mit ihrer Spiellust vergehen würde. Doch jetzt, solange sie noch nicht kaputt waren, verspürten sie eine merkwürdige Zuneigung für einander. Während eines spontanen Ausbruchs von Gefühl hatte Merlin The Kid alle drei nach einem Gewinntag in den Bekleidungsladen des Hotels geschleppt und die scharlachroten und blauen „Vegas-Winner"-Jacketts gekauft. An jenem Tag hatten sie alle drei gewonnen, und seither behielten sie die Jacketts aus Aberglauben beständig an.

Jordan hatte Diane am Tage ihrer tiefsten Erniedrigung kennengelernt, in derselben Nacht, in der er auch Merlin traf. Tags darauf lud er sie während einer ihrer Arbeitspausen zu einem Kaffee ein, sie hatten sich unterhalten, doch er hörte ihr nicht wirklich zu. Sie spürte sein mangelndes Interesse und war beleidigt. Also passierte nichts zwischen ihnen. Hinterher bedauerte er es und tat sich selber leid, allein in seinem nächtlichen luxuriösen Zimmer, unfähig einzuschlafen. So war es jede Nacht; er hatte es mit Schlaftabletten versucht, aber davon bekam er nur Alpträume, die ihn schreckten.

Bald würde die Band zu spielen beginnen, die Bar füllte sich mit Menschen. Jordan hatte sehr wohl gesehen, wie sie ihn angestarrt hatten, als er der Kellnerin einen roten Fünf-Dollar-Chip als Trinkgeld gegeben hatte. Die dachten wohl, er sei generös, dabei war es nur so, daß er sich nicht die Mühe machen wollte, auszurechnen, wie hoch das Trinkgeld sein mußte. Er amüsierte sich bei dem Gedanken, wie sehr doch seine Wertvorstellungen sich verändert hatten. Immer war er genau und fair gewesen, doch niemals fahrlässig großzügig. Zu einer Zeit war seine Welt genau bemessen und abgesteckt gewesen. Jeder erhielt die ihm zustehende Belohnung. Und dann hatte dieses System nicht mehr funktioniert. Jetzt konnte er sich nur wundern, daß er jemals sein Leben auf eine solche Grundlage hatte bauen können.

Die Combo-Band wuselte sich in der Dunkelheit zum Podium hinauf. Gleich würden sie so laut spielen, daß keine Unterhaltung mehr möglich war, und das war dann für die drei Männer stets das Signal, daß sie sich nun ernsthaft ans Spielen machen mußten.

„Heute hab' ich 'ne Glücksnacht", sagte Cully. „Mein rechter Arm ist gut für dreizehn Passagen."

Jordan lächelte. Er ging auf Cullys Begeisterung immer ein. Er kannte ihn nur unter dem Namen Cully „Countdown", dem Namen, den er sich am Blackjack-Tisch erworben hatte. Er mochte den Mann, weil er andauernd quasselte und sein Gequassel keine Antworten verlangte. Dadurch wurde er für die Gruppe wichtig, denn Jordan selbst und Merlin The Kid redeten beide nicht viel. Und die Bakkarat-Anreißerin Diane lächelte viel, schwieg aber meistens.

Cullys feingezeichnetes Gesicht glühte vor Selbstvertrauen. „Heute halt' ich den Würfel eine Stunde lang", sagte er. „Ich mach' hundert Würfe und keine Sieben. Ihr geht am besten mit."

Die Combo spielte ihren Eröffnungstusch, als wolle sie Cully unterstützen.

Cully liebte Craps, obgleich seine höchsten Talente beim Blackjack lagen, wo er den Schuh runterzählen konnte. Jordan liebte Bakkarat, weil dabei weder Fähigkeit noch Mathematik eine Rolle spielten. Merlin liebte Roulette, weil es für ihn das am meisten mythenhafte, magische Spiel war. Heute abend aber hatte Cully erklärt, er werde unweigerlich beim Craps gewinnen, also würden sie alle mit ihm spielen müssen, um auf seiner Glückssträhne mitzureiten. Sie waren seine Freunde, sie konnten ihm nicht das Glück stehlen. Sie standen auf und gingen in den Würfelsaal, um mit Cully zu wetten. Cully spannte schon die Muskeln seines starken rechten Armes, der magische dreizehn Passagen in sich hatte.

Diane sagte zum erstenmal etwas. „Jordy hatte eine Glückssträhne beim Blackjack. Vielleicht solltet ihr mit ihm gehen."

„Du siehst mir nicht wie ein Gewinner aus", sagte Merlin zu Jordan.

Es war gegen die Regel, jemandes Glück gegenüber anderen Spielern zu erwähnen. Sie könnten einen ja anpumpen, oder er bekäme vielleicht das Gefühl, daß sie ihm sein Glück abzapften. Doch inzwischen kannte Diane Jordan gut genug, um zu wissen, daß er sich einen Dreck um die üblichen abergläubischen Rituale kümmerte, die Spieler so hartnäckig einhielten.

Die Band röhrte, verschluckte ihre Worte und trieb sie aus ihrem dunklen Asyl auf den grell erleuchteten Bühnenboden des Casinos. Es gab jetzt viel mehr Spieler da, aber man konnte sich frei bewegen. Nachdem ihre Kaffeepause vorbei war, ging Diane zu ihrem Bakkarat-Tisch zurück, um das Geld des Hauses zu setzen, einfach damit ein Stuhl belegt war. Sie spürte nicht die geringste Leidenschaft. Als Anreißerin, die das Geld des Hauses verlor oder gewann, war sie sozusagen eine uninteressante Unsterbliche und ging daher auch langsamer als die anderen.

Cully ging voran – drei Musketiere in Scharlachrot und Blau. Er war gierig und zuversichtlich. Merlin folgte ihm, fast ebenso gierig. Sein Spielerblut pulsierte. Jordan, mit dem deftigen Gewinn in seinen Taschen, folgte den beiden würdevoller. Cully suchte einen „heißen" Tisch, auf welchem die Stapel der Haus-Jetons niedrig waren. Schließlich wählte er einen aus, und die drei stellten sich so, daß Cully als erster den Würfel erhalten würde, wenn er vom Stickman rüberkam. Sie setzten kleine Beträge, bis Cully endlich die roten Würfel liebevoll in seinen wärmenden Händen hielt.

The Kid setzte zwanzig, Jordan zweihundert, Cully fünfzig. Er warf eine Sechs. Sie blieben alle auf ihren Sätzen und kauften sämtliche Zahlen. Cully nahm die Würfel voller Vertrauen auf und schleuderte sie energisch auf die andere Tischseite. Ungläubig starrte er sie an. Eine entsetzliche Katastrophe. Sieben aus. Sie waren abgeschmiert. Und das, ohne noch eine Chance zu haben. Das Kind hatte 140, Cully fette 350 verloren, und Jordan war mit 1.400 Dollar den Bach runtergeschwommen.

Cully zerkaute irgendwas zwischen den Zähnen und verzog sich. Er war vollkommen am Boden zerstört und mußte sich jetzt auf die mühevolle Arbeit vorbereiten, geschickt Blackjack zu spielen, jedes Blatt aus dem Schuh zu registrieren und sich auszurechnen, was am Ende noch im Schuh war, damit er sich dem Dealer gegenüber in Vorteil brachte. Manchmal funktionierte das, aber es war eine Schinderei. Manchmal erinnerte er sich haargenau an jede Karte, rechnete sich aus, welche Blätter noch im Schuh sein mußten, bekam dadurch dem Croupier gegenüber einen Zehnprozentvorteil und setzte einen hohen Stapel Chips. Aber sogar mit diesem Riesenvorteil verließ ihn manchmal das Glück, und er verlor. Und nun hatte ihn sein berühmter rechter Arm hintergangen, und er saß da und mußte mit dem Anfangskapital spielen. Die Nacht, die vor ihm lag, versprach eine Quälerei zu werden, denn er würde raffiniert setzen müssen und dennoch nicht verlieren dürfen.

Merlin The Kid trollte sich ebenfalls. Auch er war bis auf sein Anfangskapital blank. Aber ihm fehlten einfach die Fertigkeiten. Er konnte sich nur auf sein Glück verlassen.

Jordan strolchte allein durchs Casino. Er hatte es gern, allein zu sein, inmitten der Menge und der Murmelgeräusche der Spieler.

Allein, ohne einsam zu sein. Sich mit fremden Menschen eine Stunde lang zu befreunden und sie danach nie wieder zu treffen. Das Klicken der Würfel.

Er schlenderte durch den Blackjack-pit, die hufeisenförmigen Tische standen gerade ausgerichtet in Reihen. Er horchte auf das Klicken eines „second carder". Cully hatte ihm und Merlin diesen Trick beigebracht. Ein betrügerischer Croupier mit geschwinden Händen war mit den Augen nie zu ertappen. Aber wenn man sehr genau hinhörte, dann konnte man vernehmen, wie er die zweite Karte aus dem Stapel Karten herauszog. Denn es war die oberste Karte, die der Dealer brauchte, damit seine Hand gut war.

Eine lange Schlange bildete sich drüben für die Dinner-Show, und dabei war es erst sieben Uhr. Keine Spieler mit großen Einsätzen. Im Casino war es ziemlich ruhig. Keine außergewöhnlichen Gewinne. Jordan ließ die schwarzen Jetons in der Hand gegeneinanderklicken. Er überlegte. Dann trat er an einen fast leeren Craps-Tisch und hob den roten blitzenden Würfel auf.

Jordan zog den Reißverschluß seines „Vegas-Winner"-Jacketts an einer Außentasche auf und häufte schwarze Hundert-Dollar-Chips auf sein Feld. Er setzte zweihundert auf „win-line", setzte für seine Zahl und kaufte sich dann alle Zahlen für je 500 Dollar. Er behielt die Würfel fast eine Stunde lang. Nach der ersten Viertelstunde zuckte die Elektrizität seiner Glückshand durch das Casino, und der Tisch war gerammelt voll. Er drückte seine Einsätze bis zum Limit von 500, und die magischen Augen rollten ihm weiter aus der Hand. In seinem Kopf verbannte er die tödliche Sieben in die Hölle. Er verbot ihr, zu erscheinen. Sein Feld füllte sich mit Bergen von schwarzen Chips. Seine Taschen barsten fast davon. Schließlich vermochte sein Gehirn sich nicht mehr zu konzentrieren, konnte die tödliche Sieben nicht mehr länger verbannen, und die Würfel gingen aus seiner Hand zum nächsten Spieler über. Die anderen Spieler am Tisch ließen ihn hochleben. Der Pit-Boss reichte ihm Metallgestelle, damit er seine Jetons zum Kassenschalter bringen könne. Dann tauchten Merlin und Cully auf. Jordan lächelte ihnen zu.

„Bist du auf meinen Run eingestiegen?" fragte er.

Cully schüttelte den Kopf. „Ich bin erst in den letzten zehn Minuten reingekommen", sagte er. „Ich hab' abgesahnt."

Merlin lachte. „Ich hab' nicht an dein Glück geglaubt. Ich hab mich rausgehalten."

Merlin und Cully begleiteten Jordan zum Kassierer, um ihm

dabei zu helfen, seinen Gewinn einzustreichen. Jordan war überrascht, als sich herausstellte, daß der Wert der Jetons in seinen Metallträgern sich auf mehr als fünfzigtausend Dollar belief. Und seine Taschen quollen von noch mehr Chips über.

Merlin und Cully standen in ehrfürchtiger Erstarrung. Cully sagte ernst: „Jordy, jetzt mußt du aus der Stadt abhauen. Wenn du bleibst, dann kriegen die das wieder zurück."

Jordan lachte. „Die Nacht ist noch jung." Er amüsierte sich darüber, daß seine beiden Freunde es für einen so großen Hit hielten. Dennoch, die Anspannung machte sich bemerkbar. Er fühlte sich ungeheuer müde. Er sagte: „Ich geh' rauf in mein Zimmer und leg' mich ein bißchen hin. Wir treffen uns dann, so um Mitternacht. Ich lade euch zu einem Dinner ein. Okay?"

Der Kassierer war mit dem Zählen fertig und wendete sich an Jordan: „Sir, wünschen Sie es bar oder einen Scheck? Oder sollen wir es für Sie hier in der Kasse aufbewahren?"

Merlin sagte: „Laß dir 'nen Scheck geben."

Cully runzelte nachdenklich die Stirn, sah aber dann wieder die innere Geheimtasche Jordans, die von Chips fast überquoll, und er lächelte. „Ein Scheck ist sicherer", sagte er.

Die drei Männer blieben stehen und warteten. Cully und Merlin standen links und rechts von Jordan, der über ihre Schultern hinweg in die glitzernden Pits des Casinos schaute. Dann kam schließlich der Kassierer mit dem gezackten gelben Scheck und reichte ihn Jordan.

Die drei Männer vollzogen gleichzeitig unbewußt eine Pirouette, ihre Jacken leuchteten rot und blau unter den Lichtern der Keno-Tafeln. Dann ergriffen Merlin und Cully Jordans Ellenbogen und schubsten ihn in einen der speichenförmig abzweigenden Korridore, damit er auf sein Zimmer gehe. Es war ein Prunkzimmer voller Plüsch. Schwere goldfarbene Vorhänge, ein riesiges Bett mit silberner Bettdecke. Genau das Richtige fürs Spielen. Jordan nahm ein heißes Bad und versuchte danach zu lesen. Er konnte nicht einschlafen. Durch seine Fenster warfen die Neonlichter des Vegas Strip regenbogenfarbene Blitze auf die Wände seines Zimmers. Er zog die Gardinen dichter zu, doch in seinem Kopf vernahm er noch immer das ferne Dröhnen, das verschwommen durch das riesige Casino drang wie die Brandung eines fernen Strandes. Dann löschte er sämtliche Lichter und stieg ins Bett. Es war ein guter Trick, aber sein Hirn ließ sich nicht betrügen. Er konnte nicht schlafen.

Dann verspürte Jordan wieder diese altbekannte Furcht, diese erschreckende Angst. Wenn er einschliefe, würde er sterben. Er wollte verzweifelt gern schlafen, aber er konnte es nicht. Seine Angst, sein Entsetzen waren zu stark. Aber nie begriff er, warum er sich so fürchtete.

Er fühlte sich versucht, die Schlaftabletten wieder zu nehmen, doch das hatte er zu Anfang des Monats schon ausprobiert, er hatte geschlafen, aber mit derartigen Alpträumen, daß er es nicht ertragen konnte. Und am nächsten Tag war er dann deprimiert. Er zog es vor, ohne Schlaf auszukommen. So wie jetzt.

Jordan schaltete das Licht ein, stieg aus dem Bett und zog sich an. Er leerte sämtliche Taschen in seinem Anzug und nahm seine Brieftasche heraus. Er öffnete die Reißverschlüsse an allen Innen- und Außentaschen seines „Vegas-Winner"-Jacketts und schüttelte sie aus, um sicherzugehen, daß sämtliche schwarzen und grünen und roten Chips auf die Seidendecke plumpsten. Die Hundert-Dollar-Noten bildeten einen ganz schönen großen Stapel, die schwarzen und roten Jetons formten seltsame Spiralen und schachmusterartige Konstellationen. Um sich die Zeit zu vertreiben, begann er das Geld zu zählen und die Jetons zusammenzuordnen. Es dauerte fast eine Stunde.

Er besaß mehr als fünftausend Dollar in bar. Er hatte achttausend Dollar in schwarzen Hunderter-Jetons und weitere sechstausend Dollar in 25er-Grünen, fast tausend in Fünf-Dollar-Noten. Er war überrascht. Er holte den großen Scheck mit den zackigen Kanten des Hotels Xanadu aus seiner Brieftasche und las sorgfältig die Druckbuchstaben in Schwarz und Rot und die Ziffern in Grün. Fünfzigtausend. Er prüfte den Scheck genau. Es standen drei verschiedene Unterschriften darauf. Eine davon fiel ihm besonders auf, weil sie eine so große und so klare Schrift zeigte. Alfred Gronevelt.

Und immer noch rätselte er herum. Er erinnerte sich, daß er mehrmals den Tag über Chips gegen Bargeld eingewechselt hatte, aber er hatte nicht gedacht, daß es für mehr als fünftausend gewesen war. Er räkelte sich auf dem Bett, und die ganzen sorgsam aufgestapelten Jeton-Pfeiler brachen zusammen und fielen durcheinander.

Und jetzt war er in Stimmung. Er war froh. Er besaß genug Geld, um in Vegas bleiben zu können. Er würde nicht nach Los Angeles weiterfahren müssen, er würde seinen neuen Job nicht antreten müssen. Keine neue Berufslaufbahn, kein neues Leben oder, bewahre, sogar eine neue Familie! Er zählte das Geld noch einmal durch und addierte den Scheck hinzu. Er besaß 71.000 Dollar. Er würde ewig weiterspielen können.

Er knipste die Nachttischlampe aus, damit er im Dunkel liegen konnte, umgeben von seinem Geld, das seinen Körper streichelte. Er versuchte einzuschlafen und das Entsetzen zu verscheuchen, das ihn stets in diesen dunklen Räumen überfiel. Er spürte sein Herz hastiger und heftiger schlagen, bis er schließlich das Licht wieder anknipsen und aufstehen mußte.

In seinem Penthouse hoch über der Stadt hob der Besitzer des Hotels, Alfred Gronevelt, den Telefonhörer ab. Er rief die Würfeltische an und fragte, wie weit Jordan im Vorteil sei. Man berichtete ihm, daß Jordan den Profit dieses Tisches für den Abend abgestaubt habe. Dann rief Gronevelt die Vermittlung erneut an und trug ihr auf, durch einen Pagen „Xanadu 5“ ausrufen zu lassen. Er blieb am Apparat. Der Page würde ein paar Minuten brauchen, um durch sämtliche öffentlichen Räume des Hotels zu gehen und mit seiner Stimme bis in die Gehirne der Spieler vorzudringen. Gelangweilt blickte er aus dem Fenster seines Penthouse und sah die große breite Neonschlange in Rot und Grün sich den Las Vegas Strip hinunterwinden. Weiter hinten die dunklen Berge in der Wüste ringsum, die so wie ihn Tausende von Spielern einschlossen. Sie alle, die versuchten, das Haus zu düpieren, mühten sich ab, um an diese Millionen Dollars von Scheinen zu kommen, die hinter dem Gitter beim Kassierer lagen. Im Laufe der Jahre hatten diese Spieler ihre Haut und Knochen auf diesem grellbunten Neon-Strip gelassen.

Dann hörte er Cullys Stimme über das Interfon. Cully war „Xanadu 5“. Er, Gronevelt, war „Xanadu 1“.

„Cully, Ihr Kumpel hat uns verdammt reingehauen“, sagte Gronevelt. „Glauben Sie, daß er in Ordnung ist?“

Cully sprach leise. „Jaaah, Mr. Gronevelt. Er ist ein Freund von mir, und er ist in Ordnung. Der bringt es wieder, ehe er von hier weggeht.“

Gronevelt sagte: „Wenn er irgendwas haben will, sorg dafür, daß er's bekommt. Laßt ihn bloß nicht auf den Strip hinaus und unser Geld in anderen Lokalen ausgeben. Schickt ihm 'ne gute Nutte.“

„Keine Angst“, sagte Cully. Aber Gronevelt hatte das Gefühl, daß seine Stimme ein wenig merkwürdig klang. Einen Augenblick lang war er sehr nachdenklich, was Cully betraf. Cully war sein Spitzel, er überwachte die Arbeit im Casino und meldete ihm die Blackjack-Dealer, die Halbe-Halbe mit ihm machten, um das Haus auszutricksen. Er hatte ziemlich viel mit Cully vor, sobald diese Geschichte beendet war. Aber nun war er doch sehr nachdenklich.

„Was ist mit dem andern Knaben in eurer Bande, The Kid?" fragte Gronevelt. „Wie liegt denn der? Und was macht er, verdammt nochmal, drei Wochen lang hier?"

„Der ist ein kleiner Fisch", sagte Cully. „Aber ein netter kleiner Kerl. Machen Sie sich keine Sorgen, Mr. Gronevelt. Ich weiß genau, wieviel für mich bei Ihnen drinsteht."

Gronevelt sagte: „Okay!" Als er den Hörer aufhängte, lächelte er. Was Cully nicht wußte: Daß die Pit-Bosse sich darüber beklagt hatten, daß man Cully überhaupt ins Casino gelassen habe, denn er sei doch ein Countdown-As. Daß sich der Hotelmanager über Merlin und Jordan beklagt hatte, weil sie so lange Zimmer blockierten, die verzweifelt für andere benötigt wurden, wo doch jedes Wochenende neue Spieler mit fetten Geldbeuteln ankämen. Was allerdings keiner wußte: Gronevelt war beunruhigt über die Freundschaft zwischen den drei Männern. Und wie das sich auflöste, das würde der eigentliche Test für Cully sein.

Oben in seinem Zimmer kämpfte Jordan gegen den Drang an, wieder ins Spielkasino hinunterzugehen. Er setzte sich in einen der üppigen Fauteuils und zündete sich eine Zigarette an. Alles war jetzt in Ordnung. Er hatte Freunde, eine Glückssträhne, und er war frei. Nur sehr müde war er. Irgendwo weit weg würde er eine lange Ruhepause einlegen müssen.

Er dachte: Cully und Diane und Merlin – jetzt meine besten Freunde. Und er lächelte bei dem Gedanken.

Sie wußten ziemlich viel über ihn. Sie hatten viele Stunden in der Hotelbar zusammen verbracht und geredet, wenn sie sich zwischen zwei wütenden Spielanfällen erholten. Jordan war nie sehr verschwiegen. Er pflegte auf alle Fragen zu antworten und stellte selbst nie welche. The Kid fragte die ganze Zeit. So voller Ernst und mit solch offenkundigem Interesse, daß Jordan sich nie darüber ärgerte.

Um irgendwas zu tun, holte er seinen Koffer aus dem Schrank, um zu packen. Als erstes fiel sein Blick auf die kleine Pistole, die er sich noch zu Hause gekauft hatte. Seinen Freunden hatte er nie von der Waffe erzählt. Seine Frau hatte ihn verlassen und die Kinder mitgenommen. Sie hatte ihn wegen eines andern Mannes verlassen, und seine erste Reaktion war gewesen, diesen anderen umzubringen. Eine Reaktion, die seiner wahren Natur derart fremd war, daß er selbst jetzt noch über sie staunte. Das Problem war nur, wie er das Schießeisen loswerden sollte. Das beste würde wohl sein, es auseinanderzunehmen und dann Stück für Stück wegzuwerfen. Er wollte nicht dafür verantwortlich sein, daß jemand damit zu Schaden kam. Für den Augenblick jedoch legte er die Waffe beiseite und warf ein paar Kleidungsstücke in den Koffer. Dann setzte er sich wieder.

Er war sich eigentlich gar nicht so sicher, ob er abreisen, Vegas und die hell strahlende Höhle seines Casinos verlassen wollte. Er fühlte sich da wohl. Er war sicher hier. Und daß es ihm gleichgültig war, ob er verlor oder gewann, das war sein magischer Schutzmantel gegen das Schicksal. Fast alles in seiner Casino-Höhle schirmte ihn gegen all die anderen Qualen und Fallen des Lebens ab.

Wieder lächelte er, als er daran dachte, wie Cully sich Sorgen um seinen Gewinn gemacht hatte. Was zum Teufel sollte er schon mit dem Geld anstellen? Das beste wäre, er würde es seiner Frau schicken. Sie war eine gute Frau, eine gute Mutter, eine Frau mit Charakter und guten Qualitäten. Daß sie ihn nach zwanzig Ehejahren verlassen und ihren Liebhaber geheiratet hatte, änderte daran nichts, konnte nichts daran ändern. Denn jetzt, nach den langen Monaten, erkannte Jordan klar, wie richtig und gerechtfertigt ihre Entscheidung gewesen war. Sie hatte das Recht auf Glück und darauf, ihr Leben möglichst ausgefüllt zu leben. Und in dem Leben mit ihm wäre sie fast erstickt. Nein, er war kein schlechter Ehemann gewesen. Nur eben kein hinreichend guter. Und ein guter Vater. Er hatte in jeder Hinsicht seiner Pflicht genügt. Sein einziger Fehler war der, daß er nach zwanzig Jahren seine Frau nicht mehr glücklich machte.

Seine Freunde hier kannten die Geschichte. Die drei Wochen mit ihnen in Vegas kamen ihm wie Jahre vor. Mit ihnen konnte er sprechen wie mit keinem Menschen früher zu Hause. Über den Drinks, nach mitternächtlichen Mahlzeiten in der Cafeteria, war die Story an den Tag gekommen.

Jordan wußte, daß sie ihn für kaltblütig hielten. Als Merlin ihn fragte, wie die Regelung mit den Besuchen seiner Kinder sei, hatte er bloß mit den Schultern gezuckt. Merlin hatte gefragt, ob Jordan seine Frau und seine Kinder je wiedersehen würde, und Jordan hatte versucht, ehrlich zu antworten: „Ich glaube, eigentlich nicht. Es geht ihnen gut." Und Merlin The Kid hatte zurückgefeuert: „Und Ihnen? Geht's Ihnen auch gut?" Und Jordan hatte ganz herzlich und ehrlich gelacht, wie Merlin The Kid sich auf ihn einzuschießen versuchte. Immer noch lachend sagte er: „Ja, Mann, ich bin okay." Und dieses eine, einzige Mal hatte er The Kid eine Abfuhr erteilt wegen seiner Aufdringlichkeit. Er schaute ihm direkt in die Augen und bemerkte kühl: „Mehr ist da nicht zu entdecken. Was Sie sehen, das ist es. Nichts Kompliziertes. Menschen sind für die andern nicht so sehr von Bedeutung. Wenn Sie älter werden, dann ist das eben so."

Merlin hielt dem Blick stand, dann senkte er die Augen und sagte sehr leise: „Es ist bloß so, daß Sie nachts nicht schlafen können, stimmt's?"

Jordan sagte: „Das stimmt."

Cully warf ungeduldig ein: „Keiner schläft in dieser Stadt. Kaufen Sie sich 'n paar Schlaftabletten."

„Davon kriege ich Alpträume", sagte Jordan.

„Aber nein. Ich mein' doch die da", sagte Cully und deutete auf drei Strichbienen, die an einem der Tische vor ihren Drinks hockten. Jordan lachte. Es war das erste Mal, daß er diesen besonderen Vegas-Ausdruck hörte. Er begriff jetzt, warum Cully manchmal zu spielen aufhörte und sagte, er gehe jetzt, um sich zwei Schlaftabletten zu Gemüte zu führen.

Wenn der Zeitpunkt für wandelnde Schlaftabletten je richtig war, dann heute abend, doch Jordan hatte das bereits in den ersten Wochen in Vegas versucht. Er schaffte es zwar immer, aber er verspürte danach eigentlich nie, daß seine Spannung sich gelöst hätte. Eines Nachts hatte ihn eine Biene zu einem Doppel überredet und ihre Freundin mitgebracht. Bloß fünfzig Mäuse mehr, und sie würden es ihm wirklich prima besorgen, weil er ein netter Kerl sei. Und er hatte okay gesagt. Irgendwie war es heiter und gemütlich gewesen mit so vielen Titten um ihn rum. Ein infantiles Gefühl der Behaglichkeit. Am Ende bettete dann eines der Mädchen seinen Kopf zwischen ihre Brüste, während die andere auf ihm ritt. Und während der letzten Augenblicke der Anspannung, als es ihm schließlich kam, er sich endlich seinem Fleisch hingab, sah er, wie das Mädchen, das auf ihm hockte, der anderen, zwischen deren Brüsten er lag, einen verstohlenen Blick lächelnden Einverständnisses zuwarf. Und er begriff, daß jetzt, wo er aus dem Wege war, die Mädchen sich dem widmen konnten, was sie wirklich wollten. Er schaute zu, wie das Mädchen, das auf ihm gesessen hatte, sich zwischen den Beinen der andern betätigte, und mit einer weitaus heftigeren Leidenschaft und viel überzeugender als bei ihm. Es störte ihn nicht. Er freute sich eigentlich sogar, daß die Mädchen auch was davon hatten. Irgendwie erschien es ihm so natürlicher. Er hatte ihnen noch einen Hunderter zugelegt. Die dachten, das sei dafür, weil sie gut seien, aber eigentlich war es für dieses heimliche Lächeln, für diesen sanften, beruhigenden, sichermachenden Betrug. Und doch hatte dann das eine Mädchen, auf dem Rücken liegend, in ihrer Ekstase, in der sie ihn betrog, blindlings die Hand nach Jordans Hand ausgestreckt, damit er sie halte, und das hatte ihn fast zu Tränen gerührt.

Alle diese zweibeinigen Schlaftabletten hatten ihr Bestes für ihn getan, oder es versucht. Sie waren wirklich erstklassig in diesem Land. Sie schenkten einem Zuneigung, hielten einem die Hand, gingen mit einem Mann essen oder in eine Show, spielten ein bißchen mit dem Geld, das man ihnen gab, und sie hauten einen nie übers Ohr. Sie gaben einem das Gefühl, daß sie einen wirklich mochten, und sie bumsten, daß man fast den Verstand verlor. Und das alles für einen einsamen lächerlichen Hunderter, „'ne einzige Biene", wie Cully es ausdrückte. Die Mädchen waren wirklich ein guter Kauf. Mann, Jesus, waren die gut. Aber ihm gelang es niemals, sich selber zu betrügen, nicht einmal für diesen winzigen gekauften Augenblick. Sie wuschen ihn noch ab, ehe sie ihn allein ließen, wie einen sehr, sehr kranken Mann in einem Krankenhausbett. Schön, sie waren besser als die normalen Schlaftabletten, weil er von ihnen keine Alpträume bekam. Aber zum Schlafen konnten auch sie ihm nicht verhelfen. Eigentlich hatte er seit drei Wochen nicht mehr richtig geschlafen.

Schlaff ließ Jordan sich gegen das Kopfende seines Betts fallen. Er erinnerte sich nicht mehr, wie er von dem Stuhl aufgestanden war. Er sollte eigentlich das Licht löschen und zu schlafen versuchen. Aber dann würde das Entsetzen sich wieder einstellen. Nein, keine gedankliche Furcht, sondern eine rein körperliche Panik, mit der sein Leib nicht fertigwurde, auch wenn sein Hirn daneben stand und verwundert das Geschehen überwachte. Es blieb ihm keine andre Wahl: er mußte wieder runter ins Spielcasino. Er schnippte den Scheck über die fünfzigtausend in seinen Koffer. Er würde eben bloß mit seinen Jetons und seinem Bargeld setzen.

Jordan schaufelte die Chips auf dem Bett zusammen und stopfte sie sich in die Taschen. Er verließ sein Zimmer und ging durch die Hall ins Casino hinunter. Jetzt, in den späten Nachtstunden, waren die echten Spieler am Werk. Sie hatten ihre Geschäfte erledigt, ihre Geschäftsdinners hinter sich, die sie in Feinschmekkerrestaurants zu absolvieren pflegten, hatten ihre Frauen zu einer Show geleitet und sie dann ins Bett gesteckt oder sie mit Dollar-Chips am Roulette-Tisch abgeladen. So waren sie nicht im Wege. Oder aber sie hatten eine kleine Bettaffäre hinter sich, „französisch" oder anders und richtig, oder sie hatten sich an notwendigen bürgerlichen Bestrebungen beteiligt. Nun aber waren sie alle frei und konnten mit dem Schicksal kämpfen. Mit ihrem Einsatzgeld in der Hand standen sie dichtgedrängt an den Craps-Tischen. Die Pit-Bosse standen mit leeren Markeurblättern da und warteten darauf, daß den Spielern die Chips ausgehen würden und sie vielleicht noch einen Riesen oder zwei oder drei abzeichnen würden. In den folgenden dunkelsten Nachtstunden waren Männer geneigt, ganze Vermögen zu verschulden, indem sie zeichneten. Und dabei wußten sie überhaupt nicht, warum. Jordan wendete den Blick ab und schaute zum anderen Ende des Casinos.

Ein elegant in königsgrau abgezäunter Bezirk umfing den langen ovalen Bakkarat-Tisch, abseits des übrigen Casinos. Am Zugang stand ein bewaffneter Wächter für die Sicherheit, da beim Bakkarat meist mit Bargeld und nicht mit Chips gespielt wurde. An beiden Enden des grünen filzbedeckten Tisches wachten in hohen Stühlen die zwei „Laddermen" über die Croupiers und die Gewinne der Spieler. Ihre falkenhafte Aufmerksamkeit wurde von ihrer Smoking-Tracht nur leicht kaschiert, die alle Casino-Angestellten innerhalb der Bakkarat-Abteilung zu tragen hatten. Die „Leitermänner" beobachteten jede Bewegung der drei Croupiers und den Pit-Boss, der die Sache leitete. Jordan ging näher auf sie zu, bis er die Croupiers in ihren Abendanzügen genau erkennen konnte.

Vier Heilige mit dunklen Krawatten sangen da Hosianna für die Gewinner und Trauerklagen für die Verlierer. Gutaussehende Männer mit raschen Bewegungen, mit weltläufigem Charme. Sie taten dem Spiel Ehre an, über das sie regierten. Doch ehe Jordan durch die königliche graue Gasse treten konnte, stellten sich ihm Cully und Merlin in den Weg.

Cully sagte leise: „Die haben bloß noch fünfzehn Minuten. Bleib da draußen.“ Das Bakkarat schloß um 3 Uhr nachts.

Und dann rief einer der Heiligen in schwarzer Krawatte Jordan zu: „Wir machen grade den letzten Shoe, Mister J“, und er lachte. Jordan sah die ganzen Karten auf dem Tisch verteilt, ihre blauen Rückseiten, dann wie sie zusammengestrichen wurden, ehe sie gemischt wurden, wobei sich die weißen Oberseiten zeigten.

Jordan sagte: „Warum kommt ihr zwei Knaben nicht mit mir als Platzhalter rein? Ich leg’ das Geld auf, und wir wetten auf jedem Platz das Limit.“ Das bedeutete, daß Jordan bei jeder Hand sechstausend wetten wollte.

„Bist du wahnsinnig?“ sagte Cully. „Geh doch zum Teufel!“

„Setzt euch doch hin“, sagte Jordan. „Ihr bekommt von mir zehn Prozent von allem, was euer Platz gewinnt.“

„Nein!“ sagte Cully, ging weg und lehnte sich gegen die Bakkaratabsperrung.

Jordan sagte: „Merlin, setzt du dich auf einen Platz für mich?“

Merlin The Kid lächelte und sagte sanft: „Sicher, ich setz mich für dich auf den Platz.“

„Du kriegst zehn Prozent“, sagte Jordan.

„Na, okay“, gab Merlin zurück. Sie gingen durch den Zugang und setzten sich an den Tisch. Diane hatte gerade die neugemischten Blätter, und Jordan ließ sich auf den Platz neben ihr nieder, damit er als nächster den Schuh bekäme. Diane neigte ihren Kopf zu ihm.

„Jordy, spiel heut’ nicht weiter“, sagte sie. Während sie die blauen Karten aus ihrer Hand ausgab, wettete er nicht darauf. Diane verlor, sie verlor die zwanzig Dollar des Casinos, und sie verlor die Bank und gab das Spiel an Jordan weiter.

Jordan war eifrig dabei, sämtliche Außentaschen seines „Vegas-Winner“-Jacketts zu leeren. Jetons, schwarze und grüne, Hundertdollarnoten. Er stapelte vor Merlins Stuhl Nummer 6 einen Haufen von Banknoten. Dann nahm er die Karten auf und plazierte zwanzig schwarze Chips auf „Bank“. „Du auch“, befahl er Merlin. Merlin zählte zwanzig Hundertdollarnoten ab und legte sie ebenfalls in die „Bank“-Box.

Der Croupier hob flach die Hand, um Jordan vom Austeilen abzuhalten. Er schaute über den Tisch, damit auch jeder seine Wette plaziert habe. Seine flache Hand winkte, und er sang Jordan an: „Eine Karte für den Spieler.“

Jordan gab die Karten aus. Eine dem Croupier, eine für sich

selbst. Dann wieder eine für den Croupier und eine für sich. Der Croupier schaute sich an dem ganzen Tisch um und warf seine zwei Karten dem Mann zu, der am höchsten auf den Spieler gesetzt hatte. Der Mann betrachtete sich seine zwei Karten vorsichtig und drehte sie dann lächelnd um. Er hatte eine natürliche unüberwindliche „Neun". Jordan flippte seine Karten um, ohne sie auch nur anzusehen. Er hatte zwei Bilder. Zero. Jordan reichte den Schuh an Merlin weiter. Merlin gab ihn weiter an den nächstsitzenden Spieler. Einen Augenblick lang war Jordan versucht, Merlin daran zu hindern, aber etwas in dessen Gesicht veranlaßte ihn, es nicht zu tun. Keiner von beiden sprach.

Der goldbraune Kasten wanderte langsam um den Tisch herum. Ein Hin und Her. Die Bank gewann. Dann der Spieler. Keinerlei fortlaufende Gewinne für beide. Jordan saß dem Bankhalter die ganze Zeit im Nacken, drückte und hatte mehr als zehntausend Dollar aus seinem Stapel verloren, und Merlin weigerte sich noch immer zu setzen. Schließlich hatte Jordan den Schuh wieder.

Er machte seinen Einsatz. Das 2000-Dollar-Limit. Er griff hinüber und nahm sich einen Packen von Merlins Geld und warf ihn auf „Bank". Er bemerkte flüchtig, daß Diane nicht mehr neben ihm saß. Dann war er bereit. Er verspürte aus sich eine enorme Kraft aufsteigen, mit der er die Karten so aus dem Schuh herauszwingen konnte, wie er es wünschte.

Ruhig und ohne jede Erregung machte Jordan vierundzwanzig gerade Pässe, einen Lauf von vierundzwanzig Coups. Nach dem achten Coup war die Absperrung um den Bakkarat-Tisch voller Menschen, und die Spieler am Tisch wetteten alle auf „Bank", um von seiner Glückssträhne zu profitieren. Beim zehnten Coup griff der Croupier in seinen Geldschlitz und holte die seltenen 500-Dollar-Jetons hervor. Sie waren von einem wunderschönen Cremeweiß, durchsetzt mit Goldfäden.

Cully stand dicht an der Brüstung und schaute zu, Diane stand neben ihm. Jordan winkte ihnen kurz zu. Es war das erste Mal, daß er sich aufgeregt fühlte. Drunten, am anderen Ende des Spieltisches, rief ein Spieler aus Südamerika „Maestro", als Jordan seinen dreizehnten Coup gewann. Und danach wurde es merkwürdig still um den Tisch, als Jordan weiterging.

Er teilte ohne merkbare Anstrengung aus dem Schuh, seine Hände schienen zu gleiten. Keine einzige Karte fiel oder entglitt ihm, wenn er sie aus ihrem Versteck in dem Holzkasten nahm. Kein einziges Mal ließ er durch Zufall die blaßweiße Vorderseite eines Blattes sehen. Er schwuppte seine eigenen Karten mit der gleichen rhythmischen Bewegung jedesmal auf, ohne hinzusehen, und ließ den Croupier die Zahlen und Gewinne ausrufen. Wenn der Croupier „eine Karte für den Spieler" forderte, gab Jordan sie gern und ohne sich darauf zu konzentrieren, ob sie gut oder schlecht sein würde. Wenn der Croupier nach einer Karte „für die Bank" rief, ließ Jordan sie ebenfalls sanft und rasch hervorschießen, ohne dabei ein Gefühl zu empfinden. Dann aber, im fünfundzwanzigsten Coup, verlor er gegen den „Spieler", dessen Blatt vom Croupier gehalten wurde, weil alle anderen auf „Bank" setzten.

Jordan reichte den Schuh an Merlin weiter, der ihn ablehnte und an den nächstsitzenden Spieler weiterreichte. Auch Merlin hatte Stapel von goldweißen 500-Dollar-Chips vor sich liegen. Da sie per „Bank" gewonnen hatten, mußten sie die fünfprozentige Courtage an das Haus bezahlen. Der Croupier berechnete die Kommission gegenüber ihren Platzzahlen. Es waren über fünftausend Dollar. Das bedeutete, daß Jordan mit dieser einen heißen Hand hunderttausend Dollar gewonnen hatte. Und jeder Spieler am Tisch hatte sich daran gütlich getan.

Beide Laddermen in ihren Hochstühlen hingen am Telefonhörer und berichteten dem Manager des Casinos und dem Besitzer des Hotels über das Verhängnis. Eine unglückliche Nacht im Casino war für die Profitspanne eine der wenigen ernsthaften Gefahren, besonders wenn es am Bakkarat-Tisch stattfand. Nicht daß das langfristig irgendwelche Bedeutung gehabt hätte. Aber man hielt eben ein Auge immer auf die natürlichen Katastrophen. Gronevelt selber kam aus seinem Appartement im Penthouse herunter und begab sich still in den Bakkarat-Kreis, stellte sich neben den Pit-Boss und schaute zu. Jordan sah ihn aus den Augenwinkeln, er wußte, wer er war, denn Merlin hatte ihn ihm einmal gezeigt.

Der Schuh wanderte um den Tisch und blieb dann neckisch beim Bankhalter liegen. Jordan gewann ein bißchen. Und dann hatte er den Schuh wieder in der Hand.

Diesmal ohne Anstrengung und ganz leicht, mit Händen wie beim Ballettanz, vollzog er, was der Traum jedes Bakkarat-Spielers war: Er leerte den Schuh. Es waren keine Karten mehr übrig. Jordan hatte Stapel über Stapel von weiß-goldenen Chips vor sich stehen.

Dem Croupier warf er vier der weiß-goldenen Jetons zu. „Für Sie, Gentlemen", sagte er.

Der Pit-Boss in der Bakkaratabteilung sagte: „Mr. Jordan, warum bleiben Sie nicht einfach hier sitzen, und wir wechseln das ganze Geld in einen Scheck um?“

Jordan stopfte das dicke Bündel von Hundertdollarnoten in seine Jacke, dann die schwarzen Einhundertdollar-Jetons. Er ließ die weiß-goldenen 500-Dollar-Chips auf dem Tisch liegen. „Sie können für mich nachzählen“, sagte er zum Pit-Boss. Er stand auf, um seine Beine zu strecken, und sagte dann beiläufig: „Können Sie einen neuen Schuh auflegen?“

Der Pit-Boss zögerte und drehte sich dann zu dem Manager des Casinos, der neben Gronevelt stand. Der Casinomanager schüttelte verneinend den Kopf. Er hatte Jordan bereits als leidenschaftlichen Spieler eingestuft. Jordan würde sicher in Vegas bleiben, bis er zu verlieren begann. Aber heute nacht war eben seine heiße Nacht. Und warum sollte man ihm Geld nachschmeißen, wenn er eine Gewinnsträhne hatte? Am nächsten Tag würden die Karten anders fallen. Er konnte nicht immer Glück haben, und dann würde es rasch mit ihm zu Ende gehen. Der Manager des Casinos hatte das alles oft und oft erlebt. Das Haus hatte noch unendlich viele Nächte vor sich, und in jeder gab es die „Kante“, den Prozentsatz für das Casino. „Schließen Sie den Tisch!“ befahl der Manager.

Jordan nickte geschlagen mit dem Kopf. Dann wandte er sich um und schaute Merlin an: „Halt die Augen offen. Du bekommst zehn Prozent von deinem Platzgewinn.“ Zu seinem Erstaunen entdeckte er einen fast betrübten Ausdruck in Merlins Augen. Merlin sagte: „Nein.“

Die Croupiers waren dabei, Jordans Goldchips zu zählen, und sie stapelten sie so, daß die Laddermen, der Pit-Boss und der Casinomanager die Abrechnung verfolgen konnten. Dann waren sie endlich fertig. Der Pit-Boss hob die Augen und sagte mit Ehrfurcht: „Sie haben hier 290.000 Dollar, Mr. J. Möchten Sie das Ganze in einem Scheck haben?“ Jordan nickte. Die Innentaschen seiner Jacke platzten noch immer von Jetons und von Banknoten. Er wollte das nicht eintauschen.

Die übrigen Spieler hatten den Tisch verlassen, als der Casinomanager erklärte, es werde kein Spiel mehr geben. Der Pit-Boss flüsterte immer noch weiter. Cully war durch die Öffnung in der Barriere gekommen und stand ebenso wie Merlin neben Jordan, und die drei sahen in ihren „Vegas-Winner“-Jacketts aus wie Mitglieder einer Gang.

Jordan war jetzt wirklich müde und zu erschöpft für die körperliche Anspannung beim Craps oder beim Roulette. Und Blackjack mit seinem Limit von fünfhundert Dollar war zu langsam. Cully sagte zu ihm: „Hör mal, du spielst jetzt nicht weiter. Heiliger Gott, ich hab' so was noch nie gesehen. Jetzt kannste bloß noch absacken. Soviel Glück bringst du einfach nicht mehr auf." Jordan nickte zustimmend.

Der Sicherheitsbeamte trug die Tabletts mit den Jetons von Jordan und mit seinen vom Pit-Boss abgezeichneten Gewinnscheinen zum Kassierer. Diane schloß sich der Gruppe an und gab Jordan einen Kuß. Alle waren sie schrecklich aufgeregt. In diesem Moment fühlte sich Jordan wirklich glücklich. Er war jetzt wirklich eine Art Held. Und ohne jemanden getötet oder verletzt zu haben. So ganz schlicht und einfach. Bloß indem er eine Riesensumme darauf gesetzt hatte, wie die Karten fallen würden. Und indem er gewonnen hatte.

Sie mußten einen Augenblick lang warten, bis der Scheck aus dem Kassiererbüro zurückkam. Merlin sagte, halb spöttisch, zu Jordan: „Jetzt bist du reich! Jetzt kannst du dir alles leisten, was du willst."

Cully sagte: „Er muß 'raus aus Vegas."

Diane drückte Jordans Hand. Doch Jordan starrte auf Gronevelt, der mit dem Manager des Casinos neben den zwei Laddermen stand, die ihre Hochstühle verlassen hatten. Die vier Männer flüsterten miteinander. Jordan sagte plötzlich: „Xanadu Nummer-1, wie wär's denn mit einem neuen Schuh?"

Gronevelt trat einen Schritt weg von der Gruppe der anderen Männer, und plötzlich war sein Gesicht ganz von dem grellen Licht der Beleuchtung bestrahlt. Jordan sah, daß der Mann älter sein mußte, als er gedacht hatte. Vielleicht siebzig, aber gesund und mit guter Hautdurchblutung. Eisengraues Haar, dicht und gutgekämmt. Sein Gesicht hatte eine rötliche Sonnenbräune. Der Körper war untersetzt, das Alter hatte ihn noch nicht siech gemacht. Jordan merkte, daß der Mann nur mit einem kurzen Zucken auf seinen Codenamen reagiert hatte.

Gronevelt lächelte ihn an. Er war nicht wütend. Aber etwas in ihm reagierte auf die Herausforderung, brachte etwas aus seiner Jugend zurück, als er selbst ein verrückter Spieler gewesen war . . . Jetzt aber hatte er sein Leben abgesichert, seine Welt war kontrolliert, und er war es, der die Kontrolle hatte. Es gab zahlreiche Freuden für ihn, viele Pflichten, ein paar gefährliche

Geschichten, aber niemals echte, ehrliche Aufregung. Es würde Zucker sein, wenn er so was wieder einmal schmecken könnte, und außerdem wollte er sehen, wie weit Jordan gehen würde, was ihn auf den Dreh brachte.

Gronevelt sagte leise: „Sie haben einen Scheck über 290 Riesen von der Kasse, stimmt's?"

Jordan nickte.

Gronevelt sagte: „Ich veranlasse, daß die einen Schuh bauen. Wir spielen nur eine Hand. Doppelt oder nichts. Aber Sie müssen auf ‚Spieler' setzen, nicht auf ‚Bank'."

Am Bakkarat-Tisch schienen alle ganz verstört zu sein. Die Croupiers starrten Gronevelt verblüfft an. Nicht nur riskierte er eine enorme Summe Geld, entgegen sämtlichen Gesetzen des Casinos, sondern er riskierte auch, die Lizenz für sein Spielcasino zu verlieren, wenn die State Gaming Commission sich wegen dieser Wette verbeißen sollte. Gronevelt lächelte die Leute an: „Na mischt mal die Karten", sagte er, „und baut den Schuh auf."

In diesem Moment kam der Pit-Boss durch das Gatter der Absperrung und reichte Jordan das längliche gelbe Stück Papier, das sein Scheck war. Jordan warf nur einen kurzen Blick darauf, legte es auf „Spieler" und sagte lächelnd zu Gronevelt: „Also, hier ist der Einsatz."

Jordan sah, wie Merlin zurücktrat und sich gegen die königsgraue Brüstung stützte. Merlin beobachtete ihn wieder genau. Diane trat irgendwie verwirrt ein paar Schritte zur Seite. Jordan freute sich über ihre Verwunderung. Das einzige, was er nicht mochte, war, gegen sein Glück zu setzen. Er haßte es, auch nur daran zu denken, die Karten aus dem Schuh zu nehmen und gegen sein eigenes Blatt zu setzen. Er drehte sich zu Cully um.

„Cully, gib du für mich", sagte er.

Aber Cully zuckte entsetzt zurück. Dann schielte er zu dem Croupier hinüber, der die Karten aus dem Karton übernommen und für das Mischen vor sich aufgebaut hatte. Cully schien von einem Schauder befallen zu sein, ehe er sich Jordan wieder zuwandte.

„Jordy, das ist 'n Scheißspiel für Trottel", sagte Cully leise, als sollte ihn keiner sonst hören. Er warf einen hastigen Blick zu Gronevelt hinüber, der ihn anstarrte. Dennoch redete er weiter. „Hör mir zu, Jordy, die Bank hat dem Spieler gegenüber immer einen Vorteil von zweieinhalb Prozent. Bei jedem ausgeteilten Blatt. Deshalb muß doch der Junge, der ‚Bank' spielt, fünf Prozent

Kommission bezahlen. Aber jetzt hat das Haus die Bank. Bei einer derartigen Wette bedeutet die Courtage überhaupt nichts. Es ist doch viel besser, wenn man mit zweieinhalb Prozent Vorteil auf die Hand setzt, die gewinnt. Kapierst du das, Jordy?" Cully redete ganz leise und ruhig. Als spräche er zu einem Kind.

Jordan lachte nur. „Weiß ich doch alles", sagte er. Fast hätte er gesagt, daß er damit gerechnet hätte, aber das wäre eigentlich nicht die Wahrheit gewesen. „Also, wie ist es, willst du für mich die Karten ausgeben. Ich möchte nicht gern gegen mein Glück anspielen."

Der Croupier teilte den großen Pack Karten in Teile auf und schob sie alle wieder zusammen. Er hielt die leere gelbe Plastikkarte Jordan hin, damit er teilen könne. Jordan schaute Cully an. Cully sagte keinen Ton und zog sich zurück. Dann streckte Jordan die Hand aus und teilte den Pack. Der Croupier schob den Pack wieder zusammen und steckte die Karte wieder in den Schuh. Alles drängte sich nun zum Tisch. Spieler, die draußen vor der Barriere standen, sahen, daß da ein neuer Schuh gesetzt war, versuchten reinzukommen und wurden von den Sicherheitswächtern abgedrängt. Sie versuchten zu protestieren. Aber plötzlich wurden sie stumm. Sie versammelten sich um die Einzäunung. Der Croupier wendete die erste Karte, die er aus dem Schuh zog. Es war eine Sieben. Er holte sieben Karten aus dem Schuh und steckte sie in den Schlitz. Dann schob er Jordan über den Tisch den Schuh zu. Jordan setzte sich auf seinen Stuhl. Plötzlich redete Gronevelt. „Nur eine Hand", sagte er.

Der Croupier hob den Arm und sagte deutlich: „Mr. J., Sie setzen auf Spieler, das wissen Sie doch? Der Satz, den ich jetzt gebe, ist die Hand, auf die Sie setzen wollen. Die Hand, die Sie zeigen, als Bankhalter, ist die Hand, gegen die Sie setzen."

Jordan lächelte. „Ich hab' es genau verstanden."

Der Croupier zögerte und sagte dann: „Wenn es Ihnen lieber ist, kann ich vom Schuh austeilen."

„Nein", sagte Jordan. „Das geht schon okay." Er war nun richtig erregt. Nicht wegen des Geldes allein, sondern wegen der Macht, die von ihm über die Menschen hin ausströmte.

Der Croupier hielt die Hand flach in die Höhe. „Eine Karte für mich, eine für Sie selber. Danach wieder ein Blatt für mich und eines für Sie. Darf ich bitten." Er machte eine dramatische Pause und steckte dann Jordan die Hand entgegen und sagte: „Ein Blatt für den Spieler, bitte!"

Jordan ließ die Karten mit der blauen Rückseite leicht und ohne Ungeschicklichkeiten aus dem Schuh gleiten. Seine Hände waren wieder außergewöhnlich graziös und zitterten nicht. Sie wanderten genau bis zur richtigen Entfernung über den grünen Filz, bis dahin, wo die Hände des Croupiers warteten, der seine Karten rasch wendete und dann wie starr stand angesichts der unbesiegbaren Neun. Jordan konnte offenbar nicht verlieren. Cully, hinter ihm stehend, stöhnte laut: „'ne natürliche Neun!"

Zum ersten Mal schaute sich Jordan seine zwei Karten an, ehe er sie ausgab. Eigentlich spielte er ja Gronevelts Hand und mußte also auf Verliererkarten hoffen. Aber dann lächelte er und sagte: „'ne Neun", während er seine Karten als Bankhalter umwendete. Und genauso war es. Die Wette erwies sich als offen. Jordan lachte: „Ich hab' halt einfach zuviel Glück", sagte er.

Dann schaute er zu Gronevelt hinüber. „Weiter?" fragte er.

Gronevelt schüttelte den Kopf und sagte: „Nein." Und dann zum Croupier und den Laddermen: „Macht den Tisch dicht." Und Gronevelt verließ den Spielraum. Das Risiko hatte ihm Spaß gemacht, aber er war alt genug zu wissen, daß man sich im Leben nicht auf ein lebensgefährliches Risiko einlassen durfte. Ein bißchen Nervenkitzel hin und wieder war genug. Und morgen würde er mit der Gaming Commission über die illegale Wette zurechtkommen müssen.

Und mit Cully würde er morgen auch noch einmal ausführlich reden müssen. Vielleicht hatte er sich in Cully getäuscht.

Als wären sie seine Leibwächter, trieben Cully, Merlin und Diane Jordan aus der Bakkarat-Ecke. Cully schnappte sich den gelben Scheck mit der Perforierung vom Tisch, stopfte ihn in Jordans linke Brusttasche und zog den Reißverschluß zu, damit der Zettel dort auch sicher sei. Jordan ging vor Behagen nur so über. Als er auf die Uhr blickte, sah er, daß es 4 Uhr morgens war. Die Nacht war beinahe zu Ende. „Trinken wir doch noch Kaffee und frühstücken wir", sagte er. Er schleppte sie in die Cafeteria und in eines der gelben tiefgepolsterten Séparées.

Als sie alle bequem saßen, sagte Cully: „Okay, er hat fast vierhundert Große Riesen. Wir müssen dafür sorgen, daß er von hier verschwindet."

„Jordy, du mußt von hier aus Vegas abzischen. Du bist jetzt reich. Du kannst jetzt machen, was du willst." Jordan sah, wie

Merlin ihn konzentriert anblickte. Mann, verdammt, das wurde allmählich unangenehm.

Diane legte ihm leicht die Hand auf den Arm und sagte: „Spiel jetzt nicht mehr. Bitte!“ In ihren Augen war ein feuchter Schimmer. Und plötzlich wurde es Jordan klar, daß sie sich so benahmen, als sei er gerade einem Exil entkommen oder davon begnadigt worden. Er spürte, wie glücklich sie seinetwegen waren, und um ihnen das zurückzugeben, sagte er: „Also laßt mich euch Burschen, und dir, Diane, natürlich auch, was geben. Sagen wir zwanzig Riesen für jeden?“

Sie waren alle ein wenig vor den Kopf gestoßen. Dann sagte Merlin: „Ich nehm' das Geld, sobald du in das Flugzeug steigst und aus Vegas abhaust.“

Diane sagte: „Genau, so ist unser Vertrag. Entweder du nimmst das Flugzeug und verschwindest von hier . . . Stimmt's, Cully?“

Cully war nicht so begeistert. Was sollte schon schlimm daran sein, die zwanzig Riesen jetzt anzunehmen und ihn dann in sein Flugzeug zu stecken? Das Spiel war zu Ende. Sie konnten ihm nicht seine Glückssträhne durchschneiden. Dennoch, Cully hatte ein schlechtes Gewissen und konnte nicht ganz aufrichtig sein. Außerdem war ihm klar, daß das wohl die letzte abenteuerliche, edle Handlung seines Lebens gewesen war. Echte Freundschaft jemand zu geben, wie diese zwei Arschlöcher Merlin und Diane es taten. Merkten die denn nicht, daß Jordan verkorkst war? Daß der sie abhängen und das ganze Geld wieder verlieren konnte?

Also sagte Cully: „Hört mal zu, wir müssen ihn unbedingt von den Spieltischen weghalten. Wir müssen ihn bewachen, ihn sozusagen festbinden, bis die Maschine morgen nach Los Angeles fliegt.“

Jordan schüttelte den Kopf. „Ich geh' nicht nach Los Angeles! Es muß schon was weiter weg sein. Irgendwas, irgendwo auf der ganzen Erde. Irgendwo.“ Er lächelte sie an. „Ich bin noch nie aus den Staaten rausgekommen . . .“

„Wir brauchen 'ne Landkarte“, sagte Diane. „Ich rufe den Chef von den Pagen. Die können immer alles arrangieren.“ Einer von den Rayonchefs für die Pagen hatte für sie einmal innerhalb von zehn Minuten eine Abtreibung arrangiert.

Während sie aßen, sagte Merlin: „Schickst du die Schecks deinen Bälgern?“ Er schaute Jordan dabei nicht an, und Jordan blickte ihm ruhig ins Gesicht und zuckte dann mit den Schultern. Daran hatte er wirklich nicht gedacht. Irgendwie war er auch auf Merlin sauer, daß der so eine Frage gestellt hatte. Aber das dauerte nur einen Augenblick lang.

„Wieso soll er denn sein Geld seinen Gören geben?" fragte Cully. „Für die hat er doch ganz gut gesorgt. Sagt doch dann gleich, er soll seiner Frau die Schecks schicken." Er lachte, als wäre das außerhalb des Bereichs des Möglichen, und wieder verspürte Jordan Ärger in sich aufsteigen. Es war ein leichter Ärger. Er hatte seine Frau seinen Freunden falsch gezeichnet. So schlimm war sie wirklich nicht.

Diane zündete sich eine Zigarette an. Sie nippte an ihrem Kaffee, auf ihrem Gesicht hing ein nachdenkliches Lächeln. Einen kurzen Moment lang strich sie in einer fast komplizenhaften Weise über Jordans Arm, fast so, als wäre er ebenfalls eine Frau und sie verbündete sich mit ihm. In dem Moment kam der Pagen-Boss persönlich und brachte einen Atlas. Jordan griff in eine seiner Taschen und gab ihm einen Hundertdollarschein. Der Mann rannte fast, ehe Cully, der wütend war, ein Wort herausbrachte. Diane begann den Folianten aufzublättern.

Merlin The Kid war immer noch intensiv auf Jordan konzentriert. „Wie fühlt man sich denn dabei?" fragte er.

„Grandios", sagte Jordan, und er mußte lächeln, wie sehr sie ihre Leidenschaft ernst nahmen.

Cully sagte: „Wenn du jetzt noch mal an einen Craps-Tisch gehst, dann hast du uns alle auf dem Rücken. Und kein Mist dabei." Er hämmerte seine Faust auf den Tisch. „Nix mehr!"

Diane hatte die Karte bereits über die halb abgegessenen Teller auf dem Tisch ausgebreitet, und sie drängten sich alle darüber, außer Jordan. Merlin entdeckte eine Stadt in Afrika, und Jordan sagte ganz leise, er habe nicht den Wunsch, nach Afrika zu gehen.

Merlin lehnte sich zurück und schaute die Karte nicht länger mit den anderen zusammen an. Er beobachtete Jordan. Cully überraschte sie alle, als er plötzlich sagte: „Da gibt's 'ne Stadt in Portugal, die ich kenne, Mercedas." Sie waren überrascht, weil sie aus irgendeinem Grund der Ansicht gewesen waren, er sei nie aus Vegas herausgekommen. Und jetzt kannte der plötzlich eine Stadt in Portugal.

„Jawohl, Mercedas", wiederholte Cully. „Nett und warm. Phantastischer Strand. Mit 'nem kleinen Casino mit Fünfzig-Dollar-Limit und bloß sechs Stunden abends offen. Da kannste spielen wie ein Bonze und reißt dir nicht mal 'nen Fingernagel ein. Na, wie kommt dir das vor, Jordan? Wie wär' das mit Mercedas?"

Jordan sagte: „Okay!"

Diane begann den Reiseweg zu planen. „Los Angeles und über den Nordpol nach London. Dann ein Flug nach Madrid. Und dann wirst du wohl per Auto nach Mercedas fahren."

„Nein!" sagte Cully. „Es gibt Flugzeuge zur größeren Stadt dort in der Nähe. Ich hab' vergessen, wie sie heißt. Und ihr müßt sichergehen, daß er rasch aus London rauskommt. Die Spielklubs dort sind mörderisch."

Jordan sagte: „Ich muß ein bißchen schlafen."

Cully schaute ihn an. „Jaaah, Mann, du siehst verdammt beschissen aus. Geh doch rauf in dein Zimmer und hau dich hin. Wir arrangieren das Ganze für dich. Und dann wecken wir dich, bevor deine Maschine fliegt. Und versuch bloß nicht, wieder runter ins Casino zu kommen. Ich und The Kid werden den Eingang überwachen."

Diane sagte: „Jordan, du mußt mir ein bißchen Geld geben für die Flugtickets." Jordan zog einen enormen Packen von Hundertdollarnoten aus der Tasche und drückte sie auf den Tisch. Diane zählte sorgfältig dreißig davon ab.

„Es kann ja in der Ersten Klasse kaum mehr als dreitausend für den ganzen Flug kosten, oder?" fragte sie. Cully schüttelte den Kopf.

„Höchstens zwei Mille", sagte er. „Aber buche auch die Hotels für ihn." Er nahm die restlichen Banknoten, rollte sie zusammen und stopfte sie Jordan wieder in die Tasche.

„Kann ich euch jetzt euren Anteil geben?" fragte Jordan zum letztenmal und stand auf.

Merlin sagte hastig: „Nein, das wäre gegen das Glück. Erst wenn du zum Flugzeug gehst." Jordan sah einen Ausdruck von Mitleid und Zuneigung in Merlins Gesicht. Dann sagte Merlin: „Schlaf ein bißchen. Wenn wir dich wecken, helfen wir dir beim Packen."

„Okay", sagte Jordan. Dann verließ er die Cafeteria und ging den Korridor entlang, der zu seinem Zimmer führte. Er hatte bemerkt, daß Cully und Merlin ihm bis dahin gefolgt waren, wo der Gang anfing, weil sie sicher sein wollten, daß er nicht unterwegs abbog, um weiterzuspielen. Verschwommen erinnerte er sich, daß Diane ihn zum Abschied geküßt und daß sogar Cully ihn freundschaftlich an der Schulter gepackt hatte. Wer hätte gedacht, daß ein Typ wie Cully jemals in Portugal gewesen war?

In seinem Zimmer verriegelte er die Tür zweifach und legte auch die Sicherheitskette vor. Nun war er vollkommen sicher. Er ließ sich auf das Bett fallen. Und plötzlich war er entsetzlich wütend. Er hatte Kopfschmerzen, und sein Körper war außer Kontrolle und zitterte.

Wie konnten sie es wagen, Zuneigung für ihn zu empfinden? Wieso erlaubten die sich, ihm Mitgefühl zu zeigen? Sie hatten keinen Grund dazu, nicht den geringsten Anlaß! Er hatte sich nie beklagt. Er hatte nie um ihre Zuneigung geworben. Er war nie darauf aus gewesen, daß sie ihn mochten oder liebten. Er wollte so was nicht. Es ekelte ihn an.

Er ließ sich gegen die Kopfkissen sacken. Er war zu müde, sich auszuziehen. Sein Jackett, vollgestopft mit Geld und Chips, fühlte sich unbequem an auf dem Körper, also wälzte er sich aus ihm heraus und ließ es auf den Boden fallen. Er schloß die Augen und meinte schon, er würde gleich einschlafen können, doch wieder packte dieser zuckende, merkwürdige Terror seinen Körper und zwang ihn, sich aufzurichten. Er hatte das heftige Zittern in den Armen und Beinen nicht mehr unter Kontrolle.

Im Dunkel des Zimmers zeigten sich geisterhaft Andeutungen der Morgendämmerung. Jordan überlegte, daß er seine Frau anrufen und ihr von dem Vermögen erzählen könnte, das er gewonnen hatte. Aber er wußte, daß das nicht ging. Und seinen Kindern konnte er es auch nicht sagen. Und keinem von seinen alten Freunden. In diesen letzten grauen Schwaden, die von der Nacht noch übrig waren, gab es keinen Menschen auf der ganzen Erde, den er mit seiner Glückssträhne hätte überraschen wollen. Es gab auf der ganzen Welt keinen, der mit ihm seine Freude über den Gewinn eines solch großen Vermögens hätte teilen können.

Er erhob sich vom Bett, um zu packen. Er war reich, und er mußte nach Mercedas fliegen. Er begann zu weinen, und ein überwältigender Kummer, eine wilde Wut schwemmten alles andere fort. Er sah den Revolver in seinem Koffer, und dann wurde sein Kopf ganz wirr. Sämtliche Spiele, die er in den vergangenen sechzehn Stunden gespielt hatte, taumelten durch sein Hirn, die Würfel, die Gewinnaugen brachten, die Blackjack-Tische mit ihren gewinnbringenden „Kartenhänden", das längliche Bakkarat-Set, auf dem verstreut die bleichen Blattseiten aufgedeckter toter Karten lagen. Und der Croupier mit schwarzer Krawatte und blitzendweißem Hemd hielt die Handfläche nach oben, über den Karten, und rief leise: „Eine Karte für den Spieler."

Mit einer raschen Bewegung ergriff Jordan die Pistole. Sein

Gehirn war jetzt eisklar. Und dann, so sicher und so rasch, wie er seine berühmten vierundzwanzig siegreichen Hände im Bakkarat ausgeteilt hatte, drückte er den Lauf gegen seinen Nacken und drückte ab. In dieser ewigdauernden Sekunde verspürte er die süße Erleichterung, daß alles Entsetzen ihn verließ. Und sein letzter bewußter Gedanke war, daß er niemals nach Mercedas gehen würde.

3

Merlin The Kid trat durch die gläserne Tür des Casinos. Er sah gern, wie die frühe Morgensonne aufstieg, solange sie noch eine kalte gelbe Scheibe war. Er mochte die kühle Wüstenluft, die leicht von den Bergen, die diese Wüstenstadt umringten, herüberwehte. Oft hatten sie sich ein Picknick in diesen Bergen vorgenommen. Einmal war Diane mit einem Korb voller Sandwiches für ein Picknick erschienen. Aber Cully und Jordan hatten sich geweigert, das Casino zu verlassen.

Merlin zündete sich eine Zigarette an und rauchte genußvoll in langen, langsamen Zügen. Dabei rauchte er doch so selten. Die Sonne glühte ein wenig röter, eine runde Grillspirale in einer unendlichen Galaxie aus Neon. Merlin machte kehrt, um wieder ins Casino zu gehen, und als er durch die Glastüren kam, entdeckte er Cully in seinem „Vegas-Winner"-Jackett, wie er quer durch die Abteilung mit den Würfeltischen eilte und ihn offenbar suchte. Sie trafen sich vor der Balustrade der Bakkaratabteilung. Cully lehnte sich gegen einen der Stühle der „Leitermänner". Sein schmales dunkles Gesicht war von Haß, Furcht und Schock verzerrt.

„Der Saukerl, dieser Jordan", sagte Cully, „der hat uns doch glatt um unsere 20 Riesen betrogen." Aber dann lachte er. „Der hat sich 'ne Kugel durch den Kopf gejagt. Schlägt das Haus mit über vierhunderttausend und bläst sich sein Hirn weg."

Merlin wirkte nicht einmal überrascht. Er drückte sich mit dem Rücken enger an die Bakkaratbrüstung. Die Zigarette entglitt seinen Fingern. „Verdammte Scheiße", sagte er. „Wie ein Glücksvogel hat er nie auf mich gewirkt."

„Wir warten wohl besser hier und fangen Diane ab, wenn sie vom Flughafen zurückkommt", sagte Cully. „Dann können wir das Geld für die Tickets teilen."

Merlin betrachtete ihn, nicht erstaunt, sondern eher neugierig. Besaß Cully wirklich so wenig Gefühl? Er konnte sich das nicht vorstellen. Er sah dieses dünne, kränkliche Lächeln in Cullys

Gesicht. In diesem Gesicht, das hart wirken sollte und das dabei so voller Bestürzung, ja voller Angst war. Merlin setzte sich an den leeren Bakkarat-Tisch. Er fühlte sich ein wenig schwindlig, weil er zu wenig geschlafen hatte und erschöpft war. Genau wie Cully war er zornig, aber aus einem ganz anderen Grund. Er hatte Jordan genau studiert und alle seine Bewegungen beobachtet. Er hatte ihn raffiniert dazu bewegt, über sein Leben zu erzählen, ihm seine Geschichte zu berichten. Er hatte gespürt, daß Jordan nicht von Las Vegas fortgehen wollte. Daß mit ihm etwas nicht stimmte. Aber Jordan hatte ihnen nichts von dem Revolver gesagt. Und Jordan hatte sich stets perfekt verhalten, wenn Merlin ihn beobachtete. Also hatte Jordan ihn ausgetrickst. Jedes verdammte Mal hatte er ihn ausgetrickst. Sie alle hatte er übers Ohr gehauen. Und was Merlin vor Wut schwindeln machte, war, daß er Jordan während der ganzen Zeit, in der sie in Vegas zusammen waren, so perfekt durchschaut zu haben glaubte. Er hatte sich die ganzen Puzzlestücke so schön zusammengesucht, aber dann, einfach weil es ihm an Fantasie mangelte, das fertige Bild nicht sehen können. Denn natürlich, nach Jordans Tod, war es für Merlin klar, daß ein anderer Ausgang nicht denkbar war. Von Beginn an war es vorbestimmt, daß Jordan in Vegas sterben mußte.

Nur Gronevelt war gar nicht erstaunt. Oben in seiner Penthouse-Suite hatte er Jahre um Jahre in keiner Nacht darüber nachgedacht, wieviel Böses sich in der Seele des Menschen versteckte. Er setzte seine Pläne dagegen. Weit unter ihm lagen im Tresor seines Kassierers eine Million Dollar versteckt, und die ganze Welt war nur darauf aus, sie ihm zu stehlen. Und er lag Nacht für Nacht wach und ersann sich magische Zauber, um gegen diese Angriffe anzugehen, sie unwirksam zu machen. Und da er auf diese Weise alles dieses langweilige Böse ausgelotet hatte, erwog er in manchen Stunden seiner Nächte andere Mysterien, und er bekam dann mehr Angst vor der Güte, die sich in der menschlichen Seele verbarg. Weil sie wahrscheinlich für seine Welt und sogar für ihn selber die größere Gefahr darstellte.

Als die Sicherheitsmänner ihm den Schuß berichteten, rief Gronevelt sofort das Büro des Sheriffs an, damit dessen Leute die Tür aufbrechen konnten. Aber seine eigenen Leute waren auch da. Um eine ehrliche Untersuchung der Tatsachen und eine genaue Aufstellung der Wertgegenstände sicherzustellen. Es fanden sich zwei Schecks des Casinos über eine Gesamtsumme von 340.000 Dollar. Ferner fast 100.000 Dollar in Scheinen und Jetons, die in die Taschen dieser lächerlichen Leinenjacke gestopft waren, die Jordan getragen hatte. Was nicht in den Reißverschlußtaschen der Jacke steckte, lag auf dem Bett.

Gronevelt blickte aus seinen Fenstern auf die Sonne, die rötlich über der Wüste und den sandigen Bergen aufstieg. Er seufzte. Jordan würde nun also niemals mehr seinen Gewinn zurückverlieren können, und das Casino hatte diesen besonderen Packen Geld für immer abzuschreiben. Na ja, schließlich war das die einzige Chance für einen wilden Spieler, sein Geld zu behalten.

Aber nun mußte Gronevelt sich an die Arbeit machen. In den Zeitungen mußte der Selbstmord möglichst heruntergespielt werden. Denn es machte natürlich einen scheußlich schlechten Eindruck, wenn einer, der vierhunderttausend gewonnen hatte, sich eine Kugel in den Kopf jagte. Außerdem wollte Gronevelt keine Gerüchte haben, daß da ein Mord begangen worden war, damit das Casino seinen Verlust aufholen konnte. Er mußte etwas unternehmen. Er meldete seine Gespräche nach dem Osten der Staaten, in seine dortigen Büros, an. Ein früherer Senator, ein Mann von makellosem Renommee, wurde beauftragt, der nun wieder Gattin Gewordenen die traurige Nachricht zu bringen. Und ihr zu erklären, daß er ein Vermögen aus dem Spielgewinn hinterlassen habe, das sie erhalten würde, wenn sie seinen Leichnam abholte. Alle würden sie diskret sein, keiner würde zu betrügen versuchen, die Gerechtigkeit würde ihren Lauf nehmen. Und dann, am Ende, würde die Sache bloß eine Geschichte sein, die sich die Spieler unter dem Neonlicht des Las Vegas Strip in den Cafeterias erzählten. Gronevelt interessierte sich dafür nicht besonders. Er hatte schon vor langer Zeit damit aufgehört, sich Gedanken über die Spieler zu machen.

Die Bestattung ging schlicht vonstatten, auf einem protestantischen Friedhof, um den ringsum die goldene Wüste lag. Jordans Witwe kam angeflogen und kümmerte sich um alles. Gronevelt und seine Mannschaft berichteten ihr auch, was Jordan gewonnen hatte. Man händigte ihr die Schecks aus und alles Bargeld, das man bei dem Toten gefunden hatte. Der Selbstmord wurde kaschiert. Unter Mithilfe der staatlichen Behörden und der Zeitungen. Es war für das Image von ganz Las Vegas entsetzlich schlecht, wenn da einer, der vierhunderttausend Dollar gewann, plötzlich tot aufgefunden wurde. Die Witwe unterschrieb eine Quittung für den Scheck und für das Geld. Gronevelt bat sie um Diskretion, aber eigentlich hatte er in der Hinsicht keine Bedenken. Wenn diese Schlumpe ihren Mann in Vegas begraben ließ, ihn nicht nach Hause überführen ließ und seine Kinder nicht zur Beerdigung kommen ließ, dann hatte sie ein paar Jokers im Ärmel.

Gronevelt, der Exsenator und die Rechtsanwälte geleiteten die Witwe aus dem Hotel zu der wartenden Trauerlimousine – auf Kosten des Hotels Xanadu, wie alles andere auch. Merlin The Kid, der auf sie gewartet hatte, vertrat ihnen den Weg. Er sprach zu der gutaussehenden Frau: „Ich heiße Merlin. Ihr Mann und ich waren befreundet. Es tut mir sehr leid."

Die Witwe sah, daß er sie intensiv ansah, ja sie geradezu studierte. Sie wußte sofort, daß er keine Hintergedanken hatte, daß er ehrlich war. Aber er wirkte einfach ein wenig zu sehr interessiert. Sie hatte ihn in der Begräbniskapelle neben einem jungen Mädchen stehen sehen, dessen Gesicht vom Weinen verschwollen war. Die Witwe fragte sich, warum er nicht da auf sie zugekommen war. Hatte das Mädchen zu Jordan gehört?

Sie sagte leise: „Ich bin froh, daß er hier einen Freund besaß." Der junge Mann, der sie so anstarrte, amüsierte sie. Sie wußte, sie hatte das gewisse Etwas, diese besondere Eigenschaft, die die Männer anzog. Es war nicht so sehr ihre Schönheit, als vielmehr die über ihre Schönheit gelagerte Intelligenz. Und genügend Männer hatten ihr gesagt, das sei eine seltene Kombination. Immerhin hatte sie ihren Ehemann viele Male vorher mit anderen betrogen, ehe sie den Mann traf, mit dem zu leben sie entschlossen war. Sie fragte sich, ob dieser junge Mann, Merlin war sein Name, über sie und Jordan Bescheid wußte und darüber, was damals in der entscheidenden letzten Nacht passiert war. Aber das betraf sie eigentlich alles gar nicht. Sie fühlte nicht das geringste Schuldgefühl. Sie wußte, sein Tod – und keiner sonst konnte das wissen – war ein freiwilliger Akt, eine freiwillige Entscheidung, der Bosheitsakt eines Sanftmütigen.

Es schmeichelte ihr ein bißchen, wie intensiv und offensichtlich fasziniert der junge Mann sie anstarrte. Sie konnte nicht wissen, daß er nicht nur ihre helle Haut sah, die vollkommen geformten Knochen darunter, den roten und dezent-sinnlichen Mund. Er sah darunter und dahinter ihr Gesicht als die Maske des Todesengels, und er würde es immer als das sehen.

4

Als ich Jordans Witwe erklärte, ich sei Merlin, blickte sie mich starr, kühl und freundlich an, ohne Schuld oder Trauer. Ich erkannte in ihr eine Frau, die sich und ihr Leben fest in der Hand hat, nicht weil sie selbstsüchtig und egozentrisch gewesen wäre, sondern aus Intelligenz. Ich begriff, warum Jordan über sie niemals ein hartes Wort gesagt hatte. Sie war eine ganz besondere Frau, von jener Art, wie viele Männer sie mögen. Aber ich wollte sie nicht näher kennenlernen. Ich stand zu stark auf Jordans Seite. Und das, obwohl ich seine Kühle und Ablehnung uns gegenüber stets hinter seiner Höflichkeit und scheinbaren Freundlichkeit gespürt hatte

Als ich Jordan zum erstenmal sah, wußte ich, da lief etwas nicht richtig synchron in diesem Menschen. Es war an meinem zweiten Tag in Vegas, und ich hatte beim Blackjack eine Glückssträhne gehabt, darum probierte ich es am Bakkarat-Tisch. Bakkarat ist wirklich ein reines Glücksspiel, und der Minimaleinsatz sind zwanzig Dollar. Man weiß sich völlig in der Hand des Schicksals, und dies Gefühl habe ich immer gehaßt. Ich wollte stets glauben, ich könnte mein Geschick lenken, wenn ich mich nur richtig anstrengte.

Ich nahm Platz an dem langen, ovalen Bakkarat-Tisch und bemerkte Jordan am anderen Ende. Er war ein blendend aussehender Mann von ungefähr vierzig, vielleicht schon fünfundvierzig. Er hatte eine dichte weiße Haarmähne, aber es war nicht das Weiß des Alters, sondern eines, das er von Geburt an besaß, durch irgendein Albino-Gen. Es saßen bloß er und ich und noch ein dritter Spieler am Tisch, und die drei Casino-Anreißer, damit es nicht so leer wirkte. Eine der drei war Diane, zwei Plätze neben Jordan sitzend, im „Arbeits-Dress", aber ich merkte, daß ich eigentlich nur Jordan beobachtete.

An diesem Tag erschien er mir als ein bewundernswerter Spieler. Er zeigte nicht ein einzigesmal Freude, wenn er gewann. Er ließ kein einzigesmal Enttäuschung erkennen, wenn er verlor. Wenn er austeilte, dann gekonnt, mit eleganten weißen Händen. Und als ich ihm zusah, wie er die Hundertdollarnoten stapelte, wurde mir plötzlich klar, daß es ihm egal war, ob er gewann oder verlor.

Der dritte Spieler am Tisch war ein „steamer", einer, der es haßte, zu verlieren. Er war klein und mager, und eigentlich kahlköpfig, nur hatte er die wenigen pechschwarzen Haare sorgfältig über die Glatze gekämmt. Sein Körper vibrierte vor nervöser Energie. Jede seiner Bewegungen war von Heftigkeit erfüllt. Wie er sein Geld beim Setzen hinwarf, wie er eine gute Hand aufnahm, wie er die Banknoten zählte und wütend vor sich aufhängte, um zu zeigen, daß er am Verlieren sei. Wenn er austeilte, tat er es unkontrolliert, so daß oft ein Blatt aufgedeckt landete oder über die ausgestreckte Hand des Croupiers hinwegflog. Aber der Croupier am Tisch blieb stets unbeeindruckt, und seine Höflichkeit ließ nie zu wünschen übrig. Eine Karte aus dem „Spiel" segelte durch die Luft und fiel seitwärts. Der verkniffen aussehende Mann versuchte noch einen schwarzen Hundertdollar-Chip auf seine Karte zu setzen, doch der Croupier sagte: „Sorry, Mr. A., das geht nicht."

Mr. A.s verkniffener Mund wurde noch böser. „Ach Scheiße, ich hab' nur eine Karte gegeben. Wer sagt, daß ich nicht kann?"

Der Croupier blickte zu dem Ladderman an seiner Rechten empor. Der Ladderman nickte knapp, und der Croupier sagte höflich: „Mr. A., Sie haben einen Einsatz."

Und richtig, die erste Karte für den Spieler war eine Vier, eine schlechte Karte. Aber Mr. A. verlor sowieso, als der Spieler ausstieg. Der „Schuh" ging weiter zu Diane.

Mr. A. setzte auf „Spieler" gegen Dianes Bank. Ich schaute über den Tisch zu Jordan hinüber. Sein weißer Kopf war gesenkt, er kümmerte sich nicht im geringsten um Mr. A. Ich schon. Mr. A. setzte fünf Einhundert-Dollar-Scheine auf „Spieler". Diane teilte die Blätter mechanisch aus. Mr. A. erhielt die „Spieler"-Karten. Er fächerte sie auf und warf sie heftig auf den Tisch. Zwei Bilder. Null. Diane hatte zwei Karten, die zusammen fünf ergaben. Der Croupier rief: „Eine Karte für den Spieler." Diane gab Mr. A. eine weitere Karte. Wieder eine Figurenkarte. Null. Der Croupier sang laut: „Die Bank gewinnt."

Jordan hatte auf „Bank" gesetzt. Ich wollte eigentlich auf „Spieler" setzen, aber Mr. A. stank mir, also setzte ich „Bank". Dann sah ich, wie Mr. A. eintausend Dollar auf „Spieler" setzte. Jordan und ich ließen unser Geld auf „Bank" stehen.

Diane gewann mit einer natürlichen Neun über Mr. A.s Sieben. Mr. A. starrte Diane bösartig an, als wolle er sie davon abschrekken zu gewinnen. Das Verhalten des Mädchens war tadellos. Sie betrug sich bemüht neutral, bewußt unbeteiligt, spielte sehr deutlich ihre rein mechanische Funktion aus. Doch trotz alledem, als Mr. A. seine tausend Dollar auf „Spieler" gesetzt hatte und Diane ihre natürliche Neun brachte, die siegte, hämmerte Mr. A. mit der Faust auf den Tisch und sagte: „Verdammte Fotze." Er starrte sie haßerfüllt an. Der Croupier, der das Spiel leitete, stand sofort auf. Kein Muskel in seinem Gesicht zuckte. Der Ladderman neigte sich vor wie ein Jehova, der sein Haupt aus dem Himmel niederbeugt. Am Tisch herrschte nun eine gewisse Spannung.

Ich beobachtete Diane. Sie verzog ein bißchen das Gesicht, schien zu schrumpfen. Jordan packte seinen Gewinn zusammen, als bemerke er nicht, was vor sich ging. Mr. A. stand auf und ging zum Pit-Boss hinüber, der am Markeurtisch stand. Er flüsterte etwas. Der Mann nickte. Alle am Spieltisch standen auf, während ein neuer Schuh arrangiert wurde. Ich sah Mr. A. durch das königliche graue Tor in Richtung der Korridore gehen, die zu den Hotelzimmern führten. Ich sah, wie der Pit-Boss zu Diane kam und mit ihr redete, und dann verschwand auch sie aus dem Bakkarat-pit. Man brauchte nicht viel Fantasie zu haben: Diane würde mit Mr. A. einen Fick machen, damit sich sein Glück wendete.

Die Croupiers brauchten zirka fünf Minuten, um den neuen Schuh zu arrangieren. Ich stieg aus und setzte ein bißchen im Roulette. Als ich zurückkam, lief das Spiel. Jordan saß noch immer auf demselben Platz, am Tisch waren zwei Anreißer, Männer diesmal.

Der Schuh ging dreimal um den Tisch, die Gewinne waren gleich verteilt, als Diane zurückkam. Sie sah scheußlich aus, der Mund stand offen, ihr Gesicht wirkte, als würde es gleich zerfließen, obwohl sie doch gerade frisches Make-up aufgelegt hatte. Sie setzte sich auf den Stuhl zwischen mir und einem der Croupiers. Auch er merkte, daß etwas nicht stimmte. Sekundenlang neigte er den Kopf, und ich hörte ihn flüstern: „Bist du okay, Diane?" Das war das erstemal, daß ich ihren Namen hörte.

Sie nickte. Ich gab ihr den Schuh. Aber die Hände, mit denen sie die Blätter ausgab, zitterten. Sie saß vornübergebeugt, um die Tränen zu verbergen, die in ihren Augen glitzerten. Das ganze Gesicht zeigte nur eines: Scham. Mir fällt kein anderes Wort dafür ein. Was immer Mr. A. mit ihr in seinem Zimmer getan hatte, es war sicherlich genug Strafe, weil sie Glück gehabt und er verloren hatte. Der Croupier machte eine leichte Handbewegung zum Pit-Boss, und der kam rüber und tippte Diane auf den Arm. Sie stand auf, und ein männlicher Anreißer nahm ihren Platz ein. Diane setzte sich neben ein Anreißer-Mädchen auf einen der Sessel an der Balustrade.

Der Schuh wanderte, das Glück sprang von „Bank“ zu „Spieler“, von „Spieler“ zu „Bank“ und zurück. Ich bemühte mich, meine Einsätze rechtzeitig zu plazieren, um mich dem Rhythmus anzupassen. Dann kam Mr. A. wieder an den Tisch zurück, auf denselben Platz, wo er sein Geld, seine Zigaretten und sein Feuerzeug liegengelassen hatte.

Er wirkte wie ein vollkommen neuer Mensch. Er hatte geduscht und seine paar Haare neu gekämmt. Jetzt sah er nicht mehr so abstoßend aus. Er trug ein frisches Hemd und andere Hosen, seine wütende Energie schien abgenommen zu haben. Aber er war keineswegs entspannt, doch immerhin füllte er die Atmosphäre nicht wie einer von den Tornados, die man in den Comics sieht.

Als er sich setzte, entdeckte er Diane an der Balustrade, und seine Augen glitzerten. Er warf ihr einen schiefen mahnenden Blick zu. Diane wendete den Kopf ab.

Was immer er angestellt haben mochte und wie mickrig es auch gewesen sein mochte, jedenfalls hatte es nicht nur seine Laune, sondern auch sein Glück umgestülpt. Er setzte auf „Spieler“ und gewann beständig. Und die ganze Zeit wurden nette Typen wie Jordan und ich abgemurkst. Das, oder das Mitleid, das ich für die Dame empfand, machte mich irgendwie sauer. Jedenfalls verdarb ich Mr. A. absichtlich seinen Glückstag.

Also, es gibt Typen, mit denen ist es eine Wonne zu spielen, und andere, die sind an einem Tisch im Casino einfach beschissen und gehen dir auf die Nerven. Am Bakkarat-Tisch ist der Typ am beschissensten, gleich ob's der Banker oder der Spieler ist, der, sobald er seine zwei Blätter hat, sich eine endlose Minute Zeit läßt, bevor er sie auflegt, während die anderen ungeduldig darauf warten, daß sich die Sache entscheidet.

Und genau das fing ich mit Mr. A. an. Er saß auf Platz zwei, ich auf Platz fünf. Also saßen wir einander an der gleichen Tischhälfte gegenüber und konnten dem anderen sozusagen ins Weiße der Augen blicken. Ich war einen Kopf größer als Mr. A. und sah weiß Gott kräftiger aus wie einer von knapp über zwanzig. Keiner wäre auf die Idee gekommen, daß ich über dreißig war und zu Hause in New York ein Weib und drei Kinder sitzen hatte, vor denen ich abgehauen war. Also mußte ich äußerlich auf einen Typ wie Mr. A. wie eine ziemlich feuchte Type wirken. Gut, körperlich wirkte ich vielleicht kräftiger, aber er war so der echte Miesling und besaß in Vegas offenbar ein gewisses Ansehen. Und ich war doch bloß der blöde kleine Junge, den die Spielleidenschaft gepackt hat.

Beim Bakkarat setzte ich wie Jordan fast immer auf „Bank". Aber als Mr. A. den Schuh bekam, streckte ich meine Hörner vor und setzte direkt gegen ihn auf „Spieler". Als ich die zwei Karten bekam, drückte ich sie mit äußerster Sorgfalt zwischen den Fingern, bevor ich sie wendete. Mr. A. rutschte auf seinem Stuhl umher. Er gewann zwar, aber er konnte sich nicht beherrschen, und beim nächsten Spiel sagte er: „Also komm schon, Scheißerchen, beeil dich ein bißchen!"

Ich ließ meine Karten unaufgedeckt liegen und schaute ihn ruhig an. Ich weiß nicht, warum, aber irgendwie lugte ich zu Jordan am anderen Ende des Spieltisches. Er setzte auf „Bank" mit Mr. A., aber er lächelte. Ich schob meine Karten ganz langsam auseinander.

Der Croupier sagte: „Mr. M., Sie halten das Spiel auf. Der Tisch macht es nicht." Er lächelte mich freundlich an. „Die Karten bleiben die gleichen, wie hart Sie auch gegen die Platte drücken."

„Aber klar", sagte ich und warf die Karten auf den Tisch und machte ein Verlierer-Gesicht. Mr. A. griente wieder in der Erwartung auf Sieg. Aber dann, als er mein Blatt sah, war er wie betäubt. Ich hatte eine unschlagbare Neun . . .

Mr. A. sagte: „Verdammte Scheiße!"

„Habe ich diesmal meine Karten schnell genug gelegt?" fragte ich ihn höflich.

Er blickte mich mörderisch an und schaufelte sein Geld zusammen. Er hatte noch immer nicht begriffen. Ich schaute zum anderen Ende des Spieltischs hinunter, und Jordan lächelte, ein richtig entzücktes Lächeln, obgleich ja auch er verloren hatte, weil er mit Mr. A. gespielt hatte. Noch eine Stunde lang ritt ich auf Mr. A. rum.

Ich begriff, daß Mr. A. einen Hebel im Casino haben mußte. Der Ladderman hatte ihn bei ein paar Tricks davonkommen lassen, wo er behauptete, gesetzt zu haben, die Croupiers behandelten ihn mit vorsichtiger Höflichkeit. Der Kerl setzte jeweils fünfhundert oder tausend. Ich setzte meistens Zwanziger. Also würde wohl ich der sein, den das Casino hinauswarf, wenn es zu irgendwelchem Ärger kommen sollte.

Aber ich machte es ganz richtig. Der Typ hatte mich als „Scheißerchen" bezeichnet, und ich war weder wütend noch aggressiv geworden. Als der Croupier mich bat, schneller zu zeigen, hatte ich dies ganz bereitwillig getan. Und daß Mr. A. jetzt „kochte", das war einfach sein Spielerpech. Das Casino würde ungeheuer an Renommee verlieren, wenn es sich auf seine Seite stellte. Sie würden Mr. A. einfach nicht mit irgendeinem Mist davonkommen lassen, weil das sie ebensosehr wie mich gedemütigt hätte. Als friedfertiger Spieler war ich sozusagen ihr Gast und hatte ein Recht auf den Schutz des Hauses.

Ich sah nun, wie der Ladderman mir gegenüber an seinem Stuhl runtergriff und das Telefon abhob, das da hing. Er machte zwei Anrufe. Während ich ihm zusah, verpaßte ich den Einsatz, als Mr. A. den Schuh bekam. Ich setzte eine Weile mit den Einsätzen aus und entspannte mich so einfach in meinem Sessel. Die Stühle hatten Plüschpolster und waren sehr bequem. Man konnte zwölf Stunden lang drin sitzenbleiben, und viele taten das auch.

Die Spannung am Tisch wich, als ich es ablehnte, Mr. A.s Schuh zu wetten. Die stellten sich vor, daß ich vorsichtig war oder die Hosen vollhatte. Der Schuh wechselte weiter. Ich sah zwei sehr wuchtige Typen in korrektem Anzug mit Krawatte durch den Bakkarat-Eingang kommen. Sie gingen zum Pit-Boss rüber, und der sagte ihnen anscheinend, daß der Sturm vorüber sei und daß sie es sich gemütlich machen konnten, denn ich hörte sie lachen und Witze erzählen.

Als Mr. A. das nächstemal den Schuh bekam, schob ich einen Zwanzig-Dollar-Einsatz auf „Spieler". Aber dann, zu meiner Überraschung, warf mir der Croupier, der die zwei „Spieler"-Karten erhielt, diese nicht zu, sondern ans andere Ende des Tisches, neben Jordan. Dabei sah ich Cully zum erstenmal.

Cully hatte so ein schmales dunkles Indianergesicht, aber dabei freundlich wirkend durch seine ungewöhnlich dicke Nase. Er griente quer über den Tisch zu mir und Mr. A. herüber. Ich sah, daß er vierzig Dollar auf „Spieler" gesetzt hatte. Sein Einsatz war höher als der meine, darum erhielt er die „Spieler"-Karten, um sie zu wenden. Cully tat das sofort. Schlechte Karten, und Mr. A. gewann. Mr. A. bemerkte jetzt Cully überhaupt erst und grinste breit.

„He, Cully, was machst du denn beim Bakkarat, du verdammter Countdown-Spezialist?"

Cully lächelte. „Muß mir bloß ein bißchen die Füße ausruhen."

Mr. A. sagte: „Setz mit mir, du Wichser. Gleich landet der Schuh wieder bei der Bank."

Cully lachte bloß. Aber ich merkte, daß er mich beobachtete. Ich setzte meine Zwanzig auf „Spieler". Cully setzte sofort vierzig auf Spieler, damit er die Blätter erhalten sollte. Und wieder legte er seine Karten sofort offen, und wieder schlug ihn Mr. A.

Mr. A. rief laut: „Prima, Cully, du bringst mir wirklich Glück. Setz doch weiter gegen mich!"

Der Kassencroupier zahlte den Gewinn der Bank und sagte dann respektvoll: „Mr. A., Sie sind am Limit." Mr. A. überlegte einen Moment. Dann sagte er: „Lassen Sie's weiterlaufen."

Ich wußte, ich mußte nun sehr vorsichtig sein. Ich verzog keine Miene. Der Spielcroupier hielt die Handfläche nach oben, um das Austeilen des Schuhs so lange aufzuhalten, bis sämtliche Einsätze gemacht waren. Er blickte mich flüchtig und fragend an. Ich rührte mich nicht. Der Croupier blickte zum anderen Ende des Spieltisches. Jordan setzte auf „Bank", zusammen mit Mr. A. Cully setzte einen Hundertdollar-Einsatz auf „Spieler", und dabei schaute er mich die ganze Zeit an.

Der Spielcroupier ließ die Hand fallen, aber ehe Mr. A. ein Blatt aus dem Schuh nehmen konnte, warf ich den Stoß Geldscheine vor mir auf „Spieler". Das Gewispere des Pit-Bosses und seiner zwei Kollegen hinter mir brach ab. Mir gegenüber beugte der Ladderman sein Haupt aus dem Himmel nieder.

„Geld spielt", sagte ich. Was bedeutet, daß der Croupier erst nachzählen konnte, nachdem die Wette entschieden war. Die „Spieler"-Karten mußten an mich gehen.

Mr. A. teilte dem Spielcroupier aus. Der warf zwei Blätter mit der Rückseite nach oben auf das grüne Filztuch. Ich hob sie kurz an und wendete sie um. Nur Mr. A. konnte sehen, wie ich das Gesicht leicht sacken ließ, als hätte ich lausige Karten. Dabei hatte ich eine natürliche Neun in der Hand. Der Croupier zählte mein Geld aus. Ich hatte zwölfhundert Dollar gesetzt, und ich hatte gewonnen.

Mr. A. lehnte sich zurück und zündete sich eine Zigarette an. Er kochte wirklich. Ich konnte seinen Haß direkt spüren. Ich lächelte ihn an. „Sorry", sagte ich. Genau wie ein netter kleiner Junge. Er stierte mich böse an.

Cully, am anderen Tischende, stand wie zufällig auf und schlenderte zu meiner Tischseite herüber. Er setzte sich auf einen der Stühle zwischen mir und Mr. A., damit er den Schuh bekommen würde. Cully patschte auf die Box und sagte: „Hören Sie, Cheech, steigen Sie bei mir ein. Ich hab' so'n Glücksgefühl. Ich hab' sieben Pässe in meinem rechten Arm."

Also hieß Mr. A. Cheech. Ein unangenehm klingender Name. Aber anscheinend mochte Cheech Cully, und ebenso offenkundig war Cully ein Mann, der es zu einer Wissenschaft gemacht hatte, daß man ihn mochte. Denn jetzt drehte er sich zur mir herüber, während Cheech auf „Bank" setzte. „Na komm schon, Kid", sagte er. „Brechen wir doch alle zusammen dem verdammten Casino das Genick. Spielen Sie mit mir."

„Haben Sie wirklich 'ne Glücksphase?" fragte ich, mit einer kleinen Andeutung von ehrfurchtsvollen Augen.

„Vielleicht mach' ich den ganzen Schuh leer", sagte Cully. „Garantieren kann ich's ja nicht, aber vielleicht mach' ich den Schuh leer."

„Na denn mal los", sagte ich. Ich setzte zwanzig auf „Bank". Wir gingen alle zusammen. Ich, Cheech, Cully und Jordan drüben auf der anderen Seite des Tischs. Einer von den Anreißern mußte die „Spieler"-Hand übernehmen und brachte prompt eine kalte Sechs vor. Cully legte zwei Bilder auf, und als er zog, bekam er noch ein Bild, ein totales Zip, Zero, die mieseste Hand beim Bakkarat. Cheech hatte tausend verloren. Cully hundert. Jordan hatte fünfhundert verloren. Ich schäbige kleine zwanzig. Ich allein machte als einziger Cully Vorwürfe. Ich schüttelte kläglich den Kopf. „Mann, da gehen meine Zwanzig", sagte ich. Cully grinste mich an und reichte mir den Schuh. Ich schaute an ihm vorbei und sah, wie Cheechs Gesicht sich rötete vor Wut. Ein kleiner Scheißer von einem kleinen Jungen verliert zwanzig und erlaubt es sich, sich darüber aufzuregen. Ich konnte in seinen Gedanken lesen, als wären sie ein aufgedecktes Kartenspiel vor mir auf dem grünen Filz.

Ich setzte wieder zwanzig auf meine Bank, wartete darauf, die Karten auszugeben. Der Croupier war der junge, gutaussehende Mann, der Diane gefragt hatte, ob sie okay sei. An seiner erhobenen Hand, die mein Austeilen stoppte, bis alle Einsätze getätigt sein würden, glänzte ein Diamantring. Ich sah Jordan seinen Einsatz machen. Auf „Bank", wie gewöhnlich. Er ging mit mir.

Cully setzte zwanzig auf „Bank". Er drehte sich zu Cheech hinüber und sagte: „Kommen Sie, gehen Sie mit uns. Der Kleine sieht aus, als ob er Glück hat."

„Mensch, der onaniert doch noch", sagte Cheech. Ich merkte, daß sämtliche Croupiers mich ansahen. Der Ladderman auf seinem hohen Stuhl saß gerade und unbeweglich. Ich wirkte groß und stark, und sie empfanden mir gegenüber so ein bißchen Verachtung.

Cheech setzte dreihundert auf „Spieler". Ich gab und gewann. Ich machte weiter Coups, und Cheech erhöhte seinen Einsatz gegen mich weiter. Er verlangte einen Markeur. Also, es war nicht mehr viel von dem Schuh über, aber ich teilte mit perfekten Spielermanieren aus, hielt die Karten nicht zurück, keine freudigen Ausrufe. Ich war stolz auf mich. Die Croupiers leerten den Behälter und mischten die Karten zu einem neuen Spiel. Jeder zahlte seine Kommissionen. Jordan stand auf, um die Beine zu strecken. Cheech auch, und auch Cully. Ich stopfte meinen Gewinn in die Taschen. Der Pit-Boss holte den Markeur herüber, damit Cheech signieren konnte. Alles war prima. Es war der absolut beste Augenblick.

„Hören Sie mal, Cheech", sagte ich. „*Ich* bin also ein doofer Onanist?" Und ich lachte. Dann ging ich um den Tisch herum zum Ausgang aus dem Bakkarat-pit, aber ich ging absichtlich dicht an ihm vorbei. Er konnte nicht widerstehen, mir eine zu verpassen, ebensowenig wie ein wurmiger Croupier einem Hundert-Dollar-Chip widerstehen kann, den er findet.

Und ich hatte ihn so richtig vor den Fäusten. Oder jedenfalls dachte ich das. Aber Cully und die zwei Riesen hatten sich auf wunderbare Weise zwischen uns gedrängt. Einer von den beiden Gangstern hatte Cheechs Faust in seiner großen Pranke, als wär' sie ein kleiner Ball. Cully schubste mich mit der Schulter aus der Balance.

Cheech kreischte den großen Kerl an: „Du Saukerl! Weißt du, wer ich bin? Weißt du, wer ich bin?"

Zu meiner Überraschung ließ der Ganove Cheechs Hand los und trat zurück. Er hatte seine Aufgabe erfüllt. Er war eine vorbeugende, nicht eine strafende Gewalt. Unterdessen hatte keiner auf mich geachtet. Sie alle waren durch Cheechs Wut eingeschüchtert, alle, außer dem jungen Croupier mit dem Diamantring. Der sagte sehr ruhig:

„Mr. A., Sie benehmen sich daneben."

Mit unglaublicher, peitschenschneller Wut hieb Cheech dem jungen Croupier die Faust direkt auf die Nase. Der Croupier taumelte rückwärts. Blut pulste auf sein weißes Plisséhemd und verschwand in dem Blauschwarz seines Smokings. Ich schoß an Cully und den zwei Gangstern vorbei und versetzte Cheech einen Hieb auf die Schläfe, der ihn zu Boden gehen ließ. Und er stand doch sofort wieder auf. Ich war überrascht. Jetzt würde alles ziemlich ernst werden. Der Kerl hatte Nukleargift als Brennstoff.

Und dann stieg der Ladderman von seinem hohen Stuhl herunter, und ich konnte ihn unter der grellen Lampe des Bakkarat-Tischs deutlich erkennen. Sein Gesicht war zerfurcht und pergamenthaft bleich, wie wenn sein Blut in unzähligen Jahren in der Klimaanlage weißgefroren wäre. Er hob eine Geisterhand hoch und sagte ruhig: „Stop!"

Alles gefror. Der Ladderman richtete einen langen Knochenfinger auf Cheech und sagte: „Cheech, machen Sie keine Bewegung. Sie stecken in ziemlichen Schwierigkeiten. Glauben Sie mir."

Cully brachte mich durch den Eingang in der Balustrade, und ich war nur allzu bereit zu gehen. Aber dennoch kamen mir einige der Reaktionen rätselhaft vor. Das Gesicht des jungen Croupiers wirkte irgendwie beängstigend tödlich, auch noch mit dem herunterfließenden Blut. Er hatte keine Furcht, er war nicht benommen oder schwer genug angeschlagen, um nicht zurückzuhauen. Aber er hatte nicht einmal die Hand gehoben. Und seine Kollegen waren ihm auch nicht zu Hilfe geeilt. Sie hatten Cheech mit irgendwie ehrfürchtigem Entsetzen angestarrt, das nicht Angst war, sondern Mitleid.

Cully schob mich durch das Casino, durch das brandungshafte Gedröhn der unzähligen Spieler, die ihre Wudu-Flüche und Wudu-Gebete über Würfeln, Blackjack und dem wirbelnden Rouletterad murmelten. Schließlich kamen wir in die relative Stille der riesigen Cafeteria.

Ich fand den Raum ansprechend, mit den grünen und gelben Stühlen und Tischen. Die Kellnerinnen waren jung und sahen hübsch aus in ihren schmucken goldfarbenen kurzrockigen Uniformen. Die Wände waren alle aus Glas; man konnte die Außenwelt sehen, den teuren grünen Rasen, den himmelblauen Swimming-pool, die in Reihe angepflanzten großen Palmen. Cully führte mich zu einer der großen Sitznischen, an einen Tisch, der für sechs Personen gereicht hätte und Telefone hatte. Er betrat den Platz, als wäre es sein gutes Recht.

Während wir unseren Kaffee tranken, kam Jordan an uns vorbeigeschlendert. Cully sprang sofort auf und packte ihn am Arm. „Hallo, Junge", sagte er, „trinken Sie einen Kaffee mit Ihren Bakkarat-Kumpeln." Jordan schüttelte den Kopf, aber dann sah er mich in der Nische sitzen. Er lächelte mich merkwürdig an, aus irgendeinem Grund amüsiert, und entschied sich anders.

So also waren wir uns zuerst begegnet, Jordan, Cully und ich. An jenem Tag in Vegas, als ich Jordan traf, sah er nicht übel aus, trotz seines weißen Haares. Es umgab ihn eine nahezu undurchdringliche Aura von Reserviertheit, die mich einschüchterte, aber Cully merkte nichts davon. Cully war einer von den Leuten, die den Papst zu einer Tasse Kaffee abschleppen würden.

Ich spielte immer noch auf unschuldiger Junge. „Warum zum Teufel ist denn dieser Cheech so sauer geworden?" fragte ich. „Jesus, und ich hab' gedacht, wir alle hätten einen Riesenspaß."

Jordans Kopf ruckte hoch, er schien zum erstenmal aufmerksam zu verfolgen, was los war. Außerdem lächelte er mich an, wie man ein Kind anlächelt, das über sein Alter hinaus klug zu sein versucht.

Cully war keineswegs so begeistert. „Hör zu, Junge", sagte er. „Der Ladderman hatte dich in zwei Sekunden durchschaut. Wozu zum Teufel, glaubst du, sitzt der da droben? Seine beschissene Nase auszubohren? Oder die Katzen rumlaufen zu sehen?"

„Ja, okay", sagte ich. „Aber keiner kann sagen, es war meine Schuld. Cheech hat sich danebenbenommen. Ich bin Gentleman geblieben. Das müßt ihr doch zugeben. Das Casino kann sich über mich nicht beklagen."

Cully lächelte mich freundlich an. „Ja, das hast du wirklich gut gedreht. Da warste wirklich clever. Cheech hat überhaupt nichts gemerkt und ist direkt in die Falle gerannt. Aber eins hast du nicht begriffen. Cheech ist ein gefährlicher Mann. Und deshalb ist es jetzt mein Job, dich zusammenzupacken und in eine Maschine zu setzen. Was für ein verdammter Name ist das überhaupt: Merlin?"

Ich gab keine Antwort, streifte mein Sporthemd hoch und zeigte ihm meinen nackten Bauch und die Brust. Ich hatte da eine lange, ziemlich scheußliche violette Narbe. Ich griente Cully an und sagte: „Weißt du, was das ist?"

Jetzt war er auf der Hut. Das Gesicht wie das eines Falken.

Ich gab es ihm löffelweise. „Ich war im Krieg", sagte ich langsam. „Sie kriegten mich mit einer MG-Garbe, und dann mußten sie mich zusammennähen wie ein Brathuhn. Du glaubst, ich scher' mich einen Dreck um dich und Cheech? Nicht die Bohne!"

Cully war nicht beeindruckt. Jordan lächelte noch immer. Alles was ich sagte, war die Wahrheit. Ich war im Krieg gewesen, und ich hatte im Gefecht gestanden, aber ich wurde nie getroffen. Was ich Cully zeigte, war die Narbe von meiner Gallenoperation. Sie hatten eine neue Operationsmethode ausprobiert, und die hatte diese eindrucksvolle Narbe hinterlassen.

Cully seufzte und sagte: „Kid, du bist ja vielleicht härter, als du aussiehst, aber bestimmt nicht hart genug, um gleichzeitig mit Cheech hierbleiben zu können."

Ich dachte daran, wie Cheech blitzartig wieder vom Boden hochgekommen war, und wurde etwas unsicher. Einen Augenblick lang überlegte ich, ob ich mich nicht von Cully in ein Flugzeug setzen lassen sollte. Aber dann schüttelte ich den Kopf.

„Schau mal, ich versuch' doch bloß zu helfen", sagte Cully. „Nach dem, was passiert ist, wird Cheech hinter dir her sein, und du bist nicht von seinem Kaliber, glaub mir."

„Wieso nicht?" fragte Jordan.

Cully antwortete sehr schnell: „Weil der Junge da ein Mensch ist, und Cheech ist keiner."

Es ist komisch, wie Freundschaften entstehen. In diesem Moment wußten wir noch nicht, daß wir Vegas-Kumpane sein würden. Eigentlich hatten wir alle drei allmählich die Nase voll voneinander.

Cully sagte: „Ich fahr' dich zum Flughafen."

„Du bist ein prima Junge", sagte ich. „Ich mag dich. Wir sind Bakkaratkumpel. Aber wenn du mir nochmal sagst, du fährst mich zum Flugplatz, dann wachst du im Krankenhaus auf."

Cully tat richtig erheitert. „Na komm schon", sagte er. „Du hast dem Cheech einen sauberen Haken versetzt, und der war gleich wieder auf den Beinen. Du bist eben keine Schlägertype."

Darüber mußte nun auch ich lachen, denn es stimmte ja. Ich war nicht in meiner Rolle. Und Cully fuhr fort: „Du zeigst mir, wo dich Kugeln getroffen haben. Damit bist du aber noch kein harter Bursche, damit bist du das Opfer von 'nem andern harten Burschen. Wenn du mir einen zeigst, der Narben hat, weil *du* ihm Kugeln verpaßt hast, machst du mir Eindruck. Und wenn Cheech nicht sofort wieder auf die Beine gekommen wäre, als du ihm den versetzt hast, hättest du mir auch Eindruck gemacht. Komm aus den Wolken herunter. Ich tu' dir bloß einen Gefallen. Ehrlich."

Nun, er hatte mit jedem Wort recht. Aber das änderte nichts. Ich hatte keine Lust, zu meiner Frau und den drei Kindern und in mein verkorkstes Leben zurückzugehen. Vegas gefiel mir. Das Casino gefiel mir. Spielen war genau das, was mir paßte. Man konnte dabei allein sein, ohne einsam zu sein. Und immer passierte dabei etwas, so wie eben. Ich war kein hartgesottener Bursche, aber was Cully nicht begriff, war, daß praktisch nichts mir Angst einjagen konnte, weil ich an diesem Punkt meines Lebens mich einen Dreck um irgend etwas kümmerte.

Also sagte ich zu Cully: „Ja, recht hast du. Aber ich muß noch ein paar Tage bleiben."

Nun schaute er mich richtig von oben bis unten an. Dann zuckte er mit der Schulter, nahm den Scheck und zeichnete ihn ab und stand auf. „Ich treff' euch noch, Jungs", sagte er und ließ mich mit Jordan allein.

Wir fühlten uns beide nicht wohl. Wir wollten keiner in der Gesellschaft des anderen sein. Ich spürte, daß wir beide Vegas für einen ähnlichen Zweck benutzten, nämlich uns vor der realen Welt zu verstecken. Aber wir wollten nicht unhöflich sein. Jordan wohl hauptsächlich, weil er ein enorm sanfter, freundlicher Mann war. Und wenn es mir auch sonst nie schwerfiel, Leute abzuschütteln, so war da etwas an Jordan, das ich instinktiv mochte, und sowas passierte mir so selten, daß ich ihn nicht verletzen wollte, indem ich ihn jetzt allein sitzen ließ.

Dann fragte Jordan: „Wie schreiben Sie Ihren Namen?"

Ich buchstabierte ihn. M – e – r – l – i – n.

Er schenkte mir sein mildes Lächeln. „Ihre Eltern haben wohl gehofft, aus Ihnen würde ein Zauberer werden, wenn Sie erwachsen sind?" fragte er. „Und das haben Sie am Bakkarat-Tisch zu beweisen versucht?"

„Nein", sagte ich. „Merlin ist mein Familienname. Ich habe ihn geändert. Ich wollte nicht König Arthur sein und Lancelot auch nicht."

„Merlin hatte auch seinen Ärger", sagte Jordan.

„Ja, aber er ist nie gestorben", sagte ich.

Am Morgen nach der Prügelei mit Cheech schrieb ich den täglichen Kurzbrief an meine Frau und informierte sie, daß ich in ein paar Tagen heimkommen würde. Dann schlenderte ich durch das Casino und sah Jordan an einem der Craps-Tische. Er wirkte wie ausgehöhlt. Ich berührte ihn am Arm, und er lächelte dieses milde Lächeln, das mich immer berührte. Vielleicht weil ich der einzige war, dem er so bereitwillig zulächelte. „Gehen wir frühstücken", sagte ich. Ich wollte, daß er sich ein wenig erholte. Offensichtlich hatte er die ganze Nacht durchgespielt. Ohne ein Wort nahm Jordan seine Chips und ging mit mir in die Cafeteria. Ich hatte den Brief noch immer in der Hand. Er schaute darauf, und ich sagte: „Ich schreibe meiner Frau jeden Tag."

Jordan nickte und bestellte sein Frühstück. Eine ganze Mahlzeit im Vegas-Stil. Melone, Eier und Schinken, Toast und Kaffee. Aber er aß wenig, nur ein paar Bissen. Dann der Kaffee. Ich wählte ein *Steak saignant*, was ich morgens gerne hatte, aber nur in Vegas aß.

Während wir noch frühstückten, kam Cully herein, die rechte Hand voller roter Fünf-Dollar-Chips.

„Hab' grad meine Tagesspesen gedeckt", sagte er selbstsicher. „Hab' einen Schuh abgesahnt und meine Prozentwette gelandet." Er setzte sich zu uns und bestellte Melone und Kaffee.

„Merlin, ich hab' 'ne gute Nachricht für dich", sagte er dann. „Du brauchst nicht aus der Stadt zu gehen. Cheech hat sich gestern abend einen Riesenfehler geleistet."

Also, aus irgendeinem Grund machte mich das richtig sauer. Er harkte immer noch auf der Sache herum. Er war genau wie meine Frau, die mich ständig anbohrte und sagte, ich müsse mich anpassen. Ich mußte nichts, gar nichts! Aber ich ließ ihn weiterquasseln. Jordan sagte wie üblich kein Wort, schaute mich bloß kurz an. Ich hatte das Gefühl, er konnte meine Gedanken lesen.

Cully aß und redete hastig und nervös. Es war eine Menge Energie in ihm, genau wie bei Cheech. Nur schien sie bei ihm mit Freundlichkeit geladen, damit die Welt auf besser geölten Rädern lief. „Du weißt doch, der Croupier, den Cheech auf die Nase gehauen hat und das ganze Blut und so. Hat dem Knaben das Hemd ruiniert. Dieser Knabe ist der Lieblingsneffe des Polizeichefs in Las Vegas."

Ich hatte damals noch kein Gefühl für Abstufungen. Cheech war ein richtig harter Brocken, ein Killer, ein schwerer Spieler, vielleicht sogar einer von den Gangstern, die in Vegas das Sagen hatten. Was war daneben schon der Neffe des Polizeichefs der Stadt? Und was *sollte* schon seine blöde blutende Nase? Ich äußerte das laut. Cully genoß die Chance, mich zu belehren.

„Also, das mußt du verstehen", sagte er. „Der Polizeiboss von Las Vegas ist sowas wie früher die alten Könige. Er ist ein großes fettes Roß und trägt 'nen Stetson und ein Holster mit 'nem 45er drin. Seine Familie sitzt schon ewig in Nevada. Die Leute wählen ihn jedes Jahr wieder. Sein Wort ist Gesetz. Jedes Hotel in der Stadt zahlt ihm Prämien. Jedes Casino flehte ihn an, sein Neffe solle für sie arbeiten, und man bot ihm Spitzenbezahlung als Bakkarat-Croupier. Der sahnt soviel ab wie der Ladderman. Und jetzt mußt du wissen, daß der Polizeiboss die Verfassung der Vereinigten Staaten und die Bill of Rights für einen Fehltritt von milchbärtigen Oststaatlern hält. So muß sich zum Beispiel jeder Besucher, der irgendwas Kriminelles auf dem Kerbholz hat, sofort melden. Und glaub mir, er tut's besser. Unser Chief mag auch keine Hippies. Hast du bemerkt, daß es in der Stadt keine langhaarigen Burschen gibt? Schwarze, also auf die ist er nicht wild. Oder Landstreicher und Bettler. Vegas ist vielleicht die einzige Stadt in USA, wo's keine Bettler gibt. Er mag die Puppen. Gut für's Casinogeschäft. Aber er kann Zuhälter nicht leiden. Es stört ihn nicht, wenn ein Dealer davon lebt, daß seine Puppe auf'n Strich geht oder so. Aber wenn irgend so 'n schlauer Kerl sich 'ne Reihe Mädchen aufbaut, dann Vorsicht. Huren hängen sich immer wieder in ihren Zellen auf, schneiden sich die Pulsadern durch. Bankrotte Spieler bringen sich um. Verurteilte Mörder, Bankbetrüger. Eine Menge Leute bringen sich im Gefängnis um. Aber hast du schon je davon gehört, daß ein Zuhälter Selbstmord macht? Also, Vegas hält den Rekord. Im Kittchen von unserm Chef haben sich schon drei Macker umgebracht. Dämmert dir vielleicht jetzt was?"

„Aber was ist mit Cheech los?" fragte ich. „Ist er im Knast?"

Cully lächelte. „Er ist gar nicht bis dahin gekommen. Er hat versucht, Gronevelts Hilfe zu kriegen."

Jordan murmelte: „Xanadu Nummer eins?"

Cully sah ein wenig verblüfft drein.

Jordan lächelte. „Ich höre zu, was die Telefonpagen ausrufen, wenn ich nicht spiele."

Eine Weile lang wirkte Cully ein wenig verwirrt. Dann redete er weiter.

„Cheech bat Gronevelt, ihm zu helfen und ihn aus der Stadt rauszubringen."

„Wer ist Gronevelt?" fragte ich.

„Das Hotel gehört ihm", sagte Cully. „Und laß dir sagen, der saß ganz schön in der Scheiße. Cheech ist nämlich nicht allein, weißt du."

Ich schaute ihn fragend an. Ich hatte keine Ahnung, was er meinte.

„Cheech hat Verbindungen", sagte Cully bedeutungsvoll. „Trotzdem, er mußte ihn dem Chef geben. Drum liegt Cheech jetzt im Städtischen Krankenhaus. Er hat einen Schädelbruch, innere Verletzungen und braucht kosmetische Operationen."

„Jesus", sagte ich.

„Widerstand bei der Verhaftung", sagte Cully. „Das ist unser Chef. Und wenn Cheech sich erholt hat, darf er nie wieder nach Vegas kommen. Aber außerdem wurde der Pit-Boss gefeuert. Der war dafür verantwortlich, auf den Neffen aufzupassen. Der Chef gibt ihm die Schuld. Und jetzt darf der nicht mehr in Vegas arbeiten. Wird sich 'nen Job in der Karibik suchen müssen."

„Keiner sonst stellt ihn ein?" fragte ich.

„Das ist es nicht", sagte Cully. „Aber der Chef hat ihm erklärt, er will ihn nicht mehr in der Stadt sehen."

„Und das reicht?" fragte ich.

„Das reicht", antwortete Cully. „Da gab's mal einen Pit-Boss, der schlich sich wieder in die Stadt und arbeitete in einem anderen Job. Der Chef kam zufällig vorbei und zerrte ihn einfach aus dem Casino. Drosch ihn, bis er Scheiße schwitzte. Danach hatten alle begriffen."

„Aber wie zum Teufel kommt er denn mit so 'nem Scheiß durch?" sagte ich.

„Weil er ein regulär gewählter Vertreter des Volkes ist", sagte Cully. Und da lachte Jordan zum erstenmal laut. Ein grandioses Gelächter. Und die Zurückhaltung und Kälte, die von ihm immer auszugehen pflegten, waren damit fortgeschwemmt.

Später am Abend brachte Cully Diane ins Foyer, wo Jordan und ich eben Pause machten. Sie hatte sich erholt von dem, was Cheech ihr in der vergangenen Nacht angetan haben mochte. Man sah es deutlich, sie kannte Cully ziemlich gut. Und außerdem wurde klar, daß Cully sie uns, Jordan und mir, als Köder unter die Nase hielt. Wir konnten mit ihr ins Bett steigen, wann immer wir wollten.

Cully machte kleine Scherzchen über ihre Brüste, ihre Beine, ihren Mund, wie hübsch das alles sei und wie sie ihre schwarze Haarmähne wie eine Peitsche benützte. Doch in die plumpen Komplimente mischten sich ernstgemeinte Bemerkungen über ihren guten Charakter, so Sachen wie: „Hier ist eins von den ganz wenigen Mädchen in der Stadt, die euch nicht ausnehmen." Oder: „Sie ist nie auf einen freien Einsatz aus. Sie ist ein prima Mädchen und gehört eigentlich gar nicht in diese Stadt." Und dann, um seine Zuneigung zu beweisen, hielt er Diane die Handfläche hin, damit sie nicht nach dem Aschenbecher greifen mußte, um ihre Zigarettenasche abzustreifen. Es war eine primitive Galanterie, aber hier in Vegas von gleichem Wert, wie wenn man einer Herzogin die Hand küßte.

Diane war sehr still, und mich verstimmte es ein wenig, daß sie sich mehr für Jordan interessierte als für mich. Hatte ich sie nicht gerächt wie der edle Ritter? Hatte ich nicht den schrecklichen Cheech ihretwegen gedemütigt? Aber als sie aufstand, um ihre Runde als Anreißerin beim Bakkarat zu übernehmen, beugte sie sich zu mir herunter und küßte mich auf die Wange, lächelte ein bißchen traurig und sagte: „Ich bin froh, daß Sie okay sind. Ich hab' mir Sorgen um Sie gemacht. Aber Sie sollten nicht so verwegen sein." Und dann war sie weg.

In den folgenden Wochen erzählten wir einander unsere Lebensgeschichte und lernten uns kennen. Der Drink am Nachmittag wurde zu einem Ritual, und meistens aßen wir auch zu Abend gemeinsam, um ein Uhr nachts, wenn Diane ihre Runde am Bakkarat beendet hatte. Aber es hing immer davon ab, wie sich unser Spiel entwickelte. Wenn einer von uns heiß wurde, ließ er die Mahlzeiten ausfallen, bis sich sein Glück wendete. Am häufigsten passierte es Jordan.

Doch dann gab es die langen Nachmittage, an denen wir draußen am Swimming-pool saßen und unter der brennenden Wüstensonne redeten. Oder mitternachts über den in Neon ertrinkenden Strip wanderten, vorbei an den glitzernden Fata Morganas der Hotels inmitten der weiten Wüste.

Jordans Geschichte schien die simpelste und banalste zu sein und er der am wenigsten ungewöhnliche Mensch in unserer Gruppe. Er hatte ein völlig ungetrübtes Leben geführt, ein Schicksal gehabt wie tausend andere auch. Er war sowas wie ein Managergenie gewesen und besaß mit fünfunddreißig seine eigene Firma, die Stahl kaufte und verkaufte. Als Mann der mittleren Kategorie konnte er ganz angenehm leben. Er heiratete eine schöne Frau, und sie hatten drei Kinder, ein großes Haus und alles, was sie sich wünschten. Freunde, Geld, Berufserfolg und echte Liebe. Und das dauerte zwanzig Jahre lang. Doch dann wuchs seine Frau, wie Jordan es ausdrückte, aus ihm hinaus. Er hatte seine ganze Energie darauf verwendet, seine Familie gegen die dschungelhafte Wirtschaft abzusichern. Es hatte seines ganzen Willens und seiner gesamten Energie bedurft, sie vor diesen Schrecken zu schützen. Seine Frau hatte getreulich ihre Pflichten als Gattin und Mutter erfüllt. Aber dann war eine Zeit gekommen, in der sie mehr als nur dies vom Leben erwartete. Sie war eine geistreiche Person, wißbegierig, intelligent, belesen. Sie verschlang Romane und Theaterstücke, ging in Museen, war in allen Kulturzirkeln der Stadt zu finden und teilte alle diese Freuden mit Jordan. Er liebte sie noch tiefer. Bis zu dem Tag, da sie ihm erklärte, sie wolle sich scheiden lassen. Da hörte er auf, sie zu lieben, und er hörte auch auf, seine Kinder und seine Familie und seine Arbeit zu lieben. Er hatte das Menschenmögliche für die Seinen getan. Er hatte sie vor allen Gefahren der Außenwelt abgeschirmt, hatte eine Festung aus Geld und Einfluß für sie errichtet und hätte sich nie träumen lassen, daß die Zugbrücke von innen geöffnet werden könnte.

Er erzählte die Geschichte zwar nicht so, aber ich nahm es so auf. Er sagte nur einfach und schlicht, daß er nicht „mit seiner Frau mitgewachsen" sei. Daß er zu tief im Beruf gesteckt habe und sich daher zuwenig um seine Familie kümmern konnte. Daß er seiner Frau überhaupt nicht böse gewesen sei, als sie sich scheiden ließ und einen seiner Freunde heiratete. Weil dieser Freund ihr eben so sehr ähnlich war: sie hatten den gleichen Geschmack, die gleiche Art von Witz, die gleiche Lust, das Leben zu genießen.

Also hatte Jordan allem zugestimmt, was seine Frau forderte. Er hatte seine Firma verkauft und ihr das ganze Geld gegeben. Sein Rechtsanwalt sagte ihm, er sei viel zu großzügig, er werde es später bereuen. Aber Jordan sagte, er sei gar nicht großzügig, denn er könne noch eine ganze Menge neues Geld verdienen, aber seine Frau und ihr neuer Mann könnten das nicht. „Ihr glaubt es mir vielleicht nicht, wenn ihr mich spielen seht", sagte Jordan, „aber ich bin angeblich ein bedeutender Geschäftsmann. Ich habe aus den ganzen Staaten Angebote bekommen. Wenn mein Flugzeug nicht in Vegas gelandet wäre, würde ich mich jetzt an meine erste Million in Los Angeles ranarbeiten."

Es war eine gute Geschichte, aber für mich hatte sie einen falschen Zungenschlag. Er war einfach ein *zu* netter Typ. Das Ganze war *zu* gesittet.

Was an der Sache faul war, das war, daß er in keiner Nacht schlief, wie ich wußte. Jeden Morgen wanderte ich ins Casino und würfelte, um mir Appetit aufs Frückstück zu verschaffen. Und immer fand ich Jordan am Craps-Tisch. Klar hatte er die ganze Nacht durchgespielt. Manchmal, wenn er müde war, fand man ihn in den Roulette- oder Blackjack-pits. Und je mehr die Tage vergingen, desto schlimmer und schlimmer sah er aus. Er wurde immer hagerer, seine Augen schienen von rotem Schleim zu triefen. Doch er war stets freundlich und zurückhaltend. Und er sagte niemals auch nur ein Wort gegen seine Frau.

Manchmal, wenn Cully und ich allein im Foyer waren oder allein aßen, sagte Cully: „Glaubst du dem verdammten Jordan? Glaubst du wirklich, daß ein Kerl sich von einem Weib dermaßen durcheinanderbringen läßt? Und kannst du dir vorstellen, wieso der über die redet, als ob sie die beste Fotze wär', die's je gegeben hat?"

„Sie ist kein Weibsstück", sagte ich. „Sie war schon jahrelang seine Frau. Die Mutter seiner Kinder. Sie war der Fels, auf den er seinen Glauben setzte. Er ist ein altmodischer Puritaner, der von einem Glaskuller aus der Bahn gebracht wurde."

Es war dann Jordan, der mich zum Reden brachte. Einmal sagte er: „Du fragst ziemlich viel, aber du selber sagst ziemlich wenig." Er hielt einen Moment inne, als überlege er sich, ob er wirklich so interessiert sei, die Frage zu stellen. Dann sagte er: „Wieso bleibst du so lang hier in Vegas?"

„Ich bin Schriftsteller", sagte ich. Und erzählte dann weiter. Die Tatsache, daß ich einen Roman veröffentlicht hatte, beeindruckte beide, und derartige Reaktionen haben mich schon immer amüsiert. Aber was die zwei wirklich erstaunte, war, daß ich einunddreißig war und vor meiner Frau und meinen drei Kindern geflüchtet war.

„Also ich hätte dich höchstens für fünfundzwanzig gehalten", sagte Cully. „Und außerdem hast du ja keinen Ehering."

„Ich habe nie einen getragen", sagte ich.

Jordan sagte spöttisch: „Du brauchst keinen Ring. Du siehst auch ohne schon schuldbewußt genug aus." Aus irgendeinem Grund konnte ich mir nicht denken, daß er so einen Witz riß, als er noch verheiratet war und in Ohio lebte. Er hätte das damals für unhöflich gehalten. Oder daß solche Freiheiten eigentlich nicht zu ihm paßten. Oder daß seine Frau so etwas zu ihm sagte und er es, einfach in seinem Sessel zurückgelehnt, anhörte und es genoß, weil sie sich das leisten konnte, er aber nicht. Mir machte es jedenfalls nichts aus. Also erzählte ich ihnen die Geschichte von meiner Heirat, und dabei kam auch heraus, daß die Narbe auf meinem Bauch, die ich ihnen gezeigt hatte, keine Kriegsverletzung war, sondern von einer Gallenoperation stammte. An diesem Punkt meiner Erzählung lachte Cully und sagte: „Du verdammter beschissener Künstler."

Ich zuckte die Achseln, lächelte und erzählte weiter.

5

Ich habe keine Geschichte. Keine Eltern, an die ich mich erinnern konnte. Ich habe keine Onkel, keine Cousins, keine Stadt, keinen Geburtsort. Ich habe nur einen Bruder, zwei Jahre älter als ich. Als ich drei und mein Bruder Artie fünf war, wurden wir in ein Waisenhaus außerhalb New Yorks gebracht. Unsere Mutter setzte uns dort ab. Ich kann mich nicht an sie erinnern.

Cully und Jordan und Diane erzählte ich das nicht. Ich redete niemals über diese Dinge. Nicht eimal mit Artie, der mir näher steht als irgendwer sonst in der Welt.

Ich rede nie darüber, weil es so pathetisch klingt, und das war es in Wirklichkeit gar nicht. Das Waisenhaus war gut geführt, angenehm, ordentlich, mit einer guten Schule und einem intelligenten Leiter. Man tat dort an mir nur Gutes, bis Artie und ich zusammen weggingen. Er war achtzehn, fand sich einen Job und eine Wohnung. Ich riß aus, um mit ihm zu gehen. Nach ein paar Monaten verließ ich auch ihn, gab bei der Musterungskommission ein höheres Alter an und ging zur Armee, um im Weltkrieg zu kämpfen. Und jetzt, sechzehn Jahre später, in Vegas, erzählte ich Jordan, Diane und Cully vom Krieg und vom Leben, das ich danach geführt hatte.

Das erste, was ich nach dem Krieg tat, war, daß ich mich für Kurse in Schriftstellerei in der New School for Social Research einschrieb. Damals wollten alle Schriftsteller werden, ebenso wie zwanzig Jahre später jeder ein Filmemacher werden wollte.

Es war mir schwergefallen, in der Armee Freunde zu finden. Im Kurs war es leichter. Dort traf ich auch meine spätere Frau. Da ich außer meinem Bruder keine Familie hatte, verbrachte ich viel Zeit da, hockte in der Cafeteria herum, weil ich nicht in meine einsame Bude in der Grove Street zurückgehen mochte. Es war eine schöne Zeit. Ab und an gelang es mir mit etwas Glück, ein Mädchen dazu zu überreden, ein paar Wochen lang mit mir zu leben. Die

Jungs, mit denen ich mich anfreundete, waren alle auch gerade von der Armee entlassen worden und gingen mit ihrem GI-Stipendium zur Schule. Sie sprachen die gleiche Sprache wie ich. Das Problem war bloß, daß sie sich für den Literaturbetrieb interessierten und ich nicht. Ich wollte nichts als ein Schriftsteller sein, weil ich immer Geschichten träumte. Fantastische Abenteuer, die mich der Welt entrückten.

Ich stellte fest, daß ich mehr las als irgendeiner sonst, sogar mehr als die Jungs, die ihren Doktor in Englisch machen wollten. Ich hatte allerdings sonst wirklich nicht viel anderes zu tun, wenngleich ich immer spielte. Ich entdeckte einen Buchmacher auf der East Side, in der Nähe der Tenth Street, und setzte jeden Tag im Football, Basketball und Baseball. Ich schrieb ein paar Kurzgeschichten und begann mit einem Roman über den Krieg. Meine Frau lernte ich in einem der Kurse über Kurzgeschichten kennen.

Sie war irisch-schottischer Abstammung, kleingewachsen, mit einem vollen Busen und großen blauen Augen, und nahm alles immer sehr ernst. Sie kritisierte die Geschichten anderer mit Sorgfalt, höflich, aber mit äußerster Härte. Sie hatte noch nicht die Möglichkeit gehabt, mich zu kritisieren, weil ich der Klasse noch keine Arbeit vorgelegt hatte. Sie las eine ihrer Geschichten vor. Und ich war überrascht, denn die Geschichte war sehr gut und sehr komisch. Sie handelte von ihren irischen Onkeln, die alle Trunkenbolde waren.

Und als sie zu Ende gelesen hatte, attackierte die ganze Klasse sie, weil sie, wie sie meinten, das Klischee fördere, daß alle Iren tränken. Ihr hübsches Gesichtchen verkrampfte sich in verletztem Erstaunen. Schließlich gab man ihr die Chance zu antworten.

Ihre Stimme war schön und sanft, und im Klageton sagte sie: „Aber ich bin unter Iren aufgewachsen. Sie trinken alle. Stimmt das nicht?“ Sie fragte das den Lehrer, der zufällig auch Ire war. Er hieß Maloney und war ein guter Freund von mir. Und obwohl man es ihm nicht anmerkte, war er damals gerade betrunken.

Maloney lehnte sich in seinem Stuhl zurück und sagte ernst: „Dazu wüßte ich nichts zu sagen, ich bin Skandinavier.“

Wir alle lachten, und die arme Valerie ließ den Kopf hängen. Sie war noch immer verwirrt. Ich verteidigte sie, denn obgleich es eine gute Geschichte war, wußte ich, daß sie nie eine richtige Schriftstellerin sein würde. Alle in der Klasse besaßen Talent, aber nur einige wenige hatten die Energie und das Verlangen, einen weiten Weg zu gehen und ihr Leben dem Schreiben zu opfern. Ich war einer von diesen. Und ich spürte, daß sie nicht zu denen gehörte. Hinter meinem Fall stand kein besoneres Geheimnis. Schreiben war das einzige, was ich wirklich tun wollte.

Gegen Semesterende legte ich schließlich eine Story vor.

Alle fanden sie sehr gut. Hinterher kam Valerie zu mir und fragte: „Wie kommt's, daß ich so ernst bin und alles, was ich schreibe, komisch klingt? Und du machst immer Witze und tust, als wärst du überhaupt nicht ernst, und deine Geschichten bringen mich zum Weinen?"

Es war ihr ernst, wie gewöhnlich. Sie versuchte nicht, mich anzureißen. Also lud ich sie zu einem Kaffee ein. Sie hieß Valerie O'Grady, ein Name, den sie wegen seines irischen Klanges haßte. Manchmal überlege ich mir, ob sie mich nicht nur geheiratet hat, um das O'Grady loszuwerden. Außerdem mußte ich sie Vallie nennen.

Es setzte mich in Erstaunen, daß ich über zwei Wochen brauchte, um sie ins Bett zu kriegen. Sie war keins von den leicht abzuschießenden Mädchen aus dem Village, und sie wollte sichergehen, daß auch ich dies wußte. Wir mußten die ganze Scharade durchspielen, daß ich sie betrunken machte, so daß sie mich danach beschuldigen konnte, ich hätte eine nationale oder rassische Schwäche ausgenutzt. Aber im Bett überraschte sie mich.

Ich war vorher nicht gerade verrückt nach ihr gewesen. Doch im Bett war sie großartig. Ich glaube, es gibt Menschen, die sexuell zusammenpassen, die aufeinander in einer ursprünglichen sexuellen Weise reagieren. Was uns betraf, so denke ich, wir waren beide so scheu, so in uns selbst verkrochen, daß wir uns sexuell mit anderen Partnern nicht entspannen konnten. Und daß wir auf einander voll ansprachen, aus einem geheimnisvollen Grund, der eben dieser Scheu entsprang. Jedenfalls, nach der ersten Nacht im Bett waren wir unzertrennlich. Wir besuchten alle die kleinen Kinos im Village und schauten uns alle ausländischen Filme an. Wir aßen in italienischen oder chinesischen Restaurants und kehrten in mein Zimmer zurück und liebten uns. Und um Mitternacht brachte ich sie zum Subway, damit sie zu ihrer Familie in Queens zurückkommen konnte. Sie hatte noch immer nicht den Mumm, über Nacht zu bleiben. Aber an einem Wochenende konnte sie nicht mehr widerstehen. Sie wollte da sein, mir das Frühstück bereiten und mit mir zusammen die Sonntagszeitungen lesen. Darum brachte sie bei ihren Eltern die üblichen Tochterlügen an und blieb über Nacht. Es war ein herrliches Wochenende.

Doch als sie nach Hause kam, geriet sie in einen heißen Streit mit ihrem Clan. Ihre Familie attackierte sie nach Strich und Faden, und als ich sie am Montagabend traf, war sie in Tränen aufgelöst.

„Verdammt“, sagte ich. „Wir heiraten!“

Ganz überrascht sagte sie: „Aber ich bin doch nicht schwanger.“ Und noch mehr staunte sie, als ich in lautes Gelächter ausbrach. Sie besaß in der Tat nicht den geringsten Humor, außer wenn sie schrieb.

Schließlich überzeugte ich sie davon, daß es mir ernst war, daß ich sie wirklich heiraten wollte, und sie wurde rot und begann wieder zu heulen.

Und am nächsten Wochenende fuhr ich raus zu dem Haus ihrer Familie in Queens zum sonntäglichen Dinner. Es war eine große Familie, Vater, Mutter, drei Brüder und drei Schwestern, alle jünger als Vallie. Ihr Vater war ein alter Mitarbeiter in der Tammany Hall, dem Parteihaus der New-Yorker Demokraten, und verdiente sein Geld mit irgendeinem Job in der Politik. Es waren auch ein paar Onkel da, und alle betranken sie sich. Aber auf eine fröhliche, unbekümmerte Weise. Sie betranken sich, wie andere Leute sich mit einem Festessen vollstopften. Und es war nicht peinlicher als das. Obwohl ich normalerweise nicht trank, kippte ich ein paar Gläser, und wir alle genossen den Abend sehr.

Die Mutter hatte lebhafte braune Augen. Vallie hatte offensichtlich ihre Sexualität von der Mutter und den Mangel an Humor vom Vater. Ich sah, wie der Vater und die Onkel mich mit scharfen alkoholisierten Augen beobachteten und herauszufinden versuchten, ob ich vielleicht bloß ein gerissener Stint war, der ihre geliebte Vallie bumste und ihr was vom Heiraten vorschwatzte.

Mr. O'Grady kam schließlich zur Sache. „Wann habt ihr zwei denn geplant, ins Joch zu gehen?“ fragte er. Ich wußte, wenn ich jetzt die falsche Antwort gäbe, würden mir ein Vater und drei Onkel auf der Stelle die Zähne einschlagen. Ich merkte, daß der Vater mich dafür haßte, daß ich sein kleines Mädchen gebumst hatte, ehe ich sie heiratete. Aber ich konnte ihn verstehen. Eine einfache, klare Sache. Und ich versuchte ja nicht, einen Vorteil rauszuschinden. Ich tat das nie mit Menschen, oder ich glaubte es jedenfalls. Also lachte ich und sagte: „Morgen früh.“

Ich lachte, weil ich wußte, die Antwort würde sie beruhigen, aber sie würden sie nicht akzeptieren können. Und zwar deshalb, weil alle ihre Freunde denken würden, Vallie sei schwanger. Wir einigten uns schließlich auf ein Datum in zwei Monaten, so daß formelle Ankündigungen und eine richtige Familienhochzeit möglich wurden. Und das war auch für mich okay. Ich weiß nicht, ob ich verliebt war. Ich war glücklich, und das genügte. Ich war nicht länger allein, ich konnte mit meinem wahren Leben beginnen. Ich würde eine Familie haben, eine Frau, Kinder, die Familie meiner Frau würde meine Familie sein, mein Leben würde sich ausweiten. Ich würde mich in einem Teil der Stadt niederlassen, der mir gehörte. Ich würde nicht länger eine einzelne, einsame Insel sein. Feste und Geburtstage konnten gefeiert werden. Kurz, ich würde zum erstenmal in meinem Leben „normal" sein. Die Armee zählte wirklich nicht. Und während der nächsten zehn Jahre arbeitete ich daran, mich in die Welt einzubauen.

Die einzigen Leute, die ich kannte und zur Hochzeit einladen konnte, waren mein Bruder Artie und ein paar Jungs von der New School. Aber da gab es ein Problem. Ich mußte Vallie erklären, daß mein richtiger Name nicht „Merlin" lautete. Oder genauer, daß mein ursprünglicher Name nicht „Merlin" gewesen war. Nach dem Krieg änderte ich meinen Namen legal. Ich mußte dem Richter erklären, daß ich Schriftsteller sei und unter diesem Namen schreiben wolle. Und ich nannte ihm Mark Twain als Beispiel. Der Richter nickte, als kenne er Hunderte von Schriftstellern, die genau das gleiche getan hatten.

Die Wahrheit ist, daß ich damals mystische Gefühle dem Schreiben gegenüber hegte. Ich wollte, daß es rein sei, unbefleckt. Ich fürchtete, behindert zu sein, wenn irgend jemand irgend etwas über mich und meine wirkliche Identität wüßte. Ich wollte allgemeingültige Charaktere schildern. (Mein erstes Buch war mit Symbolik beladen.) Ich wünschte, zwei vollkommen getrennte Identitäten zu haben.

Durch Mr. O'Gradys politische Verbindungen bekam ich meinen Job als Angestellter in der Bundes-Zivilverwaltung. Ich wurde ein GS-6 Verwaltungsbeamter für die Reserveeinheiten der Armee.

Nachdem die Kinder da waren, wurde das Leben eintönig, war aber immer noch schön. Vallie und ich gingen nie aus. An Feiertagen waren wir zum Essen bei ihrer Familie oder bei meinem Bruder Artie. Wenn ich Nachtdienst hatte, besuchten sie ihre Freundinnen oder sie diese. Sie hatte eine Menge Bekannte. An Wochenenden ging sie abends zu ihnen in die Wohnung, wenn dort eine kleine Party gefeiert wurde, während ich zu Hause blieb, die Kinder beaufsichtigte und an meinem Buch arbeitete. Ich wollte nie mitgehen. Wenn sie an der Reihe war, Gäste einzuladen, ging mir das scheußlich auf die Nerven, und ich vermute, ich verbarg das auch nicht besonders. Vallie wurmte das. Ich erinnere mich, daß ich an einem dieser Abende ins Schlafzimmer ging, um nach den Kindern zu sehen, und dort blieb und ein paar Manuskriptseiten durchlas. Vallie überließ unsere Gäste sich selbst und kam mich suchen. Ich werde nie ihren verletzten Blick vergessen, als sie mich lesend vorfand und mein offensichtliches Widerstreben merkte, zu ihr und ihren Freunden zurückzukehren.

Es geschah nach einem dieser kleinen Vorfälle, daß ich zum erstenmal krank wurde. Ich wachte um zwei Uhr nacht auf und spürte einen quälenden Schmerz im Magen und im ganzen Rücken.

Einen Arzt konnte ich mir nicht leisten, darum ging ich am Morgen ins Krankenhaus der Veterans Administration, und dort machten sie alle möglichen Röntgenaufnahmen und eine ganze Woche lang noch andere Tests. Sie konnten nichts entdecken. Doch ich bekam einen neuerlichen Anfall, und aus den Symptomen diagnostizierten sie eine Gallenblasenentzündung.

Eine Woche später landete ich nach einem neuerlichen Anfall wieder im Krankenhaus, und sie pumpten mich voller Morphium. Ich konnte zwei Tage nicht arbeiten. Und dann, so eine Woche vor Weihnachten, gerade als ich dabei war, mit meiner Nachtarbeit Schluß zu machen, bekam ich einen ganz scheußlichen Anfall. (Ich habe nicht erwähnt, daß ich nachts in einer Bank arbeitete, um zusätzlich Geld für Weihnachten zu verdienen.) Der Schmerz war entsetzlich. Aber ich dachte, ich würde es bis zum VA-Krankenhaus auf der Twenty-Third Street schaffen. Ich nahm ein Taxi, das mich etwa einen halben Häuserblock vom Eingang entfernt absetzte. Es war jetzt nach Mitternacht. Als das Taxi weiterfuhr, landete der Schmerz einen grauenhaften Hieb in mein Zwerchfell. Ich sackte in der dunklen Straße in die Knie. Der Schmerz strahlte über den ganzen Rücken aus. Ich streckte mich auf dem kalten Gehsteig flach aus. Es war keine Menschenseele in der Nähe, niemand, der mir hätte helfen können. Der Eingang zum Krankenhaus war dreißig Meter entfernt, aber ich war so gelähmt durch den Schmerz, daß ich mich nicht bewegen konnte. Ich hatte nicht einmal Angst, hoffte eigentlich nur, daß ich sterben würde, damit dieser Schmerz aufhöre. Ich machte mir einen Dreck aus meiner Frau oder den Kindern oder meinem Bruder. Ich wollte bloß abzischen. Einen Blitzmoment dachte ich an den Merlin aus der

Sage. Na, ich war eben kein beschissener Magier. Ich erinnere mich, daß ich mich herumwälzte, um den Schmerz zu beenden, und dabei vom Gehsteig in den Rinnstein rollte. Mein Kopf blieb auf dem Gehsteig liegen.

Und in dieser Lage konnte ich die leuchtende Weihnachtsdekoration in einem Laden in der Nähe sehen. Der Schmerz ließ ein wenig nach. Ich lag da und dachte, was für ein beschissenes Tier ich doch sei. Ich, ein Künstler, ein Buch veröffentlicht, ein Kritiker hatte mich ein Genie genannt, eine der Hoffnungen der amerikanischen Literatur, und verreckte hier wie ein Hund in der Gosse. Und ohne eigene Schuld dabei. Nur weil ich kein Geld auf der Bank hatte. Bloß weil ich niemanden hatte und man sich einen Scheißdreck darum kümmerte, ob ich am Leben war oder nicht. Das war die Wahrheit. Mein Selbstmitleid wirkte fast ebenso wie Morphium.

Ich weiß nicht, wie lang ich brauchte, um aus der Gosse zu kriechen. Ich weiß nicht, wie lange es dauerte, bis zum Eingang des Hospitals zu gelangen, aber schließlich lag ich unter einem Lichtkegel. Ich erinnere mich, daß Leute mich in einen Rollstuhl hoben und mich zur Notstation brachten, ich beantwortete Fragen, und dann lag ich plötzlich wunderbarerweise in einem warmen weißen Bett und fühlte mich wohlig schläfrig, ohne Schmerz, und wußte, sie hatten mir Morphium gespritzt.

Als ich aufwachte, fühlte mir ein junger Arzt gerade den Puls. Er hatte mich schon das erstemal behandelt, und ich kannte seinen Namen: Cohn. Er grinste mich an und sagte: „Wir haben Ihre Frau angerufen, und sie kommt, wenn sie die Kinder zur Schule gebracht hat.“

Ich nickte und sagte: „Vermutlich kann man diese Operation nicht bis nach Weihnachten hinausschieben?“

Dr. Cohn blickte ein wenig nachdenklich drein, dann sagte er fröhlich: „Na, Sie haben's bis heute ausgehalten, warum verschieben wir es nicht wirklich bis nach Weihnachten? Ich setze Sie für den Siebenundzwanzigsten an. Sie können am Fünfundzwanzigsten kommen, und wir bereiten dann den Eingriff vor.“

„Okay“, sagte ich. Ich hatte Vertrauen zu ihm. Er hatte die im Hospital dazu gebracht, mich ambulant zu behandeln. Er war der einzige, der begriff, warum ich die Operation erst nach Weihnachtenn durchführen lassen wollte. Ich erinnere mich, daß er sagte: „Ich weiß nicht, was Sie vorhaben, aber ich mache mit.“ Ich konnte ihm nicht gut erklären, daß ich in beiden Jobs bis

Weihnachten weiterarbeiten müsse, damit meine Kinder Spielzeug bekämen und weiter an den Weihnachtsmann glauben könnten. Daß ich völlig für meine Familie und deren Glück verantwortlich und dies das einzige sei, was ich im Leben je gehabt hatte.

Ich werde immer an diesen jungen Doktor denken. Er sah aus wie diese Filmärzte, nur war er ganz bescheiden und natürlich. Er schickte mich, vollgepumpt mit Morphium, nach Hause. Aber er hatte seine Gründe dafür. Ein paar Tage nach der Operation erklärte er es mir, und ich merkte, wie froh er war, daß er es mir sagen konnte: „Hören Sie, Sie sind ein junger Kerl, zu jung, um gallenkrank zu sein, und die Untersuchungen waren alle negativ. Wir haben uns auf die Symptome gestützt. Und weiter war da nichts, Gallenblase, große Steine. Aber ich möchte Ihnen versichern, daß ich sonst nichts festgestellt habe. Ich habe wirklich sehr genau nachgesehen. Und wenn Sie nach Hause gehen, machen Sie sich keine Sorgen. Sie sind jetzt wieder fast so gut wie neu."

Damals wußte ich nicht, was zum Teufel er meinte. Wie bei mir üblich, kam ich erst ein Jahr später darauf, daß er befürchtet hatte, Krebs zu finden. Deshalb wollte er nicht operieren, wo es doch nur eine Woche bis Weihnachten war.

6

Ich erzählte Jordan und Cully und Diane, wie mein Bruder Artie und meine Frau Vallie mich jeden Tag besuchen kamen. Wie Artie mich rasierte, Vallie hin- und zurückfuhr, während seine Frau sich um meine Kinder kümmerte. Ich sah, wie Cully maliziös lächelte.

„Okay", sagte ich, „die Narbe, die ich euch gezeigt habe, ist von der Gallenoperation. Kein MG. Wenn du einen Furz von Hirn hättest, würdest du wissen, daß ich es nie überlebt hätte, wenn ich dermaßen angeschossen worden wäre."

Cully lächelte weiter. Er sagte: „Ist dir je in den Sinn gekommen, daß dein Bruder und deine Frau, wenn sie aus dem Krankenhaus weggingen, bumsten, ehe sie nach Haus fuhren? Hast du sie deswegen sitzengelassen?"

Ich ließ ein lautes Gelächter los. Ich wußte, jetzt mußte ich ihnen von Artie erzählen.

„Er ist ein sehr gutaussehender Junge", sagte ich. „Wir sehen uns ähnlich, aber er ist älter. In Wahrheit bin ich so eine Art Kohleskizze meines Bruders Artie. Mein Mund ist zu dicklippig. Meine Augenhöhlen sind zu hohl. Meine Nase ist zu groß. Und ich wirke zu kräftig. Aber ihr solltet mal Artie sehen." Ich erklärte ihnen, der Grund, warum ich Vallie geheiratet hätte, sei der, daß sie die einzige von meinen Freundinnen gewesen war, die sich nicht in meinen Bruder verliebte.

Artie sieht unglaublich gut aus, auf eine sehr delikate Art. Seine Augen sind wie die Augen antiker griechischer Statuen. Ich erinnere mich, als wir noch Junggesellen waren, verliebten sich die Mädchen immer in ihn, heulten seinetwegen und drohten damit, sich das Leben zu nehmen. Und wie verzweifelt er deswegen war. Er wußte nämlich wirklich nicht, was zum Teufel das alles sollte. Seine eigene Schönheit war ihm nie bewußt. Er hatte einen kleinen Komplex, weil er nicht groß war, weil seine Hände und Füße winzig waren.

Was Artie beunruhigte, war die Macht, die er über sie ausübte. Am Ende begann er es zu hassen. Und ich? Wie gern hätte ich diesen Zauber besessen! In mich verliebten sich die Mädchen nie auf diese Art, dieses unbesonnene Sichverlieben in Äußerlichkeiten, eine Liebe, die nicht durch Charaktereigenschaften wie Güte, Intelligenz, Witz, Charme, Lebendigkeit verdient wird. Kurz, ich wollte geliebt werden, obwohl ich es nicht verdiente, wollte mich nie wieder abrackern müssen, um eine Liebe zu erringen, nie mehr für eine Liebe schuften. Diese Art Liebe liebe ich auf die gleiche Art wie das Geld, das ich bei einer Glückssträhne im Spiel gewinne.

Artie gewöhnte es sich an, Kleider zu tragen, die ihm nicht standen. Er kleidete sich betont konservativ, was nicht zu seinem Aussehen paßte. Er bemühte sich, seinen Charme zu verbergen. Er konnte sich nur mit Menschen, für die er wirklich etwas übrig hatte und bei denen er sich sicher fühlte, richtig entspannen und er selber sein. Ansonsten baute er sich eine farblose Persönlichkeit auf, mit der er unaufdringlich alle auf Distanz hielt. Aber selbst damit geriet er in Schwierigkeiten. Darum heiratete er jung, und wahrscheinlich war er der einzige treue Ehegatte in der Stadt New York.

In seiner Stellung als Forschungschemiker bei der Bundesbehörde zur Kontrolle von Medikamenten und Nahrungsmitteln, der Food and Drug Administration, verliebten sich seine Kolleginnen und Assistentinnen scharenweise in ihn. Die beste Freundin seiner Frau und deren Mann konnten sein Zutrauen gewinnen, und es blieb ungefähr fünf Jahre lang eine enge Freundschaft. Artie schob sein Visier hoch. Er vertraute beiden. Er gab sich so, wie er wirklich war. Die Freundin seiner Frau verliebte sich in ihn, störte ihre Ehe und verkündete aller Welt ihre Liebe zu Artie, was ziemlichen Ärger und Verdächtigungen von seiten der Frau Arties bewirkte. Und das war das einzige Mal, daß ich ihn ihretwegen wütend erlebt hatte. In seinem Zorn war er tödlich. Sie beschuldigte ihn, diese vernarrte Verliebtheit herausgefordert zu haben. Er antwortete ihr mit der kältesten Stimme, in der ich je einen Mann zu einer Frau habe sprechen hören: „Wenn du das glaubst, dann verschwinde verdammt nochmal aus meinem Leben.“ Und das war bei ihm so völlig unnatürlich, daß sie vor Reue fast zusammenbrach. Ich glaube eigentlich, sie hoffte insgeheim, er möge wirklich schuldig sein, damit sie Macht über ihn bekommen könne. Denn sie war vollkommen in seiner Gewalt.

Sie wußte etwas über ihn, das auch ich und nur ganz wenige andere Menschen wußten, nämlich daß er es nicht ertragen konnte, Schmerz zuzufügen. Niemandem. Er konnte nie jemanden ausschimpfen. Deswegen haßte er es, wenn sich die Frauen in ihn vernarrten. Ich glaube, er war ein sinnlicher Mann, er würde ganz gern eine Reihe von Frauen geliebt haben und es genossen haben, aber er konnte Konflikte nicht ertragen. Seine Frau meinte einmal, das einzige, was sie in ihrer Beziehung vermisse, sei ab und zu ein Ehekrach, weil sie das brauche. Nicht daß es da nicht gelegentlich Streit gab. Schließlich waren sie ja verheiratet. Aber sie sagte, sämtliche Krachs seien einseitige Prügeleien gewesen, natürlich nicht wörtlich zu verstehen. Sie zeterte und zeterte, und dann fegte er sie mit einer so verheerend kühlen Bemerkung aus dem Ring, daß sie in Tränen ausbrach und aufgab.

Bei mir war das anders; er war der Ältere und behandelte mich als einen kleinen Bruder. Und er kannte mich, er konnte besser in mir lesen als meine Frau. Und mir gegenüber wurde er niemals zornig.

Es dauerte zwei Wochen, bis ich mich nach der Operation so weit erholt hatte, um nach Hause gehen zu können. Am letzten Tag sagte ich Dr. Cohn adieu, und er wünschte mir alles Gute.

Die Schwester brachte meine Kleider und sagte, ich müsse noch ein paar Papiere unterzeichnen, bevor ich das Krankenhaus verlassen könnte. Sie brachte mich zum Büro. Ich kam mir wirklich beschissen vor, weil keiner gekommen war, um mich abzuholen. Keiner von meinen Freunden. Niemand von der Familie. Auch Artie nicht. Sicher, sie wußten ja gar nicht, daß ich allein heimfahren würde. Ich fühlte mich wie ein kleiner Junge: Keiner liebt mich. War es gerecht, daß ich nach einer ernsten Operation allein in der U-Bahn nach Haus fahren mußte? Was, wenn ich ohnmächtig würde? Jesus, fühlte ich mich beschissen. Und dann begann ich laut zu lachen. Denn ich hatte wirklich Scheiße im Kopf.

Die Wahrheit war die: Artie hatte gefragt, wer mich nach Hause bringen würde, und ich hatte gesagt, Valerie. Valerie hatte gesagt, sie würde zum Krankenhaus kommen, und ich hatte ihr erklärt, alles sei okay, ich würde ein Taxi nehmen, falls Artie es nicht schaffte. Darum nahm sie an, ich hätte mit Artie gesprochen. Und meine Freunde hatten selbstverständlich angenommen, daß jemand aus der Familie mich heimbringen würde. Tatsache ist, daß ich einen Groll haben wollte. Gegen alle.

Einer hätte es doch schließlich wissen müssen! Ich war immer stolz darauf gewesen, autonom sein zu können, daß ich nie jemand brauchte, der sich um mich kümmerte, daß ich völlig allein und in mir selber ruhend leben konnte. Diesmal aber brauchte ich ein bißchen von jener übertriebenen Sentimentalität, über die die Menschheit in so reichlichem Maße verfügt.

Darum brach ich fast in Tränen aus, als ich zur Station zurückkam und dort Artie mit meinem Koffer in der Hand stehen sah. Meine Stimmung stieg himmelhoch, ich umarmte ihn – es war eines der wenigen Male, daß ich das tat. Dann fragte ich glücklich: „Wie zum Kuckuck hast du erfahren, daß ich heute entlassen werde?“

Artie lächelte mich müde und traurig an. „Du blöder Mistfink, ich habe Valerie angerufen. Die hat gesagt, sie denkt, ich hole dich ab, weil du ihr das gesagt hast.“

„Habe ich ihr nie gesagt“, antwortete ich.

„Ach, komm schon runter“, sagte Artie. Er nahm mich beim Arm und geleitete mich aus der Station. „Ich kenn’ doch deine Masche. Aber den Leuten gegenüber, die sich was aus dir machen, ist das wirklich nicht anständig. Was du anstellst, ist nicht fair.“

Ich sagte nichts, bis wir draußen in seinem Wagen saßen. „Ich hab’ Vallie gesagt, du kommst vielleicht rüber“, sagte ich dann. „Ich wollte nicht, daß sie sich die Mühe macht.“

Artie steckte jetzt mitten im dicken Verkehr und konnte mich deshalb nicht ansehen. Ruhig und überlegt sagte er:

„Was du mit Vallie machst, geht einfach nicht. Mit mir ja. Aber nicht mit Vallie.“

Er durchschaute mich wie sonst keiner. Ich mußte ihm nicht erklären, warum ich mir wie ein beschissener Verlierer vorkam. Meine Erfolglosigkeit als Schriftsteller hatte mich fertiggemacht, die Beschämung darüber, daß es mir nicht gelungen war, gut für meine Frau und Kinder zu sorgen, hatte mich fertiggemacht. Ich konnte niemanden bitten, irgend etwas für mich zu tun. Und ich konnte es tatsächlich nicht ertragen, jemanden zu bitten, man möge mich vom Krankenhaus heimbringen. Nicht einmal meine Frau.

Als wir daheim waren, wartete Vallie schon auf mich. Auf ihrem Gesicht lag ein verwirrter, erschreckter Ausdruck, während sie mich küßte. Wir drei tranken Kaffee in der Küche. Vallie saß neben mir und faßte mich immer wieder an. „Ich kann's nicht begreifen", sagte sie. „Warum wolltest du mir denn nichts davon sagen?"

„Weil er ein Held sein wollte", sagte Artie. Aber er sagte es nur, um sie von der Fährte abzulenken. Er wußte, daß mir nicht recht sein würde, wenn sie wüßte, wie seelisch kaputt ich wirklich war. Ich vermute, er dachte, es wäre nicht gut für sie, wenn sie es wußte. Und außerdem hatte er Vertrauen in mich gesetzt. Er wußte, ich würde wieder auf die Beine kommen. Jeder hat so ab und zu seine kleinen Schwächen. Zum Kuckuck. Auch Helden werden müde.

Nach dem Kaffee ging Artie. Ich bedankte mich bei ihm, er lächelte mich mit seinem herben Lächeln an, aber ich merkte, daß er sich um mich Sorgen machte. Ich merkte, daß sein Gesicht angespannt war. Das Leben fing an, seinen Zoll zu fordern. Sobald er fort war, steckte Vallie mich ins Bett, damit ich mich ausruhen könne. Sie half mir beim Ausziehen und legte sich, ebenfalls nackt, neben mich.

Ich schlief sofort ein. Ich fühlte mich ganz friedlich. Die Berührung mit ihrem warmen Körper, diesen Händen, denen ich vertraute, ihrem Mund, ihren Augen und ihrem Haar, die nicht lügen konnten, machten den Schlaf zu einer süßen Zuflucht, wie sie die stärksten Drogen niemals bieten konnten. Als ich erwachte, war sie nicht mehr da. Ich hörte sie in der Küche reden, hörte die Stimmen der Kinder, die von der Schule heimgekommen waren. Alles schien plötzlich wieder die Anstrengung wert zu sein.

Frauen waren für mich immer eine Zuflucht, eine, die ich selbstsüchtig benutzte, sicherlich, aber sie machte alles übrige erträglich. Wie sollte ich, oder irgendein anderer, die täglichen Niederlagen ertragen, ganz ohne eine Zufluchtstätte? Jesus, ich komme nach Hause und stecke voll Haß über den Arbeitstag; vergehe vor Angst wegen des Geldes, das ich schulde, bin sicher, daß ich dem endgültigen Zusammenbruch im Leben gegenüberstehe, weil ich nie ein erfolgreicher Schriftsteller sein werde. Und dann verschwindet diese ganze Quälerei, weil ich mit meiner Familie zu Abend esse, weil ich den Kindern Geschichten erzähle und weil ich in der Nacht voll Vertrauen und Hinwendung mit meiner Frau schlafe. Eigentlich müßte das als ein Wunder erscheinen. Und das wirkliche Wunder ist ja eigentlich nicht, daß es zwischen Vallie und mir geschah, sondern daß unzählige Millionen anderer Männer und Frauen und Kinder das gleiche erfuhren. Und das seit Tausenden von Jahren. Wenn das alles einmal verschwindet, was wird dann die Menschen noch aneinander binden? Es spielt keine Rolle, daß es nicht immer die volle Liebe gewesen ist, ja manchmal sogar der reine Haß. Ich jedenfalls hatte nun meine ganz persönliche Lebensgeschichte zu bieten.

Und außerdem: Es verliert sich sowieso alles im Leben.

In Vegas erzählte ich das alles stückweise, manchmal bei einem Drink im Foyer, manchmal bei einem Supper nach Mitternacht in der Cafeteria. Und als ich fertig war, sagte Cully: „Aber wir wissen immer noch nicht, warum du deine Frau sitzengelassen hast." Jordan warf ihm einen leicht verächtlichen Blick zu, Jordan, der längst am Ende der Reise angelangt war und mich weit hinter sich gelassen hatte.

„Ich habe meine Frau und meine Kinder nicht sitzengelassen", sagte ich. „Ich mache bloß 'ne Pause. Ich schreibe ihr jeden Tag. Manchmal morgens habe ich das Gefühl, jetzt nimmst du ein Flugzeug und fliegst heim."

„Einfach so?" fragte Jordan. Es war nicht sarkastisch gemeint. Er wollte es wirklich wissen.

Diane hatte kein Wort dazu gesagt, aber sie sagte sowieso kaum etwas. Jetzt aber tippte sie mir aufs Knie und erklärte: „Ich glaub' dir."

Cully wendete sich an sie: „Und wohin bringt dich das, wenn du irgendeinem Kerl glaubst?"

„Die meisten Männer sind beschissen", sagte Diane. „Aber Merlin ist es nicht. Jedenfalls noch nicht."

„Danke", sagte ich.

„Aber du lernst es schon noch", sagte Diane kühl.

Ich konnte mich nicht zurückhalten. „Und wie, meinst du, steht's mit Jordan?" Ich wußte, sie war in Jordan verliebt. Cully wußte es auch. Jordan wußte es nicht, weil er es entweder nicht wahrhaben wollte oder weil er sich nichts daraus machte. Doch nun wandte er sich zu Diane und sah sie fragend, wenn auch unaufdringlich an, als wäre er wirklich an ihrer Meinung interessiert. Er sah elend aus an diesem Abend. Durch die Haut sah man die Knochen in weißen Flächen durchscheinen.

„Nein, du nicht", sagte sie zu ihm. Und Jordan wendete sich ab.

Cully war in einer offenherzigen und freundlichen Stimmung. Er erzählte als letzter seine Geschichte, und dann, wie wir alle, behielt er den wichtigsten Teil davon für sich. Aber das fand ich erst Jahre später heraus. Vorläufig malte er für uns ein ehrliches Bild seiner wahren Natur, so wenigstens kam es uns vor. Wir wußten, er hatte irgendeine geheimnisvolle Beziehung zum Hotel und dessen Besitzer, Mr. Gronevelt. Aber ebenso traf zu, daß er ein leidenschaftlicher Spieler war, eine miese Type im allgemeinen. Jordan fand nichts Amüsantes an Cully – aber, ich gestehe es gern ein, ich schon. Alles, was nicht der Norm entsprach, oder auch Karikaturen von Typen, interessierte mich automatisch. Ich leistete mir keinerlei moralischen Urteile. Ich hatte das Gefühl, über diesen Dingen zu stehen. Ich hörte Cully einfach zu.

Cully war ein ganzer Lehrfilm für sich. Und eine Erleuchtung. Niemand würde ihn jemals aufs Kreuz legen. *Er* pflegte *die andern* aufs Kreuz zu legen. Er hatte einen hochentwickelten Überlebensinstinkt. Einen Lebenshunger, der sich auf Amoralität und eine völlige Verachtung ethischer Prinzipien stützte. Und doch war er enorm liebenswert. Er konnte riesig komisch sein. Er interessierte sich für alles, und er konnte mit Frauen auf jene völlig unsentimentale, realistische Art umgehen, die Frauen mögen.

Obwohl er dauernd knapp bei Kasse war, schaffte er es allemal durch Süßholzgeraspel, mit einem der Show-girls im Hotel ins Bett zu gehen. Und wenn sie ihn hinhielten, dann kam sein Pelzmantel-Trick zur Anwendung.

Eine richtig miese Tour. Er brachte die Puppe in einen Pelzladen weiter unten auf dem Strip. Der Besitzer war einer seiner Kumpel, aber die Puppe wußte das nicht. Cully bat den Ladenbesitzer, dem Mädchen seine Pelzmäntel zu zeigen, sie sogar auf dem Boden auszubreiten, damit er und die Puppe den schönsten auswählen könnten. Nachdem die Wahl getroffen war, pflegte der Kürschner dem Mädchen Maß zu nehmen und versicherte, der Mantel werde in zwei Wochen fertig sein. Dann schrieb Cully einen Scheck über zwei- oder dreitausend Dollar als Anzahlung aus und beorderte den Kürschner, den Mantel zu liefern und ihm die Rechnung zu schicken. Dann gab er dem Mädchen die Quittung.

Am gleichen Abend lud er die Puppe zum Dinner ein, danach ließ er sie ein paar Kröten beim Roulette setzen, und dann brachte er sie auf sein Zimmer, wohin sie mitkam, weil sie eine Quittung über ein paar Riesen in ihrer Handtasche hatte. Da Cully so in sie verknallt war, wie hätte sie da anders gekonnt? Der Pelzmantel allein hätte vielleicht nicht ganz gereicht. Und ein wildverliebter Cully auch nicht immer. Aber die Kombination von beidem, wie Cully uns erläuterte, ergab die recht einseitige Vertragsbasis, bei der man stets gewann.

Natürlich bekam das Mädchen den Pelz niemals. Während der zweiwöchigen Liebesgeschichte pflegte Cully einen Streit vom Zaun zu brechen, und die Turteltauben trennten sich. Und Cully sagte, daß die Mädchen ihm kein einziges Mal, wirklich nicht ein einziges Mal, die Quittung für den Pelzmantel zurückgegeben hätten. Jedesmal seien sie zu dem Pelzhändler gerast und hätten versucht, entweder die Anzahlung oder den Pelz zu kassieren. Aber der Inhaber erklärte ihnen selbstverständlich, daß Cully seine Anzahlung bereits zurückgerufen und den Auftrag storniert habe.

Cully hatte noch einen anderen Trick auf Lager, für die Pißnelken vom Varietéballett. Er lud sie an mehreren Abenden zu einem Drink ein, lauschte aufmerksam ihren Problemgeschichtchen und gab sich außerordentlich mitfühlend. Machte nie einen falschen Zug oder forderte sie zu etwas auf. Dann, so in der dritten Nacht, holte er vor dem Mädchen eine Hundertdollarnote aus der Tasche, steckte sie in einen Briefumschlag und diesen in seine Brusttasche. Dann sagte er: „Hör mal, ich mach' sowas normalerweise nicht, aber ich finde dich wirklich dufte. Gehn wir doch in mein Zimmer rauf und machen wir's uns gemütlich, dann kriegste das Taxigeld nach Haus."

Die Kleine protestierte dann meist ein wenig. Zwar wollte sie diesen Hunderter. Aber sie wollte andrerseits auch nicht für eine Nutte gehalten werden. Dann drehte Cully seinen Charme an. „Hör mal", sagte er dann, „es wird ziemlich spät, wenn du hier weggehst. Und warum sollst du dein Taxi selber bezahlen. Das ist doch das wenigste, was ich tun kann. Und ich finde dich wirklich dufte. Also, was ist schon dabei?" Und dann gab er dem Mädchen den Umschlag, und sie stopfte ihn in ihre Tasche. Darauf eskortierte er sie sofort auf sein Zimmer und bumste mit ihr stundenlang, bevor er sie wieder gehen ließ. Und dann, so erzählte er, kam der komische Teil der Sache. Noch im Aufzug pflegten die Mädchen das Kuvert aufzureißen, und anstatt der hundert Mäuse fanden sie einen Zehndollarschein. Denn selbstverständlich hatte Cully zwei Briefumschläge in seiner Brusttasche stecken gehabt.

Sehr oft kam das Mädchen dann mit dem Aufzug wieder rauf

und hämmerte gegen Cullys Zimmertür. Er ging dann immer ins Badezimmer, ließ sich Badewasser einlaufen, um den Lärm zu übertönen, rasierte sich gemütlich und wartete, bis sie weg war. Wenn das Mädchen scheuer und weniger abgebrüht war, dann rief sie ihn von der Halle aus an und versuchte ihm zu erklären, daß da ein Irrtum passiert sein müsse, weil bloß eine Zehndollarnote in dem Umschlag gesteckt habe.

Das mochte Cully besonders gern. Er sagte dann immer: „Ja, stimmt. Wie teuer kann schon so 'n Taxi kommen? Drei, vier Dollar? Aber ich wollte sichergehen, darum habe ich dir zehn hineingegeben."

Und das Mädchen sagte dann oft: „Aber ich hab' gesehen, wie Sie hundert Dollar in den Umschlag gesteckt haben."

Da wurde Cully stets eindeutig empört. „Hundert Böcke für ein Taxi", sagte er. „Mensch, was bist 'n du, eine verdammte Nutte? Ich hab' in meinem ganzen Leben noch für keine Nutte bezahlt. Hör mal, ich hab' geglaubt, du bist 'n feines Mädchen. Und ich mochte dich wirklich gern. Und jetzt ziehste mir diesen Scheiß ab! Hör zu, ruf mich nicht wieder an." Oder, bei anderer Gelegenheit, wenn er glaubte, daß er damit durchkommen würde, sagte er: „O nein, Süße. Da mußt du dich geirrt haben." Und er holte sie sich für eine weitere Nummer. Manche Mädchen glaubten, daß es sich wirklich um ein Versehen gehandelt hätte, oder Cully war smart genug, es so hinzudrehen, daß sie darauf eingehen mußten, um nicht als vollkommene Schafe dazustehen. Manche verabredeten sich sogar nochmals mit ihm, nur um zu beweisen, daß sie keine Nutten waren und nicht wegen hundert Dollar mit jemandem ins Bett stiegen.

Trotzdem tat er das nicht, um Geld zu sparen, denn er verspielte sein Geld. Es war für Cully dieses Gefühl der „Macht", das er hatte, wenn er ein schönes Mädchen „rumkriegte". Es reizte ihn dann besonders, wenn das Mädchen dafür bekannt war, nur für Kerle zu strippen, die sie wirklich mochte.

Wenn die Puppen wirklich anständig waren, verfolgte Cully eine raffiniertere Strategie. Er versuchte sich in ihre Gefühle einzuschmuggeln, indem er ihnen ausgefallene Komplimente machte. Sich etwa darüber beklagte, daß er unfähig sei, sexuell erregt zu sein, außer er interessiere sich wirklich für eine Frau oder kenne sie wirklich gut. Er schickte ihnen kleine Geschenke, gab ihnen zwanzig Dollar fürs Taxi. Aber immer gab es dann noch das eine oder andere smarte Girl, das ihm nicht erlaubte, den Fuß in den Türspalt zu setzen. In diesem Fall reichte er das Mädchen weiter. Er begann von einem Freund zu reden, einem reichen Mann, der der netteste Kerl von der Welt sei. Der sich aus reiner Freundschaft um Mädchen kümmere, und sie müßten nicht mal was dafür tun. Dieser Freund kam dann auf einen Drink zu ihnen und war wirklich immer einer von Cullys reichen Bekannten, meistens ein Spieler mit einer saftigen Kleidermanufaktur in New York oder ein Automobilkommissionär aus Chicago. Cully überredete dann das Mädchen, mit diesem Freund zu Abend zu essen, und der Freund war vorher genau instruiert worden. Das Mädchen riskierte nichts. Ein Dinner mit einem wohlhabenden Mann.

Und sie aßen zusammen. Der Mann gab ihr ein paar Hunderter oder schickte ihr am nächsten Tag ein teures Geschenk. Er blieb stets charmant in jeder Hinsicht, forcierte nichts. Aber es gab wundervolle Ankündigungen von Pelzmänteln, Autos, karatschweren Brillantringen für die Zukunft. Und das Mädchen stieg endlich mit dem reichen Freund ins Bett. Und nachdem der reiche Freund sich abgesetzt hatte, fiel das Mädchen, das „nicht rumzukriegen" war, gewissermaßen für eine Taxifahrt Cully in den Schoß.

Cully kannte keine Gewissensbisse. Sein Standpunkt war, daß unverheiratete Frauen samt und sonders heimliche Nutten seien, darauf aus, einen Kerl mit dem einen oder anderen Trick zu angeln, einschließlich echter Liebe, und daß man als Mann das Recht habe, sie umgekehrt auszutricksen. Nur wenn die Mädchen nicht gegen seine Zimmertür hämmerten und nicht von der Hall aus anriefen, empfand er so etwas wie ein leichtes Mitleid. Dann wußte er, daß die Mädchen in Ordnung gewesen waren, daß sie sich gedemütigt fühlten, weil man sie ausgenutzt hatte. Manchmal suchte er sie danach auf, und wenn sie Geld für die Miete brauchten oder um den Monat durchzuhalten, erklärte er ihnen, es sei bloß ein Scherz gewesen, und schob ihnen hundert oder zweihundert Mäuse hin.

Und für Cully war es ein Scherz. Etwas, das er seinen Kumpeln unter den Dieben und Tricksern und Spielern erzählen konnte. Sie lachten dann und gratulierten ihm, daß er nicht ausgenommen worden war. Alle diese Parasiten sahen in den Frauen eindeutig Feinde, wohlgemerkt, die über richtige Lustmöglichkeiten verfügten, doch waren sie nicht gewillt, dafür Lösegeld zu zahlen, sei es nun Zaster, Zeit oder Zuneigung. Sie brauchten die Gesellschaft von Frauen, sie brauchten ihre Sanftheit neben sich. Sie zahlten gern Tausende für das Flugticket, um die Mädchen von Vegas mit nach London zu nehmen, nur damit sie in ihrer Nähe waren. Das war okay. Das arme Kind mußte ja schließlich packen und reisen. Und die Mädchen verdienten ihr Geld. Und sie mußten stets für eine schnelle Nummer oder einen vormittäglichen raschen Blasjob ohne Ouvertüre oder die üblichen Nettigkeiten bereit sein. Kein Gezeter. Vor allem kein Gezeter. Hier ist der Schwanz, also kümmere dich darum. Mir egal, ob du mich liebst. Kein „laß uns doch zuerst essen“. Kein „ich will mir erst die Stadt anschauen“. Kein „erst schlafen wir mal ein bißchen“, „später“, „nicht jetzt“, „heute nacht“, „nächste Woche“, „am Weihnachtstag“. Genau jetzt. Schneller Service in jeder Beziehung. Die großen Spieler wollten was Erstklassiges.

Cullys Freiermethoden erschienen mir als zutiefst bösartig, aber die Frauen mochten ihn verdammt lieber als andere Männer. Es schien, als verstünden sie ihn, durchschauten sämtliche seiner Tricks, fühlten sich aber geschmeichelt, daß er sich soviel Mühe gab. Manche der Mädchen, die er ausgetrickst hatte, wurden gute Freundinnen und waren stets bereit, mit ihm zu bumsen, wenn er sich einsam fühlte. Und, lieber Jesus, als er mal krank wurde, stellte sich ein ganzes Regiment von leichtfertigen Florence Nightingales zur Parade in seinem Hotelzimmer ein, wusch ihn, fütterte ihn, klopfte ihm die Kissen zurecht, und damit er auch gut schlafen konnte, bliesen sie ihm einen. Cully wurde einem Mädchen gegenüber selten zornig. Wenn aber, dann sagte er mit tödlicher Verachtung zu ihr: „Geh spazieren!“ Und die Worte hatten eine vernichtende Wirkung. Vielleicht wegen dieses Umschwenkens von völliger Sympathie und völligem Respekt auf die widerliche Tour. Oder weil das Mädchen keinerlei Ursache für dieses Umschwenken fand. Vielleicht auch setzte er den Trick ganz bewußt und grausam als Schock ein, wenn sein Charme nicht funktionierte.

Trotz alledem, Jordans Tod berührte ihn. Er war furchtbar wütend auf Jordan. Er empfand diesen Selbstmord als eine persönliche Beleidigung ihm gegenüber. Er meckerte darüber, daß er die zwanzig Riesen nicht genommen hatte, aber ich fühlte, daß es ihm gar nicht darum ging. Ein paar Tage später kam ich ins Casino und sah, wie er beim Blackjack für das Haus austeilte. Er hatte einen Job angenommen, das Spielen aufgegeben. Ich konnte nicht glauben, daß er es ernst meinte. Aber es war ihm ernst. Für mich hätte er ebensogut Priester werden können.

7

Eine Woche nach Jordans Tod ging ich aus Vegas weg, für immer, wie ich dachte, zurück nach New York.

Cully brachte mich zum Flughafen, wir tranken Kaffee, während ich auf meinen Aufruf wartete. Es überraschte mich, daß Cully von meiner Abreise wirklich berührt zu sein schien. „Du kommst wieder“, sagte er. „Jeder kommt wieder nach Vegas zurück. Und ich werd' da sein. Wir werden verdammt auf die Pauke hauen.“

„Armer Jordan“, sagte ich.

„Jaa“, sagte Cully. „In mei'm ganzen Leben werd' ich daraus nicht schlau werden. Warum hat er das gemacht? Warum zum Teufel hat er das bloß gemacht?“

„Er sah nie richtig glücklich aus“, sagte ich.

Als meine Maschine ausgerufen wurde, schüttelten wir uns die Hand. „Wenn du bei dir zu Haus irgendwie in 'nen Schlamassel kommst, ruf mich an“, sagte Cully. „Wir sind Kumpel. Ich hol' dich raus.“ Er umarmte mich sogar. „Du bist einer, der hoch setzt. Und du wirst immer im Spiel sein. Und darum wirst du auch immer in Schwierigkeiten stecken. Ruf mich an!“

Ich glaubte damals wirklich nicht, daß er es ehrlich meinte. Vier Jahre später war er Topspitze und ich steckte in scheußlichen Schwierigkeiten, mußte vor dem Untersuchungsgericht erscheinen, wo ich eventuell angeklagt werden sollte. Und als ich Cully anrief, flog er sofort nach New York, um mir zu helfen.

8

Aus dem Tageslicht im Westen glitt der riesige Jet in die sich senkende Dämmerung der östlichen Zeitzonen. Ich fürchtete den Augenblick, da die Maschine landen und ich Artie gegenüberstehen würde, der mich in das Mietshaus in der Bronx bringen würde, wo meine Frau und die Kleinen auf mich warteten. Klugerweise hatte ich Geschenke für sie mit, „einarmige Gangster", Glückspielautomaten en miniature, für Valerie einen Ring mit Perlen, der mich zweihundert Dollar gekostet hatte. Das Ladengirl im Xanadu hatte fünfhundert verlangt, aber Cully erzwang einen speziellen Preisnachlaß.

Ich wollte nicht an den Augenblick denken, da ich durch die Tür meiner Wohnung gehen und mich den Gesichtern meiner Frau und meiner drei Kinder würde stellen müssen. Ich fühlte mich viel zu schuldbewußt. Ich hatte Schiß vor der Szene, die ich mit Valerie durchspielen würde müssen. Darum dachte ich an Las Vegas.

Ich dachte an Jordan. Sein Tod betrübte mich nicht. Jedenfalls nicht in diesem Augenblick. Schließlich kannte ich ihn erst seit drei Wochen, und kannte ihn eigentlich gar nicht richtig. Aber was war an seinem Kummer eigentlich so bewegend? Was war das für ein Kummer, den ich niemals gehabt hatte und von dem ich hoffte, daß er mir immer erspart bleiben würde? Ich hatte von Anfang bei ihm so meinen Verdacht, hatte ihn studiert, wie ich es bei einem Schachproblem getan haben würde. Da war dieser Mann, der ein normales glückliches Leben gelebt hatte. Er hatte eine glückliche Kindheit. Manchmal sprach er davon, wie glücklich er als Kind gewesen sei. Eine glückliche Ehe. Ein angenehmes Leben. Bei ihm lief alles glatt, bis zu diesem letzten Jahr. Aber warum fing er sich nicht? Ändere dich oder stirb, sagte er einmal. Um diesen Punkt kreise das ganze Leben. Und er konnte sich einfach nicht ändern. Der Fehler lag bei ihm.

In den drei Wochen wurde sein Gesicht immer schmaler, die Knochen darunter drängten nach außen, als wollten sie warnen. Und sein Körper schrumpfte auf alarmierende Weise. Aber nichts sonst deutete auf sein Verlangen hin, nichts sonst verriet ihn. Während ich mir jene Tage mit ihm ins Gedächtnis zurückrief, begriff ich, daß alles, was er sagte und tat, dazu bestimmt war, mich von der richtigen Spur abzubringen. Als ich sein Angebot ablehnte, mich und Cully und Diane an seinem Gewinn zu beteiligen, wollte ich damit nur ausdrücken, meine Zuneigung sei echt. Ich dachte, es könne ihm helfen. Doch er hatte die Fähigkeit verloren zu dem, was Jane Austen „die Gnade der Hinwendung" nannte.

Ich vermute, er hielt das für beschämend, seine Verzweiflung, oder was immer es war. Er war ein guter Amerikaner und fand es entwürdigend, das Gefühl zu haben, es sei sinnlos, weiterzuleben.

Seine Frau hat ihn umgebracht. Zu simpel. Die Mutter, der Vater, die Geschwister? Selbst wenn die Narben der Kindheit verheilen, man bleibt verletzlich. Alter ist kein Schutz gegen Trauma.

Wie Jordan war auch ich aus dem kindischen Gefühl heraus nach Vegas gegangen, man habe mich betrogen. Meine Frau ertrug mich fünf Jahre lang, während ich an einem Buch schrieb, und sie beklagte sich nie. Sie war nicht gerade glücklich dabei, aber zum Kuckuck, ich war abends immerhin im Haus. Als mein erster Roman durchfiel und ich völlig am Boden zerstört war, sagte sie bitter: „Ich wußte ja, daß du das nie anbringen würdest."

Ich war wie vor den Kopf geschlagen. Ahnte sie denn nicht, wie mir zumute war? Es war einer der schrecklichsten Tage in meinem ganzen Leben, und dabei liebte ich sie mehr als irgendwen sonst auf der Welt. Ich versuchte es ihr zu erklären. Das Buch war gut. Nur hatte es ein tragisches Ende, und der Verleger wollte ein erhebendes, fröhliches, und ich hatte mich geweigert. (Und wie stolz war ich damals darauf. Und wie sehr hatte ich damit recht. In meiner Arbeit hatte ich immer recht, wirklich.) Ich dachte, meine Frau müßte eigentlich stolz auf mich sein. Was nur beweist, wie vernagelt Schriftsteller sind. Sie war außer sich vor Zorn: Unser Leben sei ein Scheiß. Ich hätte eine Menge Schulden, wo verdammt würde ich endlich einen Punkt machen, was zum Teufel bildete ich mir eigentlich ein, wer ich sei, um Gottes willen? (Nicht ganz ihre Worte; sie verwendete niemals Wörter wie „Scheiße" oder „verdammt".) Sie war so sauer, daß sie einfach die Kinder zusammenpackte und aus dem Haus stürmte, bis es Zeit war, das Abendessen zu kochen. Dann war sie zurück. Und dabei hatte sie auch einmal schreiben wollen!

Mein Schwiegervater half uns über die Runden. Aber eines Tages traf er mich zufällig, wie ich aus einem Antiquariat kam, den Arm voller Bücher, und er wurde furchtbar sauer. Es war ein wunderschöner Frühlingstag, alles gelb von Sonne. Er kam gerade aus seinem Büro, und er sah welk und überanstrengt aus. Und ich latschte so dahin und grinste in der Vorfreude über die prima gedruckten Sachen, die ich jetzt verschlingen konnte. „Jesus", sagte er, „ich hab' gedacht, du schreibst ein Buch, und dabei gammelst du bloß rum. Scheiße!" Er konnte das Wort recht geläufig aussprechen.

Ein paar Jahre später wurde das Buch so veröffentlicht, wie ich es wollte, erhielt großartige Kritiken, brachte aber bloß ein paar Tausender ein. Mein Schwiegervater, anstatt mich zu beglückwünschen, sagte: „Na, Geld hat's ja nicht gebracht. Fünf Jahre Arbeit. Jetzt versteif dich mal drauf, deine Familie durchzubringen."

Während ich in Vegas spielte, machte ich mir das alles klar. Warum, verdammt noch mal, *sollten* sie auch Verständnis für mich aufbringen? Warum sollten sie sich auch nur die Bohne um meine verrückte, überspannte Vorstellung von Kunst und Kreativität kümmern? Warum, verdammt, sollte sie das irgendwie berühren? Sie hatten vollkommen recht. Ich aber empfand ihnen gegenüber danach nicht mehr das gleiche.

Der einzige, der begriff, war mein Bruder Artie, aber sogar er war während des letzten Jahres ein wenig von mir enttäuscht, ich merkte es, obwohl er es nicht zeigte. Und er war das mir am nächsten stehende menschliche Wesen. Oder war es zumindest gewesen, bis er heiratete.

Wieder schreckte mein Hirn vor der Vorstellung zurück, nach Hause gehen zu müssen, wieder dachte ich an die Zeit in Vegas. Cully hatte nichts über sein Leben gesagt, auch wenn ich ihn danach fragte. Er berichtete über das Leben, das er jetzt führte, und fast nichts über die Zeit vor Vegas. Komisch war nur, daß ich der einzige gewesen zu sein schien, der neugierig war. Jordan und Cully stellten kaum Fragen. Wenn sie's getan hätten, vielleicht würde ich ihnen mehr erzählt haben.

Wenn Artie und ich auch in einem Waisenhaus aufwuchsen, so war das doch nicht schlechter und vielleicht verdammt viel besser als eine Erziehung in einer Militärschule oder in einem von den exklusiven Internaten, in die die Reichen ihre Kinder abschieben, nur um sie los zu sein. Artie war zwar älter als ich, aber ich war immer der Größere und Stärkere von uns beiden, jedenfalls körperlich. Er war stur wie ein Ochse und außerdem sehr viel anständiger. Ihn interessierte die Wissenschaft, und ich war ins Träumen verliebt. Er las Bücher über Mathematik und Chemie und löste Schachprobleme. Er brachte mir das Schachspielen bei, aber ich hatte nie genug Geduld dafür. Es war kein Glücksspiel. Ich las Romane: Dumas und Dickens und Sabatini, Hemingway, Fitzgerald und später Joyce und Kafka und Dostojewski.

Ich möchte schwören, daß die Tatsache, daß ich ein Waisenkind war, keinen Einfluß auf meinen Charakter hatte. Ich war ganz wie alle anderen Kinder. Im späteren Leben konnte keiner vermuten, daß wir weder Mutter noch Vater gekannt hatten. Der einzige moralisch negative Effekt war der, daß Artie und ich, anstatt Brüder zu sein, füreinander Vater und Mutter waren. Wie auch immer, Artie und ich gingen aus den Waisenhaus als halbe Kinder weg, Artie fand einen Job, und ich lebte dann bei ihm. Dann verliebte sich Artie in ein Mädchen, und es war Zeit für mich, zu verschwinden. Ich ging zur Armee und kämpfte im großen Krieg, Weltkrieg Nummer zwei. Als ich fünf Jahre später zurückkam, hatten Artie und ich uns wieder in Brüder zurückverwandelt. Er war Familienvater, ich ein Kriegsveteran. Und mehr war da nicht dran. Nur ein einziges Mal dachte ich daran, daß wir Waisenkinder seien, nämlich als Artie und ich einmal spät bei ihm zu Hause hockten und seine Frau müde wurde und schlafen gehen wollte. Sie gab Artie einen Gutenachtkuß, bevor sie ging. Damals dachte ich, daß Artie und ich etwas Besonderes waren. In unserer Kindheit hatte uns niemand einen Gutenachtkuß gegeben.

Aber gelebt haben wir in diesem Waisenhaus nicht wirklich. Wir flüchteten uns beide in die Bücher. Mein Lieblingsbuch war das über König Artus und seine Tafelrunde. Dann las ich sämtliche Versionen, auch die volkstümlichen und die von Sir Thomas Malory. Und ich denke, es ist ja wohl klar, daß für mich in Gedanken König Artus mein Bruder Artie war. Die Namen klangen gleich, und ich, in meiner kindlichen Denkweise, entdeckte die Verwandtschaft beider in dem gleichen sanftmütigen Charakter. Ich selbst identifizierte mich nie mit tapferen Rittern wie Lanzelot. Irgendwie kamen sie mir ein wenig beschränkt vor. Und ich hatte kein Interesse am Heiligen Gral. Ich wollte kein Ritter Galahad sein.

Aber in Merlin verliebte ich mich. Er, mit seiner schlauen

Zauberei, wie er sich in einen Falken verwandelte oder in ein anderes Tier. Wie er verschwand und wiederkam. Die langen Zeiten, in denen er abwesend war. Am meisten gefiel mir, daß er König Artus sagte, er könne nicht länger seine rechte Hand sein. Und die Begründung dafür. Daß Merlin sich in ein Mädchen verliebt hatte und sie seinen Zauber lehren wollte. Und daß sie Merlin betrog und seine eigenen Zaubersprüche gegen ihn verwendete. Und dann mußte er tausend Jahre als Gefangener in einer Höhle sitzen, bevor der Zauber seine Kraft verlor. Und dann kehrte er ins Leben zurück. Mann, war das ein Idol, war das ein Zauberer. Besser als alle anderen. Also versuchte ich als Kind für meinen Bruder Artie ein Merlin zu sein. Und als wir aus dem Waisenhaus weggingen, änderten wir unseren Familiennamen in Merlin. Und redeten nie wieder darüber, daß wir Waisen waren. Nicht miteinander und nicht mit irgendwem.

Das Flugzeug setzte zur Landung an. Las Vegas, das war mein „Camelot" gewesen, ein ironischer Zusammenhang, den der große Merlin leicht hätte erklären können. Jetzt kehrte ich in meine Wirklichkeit zurück. Ich würde meinem Bruder und meiner Frau eine Menge zu erklären haben. Als die Maschine zu ihrem Standplatz rollte, las ich meine Geschenkpäckchen auf.

9

Alles ging dann glatt vor sich. Artie fragte mich, warum ich von Valerie und den Kleinen davongelaufen sei. Er hatte einen neuen Wagen, einen großen Kombi, und seine Frau war schon wieder schwanger. Das würde dann das vierte Kind sein. Ich beglückwünschte ihn zur neuen Vaterschaft und machte mir im Geist eine Notiz, seiner Frau in ein paar Tagen Blumen zu schicken. Und strich dann die Notiz wieder. Man kann nicht einer Frau Blumen schicken, wenn man ihrem Mann Tausende von Dollar schuldig ist. Und wenn man sich von ihm in der Zukunft noch weiter Geld wird pumpen müssen. Artie würde es egal sein, aber seine Frau fand es möglicherweise merkwürdig.

Unterwegs zu dem Apartementhaus in der Bronx, in dem wir wohnten, stellte ich Artie die wesentliche Frage: „Wie steht Vallie jetzt zu mir?"

„Sie begreift", antwortete Artie. „Sie ist nicht böse. Sie freut sich darauf, dich wiederzusehen. Sieh mal, so schwer ist es gar nicht, dich zu verstehen. Und du hast jeden Tag geschrieben. Und sie ein paarmal angerufen. Du hast einfach einmal Tapetenwechsel nötig gehabt." Er sagte es so, als sei das alles ganz normal. Aber ich merkte, daß es ihm gehörig Angst eingejagt hatte, daß ich einen ganzen Monat lang ausgerissen war.

Und dann fuhren wir durch die Wohnsiedlung, die auf mich stets eine deprimierende Wirkung ausübte. Es waren riesige Wohnblocks in Sechseckform, von der Regierung für arme Leute errichtet. Wir hatten eine Wohnung mit fünf Zimmern für fünfzig Böcke, einschließlich Betriebskosten und Heizung. Und während der ersten paar Jahre war es auch okay gewesen. Die Blöcke waren mit Regierungsmitteln errichtet worden, und es hatte eine genaue Auswahl stattgefunden. Die ursprünglichen Mieter waren hart schuftende, gesetzestreue Bedürftigte gewesen. Durch ihre Tüchtigkeit waren sie wirtschaftlich aufgestiegen und in private Häuser umgezogen. Und jetzt kriegten wir die eingefleischten Armen, die niemals ehrlich ihren Lebensunterhalt verdienen konnten oder wollten. Drogensüchtige, Alkoholiker, Familien ohne Vater, die von der Wohlfahrt lebten, weil der Mann sich abgesetzt hatte. Die meisten dieser Neuzuzüge waren Farbige, darum glaubte Vallie, sie dürfe sich nicht beklagen, weil man sonst denken könnte, sie sei rassistisch eingestellt. Aber ich wußte, wir mußten bald von da weg und in ein weißes Viertel ziehen. Ich wollte nicht schon wieder in einem Waisenhaus versauern. Es kümmerte mich einen Dreck, ob jemand das für Rassismus hielt. Für mich war eines klar: daß wir von einer Überzahl von Leuten überwältigt zu werden drohten, denen unsere Hautfarbe nicht paßte und die recht wenig zu verlieren hatten, egal was sie taten. Mein gesunder Menschenverstand sagte mir, daß dies eine gefährliche Situation sei. Und daß es noch schlimmer kommen würde. Ich mochte die Weißen nicht besonders, warum also sollte ich die Neger lieben? Vallies Mutter und Vater würden uns natürlich die Anzahlung für ein Haus gegeben haben. Aber ich wollte von ihnen kein Geld annehmen. Geld nahm ich nur von meinem Bruder Artie an. Der glückliche Artie!

Der Wagen stoppte. „Komm mit rauf, ruh dich aus und trink 'ne Tasse Kaffee."

„Ich muß nach Hause", sagte Artie. „Außerdem will ich mir die Szene ersparen. Geh und schluck deine Brocken wie ein Mann!"

Ich griff auf den Rücksitz und schwenkte den Koffer aus dem Wagen. „Okay", sagte ich. „Vielen Dank, daß du mich abgeholt hast. In ein paar Tagen komme ich dich besuchen."

„Okay", sagte Artie. „Bist du sicher, daß du 'n bißchen Moos hast?"

„Ich hab' dir doch gesagt, ich komme mit Gewinn heim", sagte ich.

„Merlin der Zauberer", sagte er. Und wir lachten beide. Dann ging ich den Weg hinunter, der zum Eingang meines Apartmenthauses führte. Ich wartete darauf, daß sein Motor auf höhere Touren käme, wenn er losfuhr, doch ich nehme an, er blieb sitzen, bis ich in dem Haus verschwunden war. Ich schaute mich nicht um. Ich hatte einen Schlüssel, aber ich klopfte. Ich weiß nicht, weshalb. Es war mir, als hätte ich kein Recht, diesen Schlüssel zu benutzen. Als Valerie mir aufmachte, wartete sie, bis ich drin war und den Koffer in der Küche abstellte, ehe sie mich umarmte. Sie sah sehr ruhig, sehr blaß, sehr bedrückt aus. Wir küßten einander sehr flüchtig, als ob es nichts Besonderes wäre, daß wir in zehn Jahren zum erstenmal getrennt gewesen waren.

„Die Kleinen wollten auf dich warten", sagte sie. „Aber es war zu spät. Sie sehen dich dann morgen früh, bevor sie zur Schule gehen."

„Okay", sagte ich. Ich wäre gerne in ihre Zimmer gegangen, um sie mir anzusehen, aber ich fürchtete, ich könnte sie aufwecken, und dann würden sie nicht wieder einschlafen und Vallie auf die Nerven gehen. Sie sah nun sehr erschöpft aus.

Ich trug den Koffer in unser Schlafzimmer, sie kam hinter mir her. Sie begann auszupacken, und ich setzte mich aufs Bett und sah ihr zu. Sie machte das sehr geschickt. Die Schachteln, von denen sie wußte, daß sie Geschenke enthielten, legte sie auf den Frisiertisch. Die getragene Wäsche und Kleidung sortierte sie in Stapeln für die Wäsche und die Reinigung. Dann trug sie die schmutzige Wäsche ins Badezimmer und stopfte sie in den Wäschekorb. Sie kam nicht zurück, darum ging ich ihr nach. Sie lehnte gegen die Wand und weinte.

„Du hast mich verlassen", schluchzte sie. Und ich lachte. Weil es nicht stimmte und weil es nicht paßte, was sie sagte. Sie hätte mir witzig oder rührselig oder schlau kommen können, aber sie erklärte einfach, was sie fühlte. Genauso wie sie ihre Geschichten in der New School zu schreiben pflegte. Und weil sie so ehrlich war, mußte ich lachen. Und ich glaube, ich lachte, weil ich nun wußte, daß ich mit ihr und der ganzen Situation fertigwerden konnte. Ich würde witzig und komisch und zärtlich sein und erreichen, daß sie sich wieder okay fühlte. Ich konnte ihr zeigen, daß es überhaupt nichts zu bedeuten hatte, daß ich sie und die Kleinen verlassen hatte.

„Ich hab' dir jeden Tag geschrieben", sagte ich. „Ich hab' dich mindestens vier-, fünfmal angerufen."

Sie verbarg ihr Gesicht in meinen Armen. „Ich weiß doch", sagte sie. „Aber ich war nie sicher, ob du zurückkommst. Es ist mir ja alles egal, ich liebe dich eben, und ich brauche dich bei mir."

„Mir geht's genauso", sagte ich. So sagte es sich am leichtesten.

Sie wollte mir etwas zu essen machen, aber ich lehnte ab. Ich duschte rasch, und sie wartete schon im Bett auf mich. Sie zog immer ein Nachthemd an, auch wenn wir uns lieben wollten und ich es ihr wieder ausziehen mußte. Das kam von ihrer katholischen Kindheit, und mir gefiel das. Es verlieh unserer Liebe einen gewissen zeremoniellen Charakter. Und wie ich sie da so liegen und auf mich warten sah, war ich froh, daß ich ihr treu geblieben war. Ich mußte mit einer ganzen Reihe von Schuldkomplexen fertigwerden, doch jedenfalls nicht mit diesem. Und das war viel wert in jener Situation. Ich weiß nicht, ob das ihr eine Hilfe gewesen ist.

Bei ausgeknipstem Licht, bemüht, keinen Lärm zu machen, damit die Kinder nicht aufwachten, liebten wir uns wie immer in den über zehn Jahren, die wir zusammen waren, Kinder zusammen hatten und, glaube ich, einander auch Liebe entgegenbrachten. Ihr Körper war begehrenswert, ihre Brüste schön, ihr Orgasmus kam natürlich und voller Unschuld. Jede Stelle ihres Körpers reagierte auf Berührung, und sie war in Maßen leidenschaftlich. Wenn wir einander liebten, war das fast immer befriedigend, so auch in dieser Nacht. Hinterher schlief sie tief und fest, hielt meine Hand, bis sie sich zur Seite rollte und die Verbindung abbrach.

Aber ich oder meine innere Uhr waren um Stunden vorangeflogen. Jetzt, da ich wieder sicher zu Hause bei Frau und Kindern war, konnte ich mir einfach nicht vorstellen, warum ich überhaupt fortgelaufen war. Warum ich fast einen Monat lang in Vegas verbracht hatte, so allein und von allem abgeschnitten. Ich spürte, wie ich mich enspannte wie ein Tier, das endlich in Sicherheit ist. Es machte mich glücklich, daß ich arm war, gefangen in einer Ehe und mit der Bürde meiner Kinder belastet. Es erfüllte mich mit Freude, daß ich zwar keinen Erfolg hatte, aber im Bett neben einer Frau liegen konnte, die mich liebte und gegen die ganze Welt absicherte. Und dann dachte ich, so müßte wohl Jordan gefühlt haben, ehe er die böse Nachricht erhielt. Aber ich war nicht Jordan. Ich war Merlin der Zauberer, ich würde dafür sorgen, daß alles in Ordnung kam.

Der Trick ist, sich an alles Gute, an alle glücklichen Stunden zu erinnern. Und diese zehn Jahre waren fast durchweg glückliche Jahre gewesen. Nein, einmal stank mir in die Nase, daß ich für meine Möglichkeiten, meine Verhältnisse und meinen Ehrgeiz zu glücklich war. Ich mußte an das leuchtende Casino in der Wüste denken und an Diane, die als Anreißer spielte, ohne jede Chance, zu gewinnen oder zu verlieren, ohne Chance, glücklich oder unglücklich zu sein. Und Cully hinter dem Spieltisch in seiner grünen Schürze, als Dealer für das Haus. Und Jordan tot.

Doch als ich so in meinem Bett lag und die Familie, die ich mir geschaffen hatte, rings um mich atmen hörte, fühlte ich eine erschreckende Kraft in mir. Ich würde sie gegen die Welt absichern, ja sogar gegen mich selbst.

Eine Gewißheit überkam mich. Ich würde ein zweites Buch schreiben können und damit reich werden. Vallie und ich würden für immer und ewig glücklich sein, diese befremdende neutrale Zone, die uns trennte, aufgelöst werden. Ich würde sie niemals betrügen oder meine Zauberkraft benutzen, um tausend Jahre lang zu schlafen. Aus mir würde niemals ein zweiter Jordan werden.

10

In der Suite in Gronevelts Penthouse stierte Cully aus dem riesigen Fenster. Der rot-grüne Python des Strip verlor sich in den schwarzen Bergen der Wüste. Cully dachte nicht an Merlin oder Jordan oder Diane. Er wartete voll Nervosität darauf, daß Gronevelt aus seinem Schlafzimmer käme, überlegte genau, welche Antworten er geben würde. Er wußte, daß seine Zukunft auf dem Spiel stand.

Es war eine riesengroße Suite, mit einer eingebauten Bar im Living-room, einer großen Küche für den Service im Speisezimmer; und von überall der weite Blick auf die Wüste und die Berge ringsum. Während Cully nervös zu einem anderen Fenster ging, kam Gronevelt durch die überwölbte Tür aus seinem Schlafzimmer.

Gronevelt war tadellos gekleidet und frisch rasiert, obwohl es bereits nach Mitternacht war. Er trat an die Bar und fragte Cully: „Wollen Sie was trinken?“ Sein Oststaatenakzent kam aus New York oder Boston oder Philadelphia. An den Wänden des Salons standen Regale voller Bücher. Cully fragte sich, ob Gronevelt sie auch wirklich las. Den Zeitungsreportern, die über Gronevelt berichteten, wäre eine solche Idee kaum gekommen.

Cully ging an die Bar, und Gronevelt wies ihn mit einer Handbewegung an, daß er sich selbst bedienen sollte. Cully nahm ein Glas und goß sich ein wenig Scotch ein. Er sah, daß Gronevelt pures Club-Soda trank.

„Sie haben bisher immer gute Arbeit geleistet“, sagte Gronevelt. „Aber Sie haben diesem Jordan am Bakkarat-Tisch geholfen. Sie haben gegen mich gearbeitet. Sie nehmen mein Geld, und dann setzen Sie gegen mich.“

„Er war ein Freund von mir“, sagte Cully. „Und es war keine große Sache. Ich wußte, er würde mir gegenüber großzügig sein, wenn er gewann. Er war so der Typ.“

„Hat er Ihnen was gegeben, ehe er sich abservierte?“ fragte Gronevelt.

„Er wollte uns allen zwanzig Riesen geben, mir, dem Jungen, der uns nicht von der Seite ging, und Diane, die beim Bakkarat anreißt."

Cully merkte, daß Gronevelts Interesse wach wurde und er keineswegs allzu sauer war, weil er Jordan geholfen hatte.

Gronevelt trat an das riesige Fenster und blickte hinaus auf die schwarzschimmernden Berge im Mondlicht.

„Aber das Geld haben Sie nicht bekommen", sagte er.

„Ich war ein Trottel", sagte Cully. „The Kid sagte, er wolle warten, bis wir Jordan ins Flugzeug stecken, also sagten auch Diane und ich, wir würden warten. So 'nen Fehler mach' ich nie wieder."

Gronevelt sagte ruhig: „Jeder macht Fehler. Es ist nicht wichtig, außer der Fehler ist endgültig. Sie werden noch andere Fehler machen." Er trank sein Glas aus. „Wissen Sie, warum dieser Jordan es getan hat?"

Cully zuckte die Achseln. „Seine Frau hat ihn sitzenlassen. Hat ihm alles abgelaust, was er hatte, nehme ich an. Aber vielleicht war ja was körperlich nicht in Ordnung mit ihm, vielleicht hatte er Krebs. In den letzten Tagen sah er wirklich furchtbar aus."

Gronevelt nickte. „Diese Bakkarat-Puppe, ist sie gut im Bett?"

Cully zuckte die Achseln. „Recht gut."

In diesem Augenblick kam zu Cullys Überraschung ein junges Mädchen aus dem Schlafzimmer in den Living-room. Sie hatte dick Make-up aufgetragen und war zum Ausgehen angezogen. Ihre Tasche hatte sie leger von der Schulter hängen. Cully erkannte sie als eines der halbnackt auftretenden Mädchen der Show. Nein, keine Tänzerin, einfach nur ein Showgirl. Sie war schön, und Cully erinnerte sich, daß ihre Titten auf der Bühne echt Sensation gemacht hatten.

Das Mädchen küßte Gronevelt auf den Mund. Sie nahm keine Notiz von Cully, und Gronevelt machte ihn nicht mit ihr bekannt. Er brachte sie an die Tür, und Cully sah, wie er seine schmale Börse hervorholte und eine Hundertdollarnote herauszog. Er hielt das Mädchen an der Hand, während er die Tür öffnete, und der Geldschein verschwand. Als sie fort war, kam Gronevelt ins Zimmer zurück und setzte sich auf eines der zwei Sofas. Wieder machte er eine Handbewegung, und Cully ließ sich in einen der tiefen Polstersessel ihm gegenüber fallen.

„Ich weiß alles über Sie", sagte Gronevelt. „Sie sind ein Countdown-As. Sie wissen geschickt mit Karten umzugehen. Ihre bisherige Arbeit hat mir gezeigt, daß Sie ein smarter Bursche sind. Und ich habe Sie hinten und vorn überprüfen lassen."

Cully nickte und wartete ab.

„Sie sind ein Spieler, aber kein maßloser Spieler. Im Grunde sind Sie dem Spiel immer einen Schritt voraus. Aber Sie wissen ja, alle Trickspieler bekommen früher oder später Lokalverbot in den Casinos. Die Pit-Bosse hier hätten sie liebend gern schon lange rausgeworfen. Ich habe das verhindert. Aber das wissen Sie wohl."

Cully wartete weiter ab.

Gronevelt blickte ihm starr in die Augen. „Ich durchschaue Sie ganz und gar. Bis auf eine Sache. Diese Beziehung zu Jordan und wie Sie sich dem anderen Knaben gegenüber verhalten haben. Daß Ihnen das Mädchen schnurzegal ist, ist mir klar. Also, ehe wir weitersprechen, möchte ich gern, daß Sie mir das erklären."

Cully ließ sich Zeit und sprach sehr vorsichtig. „Sie wissen ja, ich bin ein Abstauber", sagte er. „Jordan, das war ein komischer, ein verrückter Kerl. Ich hab so 'n Gefühl gehabt, daß ich mit ihm was rausholen könnte. Und The Kid und das Mädchen paßten eben grad ins Bild."

Gronevelt fragte: „The Kid, wer zum Kuckuck ist das? Diese Show, die er mit Cheech abgezogen hat, war gefährlich."

„Ein netter Kerl", sagte Cully achselzuckend.

Gronevelt sagte nun fast mit Wärme: „Sie mochten ihn, was? Sie mochten ihn und Jordan wirklich, sonst würden Sie es nie gewagt haben, sich mit denen gegen mich zu verbünden."

Plötzlich hatte Cully einen Geistesblitz. Er starrte auf die Hunderte von Bänden, die rundum an den Wänden die Regale füllten. „Ja. Ich mochte sie. The Kid hat ein Buch geschrieben, aber nicht viel dabei verdient. Und man kann einfach nicht leben, ohne manchmal andre gernzuhaben. Es waren wirklich feine Jungs. Ohne eine Spur von Abstauberei. Keiner. Die würden einen nie aufs Kreuz zu legen versuchen."

Gronevelt lachte. Er genoß die witzige Situation. Und es interessierte ihn, daß The Kid ein Schriftsteller war. Wenn das auch nur wenige Menschen wußten: Gronevelt war ein außerordentlich belesener Mensch. Aber er verbarg es, als wäre es ein Laster, dessen man sich schämen müsse. „Wie ist der Name von The Kid?" fragte er beiläufig, aber er war wirklich interessiert. „Wie ist der Titel seines Buches?"

„Also, er heißt John Merlin", sagte Cully. „Wie das Buch heißt, weiß ich nicht."

Gronevelt sagte: „Ich hab' nie von ihm gehört. Komischer Name." Er dachte eine Weile nach. „Sein richtiger Name?"

„Ja", sagte Cully.

Es folgte ein langes Schweigen. Gronevelt schien schwer mit einem Gedanken beschäftigt. Schließlich seufzte er und sagte zu Cully: „Ich biete Ihnen die Chance Ihres Lebens. Wenn Sie Ihren Job so machen, wie ich es Ihnen sage, und dabei den Mund halten, dann haben Sie eine gute Chance, 'ne Menge Geld zu machen und einer von den leitenden Männern hier im Hotel zu werden. Ich mag Sie, und ich werde auf Sie setzen. Aber denken Sie daran, wenn Sie mich aufs Kreuz legen, dann kriegen Sie großen Ärger. Können Sie sich in etwa vorstellen, wovon ich rede?"

„Kann ich", sagte Cully. „Aber das macht mir keine Angst. Sie wissen, ich bin ein kleiner Geldschneider. Aber ich bin smart genug, ehrlich zu sein, wenn ich muß."

Gronevelt nickte. „Das wichtigste ist ein fester Mund, feste Lippen." Und nachdem Gronevelt das gesagt hatte, wanderten seine Gedanken zurück zu dem eben verflossenen Abend, den er mit dem Showgirl verbracht hatte. Feste Lippen. Das schien das einzige zu sein, was ihm jetzt noch half. Einen Augenblick lang fühlte er sich ausgelaugt, als habe ihn seine Kraft verlassen, wie ihm das im letzten Jahr immer häufiger geschah. Doch er wußte, er brauchte nur hinunterzufahren und durch sein Casino zu gehen, und war wieder voll Energie. Wie Antaios aus der Mythologie saugte er Kraft aus dem lebenspendenden Boden seines Casinos, bezog sie von all den Leuten, die er kannte, den Reichen, Berühmten, Mächtigen, die zu ihm kamen und sich von seinen Würfeln und Karten einen Nervenkitzel holten, sich an seinen grünen Filztischen selbst geißelten. Aber er hatte bereits zu lange geschwiegen und merkte, wie Cully ihn aufmerksam ansah. In dem Hirn seines Gegenübers arbeitete es. Er hatte seinem neuen Angestellten eine kleine Vorgabe geleistet.

„Vollkommene Verschwiegenheit", wiederholte Gronevelt. „Und Sie müssen diese billigen Schmierentricks aufgeben, besonders mit den Weibern. Was ist dabei, wenn sie Geschenke haben wollen? Was tut's, wenn sie Ihnen einen Hunderter hier, einen Tausender da abluchsen? Damit sind sie bezahlt, und Sie sind aus dem Schneider. Man soll einer Frau nie was schuldig sein. *Nie!* Man muß mit den Fosen immer klare Konten haben. Außer natürlich, man ist ein Zuhälter oder ein Arschloch. Denken Sie daran. Stecken Sie ihnen eine Hundertbiene ins Mieder."

„Einhundert Böcke?“ fragte Cully im Scherz. „Könnten es nicht bloß fünfzig sein? Schließlich bin ich nicht Besitzer von ’nem Casino.“

Gronevelt lächelte knapp. „Das bleibt Ihnen überlassen. Aber wenn die Puppe überhaupt was auf dem Kasten hat, dann machen Sie ’nen Hunderter locker.“

Cully nickte und wartete ab. Bisher war das alles bloß Mist gewesen. Gronevelt mußte jetzt zur Sache kommen. Und er tat es.

„Mein größtes Problem ist im Augenblick, wie ich die Steuer umgehen kann“, sagte er. „Sie wissen, daß man nur unterm Tisch reich werden kann. Manche der andern Hotelbesitzer sahnen im Kontor mit ihren Partnern ab. Das sind Arschlöcher. Irgendwann kriegen die Bundessteuerfahnder sie am Kragen. Irgendeiner quatscht, und dann haben sie ’ne Menge Hitze zu verkraften. ’Ne ganze Menge. Und wenn ich etwas nicht leiden kann, dann ist es, wenn mir die Bullen Feuer unterm Hintern machen. Aber das Absahnen, da steckt wirklich Geld drin. Und das ist der Punkt, wo Sie reinkommen und helfen.“

„Ich arbeite im Checkraum?“ fragte Cully.

Gronevelt schüttelte ungeduldig den Kopf. „Nein, Sie werden Dealer“, sagte er. „Wenigstens eine Zeitlang. Und wenn Sie sich machen, werden Sie mein persönlicher Assistent. Und das ist ein festes Versprechen. Aber zuerst müssen Sie sich mir gegenüber bewähren. In jeder Hinsicht. Kapiert, was ich meine?“

„Sicher. Irgendein Risiko dabei?“ fragte Cully.

„Nur Ihr eigenes“, sagte Gronevelt. Und plötzlich starrte er Cully ganz ruhig und fest an, als wollte er ihm wortlos etwas mitteilen, was Cully begreifen sollte. Cully blickte Gronevelt in die Augen und sah, wie dessen Gesicht den Ausdruck von Müdigkeit und Ekel annahm. Und plötzlich begriff er. Wenn er sich nicht bewährte, wenn er Scheiße baute, dann konnte er ziemlich sicher sein, daß man ihn in der Wüste begraben würde. Und er wußte, daß diese Vorstellung Gronevelt bedrückte, und er verspürte dem Mann gegenüber eine seltsame Zuneigung. Er wollte ihn beruhigen.

„Keine Sorge, Mr. Gronevelt“, sagte er. „Ich werde keinen Mist machen. Ich bin sehr dankbar für das, was Sie für mich tun, und ich werde Sie nicht enttäuschen.“

Gronevelt nickte langsam. Er stand nun mit dem Rücken zu Cully und starrte durch das Riesenfenster auf die Wüste und die dahinter liegenden Berge.

„Worte besagen gar nichts", sagte er. „Ich setze darauf, daß Sie smart sind. Kommen Sie morgen mittag rauf, dann erkläre ich Ihnen alles. Und noch etwas ..."

Cully setzte eine erwartungsvolle Miene auf.

Gronevelt sagte schneidend: „Schmeißen Sie diese verdammte Jacke weg, die Sie und Ihre Kumpel immer getragen haben. Diesen Vegas-Winner-Scheiß. Sie haben keine Ahnung, wie mir diese Jacketts auf die Nerven gingen, wenn ich Sie und die beiden andern durch mein Casino wandern sah. Und das ist außerdem das erste, an das Sie mich erinnern können. Daß ich dem verdammten Ladenschwengel sage, daß er diese beschissenen Jacken nicht mehr bestellen soll."

„Okay", sagte Cully.

„Trinken wir noch einen, und dann können Sie gehen", sagte Gronevelt. „Ich muß in ein paar Minuten runter und das Casino checken."

Sie hatten noch einen Drink zusammen, und Cully war überrascht, als Gronevelt mit ihm anstieß, als wollte er ihre neue Beziehung feiern. Es gab ihm den Mut zu fragen, was mit Cheech geschehen sei.

Gronevelt schüttelte traurig den Kopf. „Ich kann Ihnen ja auch gleich sagen, wie das hier in dieser Stadt ist. Sie wissen, Cheech liegt im Krankenhaus. Offiziell wurde er von einem Auto angefahren. Er wird es überstehen, aber Sie werden ihn hier in Vegas nicht mehr zu sehen bekommen, außer wir haben einen neuen Polizeichef."

„Ich dachte, Cheech hat Verbindung zum Syndikat", sagte Cully und nahm einen Schluck aus seinem Glas. Er war gespannt und wachsam. Er wollte herausfinden, wie man die Sachen in Gronevelts Etage abwickelte.

„Er hat ziemlich dicke Beziehungen drüben im Osten", sagte Gronevelt. „Und tatsächlich haben seine Freunde auch versucht, mich dazu zu bringen, ihm aus Vegas rauszuhelfen. Aber ich sagte ihnen, daß ich leider keine andre Wahl hätte."

„Das kapiere ich nicht", sagte Cully. „Sie haben doch 'nen längeren Arm als der Polyp."

Gronevelt lehnte sich zurück und nahm langsam einen Schluck aus seinem Glas. Als alter und weiser Mann leistete er sich stets gern das Vergnügen, Jüngere zu belehren. Doch während er sich anschickte, es zu tun, wußte er, daß Cully ihm bloß schmeichelte und wahrscheinlich sowieso alle Antworten wußte. „Schau'n Sie mal", sagte er. „Mit der Bundesregierung können wir unsern Ärger durch unsre Anwälte und vor Gericht jederzeit regeln: Schließlich, wir haben Richter und wir haben Politiker. So oder so, auf die eine oder andre Art können wir die Geschichten mit dem Gouverneur oder mit den Spielcasino-Kontrollkommissionen in Ordnung bringen. Der Polizeichef und sein Stab haben die Stadt in der Hand, wie es uns paßt. Ich brauch' bloß zu telefonieren und kann jeden aus der Stadt rauswerfen lassen, wenn ich das will. Wir bauen Vegas auf als einen absolut sicheren Ort für die Spieler. Und das können wir nicht ohne Polizei. Und um eine solche Macht auszuüben, muß er sie erst einmal haben, und wir müssen sie ihm geben. Wir müssen dafür sorgen, daß er bei Laune bleibt. Außerdem muß er ein ganz bestimmter Typ mit bestimmten Fähigkeiten sein, Härte zum Beispiel. Er darf es nicht zulassen, daß ein kleiner Ganove wie Cheech seinem Neffen eins auf die Nase verpaßt und damit durchkommt. Er muß ihm die Knochen brechen. Und wir müssen das zulassen. Ich muß es zulassen. Es ist kein hoher Preis, den wir da zahlen."

„Hat der Bulle wirklich soviel Macht?" fragte Cully.

„Muß er haben", antwortete Gronevelt. „Die einzige Methode, wie wir diese Stadt am Funktionieren halten können. Und außerdem, er ist ein cleverer Bursche und ein guter Politiker. Der bleibt uns noch für die nächsten zehn Jahre auf seinem Sessel erhalten!"

„Wieso eigentlich bloß zehn?" fragte Cully.

Gronevelt lächelte.

„Dann ist er zu reich, um noch zu arbeiten. Und es ist ein ziemlich schwieriger Job."

Nachdem Cully gegangen war, machte Gronevelt sich bereit, hinunter ins Casino zu gehen. Es war fast zwei Uhr morgen. Er tätigte seinen Routineruf und beauftragte den Hausmechaniker, reinen Sauerstoff durch die Klimaanlage zu pumpen, damit die Spieler nicht schläfrig würden. Er beschloß, das Hemd zu wechseln. Irgendwie war es während seiner Unterredung mit Cully feucht und klebrig geworden. Und während er sich umzog, machte er sich einige Gedanken über Cully.

Er glaubte den Mann durchschauen zu können. Cully hatte gedacht, der Zwischenfall mit Jordan würde ihm eine schlechte Note bei Gronevelt einbringen. Aber das Gegenteil war der Fall.

Gronevelt war entzückt darüber, daß Cully sich am Bakkarat-Tisch zu Jordan geschlagen hatte. Es bewies, daß Cully nicht bloß der ordinäre eingleisige Geldschneider war, daß er nicht einer von den billigen, diebischen kleinen Ganoven war. Es bewies, daß er im innersten Herzen ein echter Betrüger war.

Gronevelt war sein ganzes Leben lang ein ehrlicher Betrüger gewesen. Er wußte, daß der wahre Betrüger zwei-, drei-, vier-, fünf- und sechsmal den gleichen Trick abreißen und immer noch ein Freund sein konnte. Wer seinen Trick an ein einziges Mal verschwendete, der war als Betrüger eine Niete, ein Amateur, jemand, der sein Talent verschwendete. Und Gronevelt wußte auch, daß der echte Betrüger einen Funken Menschlichkeit, ein echtes Gefühl für den Mitmenschen, ja sogar Mitleid haben müsse. Und die Genies unter den Betrügern liebten ihren Trick. Der wahre Betrüger mußte großzügig sein, voll Verständnis und Hilfsbereitschaft und ein guter Freund. Das alles war kein Widerspruch in sich selbst. Alle diese Vorzüge machten im wesentlichen den guten Betrüger aus. Auf ihnen baute sich wie auf einem Fels seine Glaubwürdigkeit auf. Sie dienten dem einen höchsten Zweck: nämlich seinen Trick, als ein wahrer Freund, von jenen Schätzen loszulösen, nach denen er lechzte oder die er, der Betrüger, für sein Leben brauchte. Und so einfach war die Sache gar nicht. Manchmal ging es um Geld. Manchmal darum, die Macht des anderen Mannes zu bekommen oder einfach nur an jene Hebel zu gelangen, die die Macht des anderen Mannes ausmachten. Natürlich mußte ein Betrüger raffiniert und kaltschnäuzig sein können, aber er war ein Nichts, er wurde bald durchschaut, er war bloß ein Ein-Nummern-Typ, wenn er kein Herz hatte. Und Cully besaß Herz. Er hatte das bewiesen, als er sich zu Jordan an den Bakkarat-Tisch stellte und gegen den mächtigen Gronevelt agierte.

Für Gronevelt war nun die Frage die: Hatte Cully in ehrlicher Absicht oder aus Raffinesse gehandelt? Er hatte das Gefühl, Cully war in Ordnung. So sehr in Ordnung, daß er meinte, er werde eine Weile Cullys Verhalten nicht checken lassen müssen. Cully würde in den nächsten drei Jahren absolut treu und ehrlich bleiben. Er würde sich ein paar Scheibchen abknipsen, denn er wußte, daß solche Freiheiten der Lohn dafür sein würden, daß er seinen Job gut erfüllte. Aber mehr nicht. Ja, dachte Gronevelt, in den nächsten paar Jahren würde Cully seine rechte Hand im Betrieb sein. Dann aber würde er Cully genau überwachen lassen müssen, gleichgültig, wie deutlich Cully mit harter Arbeit seine Ehrlichkeit und Treue und Loyalität und sogar seine ehrliche Zuneigung seinem Herrn gegenüber demonstrierte. Gerade das nämlich war die gefährlichste Falle. Da er ein echter Betrüger war, würde Cully ihn betrügen müssen, sobald die Zeit reif war. Gronevelt wußte das, und er wußte auch, daß es sehr schwer sein würde, sich dagegen zu wappnen.

DRITTES BUCH

11

Valeries Vater arrangierte es, daß ich meinen Job nicht verlor. Die Zeit meiner Abwesenheit wurde als Urlaub und Krankenurlaub anerkannt, also bekam ich sogar noch Gehalt für den Monat, den ich in Vegas vergammelt hatte. Aber als ich wieder zum Dienst kam, war der Boss, der Major der regulären Armee war, ein bißchen sauer. Das machte mir aber wenig aus. Wenn man in den Diensten der Bürokratie der Vereinigten Staaten steht, nicht ehrgeizig ist und ein bißchen Demütigung verkraftet, dann hat der Boss keine Macht über einen.

Ich arbeitete als Verwaltungsbeamter, Rang GS-6, bei der Armeereserve. Da sich die Einheiten nur einmal wöchentlich zu Übungen einfanden, war ich für die ganze Verwaltungsarbeit der drei mir zugeteilten Einheiten verantwortlich. Es war ein prima Druckposten. Ich mußte mich um insgesamt sechshundert Männer kümmern, ihre Soldlisten aufstellen, ihre Instruktionen vervielfältigen und all den Mist. Ich mußte die Verwaltungsarbeit der Einheiten, die von Reservisten erledigt wurde, überprüfen. Sie stellten Vorberichte für ihre Treffen zusammen, fertigten Matrizen über Beförderungsfolgen an, bereiteten Texte über Aufgabenverteilung vor. Das Ganze war wirklich keine schwere Arbeit, nicht so schwer jedenfalls, wie es klingen mag, außer wenn die Einheiten für zwei Wochen ins Sommer-Übungslager fuhren. Dann hatte ich zu tun.

Unser Büro war nett. Es gab da noch einen anderen Zivilisten namens Frank Alcore, der älter war als ich und zu einer Reservisteneinheit gehörte, für die er ebenfalls als Verwaltungsangestellter arbeitete. Mit unwiderlegbaren logischen Argumenten überredete mich Frank, ein Schuft zu werden. Ich arbeitete seit zwei Jahren neben ihm und merkte nicht, daß er sich bestechen ließ. Ich fand das erst heraus, als ich von Vegas zurück war.

Das Reservistenkorps der USA war ein großer Schweinetrog. Wenn man nur für zwei Stunden zu einem wöchentlichen Vortrag kam, erhielt man für die ganze Woche den vollen Tagessold bezahlt. Ein Offizier konnte dabei über zwanzig Dollar pro Tag machen. Ein Gemeiner mit langer Dienstzeit und Seniorität zehn. Zuzüglich Pensionsberechtigung. Und in den zwei Stunden saß man sich einfach durch Instruktionen hindurch oder schlief während einer Filmvorführung ein.

Die meisten Zivilbeamten ließen sich in die Armeereserve aufnehmen. Außer mir. Mein Zauberer hatte erspäht, daß es da eine Chance von eins zu tausend gab, draufzuzahlen: daß vielleicht ein neuer Krieg kommen und man die Reservisten als erste in die reguläre Armee berufen würde.

Alle dachten, ich sei verrückt. Frank Alcore flehte mich an mitzumachen. Ich war drei Jahre lang im Weltkrieg Gemeiner gewesen, aber er sagte, er könnte mich zum Feldwebel machen lassen, weil ich als Zivilist soviel Erfahrung in der Heeresverwaltung hätte. Es müsse doch ein Vergnügen sein, die Pflicht seinem Land gegenüber zu erfüllen und dafür den doppelten Sold zu bekommen. Ich hingegen verabscheute die Vorstellung, wieder Befehle erteilt zu bekommen, und sei es nur für zwei Stunden in der Woche und zwei Wochen im Sommer. Als gewöhnlicher Angestellter hatte ich die Anweisungen meines Vorgesetzten zu befolgen. Aber es ist ein großer Unterschied zwischen Befehlen und Anweisungen.

Jedesmal wenn ich in Zeitungen Berichte über die gutausgebildeten Reservisten in unserem Land las, mußte ich den Kopf schütteln. Über eine Million Männer, die da ihre Zeit vergammelten. Ich fragte mich, warum man den ganzen Laden nicht einfach auflöste. Aber eine ganze Anzahl kleinerer Orte war abhängig vom Sold der Reservisten, damit ihre Wirtschaft florierte. Und eine ganze Menge Politiker in den Bundesstaaten und im Kongreß waren Reservisten in hohen Rängen und steckten dafür ein hübsches Bündel Scheine ein.

Und dann geschah etwas, das mein ganzes Leben veränderte, wohl nur für eine kurze Zeit veränderte, aber dafür zum Besseren, wirtschaftlich und psychologisch gesehen. Ich wurde ein kleiner Gauner. Dank der Militärstruktur in den Vereinigten Staaten.

Bald nachdem ich aus Vegas zurückgekehrt war, wurde den jungen Männern in Amerika klar, daß sie, wenn sie sich nach dem gerade verabschiedeten neuen Gesetz für sechs Monate zum aktiven Dienst in der Reserve verpflichteten, dabei achtzehn

Monate Freiheit gewinnen konnten. Junge Männer, denen die Einberufung bevorstand, meldeten sich einfach für das Reservistenprogramm der Armee und taten dann bloß sechs Monate Dienst in der regulären Armee der USA. Danach gehörte man fünfeinhalb Jahre zu den Reservisten. Und das bedeutete, daß man einmal wöchentlich zu einem zweistündigen Vortrag gehen und einmal im Sommer in einem Camp aktiv Dienst schieben mußte. Wenn man dagegen auf die Einberufung wartete, diente man zwei volle Jahre und landete vielleicht in Korea.

Aber bei den Reservisten gab es eben nur eine bestimmte Anzahl von Plätzen. Hunderte junger Männer meldeten sich für jeden freien Platz, und Washington mußte ein System der Kontingentierung einführen. Die Einheiten, mit denen ich zu tun hatte, erhielten eine Quote von dreißig pro Monat, und wer zuerst kam, wurde genommen.

Schließlich hatte ich eine Liste von fast tausend Namen. Ich betreute die Liste verwaltungsmäßig, und ich tat dies korrekt. Meine Chefs, der Ausbilder von der regulären Armee und ein Reserveoberstleutnant, der die Einheiten kommandierte, hatten die offizielle Verantwortung. Manchmal schoben sie einen ihrer Favoriten an die Spitze der Liste. Wenn sie mir das auftrugen, protestierte ich nie dagegen. Im Grunde war es mir scheißegal. Ich arbeitete an meinem Buch. Die Zeit, die ich für diesen Job verschwendete, war bloß dazu gut, daß ich mein Geld bekam.

Dann zogen sie die Schraube an. Mehr und mehr junge Männer wurden eingezogen. Kuba und Vietnam lagen noch in ferner Zukunft. Ungefähr um diese Zeit merkte ich, daß da irgend etwas stank. Und es mußte etwas schon sehr stinken, damit ich es merkte, denn ich interessierte mich absolut nicht für meinen Job und das Drumherum.

Frank Alcore war älter, verheiratet und hatte zwei Kinder. Im Dienstrang waren wir gleich, aber wir arbeiteten selbständig, er hatte seine Einheiten, ich die meinen. Wir verdienten beide gleich viel, so um die hundert Böcke monatlich, aber er war Hauptfeldwebel bei den Reservisten und machte pro Jahr zusätzlich einen Riesen. Und er konnte trotzdem in einem neuen Buick zum Dienst anfahren und ihn in einer Garage nebenan parken, was drei Dollar am Tag kostete. Er wettete bei allen Ballspielen, Football, Basketball und Baseball, und ich wußte, was das kostete. Ich fragte mich, woher zum Teufel er das Geld nahm. Ich bohrte ihn darauf an, und er kniff ein Auge zu und sagte, er könne eben die Sieger erraten. Er treibe seinen Buchmacher in den Ruin. Nun, darin kannte ich mich aus, das war mein Gebiet – und ich wußte, daß er einfach Scheiße erzählte. Und dann lud er mich eines Tages in ein gutes italienisches Restaurant auf der Ninth Avenue ein und deckte sein Blatt auf.

Nach dem Lunch, beim Kaffee, fragte er: „Merlin, wie viele Burschen ziehen Sie monatlich ein? Welche Quote hat Ihnen Washington gegeben?"

„Im letzten Monat dreißig", sagte ich. „Es schwankt zwischen fünfundzwanzig und vierzig, je nachdem wie viele abgehen."

„Die Platznummern sind bares Geld wert", sagte Frank. „Damit kann man 'ne ganze Stange verdienen."

Ich gab keine Antwort. Er redete weiter. „Geben Sie mir nur fünf von Ihren freien Plätzen im Monat ab", sagte er. „Und ich gebe Ihnen einhundert Böcke für jeden."

Ich war nicht in Versuchung. Fünfhundert Böcke im Monat, das wäre für mich hundert Prozent mehr Einkommen gewesen. Aber ich schüttelte den Kopf und sagte ihm, er solle es vergessen. Selbstbewußtsein hatte ich genug. Seit ich erwachsen war, hatte ich niemals etwas Unehrenhaftes getan. Es war unter meiner Würde, ein kleiner Korruptionist zu werden. Schließlich war ich Künstler, ein großer Romanschriftsteller, der darauf wartete, berühmt zu werden. Und unehrlich zu sein, das würde bedeuten, daß man ein mieser kleiner Schuft war. Damit hätte ich das narzißstische Bild, das ich von mir selbst hegte, beschmutzt. Es spielte für mich keine Rolle, daß meine Frau und meine Kinder fast am Hungertuch nagten. Es spielte keine Rolle, daß ich nachts einen zweiten Job hatte annehmen müssen, damit wir über die Runden kamen. Ich war der geborene Held. Anderseits reizte mich die Vorstellung zum Lachen, daß diese Jungen Geld *bezahlten*, um *in* die Armee zu kommen.

Frank gab nicht auf. „Sie laufen kein Risiko dabei", sagte er. „Diese Listen kann man türken. Es gibt kein Original. Und Sie brauchen von den Burschen kein Geld entgegenzunehmen oder mit ihnen zu verhandeln. Das mache alles ich. Sie schreiben Sie nur einfach auf die Liste, wenn ich okay sage. Dann händige ich Ihnen direkt das Geld aus."

Nun, wenn er mir einhundert geben wollte, dann mußte er wohl zweihundert bekommen. Und ich hatte so etwa fünfzehn Plätze selbst zur Verfügung, und bei zweihundert Böcken für jeden machte das drei Riesen im Monat. Was ich mir nicht klarmachte, war, daß er die fünfzehn Plätze nicht allein für sich benutzen konnte. Die Kommandeure seiner Einheiten hatten auch ihre Leute, um die sie sich kümmern mußten. Führende Politiker, Kongreßabgeordnete, Senatoren der Bundesregierung schickten junge Leute, die der Einberufung entgehen sollten. Sie stahlen Frank das Futter vor der Nase weg, und er war echt sauer darüber. Er konnte einfach nur fünf Plätze pro Monat absetzen. Aber immerhin, ein Riese monatlich und steuerfrei? Und immer noch sagte ich nein.

Es gibt unendlich viele Entschuldigungen dafür, daß man schließlich doch zum Schwein wird. Ich besaß eine hohe Meinung von mir selbst. Daß ich ehrenhaft sei und niemals meine Mitmenschen belüge oder betrüge. Daß ich niemals etwas Schäbiges tun würde nur des Geldes wegen. Ich glaubte, ich sei wie mein Bruder Artie. Aber Artie war ehrenhaft bis auf die Knochen. Er hätte niemals auf die schiefe Bahn geraten können. Er erzählte mir oft Geschichten, was für Druck man in seinem Tätigkeitsbereich auf ihn auszuüben versucht habe. Als Chemiker der Bundesbehörde zur Überwachung der Pharmaindustrie und der Nahrungsmittelindustrie hatte er eine relative Machtposition inne. Er verdiente ziemlich gut, doch wenn er seine Untersuchungen durchführte, lehnte er eine Menge Medikamente ab, die die anderen Chemiker der Bundesbehörde hatten durchgehen lassen. Dann machten sich die Pharmagiganten an ihn heran und gaben ihm zu verstehen, daß sie Stellungen anzubieten hätten, in denen er eine ganze Menge mehr Geld verdienen könnte, als er sich je träumen ließe. Wenn er ein bißchen nachgiebiger wäre, könnte er seinen Weg in der Welt machen. Artie ließ sie einfach abfahren. Dann wurde eines der Medikamente, das er abgelehnt hatte, über seinen Kopf hinweg doch erlaubt. Ein Jahr später mußte die Entscheidung widerrufen und das Mittel aus dem Handel gezogen werden, weil es bei den Patienten schwere toxische Schäden hervorrief und einige daran sogar gestorben waren. Die ganze Sache landete in den Zeitungen, und Artie war für kurze Zeit ein Held. Er wurde sogar in den höchsten Beamtenrang befördert. Aber man machte ihm auch klar, daß er niemals würde höher aufsteigen können. Daß er nie Leiter der Behörde werden könne, weil es ihm an Verständnis für die politischen Notwendigkeiten fehle. Es war ihm egal, und ich war stolz auf ihn.

Daß ich ein ehrenwertes Leben führen wollte, war der große Hemmschuh in mir. Ich schmeichelte mir, ein realistischer Mensch zu sein, darum erwartete ich auch nicht von mir, daß ich vollkommen sei. Aber wenn ich etwas Mieses tat, dann konnte ich das nicht akzeptieren oder mich darüber hinwegtäuschen, und meistens wiederholte ich ein derart mieses Verhalten hinterher auch nicht wieder. Doch es fehlte nicht an Enttäuschungen, die ich mir selbst, was meine Ehrenhaftigkeit betraf, zufügte, weil es so viele beschissene Sachen gibt, die man als Mensch anstellen kann. Immer wieder überraschte ich mich in negativer Hinsicht.

Jetzt mußte ich mir die Vorstellung aufschwatzen, ein Miesling zu werden. Ich wollte gern ehrlich sein, weil ich mich wohler fühlte, wenn ich die Wahrheit sagte, als wenn ich log. Es war mir angenehmer, unschuldig zu sein als schuldig. Das kam aus langer Überlegung. Es war ein praktischer, kein romantischer Wunsch. Wenn ich mich als Dieb wohler gefühlt hätte, dann wäre ich einer geworden. Aus diesem Grund war ich jenen gegenüber, die es waren, tolerant. Schließlich, sagte ich mir, war das ihr Metier und nicht notwendigerweise ein moralischer Entschluß. Ich behauptete, Moral habe dabei nichts zu suchen. Aber eigentlich glaubte ich meiner Behauptung nicht. Im Innersten glaubte ich an Gut und Böse als Wertmaßstäbe.

Und dann, um die Wahrheit zu sagen, stand ich immer im Wettbewerb mit anderen Männern. Und deshalb wollte ich der bessere Mann, der bessere Mensch sein. Es befriedigte mich, daß ich nicht geldgierig war, während andere sich für Geld erniedrigten. Daß ich Ruhm verachtete, Frauen gegenüber anständig war, bewußt meine Unschuld bewahrte. Es bereitete mir Freude, die Motive anderer nicht zu beargwöhnen und ihnen in fast jeder Beziehung zu vertrauen. Aber die Wahrheit ist, daß ich mir selber nie so recht traute. Es war eine Sache, ehrlich zu sein, und eine andere, sich tollkühn in ein Risiko zu stürzen.

Kurz, ich wollte lieber betrogen sein, als jemanden zu betrügen; ich wollte lieber übers Ohr gehauen sein, als selbst übers Ohr zu hauen; ich akzeptierte bereitwillig, daß man mich ausnahm, solange ich nicht selbst andere ausnahm. Ich zog es vor, beschwindelt zu werden, als bei meiner Arbeit ein Schwindler zu sein. Und ich begriff natürlich, daß dies eine Art Schild war, hinter dem ich mich versteckte, und keineswegs eine bewundernswerte Haltung. Die Welt konnte mir nicht weh tun, solange sie mir keine Schuldgefühle aufhalste. Wenn ich eine gute Meinung von mir hatte, was spielte es dann für eine Rolle, wenn andere schlecht von mir dachten? Natürlich funktionierte das nicht immer. Meine Rüstung ließ Blößen offen. Und im Lauf der Jahre unterliefen mir ein paar Fehltritte.

Und doch – und doch, ich hatte das leise Gefühl, diese Einstellung selbstgefälliger Selbstgerechtigkeit sei irgendwie ein zutiefst raffiniertes mieses Verhalten. Daß mein Moralgefühl auf einem Fundament von eiskaltem Stein ruhe. Daß es für mich im Leben eben nichts gebe, was ich mir so sehr ersehnte, daß ich mich dafür korrumpieren hätte lassen. Das einzige, was ich mir ersehnte, war, ein großes Kunstwerk zu schaffen. Dies aber nicht des Ruhmes oder des Geldes oder der Position wegen – jedenfalls dachte ich so –, sondern nur, um der Menschheit einen Dienst zu erweisen. Ach ja. Einmal, als ich ein Halbwüchsiger war, von Schuldgefühlen und der Überzeugung meiner Wertlosigkeit bedrängt und hoffnungslos mit der ganzen Welt verfeindet, kam mir Dostojewskis „Brüder Karamasow“ unter die Augen. Dieses Buch veränderte mein Leben. Es gab mir Kraft. Es ließ mich die verletzliche Schönheit aller Menschen erkennen, wie verachtenswert sie auch äußerlich sein mochten. Und ich habe den Tag niemals vergessen, an dem ich das Buch schließlich in die Bibliothek des Waisenhauses zurückbrachte und dann hinauswanderte in das zitronengelbe Sonnenlicht eines Herbsttages. Damals war es gewesen, daß ich zum erstenmal ein Gefühl der Gnade in mir spürte.

Also wollte ich nur eines wirklich, ein Buch schreiben, bei dem sich die Menschen so fühlen sollten wie ich an jenem Tag. Für mich bedeutete dies äußerste Machtausübung. Die reinste Form derselben. Als dann mein erster Roman gedruckt wurde, eine Arbeit, an der ich fünf Jahre lang geschuftet hatte, für die ich große Opfer auf mich genommen hatte, um sie ohne jeden künstlerischen Kompromiß publizieren zu können, las ich in der ersten Kritik, der Roman sei schmutzig, degeneriert, ein Buch, das nie hätte geschrieben werden dürfen, und wenn es schon geschrieben worden sei, so hätte es doch niemals veröffentlicht werden dürfen.

Das Buch brachte nur ganz wenig Geld. Aber es wurde in manchen Kritiken in den Himmel gelobt. Man war einhellig der Meinung, ich hätte ein echtes Kunstwerk verfaßt, und wirklich, bis zu einem gewissen Grad hatte ich meinen Ehrgeiz befriedigt. Einige Menschen schrieben mir Briefe, wie ich sie vielleicht Dostojewski geschrieben haben würde. Aber ich merkte, daß der

Trost, den diese Briefe brachten, das Gefühl der Zurückweisung nicht aufwiegen konnte, das der finanzielle Mißerfolg mir verursachte.

Ich hatte eine andere Idee für einen wirklich großen Roman, sozusagen mein persönliches „Schuld und Sühne". Mein Verleger weigerte sich, mir dafür einen Vorschuß zu geben. Keiner wollte mir einen geben. Ich brach die Arbeit daran ab. Die Schulden häuften sich. Meine Familie lebte in armseligen Umständen. Meine Kinder bekamen nie, was andere Kinder hatten. Meine Frau, für die ich verantwortlich war, mußte sämtliche materiellen Freuden unserer Gesellschaft entbehren, usw., usw. Darum war ich nach Vegas gefahren. Und darum konnte ich nicht schreiben. Jetzt wurde mir alles klar: Um der Künstler und der gute Mensch zu werden, der zu sein mein ganzes Streben war, mußte ich mich eine Weile lang bestechen lassen. Man kann sich selber alles einreden.

Dennoch brauchte Frank Alcore ein halbes Jahr, bis er mich rumkriegen konnte, und da hatte er außerdem noch Glück. Frank ging mir unter die Haut, weil er der vollkommene Spielertyp war. Wenn er seiner Frau irgend etwas schenkte, dann war das immer etwas, das er beim Pfandleiher unterbringen konnte, falls er mal kein Geld flüssig hatte. Und was ich besonders an ihm bewunderte, das war die Art und Weise, wie er sein Scheckbuch benützte.

An den Samstagen ging Frank regelmäßig und kaufte die Sachen für die Familie ein. Alle Geschäftsinhaber in der Nachbarschaft kannten ihn und nahmen seine Schecks entgegen. Beim Fleischer kaufte er nur das feinste Kalbfleisch und Rindfleisch und gab saftige vierzig Dollar dafür aus. Er gab dem Metzger einen Scheck über hundert Dollar und bekam sechzig zurück. Und beim Feinkostladen und dem Gemüsehändler war es genau die gleiche Geschichte. Sogar im Getränkeshop. Bis Samstagmittag hatte er so etwa zweihundert Dollar Wechselgeld aus seinen Einkäufen beisammen, und die setzte er auf die Baseball-Spiele. Auf seinem Konto lag kein Penny als Deckung. Wenn er am Samstag verlor, bekam er bei seinem Buchmacher Kredit, damit er auf die Spiele am Sonntag setzen könne, und verdoppelte die Einsätze. Wenn er gewann, raste er am Montagmorgen zur Bank und deckte die Schecks. Wenn er verlor, ließ er sie einfach platzen. Und während der folgenden Woche wieselte er Bestechungsgelder für junge Wehrdienstverweigerer heraus, die er für die halbjährige Dienstzeit einreihte, und deckte damit die Schecks, wenn sie zum zweitenmal präsentiert wurden.

Frank nahm mich oft zu den Abendspielen mit, und er bezahlte für alles, sogar für die Hot-dogs. Er war von Natur aus großzügig, und wenn ich zu bezahlen versuchte, schubste er mich einfach weg und sagte irgendwas in der Richtung: „Ehrliche Leute können es sich nicht leisten, gute Kerle zu sein." Mit ihm zusammen zu sein war immer angenehm, sogar bei der Arbeit. Während der Mittagspause spielten wir oft Gin-Rubber, und ich knöpfte ihm gewöhnlich ein paar Dollar ab, nicht weil ich mit den Karten besser war, sondern weil er seine Gedanken bei den Sportwetten hatte.

Es gibt für jeden Entschuldigungen dafür, daß er seinen moralischen Standard aufgibt. Alle Wahrheit aber ist, daß man sich aufgibt, wenn man dazu bereit ist. Eines Morgens kam ich zur Arbeit im Arsenal, und im Flur vor meinem Büro saßen Massen von jungen Männern, die sich für die halbjährige Dienstzeit einschreiben lassen wollten. Es war ein fürchterliches Gedränge, und in allen acht Etagen wurden eifrigst Aufnahmeformulare ausgefüllt und bearbeitet. Das Arsenal war eines jener alten Gebäude, die man errichtet hatte, damit ganze Batallione darin herummarschieren könnten. Jetzt war jeweils die Hälfte jedes Stockwerks für Lagerräume, Unterrichtszimmer und unsere Verwaltungsbüros vom übrigen abgetrennt worden.

Mein erster „Kunde" war ein kleiner alter Mann, der einen Burschen von etwa einundzwanzig Jahren mitgebracht hatte, der sich bewarb. Er stand auf meiner Liste ganz unten.

„Es tut mir leid, aber wir können Sie bestenfalls in sechs Monaten annehmen", sagte ich.

Der alte Knabe hatte auffallend blaue Augen, aus denen Kraft und Selbstvertrauen leuchteten. „Sie fragen mal besser bei ihrem Vorgesetzten nach", sagte er.

In diesem Moment sah ich, daß mein Vorgesetzter, der Major der regulären Armee, wie wild durch die Glastrennwand Zeichen zu mir herüber machte. Ich stand auf und ging in sein Büro. Der Major hatte in Korea und im Zweiten Weltkrieg gedient, und seine Brust war voller Bändchen und Auszeichnungen. Er schwitzte Blut und Wasser vor Nervosität.

„Hören Sie", sagte ich, „der Alte hat gesagt, ich soll mit Ihnen reden. Er will, daß sein Knabe vor allen anderen auf der Liste rangieren soll. Ich hab' ihm gesagt, daß ich das nicht tun kann."

Der Major sagte wütend: „Tun Sie alles, was er von Ihnen verlangt. Der alte Mann ist im Kongreß."

„Und was mache ich mit der Liste?" fragte ich.

„Scheiß auf die Liste", sagte der Major.

Ich ging zu meinem Schreibtisch und dem Kongreßabgeordneten und seinem jungen Protegé zurück. Ich begann die Einberufungsformulare auszufüllen. Jetzt erkannte ich den Namen des jungen Mannes. Eines Tages würde er mehr als hundert Millionen Böcke wert sein. Seine Familie blickte auf eine der größten Erfolgsstories in der amerikanischen Geschichte zurück. Und hier hockte er in meinem Büro und wollte in das Sechsmonateprogramm, um sich den zweijährigen Dienst als aktiver Eingezogener zu ersparen.

Der Kongreßmann verhielt sich tadellos. Er war nicht großspurig und rieb mir auch nicht Salz in die Wunden, weil seine Macht und sein Einfluß es fertiggebracht hatten, daß ich gegen die Verordnungen handelte. Er sprach ruhig und freundlich, genau im rechten Ton. Es war bewundernswürdig, wie er mich manipulierte. Er versuchte mir das Gefühl zu geben, daß ich ihm einen Gefallen erwies, und fügte hinzu, wann immer er irgendwas für mich tun könne, solle ich einfach sein Büro anrufen. Der Junge machte den Mund nicht auf, außer um meine Fragen zu beantworten, während ich das Dienstverpflichtungsformular ausfüllte.

Ich allerdings war ein bißchen sauer. Ich weiß nicht, warum. Ich hatte keine moralischen Einwände gegen den Einsatz von Macht und die damit verbundenen Ungerechtigkeiten. Es war bloß so, daß sie mich einfach überfahren hatten und ich nichts dagegen tun konnte. Vielleicht auch, weil der Knabe so enorm reich war. Warum konnte der nicht in der Armee zwei Jahre seinem Lande dienen, das seiner Familie so viel Gutes beschert hatte?

Darum schmuggelte ich eine kleine Stolperwelle in sein Formular ein, von der sie keine Ahnung haben konnten. Ich gab dem Knaben eine MOS-Empfehlung. MOS bedeutet Military Occupational Speciality, der besondere Dienst in der Armee, für den er ausgebildet werden würde. Ich empfahl ihn für eine der wenigen elektronischen Spezialeinheiten bei uns. Damit stellte ich eigentlich sicher, daß dieser Kerl einer der ersten sein würde, die zum aktiven Dienst aufgerufen werden würden, falls es irgendeinen nationalen Notstand geben sollte. Es war ein Schuß ins Blaue, aber immerhin.

Der Major kam heraus und nahm dem Knaben den Eid ab, in dem dieser unter anderem zu beschwören hatte, daß er nicht zur Kommunistischen Partei oder einer ihrer Deckorganisationen gehöre. Dann schüttelte man sich ringsum die Hände. Der Knabe hatte sich unter Kontrolle, bis er und der Kongreßabgeordnete mein Büro verließen. Dann lächelte er den Kongreßmann sanft an.

Dieses Lächeln war wie das eines Kindes, wenn es seinen Eltern oder anderen Erwachsenen einen Trick gespielt hat und damit durchgekommen ist. Ein solches Lächeln ist widerlich auf den Gesichtern von Kindern. Und hier war es das noch mehr. Ich wußte, daß dieses Lächeln nicht automatisch ein mieses Kind aus dem Jungen machte, aber es bedeutete für mich die Absolution dafür, daß ich ihm den Streich mit dem MOS gespielt hatte.

Frank Alcore hatte die ganze Szene von seinem Schreibtisch gegenüber mitverfolgt. Er verschwendete keine Zeit. „Wie lang wollen Sie eigentlich noch ein Trottel bleiben?" fragte er. „Der Kongreßmensch hat Ihnen hundert Böcke aus der Brieftasche geklaut. Und der Himmel weiß, wieviel er dabei verdient hat. Tausende. Wenn der Junge zu unserer Einheit gekommen wäre, hätte ich ihm mindestens fünfhundert abzapfen können." Er war regelrecht empört. Und das machte mich lachen.

„Ach, Sie nehmen die Dinge nicht ernst genug", sagte Frank. „Sie könnten 'ne Menge mehr Geld verdienen und die meisten Ihrer Probleme regeln, wenn Sie bloß zuhören würden."

„Das ist nichts für mich", sagte ich.

„Okay, okay", sagte Frank. „Aber Sie müssen mir 'nen Gefallen tun. Ich brauch' dringend einen freien Platz. Sehen Sie den Rotkopf an meinem Schreibtisch? Der geht bis fünfhundert, weil er jeden Tag damit rechnet, eingezogen zu werden. Und ist das einmal passiert, dann kommt er nicht mehr für das Sechsmonateprogramm in Frage. Widerspricht den Vorschriften. Darum muß ich ihn heute noch verpflichten. Und ich habe nicht einen Platz in meiner Einheit frei. Ich möchte, daß Sie ihn bei Ihnen unterbringen, und wir teilen uns den Zaster. Nur dieses eine Mal."

Es klang richtig verzweifelt, darum sagte ich: „Okay, schicken Sie mir den Jungen rüber. Aber Sie behalten das Geld. Ich will's nicht haben."

Frank nickte. „Danke. Ich hebe Ihren Anteil auf. Bloß für den Fall, daß Sie Ihre Meinung ändern."

Am gleichen Abend stellte mir Valerie mein Abendessen hin, und ich spielte mit den Kindern, bevor sie ins Bett mußten. Später sagte Vallie, daß sie hundert Dollar für die Kleidung und die Schuhe der Kleinen für Ostern brauchen würde. Sie sagte kein Wort über ein Kleid für sich selbst, obwohl für sie, wie für alle Katholiken, neue Kleidung zu Ostern fast ein religiöses Muß war.

Am nächsten Morgen kam ich in unser Büro und erklärte Frank: „Hören Sie, ich nehme meinen Anteil. Ich habe meine Meinung geändert."

Frank tippte mir auf die Schulter. „Braver Junge", sagte er. Er schob mich in die Männertoilette, wo wir allein waren, und zählte mir fünf Fünfzigdollarscheine hin. „Ich hab' noch einen anderen Kunden vor dem Wochenende." Ich gab ihm keine Antwort.

Dies war nun das einzige Mal in meinem Leben, daß ich etwas wirklich Unanständiges getan hatte. Und ich fühlte mich gar nicht so schlecht. Zu meiner Überraschung fühlte ich mich sogar großartig. Ich war voller Lebensfreude, und auf dem Heimweg kaufte ich für Vallie und die Kleinen Geschenke. Als ich daheim ankam und Vallie die hundert Dollar für die Kleider für die Kinder gab, merkte ich, wie erleichtert sie war, daß sie nicht ihren Vater um das Geld würde bitten müssen. In dieser Nacht schlief ich besser als seit vielen Jahren.

Ich stieg selber ins Geschäft ein, ohne Frank. Meine Persönlichkeit begann sich radikal zu verändern. Es war faszinierend, ein Ganove zu sein. Das holte meine besten Züge aus mir heraus. Ich spielte nicht mehr, und ich gab sogar das Schreiben auf; ja, ich verlor wirklich das Interesse an dem neuen Roman, an dem ich geschrieben hatte. Zm erstenmal in meinem Leben konzentrierte ich mich völlig auf meine Arbeit für die Bundesbehörde.

Ich begann die dicken Ordner mit den Armeevorschriften zu studieren, suchte nach allen Gesetzeslücken, durch die Einberufene dem Militärdienst entgehen konnten. Als erstes lernte ich, daß die medizinischen Maßstäbe willkürlich verändert wurden. Ein Junge, der die ärztliche Untersuchung nicht bestand und dienstuntauglich gestellt wurde, passierte sechs Monate später ganz leicht den Check-up. Es hing nur davon ab, welche Einziehungsquoten Washington aufstellte, möglicherweise auch von den zugewiesenen Mitteln aus dem Budget. Es gab da Klauseln, daß jeder, der wegen geistiger Störungen einer Schockbehandlung unterzogen worden war, aus körperlichen Gründen nicht eingezogen werden konnte. Desgleichen Homosexuelle. Ebenso wenn einer irgendeinen technischen Job in der Privatindustrie innehatte, der ihn als zu wertvoll für einen Soldaten qualifizierte.

Dann studierte ich meine „Kunden". Sie waren meist zwischen achtzehn und fünfundzwanzig Jahren alt, und die heißen Jahrgänge waren die der Zweiundzwanzig- und Dreiundzwanzigjährigen. Letztere kamen gerade aus dem College und brachen fast zusammen, weil sie zwei Jahre in der Armee verschwenden sollten. Sie drängten sich wie wild zu den Reservisten, damit sie nur sechs Monate Dienst abzureißen brauchten.

Diese Knaben hatten alle Geld, oder sie kamen aus Familien mit Geld. Sie hatten sich alle auf gehobene Berufe vorbereitet. Einmal würden sie die obere Mittelklasse darstellen, die Reichen, die führenden Persönlichkeiten auf vielen Gebieten des *American way of life*. In Kriegszeiten würden sie sich darum gerissen haben, in die Schule der Offizierskadetten aufgenommen zu werden. Jetzt waren sie es zufrieden, Bäcker zu werden, Spezialisten für Uniformreparaturen oder Hilfskräfte für Lastwagenreparaturen. Einer von meinen Knaben, fünfundzwanzig Jahre alt, hatte einen Sitz an der New-Yorker Börse. Wiederum ein anderer war Spezialist für Wertpapiere. In jenen Tagen wimmelte es in der Wall Street von neuen Aktien, die sofort um zehn Punkte stiegen, sobald sie ausgegeben waren, und diese beiden Kinder wurden reich dabei. Das Geld rollte ihnen nur so vor die Füße. Sie bezahlten mich, und ich zahlte meinem Bruder Artie die paar tausend Riesen zurück, die ich ihm schuldete. Er war überrascht und ein kleines bißchen neugierig. Ich sagte ihm, ich hätte plötzlich Glück im Spiel gehabt. Und das war eine der wenigen Gelegenheiten, wo ich ihn belog.

Frank wurde mein Berater. „Seien Sie vorsichtig mit diesen Knülchen", sagte er. „Das sind richtige Halsabschneider. Hauen Sie ihnen in die Fresse, und sie werden Sie mehr respektieren."

Ich zuckte die Schulter. Ich begriff seine feinen moralischen Unterscheidungen nicht.

„Die sind doch nur ein beschissener Haufen heulender Mammababys", sagte Frank. „Wieso können die denn nicht auch ihre zwei Jahre für ihr Land opfern, statt sich mit diesem Scheiß von sechs Monaten zu drücken? Sie und ich, wir haben im Krieg gekämpft, für unser Land, und wir haben einen Scheißdreck dafür bekommen und schulden keinem was. Für diese Typen hat unser Land 'ne Menge getan. Ihre Familien sind alle begütert. Sie haben gute Jobs und herrliche Zukunftsaussichten. Wir sind arm. Und diese Ratten wollen nicht einmal ihren Militärdienst ableisten."

Sein Ärger erstaunte mich, weil er sonst immer so freundlich und sanft war und niemals jemandem eine scharfe Bemerkung entgegenschleuderte. Und ich wußte, daß sein Patriotismus echt war. Als Hauptfeldwebel der Reservisten war sein moralisches Gewissen ausgesprochen wach, nur als Beamter war er ein Gauner.

Es fiel mir in den folgenden Monaten nicht schwer, mir einen Kundenstamm aufzubauen. Ich fertigte zwei Listen an: die eine war die offizielle Warteliste, die andere meine private Liste von Leuten, die mich bestechen würden. Ich hütete mich, allzu gierig zu werden. Ich verwendete zehn Plätze für meine bezahlte Liste und zehn aus der offiziellen Liste. Und ich machte meinen Tausender im Monat präzise wie ein Uhrwerk. Tatsächlich fingen meine Kunden an zu bieten, und meine Preise stiegen rasch auf dreihundert Dollar. Ich fühlte mich beschissen, wenn ein armer Junge zu mir kam, weil ich wußte, er würde auf der offiziellen Liste niemals so weit nach oben kommen, bevor sie ihn einziehen würden. Das ging mir dermaßen auf die Nerven, daß ich schließlich die offizielle Liste überhaupt nicht mehr beachtete. Ich ließ pro Monat zehn Burschen heftig zahlen, und zehn andere durften dafür umsonst rein. Kurz, ich übte Macht aus, und das hatte ich früher als für nicht akzeptabel gehalten. Und ich fühlte mich gar nicht schlecht dabei.

Ich wußte es damals noch nicht, aber ich schuf mir ein richtiges Korps von Freunden in meinen Einheiten, die mir später dabei halfen, meine Haut zu retten. Außerdem stellte ich eine weitere Regel auf. Jeder, der Künstler, Schriftsteller, Schauspieler oder künftiger Theaterregisseur war, kam umsonst rein. Das war mein Zehent, weil ich selbst nicht mehr schrieb, kein Verlangen verspürte zu schreiben und mich deswegen auch noch schuldig fühlte. Tatsächlich häufte ich Schuldgefühle fast so schnell auf wie Geld. Und ich büßte für meine Schuld auf die klassische amerikanische Weise, indem ich Gutes tat.

Frank kanzelte mich wegen meines mangelnden Geschäftsgeistes ab. Ich sei ein zu netter Kerl, ich müsse härter werden, oder alle würden sie mich ausnutzen. Aber er irrte sich. Ich war kein so netter Kerl, wie er sich das vorstellte oder wie die übrigen dachten.

Ich war vorausblickend. Selbst mit einem Minimum an Intelligenz war mir klar, daß diese Gaunereien eines Tages auffliegen mußten. Es waren zu viele Leute darin verwickelt. Hunderte Zivilisten in ähnlichen Stellungen wie ich ließen sich bestechen. Tausende Reservisten wurden in das Sechsmonateprogramm aufgenommen, nachdem sie ein beträchtliches Eintrittsgeld bezahlt hatten. Für mich hatte nach wie vor die Tatsache einen gewissen Reiz, daß jeder bezahlte, um *in* die Armee zu gelangen. Eines Tages kam ein etwa fünfzigjähriger Mann mit seinem Sohn zu mir. Ein wohlhabender Geschäftsmann, der Sohn Rechtsanwalt, der sich gerade eine Kanzlei aufbaute. Der Vater hatte einen Stoß Briefe von Politikern mit. Er sprach mit dem Major vom regulären Dienst, dann kam er am Abend, an dem unsere Vorträge stattfanden, wieder und sprach mit dem Oberst der Reserve. Sie waren ihm gegenüber sehr höflich, aber sie schickten ihn zu mir, indem sie sich auf den üblichen Quotenquatsch beriefen. Also kam der Vater zu mir an den Schreibtisch, damit ich seinen Sohn in die offizielle Warteliste eintragen könnte. Er hieß Hiller, der Sohn mit Vornamen Jeremy.

Mr. Hiller steckte im Automobilgeschäft, er war ein Großhändler für Cadillac. Ich ließ seinen Sohn den üblichen Fragebogen ausfüllen, und wir plauderten.

Der junge Mann sagte gar nichts, er wirkte verlegen. Mr. Hiller fragte: „Wie lange wird er nach dieser Liste warten müssen?"

Ich lehnte mich in meinem Stuhl zurück und gab die übliche Antwort: „Sechs Monate."

„Dann ziehen sie ihn vorher ein", sagte Mr. Hiller. „Ich würde Ihnen außerordentlich verbunden sein, wenn Sie was für ihn tun könnten."

Wieder gab ich ihm meine übliche Antwort: „Ich bin hier nur ein kleiner Angestellter", sagte ich. „Die einzigen Leute, die Ihnen helfen können, sind die Offiziere, mit denen Sie bereits gesprochen haben. Oder Sie könnten es bei Ihrem Kongreßabgeordneten versuchen."

Er warf mir einen langen, schlauen Blick zu, dann holte er seine Geschäftskarte hervor. „Wenn Sie jemals einen Wagen kaufen wollen, kommen Sie zu mir, ich besorg' ihn Ihnen zum Einkaufspreis."

Ich sah mir die Karte an und lachte. „An dem Tag, an dem ich mir einen Cadillac kaufen kann, brauche ich hier nicht mehr zu arbeiten", sagte ich.

Mr. Hiller schenkte mir ein nettes, freundliches Lächeln.

„Ich glaube, da haben Sie recht", sagte er. „Aber wenn Sie mir helfen können, wäre ich Ihnen wirklich sehr dankbar."

Am nächsten Tag erhielt ich einen Anruf von Mr. Hiller. Er war ganz von jener falschen Freundlichkeit der Vertreter. Er fragte nach meiner Gesundheit, wie es mir gehe, und bemerkte, was für einen schönen Tag wir hätten. Und dann sagte er, wie sehr ihn meine Höflichkeit beeindruckt habe, wie ungewöhnlich sie sei bei einem Regierungsbeamten den Bürgern gegenüber. Er sei so überwältigt und beeindruckt und dankbar, daß er, als er von einem ein Jahr alten Dodge hörte, ihn gekauft habe und ihn mir gern zum Kostenpreis überlassen wolle. Würde ich mit ihm lunchen und die Sache besprechen wollen?

Ich sagte Mr. Hiller, ich könne ihn leider nicht zum Lunch treffen, aber ich würde ihn auf dem Weg nach Hause nach meiner Arbeitszeit in seinem Autopark aufsuchen. Der lag draußen in Roslyn, Long Island, und war nur eine halbe Stunde von meinem Betonklotzheim in der Bronx entfernt. Es war noch hell, als ich dort ankam. Ich parkte meinen Wagen und wanderte über das Gelände, schaute mir die Cadillacs an und verzehrte mich in kleinbürgerlicher Gier. Die Cadillacs waren schön, lang, schlank und massiv; einige wie geflammtes Gold, andere cremeweiß, dunkelblau, feuerwehrautorot. Ich warf Blicke ins Wageninnere und sah die großzügigen Fußmatten, die teuer aussehenden Sitze. Ich hatte mir nie viel aus Autos gemacht, aber in diesem Moment gierte ich nach einem Cadillac.

Ich ging auf das lange Backsteingebäude zu und kam an einem Dodge vorbei, blau wie ein Wanderdrosselei. Es war ein sehr hübscher Wagen, den ich gemocht hätte, wäre ich nicht durch diese kilometerlangen Reihen beschissener Cadillacs gelaufen. Ich blickte hinein. Die Sitze sahen bequem, aber nicht reich aus. Scheiße.

Um es kurz zu machen, ich reagierte genau wie der klassische neureiche Dieb. Etwas sehr Merkwürdiges war mir in den vergangenen paar Monaten geschehen. Als ich mich zum erstenmal bestechen ließ, war ich dabei sehr unglücklich. Ich hatte geglaubt, ich würde mich danach geringer schätzen, weil ich immer so stolz darauf gewesen war, nie zu lügen. Warum genoß ich dann meine Rolle als schmieriger kleiner bestechlicher Geldschinder so sehr?

Die Wahrheit ist, daß ich ein glücklicher Mensch geworden war, weil ich mich zu einem Betrüger an der Gesellschaft entwickelt hatte. Ich genoß es, Geld anzunehmen dafür, daß ich meinen Treueid der Regierung gegenüber brach. Ich genoß es, den Kindern Geld abzunehmen, die mich aufsuchten. Ich täuschte und heuchelte mit dem schmatzenden Vergnügen eines Bauern, der um Pfennige Poker spielt. Manchmal, wenn ich nachts wach lag und mir neue Tricks ausdachte, fragte ich mich verwundert, wie diese Veränderung in mir stattgefunden haben konnte. Und ich kam zu dem Schluß, daß ich die Tatsache kompensieren mußte, daß man mich als Künstler abgelehnt hatte, daß ich mich dafür zu rächen versuchte, daß ich ein wertloses Waisenkind war. Ja, ich rächte mich für mein völliges Versagen in der Welt, für meine allgemeine Unbrauchbarkeit in dem ganzen System. Und nun hatte ich endlich etwas entdeckt, worin ich tüchtig war, endlich gelang es mir, meine Frau und meine Kinder mit Erfolg zu ernähren. Und komischerweise wurde ich ein besserer Vater und ein besserer Ehemann. Ich half den Kleinen bei den Schulaufgaben. Und da ich jetzt das Schreiben aufgegeben hatte, hatte ich mehr Zeit für Vallie. Wir gingen zusammen ins Kino, ich konnte uns jetzt einen Babysitter und die Kinokarten leisten. Ich kaufte ihr Geschenke. Ich bekam sogar ein paar Aufträge von Zeitschriften und schrieb die Sachen mit der linken Hand runter. Vallie erklärte ich, daß das ganze neue Geld von meiner Arbeit für die Zeitschriften komme.

Ich war ein sehr glücklicher Gauner, aber im Unterbewußtsein war mir klar, daß der Tag der Abrechnung nicht ausbleiben werde. Darum gab ich alle Wunschträume nach einem Cadillac auf und begnügte mich mit dem drosseleiblauen Dodge.

Mr. Hillers Büro war geräumig, auf dem Schreibtisch standen Fotos von seiner Frau und seinen Kindern. Es war keine Sekretärin in Sicht, und ich hoffte, das sei deshalb so, weil er klug genug war, sie wegzuschicken, so daß sie mich nicht sehen konnte. Ich verhandelte gern mit klugen Leuten. Und ich hatte Angst vor Dummköpfen.

Mr. Hiller bot mir einen Stuhl und eine Zigarre an. Wieder fragte er, wie es mir gesundheitlich gehe. Dann machte er Nägel mit Köpfen. „Haben Sie den blauen Dodge gesehen? Ein hübscher Wagen. Vollkommen in Schuß. Ich kann Ihnen ein günstiges Geschäft anbieten. Was fahren Sie denn jetzt?"

„Einen 1950er Ford", sagte ich.

„Ich nehme ihn als Tauschwagen", sagte Mr. Hiller. „Sie können den Dodge für fünfhundert Dollar und Ihren Wagen haben."

Ich verzog keine Miene. Ich holte die fünfhundert Böcke aus meiner Brieftasche und sagte: „Gut, das Geschäft ist gemacht."

Mr. Hiller wirkte nur leicht überrascht. „Sie werden doch meinem Sohn helfen, das verstehen Sie doch?" Er war wirklich ein wenig besorgt, daß ich nicht begriffen haben könnte.

Wieder überraschte es mich, wie sehr ich dergleichen kleine Transaktionen genoß. Ich wußte, ich könnte ihn hochtreiben, den Dodge kriegen, indem ich einfach bloß meinen Ford dagegen tauschte. Tatsächlich verdiente ich einen Tausender oder so bei dem Geschäft, selbst wenn ich ihm die Fünfhundert zahlte. Aber ich war nicht recht überzeugt davon, daß ein Gauner hart verhandeln sollte. Da war noch so ein bißchen was von Robin Hood in mir. Ich hielt mich immer noch für einen Typ, der den Reichen Geld abnahm, aber ihnen dafür den Gegenwert an Leistung bot. Was mir aber am meisten Spaß machte, war der Ausdruck der Besorgnis in seinem Gesicht, ich könnte nicht begriffen haben, daß das ein Bestechungsversuch sei. Darum sagte ich ganz ruhig und ohne zu lächeln, ganz beiläufig: „Ihr Sohn wird innerhalb einer Woche in das Sechsmonateprogramm aufgenommen werden."

Erleichterung und eine Art von neuem Respekt zeigten sich in Mr. Hillers Gesicht. Er sagte: „Wir erledigen die ganzen Schreibereien heute abend, und ich kümmere mich um die Kennzeichen. Alles ist schon in die Wege geleitet." Er beugte sich vor und schüttelte mir die Hand. „Ich habe viel über Sie gehört", sagte er. „Alle sprechen in den höchsten Tönen von Ihnen."

Das gefiel mir. Selbstverständlich wußte ich, was er damit meinte. Daß ich einen guten Ruf als anständiger Gauner genoß. Immerhin, das war schon etwas. Es war ein Erfolg.

Während sein Sekretariat die Papiere fertig machte, plapperte Mr. Hiller in bestimmter Absicht weiter. Er versuchte herauszufinden, ob ich allein handelte oder ob der Major und der Oberst mit in die Sache verwickelt seien. Er machte das ganz geschickt, sein Training als Geschäftsmann, nehme ich an. Zunächst machte er mir Komplimente, wie geschickt ich mich doch verhielte, wie quick ich alles begriffe. Dann begann er mir Fragen zu stellen. Er sei besorgt, daß die zwei Offiziere sich an seinen Sohn erinnern könnten. Würden sie nicht seinem Sohn den Diensteid abnehmen müssen, wenn er in das Sechsmonateprogramm komme? Ja, das stimme, sagte ich.

„Und werden sie sich nicht an ihn erinnern?" fragte Mr. Hiller. „Werden sie nicht fragen, wie es kommt, daß er so rasch auf der Liste raufgerutscht ist?"

Das war zwar ein Argument, aber kein sehr stichhaltiges. „Habe ich Ihnen irgendwelche Fragen über den Dodge gestellt?" fragte ich zurück.

Mr. Hiller lächelte mich herzlich an. „Ach, natürlich", sagte er. „Sie verstehen ja Ihr Geschäft. Aber es handelt sich um meinen Sohn. Ich will nicht, daß er für etwas, was ich getan habe, in Schwierigkeiten gerät."

Meine Gedanken begannen abzuschweifen. Ich dachte daran,

wie sich Vallie freuen würde, wenn sie den blauen Dodge sah. Blau war ihre Lieblingsfarbe, und sie verabscheute den abgetakelten alten Ford.

Ich zwang mich, über Mr. Hillers Frage nachzudenken. Ich erinnerte mich, daß sein Jeremy langes Haar und einen gutgeschneiderten Anzug mit Weste und Hemd und Krawatte getragen hatte.

„Sagen Sie Jeremy, er soll sich die Haare kurz schneiden lassen und Freizeitkleidung tragen, wenn ich ihn ins Büro rufe. Man wird sich nicht an ihn erinnern."

Mr. Hiller blickte zweifelnd drein. „Das wird Jeremy aber gar nicht mögen", sagte er.

„Na, dann braucht er's ja nicht zu machen", sagte ich. „Es liegt mir gar nicht, Leuten zu sagen, daß sie was tun sollen, was sie nicht gern tun. Ich kümmere mich um die Sache." Ich wurde einfach ein bißchen ungeduldig.

„Also gut", sagte Mr. Hiller. „Ich überlasse das alles Ihnen."

Als ich in dem neuen Wagen ankam, war Vallie begeistert, und ich machte mit ihr und den Kindern sogleich eine Spritztour. Der Dodge fuhr traumhaft gut, wir ließen das Radio laufen. In meinem alten Ford war kein Radio gewesen. Wir hielten und aßen Pizza und tranken Sodasprudel, etwas, was heute gang und gäbe ist, aber was wir früher in unserer Ehe selten getan hatten, weil wir auf jeden Penny achten mußten. Dann hielten wir vor einem Süßigkeitsladen und tranken Eiskremsodas, und ich kaufte eine Puppe für mein Mädchen und Kriegsspiele für die zwei Jungens. Und Valerie kaufte ich eine Schachtel „Schrafft-Schokolade". Ich war richtig in Form und gab das Geld aus wie ein Prinz. Auf der Heimfahrt sang ich im Auto, und nachdem wir die Kinder ins Bett geschickt hatten, liebten wir einander, und Vallie war zu mir, als ob ich der Aga Khan wäre und ihr gerade einen Diamanten, groß wie ein Ritz-Hotel, geschenkt hätte.

Ich dachte an die Tage, in denen ich meine Schreibmaschine verpfänden mußte, damit wir die Woche überleben konnten. Aber das war gewesen, bevor ich nach Vegas ausgerissen war. Seither hatte sich mein Glück gewendet. Kein Zweitjob mehr; zwanzig Riesen in meinen alten Manuskriptordnern auf dem Boden des Kleiderschranks versteckt. Ein blühendes Geschäft, bei dem ich ein Vermögen verdienen konnte, es sei denn, die ganze Sache flog auf oder es kam zu einem weltweiten Übereinkommen zwischen den Großmächten, das ihnen erlaubte, nicht mehr so viel Geld für ihre Verteidigung auszugeben. Zum erstenmal in meinem Leben begriff ich, wie den Großkopfeten der Rüstungsindustrie – und der Industrie überhaupt – und den Armeegenerälen zumute sein mußte. Eine stabilisierte Welt, eine Welt im Gleichgewicht würde mich wieder in Armut stürzen. Nicht daß ich mich nach noch einem Krieg gesehnt hätte. Aber es war einfach zum Lachen, daß sämtliche liberalen Überzeugungen, die ich bisher gehegt hatte, sich in der Hoffnung auflösten, die Sowetunion und die USA mögen sich nicht zu sehr anfreunden, jedenfalls jetzt nicht so rasch.

Vallie schnarchte ein bißchen, aber es störte mich wenig. Sie hatte so viel Arbeit mit den Kindern und dem Haushalt und mit mir. Seltsam war nur, daß ich nachts immer noch lange wach lag, egal, wie erschöpft ich war. Sie schlief stets vor mir ein. Manchmal ging ich dann und arbeitete an meinem Roman in der Küche und kochte mir was zu essen und ging erst wieder um drei, vier Uhr morgens ins Bett zurück. Aber jetzt schrieb ich ja keinen Roman und hatte also keine Arbeit zu erledigen. Verschwommen überlegte ich mir, daß ich wieder zu schreiben beginnen sollte. Schließlich hatte ich jetzt die Zeit dazu und das Geld. Die Wahrheit war, daß ich mein Leben zu aufregend fand, dieses Feilschen und Geschäftemachen, Bestechungsgelder vereinnahmen und zum erstenmal in meinem Leben für dumme Kleinigkeiten verschwenden.

Das große Problem allerdings war, wo ich mein Bargeld auf die Dauer verstauen sollte. Ich konnte es nicht im Haus behalten. Ich dachte an meinen Bruder Artie. Er hätte es für mich aufbewahren können. Und das hätte er mir zuliebe auch getan, wenn ich ihn gebeten hätte. Aber ich brachte es nicht fertig. Er war geradezu herzzerreißend anständig und würde mich fragen, woher ich das Geld hätte, und ich würde es ihm sagen müssen. Er hatte nie in seinem Leben etwas Unehrenhaftes für sich oder für sein Frau und die Kinder getan. Er war wirklich integer. Aber für mich hätte er es getan, danach aber wäre unser Verhältnis nicht mehr das gleiche gewesen. Und das konnte ich nicht ertragen. Es gibt Dinge, die man nicht tut oder nicht tun sollte. Und Artie zu bitten, mein Geld für mich aufzuheben, war genau das. Als Bruder oder als Freund tut man sowas nicht.

Sicher, manche Leute würden ihren Bruder nicht darum bitten, weil er ihnen das Geld klauen würde. Und dabei fiel mir Cully ein. Ihn würde ich fragen, wo ich das Geld am besten unterbringen könnte, wenn er das nächstemal in der Stadt war. Das war die Lösung! Cully würde etwas wissen. Schließlich war das ja sein Beruf. Und ich mußte etwas tun, um das Problem zu lösen. Ich hatte das Gefühl, die Penunzen würden immer dicker ins Haus schneien.

In der nächsten Woche steckte ich Jeremy Hiller ohne die geringste Schwierigkeit zu den Reservisten, und Mr. Hiller senior war so dankbar, daß er mich bat, in seinen Laden zu kommen und mir einen kostenlosen frischen Satz Reifen für meinen Dodge abzuholen. Natürlich dachte ich, das geschehe aus Dankbarkeit, und ich freute mich, daß er ein so netter Kerl war. Doch hatte ich vergessen, daß er ein Geschäftsmann war. Während der Automechaniker die neuen Reifen auf meinen Wagen montierte, setzte mir Mr. Hiller in seinem Büro einen neuen Vorschlag auseinander.

Er fing damit an, ein paar Streichelrationen auszugeben. Mit einem Lächeln der Bewunderung erklärte er mir, wie patent ich sei, wie ehrenhaft, wie absolut zuverlässig. Es sei ein Vergnügen, mit mir zu tun zu haben, und wenn ich jemals die Beamtenlaufbahn bei der Regierung aufgeben sollte, würde er dafür sorgen, daß ich einen guten Job bekäme. Ich schluckte das alles runter, weil ich in meinem Leben so wenig Lob erfahren hatte, und wenn, dann nur von meinem Bruder Artie und einigen unbekannten Buchkritikern. Ich hatte nicht die geringste Ahnung, was kommen würde.

„Ich habe da einen Freund, der Ihre Hilfe benötigt", sagte Mr. Hiller. „Er hat einen Sohn, der ganz dringend in das sechsmonatige Reservistenprogramm aufgenommen werden muß."

„Klar", sagte ich. „Schicken Sie den Knaben direkt zu mir, und er soll sich auf Sie berufen."

„Da gibt's aber ein großes Problem", sagte Mr. Hiller. „Der Junge hat bereits seine Einberufung erhalten."

Ich zuckte mit den Schultern. „Dann ist er verdammt nochmal eben beschissen im Schneider. Sagen Sie seiner Familie, sie sollen ihm einen Abschiedskuß geben und in zwei Jahren auf seine Rückkehr hoffen."

Mr. Hiller lächelte. „Sind Sie sicher, daß ein tüchtiger junger Mann wie Sie da nichts machen könnte? Es würde eine Menge Geld wert sein. Sein Vater ist ein sehr bedeutender Mann."

„Nichts zu machen", sagte ich. „Die Einberufungsvorschriften sind eindeutig. Sobald einer seinen Einberufungsbefehl hat, kann er sich nicht mehr für das Sechsmonateprogramm in der Reserve bewerben. Die Typen in Washington sind ja auch nicht blöd. Sonst würden ja alle darauf warten, bis sie eingezogen werden, ehe sie sich melden.“

Mr. Hiller sagte: „Der Mann möchte Sie gern persönlich sprechen. Er ist bereit, alles zu unternehmen. Verstehen Sie, was ich meine?“

„Das ist sinnlos“, sagte ich. „Ich kann ihm nicht helfen.“

Und dann setzte mich Mr. Hiller ein ganz kleines bißchen unter Druck. „Sprechen Sie doch mit ihm, mir zuliebe.“ Ich verstand. Wenn ich mich bloß mit dem Kerl auf ein Gespräch zusammensetzte, auch wenn ich sein Anerbieten ablehnte, würde Mr. Hiller ein Held sein. Nun, für vier fabrikneue Reifen konnte ich ja eine halbe Stunde mit einem reichen Mann verschwenden.

Also sagte ich: „Okay!“

Mr. Hiller schrieb etwas auf einen Streifen Papier und reichte ihn mir. Ich las. Der Name war Eli Hemsi, und darunter stand eine Telefonnummer. Eli Hemsi war der Größte in der Bekleidungsindustrie, hatte Ärger mit den Gewerkschaften und Beziehungen zur Unterwelt. Außerdem war er eine der führenden Figuren in der Gesellschaft der Stadt. Jemand, der sich Politiker kaufen konnte, eine Säule, wo es darum ging, für wohltätige Zwecke zu spenden, usw. Aber wenn er so ein dicker Hund war, wieso mußte er dann gerade zu mir kommen? Ich stellte Mr. Hiller die Frage.

„Weil er klug ist“, sagte Mr. Hiller. „Er ist ein sephardischer Jude. Und das sind die raffiniertesten überhaupt. Sie haben italienisches, spanisches und arabisches Blut in sich, und diese Mischung macht sie zu echt guten Killern, abgesehen von der Tatsache, daß sie so gerissen sind. Der Mann will nicht, daß sein Sohn Geisel bei einem wichtigen Politiker wird, der dann von ihm einen Riesengefallen erwartet. Es ist für ihn sehr viel billiger und eigentlich sehr viel weniger gefährlich, wenn er sich an Sie wendet. Und außerdem habe ich ihm gesagt, wie gut Sie sind. Um ganz offen und ehrlich zu sein, im Augenblick sind Sie der einzige Mensch, der ihm helfen könnte. Diese großen Tiere trauen sich nicht, ihre Pfoten in sowas wie die Einberufung zum Militär zu stecken. Zu kitzlig, die Sache. Die Politiker haben eine Scheißangst davor.“

Ich dachte an den Kongreßabgeordneten, der in mein Büro gekommen war. Der hatte Mumm gehabt. Oder vielleicht stand er am Ende seiner politischen Karriere und kümmerte sich einen Dreck um alles. Mr. Hiller beobachtete mich genau.

„Mißverstehen Sie mich bitte nicht“, sagte er. „Ich bin selber

Jude. Aber mit den Sephardim müssen Sie vorsichtig sein, sonst tricksen die Sie einfach aus. Also, wenn Sie zu ihm gehen, seien Sie vernünftig." Er zögerte und fragte ängstlich: „Sie sind doch nicht Jude, oder?"

„Ich weiß nicht", sagte ich und mußte in diesem Augenblick an die Waisenkinder denken und wie uns zumute gewesen war. Wir waren alle abnorm. Da wir unsere eigenen Eltern nicht kannten, war uns schnuppe, ob jemand Jude war oder Neger oder sonstwas.

Am Tag darauf rief ich Mr. Eli Hemsi in seinem Büro an. Wie verheiratete Männer gaben mir die Väter meiner „Klienten" stets nur die Büronummer, als hätten sie eine Liebesaffäre. Sie aber wollten immer meine Privatnummer haben, für den Fall, daß sie sich rasch mit mir in Verbindung setzten mußten. Ich bekam neuerdings eine ganze Reihe von Anrufen, und Vallie fing an, sich Gedanken zu machen. Ich schwindelte ihr vor, es seien Anrufe von Buchmachern und Zeitschriftenredaktionen.

Mr. Hemsi bat mich, in meiner Mittagspause in sein Büro zu kommen, und ich ging hin. Es war in einem Gebäude mitten im Zentrum der Bekleidungsindustrie auf der Seventh Avenue, nur zehn Minuten vom Arsenal entfernt. Ein netter kleiner Spaziergang durch den Frühlingstag. Drinnen begegnete ich Arbeitern, die Handkarren voller Kleider an der Stange schoben, und ich überlegte mir ein bißchen boshaft, wie schwer sie arbeiten mußten für ihren miserablen Lohn, während ein paar Häuser weiter ich Hunderte für ein bißchen Papierkram machte. Die meisten waren Neger oder Farbige. Wieso waren die nicht auf den Straßen und schlugen die Leute bewußtlos, wie man das von ihnen erwartete? Hätten die nur die gleiche Erziehung gehabt wie ich, dann würden sie genauso gut stehlen können wie ich und keinem dabei weh tun.

Der Empfangsmensch lotste mich durch Austellungsräume, in denen die Kollektionen für die nächste Saison präsentiert wurden. Dann wies man mich durch eine kleine, schmuddelige Tür in Mr. Hemsis Büro. Es überraschte mich wirklich, wie schick es hier aussah, weil das Gebäude ansonsten so schmierig wirkte. Der Empfangsmensch reichte mich an Mr. Hemsis Sekretärin weiter, eine unscheinbare Person, aber makellos angezogen, und diese geleitete mich ins innerste Heiligtum.

Mr. Hemsi war ein Riesenkerl, der geborene Kosak in Figur und Aussehen, doch er trug einen tadellos geschneiderten Anzug, ein teuer wirkendes Hemd und hatte eine dunkelrote Krawatte umgebunden. Sein Gesicht wirkte beeindruckend durch die zerklüftete Haut und den melancholischen Blick. Er sah beinahe edel aus und ganz gewiß ehrlich. Er stand hinter seinem Schreibtisch auf, ergriff meine Hand mit seinen beiden, um mich zu begrüßen. Er blickte mir tief in die Augen. Er stand so dicht bei mir, daß ich durch sein dickes, schnurartiges graues Haar sehen konnte. Mit ernster Stimme sagte er: „Mein Freund hat recht, Sie haben ein gutes Herz. Ich weiß, Sie werden mir helfen."

„Ich kann wirklich nicht helfen, ich würde es ja gern, aber ich kann es nicht", sagte ich. Und ich erklärte ihm die ganze Geschichte mit dem Einberufungsbüro, genau wie ich es Mr. Hiller erklärt hatte. Ich gab mich kälter, als mir wirklich zumute war. Denn ich mag es nicht, wenn mir Menschen tief in die Augen schauen.

Aber er saß nur da und nickte mit seinem grauen Kopf ernsthaft vor sich hin. Dann, als habe er kein Wort von dem begriffen, was ich gesagt hatte, machte er einfach weiter, und seine Stimme war jetzt wirklich von tiefer Melancholie getragen.

„Meine Frau, die ärmste, ist schwerkrank. Es wird sie umbringen, wenn sie jetzt ihren Sohn verliert. Sie lebt nur für ihn. Es bringt sie um, wenn er zwei Jahre fort ist. Mr. Merlin, Sie müssen mir helfen. Wenn Sie das für mich tun, werde ich Sie glücklich machen für den Rest Ihres Lebens!"

Aber es war nicht das, was mich überzeugte. Ich glaubte ihm eigentlich kein einziges Wort. Doch der letzte Satz, der packte mich. Nur Könige und Kaiser können jemandem sagen: „Ich werde Sie glücklich machen für den Rest Ihres Lebens." Was für ein Zutrauen in seine Macht dieser Mann hatte. Aber dann wurde mir – natürlich – klar, daß er von Geld sprach.

„Lassen Sie mich darüber nachdenken", sagte ich. „Vielleicht fällt mir etwas ein."

Mr. Hemsi bewegte seinen Kopf sehr ernst auf und ab. „Ich weiß, Sie werden es machen", sagte er, „ich weiß, Sie haben einen gescheiten Kopf und ein gutes Herz. Haben Sie Kinder?"

„Ja", sagte ich.

Er fragte mich, wie viele und wie alt und ob es Jungs oder Mädchen seien. Er fragte mich nach meiner Frau und wie alt sie sei. Er betrug sich, als wäre er mein Onkel. Dann bat er mich um meine Privatadresse und die dortige Telefonnummer, damit er mich nötigenfalls erreichen könne.

Als ich ging, begleitete er mich selbst zum Lift. Ich hatte das Gefühl, meine Sache gut gemacht zu haben. Ich hatte nicht die geringste Vorstellung, wie ich seinen Sohn vom Angelhaken des Musterungsbüros herunterkriegen könnte. Mr. Hemsi hatte recht. Ich hatte ein gutes Herz. Ich hatte so viel Herz, daß ich nicht versuchte, ihn auszunehmen, mit den Ängsten seiner Frau zu spielen und dann nichts zu leisten dafür. Anderseits hatte ich Hirn genug, mich nicht in die Geschichte eines Opfers der Musterungsbehörde verwickeln zu lassen. Der Bursche hatte seinen Einberufungsbefehl erhalten und würde in der Armee dienen. So etwa in einem Monat. Und seine Mutter würde eben ohne ihn leben müssen.

Am nächsten Tag rief mich Vallie im Büro an. Sie war erregt. Sie sagte, sie hätte gerade durch Eilboten etliche Pakete mit Kleidern erhalten. Kleider für alle unsere Kinder, Winter- und Herbstkleidung, und alles sei wunderschön. Ein Paket enthielte auch Kleider für sie selbst. Und alles wäre so teuer, wie wir es uns niemals würden leisten können.

„Da steckt auch eine Karte dabei", sagte sie. „Von einem Mr. Hemsi. Wer ist das? Merlin, die Sachen sind einfach wundervoll. Wieso schickt er die dir?"

„Ich habe ein paar Werbebroschüren für seine Firma gemacht", sagte ich. „Es steckte nicht viel Geld drin, aber er hat versprochen, den Kindern ein paar Sachen zu schicken. Ich dachte natürlich, nur so ein paar Kleinigkeiten."

Ich hörte aus Vallies Stimme, wie sehr sie sich freute. „Das muß ein netter Mensch sein, dieser Mr. Hemsi. In den Schachteln sind Kleider für mindestens tausend Dollar."

„Na, ist doch wunderbar", sagte ich. „Wir reden heute abend darüber."

Als ich aufgehängt hatte, erzählte ich Frank, was geschehen war, auch über Mr. Hiller, den Cadillac-Händler.

Frank kniff das eine Auge zu. „Jetzt hängen Sie an der Angel", sagte er. „Der Typ erwartet, daß Sie was für ihn tun. Wie wollen Sie das hinbringen?"

„Scheiße", sagte ich. „Ich bin mir ja nicht mal klar darüber, warum ich ihn überhaupt aufgesucht habe."

„Das waren die Cadillacs, die Sie auf dem Gelände von Hiller gesehen haben", sagte Frank. „Sie sind genau wie diese Neger. Die würden auch nach Afrika in ihre Hütten zurückgehen, wenn sie in 'nem Cadillac rumfahren könnten."

Ich merkte ein kleines Zögern, während er sprach. Beinahe hätte er „Nigger" gesagt, sagte aber statt dessen doch „Neger". Ich hätte gern gewußt, ob er sich wegen des häßlichen Worts schämte oder ob er glaubte, ich könnte verletzt sein. Und was die Harlemneger betraf, verstand ich sowieso nicht, warum sich die Leute darüber aufregten, daß sie Cadillacs liebten. Weil sie es sich nicht leisten konnten? Weil sie keine Schulden machen sollten für etwas, das nicht nutzbringend war? Frank hatte recht, die Cadillacs hatten mich angespitzt. Deswegen war ich bereit gewesen, Hemsi zu treffen und Hiller einen Gefallen zu tun. Ganz insgeheim hoffte ich, daß ich mir einen von diesen schicken Luxusschlitten unter den Nagel reißen könnte.

Als ich am Abend heimkam, veranstaltete Valerie mit den Kindern für mich eine Modenschau. Sie hatte von fünf Paketen gesprochen, aber nicht erwähnt, wie groß sie waren. Das Ganze war enorm, Valerie und jedes der Kinder hatten zirka zehn komplette neue Ausstattungen. Valerie war so aufgeregt wie seit langem nicht. Die Kinder freuten sich, aber in ihrem Alter machten ihnen Kleider recht wenig aus. Mir schoß der Gedanke durch den Kopf, daß ein Spielzeugfabrikant, dessen Kleiner sich dem Wehrdienst entziehen wollte, in meiner Klientel noch fehlte.

Dann erklärte mir Vallie, daß sie neue Schuhe würde kaufen müssen, die zu den neuen Kleidern paßten. Ich sagte, sie solle noch eine Weile damit warten. Ich wollte darauf achten, ob mir der Sohn eines Schuhfabrikanten unter die Finger käme.

Das komische war, daß ich mich von Mr. Hemsi unter Druck gesetzt gefühlt haben würde, wenn die Kleidungsstücke billig gewesen wären. Das hätte so den Anstrich gehabt: die Armen kriegen die abgelegten Sachen von den Reichen. Aber was Hemsi geschickt hatte, war von erstklassiger Qualität, wie ich sie mir niemals leisten konnte, ganz gleich, wie viele Bestechungsgelder ich eintrieb. Fünftausend Böcke, nicht bloß tausend. Ich schaute mir die beigefügte Karte an. Eine Geschäftskarte mit Hemsis Namen und Titel, dem Firmennamen, der Adresse und der Telefonnummer. Nichts Handschriftliches. Keine Nachricht. Mr. Hemsi war also wirklich mit allen Wassern gewaschen. Es gab keinerlei direkten Beweis, daß er die Sachen geschickt hatte, und ich hatte nichts gegen ihn in der Hand.

In meinem Büro hatte ich erwogen, das Zeug an Mr. Hemsi zurückzuschicken. Aber nachdem ich gesehen hatte, wie glücklich Vallie darüber war, wußte ich, daß das nicht möglich sein würde. Ich lag bis nachts um drei Uhr wach und dachte darüber nach, wie man Mr. Hemsis Sohn von der Einberufung loseisen könnte.

Am nächsten Morgen, während ich ins Büro fuhr, kam ich zu einem Entschluß. Ich würde nichts Schriftliches festlegen, das man in ein, zwei Jahren bis zu mir zurückverfolgen könnte. Die Sache war äußerst riskant. Sich Geld geben zu lassen und einen Knaben auf der Liste nach vorn zu schieben, damit er in das Sechsmonateprogramm kam, war etwas anderes, als ihn rauszuholen, nachdem er bereits seine Einberufung erhalten hatte.

Darum rief ich als erstes die Musterungsstelle von Hemsi an. Ich erwischte einen von den Bürohengsten, ein Typ genau wie ich. Ich gab ihm meine Dienstnummer und servierte ihm die Story, die ich mir ausgedacht hatte. Ich sagte ihm, Paul Hemsi habe auf meiner Liste für das Sechsmonateprogramm gestanden, daß ich ihn vor zwei Wochen hätte aufnehmen wollen, den Brief aber an die falsche Anschrift geschickt habe. Es sei alles mein Fehler, und ich fühlte mich außerordentlich schuldbewußt deswegen. Außerdem könnte ich möglicherweise Schwierigkeiten mit meinem Job kriegen, falls die Familie des Knaben Stunk machen sollte. Ich fragte ihn, ob die Rekrutierungsstelle seine Einberufung nicht streichen könne, so daß ich ihn bei uns unterbringen könne. Ich würde dann die normalen Formulare an das Rekrutierungsamt senden, die nachwiesen, daß Paul Hemsi für das Sechsmonateprogramm der Reservisten der Armee verpflichtet sei, und dann könnten sie ihn aus den Listen der Wehrpflichtigen streichen. Ich glaube, ich sprach genau mit der richtigen Stimme, und ich klang auch nicht zu eifrig. Bloß so ein netter Kerl, der was Schiefgelaufenes wiedergutzumachen versuchte. Aber während ich das tat, ließ ich so nebenbei fallen, daß ich, falls der Mann in der Einberufungskommission mir den Gefallen tun könnte, gern helfen würde, falls einer seiner Freunde sich für das Sechsmonateprogramm bewerben wolle.

Diesen letzten Trick hatte ich mir ausgedacht, während ich in der vergangenen Nacht schlaflos gelegen hatte. Ich stellte mir vor, daß die Bürohengste im Einberufungsbüro wahrscheinlich öfter von Knaben angesprochen wurden, die auf dem Hintern liefen, weil sie einberufen worden waren, und daß wahrscheinlich die Bürokraten dort eine Menge guter Angebote bekamen. Wenn ein Beamter bei der Musterungsstelle einen seiner Kunden in das Sechsmonateprogramm überstellte, überlegte ich, dann müßte das doch wohl tausend Dollar wert sein.

Aber der Knabe im Musterungsbüro blieb völlig locker und hilfsbereit. Ich glaube, er merkte nicht einmal, daß ich ihm eine

Bestechung anbot. Aber sicher, er werde den Einberufungsbescheid zurückziehen, das sei überhaupt kein Problem, und ich gewann den Eindruck, daß gerissenere Typen, als ich einer war, bereits den gleichen Trick angewendet hatten. Jedenfalls, am nächsten Tag hatte ich den nötigen Schrieb von der Musterungsstelle, und ich rief Mr. Hemsi an und bat ihn, er solle seinen Sohn zu mir ins Büro schicken, damit er registriert werden könne.

Alles klappte wie am Schnürchen. Paul Hemsi war ein netter Junge mit sanfter Stimme, sehr scheu und schüchtern, jedenfalls kam es mir so vor. Ich ließ ihn den Eid sprechen und legte seine Papiere beiseite, bis er seine Order für den Aktivdienst erhielt. Ich besorgte ihm selbst die Ausrüstung, und als er seinen sechsmonatigen Dienst als Aktiver antrat, hatte ihn noch keiner in seiner Gruppe gesehen. Ich hatte ihn in einen Geist verwandelt.

Inzwischen war mir klargeworden, daß all diese Geschichten allmählich ziemlich heiß wurden und daß Leute mit großem Einfluß in sie verwickelt waren. Aber nicht umsonst war ich Merlin der Zauberer. Also setzte ich mir mein sternenbesetztes Zauberkäppi auf und begann die ganze Sache durchzudenken. Irgendwann würde alles auffliegen. Ich hatte mich ziemlich gut abgesichert, bloß das Geld bei mir zu Hause war noch im Wege. Das Geld mußte ich verstecken. Das war das Wichtigste. Und dann mußte ich eine andere Einkommensquelle nachweisen können, so daß ich mein Geld frei ausgeben konnte.

Natürlich konnte ich mein Geld bei Cully in Las Vegas unterbringen. Aber was, wenn Cully mich austrickste oder starb? Was den sauberen Gelderwerb betraf, so hatte ich immer Angebote, Buchkritiken zu schreiben oder für Zeitschriften zu arbeiten, lehnte sie aber stets ab. Ich war ein reiner Geschichtenerzähler, einer, der Romane schrieb. Es erschien mir entwürdigend, mir selbst und meiner Kunst gegenüber, etwas anderes zu schreiben. Aber, verdammt nochmal, jetzt war ich ein Ganove, und nichts hatte unter meiner Würde zu sein.

Frank bat mich, mit ihm zu lunchen, und ich sagte zu. Frank war in Hochform. Völlig aufgekratzt und auf dem Gipfel der Welt. Er hatte die ganze Woche lang gewonnen, und das Geld floß bei ihm nur so rein. Ohne daran zu denken, was die Zukunft für ihn bringen könnte, glaubte er einfach, daß er weiter gewinnen würde, daß diese ganze faule Bestechungsgeschichte ewig so weitergehen werde. Ohne sich selbst für einen Zauberer zu halten, glaubte er an eine Welt, in der Zauberei tagtäglich passierte.

12

Beinah zwei Wochen waren vergangen, als mein literarischer Agent für mich einen Gesprächstermin mit dem Chefredakteur der „Everyday Magazines" vereinbarte. Diese Verlagsgruppe überschwemmte das amerikanische Leserpublikum mit Information, Pseudo-Information, Sex und Pseudo-Sex, Kultur und knallrechter Lebensweisheit. Filmzeitschriften, Abenteuerhefte für den Mann auf der Straße, ein monatliches Sportmagazin, eins für Angler und Jäger, allerlei Comics. Das „anspruchsvolle" Flaggschiff der Gruppe, die hehrste ihrer Zeitschriften, wandte sich an flotte Junggesellen, die auch an Literatur und Avantgarde-Filmen Geschmack fanden.

Somit wahrlich quer durch den Garten grasend, verschlang die „Everyday"-Gruppe freie Schriftsteller in Fülle, zumal ja monatlich eine halbe Million Wörter veröffentlicht werden mußte. Mein Agent sagte mir, daß der Chefredakteur meinen Bruder Artie kenne und daß Artie ihn angerufen habe, um den Weg zu bereiten.

Bei den „Everyday Magazines" wirkten einfach alle Leute fehl am Platz. Niemand schien dorthin zu gehören. Und doch brachten sie gewinnträchtige Zeitschriften auf den Markt. Komisch, aber im Dienst der Bundesregierung wirkten wir alle so ungemein passend, jeder war fröhlich; und doch war unser aller Arbeit unter der Kanone.

Eddie Lancer, der Chefredakteur, hatte zusammen mit meinem Bruder an der Universität von Missouri studiert, und mein Bruder war's auch gewesen, der meinem Agenten als erster von dem Job erzählt hatte. Natürlich wußte Lancer schon nach den ersten zwei Minuten unserer Unterredung, daß ich dafür völlig ungeeignet war. Auch ich wußte das. Himmel, ich wußte nicht einmal, wie der Hinterhof einer Redaktion aussah. Aber für Lancer war das ein Pluspunkt. Er scherte sich nicht die Bohne um Erfahrung. Nein, Lancer hielt Ausschau nach schizophren angehauchten Knaben. Und in dieser Hinsicht, wie er mir später einmal sagte, hatte ich meine Eignungsprüfung glänzend bestanden.

Auch Eddie Lancer schrieb Romane; erst vor einem Jahr hatte er ein höllisch gutes Buch veröffentlicht, das ich sehr mochte. Er wußte von meinem Roman und sagte, der hätte ihm gefallen. Und dies half mir ganz ungemein, den Job zu kriegen. Zwischen den Zetteln an seiner Anschlagtafel hing eine mächtige Schlagzeile, die aus der Morgenausgabe der „Times" gerissen worden war: ATOMKRIEG KÖNNTE WALL STREET SCHADEN.

Er sah, wie ich den Zeitungsausschnitt beäugte, und sagte: „Glauben Sie, Sie könnten ein kurzes Ding über so 'ne Type schreiben, die sich darüber Sorgen macht?"

„Klar", sagte ich. Und ich tat's auch. Ich schrieb eine Geschichte über einen jungen leitenden Angestellten, der sich um seine Aktien sorgt, die fallen könnten, wenn die Atombomben das gleiche täten. Ich beging nicht den Fehler, mich über den Knaben lustig zu machen oder zu moralisieren. Ich schrieb die Story ganz nüchtern. Wenn man die Grundvoraussetzung akzeptierte, so akzeptierte man auch meinen Helden. Wenn man die Grundvoraussetzung von sich wies, las man's als recht lustige Satire.

Lancer zeigte sich erfreut. „Für unsere Magazine sind Sie wie maßgeschneidert", sagte er. „Genau darum ging's ja bei dieser Story; der Schuß muß nach beiden Seiten losgehen. Den Einfaltspinseln gefällt das Ding, und den Klugscheißern gefällt's auch. Perfekt." Er hielt einen Augenblick inne. „Aber Sie sind ganz anders als Ihr Bruder Artie."

„Ja, ich weiß", sagte ich. „Das sind Sie aber auch."

Lancer grinste mich an. „An der Uni waren wir die besten Freunde. Er ist der redlichste Kerl, den ich je getroffen hab'. Wissen Sie, als er mich bat, mit Ihnen ein Gespräch über diesen Job zu führen, hab' ich gestaunt. Für mich war's das allererste Mal, daß er irgendwen um einen Gefallen bat."

„Das tut er nur für mich", sagte ich.

„Der kerzengeradeste Bursche, den ich in meinem ganzen Leben kennengelernt hab' ", sagte Lancer.

„Das wird noch sein Tod sein", sagte ich. Und wir lachten.

Lancer und ich wußten, daß wir beide Überlebende waren. Was natürlich bedeutete, daß wir mitnichten redlich waren, daß wir bis zu einem gewissen Grad Gauner waren. Unsere Rechtfertigung lautete, daß wir Bücher zu schreiben hatten. Und deshalb mußten wir überleben. Jeder hatte seine besondere und stichhaltige Rechtfertigung.

Sehr zu meiner – nicht aber zu Lancers – Überraschung erwies ich mich als ausgekochter Illustriertenautor. Ich konnte die billigen Abenteuer- und Kriegsgeschichten schreiben. Ich konnte schaumgebremst-pornographische Liebesgeschichten für das Top-Magazin der Verlagsgruppe schreiben. Ich konnte eine knallige, großkotzige Filmkritik und eine sachliche, großkotzige Buchbesprechung schreiben. Oder auf dem Absatz kehrtmachen und eine begeisterte Kritik schreiben, die die Menschen förmlich aus dem Haus jagte, um nun selber zu sehen oder zu lesen, was da so gut war. Nichts von all diesem Zeug zeichnete ich mit meinem wirklichen Namen. Aber ich schämte mich nicht dafür. Ich wußte, es war Schund, aber ich liebte es trotzdem. Ich liebte es, weil ich mein ganzes Leben lang keine Fertigkeit besessen hatte, auf die ich hätte stolz sein können. Ich war ein lausiger Soldat gewesen, ein ständig verlierender Spieler. Ich hatte kein Hobby, kein handwerkliches Geschick. Ich konnte kein Auto reparieren, ich konnte keine Pflanze zum Wachsen bringen. An der Schreibmaschine war ich kläglich, und als Regierungsbeamter zählte ich schwerlich zu den erstklassigen Bestechungsgeldempfängern. Sicher, ich war Künstler; aber damit braucht keiner auf den Putz zu hauen. Das ist bloß eine Religion oder ein Steckenpferd. Aber jetzt besaß ich wirklich eine Fertigkeit. Ich war ein höllisch fachkundiger Schundschreiber, und mit Freuden noch dazu. Dies um so mehr, als ich zum erstenmal im Leben ein bequemes Auskommen hatte. Auf die rechtmäßige Art.

Was ich für meine Geschichten bekam, betrug im Schnitt vierhundert Dollar im Monat, und zusammen mit meiner bürgerlichen Stellung bei der Einberufungsbehörde kam ich so auf reguläre zweihundert Piepen die Woche. Und ganz so, als wäre Arbeit der Zündfunke neuer Energie, begann ich aus heiterem Himmel meinen zweiten Roman. Auch Eddie Lancer saß an einem neuen Buch, und wir verbrachten den größten Teil unserer Arbeitszeit gemeinsam; dabei sprachen wir nicht über irgendwelche Artikel für die Zeitschriften des Hauses, sondern über unsere Romane.

Schließlich wurden wir derart gute Freunde, daß er mir nach sechs Monaten freier Mitarbeit einen Redakteursposten anbot. Aber ich wollte die allmonatlichen zwei bis drei Riesen an Schmiergeldern nicht aufgeben, die mir mein Job bei den Reservisten immer noch einbrachte. Die Masche mit dem diskreten Handaufhalten lief nun schon fast zwei Jahre ohne den geringsten Pferdefuß. Mittlerweile verhielt ich mich dazu wie Frank. Ich glaubte einfach nicht, daß irgendwas passieren könnte. Aber in

Wirklichkeit genoß ich auch die Erregung und die Faszination des Bewußtseins, ein Dieb zu sein.

Mein Leben verlief allmählich in erfreulichen Bahnen. Mit dem Schreiben kam ich gut voran, und jeden Sonntag fuhr ich mit Vallie und den Kindern stundenlang auf Long Island umher, wo Einfamilienhäuser wie Unkraut aus dem Boden schossen; wir nahmen die Musterbauten unter die Lupe. Unser Haus hatten wir uns schon ausgesucht. Vier Schlafräume, zwei Badezimmer und nur eine zehnprozentige Anzahlung auf den Preis von sechsundzwanzigtausend Dollar, bei zwölf Monaten Wartezeit. Die Zeit war gekommen, Lancer um eine kleine Gefälligkeit zu bitten.

„Las Vegas hab' ich schon immer geliebt", sagte ich zu Eddie. „Ich würd' gern mal was darüber schreiben."

„Na klar, jederzeit", sagte er. „Aber du mußt um jeden Preis dafür sorgen, daß auch was über Nutten drinsteht." Und er sorgte für mein Spesenkonto. Dann sprachen wir über die Farbillustration der Story. Dies besorgten wir stets gemeinsam, weil es viel Spaß machte, und wir hatten dabei auch immer viel zu lachen. Wie üblich hatte Eddie schließlich den wirksamsten Einfall. Ein traumhaftes Mädchen im dürftigen Kostüm, versunken in einen wilden, beckenschwingenden Tanz. Und aus ihrem Nabel kollerten rote Würfel, die die glückliche Elf zeigten. Die Titelzeile würde lauten: „Hol dir dein Glück bei den Mädchen von Las Vegas."

Eine Aufgabe allerdings ging vor. Es war ein kleiner Honigkuchen. Ich würde Amerikas berühmtesten Schriftsteller interviewen, den begnadeten Osano.

Eddie Lancer erteilte mir diesen Auftrag für sein Flaggschiff „Everyday Life", das gehobene Magazin der Kette. Anschließend konnte ich meine Schreibreise nach Las Vegas antreten.

Eddie Lancer hielt Osano für den bedeutendsten Schriftsteller in Amerika, war aber zu sehr von Ehrfurcht ergriffen, um das Interview in die eigene Hand zu nehmen. Ich war der einzige aus dem Kreis der Mitarbeiter, der nicht beeindruckt war. Ich fand nicht, daß Osano so überragend gut war. Ich mißtraute auch jedem Schriftsteller, der extrovertiert war. Und Osano war hundertmal im Fernsehen aufgetreten, hatte beim Filmfestival in Cannes großmächtig in der Jury gesessen, war als Anführer von Protestmärschen festgenommen worden, wobei es ihn wenig bekümmerte, wogegen gerade demonstriert wurde. Und jeder neue Roman, den einer seiner Freunde geschrieben hatte, wurde von ihm mit einem gefälligen Waschzettel versehen.

Überdies war er auf die leichte Art nach oben gekommen. Sein erster Roman, den er als Fünfundzwanzigjähriger veröffentlichte, hatte ihn weltberühmt gemacht. Er hatte reiche Eltern, ein Jura-Diplom aus Yale. Er hatte nie erfahren müssen, was es heißt, für seine Kunst zu kämpfen. Und am schlimmsten: Ich hatte ihm meinen ersten veröffentlichten Roman zugesandt, auf einen Waschzettel gehofft, und er bestätigte mir nicht mal den Erhalt.

Als ich mich an das Osano-Interview machte, begannen seine Aktien als Schriftsteller bei den Lektoren gerade so ein bißchen zu sinken. Immer noch konnte er einen gepfefferten Vorschuß für ein Buch verlangen, immer noch jagte er Kritiker ins Bockshorn. Aber die meisten seiner Werke waren Sachbücher. In den letzten zehn Jahren hatte er es nicht geschafft, ein belletristisches Buch zu Ende zu schreiben.

Er arbeitete an seinem Meisterwerk, einem langen Roman, der das Allergrößte seit „Krieg und Frieden" werden würde. Alle Kritiker waren dieser Meinung. Auch Osano. Ein Verlag hatte ihm mehr als hundert Riesen an Vorschuß bezahlt und winselte nach zehn Jahren immer noch nach seinem Geld und dem Buch. In der Zwischenzeit schrieb Osano Sachbücher über heiße Themen, und die waren besser als die meisten Romane, wie manche Kritiker behaupteten. Keines davon kostete ihn mehr als zwei Monate, und schon ging er hin und streifte einen fetten Scheck ein. Aber diese Bücher verkauften sich von Mal zu Mal schlechter. Er hatte seine Lesergemeinde ausgeleiert. Und so nahm er schließlich ein Angebot an, Chefredakteur der einflußreichsten Sonntags-Literaturbeilage zu werden, mit der die Zeitungen in diesem Land aufwarten können.

Der Chefredakteur vor Osano hatte zwanzig Jahre lang auf diesem Posten gesessen. Ein Knabe mit großartigen Referenzen. Alle möglichen akademischen Grade, die besten Hochschulen, aus einer intellektuellen, wohlhabenden Familie stammend. Format. Und sein Leben lang ein schwuler Herzensbrecher. Das störte an sich keinen; aber leider wurde er mit zunehmendem Alter immer schrankenloser. Eines sonnigen, geilen Nachmittags wurde er dabei ertappt, wie er dem Laufjungen einen blies, und zwar hinter einem bis an die Decke reichenden Bücherstapel, den er in seinem Büro als spanische Wand errichtet hatte. Wäre der Laufjunge ein berühmter englischer Autor gewesen, so wäre vielleicht überhaupt nichts geschehen. Und wären die Bücher, aus denen er jene Wand gebaut hatte, schon rezensiert gewesen, so hätte alles halb so schlimm ausgesehen. Aber diese Bücher waren nie an seine hauseigenen Leseratten oder an die freiberuflichen Rezensenten hinausgegangen. So kam's, daß er als Redakteur *emeritus* in den Ruhestand versetzt wurde.

Bei Osano konnten die Herausgeber sicher sein, den Rücken frei zu haben. Osano war hundertprozentig unschwul. Er liebte Frauen, Frauen in jeder Größe und jeder Form, in jedem Alter. Mösengeruch ließ ihn ausflippen wie den erstbesten Fixer. Er vögelte die Weiber so hingebungsvoll wie ein Heroinsüchtiger, der sich die Spritze gibt. Wenn Osano jenen Duft in der Nase hatte und nicht Anker lassen konnte oder wenigstens einen geblasen bekam, wurde er rasend. Aber Exhibitionist war er keiner. Seine Bürotür pflegte er stets abzuschließen. Manchmal war's ein büchernärrischer, knuspriger Teenager. Ein andermal eine Frau von Welt, die ihn für den größten lebenden amerikanischen Schriftsteller hielt. Oder eine hungernde Romanautorin, die ein paar Rezensionsaufträge brauchte, um Leib und Seele und Ego zusammenzuhalten. Er war schamlos im Gebrauch seiner Machtstellung als Chefredakteur, seines Ruhms als weltbekannter Romancier und jener Biene, die sich zusehends als die emsigste in Sachen Osano entpuppte: die ihm zugeschriebene Anwartschaft auf den Nobelpreis für Literatur. Die wahrhaft durchgeistigten Damen, sagte er, würden nur durch den Nobelpreis mürbe gemacht. Und zumal er, seit drei Jahren schon und mit der Hilfe all seiner literarischen Freunde, einen erbitterten Feldzug um den Nobelpreis führte, konnte er diesen Damen zahlreiche Artikel in hochgestochenen Vierteljahresschriften vorlegen, die ihn dieser Auszeichung lautstark für würdig befanden.

Seltsamerweise entwickelte Osano keinerlei Selbstgefälligkeit über seine greifbareren Reize – seinen persönlichen Magnetismus. Er kleidete sich gut, gab ganz schönes Geld für Klamotten aus, und doch konnte keiner von ihm sagen, er sei körperlich anziehend. Sein Gesicht war knochig und schief, sonst nichts, und seine Augen waren von einem blassen, hinterlistigen Grün. Aber dabei vergaß er so gut wie ganz auf seine vibrierende Lebhaftigkeit, die auf alle Menschen magnetisch wirkte. Es war wirklich so, daß ein großer Teil seines Ruhms nicht auf seinen literarischen Errungenschaften beruhte, sondern auf seiner Persönlichkeit, deren wesentlichster Bestandteil eine flinke, funkensprühende Intelligenz war, die sowohl Männer als auch Frauen anzog.

Aber die Frauen waren regelrecht verrückt nach ihm; aufgeweckte Studentinnen, wohlbelesene Gesellschaftsmatronen, zähnefletschende Emanzen, die ihn öffentlich verfluchten, aber sodann unverweilt mit ihm in die Falle kriechen wollten – um sich an ihm rächen zu können, so sagten sie, wie die Männer in viktorianischen Tagen sich an den Frauen zu rächen pflegten. Einer seiner Tricks bestand darin, sich in seinen Büchern ganz ungefiltert an die Frauen zu wenden.

Ich hatte seine Bücher nie leiden können, und ich erwartete nicht, ihn leiden zu können. Das Werk ist der Mensch ... Nur daß das diesmal nicht stimmte. Immerhin gibt's ja hin und wieder noch ein paar mitfühlende Ärzte, wißbegierige Lehrer, ehrliche Anwälte, idealistische Politiker, tugendhafte Frauen, nicht ganz übergeschnappte Schauspieler, kluge Schriftsteller. Und so war auch dieser Osano, im Gegensatz zu seiner fischweibhaften Art und der Gehässigkeit in seinen Büchern ein patenter Kerl, mit dem man angenehm rumhocken konnte; man ertrug es auch, ihm zuzuhören, selbst wenn er über seine Schreiberei sprach.

Jedenfalls herrschte er als Chef der Literaturbeilage über ein ansehnliches Imperium. Zwei Sekretärinnen. Zwanzig festangestellte Leseratten. Und einen riesigen Stall an freiberuflichen Rezensenten, von Autoren mit erstklassigem Marktwert bis zu hungerleidenden Poeten, erfolglosen Romanschreibern, Hochschulprofessoren und Jet-set-Intellektuellen. Sie alle wurden von ihm benützt, alle von ihm gehaßt. Und er leitete seine Buchredaktion wie ein Wahnsinniger.

Seite eins der sonntäglichen Literaturbeilage – das ist was, wofür ein Autor Morde begeht. Osano wußte das. Er bekam automatisch die erste Seite, wenn er ein Buch veröffentlichte. Und das in allen Literaturbeilagen des Landes. Aber er haßte die meisten Belletristen; er war auf sie eifersüchtig. Oder er hegte eben mal Groll gegen den Verleger des Buchs. Also schnappte er sich kühl eine Biographie Napoleons oder Katharina der Großen und setzte das Ding auf die erste Seite. Für gewöhnlich lasen Buch und Besprechung sich dann gleichermaßen sperrig, aber Osano war glücklich. Er hatte jedermann zur Weißglut gebracht.

Als ich Osano zum erstenmal zu Gesicht bekam, entsprach sein Lebensstil fürwahr all den Literatenparty-Erzählungen, all dem Klatsch, all den öffentlichen Standbildern seiner selbst, für die er je gesorgt hatte. Mit ungekünsteltem Wohlbehagen spielte er für mich die Rolle des großen Schriftstellers. Und er verfügte über die Requisiten, die zu seiner Legende paßten.

Ich fuhr hinaus in die Hamptons, wo Osano ein Sommerhaus gemietet hatte, und fand ihn behaglich eingenistet (seine eigenen Worte) wie einen alten Sultan. Fünfzig Jahre alt, hatte er sechs Kinder aus vier verschiedenen Ehen; zu dieser Zeit war er noch nicht bei seiner fünften, sechsten und siebenten, der endgültig letzten, Grotte angelangt. Er trug lange blaue Tennishosen und eine blaue Tennisjacke, eigens für ihn geschneidert, um seinen hervorquellenden Bierbauch zu verbergen. Sein Gesicht war bereits knorrig beeindruckend, wie es sich für den nächsten Literaturnobelpreisträger geziemte. Seinen heimtückischen grünen Augen zum Trotz konnte er ungezwungen nett sein. Heute war er nett. Zumal er der Gralshüter der mächtigsten Sonntags-Literaturbeilage war, kroch ihm jedermann, sooft derjenige eben irgendwas veröffentlichte, mit der allergrößten Ehrerbietigkeit in den Arsch. Er wußte nicht, daß ich ausgezogen war, um ihn aufs Kreuz zu legen, weil ich ein erfolgloser Schriftsteller war, der einen Romanflop veröffentlicht hatte und dessen zweiter eine schwere Geburt war. Zugegeben, er hatte einen langen, beinah großen Roman geschrieben. Aber was danach kam, war Ochsenscheiße, und wenn „Everyday Life" mich ließ, würde ich der Welt schon zeigen, aus welchem Holz dieser Knabe wirklich geschnitzt war.

Na, ich schrieb den Artikel auch schön und hatte Osano auch schön mausetot in der Pfanne. Aber Eddie Lancer lehnte das Ding ab. Die Redaktion wollte sich von Osano eine große politische Story schreiben lassen, und sie wollte ihn nicht wütend machen. Also war's für mich ein vergeudeter Tag gewesen. Nur daß er's dann doch nicht war. Denn zwei Jahre später rief Osano mich an und fragte mich, ob ich als sein Assistent bei einer nagelneuen großen Literaturbeilage arbeiten wolle. Osano erinnerte sich an mich, hatte die Geschichte gelesen, die das Magazin abgewürgt hatte, und ihm gefiel mein Mumm; so sagte er wenigstens. Er sagte, er sei auf mich gekommen, weil ich ein guter Schriftsteller sei und weil mir an seiner Arbeit dieselben Dinge gefielen, die auch er gut finde.

An jenem ersten Tag saßen wir in seinem Garten und sahen seinen Kindern beim Tennisspielen zu. Und genau jetzt muß ich mal sagen, daß er seine Kinder wirklich liebte und mit ihnen makellos umging. Vielleicht weil er selbst so sehr ein Kind war. Wie dem auch sei, ich brachte ihn dazu, über Frauen und Gleichberechtigung und Sex zu reden. Und da schmiß er die Liebe mit rein. Er war ganz schön schrullig. Und obwohl er in seiner

Schreibe den großen Allzeit-Linken raushängen ließ, konnte er prächtig in texanischem Chauvinismus machen. Als von Liebe die Rede war, sagte er, sobald er sich in ein Mädchen verliebt habe, versage er sich's regelmäßig, auf seine Frau noch eifersüchtig zu sein. Dann setzte er seinen großen Schriftsteller-Staatsmann-Blick auf und sagte: „Ein Mann darf immer nur auf eine einzige Frau eifersüchtig sein – es sei denn, er ist Portorikaner." Witze über Portorikaner und andere Minderheiten konnte er sich, wie er meinte, getrost erlauben, da seine linksradikalen Referenzen untadelig waren.

Die Haushälterin kam heraus, um die Kinder anzuschreien, die sich um den Tennisplatz rauften. Sie war eine rechtschaffen herrische Haushälterin und ganz schön motzig zu den Kindern, fast als wäre sie deren Mutter. Außerdem sah die Frau sehr gut aus für ihr Alter, das dem Osanos etwa entsprach. Einen Augenblick lang kam ich ins Grübeln. Besonders als sie uns beide mit einem verächtlichen Blick bedachte, bevor sie ins Haus zurückging.

Ich kriegte ihn dazu, über Frauen zu sprechen, was ganz leicht ging. Er nahm die Haltung des Zynikers ein, die ja immer eine publikumswirksame Haltung ist, wenn man sich nicht gerade nach einer speziellen Frau verzehrt. Er war voll der belehrenden Herablassung, wie es sich für einen Schriftsteller geziemte, der mehr Klatschspalten gefüllt hatte als irgendein anderer Romancier seit Hemingway.

„Hören Sie, Junge", sagte er, „die Liebe ist wie das kleine rote Spielzeugwägelchen, das man zu Weihnachten oder zum sechsten Geburtstag geschenkt bekommt. Es macht einen irrsinnig glücklich, und man kann's gar nicht wieder loslassen. Aber früher oder später fallen die Räder ab. Dann läßt man's in einer Ecke liegen und vergißt es. Sich zu verlieben ist himmlisch. Verliebt zu sein ist eine Katastrophe."

Sittsam und mit all dem Respekt, den er für angebracht hielt, fragte ich: „Und die Frauen? Glauben Sie, daß denen genauso zumute ist, zumal sie ja behaupten, nicht anders zu denken als die Männer?"

Er streifte mich mit einem raschen Aufblitzen jener verblüffend grünen Augen. Das verdaute er nicht so schnell. Aber er stieß sich nicht weiter dran. Schon damals zählte dies zu den überragenden Eigenschaften Osanos. Und so fuhr er fort.

„Die Frauenrechtlerinnen glauben, wir hätten Macht und Kontrolle über ihr Leben. Diese Ansicht ist nicht weniger blöd als die von manchen Männern, die da glauben, Frauen wären sexuell weniger wahllos als Männer. Frauen lassen sich von jedem vögeln, jederzeit, an jedem Ort; sie haben nur Angst vorm Gerede. Die Frauenbewegung redet Kacke über diesen Bruchteil von einem Prozent der Männer, die Macht besitzen. Aber an denen ist doch nichts Menschenähnliches mehr. Das sind die Typen, deren Stelle die Frauen einnehmen müssen; aber die wissen nicht, daß man töten muß, um dorthin zu kommen."

Ich unterbrach ihn. „Einer von diesen Männern sind Sie."

Osano nickte. „Ja, stimmt. Und bildlich gesprochen, mußte ich auch töten. Die Frauen werden sich einhandeln, was die Männer haben. Und das besteht aus Scheiße, Magengeschwüren und Herzinfarkten. Dazu noch jede Menge geschissener Berufe, die die Männer hassen. Aber ich bin voll und ganz für Gleichheit. Dann werd' ich diese Mösen alle umbringen. Hören Sie, ich bezahle Unterhalt für vier kerngesunde Weiber, die sich selbst ihr Brot verdienen können. Alles nur, weil sie eben nicht gleich sind."

„Ihre Frauengeschichten sind beinah so berühmt wie Ihre Bücher", sagte ich. „Wie gehen Sie mit Frauen um?"

Osano schenkte mir ein Grinsen. „Wie ich Bücher schreibe, interessiert Sie wohl nicht."

Ölig und aalglatt sagte ich: „Ihre Bücher sprechen für sich selbst."

Er hüllte mich abermals in einen langen, nachdenklichen Blick, ehe er weitersprach.

„Niemals darf man eine Frau zu gut behandeln. Frauen bleiben bei Säufern, Spielern, Hurentreibern und sogar bei Kerlen, die ihnen täglich die Hucke vollhauen. Einen netten, gutherzigen Burschen können sie nicht ausstehen. Wissen Sie, warum? Das langweilt sie. Sie wollen nicht glücklich sein. Es ist langweilig."

„Glauben Sie an die Treue?" fragte ich.

„Aber ja, klar. Hören Sie, verliebt zu sein bedeutet, daß man einen anderen Menschen zum Mittelpunkt des eigenen Lebens macht. Wenn das nicht mehr so ist, ist's auch keine Liebe mehr. Dann ist's was anderes. Vielleicht was Besseres, was Brauchbareres. Liebe ist im Grunde ja eine ungerechte, unbeständige, paranoide Beziehung. Und darin sind die Männer schlimmer als die Frauen. Eine Frau kann hundertmal bumsen; dann ist ihr ein einziges Mal nicht danach, und schon hält er ihr das vor. Aber es ist schon wahr, daß der erste Schritt bergab getan ist, wenn sie nicht vögeln will, wenn du's willst. Hören Sie, da gibt's keine

Ausreden. Zum Teufel mit den Kopfschmerzen. Keine Fisimatenten. Sobald ein Weib einen im Bett gegen's Hämmerchen laufen läßt, ist alles aus. Dann muß man sich allmählich nach seinem Reserve-Betthäschen umsehen. Ausreden darf man nie und nimmer hinnehmen."

Ich fragte ihn nach orgasmusbegabten Frauen, die zehn Orgasmen haben könnten, während ein Mann nur einen schafft. Er winkte ab.

„Frauen kommen anders als Männer", sagte er. „Für sie ist's nur ein kleines *pffffft.* Nicht so wie bei uns. Wir Kerle blasen uns wirklich auch das Hirn aus dem Schädel, wenn unsere Eier losgehen. Freud war nah dran, fand aber nicht des Pudels Kern. Männer ficken, ficken *wirklich.* Frauen nicht."

Nun ja, so über die ganze Länge glaubte er das eigentlich nicht, aber ich wußte, was er damit sagte. Übertreibung war eben sein Stil.

Ich brachte das Gespräch auf Hubschrauber. Er hatte da so eine Theorie, daß das Auto in zwanzig Jahren überkommen sein würde, daß jedermann dann seinen eigenen Klapperquirl haben würde. Dazu war nichts weiter nötig als ein paar technische Verbesserungen. Wie damals, als Servolenkung und Servobremsen jede Frau in die Lage versetzten, sich hinters Steuer zu klemmen, was die Eisenbahnen aus dem Geschäft warf. „Jajah", sagte er, „das ist glasklar." Glasklar war nicht minder, daß er's an diesem einen Vormittag ganz besonders mit den Frauen hatte. Also kehrte er zu ihnen zurück.

„Die jungen Kerle von heute liegen da richtig. Die sagen zu ihren Weibern: Na klar, du kannst dich vögeln lassen, von wem du willst; ich werd' dich noch immer lieben. Die stecken ja so voll von blödem Zeug. Hören Sie, jeder Kerl, der von einem Weib weiß, daß sie auch Fremde bumst – der hält sie doch für eine, die vorm Zirkuszelt Scheiße frißt."

Der Vergleich verletzte mich; zugleich war ich ziemlich von den Socken. Der großte Osano, nach dessen Werken gerade die Frauen so verrückt waren. Der geistvollste Kopf der amerikanischen Literatur. Die aufgeschlossenste Seele. Entweder verstand ich nicht, worauf er hinauswollte, oder er wollte mich veralbern. Ich sah, wie seine Haushälterin ein paar der kleinen Kinder durch die Gegend ohrfeigte. Ich sagte: „Sie geben Ihrer Haushälterin aber allerhand Vollmachten."

Nun war er so hellhörig, daß er einfach alles wahrnahm, ohne auch nur einen Fühler auszustrecken. Er wußte haargenau, was ich von den Dingen hielt, die er gesagt hatte. Deshalb vielleicht erzählte er mir die Wahrheit, die komplette Geschichte rund um seine Haushälterin. Nur um mich gegen sich aufzubringen.

„Die war meine erste Frau", sagte er. „Sie ist die Mutter meiner drei ältesten Kinder."

Er lachte, als er meinen Gesichtsausdruck sah. „Nein, ich kriech' nicht ins Bett mit ihr. Und wir kommen blendend miteinander aus. Ich zahl' ihr ein verdammt gutes Gehalt, aber keinen Unterhalt. Sie ist die einzige Frau, der ich keinen Unterhalt bezahle."

Ich stellte die Frage, auf die er so offenkundig wartete. „Und warum nicht?"

„Weil – als ich mein erstes Buch schrieb und reich wurde, stieg ihr das zu Kopf. Sie neidete mir meinen Ruhm und all die Aufmerksamkeit, die man mir nun schenkte. *Sie* wollte Aufmerksamkeit haben. Also tanzte ein junger Kerl an, ein Bewunderer meiner Bücher, gab ihr jede Menge Süßholz zu lecken, und sie fiel drauf rein. Sie war fünf Jahre älter als er, aber sie war immer noch ein appetitliches Weib. Allerdings verknallte sie sich wirklich in den Bengel, das muß ich ihr zugute halten. Aber sie kapierte nicht, daß er sie nur vögelte, um dem großen Romancier Osano eins auszuwischen. Also verlangte sie die Scheidung und die Hälfte der Kohlen, die mir mein Buch eingebracht hatte. Damit war ich einverstanden. Sie wollte auch die Kinder, aber ich wollte meine Kinder nicht im Dunstkreis dieses Vollidioten haben, in den sie verliebt war. Und so sagte ich ihr, sie würde die Kinder rüberkriegen, wenn sie diesen Knaben heiratete. Na schön, der vögelte ihr zwei Jahre lang das Hirn aus dem Schädel und verputzte ihren ganzen Zaster. An ihre Kinder dachte sie nicht mehr. Sie war wieder ein junges Weib geworden. Zwar kam sie häufig vorbei, um die Rangen zu besuchen, aber sie war vollauf damit beschäftigt, mit meinen Kohlen die ganze Welt zu bereisen und den Schwanz von diesem jungen Bock in Fransen zu kauen. Tja, und als das Geld alle ist, zieht er Leine. Sie kommt zurück und will die Kinder. Aber auf die hat sie mittlerweile keinen Anspruch mehr; zwei Jahre lang hat sie sie im Stich gelassen. Sie zieht eine mächtige Szene ab und behauptet, ohne die Kinder nicht leben zu können. Also gab ich ihr 'nen Job als Haushälterin."

Ungerührt sagte ich: „Was Böseres hab' ich wahrscheinlich noch nie gehört."

Die verblüffenden grünen Augen blitzten sekundenlang auf. Aber dann lächelte er und sagte versonnen: „Tja, so muß das wohl wirken. Doch versetzen Sie sich mal in meine Lage. Ich hab' meine Kinder eben fürchterlich gern um mich. Wie kann's angehen, daß nie der Vater die Kinder zugesprochen kriegt? Was für'n Schweinekram ist das bloß? Wissen Sie eigentlich, daß Männer sich von diesem Schweinekram nie wieder erholen? Die Frauen haben's irgendwann mal satt, verheiratet zu sein – also verlieren die Männer ihre Kinder. Und die Männer lassen das stillschweigend über sich ergehen, weil man ihnen die Eier abgesäbelt hat. Na, ich hab's nicht stillschweigend hingenommen. Ich hab' die Kinder behalten und mich schnurstracks wieder verheiratet. Und als meine neue Frau anfing, Scheiße zu bauen, hab' ich auch sie in die Wüste geschickt."

Leise sagte ich: „Aber die Kinder? Wie kommen die damit zurecht, daß ihre Mutter als Haushälterin hier ist?"

Die grünen Augen flackerten wieder auf. „Ach, Mist. Ich erniedrige sie ja nicht. Nur eben mal zwischen zwei Ehen ist sie meine Haushälterin; ansonst werkt sie hier eigentlich wie 'ne freiberufliche Gouvernante. Sie bewohnt ein Haus für sich. Ich bin ihr Hausherr. Hören Sie, ich dachte auch schon dran, ihr mehr Kies zu geben, ihr ein Haus zu kaufen und sie unabhängig zu machen. Aber sie ist eine hirnverbrannte Fotze wie alle anderen auch. Sie würde nur wieder unangenehm werden; sie würde jeden Anstand fahrenlassen. Das kratzt mich gar nicht, aber dann hätt' ich weit mehr Scherereien mit ihr, und ich muß Bücher schreiben. Also halt' ich sie mit Geld an der Kandare. Sie verdient verdammt gut bei mir. Und sie weiß, wenn sie sich danebenbenimmt, dann sitzt sie mit kaltem Hintern auf der Straße und muß sehen, wie sie 'n Stück Brot zwischen die Zähne kriegt. Aber so klappt das."

„Haben Sie was gegen Frauen?" fragte ich lächelnd.

Er lachte. „Wenn Sie das zu einem Typ sagen, der schon viermal verheiratet war, dann braucht der nicht mal sanft zu widersprechen. Aber schön. In einer Hinsicht hab' ich tatsächlich was gegen die Frauenrechtlerei. Weil die meisten Frauen gerade jetzt nur Scheiße im Hirn haben. Vielleicht können sie gar nichts dafür. Hören Sie mal, an welches Weib Sie auch immer geraten – schicken Sie die Alte in die Wüste, wenn sie nicht zwei Tage hintereinander ficken will. Pardon wird nur gegeben, wenn sie mit dem Rettungswagen ins Krankenhaus gekarrt werden muß. Auch wenn ihre Möse eben mit vierzig Stichen genäht werden mußte, zählt das nicht. Mir scheißegal, ob's ihr Spaß macht oder nicht. Manchmal macht's *mir* keinen Spaß, und ich tu's doch, obwohl ich mir einen Steifen abplagen muß. Das ist nun mal dein Job, wenn du als Mann oder Frau jemanden liebst. Du mußt ihr oder ihm das Hirnschmalz durch die Schädeldecke bumsen. Herrgott, ich hab' keine Ahnung, weshalb ich immer wieder heirate. Ich hab' mir geschworen, es nie wieder zu tun, aber ich laß mich immer neu reinlegen. Immer glaub' ich, es macht die Weiber unglücklich, nicht geheiratet zu werden. Ach, die haben so unheimlich viel Scheiße im Hirn."

„Glauben Sie nicht, daß Frauen so was wie Gleichberechtigung erlangen können, wenn man ihnen schön Zeit läßt auszureifen?"

Osano schüttelte den Kopf. „Frauen bedenken nicht, daß das Alter ihnen schlimmer zusetzt als den Männern. Ein Mann mit fünfzig kann viele junge Weiber kriegen. Ein Weib mit fünfzig hat's schwer. Klar, wenn sie mal zu politischer Macht kommen, werden sie ein Gesetz beschließen, wonach Männer mit vierzig oder fünfzig sich einer Operation unterziehen müssen, die sie älter aussehen läßt; so gleicht sich's dann aus. Und so funktioniert die Demokratie. Die ist übrigens auch voll Scheiße. Aber hören Sie, Frauen haben's doch gut. Die sollten sich nicht beklagen.

In den alten Tagen wußten sie nicht, daß sie so was wie gewerkschaftliche Rechte hatten. Brauchten sie auch gar nicht. Sie konnten nicht gefeuert werden, egal, wie lausig die Arbeit war, die sie hinlegten. Lausig im Bett. Lausig in der Küche. Und welcher Mann hatte nach zwei Jahren je noch Spaß an seiner Frau? Wenn's so war, dann mußte sie eine ausgekochte Schlampe sein. Und jetzt wollen sie Gleichberechtigung haben. Laßt *mich* da mal ran. Denen werd' ich Gleichheit geben. Ich weiß, wovon ich rede; ich hab' vier Ehen hinter mir. Und die haben mich jeden roten Heller gekostet, den ich verdient hab'."

An diesem Tag haßte Osano die Frauen wirklich. Einen Monat später schlug ich die Morgenzeitung auf und las, daß er zum fünftenmal geheiratet hatte. Eine Schauspielerin aus einer kleinen Theatergruppe. Sie war halb so alt wie er. Soviel zu der Vernunft des hehrsten Literaten Amerikas. Damals hätte ich mir nicht träumen lassen, daß ich eines Tages für ihn arbeiten und bei ihm bleiben würde, bis er starb – erstaunlicherweise als Junggeselle starb, aber immer noch verliebt in eine Frau, in *alle* Frauen.

An diesem Tag erkannte ich es schon – hinter all dem Quatsch, den er verzapfte. Er war verrückt nach Frauen. Das war sein wunder Punkt, und er haßte ihn.

13

Nun konnte mich nichts mehr davon abhalten, meine Reise nach Las Vegas anzutreten, um Cully wiederzusehen. Unser erstes Wiedersehen nach mehr als drei Jahren; drei Jahre waren vergangen, seit Jordan sich aus seinem Hotelzimmer ins Jenseits gepustet hatte – er, der frisch gebackene Gewinner von vierhundert Riesen.

Wir waren in Verbindung geblieben, Cully und ich. Er rief mich so zweimal im Monat an und schickte auch Weihnachtsgeschenke für mich und meine Frau und die Kinder, lauter Zeug, das mir bekannt vorkam. Die Dinger stammten aus der Geschenkboutique des Xanadu-Hotels, wo er sie für einen Bruchteil des Verkaufspreises oder, wie ich Cully kannte, sogar umsonst bekam. Aber trotzdem fand ich das nett von ihm. Ich hatte Vallie von Cully erzählt, über Jordan aber kein einziges Wort verloren.

Ich wußte, daß Cully einen ausgezeichneten Job im Hotel hatte, weil seine Sekretärin sich am Telefon mit „Assistent des Direktors“ meldete. Und ich fragte mich, wie er's in ein paar Jährchen geschafft haben mochte, die Leiter so hoch raufzufallen. Nicht nur seine Telefonstimme, sondern seine ganze Sprechweise hatte sich verändert; er sprach mit tieferem Tonfall; er war aufrichtiger, höflicher, herzlicher. Ein Schauspieler in einer neuen Rolle. Am Telefon beschränkte er sich auf beiläufiges Plaudern und allerhand Klatsch über große Gewinner und große Verlierer, auf lustige Geschichten von den seltsamsten Typen, die im Hotel wohnten. Über sich selbst aber sprach er nie. So nach und nach pflegte einer von uns beiden bei Jordan zu landen, gewöhnlich gegen Ende des Gesprächs; es kam auch vor, daß die Erwähnung Jordans das Telefonat beendete. Er war unsere Wendemarke.

Vallie packte meinen Koffer. Ich reiste über das Wochenende, so daß ich bei der Armeereserve nur einen einzigen Arbeitstag versäumen würde. Und in der ganz, ganz fernen Zukunft, das konnte ich schon riechen, würde der Artikel in der Illustrierten mir einen hübschen Deckmantel verschaffen, wenn's darum ging, den Bullen die Gründe für meine Reise nach Las Vegas zu nennen.

Die Kinder waren schon im Bett, als Vallie für mich packte. Denn am Morgen wollte ich früh los. Sie schenkte mir ein kleines Lächeln. „Gott, war das schrecklich beim letzten Mal, als du wegfuhrst. Ich dachte, du würdest nie mehr zurückkommen."

„Damals mußte ich einfach fort", sagte ich. „Alles war so beschissen."

„Seit damals ist alles anders geworden", sagte Vallie versonnen. „Vor drei Jahren hatten wir überhaupt kein Geld. Uuuh, wir waren so was von blank, daß ich meinen Vater um 'n bißchen Geld bitten mußte; ich hatte Angst, du würdest dahinterkommen. Und du hast dich aufgeführt, als liebtest du mich nicht mehr. Diese Reise hat alles verändert. Du warst anders, als du zurückkamst. Du warst nicht mehr wütend auf mich, und du hattest mehr Geduld mit den Kindern. Und du hast Arbeit bei diesen Illustrierten gekriegt."

Ich lächelte sie an. „Ich bin als Gewinner zurückgekommen, vergiß das nicht. Mit ein paar Tausendern extra. Wenn ich als Verlierer wiedergekommen wär', dann wär' die Geschichte vielleicht ganz anders gelaufen."

Vallie drückte den Verschluß des Kofferdeckels zu. „Nein", sagte sie. „Du warst einfach anders. Du warst glücklicher, glücklicher mit mir und den Kindern."

„Ich fand raus, was bis dahin gefehlt hatte", sagte ich.

„Oh, das kann ich mir denken", sagte sie. „Wo's doch in Las Vegas all diese wunderschönen Nutten gibt."

„Die kosten zuviel", sagte ich. „Ich brauchte mein Geld am Spieltisch."

Wir blödelten harmlos rum, doch ein Teil davon war ernst gemeint. Wenn ich ihr die Wahrheit sagte – daß ich keine andere Frau angeschaut hatte –, so hätte sie mir nicht geglaubt. Aber ich konnte gute Gründe anführen. Ich hatte solche Schuldgefühle gehabt, ein dermaßen erbärmlicher Ehemann und Vater zu sein, der seiner Familie so gar nichts geben konnte, der sie nicht mal anständig ernähren konnte, daß ich diese Schuld nicht noch vermehren durfte, indem ich ihr untreu war. Und der überragende Umstand war der, daß wir miteinander im Bett so gut zurechtkamen. Mehr als sie wollte ich gar nicht haben; sie war für mich geschaffen. Ich für sie auch, fand ich.

„Willst du heut' abend noch arbeiten?" fragte sie. In Wirklichkeit fragte sie, ob wir zuvor miteinander schlafen würden; das wollte sie wissen, um sich bereitmachen zu können. Dann, nachdem wir miteinander geschlafen hatten, stand ich wie gewöhnlich wieder auf, um zu schreiben, und sie schlief so tief ein, daß sie bis zum Morgen keinen Mucks von sich gab. Sie war große Klasse im Schlafen. Ich war darin hundsmiserabel.

„Lieb von dir", sagte ich. „Aber ich will noch arbeiten. Ich kann sowieso nicht schlafen, weil mir die Reise im Kopf rumschwirrt."

Es war knapp vor Mitternacht, aber sie ging noch in die Küche, um mir eine frische Kanne Kaffee und ein paar belegte Brote zu machen. Meistens arbeitete ich bis drei oder vier und wachte am Morgen dann immer noch vor ihr auf.

Das Schlimmste am Beruf eines Schriftstellers, zumindest für mich, wenn ich mit der Arbeit gut vorankam, war die Unfähigkeit zu schlafen. Da lag ich im Bett und konnte die Maschine in meinem Gehirn einfach nicht abschalten, die fortwährend über den Roman nachdachte, an dem ich gerade schrieb. Wenn ich so im Dunkeln lag, wurden die erfundenen Personen für mich so real, daß ich meine Frau und meine Kinder und das normale Leben vergaß. Doch heute nacht hatte ich einen anderen, weniger literarischen Grund. Ich wollte, daß Vallie schlafen ging, damit ich den wohlgerundeten Packen meiner Schmiergelder aus seinem Versteck holen konnte.

Aus dem Einbauschrank im Schlafzimmer, von ganz hinten, aus seiner dunkelsten Ecke, fischte ich mein altes Vegas-Winner-Jackett. Ich hatte es nie wieder angehabt, seit ich vor drei Jahren aus Las Vegas nach Hause gekommen war. Die leuchtenden Farben waren in der Finsternis des Schranks verblaßt, aber es war noch immer ganz schön knallig. Ich zog es an und ging in die Küche. Vallie streifte es mit einem Blick und sagte: „Merlin, das Ding ziehst du mir nicht an."

„Meine Glücksjacke", sagte ich. „Außerdem trägt sich so was im Flugzeug sehr bequem." Ich wußte, daß sie das Jackett ganz hinten im Schrank versteckt hatte, damit ich es nie zu Gesicht bekäme und nie auf den Gedanken verfiele, es anzuziehen. Aber Vallie hatte nicht gewagt, es wegzuschmeißen. Nun paßte mir das Jackett gut in den Kram.

Vallie seufzte. „Du bist so abergläubisch."

Sie täuschte sich. Ich war nur selten abergläubisch, wenn ich mich auch für einen Zauberer hielt, und das ist nun wirklich nicht dasselbe Paar Schuhe.

Als Vallie mir einen Gutenachtkuß gegeben und sich ins Bett verdrückt hatte, trank ich Kaffee und sah das Manuskript durch, das ich mir von meinem Schreibtisch im Schlafzimmer geholt hatte. Eine Stunde lang brachte ich hauptsächlich Korrekturen an. Dann warf ich einen verstohlenen Blick ins Schlafzimmer und sah, daß Vallie wie ein Murmeltier schlief. Ich küßte sie sehr behutsam. Sie regte sich nicht. Mittlerweile mochte ich es sehr, wenn sie mir einen Gutenachtkuß gab. Den schlichten, pflichterfüllten, ehelichen Kuß, der uns vor all der Verlassenheit und Treulosigkeit der Welt da draußen in Sicherheit zu bringen schien. Und oft, wenn ich in den frühen Morgenstunden im Bett lag, Vallie schlief und ich nicht schlafen konnte, küßte ich sie sachte auf den Mund und hoffte, sie werde nun aufwachen und mir etwas von meiner Einsamkeit nehmen, indem sie mit mir Liebe machte. Diesmal aber war mir bewußt, daß ich ihr einen Judaskuß gegeben hatte, wohl auch aus Zuneigung, doch eigentlich nur um mich zu vergewissern, daß sie nicht aufwachen würde, wenn ich das Geld ausgrub.

Ich schloß die Schlafzimmertür und ging sodann zu dem Schrank in der Diele, der den mächtigen Koffer mit allen meinen alten Manuskripten beherbergte, die Durchschläge meines Romans und das Originalmanuskript des Buches, an dem ich fünf Jahre gearbeitet und das mir dreitausend Dollar eingebracht hatte. Es war eine höllische Menge Papier, all diese umgeschriebenen Fassungen und deren Durchschläge. Papier, von dem ich gedacht hatte, es werde mich reich und berühmt und allseits geehrt machen. Ich wühlte mich weiter nach unten, bis ich an den großen rötlichen Aktenhefter mit seinen verschnürten Deckeln geriet. Ich zerrte ihn hervor und trug ihn in die Küche. Während ich meinen Kaffee schlürfte, zählte ich das Geld aus dem Karton heraus. Ein bißchen über vierzigtausend Dollar. In letzter Zeit war das Geld sehr flink herangerollt. Ich war das Tiffany der Schmiergeldempfänger geworden, hatte reiche Kunden, die mir voll vertrauten. Die Zwanziger, die ungefähr siebentausend Dollar ausmachten, ließ ich in der Mappe. Dreiunddreißigtausend hatte ich in Hundertern. Die verteilte ich auf fünf lange Briefumschläge, die ich von meinem Schreibtisch rübergebracht hatte. Dann stopfte ich die geldgefüllten Umschläge in die verschiedenen Taschen des Vegas-Winner-Jacketts. Ich zog die Reißverschlüsse der Taschen zu und hängte die Jacke über die Lehne meines Stuhls.

Morgen dann, wenn Vallie mich zum Abschied umarmte, würde sie etwas in den Taschen spüren, aber ich würde ihr einfach sagen, das wären ein paar Notizen für meinen Artikel, und die müßt' ich nun mal nach Vegas mitnehmen.

14

Als ich aus dem Flugzeug stieg, wartete Cully schon am Tor der Ankunftshalle auf mich. Der Flughafen war noch immer so klein, daß ich von der Maschine zur Halle zu Fuß gehen mußte; aber die Bauarbeiten an einem weiteren Flügel der Passagierabfertigung waren schon begonnen worden – Vegas wuchs. Cully auch.

Er sah verändert aus, größer und schlanker. Und er war adrett gekleidet, trug einen Anzug von Sy Devore und ein Sporthemd. Sein Haar war anders geschnitten. Ich war überrascht, als er mich kurz umarmte und sagte: „Immer noch der alte Merlin." Er lachte über mein Vegas-Winner-Jackett und sagte, von dem würde ich mich leider trennen müssen.

Er bewohnte ein großes Appartement im Hotel. Seine Hausbar war reichlich mit Hochprozentigem bestückt, und auf den Tischen standen Blumen. „Du mußt einen Haufen Kies haben", sagte ich.

„Ich komm' gut zurecht", sagte Cully. „Ich hab' das Spielen aufgegeben. Ich sitz' auf der anderen Seite der grünen Tische. Du weißt schon."

„Ja", sagte ich gedehnt. Jetzt kam Cully mir sonderbar vor, er schien so anders. Ich wußte nicht, ob ich meinen ursprünglichen Plan durchziehen und ihm voll vertrauen sollte. In drei Jahren konnte ein Mensch sich sehr verändern. Und genaugenommen hatte unsere eigentliche Bekanntschaft nur wenige Wochen gedauert.

Aber als wir miteinander tranken, sagte er mit echter Aufrichtigkeit: „Ich freu' mich wirklich, dich zu sehen, Kid. Denkst du ab und zu noch an Jordan?"

„Die ganze Zeit", sagte ich.

„Der arme Jordan", sagte Cully. „Trat ab mit vierhundert gewonnenen Riesen. Das war der Grund, weshalb ich mir das Spielen abgeschminkt hab'. Und weißt du, all die Zeit nach seinem Tod hab' ich einen enormen Dusel gehabt. Wenn ich meine Karten richtig ausspiele, werd' ich womöglich noch der erste Mann hier."

„Erzähl keine Märchen", sagte ich. „Was sagt Gronevelt dazu?"

„Ich bin sein Goldjunge", sagte Cully. „Er vertraut mir allerhand wichtiges Zeug an. Er vertraut mir so, wie ich dir vertraue. Weil wir grade davon reden – ich könnt' so 'ne Art rechte Hand gebrauchen. Falls du deine Familie mal nach Vegas verpflanzen möchtest, findest du bei mir jederzeit 'nen guten Job."

„Ich dank' dir", sagte ich. Ich war wirklich gerührt. Im gleichen Augenblick aber konnte ich mir seine Zuneigung nicht so recht erklären. Ich wußte, daß er nicht zu denen zählte, die jemandem schnell zugetan sind. Ich sagte: „Was den Job angeht, kann ich dir jetzt noch nichts sagen. Aber ich bin hergekommen, um dich um einen Gefallen zu bitten. Ich werd's aber einsehen, wenn du das auch mir zuliebe nicht kannst. Sag's mir einfach und offen, und wie die Antwort auch ausfällt – wir werden zumindest zwei Tage zusammen verbringen und uns schön amüsieren."

„Schon bewilligt", sagte Cully. „Egal, worum's geht."

Ich lachte. „Warte nur ab, bis du's hörst", sagte ich.

Sekundenlang schien Cully verärgert. „Es ist mir scheißegal, worum's dabei geht. Ich hab' ja gesagt. Wenn ich's irgendwie machen kann, mach' ich das für dich."

Ich weihte ihn in meine komplette Schmiergeldmasche ein. Daß ich mich bestechen ließ und daß ich in meiner Jacke dreiunddreißig Riesen hatte, die ich für den Fall, daß ich mit der ganzen Chose hochging, in Sicherheit bringen mußte. Cully hörte mir gespannt zu und sah mir die ganze Zeit ins Gesicht. Als ich fertig war, grinste er breit.

„Was, zum Teufel, gibt's da zu begrinsen?" sagte ich.

Cully lachte. „Du klingst wie so 'n Typ, der einem Pfarrer beichtet, daß er 'n Mord begangen hat. Scheiße! Was du da machst, macht doch jeder, wenn er nur mal Gelegenheit dazu hat. Aber ich muß zugeben, daß ich staune. Ich kann mir dich gar nicht vorstellen, wie du irgend so 'm Typ sagst, daß er dich schmieren muß."

Ich fühlte, wie ich errötete. „Ich bin nie einen von diesen Knaben um Geld angegangen", sagte ich. „Die kommen immer zu mir. Und ich nehm' das Geld nie im vorhinein. Wenn ich die Sache für sie geschaukelt hab', können sie mir bezahlen, was sie mir versprochen haben, oder sie können mich verladen. Mich kratzt das überhaupt nicht." Ich grinste ihn an. „Ich bin ein zahmer Ganove und keine Nutte."

„Ich zieh' den Hut vor diesem Ganoven", sagte Cully. „Laß dir erst mal sagen, daß du dir wahrscheinlich zu viele Sorgen machst.

Das klingt mir nämlich ganz nach 'ner Masche, die sich bis in alle Ewigkeit abziehen läßt. Und selbst wenn sie auffliegt, verlierst du schlimmstenfalls deinen Job und kriegst 'ne bedingte Strafe. Aber du hast recht; du mußt das Moos an einem sicheren Ort auf Eis legen. Diese Bundesbullen sind die reinsten Bluthunde, und wenn sie's finden, nehmen sie's dir komplett weg."

Was er vorweg gesagt hatte, interessierte mich. In einem meiner Alpträume sah ich mich im Gefängnis sitzen, während Vallie und die Kinder ohne mich auskommen mußten. Deshalb hatte ich meiner Frau alles verschwiegen. Ich wollte nicht, daß sie sich sorgte. Ich wollte auch nicht in ihrer Achtung sinken. In ihren Augen war ich nach wie vor der reine, unverderbte Künstler.

„Woraus schließt du, daß ich nicht eingelocht werde, wenn man mich erwischt?" fragte ich Cully.

„Verzeih das Modewort", sagte Cully, „aber 's ist ein Verbrechen mit weißem Kragen. Hör mal, du hast doch keine Bank überfallen oder so 'n armes Schwein von kleinem Ladenbesitzer erschossen oder 'ne arme Witwe um ihren Sparstrumpf erleichtert. Du hast nur Geld von so paar jungen Rotznasen genommen, die sich's 'n bißchen leichter machen und ihre Armeezeit verkürzen wollten. Mein Gott, das ist vielleicht ein unfaßbares Ding! Zahlen die Knaben doch glatt, um *in* die Armee zu kommen. Das würd' keiner glauben. Die Geschworenen würden sich bucklig lachen."

„Tja, mir kommt's auch ganz schön komisch vor", sagte ich.

Auf einmal kam Cully mit Haut und Haar zur Sache. „Okay, sag mir, was ich für dich tun soll, jetzt gleich. Ich mach' das. Und wenn die Bundesbullen dich zu fassen kriegen, rufst du mich sofort an, versprich mir das. Dann zieh' ich dich aus der Scheiße. Okay?" Beinah liebevoll lächelte er mich an.

Ich schilderte ihm meinen Plan. Daß ich mein Bargeld, immer in Teilbeträgen von tausend Dollar, gegen Jetons einwechseln und dann spielen würde, aber mit kleinen Einsätzen. Das würde ich in allen Casinos von Las Vegas tun, und zu guter Letzt, wenn ich meine Chips gegen Bargeld einwechselte, würde ich nur eine Quittung mitnehmen und das Geld als Spielguthaben in den Käfigen der Kassierer zurücklassen. Das FBI würde nie auf den Gedanken kommen, in den Casinos nachzusehen. Und die Barquittungen konnte ich bei Cully auf Eis legen und mir einfach holen, sooft ich flüssiges Geld brauchte.

Cully lächelte mich an. „Warum läßt du nicht einfach *mich* dein Geld verwahren? Traust du mir nicht?"

Ich wußte, daß er mich auf den Arm nahm, aber ich bedachte den Scherz mit einer ernsthaften Antwort. „Daran hab' ich schon gedacht", sagte ich. „Aber was, wenn dir was zustößt? Wenn du mit 'nem Flugzeug abstürzt oder so. Oder wenn dich der Spielteufel zu fassen kriegt? *Jetzt* vertrau' ich dir voll. Aber woher soll ich wissen, ob du nicht morgen oder nächstes Jahr überschnappst?"

Cully nickte beifällig. Dann fragte er: „Und wie steht's mit deinem Bruder Artie? Du und er, ihr vertragt euch doch so innig. Kann nicht er das Geld für dich wegtun?"

„*Darum* kann ich ihn nicht bitten", sagte ich.

Cully nickte abermals. „Nee, das kannst du wohl wirklich nicht. Er ist zu ehrlich, oder?"

„Genau", sagte ich. Ich wollte mich auf keine langen Erklärungen einlassen, wie ich darüber dachte. „Was gefällt dir nicht an meinem Plan? Findest du nicht, daß er recht brauchbar ist?"

Cully stand auf und begann im Zimmer auf und ab zu gehen. „Schlecht ist er nicht", sagte er. „Aber es ist nicht klug, in allen Casinos Gutschriften rumliegen zu haben. Das sieht verdächtig aus. Erst recht dann, wenn das Geld über lange Zeit dort liegenbleibt. Das ist wirklich verdächtig. Die Leute lassen ihr Geld nur so lange im Käfig, bis sie's nach und nach verspielen oder aus Vegas abreisen. Ich sag' dir, wie du's machst. Kauf dir Jetons in allen Casinos und laß sie hier in unserem Käfig aufbewahren. Weißt du, drei- oder viermal am Tag, jedesmal in Höhe von ein paar tausend Dollar, löst du die Dinger dann ein und läßt dir eine Quittung geben. Auf diese Art liegen dann alle deine Barquittungen in unserem Käfig. Na, und wenn die Bundesbullen wirklich mal rumschnüffeln oder ans Hotel schreiben, muß das über mich laufen. Und ich geb' dir Rückendeckung."

Ich sorgte mich um ihn. „Wird dich das nicht in Schwierigkeiten bringen?" fragte ich ihn.

Cully seufzte geduldig. „Solche Dinge mach' ich doch die ganze Zeit. Wir kriegen viele Anfragen von den Finanzämtern und der Steuerfahndung. Wieviel die Knaben verloren haben. Ich schick' denen einfach uralte Unterlagen. Die haben keine Möglichkeit, mir auf die Schliche zu kommen. Ich sorg' schon dafür, daß es keine Aufzeichnungen gibt, die ihnen weiterhelfen könnten."

„Herr Jesus", sagte ich. „Ich will aber nicht, daß mein Kassenblatt verschwindet. Dann krieg' ich ja für meine Quittungen nichts ausbezahlt."

Cully lachte. „Jetzt komm, Merlin", sagte er. „Du bist ja doch nur 'n mickriger Schmiergeldnehmer. Die Bundesbullen kommen wegen dir doch nicht mit 'ner ganzen Bande von Steuerprüfern angetrabt. Die schicken uns einen Brief oder 'ne Vorladung; aber die trauen sie sich übrigens gar nicht mal zu schicken. Oder sieh's mal von der anderen Seite. Wenn du das Moos ausgibst und die rausfinden, daß deine Einkünfte höher waren als dein normales Gehalt, so kannst du sagen, du hättest's im Casino gewonnen. Die können dir nicht das Gegenteil beweisen."

„Und ich kann nicht beweisen, daß ich's gewonnen hab'", sagte ich.

„Na klar kannst du", sagte Cully. „Ich bezeuge dir das, und ein Chefcroupier und ein Geldschaufler vom Craps-Tisch werden das gleiche aussagen. Daß du einen schauerlich guten Faller bei den Würfeln hattest. Mach dir also keine Gedanken über die Chose, wie's auch kommt. Dein einziges Problem ist die Frage, wo du die Kassenquittungen des Casinos verstecken willst."

Alle beide dachten wir darüber eine Zeitlang nach. Dann hatte Cully eine Lösung gefunden. „Hast du einen Rechtsanwalt?" fragte er.

„Nein", sagte ich, „aber mein Bruder Artie hat einen Freund, der Anwalt ist."

„Dann schreibst du jetzt dein Testament", sagte Cully. „In deinem Testament wird stehen, daß du in diesem Hotel ein Bardepot in der Höhe von dreiunddreißigtausend Dollar stehen hast, und das hinterläßt du deiner Frau. Nein, vergiß den Anwaltsfreund deines Bruders. Wir nehmen einen Anwalt, den ich hier in Vegas kenn' und dem wir vertrauen können. Anschließend schickt der Anwalt das für dich bestimmte Exemplar deines Testaments in einem eigens notariell versiegelten Umschlag an Artie. Sag Artie, er soll ihn nicht öffnen. Auf diese Weise wird er von nichts wissen und mit der Sache nichts zu tun haben. Er wird es nie erfahren. Du brauchst ihm nur zu sagen, daß er den Briefumschlag nicht aufmachen, sondern für dich verwahren soll. Auch der Rechtsanwalt wird ihm einen Brief schreiben, wo das drinsteht. Es ist also völlig ausgeschlossen, daß Artie Scherereien kriegt. Und er wird von nichts wissen. Du erfindest einfach irgendein Märchen, weshalb du das Testament in seinen Händen wissen willst."

„Artie wird mich nicht nach Gründen fragen", sagte ich. „Er wird's einfach tun und keine Fragen stellen."

„So was von Bruderherz lob' ich mir", sagte Cully. „Aber was machst du nun mit den Quittungen? Die Bundesbullen schnüffeln auch in einem Bankschließfach, wenn du dir eines zulegst. Warum vergräbst du die Dinger nicht einfach in deinen alten Manuskripten, wie du's mit dem Papiergeld gemacht hast? Selbst wenn sie sich einen Haussuchungsbefehl verschaffen, werden sie diese harmlosen Zettel nie und nimmer bemerken."

„Auf dieses Risiko kann ich mich nicht einlassen", sagte ich. „Laß mich ruhig über die Quittungen grübeln. Was passiert, wenn ich sie verliere?"

Cully merkte nicht, woher der Wind wehte; vielleicht spielte er auch nur den Ahnungslosen. „Für diesen Fall haben wir ja unsere Aufzeichnungen", sagte er. „Und wenn du dein Geld abholst, verlangen wir von dir nur, daß du eine Bestätigung unterschreibst, in der du erklärst, deine Quittungen verloren zu haben. Du brauchst also erst zu unterschreiben, wenn du dein Bares abkassierst."

Selbstverständlich wußte er, was ich vorhatte. Daß ich die Quittungen zerreißen, ihm aber nichts davon sagen würde, so daß er nie ganz sicher sein konnte und keinen Unfug mit den Aufzeichnungen des Casinos treiben würde, das mir Geld schuldete. Es bedeutete, daß ich ihm nicht völlig traute, doch das nahm er gelassen hin.

Cully sagte: „Ich hab' heut abend für dich ein großes Essen mit ein paar Freundinnen arrangiert. Zwei der hübschesten Miezekatzen aus unsrer Show."

„Für mich keine Frau", sagte ich.

Cully war von den Socken. „Herr im Himmel, hast du's noch nicht über, immer nur deine Frau aufs Kreuz zu legen? Nach all den Jahren?"

„Nein", sagte ich. „Ich hab's nicht über."

„Hast du denn vor, ihr dein ganzes Leben lang treu zu bleiben?" sagte Cully.

„Du sagst es", sagte ich lachend.

Cully schüttelte den Kopf und lachte auch. „Dann bist du aber wahrlich Merlin der Magier."

„Gut beobachtet", sagte ich.

Und so waren wir nur zu zweit, als wir essen gingen. Und anschließend zog Cully mit mir durch alle Casinos von Las Vegas, wo ich mir jeweils Chips im Wert von tausend Dollar kaufte. Mein Vegas-Winner-Sportjackett kam nun wirklich wie gerufen. In allen

Casinos tranken wir ein flinkes Gläschen mit Pit-Bossen und Schichtaufsehern und den Revuemädchen. Sie alle behandelten Cully wie eine wichtige Persönlichkeit, und sie alle hatten schillernde Geschichten über Las Vegas zu erzählen. Es machte Spaß. Als wir ins Xanadu zurückkamen, schob ich meine Chips in den Käfig des Kassierers und erhielt eine Quittung über fünfzehntausend Dollar. Ich stopfte sie in meine Brieftasche. Den ganzen Abend lang hatte ich kein einziges Mal gesetzt. Cully bewachte mich mit Argusaugen.

„Ich muß ein kleines Spielchen wagen", sagte ich.

Cully lächelte grimmig. „Na klar, nur zu, nur zu. Sobald du fünfhundert Kröten verspielt hast, brech' ich dir deinen beschissenen Arm."

Am Craps-Tisch zog ich fünf Hundertdollarscheine hervor und wechselte sie gegen Chips ein. Ich arbeitete mit Einsätzen von fünf Dollar und setzte auf alle Zahlen. Ich gewann und verlor. Ich verfiel in mein altes Spielverhalten, zog vom Craps zum Blackjack und von da zum Roulette. Ein sanftes, lockeres, verträumtes Spielen war das; ich setzte nur klein, gewann und verlor, arbeitete mit den kleinen Gewinnchancen. Es war ein Uhr nacht, als ich in meine Jackentasche langte, zweitausend Dollar rauszog und neue Chips kaufte. Cully sagte kein Wort.

Ich steckte die Chips in meine Jackentasche und schlenderte rüber zum Käfig des Kassierers, wo ich sie gegen eine weitere Barquittung einlöste. Cully lehnte an einem leeren Craps-Tisch und behielt mich im Auge. Er nickte beifällig.

„Jetzt hast du den Bogen also raus", sagte er.

„Merlin der Magier", sagte ich. „Keine von deinen lausigen, dekadenten Spielernaturen." Und es stimmte. Ich hatte nichts von der alten Erregung empfunden. Ich hatte keinen Drang, den Alles-oder-nichts-Hund loszubinden. Ich besaß genug Geld, um meiner Familie ein Haus zu kaufen, und auch noch einen satten Notgroschen. Ich hatte gute Einnahmequellen. Ich war wieder glücklich. Ich liebte meine Frau und arbeitete an einem Roman. Das Spielen war ein Spaß, nichts weiter. Den ganzen Abend lang hatte ich nur zweihundert Mäuse verloren.

Cully führt mich ins Schnellrestaurant des Hotels. Unser Schlummertrunk war ein Glas Milch; dazu gab's für jeden einen Hamburger. „Tagsüber muß ich leider arbeiten", sagte er. „Kann ich mich drauf verlassen, daß du nicht zockst?"

„Keine Sorge", sagte ich. „Ich werd' alle Hände voll zu tun

haben, mein Geld quer durch die ganze Stadt zu Chips zu machen. Ich will jeweils auf fünfhundert Dollar runtergehen, damit's nicht so auffällt."

„Gute Idee", sagte Cully. „In dieser Stadt gibt's mehr FBI-Agenten als Kartenmischheinis."

Er hielt kurz inne. „Und du willst dir mit Sicherheit kein kuscheliges Bettkätzchen mitnehmen? Ich hab' da paar echte Schönheiten an der Hand." Er langte nach einem der Haustelefone auf der Umrandung unserer Nische.

„Ich bin zu müde", sagte ich. Und das stimmte. Hier in Vegas war's erst ein Uhr nacht, aber in New York war's schon vier Uhr früh, und ich hatte noch die New Yorker Zeit in den Knochen.

„Wenn du irgendwas brauchst, komm einfach rauf in mein Büro", sagte er. „Auch wenn du nur die Zeit totschlagen und ein bißchen quatschen möchtest."

„Okay, mach' ich", sagte ich.

Tags darauf wachte ich um die Mittagszeit auf und rief Vallie an. Niemand hob ab. Es war Samstag, und nach New Yorker Zeit war's drei Uhr nachmittag. Wahrscheinlich war Vallie mit den Kindern rüber nach Long Island zum Haus ihrer Eltern gefahren. Also rief ich dort an und kriegte ihren Vater an die Strippe. Er stellte mir ein paar argwöhnische Fragen; was ich in Las Vegas wohl zu tun hätte? Ich müsse für einen Zeitungsartikel recherchieren, antwortete ich. Er war nicht allzu überzeugt, und endlich kam Vallie an den Apparat. Ich sagte ihr, ich würde mit der Montagmaschine nach Hause fliegen und mir am Flughafen ein Taxi nehmen.

Wir quasselten den üblichen Unfug, den Ehemann und Frau einander bei sochen Ferngesprächen bescheren. Ich haßte das Telefon. Ich sagte ihr, ich würde sie nicht mehr anrufen, zumal das Zeit- und Geldvergeudung sei, und sie pflichtete mir bei. Ich wußte, sie würde auch am nächsten Tag bei ihren Eltern sein, und dort wollte ich sie nicht anrufen. Außerdem wurde mir bewußt, daß ihre Fahrten dorthin mich ärgerten. Eine kindische Eifersucht. Vallie und die Kinder waren meine Familie. Sie gehörten zu mir; außer Artie waren sie die einzigen Angehörigen, die ich hatte. Und ich wollte sie nicht mit Großeltern teilen. Ich wußte, daß das einfältig war, aber trotzdem würde ich nicht nochmals anrufen. Ach was, es ging doch nur mehr um zwei Tage, und sie konnte mich jederzeit anrufen, wenn ihr danach war.

Ich verbrachte den Tag damit, durch alle Casinos auf dem Strip und durch die Sägemehlkaschemmen im Stadtzentrum zu pilgern. Dort tauschte ich mein Bargeld in Teilbeträgen von zwei- und dreihundert Dollar gegen Jetons ein. Und wieder setzte ich immer eine Handvoll Dollar-Chips an den Spieltischen, bevor ich in ein anderes Casino weiterzog.

Ich liebte die trockene, sengende Hitze von Las Vegas, und deshalb schlenderte ich zu Fuß von Casino zu Casino. Am späten Nachmittag nahm ich einen Happen im „Sands", wo an meinem Nebentisch ein paar sehr hübsche Nutten ihre Vor-der-Arbeit-Mahlzeit zu sich nahmen. Sie waren jung und taten recht ausgelassen. Zwei von ihnen hatten Reitklamotten an. Sie lachten und erzählten einander Geschichten wie halbwüchsige Mädchen. Sie schenkten mir nicht die geringste Beachtung, und ich aß meinen Teller leer, als achtete auch ich überhaupt nicht auf sie. Doch ich versuchte ihre Gespräche aufzuschnappen. Einmal war mir so, als hätten sie Cullys Namen erwähnt.

Zurück zum Xanadu nahm ich ein Taxi. Die Taxifahrer von Vegas sind freundlich und hilfsbereit. Dieser eine fragte mich, ob ich was erleben wolle, und ich sagte nein. Als ich aus seinem Wagen stieg, wünschte er mir einen angenehmen, schönen Tag und nannte mir den Namen eines Restaurants, wo man gut chinesisch essen könne.

Im Casino des Xanadu tauschte ich die Chips aus den anderen Casinos gegen eine Barquittung ein, die ich in meine Brieftasche steckte. Jetzt hatte ich schon neun Quittungen, und in bar blieben mir nur wenig mehr als zehntausend, die noch durch die Mangel gedreht werden mußten. Ich nahm das Bargeld aus meinem Vegas-Winner-Jackett und steckte es in ein normales Anzugjakkett. Es waren alles Hunderternoten, die in zwei gewöhnlichen weißen Briefumschlägen Platz fanden. Dann warf ich mir das Vegas-Winner-Jackett über den Arm und ging hinauf zu Cullys Büro.

Ein ganzer Flügel des Hotels war der Verwaltung vorbehalten. Ich ging den Korridor entlang und bog in einen abseitigen Gang ein, der das Schild „Geschäftsleitung" trug. Dann gelangte ich zu einer Tür mit der Aufschrift „Erster Assistent des Direktors". Im Vorzimmer saß eine ungemein hübsche junge Sekretärin am Schreibtisch. Ich nannte ihr meinen Namen, und sie meldete mich über die Sprechanlage im Büro ihres Chefs an. Cully kam herausgeschossen, ließ großmächtiges Händeschütteln und kurze Umarmung folgen. Dieses neue Gehabe, das er sich zugelegt hatte, stieß mich immer noch vor den Kopf. Es war zu demonstrativ, zu sehr nach außen gerichtet; früher waren wir einander ganz anders begegnet.

Er hatte da ein paar wirklich elegante Arbeitsräume mit Sofa und weichen Lehnstühlen und gedämpfter Beleuchtung und Bildern an den Wänden, richtigen Ölgemälden. Ich wußte nicht zu sagen, ob es gute Bilder waren. Überdies flimmerten da drei Bildschirme. Einer zeigte einen Korridor des Hotels. Ein weiterer zeigte einen der Craps-Tische im Casino und die Spieler rundum. Der dritte Bildschirm zeigte den Bakkarat-Tisch. Während ich auf den ersten Schirm blickte, sah ich, wie ein Mann auf dem Hotelkorridor seine Zimmertür öffnete und ein junges Mädchen hineingeleitete, seine Hand auf ihrem Hintern.

„In New York krieg' ich kein so gutes Programm", sagte ich.

Cully nickte. „Ich muß auf alles ein Auge haben, was in diesem Hotel vorgeht", sagte er. Er drückte einige Knöpfe der Konsole auf seinem Schreibtisch, und die drei Szenen auf den Fernsehschirmen wechselten. Nun sahen wir den Hotelparkplatz, einen Blackjack-Tisch in vollem Betrieb und die Kassiererin im Schnellrestaurant, die eben ihre Umsätze eintippte.

Ich warf das Vegas-Winner-Jackett auf Cullys Schreibtisch. „Jetzt kannst du es haben", sagte ich.

Cully starrte das Jackett lange an. Dann sagte er abwesend: „Du hast dein ganzes Bargeld eingetauscht?"

„Das meiste", sagte ich. „Ich werd' die Jacke nicht mehr brauchen." Ich lachte. „Meine Frau haßt sie genauso wie du."

Cully hob die Jacke auf. „Ich hasse sie nicht", sagte er. „Aber Gronevelt sieht so was nicht gern. Was wohl aus Jordans Jacke geworden ist, was glaubst du?"

Ich zuckte die Achseln. „Wahrscheinlich hat seine Frau alle seine Kleider der Heilsarmee geschenkt."

Cully wog die Jacke in seiner Hand. „Leicht", sagte er. „Bringt aber Glück. Jordan hatte sie an und gewann über vierhundert Riesen. Und dann bringt er sich um. Scheiße im Hirn, der arme Schweinehund."

„Einfach blöd", sagte ich.

Cully legte die Jacke behutsam auf seinen Schreibtisch. Dann setzte er sich und schaukelte auf den Stuhlbeinen zur Wand. „Weißt du, ich hab' dich ja für verrückt gehalten, als du seine zwanzig Riesen ausschlugst. Und ich war völlig belämmert, als du mir ausgeredet hast, meine zwanzig zu nehmen. Aber vielleicht ist mir überhaupt noch nie was Besseres passiert. Ich hätt' den Flieder ja doch nur verspielt, und dann hätt' ich mich hundsmiserabel gefühlt. Aber, weißt du, nachdem Jordan sich umgebracht hatte und ich dieses Geld nicht nahm, da empfand ich auf einmal so was wie Stolz. Ich weiß nicht, wie ich das erklären soll. Aber ich hatte das Gefühl, ihn nicht verraten zu haben. Und du hast's auch nicht getan. Und auch Diane nicht. Wir kannten uns doch gar nicht, und nur uns dreien lag Jordan so 'n bißchen am Herzen. Nicht genug, glaub' ich. Oder unser bißchen Zuneigung bedeutete ihm nicht so viel. Aber am Ende bedeutete sie *mir* was. Ging's dir nicht auch so?"

„Nein", sagte ich. „Ich wollte einfach sein beschissenes Geld nicht haben. Ich wußte, daß er sich ein Ding verpassen würde."

Das verblüffte Cully. „Einen Dreck hast du. Merlin der Magier. Affenscheiße."

„Nicht bewußt", sagte ich. „Aber ganz tief da unten. Ich war nicht überrascht, als du's mir gesagt hast. Erinnerst du dich?"

„Ja", sagte Cully breit. „Du hast nicht eine Kummerfalte aufgezogen."

Diesen Ball ließ ich sausen. „Und Diane?"

„Für die war's ein schwerer Schlag", sagte Cully. „Sie war verknallt in Jordan. Stell dir vor, am Tag der Beerdigung hab' ich sie gevögelt. Der wildeste Fick, den ich je hatte. Sie war wie wahnsinnig, schlug um sich und heulte und vögelte. Hat mir richtig Höllenangst gemacht, die Frau."

„Und dann?"

Er seufzte. „Die nächsten zwei Monate brachte sie damit zu, sich zu besaufen und an meiner Schulter auszuweinen. Und dann lernte sie diesen rechtschaffenen Halbmillionär kennen, und jetzt lebt sie als biedere Dame irgendwo in Minnesota."

„Laß hören", sagte ich. „Was fängst du jetzt mit meiner Jacke an?"

Plötzlich grinste Cully. „Die werd' ich Gronevelt geben. Los, komm mit; ich will sowieso, daß du ihn kennenlernst." Er stand auf, schnappte sich die Jacke und ging aus dem Büro. Ich folgte ihm. Wir gingen den Korridor entlang und betraten einen weiteren Bürokomplex. Die Sekretärin drückte auf den Summknopf und ließ uns in Gronevelts riesiges Privatbüro ein.

Gronevelt erhob sich von seinem Sessel. Er sah älter aus, als ich ihn in Erinnerung hatte. Er mußte Ende der Siebzig sein, wie ich fand. Er war untadelig gekleidet. Seine weißen Haare ließen ihn aussehen wie einen Filmstar in einer gehobenen Charakterrolle. Cully machte uns bekannt.

Gronevelt schüttelte mir die Hand. Dann sagte er leise: „Ich hab' Ihr Buch gelesen. Bleiben Sie beim Schreiben. Eines Tages werden Sie ein großer Mann sein. Es ist ein ausgezeichnetes Buch."

Ich staunte. Gronevelt hatte eine lange Vergangenheit in der Welt der Spielhöllen; einst war er ein beinharter Gangster gewesen, und in Vegas war er heute noch ein gefürchteter Mann. Aus irgendeinem Grund hatte ich ihn nie für einen Menschen gehalten, der Bücher las. Wieder war ein Klischee im Eimer.

Ich wußte, daß Männer wie Gronevelt und Cully, die große Hotels wie das Xanadu in Vegas leiteten, an Samstagen und Sonntagen jede Menge zu tun hatten. Überall in den Vereinigten Staaten hatten sie Geschäftsfreunde und Stammgäste, die schnell mal für ein Wochenende rüberflogen, um zu spielen; sie mußten auf vielerlei Art betreut werden. Also gedachte ich Gronevelt nur schnell guten Tag zu sagen und sodann die Kurve zu kratzen.

Aber Cully warf das grellrot-blaue Vegas-Winner-Jackett auf Gronevelts gewaltigen Schreibtisch und sagte: „Das ist die letzte. Merlin hat's endlich aufgegeben."

Ich bemerkte, daß Cully grinste. Der Lieblingsneffe neckte den griesgrämigen Onkel, mit dem er umzugehen wußte. Und ich bemerkte, daß Gronevelt seine Rolle spielte. Der Onkel, der mit dem Neffen herumalberte, der die meisten Scherereien gemacht hatte, auf lange Sicht aber der begabteste und verläßlichste war; mit dem Neffen, der erben würde.

Gronevelt drückte auf den Knopf und summte seine Sekretärin herbei. Als sie eintrat, sagte er zu ihr: „Bringen Sie mir eine große Schere." Ich fragte mich, wo zur Hölle eine Direktionssekretärin des Xanadu-Hotels an einem Samstagabend um sechs eine große Schere auftreiben wollte. Doch nach knapp zwei Minuten kam sie damit wieder. Gronevelt nahm die Schere zur Hand und begann mein Vegas-Winner-Jackett zu zerschneiden. Er sah mich ausdruckslos an und sagte: „Sie wissen gar nicht, wie sehr ich euch drei Kerle gehaßt hab', als ihr damals durch mein Casino getrabt seid, diese verpißten Jacken am Leib. Besonders in der Nacht, als Jordan den Haufen Geld gewann."

Ich sah zu, wie er meine Jacke in einen großen Hügel bunter Fetzen verwandelte, der sich auf seinem Schreibtisch türmte, und dann erkannte ich, daß er auf eine Antwort wartete. „Aber Sie haben doch nichts gegen Spieler, die gewinnen, oder?" sagte ich.

„Mit gewonnenem Geld hatte das nichts zu tun", sagte Gronevelt. „Es war so himmelschreiend kläglich. Cully hier, wie er diese Jacke anhatte, dabei im Herzen ein rettungslos verkommener Spieler. Das ist er nach wie vor und wird's auch bleiben. Seine Krankheit hat nur eben mal nachgelassen."

Cully machte eine Geste des Widerspruchs, sagte: „Ich bin Geschäftsmann", doch Gronevelt brachte ihn mit einer Handbewegung zum Schweigen, und Cully heftete seine Augen an die zerschnittenen Stoffetzen auf dem Schreibtisch.

„Mit einer Glückssträhne werd' ich fertig", sagte Gronevelt. „Aber Geschicklichkeit und Chuzpe kann ich einfach nicht riechen."

Gronevelt bearbeitete nun das billige Kunstseidenfutter der Jacke, zerschnitt es in schmale Streifen; das aber tat er nur, um seine Hände zu beschäftigen, während er redete. Er wandte sich unmittelbar an mich.

„Und Sie, Merlin – Sie sind einer der erbärmlichsten Spieler, die mir je unter die Augen kamen, und ich bin seit mehr als fünfzig Jahren im Geschäft. Sie sind schlimmer als ein rettungslos verkommener Spieler. Sie sind ein romantischer Spieler. Sie halten sich für einen der Menschen, wie sie in Edna Ferbers ‚Show Boat' vorkommen, wo sie dieses Riesenarschloch von Spieler zum Helden hat. Sie spielen wie ein Volltrottel. Manchmal halten Sie sich an die kleinen Quoten, manchmal folgen Sie Ihren plötzlichen Eingebungen, ein andermal versuchen Sie's mit einem System, dann stochern Sie plötzlich wie wild in der dünnen Luft rum, oder Sie irren im Zickzack von einem dieser Rezepte zum anderen. Hören Sie, Sie sind einer der ganz wenigen Menschen auf der Welt, denen ich raten würde, das Spielen total aufzugeben." Und dann legte er seine Schere beiseite und bedachte mich mit einem aufrichtig wohlwollenden Lächeln. „Aber was soll's? Es paßt zu Ihnen."

Ich war wirklich ein bißchen verletzt, und es blieb ihm nicht verborgen. Ich hielt mich für einen gerissenen Spieler, der Logik mit Zauberei vermengte. Gronevelt schien meine Gedanken zu lesen. „Merlin", sagte er. „Dieser Name gefällt mir. Auch der paßt so ziemlich zu Ihnen. Was ich so gelesen hab', war er als Zauberer nicht gerade überragend; und Sie sind's auch nicht." Er nahm die Schere zur Hand und begann wieder zu schneiden. „Aber wieso, um Himmels willen, haben Sie sich dann auf die Schlägerei mit diesem räudigen Bluthund eingelassen?"

Ich zuckte die Achseln. „Ich hab' mich eigentlich auf keine Schlägerei eingelassen. Aber Sie wissen, wie das ist. Ich fühlte mich so mies, weil ich meine Familie verlassen hatte. Alles ging mir daneben. Es war wohl so, daß ich nur an irgendwem meine Wut auslassen wollte."

„Da haben Sie sich den Falschen ausgesucht", sagte Gronevelt. „Cully hat Ihnen den heilen Hintern gerettet. Mit einer kleinen hilfreichen Hand von mir."

„Danke", sagte ich.

„Ich hab' ihm den Job angeboten, aber er will ihn nicht", sagte Cully.

Das überraschte mich. Offensichtlich hatte Cully die Angelegenheit mit Gronevelt besprochen, ehe er mir den Job anbot. Und dann wurde mir plötzlich klar, daß Cully gezwungen sein würde, Gronevelt alles über mich zu erzählen. Mir dämmerte auch, wie das Hotel mich decken würde, wenn die Bundesbullen Nachschau hielten.

„Nachdem ich Ihr Buch gelesen hatte, dachte ich, wir könnten Sie als Public-Relations-Mann einsetzen", sagte Gronevelt. „Einen guten Schriftsteller wie Sie."

Ich wollte ihm nicht sagen, daß das zwei gänzlich verschiedene Dinge waren. „Meine Frau würde nur ungern aus New York fortziehen, sie hat ihre Familie dort", sagte ich. „Aber vielen Dank für das Angebot."

Gronevelt nickte. „So, wie Sie spielen, ist's vielleicht besser, nicht in Vegas zu leben. Aber wenn Sie das nächstemal in die Stadt kommen, wollen wir alle mal miteinander schön zu Abend essen." Wir betrachteten dies als Abschiedsgruß und gingen.

Cully war mit einigen betuchten Stammgästen aus Kalifornien zum Abendessen verabredet; die konnte er nicht versetzen, und so war ich allein. Er hatte für mich einen Platz bei der Dinnershow des Hotels reservieren lassen, und so ging ich später am Abend hin. Der übliche Vegas-Kram wurde geboten. Fast splitternackte Revuemädchen, Tanznummern, ein Gesangstar und etliche Varieté-Einlagen. Von alledem beeindruckte mich nur eine Nummer mit dressierten Bären.

Eine schöne Frau betrat mit sechs riesengroßen Bären die Bühne, und sie ließ die Tiere alle möglichen Kunststücke zeigen. Sooft einer der Bären mit seinem Trick fertig war, wurde er von der Frau auf die Schnauze geküßt und watschelte augenblicklich zurück an seinen alten Platz am Ende der Reihe. Die Bären waren so zottig, daß man sie nicht im entferntesten für sexuelle Spielzeuge halten konnte. Aber weshalb hatte die Frau diesen Kuß zu einem ihrer Befehle gemacht? Soviel ich wußte, pflegten Bären nicht zu küssen. Doch dann wurde mir klar, daß der Kuß dem Publikum zugedacht war, den Zuschauern so ein bißchen ins Gesicht gerotzt. Und dann fragte ich mich, ob die Frau dies wohl bewußt tat – zum Zeichen ihrer Verachtung, als subtile Beleidigung. Ich hatte den Zirkus immer gehaßt und mich geweigert, mit meinen Kindern dorthin zu gehen. Deshalb gefielen mir Darbietungen mit Tieren auch sehr selten. Aber diese eine reizte mich so, daß ich sie mir bis zum Schluß ansah. Vielleicht würde einer der Bären für eine appetitliche Überraschung sorgen.

Als die Show zu Ende war, schlenderte ich rüber ins Casino, um mein restliches Geld zu Chips zu machen und sodann die Chips gegen Barquittungen einzutauschen. Es war knapp vor elf Uhr abend.

Ich begann mit Craps, und anstelle kleiner Einsätze, um meine Verluste niedrig zu halten, warf ich urplötzlich Jetons im Wert von fünfzig und hundert Dollar ins Spiel. Ich hatte schon an die dreitausend Dollar verloren, als hinter mir Cully antanzte, der seine hohen Tiere an den Tisch geleitete und bei den Croupiers gebührend einsegnete. Er warf einen sarkastischen Blick auf meine grünen Fünfundzwanzig-Dollar-Chips und auf die Einsätze, die auf dem grünen Filz vor mir lagen. „Ich würd' sagen, du hast keine Lust mehr zum Spielen, hm?“ sagte er zu mir. Das fuhr mir in die Knochen, und als die Würfel zur Sieben kollerten, brachte ich die Chips, die mir geblieben waren, zum Käfig des Kassierers und tauschte sie gegen Quittungen ein. Als ich mich umwandte, stand Cully da und erwartete mich.

„Komm, wir wollen was trinken“, sagte er. Und er führte mich in die Cocktailbar, wo wir uns mit Jordan und Diane immer hatten vollaufen lassen. Hier war es ziemlich dunkel, und wir blickten hinaus zu dem hell erleuchteten Casino. Als wir uns hinsetzten, wurde Cully von der Cocktailkellnerin erspäht, und sie kam sofort zu uns.

„Bist also prompt aus 'm Kinderwagen gefallen“, sagte Cully. „Dieses beschissene Spielen. 's ist wie Malaria, kommt immer wieder.“

„Auch bei dir?“ fragte ich.

„Zweimal“, sagte Cully. „Aber ich kam einigermaßen glimpflich davon. Wieviel hast du verloren?“

„Nur ein bißchen mehr als zwei Riesen“, sagte ich. „Ich hab’ das meiste Geld gegen Quittungen eingetauscht. Heut nacht bin ich damit durch.“

„Morgen ist Sonntag“, sagte Cully. „Mein Freund, dieser Rechtsanwalt, hat Zeit; also kannst du schon frühmorgens dein Testament schreiben und an deinen Bruder abschicken lassen. Und dann bleib’ ich an dir kleben wie Affenscheiße, bis ich dich in die Nachmittagsmaschine nach New York verfrachtet habe.“

„So was haben wir auch mal mit Jordan ausprobiert“, sagte ich scherzend.

Cully seufzte. „Warum hat er’s bloß getan? Seine Pechsträhne war zu Ende. Nichts konnte ihn dran hindern, als Gewinner ins Leben rauszugehen. Brauchte nichts weiter zu tun, als da drin die Stellung zu halten.“

„Vielleicht wollte er sein Glück nicht auf die Spitze treiben“, sagte ich. Cully meinte, das könne nicht mein Ernst sein.

Am nächsten Morgen rief Cully mich in meinem Zimmer an, und wir frühstückten zusammen. Danach fuhr er mit mir den Strip von Las Vegas runter, zu einer Anwaltskanzlei, wo ich mein Testament zu Papier bringen und beglaubigen ließ. Hinterher sagte ich noch zweimal, daß eine Ausfertigung des Testamentes an meinen Bruder Artie gesandt werden müsse, und Cully fiel mir schließlich ungeduldig ins Wort. „Das ist alles restlos geklärt“, sagte er. „Mach dir keine Gedanken. Das Ganze wird hundertprozentig richtig laufen.“

Als wir das Anwaltsbüro verlassen hatten, fuhr Cully mich in der Stadt umher und zeigte mir die neuen Bauten, die entstanden. Der Hotelturm des „Sands“ reckte sich mit neuem Goldglanz in die Wüstenluft. „Diese Stadt wird wachsen und wachsen“, sagte Cully.

Die endlose Wüste dehnte sich bis hin zu den in der Ferne verschwimmenden Bergen. „Sie hat auch jede Menge Platz“, sagte ich.

Cully lachte. „Du wirst schon sehen“, sagte er. „Das Glücksspiel ist die Welle der Zukunft.“

Wir aßen eine Kleinigkeit, und dann fuhren wir runter zum „Sands“, der alten Zeiten wegen. Mit zweihundert Dollar pro Kopf und Nase machten wir gemeinsame Kasse und suchten die Craps-Tische heim. „Ich hab’ zehn Wunderroller in meinem rechten Arm", sagte Cully mit leichter Selbstironie, und so ließ ich ihn die Würfel werfen. Er hatte so viel Pech wie eh und je, aber mir fiel auf, daß er nicht mit dem Herzen dabei war. Das Spielen machte ihm keinen Spaß. Er hatte sich tatsächlich verändert. Wir fuhren zum Flughafen, und er wartete mit mir am Tor, bis es Zeit war, an Bord zu gehen.

„Ruf mich an, wenn du in dicke Luft gerätst", sagte Cully. „Und wenn du nächstesmal herkommst, wollen wir mit Gronevelt zu Abend essen. Er mag dich, und es kann nie schaden, einen wie ihn auf seiner Seite zu haben."

Ich nickte. Dann zog ich die Barquittungen aus meiner Tasche. Die Quittungen, die am Casino-Käfig des Xanadu-Hotels dreißigtausend Dollar wert waren. Die verbleibenden dreitausend waren in etwa für die Reise, das Spielen und die Flugkarte aufgegangen. Ich reichte Cully die Quittungen.

„Bewahrst du die für mich auf?" sagte ich. Ich hatte mir's anders überlegt.

Cully zählte die weißen Zettel. Es waren zwölf. Er kontrollierte die Beträge. „Du vertraust mir deinen Notgroschen an?" fragte er. „Dreißig Riesen sind 'ne ganze Menge."

„Irgendwem muß ich ja vertrauen", sagte ich. „Und außerdem hab' ich dich zwanzig Riesen von Jordan ausschlagen sehen, als du splitterfaserblank warst."

„Nur weil du mich so sehr beschämt hast mit deinem Verzicht", sagte Cully. „Okay, ich nehm' die Dinger an mich. Und wenn's mal richtig brenzlig wird, kann ich dir was Bares aus meinen Ersparnissen pumpen und die Quittungen als Sicherheit nehmen. Nur damit du keine Spuren hinterläßt."

„Danke, Cully", sagte ich. „Danke für das Hotelzimmer und die Einladungen zum Essen und alles. Und danke für deine große Hilfe." Mit einemmal empfand ich echte Zuneigung für ihn. Er war einer meiner wenigen Freunde. Und dennoch war ich überrascht, als er mich zum Abschied umarmte, bevor ich ins Flugzeug kletterte.

Und in der Düsenmaschine, die durch das Licht huschte, den dunkleren Zeitzonen des Ostens entgegen, so schnell vor der sinkenden Sonne im Westen floh, während wir allmählich in die Dunkelheit eintauchten, dachte ich über die Zuneigung nach, die Cully für mich empfand. Wir kannten einander so wenig. Dann vermutete ich, daß wir einander mochten, weil wir beide so wenige Menschen hatten, die wir wirklich zu Freunden gewinnen konnten.

Wie Jordan. Und wir hatten Anteil gehabt an Jordans Niederlage und seiner bedingungslosen Auslieferung an den Tod.

Ich wollte Vallie vom Flughafen anrufen, um ihr zu sagen, daß ich einen Tag früher heimgekommen sei. Aber niemand ging ans Telefon. Im Haus ihres Vaters wollte ich sie nicht anrufen, und so nahm ich mir einfach ein Taxi in die Bronx. Vallie war immer noch nicht zu Hause. Ich fühlte die vertraute gereizte Eifersucht darüber, daß sie die Kinder zu ihren Großeltern nach Long Island gebracht hatte. Aber dann fand ich's wieder scheißegal. Weshalb sollte sie den Sonntag allein in unserer Genossenschaftswohnung zubringen, wenn sie die Gesellschaft ihrer unbekümmerten irischen Familie, ihrer Brüder, Schwestern und Freunde haben konnte und die Kinder rausgehen und an der frischen Luft spielen durften, auf ländlichem Gras?

Ich wollte aufbleiben, bis sie kam. Sie mußte bald zu Hause sein. Während ich wartete, rief ich Artie an. Seine Frau kam an den Apparat und sagte, Artie sei früh zu Bett gegangen, weil er sich nicht gut fühlte. Ich sagte ihr, sie brauche ihn nicht zu wecken; es sei nicht so wichtig. Und mit einem gelinden Gefühl des Entsetzens fragte ich, was Artie denn fehle. Sie sagte, er fühle sich nur müde, weil er zuviel gearbeitet habe. Aber es sei nichts, weswegen man auch nur den Arzt aufzusuchen brauche. Ich sagte ihr, ich würde Artie am nächsten Tag an seiner Arbeitsstelle anrufen. Dann hängte ich ein.

15

Das folgende Jahr war die glücklichste Zeit meines Lebens. Ich wartete auf den Bau meines Hauses. Zum erstenmal würde ich ein eigenes Haus besitzen, und ich hatte ein komisches Gefühl, wenn ich daran dachte. Daß ich nun endlich genau wie alle anderen sein würde. Ein Wesen für sich, das von Gesellschaft und Mitmenschen nicht länger abhängig war.

Diese Haltung entsprang, glaube ich, meiner wachsenden Abneigung gegen den kommunal geförderten Wohnblock, in dem ich lebte. Gesegnet mit einer ausgezeichneten Begabung für soziales Wohlverhalten, rückten Schwarze und Weiße auf der wirtschaftlichen Stufenleiter nach oben und verloren ihr Anrecht auf eine Genossenschaftswohnung, wenn sie zuviel Geld verdienten. Und wenn sie auszogen, wurden ihre Plätze von minder Angepaßten eingenommen. Die Schwarzen und Weißen, die nun einzogen, das waren die, die unweigerlich für immer dort wohnen würden: Rauschgiftbrüder, Alkoholiker, Amateurzuhälter, kleinkarierte Diebe und flinkäugige Mädchenschänder aus der Gunst des Augenblicks.

Vor dieser neuen Invasion zogen die Hilfspolizisten des Genossenschaftswohnviertels einen strategischen Rückzug ab. Die Neuankömmlinge waren wilder und nahmen hurtig alles auseinander. Fahrstühle versagten den Dienst; Flurfenster wurden eingeschlagen und nie wieder verglast. Wenn ich von der Arbeit nach Hause kam, lagen leere Whiskyflaschen in der Eingangshalle, während einige der Männer betrunken auf den Bänken vor dem Gebäude saßen. Es gab stürmische Gelage, die die reguläre Stadtpolizei auf den Plan riefen. Vallie saß wie auf Kohlen; sie holte die Kinder stets an der Bushaltestelle ab, wenn sie aus der Schule kamen. Einmal fragte sie mich sogar, ob wir nicht in das Haus ihres Vaters ziehen sollten, bis unser eigenes fertig wäre. Das war, nachdem ein zehnjähriges farbiges Mädchen vergewaltigt und sodann vom Dach eines der Sozialwohnblöcke geworfen worden war.

Ich sagte nein; wir würden das durchstehen. Wir würden

bleiben. Ich wußte, was Vallie dachte, aber sie schämte sich zu sehr, um es laut zu sagen. Sie hatte Angst vor den Schwarzen. Weil sie von Eltern und Umwelt linksliberal und zum Glauben an die Gleichheit erzogen worden war, vermochte sie sich mit der Tatsache nicht abzufinden, daß sie all die Farbigen fürchtete, die ringsum einzogen.

Mein Standpunkt war ein anderer. Ich war Realist, fand ich, und kein Frömmler. Nüchtern betrachtet, machte die Stadt New York ihre sozialen Wohnbauten zu den farbigen Slums, schuf neue Gettos, isolierte die Schwarzen von den Weißen, vom Rest des Gemeinwesens. Diese Wohnblocks wurden praktisch als *cordon sanitaire* benützt. Lauter kleine Harlems waren das, mit städtischem Sozialgedanken getüncht. Und der ganze Bodensatz der Wohlstandsgesellschaft, der weißen Arbeiterklasse, wurde hier abgesondert – jene, deren Schulbildung nicht ausreichte, um sich ihren Lebensunterhalt zu verdienen, und jene, die zu unstet waren, um ihre Familien zusammenzuhalten. Alle Leute, die nur halbwegs auf Draht waren, rannten um ihr Leben, flohen in Vorstädte oder Eigenheime oder in die privat vermarkteten Mietwohnungen der City. Aber das Kräfteverhältnis hatte sich noch nicht verlagert. Die Weißen waren den Schwarzen zahlenmäßig noch immer doppelt überlegen. Die auf sozialen Aufstieg bedachten Familien, schwarz und weiß, besaßen noch eine knappe Mehrheit. Ich nahm an, wir könnten zumindest die zwölf Monate, die wir noch warten mußten, in unserer städtischen Wohnanlage verbringen, ohne Kopf und Kragen zu riskieren. Alles andere war mir eigentlich piepegal. Ich empfand wohl eine gewisse Verachtung für all diese Menschen. Sie waren wie Tiere, ohne freien Willen, gaben sich damit zufrieden, schnapstrinkend und vögelnd von einem Tag zum anderen dahinzuleben und die Zeit einfach totzuschlagen, wann immer sie welche dazu fanden. Die Gegend war auf dem besten Weg, ein weiteres beschissenes Waisenhaus zu werden. Aber wieso war ich dann noch immer da? Wer, verdammt noch mal, war ich denn überhaupt?

In unserem Stockwerk lebte eine junge Schwarze mit vier Kindern. Sie war kräftig gebaut, sah sehr sexy aus, war guter Dinge und fröhlich wie eine Lerche. Ihr Mann hatte sie verlassen, bevor sie in den Sozialbau gezogen war, und ich hatte ihn nie gesehen. Tagsüber war die Frau eine gute Mutter; die Kinder sahen immer ordentlich aus, wurden auch immer zur Schule geschickt und an der Bushaltestelle abgeholt. Abends aber war die Mutter etwas weniger vorbildlich. Nach dem Abendessen konnte wir sie fein herausgeputzt sehen, wenn sie sich auf den Weg zu einem Freund machte, während die Kinder allein zu Hause bleiben mußten. Das älteste war erst zehn. Vallie pflegte den Kopf zu schütteln, und ich sagte ihr, das sei nicht ihr Bier.

Aber dann einmal, spät in der Nacht, als wir im Bett lagen, hörten wir die kreischenden Sirenen von Feuerwehrwagen. Und auch in unserer Wohnung konnten wir Rauch riechen. Unser Schlafzimmerfenster lag der Wohnung der farbigen Frau genau gegenüber, und wie im Film, wenn ein Teil der Leinwand von einer Nebenhandlung ausgefüllt wird, konnten wir sehen, wie in dieser Wohnung Flammen aufzüngelten und die kleinen Kinder kreuz und quer durchs Feuer rannten. Vallie sprang im Nachthemd auf, riß eine Wolldecke vom Bett und lief aus unserer Wohnungstür. Ich ihr nach. Wir kamen eben noch zurecht, um die andere Wohnungstür am Ende des langen Korridors aufkrachen und die vier Kinder herauslaufen zu sehen. Hinter ihnen konnten wir Flammen in der Wohnung sehen. Vallie rannte den Korridor entlang, den Kindern nach, und ich konnte mir nicht vorstellen, was sie im Sinn haben mochte. Sie rannte wie verrückt, während die Decke in ihrer Hand auf dem Boden schleifte. Dann sah ich, was sie gesehen hatte. Das älteste Mädchen, das als letztes der Kinder herausgekommen war und die anderen vor sich herscheuchte, war ins Taumeln geraten. Ihr Rücken brannte schon. Dann war sie plötzlich eine Fackel aus dunkelroten Flammen. Sie fiel hin. Während sie sich auf dem Steinboden vor Schmerzen wand, sprang Vallie zu ihr und wickelte sie in die Decke. Schmutziggrauer Rauch stieg über den beiden auf, während Feuerwehrleute mit Schläuchen in den Korridor strömten.

Die Feuerwehrmänner gingen ans Werk, und Vallie war wieder bei mir in der Wohnung. Ambulanzen ratterten bimmelnd über die Höfe der Wohnblocks. Dann sahen wir plötzlich die Mutter in der Wohnung gegenüber. Sie schlug mit den Händen gegen das Glas und schrie gellend. Blut rieselte über ihren grellen Aufputz. Ich hatte nicht die blasseste Ahnung, was sie da trieb, doch dann wurde mir klar, daß sie sich an den gezackt emporstehenden Glasresten aufspießen wollte. Hinter ihr tauchten Feuerwehrmänner auf, drangen aus dem Rauch, der aus den erstickten Flammen und den verkohlten Möbeln hochquoll. Sie zerrten die Frau vom Fenster fort, und dann sahen wir sie, wie sie zu einem Krankenwagen getragen wurde, an eine Tragbahre geschnallt.

Ein Gutes hatten diese Sozialwohnhäuser für Minderbemittelte. Ohne Gewinnstreben errichtet, waren sie so gebaut, daß das Feuer sich nicht allzu schnell ausbreiten und der Rauch die anderen Mieter nicht vorzeitig in Gefahr bringen konnte. Nur diese eine Wohnung brannte aus. Das kleine Mädchen, das von den Flammen erfaßt worden war, hatte zwar schwere Verbrennungen davongetragen, würde aber wieder auf die Beine kommen, wie wir bald darauf hörten. Die Mutter war schon aus dem Krankenhaus.

Eine Woche später, an einem Samstagnachmittag, fuhr Vallie mit den Kindern zum Haus ihrer Eltern, damit ich in Ruhe an meinem Buch arbeiten könnte. Ich kam auch ganz flott voran, als es an der Wohnungstür klopfte. Es war ein scheues Klopfen, das ich am Küchentisch kaum hörte, wo ich arbeitete.

Als ich die Tür öffnete, stand so ein dürrer, sahneschokoladiger Schwarzer vor mir. Er hatte einen schmalen Schnurrbart und entwelltes Haar. Er murmelte seinen Namen, den ich nicht verstand; aber ich nickte trotzdem. Dann sagte er: „Ich wollt' Ihnen und Ihrer Frau nur dafür danken, was Sie für meine Kleine getan haben." Und ich kapierte, daß er der Vater der Familie am Ende des Korridors war.

Ich fragte ihn, ob er hereinkommen und was trinken wolle. Ich konnte sehen, daß er den Tränen nahe war, erniedrigt und beschämt, sich bedanken zu müssen. Ich sagte ihm, daß meine Frau nicht zu Hause sei; ich würde ihr aber erzählen, daß er vorbeigekommen sei. Zögernd trat er ein, nur ein paar Schritte über die Türschwelle, um mir zu zeigen, daß er mich nicht beleidigen wolle, indem er sich weigerte, meine Wohnung zu betreten. Aber trinken wollte er nichts.

Ich versuchte mein Bestes, aber es konnte ihm wohl nicht verborgen bleiben, daß ich ihn eigentlich haßte. Daß ich ihn seit dieser Feuersnacht haßte. Er war einer von diesen Bimbos, die ihre Frauen und Kinder der Fürsorge überließen, um loszuziehen und Spaß zu haben und ihr eigenes Leben zu leben. Ich hatte über die zerbrochenen Familien der Farbigen in New York gelesen, was es zu lesen gab. Und wie der ganze Aufbau und die Belastungen der Gesellschaft diese Männer dazu bewogen, ihre Frauen und Kinder im Stich zu lassen. Vom Verstand her sah ich das ja ein, aber gefühlsmäßig stellten sich mir die Haare auf. Wer waren sie denn, da groß ihr eigenes Leben zu leben? Ich lebte ja auch nicht mein eigenes Leben.

Aber dann sah ich die Tränen, die über diese Milchschokoladehaut strömten. Und ich bemerkte, daß er lange Wimpern über weichen braunen Augen hatte. Und dann hörte ich erst, was er sagte: „O Mann“, sagte er. „Meine kleine Tochter ist heut morgen gestorben. Sie starb im Krankenhaus.“ Er begann zusammenzusinken, und ich fing ihn auf, und er sagte: „Angeblich ging's mit ihr bergauf, die Verbrennungen waren nicht so schlimm, aber nun ist sie trotzdem gestorben. Ich wollte sie besuchen, und alle Leute in diesem Krankenhaus starrten mich an. Wissen Sie? Ich war ihr Vater, nicht wahr? Wo war ich denn? Was hab' ich getrieben? Als würden sie mir die Schuld geben. Wissen Sie?“

Im Wohnzimmer hatte Vallie gewöhnlich eine Flasche Roggenwhisky für ihren Vater und ihre Brüder stehen, wenn sie zu Besuch kamen. Weder Vallie noch ich pflegten zu trinken. Aber ich wußte nicht, wo in aller Welt sie die Flasche hingetan hatte.

„Warten Sie mal“, sagte ich zu dem Mann, der vor meinen Augen weinte. „Sie brauchen jetzt 'nen Schluck.“ Ich entdeckte die Flasche im Küchenschrank und holte zwei Gläser. Beide tranken wir ihn pur, und ich sah, daß es ihm besser ging; er fand seine Fassung wieder.

Und während ich ihn so ansah, wurde mir klar, daß er nicht gekommen war, um sich bei denen zu bedanken, die seine Tochter gern gerettet hätten. Er war gekommen, um jemanden zu finden, bei dem er seinen Kummer und seine Schuldgefühle abladen konnte. Also hörte ich ihm zu und wunderte mich, daß er meinem Gesicht nicht abgelesen hatte, wie ich über ihn dachte.

Er leerte sein Glas, und ich goß ihm noch einen Whisky ein. Ermüdet ließ er sich auf dem Sofa zurücksinken. „Wissen Sie, ich wollt' meine Frau und die Kinder ja nie allein lassen. Aber sie war zu lebendig und zu stark. Ich hab' hart gearbeitet. Ich mach' zwei Jobs und spar' mein Geld. Ich will uns 'n Haus kaufen und meine Kinder ordentlich großziehen. Aber sie will ihr Vergnügen haben, sie will sich amüsieren. Sie hat einfach zuviel Saft in sich, und so mußte ich Leine ziehen. Ich wollte meine Kinder öfter sehen; das läßt sie nicht zu. Wenn ich ihr 'n Extragroschen geb', gibt sie ihn für sich aus und nicht für die Kinder. Und dann, wissen Sie, wurden wir uns fremder und fremder, und ich fand 'ne Frau, der die Art gefiel, wie ich leb', und so werd' ich langsam auch 'n Fremder für meine Kinder. Und jetzt will jeder mir die Schuld in die Schuhe schieben, weil meine Kleine gestorben ist. So als wär' ich einer von diesen Brüdern Leichtfuß, die ihre Alte im Stich lassen, um den großen Hund loszubinden.“

„Aber Ihre Frau war's, die die Kinder allein gelassen hat", sagte ich.

Der Mann seufzte. „Ich kann ihr keinen Vorwurf machen. Sie wird verrückt, wenn sie jeden Abend zu Hause bleibt. Und das Geld für 'nen Babysitter hatte sie nicht. 's wär' nur so gegangen: Ich hätt' ihr ihren Willen lassen müssen, oder ich hätt' sie umgebracht – eins oder das andere."

Ich konnte nichts sagen, aber ich beobachtete ihn, und er beobachtete mich. Ich sah die Erniedrigung, die er dabei empfand, all dies einem Unbekannten zu erzählen, einem weißen Unbekannten noch dazu. Und dann begriff ich, daß ich der einzige Mensch war, dem er sein Elend offenbaren konnte. Weil ich eigentlich gar nicht zählte und weil Vallie die Flammen erstickt hatte, die seiner Tochter Brandwunden zufügten.

„In dieser Nacht hat sie sich um ein Haar umgebracht", sagte ich.

Er brach wieder in Tränen aus. „Mein Gott", sagte er, „sie liebt ihre Kinder. Daß sie sie allein gelassen hat, das hat nix zu bedeuten. Sie liebt sie alle. Und das mit dem Brand wird sie sich nie und nimmer verzeihen; davor hab' ich ja Angst. Diese Frau wird sich zu Tode saufen. Mit der kann's nur noch bergab gehen, Mann. Ich weiß nicht, wie ich ihr helfen kann. Keine Chance."

Darauf konnte ich kein Wort sagen. Irgendwo in meinem Hinterkopf rieselten Gedanken an einen vergeudeten Arbeitstag; ich würde nicht einmal dazu kommen, meine Notizen durchzusehen. Aber ich bot ihm einen Happen zu essen an. Er trank seinen Whisky zu Ende und stand auf, um zu gehen. Wieder lag dieser Ausdruck von Scham und Erniedrigung auf seinem Gesicht, als er mir und meiner Frau nochmals für alles dankte, was wir für seine Tochter getan hatten. Und dann ging er.

Als Vallie an diesem Abend mit den Kindern nach Hause kam, erzählte ich ihr, was sich zugetragen hatte, und sie ging ins Schlafzimmer und weinte, während ich das Essen für die Kinder machte. Und ich dachte daran, wie ich den Mann verurteilt hatte, ehe ich ihn je gesehen hatte oder auch nur das geringste über ihn wußte. Wie ich ihn einfach in eine Schublade gesteckt hatte, die aus den Büchern gezimmert war, die ich gelesen hatte: in die Lade der Säufer und Fixer, die zu uns in den Genossenschaftswohnblock gezogen waren. Ich dachte an ihn, wie er vor seinen eigenen Leuten in eine andere Welt floh, die nicht so ärmlich und schwarz war; wie er dem Kreis des Unheils entfliehen wollte, in den er hineingeboren worden war. Und so seine Tochter einer Brandnacht und dem Tod überließ. Das würde er sich niemals vergeben, denn sein Schuldspruch war viel, viel gnadenloser als jener, mit welchem ich in meiner bornierten Unwissenheit ihn verurteilt hatte.

Eine Woche verging. Und dann kriegte sich ein ansonsten emsig turtelndes Ehepaar aus dem Wohnblock jenseits der Blumenbeete in die Haare, und er schnitt ihr die Kehle durch. Die beiden waren weiß. Sie hatte einen Geliebten im Hintergrund, der sich weigerte, im Hintergrund zu bleiben. Aber die Sache endete nicht tödlich, und die gestrauchelte Ehefrau sah mit ihren riesigen weißen Verbänden um den Hals unheimlich romantisch aus, wenn sie ihre kleinen Kinder zum Schulbus brachte.

Ich wußte, daß wir zur goldrichtigen Zeit hier rauskamen.

16

Im Arsenal, in dem die Büros der Reserve saßen, blühte das Geschäft mit den Bestechungen. Und zum erstenmal in meiner Karriere als Bürokrat erhielt ich die dienstliche Beurteilung „Ausgezeichnet". Wegen meiner Bestechungsdinger hatte ich sämtliche Vorschriften studiert und war schließlich ein hervorragender Bürohengst, der absolute Experte auf diesem Gebiet.

Aufgrund dieser besonderen Kenntnisse hatte ich für meine „Kunden" eine Art Schleusensystem entwickelt. Nachdem sie ihren sechsmonatigen Dienst in der Reservearmee hinter sich gebracht hatten und zu mir als Reservisten zurückkamen, um in einer meiner Einheiten die wöchentlichen Vorträge und die zwei Wochen im Sommercamp abzusolvieren, ließ ich sie einfach verschwinden. Ich knobelte ein völlig legales System aus, mit dem sie abhauen konnten. Tatsächlich vermochte ich ihnen ein Geschäft anzubieten, bei dem sie nach ihrer sechsmonatigen Dienstverpflichtung zu Namen in den Listen der „Inaktiven" wurden, die nur im Kriegsfalle aufgerufen werden konnten. Schluß mit den wöchentlichen Trainingsvorträgen, Schluß mit dem Sommerlager. Meine Preise stiegen. Noch ein Plus: Wenn ich die Knaben los war, machten sie Platz für einen weiteren einträglichen Reservisten-Volontär.

Eines Morgens entfaltete ich die „Daily News", und da prangte auf dem Titelblatt ein Riesenfoto von drei jungen Männern. Zwei von ihnen hatte ich gerade einen Tag zuvor eingeschworen. Für zweihundert Böcke pro Knilch. Mein Herz setzte einen Schlag aus, ich fühlte mich ein wenig schwindlig. Was anderes konnte das bedeuten, als daß die ganze große Schiebung aufgeplatzt war? Daß unser Tanz zu Ende war? Ich zwang mich, die Bildunterschrift zu lesen. Der Knabe in der Mitte war der Sohn des schwergewichtigsten Politikers im Staat New York. Und die Bildunterschrift betonte nur voller Beifall, wie patriotisch es sei, daß der Sohn dieses Politikers sich zur Reserve des Heeres gemeldet habe. Und das war alles.

Dennoch, dieses Foto in der Zeitung jagte mir Angst ein. Ich hatte Alpträume, daß ich ins Gefängnis wandern und Vallie und die Kinder schutzlos sein würden. Natürlich wußte ich, daß ihr Vater und ihre Mutter sich um sie kümmern würden, aber ich würde dann eben nicht da sein. Ich würde meine Familie verlieren. Später, als ich dann ins Büro kam und mit Frank darüber sprach, lachte er und sagte, er finde das grandios. Zwei von meinen Kunden auf der Titelseite der „Daily News"! Einfach umwerfend! Er schnitt sich das Foto aus und schlug es auf dem schwarzen Brett seiner Reserveeinheit an. Für uns Insider war das ein Riesenwitz. Der Major glaubte, der Wisch sei dazu da, um die Moral der Einheit zu stärken.

Irgendwie machte mich diese unbegründete Angst unvorsichtig. Genau wie Frank begann ich zu denken, daß unser Trick ewig so weitergehen könne. Und das wäre auch gut möglich gewesen ohne die Berlin-Krise, die plötzlich über uns hereinbrach und Präsident Kennedy veranlaßte, Hunderttausende von Reservisten einzuberufen. Und das sollte ins Auge gehn.

Das Arsenal wurde sozusagen ein Irrenhaus, als bekanntwurde, daß unsere Reserveeinheiten zu einem Jahr Aktivdienst in die Armee berufen würden. Die Einzugsdrückeberger, die dafür bezahlt hatten, in das Sechsmonateprogramm zu kommen, und die, die ihnen dabei geholfen hatten, spielten verrückt. Sie waren einfach völlig hinüber und wütend. Und was sie am meisten störte: Da hockten sie nun, die schlausten jungen Kerle im ganzen Land, junge Anwälte auf dem Weg nach oben, erfolgreiche Wallstreetmacker, Genies der Werbebranche, und der blödeste aller Vereine, die Armee der Vereinigten Staaten, hatte sie übers Ohr gehauen. Man hatte sie mit dem Sechsmonateprogramm beschwindelt, sie betrogen, verschaukelt, verkauft, und sie hatten keinen Moment lang auf den Pferdefuß, diesen kleinen Stolperdraht, geachtet. Daß man sie wieder zur Armee einziehen und zum aktiven Dienst beordern könnte. Die schlauen Städter von den Doofies ausgetrickst. Mir gefiel das allerdings auch nicht besonders, obwohl ich mir selber gratulierte, daß ich wegen des leichtverdienten Geldes nie in die Reserve eingetreten war. Aber mein ganzes Tricksystem ging dabei in Fetzen. Aus mit den tausend steuerfreien Piepen im Monat. Und dabei sollte ich bald in unser neues Haus auf Long Island einziehen. Trotzdem machte ich mir nicht klar, daß das die

Katastrophe zur Folge haben würde, die ich so lange schon vorausgesehen hatte. Ich war viel zu tief damit beschäftigt, den riesigen Papierkram zu erledigen, der erforderlich war, meine Einheiten offiziell in den aktiven Militärdienst zu überführen.

Man mußte Ausrüstung und Uniformen anfordern, eine Unmenge von Trainingsordern ausgeben. Und dann war da natürlich der wilde Run, weil alle aus dem Wiedereinberufungsbefehl nach einem Jahr rauskommen wollten. Sie wußten alle, es gab in der Armee Bestimmungen für Härtefälle. Diejenigen vor allen, die während der letzten drei, vier Jahre im Reservistenprogramm registriert waren und ihre Militärpflicht nahezu abgerackert hatten, waren wie vor den Kopf geschlagen. In diesen Jahren hatten sie sich eine Karriere aufgebaut, geheiratet, Kinder in die Welt gesetzt. Sie hätten die amerikanischen Militärbosse ausgetrickst, dachten sie. Und dann erwies sich das alles als ein Irrtum.

Aber man muß daran denken, daß das die cleversten Knaben in Amerika waren, die künftigen Busineß-Giganten, die Richter, die Leute, die im Showgeschäft die Rädchen drehten. Die ließen sich das nicht stillschweigend gefallen. Ein Junge, bereits Partner seines Vaters mit einem Sitz an der Wall-Street-Börse, schickte seine Frau in eine Nervenklinik und reichte die Papiere ein, daß er entlassen werden wolle, weil ein Notstand eingetreten sei, da seine Frau einen Nervenzusammenbruch erlitten habe. Ich reichte seine Dokumente komplett mit den offiziellen Attesten von Ärzten und der Klinik weiter. Es klappte nicht. Washington hatte Tausende von Briefen dieser Art erhalten, und man hatte sich auf den Standpunkt gestellt, daß keiner aufgrund von Notstand dem Dienst entkommen solle. Man schickte einen Brief zurück, daß der arme Ehemann wieder zum aktiven Wehrdienst eingezogen werden würde und daß danach das Rote Kreuz sich um seine Forderung bezüglich Notstand kümmern werde. Das Rote Kreuz muß offensichtlich gut funktioniert haben, denn einen Monat darauf, als die Einheit des Knaben nach Fort Lee in Virginia verfrachtet wurde, kam seine Ehefrau – die mit dem Nervenzusammenbruch – in mein Büro, um sich die nötigen Papiere zu erbitten, die es ihr gestatten würden, bei ihm im Camp zu leben. Sie wirkte vergnügt und war zweifellos bei guter Gesundheit. So gesund, daß sie es nicht ausgehalten hatte, die Komödie durchzuspielen und in der Anstalt zu bleiben. Oder vielleicht hatten die Ärzte kalte Füße bekommen und wollten das Täuschungsmanöver nicht zu weit treiben.

Mr. Hiller rief mich wegen seines Sohnes Jeremy an. Ich sagte ihm, ich könne leider überhaupt nichts unternehmen. Er bohrte mich weiter an, und ich sagte im Scherz, wenn sein Sohn homosexuell wäre, könnte er aus der Reserve entlassen werden und würde nicht zum aktiven Dienst eingezogen werden. Am anderen Ende der Telefonleitung gab es eine lange Pause, dann dankte er mir und legte auf. Und wie das Amen im Vaterunser kam zwei Tage später Jeremy Hiller und füllte die entsprechenden Formulare aus, um aus der Armee entlassen zu werden, da er homosexuell sei. Ich erklärte ihm, daß dieses Faktum stets in seinen Personalakten verzeichnet sein würde, daß er es vielleicht einmal später im Leben bedauern könnte, solch eine Taxierung an seiner Person hängen zu haben. Er zögerte, dann sagte er schließlich: „Mein Vater sagt, das ist besser, als sich totschießen zu lassen."

Ich reichte die Papiere weiter. Das Erste-Armee-Hauptquartier, Governors Island, schickte sie zurück. Nachdem der Gemeine Erster Klasse Hiller wieder einberufen worden sei, werde die Kommission der regulären Armee über seinen Fall befinden. Wieder ein Fehlschlag.

Ich war überrascht, daß Eli Hemsi mich nicht angerufen hatte. Der Sohn des Kleiderfabrikanten, Paul, hatte sich nicht ein einziges Mal im Arsenal blicken lassen, seit die Einberufungen zum Aktivdienst rausgegangen waren. Aber dieses Rätsel löste sich auf, als ich in meiner Post Papiere eines für seine psychiatrischen Buchveröffentlichungen berühmten Arztes fand. In den Dokumenten stand, daß Paul Hemsi während der letzten drei Monate wegen einer Nervenstörung eine Elektroschockbehandlung erhalten habe und deshalb nicht zum aktiven Wehrdienst eingezogen werden könne, weil dies schreckliche Folgen für seine Gesundheit haben würde. Ich las die entsprechende Armeevorschrift durch. Und wirklich, Mr. Hemsi hatte einen Weg gefunden, dem Militär zu entkommen. Er hatte sich wohl Rat von Leuten in höheren Rängen als dem meinen geholt. Ich schickte die Dokumente nach Governors Island weiter. Und weiß Gott, sie kamen schließlich wieder zurück. Mit Sonderorder, daß Paul Hemsi aus der Reserve der Armee der USA zu entlassen sei. Ich fragte mich, wieviel das Geschäft Mr. Hemsi gekostet haben mochte.

Ich versuchte allen zu helfen, die sich wegen eines Härtefalles freistellen lassen wollten. Ich achtete darauf, daß die Papiere zum Hauptquartier auf Governors Island gelangten, und telefonierte extra, um nachzuhaken. Mit anderen Worten, ich tat für meine

„Klienten" das Menschenmögliche. Für alle. Frank Alcore war darin das genaue Gegenteil.

Frank war mit seiner Einheit zum aktiven Dienst einberufen worden. Und er hielt es für eine Ehrensache, zu gehen. Er unternahm keinen Versuch, sich wegen Notfalls freistellen zu lassen, obschon er wegen seiner Frau, der Kinder und seiner alten Eltern gute Gründe hierfür hätte anführen können. Und er empfand sehr wenig Sympathie mit den Leuten in seinen Einheiten, die versuchten, sich dem einjährigen Aktivdienst zu entziehen. Als oberster Verwaltungsbeamter seines Bataillons, sowohl als Zivilist wie als Hauptfeldwebel, nahm er an allen Kommissionsentscheidungen über Härtefälle teil. Keiner seiner Männer schaffte es, von der Einberufung zum Aktivdienst befreit zu werden, nicht einmal diejenigen, bei denen die Sache begründet gewesen wäre. Er machte es ihnen verdammt schwer. Und eine ganze Reihe dieser Jungs waren dieselben, die ihm Spitzensummen geblecht hatten, um sich in das Sechsmonateprogramm einzukaufen. Als Frank und seine Einheiten aus dem Arsenal auszogen und nach Fort Lee gingen, war die Atmosphäre ganz schön vergiftet.

Mich neckten sie. Da ich mich nicht auf das Reservistenprogramm der Armee eingelassen hätte, müsse ich also etwas gewußt haben. Aber bei aller Neckerei zeigte sich Respekt. Ich war der einzige Kerl im Arsenal, der sich von dem leichtverdienten Geld und der Ungeschorenheit und Gefahrlosigkeit dabei nicht hatte bluffen lassen. Irgendwie war ich stolz auf mich. Ich hatte mir das Ganze schon vor Jahren überlegt. Die finanziellen Vorteile waren nicht so groß, daß sie das geringe Gefahrenrisiko hätten abdecken können. Es stand eins zu tausend, daß man zum Aktivdienst einberufen werden würde, aber ich widersetzte mich der Versuchung dennoch. Oder vielleicht konnte ich ja doch in die Zukunft blicken. Die Ironie der Geschichte war nur, daß viele Soldaten aus dem Zweiten Weltkrieg in diese Falle gingen. Und dann trauten sie ihren Augen nicht. Da hockten sie jetzt, Kerle, die drei oder vier Jahre in dem vergangenen Krieg gekämpft hatten, und trugen wieder die gleichen alten grünen Trainingsklamotten. Sicher, die meisten dieser Oldtimer würden nie ins Gefecht geschickt werden, aber trotzdem waren sie stocksauer. Es erschien unfair. Nur Frank Alcore schien es nichts auszumachen. „Ich hab' mir die Sahne aufgeschleckt", sagte er, „und jetzt bezahle ich eben dafür." Er lächelte mir zu. „Merlin, ich hab' Sie immer für einen Blödmann gehalten, aber jetzt kommen Sie mir ziemlich gerissen vor."

Am Monatsende, als sie alle abfuhren, kaufte ich für Frank ein Geschenk. Eine Armbanduhr mit allem möglichen Scheiß dabei, Kompaß und Tageszeit. Absolut stoßsicher. Hatte mich zweihundert Böcke gekostet, aber ich mochte Frank eben wirklich. Und ich nehme an, ich fühlte mich ein bißchen schuldbewußt, weil er gehen mußte und ich nicht. Er war über das Geschenk gerührt und nahm mich freundschaftlich-distanziert in die Arme. „Sie können sie ja immer mal verpfänden, wenn Sie in der Tinte sitzen", sagte ich. und wir lachten beide.

Während der nächsten zwei Monate war das Arsenal seltsam leer und still. Die Hälfte der Einheiten war durch die Wiedereinberufung abgezogen worden. Das Sechsmonateprogramm war gestorben und schien plötzlich gar nicht mehr solch eine angenehme Sache. Was meine Schmiertricks betraf, so war ich arbeitslos. Da es nichts zu tun gab, arbeitete ich während der Bürostunden an meinem Roman. Der Major war ziemlich viel weg, der Sergeant der regulären Armee ebenso. Und da Frank ja aktiven Dienst tat, war ich fast die ganze Zeit allein im Büro. An einem von diesen Tagen kam ein junger Kerl und setzte sich vor meinen Schreibtisch. Ich fragte, was ich für ihn tun könne. Er fragte, ob ich mich an ihn erinnere. Das tat ich wirklich, undeutlich. Und dann nannte er seinen Namen, Murray Nadelson. „Sie haben sich aus Freundlichkeit um mich gekümmert. Meine Frau hatte Krebs."

Und dann erinnerte ich mich wirklich an die Szene. Es war vor fast zwei Jahren gewesen. Einer meiner glücklichen Kunden hatte ein Treffen zwischen Nadelson und mir arrangiert. Wir drei lunchten zusammen. Mein Kunde war ein gerissener Börsenmakler von der Wallstreet namens Buddy Stove. Ein äußerst geschickter Superverkäufer. Er erklärte mir das Problem. Murray Nadelsons Frau hatte Krebs. Die Behandlung war teuer, und Murray konnte sich den Zugang zur Reserve in der Armee nicht kaufen. Außerdem hatte er eine Todesangst, man würde ihn für zwei Jahre einziehen und nach Übersee versetzen. Ich fragte, warum er nicht wegen der Gesundheit seiner Frau auf Härtefall plädiert habe. Er hatte es versucht und war abgewiesen worden.

Das kam mir krumm vor, aber ich ließ es ihm durchgehen. Buddy Stove erläuterte, daß eine der besonderen Attraktionen beim sechsmonatigen Reservistenprogramm mit aktivem Dienst die Tatsache sei, daß der Dienst in den Staaten abgeleistet werden würde und daß Murray Nadelson seine Frau kommen lassen könne, damit sie in der Nähe des jeweiligen Camps, wo die

Ausbildung stattfand, in seiner Nähe wohnen könne. Und für die Zeit nach den sechs Monaten wollten sie auch noch, daß er in die Kontrollgruppe abgeschoben werde, damit er nicht zu den Vorträgen kommen mußte. Er müsse nämlich soviel wie möglich bei seiner Frau bleiben.

Ich nickte. Okay, das würde ich hinkriegen. Und dann verpaßte mir Buddy Stove einen Schmetterball mit Dreh. Ich sollte das alles umsonst tun. Kein Honorar. Sein Freund Murray könne nicht einen Pfennig ansetzen.

Murray konnte mir zu diesem Zeitpunkt schon nicht mehr in die Augen sehen. Er hielt den Kopf gesenkt. Ich dachte mir, daß das Ganze ein mieser Trick sei, nur vermochte ich mir nicht vorzustellen, daß jemand imstande wäre, so einen Fluch auf seine Frau herunterzubeschwören, indem er sagte, sie habe Krebs, bloß um nicht ein bißchen Geld ausspucken zu müssen. Und dann hatte ich eine Vision. Was, wenn eines Tages die ganze Sache aufflog, die Zeitungen schrieben, ich hätte einen Mann, dessen Frau Krebs hatte, dazu gebracht, mir Bestechungsgeld zu bezahlen, damit ich mich um ihn kümmerte? Ich würde wie der beschissenste Schuft auf der Welt dastehen, sogar vor mir selbst. Also sagte ich, sicher, okay, und irgend etwas darüber, daß ich hoffe, Murrays Frau werde wieder in Ordnung kommen. Und das war das Ende dieses Mittagessens.

Ich war damals nur ganz wenig sauer. Ich hatte es mir zur Regel gemacht, alle in das Sechsmonateprogramm aufzunehmen, die sagten, sie hätten das Schmiergeld nicht. Und das war ganz schön oft der Fall gewesen. Ich schrieb es auf mein Konto Gutwilligkeit. Aber die Überstellung in eine Kontrollgruppe und damit die Freistellung von fünfeinhalb Jahren Reservistendienst, das war doch eine besondere Aktion und eine Menge Geld wert. Buddy Stove selber hatte für diesen Sonderservice fünfhundert Böcke geblecht, zusätzlich zu den zweihundert für die Einziehung zum Reservedienst.

Wie dem auch immer gewesen sein mochte, ich erledigte alles glatt und erfolgreich. Murray Nadelson diente seine sechs Monate; dann ließ ich ihn in der Kontrollgruppe verschwinden, wo er nur noch ein Name auf einer Liste war. Und was wollte, zum Teufel noch mal, Murray Nadelson jetzt in meinem Büro? Ich schüttelte ihm die Hand und wartete.

„Buddy Stove hat mich angerufen“, sagte Murray. „Sie haben ihn aus der Kontrollgruppe wieder einberufen. Sie brauchen seine

Spezialkenntnisse in einer der Einheiten, die aktiv Dienst machen."

„Blöd für Buddy", sagte ich. Es klang nicht gerade übermäßig mitfühlend. Ich wollte nicht, daß er das Gefühl bekäme, ich würde da helfen.

Aber Murray Nadelson blickte mir direkt in die Augen, als ob er sich Mut machen wollte, mir etwas zu sagen, was ihm schwerfiel. Also sackte ich in meinem Stuhl zurück, wippte nach hinten und sagte: „Ich kann wirklich nichts für ihn tun."

Nadelson schüttelte heftig den Kopf. „Das weiß er."

Er schwieg eine Weile. „Wissen Sie, ich habe Ihnen niemals so recht gedankt für alles, was Sie für mich getan haben. Sie waren der einzige, der geholfen hat. Und das wollte ich Ihnen denn doch einmal sagen. Ich werde es Ihnen nie vergessen, was Sie für mich getan haben. Darum bin ich hergekommen. Vielleicht kann ich Ihnen helfen."

Jetzt fühlte ich mich verlegen. Ich wollte nicht, daß er mir nach so langer Zeit jetzt noch Geld anböte. Geschehen war geschehen. Und ich hatte immer gern ein paar gute Taten auf der Habenseite meines moralischen Kontos.

„Reden wir nicht darüber", sagte ich. Immer noch war ich auf der Hut. Ich wollte ihn nicht fragen, wie es seiner Frau gehe. Außerdem hatte ich das Märchen sowieso nicht geglaubt. Und überdies fühlte ich mich nicht wohl in meiner Haut, weil er so dankbar für meine Mithilfe war, wo das Ganze doch nur ein geschickter Verkaufstrick gewesen war.

„Buddy hat mir aufgetragen, Sie zu besuchen", sagte Nadelson. „Er möchte Sie warnen, daß Fort Lee nur so von FBI-Männern wimmelt, die die Burschen aus euren Einheiten ausfragen. Sie wissen ja, darüber, daß sie bezahlt haben, um reinzukommen. Sie stellen Fragen über Sie und Frank Alcore. Und es sieht so aus, als ob Ihr Freund Alcore ziemlich tief im Dreck steckt. Zirka zwanzig von den Männern haben ausgesagt, daß sie ihm Geld bezahlt haben. Buddy sagt, es wird in New York ein Untersuchungsgericht eingesetzt werden und Frank in ein paar Monaten offiziell anklagen. Er hat keine Ahnung, wie der Fall bei Ihnen liegt. Aber er wollte, daß ich Sie warne, Sie sollen vorsichtig sein mit dem, was Sie sagen oder tun. Außerdem, wenn Sie einen Anwalt brauchen, besorgt er Ihnen einen."

Einen Augenblick lang konnte ich ihn nicht mehr wahrnehmen. Die Welt war im wörtlichen Sinn schwarz geworden. Mir war dermaßen übel, daß die Welle von Ekel mich fast dazu gebracht hätte, mich zu übergeben. Mein Stuhl klappte vorwärts. Ich hatte rasend schnelle Bildvisionen meiner Entwürdigung, wie ich verhaftet wurde, wie entsetzt und verschreckt Vallie war, wie wütend ihr Vater, wie sich mein Bruder Artie schämte, wie enttäuscht er von mir war. Jetzt war das kein toller Streich mehr, meine Rache an der Gesellschaft. Aber Nadelson wartete, daß ich etwas sagte.

„Jesus Christus", sagte ich. „Wie sind die da draufgekommen? Es ist doch gar nichts gelaufen seit den neuen Einberufungen. Was hat die auf die Spur gebracht?"

Nadelson blickte wegen seiner Bestecherkollegen ein bißchen schuldbewußt drein. „Manche von ihnen waren dermaßen sauer, weil sie wieder eingezogen wurden, daß sie anonyme Briefe ans FBI schickten und erklärten, sie hätten Geld bezahlen müssen, um ins Sechsmonateprogramm zu kommen. Die wollten Alcore in Schwierigkeiten bringen, sie gaben ihm die Schuld daran. Manche waren stocksauer, weil er gegen sie war, als sie versuchten, der Wiedereinberufung zu entkommen. Und außerdem ist er drüben im Camp ein richtiger zweihundertprozentiger Bulle, und das mögen die nicht. Also wollten sie ihm Dreck anhängen."

In meinem Kopf rasten die Gedanken. Es war fast ein Jahr her, daß ich Cully in Vegas gesehen und ihm mein Geld anvertraut hatte. Inzwischen hatte ich weitere fünfzehntausend Dollar gescheffelt. Außerdem würde ich bald in mein neues Haus auf Long Island einziehen können. Und wenn das FBI mit allen Jungs in Fort Lee sprach, dann würden da mindestens hundert Kerle darunter sein, von denen ich Geld angenommen hatte. Und wie viele von ihnen würden eingestehen, daß sie mich bestochen hatten?

„Ist Stove sicher, daß gegen Frank eine Untersuchung eingeleitet wird?" fragte ich Nadelson.

„Es wird eine geben müssen", antwortete Murray. „Außer, die Regierung macht ein Geheimnis draus, na, Sie wissen schon, kehrt es unter den Teppich."

„Gibt's dafür Chancen?" fragte ich.

Murray Nadelson schüttelte den Kopf. „Nein. Aber Buddy glaubt, daß Sie davonkommen könnten. Alle Burschen, mit denen Sie zu tun hatten, denken, daß Sie ein prima Junge sind. Sie haben aus keinem Geld rausgequetscht wie Alcore. Keiner will Ihnen was anhängen, und Buddy macht da drunten allen klar, daß keiner Sie reinziehen soll."

„Sagen Sie ihm danke von mir", sagte ich.

Nadelson stand auf und schüttelte mir die Hand. „Ich will Ihnen nur noch einmal danke sagen. Und wenn Sie vielleicht einen Leumundszeugen brauchen sollten, der für Sie aussagt, oder wenn Sie das FBI an mich verweisen möchten, ich bin bereit und werde mein Bestes tun."

Auch ich schüttelte ihm nochmals die Hand. Ich fühlte ihm gegenüber wirkliche Dankbarkeit. „Gibt es irgendwas, was ich für Sie tun könnte?" fragte ich. „Besteht die Gefahr, daß Sie von Ihrer Kontrollgruppe zum regulären Dienst einberufen werden könnten?"

„Nein", sagte Nadelson. „Ich habe einen kleinen Sohn im Babyalter, wissen Sie noch? Und meine Frau ist vor zwei Monaten gestorben. Also bin ich nicht in Gefahr."

Ich werde sein Gesicht niemals vergessen, als er das sagte. Die Stimme war so voller bitterer Selbstverachtung. Und im Gesicht zeichneten sich Scham und Haß ab. Er machte sich Vorwürfe dafür, daß er noch lebte. Und dabei konnte er doch gar nichts anderes tun, als den Weg zu gehen, den das Leben ihm bestimmt hatte. Sich um seinen kleinen Jungen kümmern, morgens zur Arbeit gehen, der Aufforderung eines Freundes folgen, hierherkommen, um mich zu warnen und mir ein Dankeschön aussprechen für etwas, was ich für ihn getan hatte, was er damals für sich selbst als wesentlich erachtet hatte und was heute überhaupt keine Bedeutung mehr für ihn besaß. Ich sagte, es tue mir leid wegen seiner Frau, ich glaubte ihm jetzt wirklich, er war wirklich ein sauberer Typ. Ich kam mir ganz beschissen vor, weil ich je anders von ihm gedacht hatte. Und vielleicht hatte er sich das bei unserm Gespräch bis zuletzt aufgehoben, weil er vor Jahren, als Buddy Stove seinetwegen bettelte, gewußt haben mußte, während er den Kopf gesenkt hielt, daß ich ebendas von ihm geglaubt hatte, daß sie nämlich alle beide logen. Es war eine kleine Rache, aber ich nahm sie gern auf mich.

Ich verbrachte eine Woche voller Nervenzittern, bis dann schließlich das Fallbeil heruntersauste. Es war ein Montag, und ich war erstaunt, daß der Major an einem Montag kregel und für ihn früh ins Büro kam. Er warf mir einen merkwürdigen Blick zu, als er in sein Zimmer ging.

Pünktlich um zehn kamen zwei Männer herein und fragten nach ihm. Ich wußte sofort, wer sie waren. Sie paßten fast haargenau auf die Vorstellung, die man aus Filmen und Büchern hat. Sie hatten konservative Anzüge und Krawatten und dazu todlangweilige Filzhüte, wie Puritaner sie tragen. Der ältere von beiden war so um fünfundvierzig und hatte ein verwittertes Gesicht, das fast sacht gelangweilt wirkte. Der andere paßte nicht so ganz in die Synchronisation. Er war sehr viel jünger, und sein Körper wirkte drahtig und unathletisch. Unter seinem langweiligen Konfektionsanzug mit wattierten Schultern steckte ein ziemlich dürres Knochengerüst. Das Gesicht war so ein bißchen unreif, aber auf nette Weise ganz hübsch. Ich brachte sie ins Büro des Majors. Sie blieben etwa eine halbe Stunde bei ihm, dann kamen sie wieder heraus und pflanzten sich vor meinem Schreibtisch auf. Der ältere fragte in formellem Ton: „Sind Sie John Merlin?"

„Ja", sagte ich.

„Könnten wir mit Ihnen privat sprechen? Ihr Vorgesetzter hat uns die Erlaubnis erteilt."

Ich stand auf und brachte sie in eins der Zimmer, die bei den Vortragsabenden als eine Art Hauptquartier für die Reservisten dienten. Beide öffneten sofort ihre Brieftaschen und zeigten mir grüne Ausweiskarten. Der ältere der beiden stellte sich vor: „Ich heiße James Wallace und bin vom Federal Bureau of Investigation. Mein Kollege ist Tom Hannon."

Der Kerl namens Hannon lächelte mich freundlich an. „Wir wünschen, daß Sie uns ein paar Fragen beantworten. Sie brauchen allerdings nicht zu antworten, ohne einen Rechtsbeistand hinzuzuziehen. Aber wenn Sie uns antworten, dann kann alles, was Sie sagen, gegen Sie verwendet werden. Okay?"

„Okay", sagte ich. Ich setzte mich ans eine Ende des Tischs, und sie setzten sich links und rechts, so daß ich zwischen ihnen eingeklemmt war.

Wallace, der ältere der zwei, fragte mich: „Können Sie sich vorstellen, aus welchem Grund wir hier sind?"

„Nein", sagte ich. Ich hatte mich entschlossen, nicht ein einziges Wort freiwillig zu sagen, nicht einmal was Witziges. Keine Show abzuziehen. Natürlich würden die sich denken können, daß ich wüßte, warum sie gekommen waren, aber was machte das schon?

Hannon sagte: „Haben Sie aus persönlicher Kenntnis irgendwelche Informationen darüber, daß Frank Alcore von Reservisten aus irgendwelchen Gründen Bestechungsgelder angenommen hat?"

„Nein", sagte ich. Mein Gesicht blieb ausdruckslos. Ich hatte mir vorgenommen, nicht zu schauspielern. Keine Überraschungsausbrüche, kein Lächeln, nichts, was zusätzliche Fragen oder Angriffe auslösen konnte. Sollten sie doch denken, daß ich einen Freund deckte. Das wäre ja nur normal gewesen, selbst wenn ich persönlich nicht schuldig war.

Hannon fragte: „Haben Sie niemals von einem Reservisten aus irgendeinem Grund Geld angenommen?"

„Nein", sagte ich.

Wallace sagte sehr betont und sehr langsam: „Sie wissen doch über all das genau Bescheid. Sie haben junge Männer mit Einberufungsbescheiden nur für Ihr Programm genommen, wenn sie Ihnen dafür bestimmte Summen bezahlten. Sie wissen, daß Sie und Frank Alcore diese Listen manipuliert haben. Wenn Sie das bestreiten, dann belügen Sie einen Bundesbeamten, und das ist strafbar. Ich frage Sie also noch einmal: Haben Sie jemals Geld oder irgendwelche Begünstigungen angenommen und dafür eine Person gegenüber anderen bei der Einstellung bevorzugt?"

„Nein", sagte ich.

Hannon lachte plötzlich. „Wir haben Ihren Kumpel Frank Alcore schon festgenagelt. Wir haben Zeugenaussagen, daß Sie beide Partner in der Sache gewesen sind. Und daß Sie vielleicht auch mit anderen zivilen Verwaltungsbeamten und sogar Offizieren in diesem Gebäude hier unter einer Decke steckten, um Bestechungen herauszuschinden. Wenn Sie mit uns reden und uns alles sagen, was Sie wissen, dann könnte es für Sie um einiges besser ausgehen."

Er hatte mich nichts gefragt, und darum starrte ich ihn nur an und gab ihm keine Antwort.

Plötzlich sagte Wallace mit seiner ruhigen, ebenmäßigen Stimme: „Wir wissen, Sie sind die Hauptfigur in dieser Geschichte."

Und hier brach ich zum erstenmal die von mir selbst aufgestellten Regeln. Ich lachte. Es war ein derart natürliches Lachen, daß sie sich darüber nicht ärgern konnten. Tatsächlich bemerkte ich, daß Hannon sogar ebenfalls ein wenig lächelte.

Der Grund, warum ich lachte, war das Wort „Hauptfigur". Zum erstenmal kam mir jetzt das Ganze wie aus einem zweitrangigen Film vor. Und ich lachte, weil ich damit gerechnet hatte, daß Hannon so etwas in dieser Richtung sagen würde, er sah nämlich dafür unflügge genug aus. Ich hatte geglaubt, daß Wallace der gefährliche Mann sein würde, weil er offenbar das Gespann leitete.

Und ich lachte, weil ich nun wußte, daß sie ganz offensichtlich auf der falschen Spur jagten. Sie schnüffelten nach einer wirklich raffinierten Verschwörung, nach einem „organisierten Ring“ mit einem Geniehirn im Zentrum. Ansonsten würde es ja die Zeit dieser beiden schweren Kaliber vom FBI nicht wert gewesen sein. Sie wußten einfach nicht, daß da nur ein Haufen kleinkalibriger Bürohocker darauf aus gewesen waren, so nebenbei noch ein paar Mäuse dazuzuverdienen. Sie vergaßen völlig, daß wir hier in New York waren, wo jeder an jedem Tag das eine oder andere Gesetz in der einen oder anderen Form brach. Es ging ihnen nicht in den Schädel, daß *jedermann* die Frechheit haben könnte, von sich aus ein Gauner zu sein. Aber ich wollte nicht, daß sie wegen meines Lachens sauer würden, darum schaute ich Wallace an und sagte: „Ich wollte, ich wär 'ne Hauptfigur bei irgendwas ...“ Ich sagte es betrübt. „Aber ich bin bloß eine lausige Bürokreatur.“

Wallace schaute mich bohrend an und sagte dann zu Hannon: „Haben wir sonst noch etwas?“ Hannon schüttelte den Kopf. Wallace stand auf. „Danke, daß Sie unsere Fragen beantwortet haben.“ Im gleichen Moment stand Hannon auf, und ich ebenfalls. Einen Augenblick lang standen wir alle drei ganz dicht beieinander, und ohne weiter nachzudenken, streckte ich meine rechte Hand aus, und Wallace nahm sie. Ebenso Hannon. Und dann gingen wir aus diesem Zimmer und den Gang zu meinem Büro hinüber. Sie nickten mir einen Gruß zu, als sie zur Treppe gingen, die sie hinunter und zum Ausgang führen würde, und ich ging weiter bis zu meinem Büro.

Ich war ganz cool, überhaupt nicht nervös. Kein bißchen. Erstaunt war ich nur, daß ich denen die Hand geboten hatte. Ich glaubte, es war die Geste, die in mir alle Spannung gelöst hatte. Aber warum hatte ich es getan? Ich vermute, es war aus einer Art Dankbarkeitsgefühl heraus geschehen, weil sie mich nicht zu demütigen, mich nicht runterzudrücken versucht hatten. Weil sie bei der Befragung in einem zivilisierten Rahmen geblieben waren. Und ich begriff, daß sie für mich eine Art Mitleid empfanden. Schuldig war ich für sie ganz offensichtlich, aber in bezug auf derartig nebensächliche Kleinigkeiten. Ein armer lausiger Bürohengst, der sich ein paar Extramäuse zusammenkratzt. Sicher, in den Knast würden sie mich gesteckt haben, wenn sie es gekonnt hätten, aber bestimmt nicht mit restloser Wonne. Oder aber vielleicht waren es auch nur kleine Fische, als daß sie sich dafür angestrengt haben würden. Oder vielleicht mußten sie insgeheim über das Verbrechen selber lachen. Daß Kerle blechen, um *in* die

Armee zu kommen! Und dann lachte ich. Fünfundvierzig Riesen, das waren ja nicht nur so ein paar müde Böcke. Ich hatte mich von Selbstmitleid überschwemmen lassen.

Sobald ich wieder zu meinem Büro kam, tauchte der Major in der Tür zum inneren Büro auf und winkte mir zu, ich solle hereinkommen. Der Major hatte sich mit sämtlichen Auszeichnungen und Orden auf der Uniform aufgetakelt. Er hatte im Zweiten Weltkrieg gekämpft und in Korea, und er hatte mindestens zwanzig bunte Bändchen auf der Brust.

„Wie haben Sie sich gehalten?" fragte er. Und lächelte dabei ein wenig.

Ich zuckte die Achseln. „Okay, hoffe ich."

Der Major schüttelte verwundert den Kopf. „Die haben mir gesagt, daß das seit Jahren so gegangen ist. Wie zum Teufel habt ihr Kerle das hingedreht?" Er schüttelte wieder den Kopf, diesmal bewundernd.

„Ich denke, das Ganze ist Mist", sagte ich. „Ich habe nie gesehen, daß Frank von irgendeinem einen Penny genommen hat. Da sind bloß so ein paar Typen, denen es sauer aufsteigt, weil sie wieder aktiviert worden sind."

„Hm, ja", sagte der Major: „Aber drunten in Fort Lee bereiten sie schon die Marschbefehle für ein paar hundert von den Burschen vor, die nach New York geflogen werden und vor dem Untersuchungsgericht aussagen müssen. Und das ist leider kein Mist." Er blickte mich einen Augenblick lächelnd an. „In welcher Truppe waren Sie im Krieg gegen die Deutschen?"

„Vierte Panzer", sagte ich.

„Sie haben einen Bronze Star in Ihren Personalien", sagte der Major. „Nicht viel, aber immerhin was." Er trug den Silber Star und das Purple Heart zwischen den Bändchen über dem Herzen.

„Nein, viel war's nicht", sagte ich. „Ich habe französische Zivilisten unter Geschützfeuer evakuiert. Ich glaube nicht, daß ich auch nur einen Deutschen getötet habe."

Der Major nickte. „Nicht viel", sagte er zustimmend. „Aber es ist mehr, als diese jungen Burschen je getan haben. Und deshalb, wenn ich helfen kann, sagen Sie mir Bescheid. Okay?"

„Danke", sagte ich.

Und während ich gerade aufstand, um zu gehen, sagte der Major fast wütend und wie zu sich selbst: „Die zwei Saukerle haben angefangen, mir Fragen zu stellen, und ich habe ihnen gesagt, sie sollen sich selber anpissen. Die haben geglaubt, daß ich vielleicht in der Scheiße mit drinstecke." Er schüttelte den Kopf. „Okay", sagte er. „Aber passen Sie auf, daß Ihnen nicht der Arsch verbrennt."

Amateurverbrecher zu sein, zahlt sich nicht aus. Ich begann auf die Dinge zu reagieren wie ein Mörder auf der Leinwand, den seine Schuldgefühle peinigen. Jedesmal wenn es an der Tür zu ungewöhnlichen Zeiten klingelte, begann mein Herz heftig zu schlagen. Ich dachte, es wären die Bullen oder die vom FBI. Und natürlich war es bloß immer einer unserer Nachbarn, einer von Vallies Freunden, die vorbeikamen, um zu quasseln oder sich irgendwas auszuborgen. Im Büro kamen die FBI-Agenten jede Woche ein paarmal vorbei, meistens mit einem jungen Knaben, der mich offenbar identifizieren sollte. Ich nahm an, daß es sich da um Reservisten handelte, die sich in das Sechsmonateprogramm eingekauft hatten. Einmal kam Hannon zum Schwatzen, und ich ging runter zu einer kleinen Lunchbar und holte Kaffee und Sandwiches für den Major und uns. Und während wir da so saßen, sagte Hannon unglaublich freundlich: „Sie sind ein prima Typ, Merlin, und es dreht mir den Magen um, wenn ich dran denke, daß ich Sie in den Knast schicken soll. Aber wissen Sie, ich habe 'ne ganze Reihe netter Kerle in den Knast geschickt. Und ich denke dabei jedesmal, was für eine Schande! Wenn die bloß ein bißchen mehr an sich gedacht und mitgeholfen hätten."

Der Major räkelte sich in seinem Stuhl nach hinten und wartete auf meine Reaktion. Ich zuckte bloß die Schultern und kaute weiter an meinem Sandwich. Mein Standpunkt war der, daß es sinnlos sei, auf derartige Bemerkungen zu antworten. Es würde nur zu einer allgemeinen Diskussion über die ganze Bestechungssache führen. Und dabei würde ich vielleicht etwas sagen, was ihrer Untersuchung nützlich werden konnte. Darum sagte ich nichts. Statt dessen fragte ich den Major, ob ich ein paar Tage dienstfrei bekommen könne, um meiner Frau bei den Weihnachtseinkäufen zu helfen. Es gab wirklich nicht viel zu tun, und wir hatten einen neuen Zivilbeamten als Ersatz für Frank Alcore im Büro, und der konnte sich um den Laden kümmern, während ich nicht da war. Der Major sagte, aber sicher. Außerdem hatte Hannon sich doof verhalten. Seine Bemerkung, nette Kerle in den Knast zu schicken, war einfach doof. Er war zu jung, um nette Burschen oder üble Burschen in Massen in den Knast geschickt zu haben. Ich hatte ihn als Anfänger eingestuft, einen netten „Hammel“, aber nicht als den Typ, der mich ins Kittchen stecken würde. Und wenn er es schaffte, dann war ich wohl sein erster Fall gewesen.

Wir quatschten noch ein bißchen, und dann verzog sich Hannon. Der Major schaute mich zum erstenmal achtungsvoll an. Dann sagte er: „Auch wenn die Ihnen nichts anhängen können, meine ich, Sie suchen sich besser einen neuen Job.“

Weihnachten war für Vallie immer eine Riesenangelegenheit. Sie kaufte mit Begeisterung Geschenke für ihre Mutter und ihren Vater und die Kinder und mich und ihre Brüder und Schwestern. Und zu diesem Weihnachtsfest hatte sie mehr Geld zur Verfügung als jemals zuvor. Für die zwei Jungs hatten wir Fahrräder im Kleiderkabinett versteckt. Für ihren Vater hatte sie einen riesigen Sweater aus importierter irischer Wolle erstanden, für ihre Mutter eine gleichfalls extrem teure Spitzenstola aus Irland. Ich wußte nicht, was sie für mich haben würde. Da war sie immer sehr geheimnisvoll. Und auch ich mußte mein Geschenk für sie geheimhalten. Ich hatte, gegen bar, einen kleinen Diamantring gekauft, das erste wirklich gute Stück an Schmuck, das ich je für sie besorgt hatte. Sie hatte noch nicht einmal einen Verlobungsring von mir bekommen. Damals, vor so vielen Jahren, hielten wir beide nichts von dergleichen bürgerlichem Quatsch. Aber in zehn Jahren hatte sie sich geändert, und mir war, weiß der Himmel, das eine so wurscht wie das andere. Ich wußte, es würde sie glücklich machen.

Und am Heiligen Abend halfen ihr die Kinder den Baum schmücken, während ich ein bißchen an meiner Arbeit in der Küche saß. Valerie hatte noch immer nicht die geringste Ahnung, in welchen Schwierigkeiten ich in meinem Job steckte. Ich schrieb ein paar Seiten an meinem Roman und ging dann rein und bewunderte den Weihnachtsbaum. Er war ganz mit Silber und roten und blauen und goldenen Glöckchen mit Silberinkrustierung behängt. Über der Spitze leuchtete ein Stern. Valerie benutzte niemals elektrische Kerzen. Sie verabscheute sie an einem Weihnachtsbaum.

Die Kinder waren ganz aufgeregt, und es dauerte ziemlich lange, bis wir sie ins Bett verfrachtet hatten und es sicher war, daß sie auch dort bleiben würden. Sie kamen immer wieder rausgeschlichen, und wir wollten nicht gemein zu ihnen sein, nicht am Heiligen Abend. Schließlich waren sie dann erschöpft und schliefen ein. Ich schaute noch einmal nach ihnen. Sie hatten die neuen Pyjamas für Santa Claus an, waren alle frisch gebadet und hatten sich die Haare gekämmt. Sie sahen so schön aus, daß ich kaum glauben konnte, daß das meine Kinder seien, daß sie zu mir gehörten. In diesem Augenblick liebte ich Vallie wirklich ganz tief. Ich fühlte, daß ich wirklich Glück hatte.

Ich ging ins Wohnzimmer zurück. Vallie plazierte Weihnachtspaketchen mit fröhlichem Papier und Weihnachtsetiketten unter dem Baum. Es sah so aus, als wäre es eine ganze Menge. Ich ging raus und holte mein Päckchen für sie und legte es unter den Baum.

„Ich hab' dir nicht viel kaufen können", sagte ich raffiniert. „Bloß 'ne Winzigkeit als Geschenk." Ich wußte, sie konnte nie draufkommen, daß sie einen echten Brillantring erhalten würde.

Sie lächelte mich an und gab mir einen Kuß. Sie machte sich eigentlich nie viel daraus, was sie selbst zu Weihnachten geschenkt erhielt, sie genoß es, für andere Geschenke zu kaufen, besonders für die Kinder und dann für mich und ihre Familie, ihren Vater, die Mutter und die Brüder und Schwestern. Für die Kinder gab es vier oder fünf Geschenke. Und darunter war ein supertolles Fahrrad, und es tat mir leid, daß sie es gekauft hatte. Es war das Fahrrad für den älteren Jungen, und ich ärgerte mich, weil ich es würde zusammensetzen müssen und nicht die schwachste Vorstellung hatte, wie. Der Kleine bekam bloß ein Kinderfahrrad.

Vallie machte eine Flasche Wein auf und bereitete uns ein paar Sandwiches. Ich riß den Riesenkarton mit den Fahrradteilen auf. Breitete die verschiedenen Teile auf dem Fußboden im Wohnzimmer aus, ebenso die drei Seiten mit der Gebrauchsanweisung und den Zeichnungen. Ich warf einen Blick darauf und sagte: „Ich geb's auf!"

„Ach komm, sei doch nicht komisch", sagte Vallie. Sie hockte sich mit gekreuzten Beinen auf den Boden und studierte die Gebrauchsanleitung. Dabei nippte sie an ihrem Wein. Dann fing sie an zu arbeiten. Ich spielte das idiotische Faktotum. Holte den Schraubenzieher und den Schraubenschlüssel, damit sie die Teile zusammensetzen konnte, und ich hielt die Dinger dabei fest. Es war fast drei Uhr morgen, bis wir das verfluchte Ding endlich zusammengebaut hatten. Inzwischen hatten wir auch den ganzen Wein ausgetrunken und waren mit unseren Nerven am Ende. Außerdem wußten wir, die Kinder würden sofort aus den Betten stürzen, sobald sie wach waren. Wir hatten jetzt also noch höchstens vier Stunden Schlaf vor uns. Dann würden wir zu Vallies Eltern fahren und einen langen, aufregenden Festtag überstehen müssen.

„Wir hauen uns besser ins Bett", sagte ich.

Vallie streckte sich einfach auf dem Fußboden aus. „Ich glaub', ich werd' einfach hier schlafen", sagte sie.

Ich legte mich neben sie, und dann rollten wir uns beide auf die Seite, so daß wir uns enger umfassen konnten. Und da lagen wir, wundervoll müde und zufrieden. In diesem Moment kam ein lautes Klopfen an der Tür. Vallie stand rasch auf, ihr Gesicht voll Erstaunen mir zugewendet.

In dem Bruchteil einer Sekunde baute sich mein schuldvolles Gewissen ein ganzes Drehbuch auf. Natürlich, es mußte das FBI sein. Die hatten bewußt bis zum Heiligen Abend gewartet, bis ich psychisch nicht auf der Hut sein würde. Die waren da mit einem Hausdurchsuchungsbefehl und einem Haftbefehl. Die würden die fünfzehntausend Dollar finden, die ich versteckt hatte, und mich ins Kittchen transportieren. Die würden mir anbieten, daß ich Weihnachten mit meiner Frau und den Kindern verbringen dürfe, wenn ich bloß ein Geständnis ablegte. Sonst würde mir eben die Demütigung nicht erspart bleiben: Vallie würde mich hassen, weil ich mich gerade zu Weihnachten verhaften ließ. Die Kleinen würden weinen und für den Rest ihres Lebens an einem Trauma leiden.

Ich muß ziemlich grün ausgesehen haben, denn Vallie sagte zu mir: „Was ist denn mit dir los?" Wieder klopfte es laut an der Tür. Vallie ging aus dem Wohnzimmer und durch den Flur, um aufzumachen. Ich hörte, wie sie mit jemandem sprach, und ich stand auf und wollte meine bittere Pille schlucken. Sie kam mir durch den Flur entgegen und ging in die Küche. Sie balancierte vier Milchflaschen auf dem Arm.

„Es war der Milchmann", sagte sie. „Er ist heute früher gekommen, damit er wieder bei seiner Familie ist, ehe seine Kleinen aufwachen. Und er hat das Licht bei uns unter der Tür gesehen, deswegen hat er geklopft, um uns frohe Weihnachten zu wünschen. Er ist ein netter Kerl." Und sie ging in die Küche.

Ich ging hinterher und ließ mich erschöpft auf einen der Stühle fallen. Vallie setzte sich auf meinen Schoß. „Ich wette, du hast gedacht, es sei irgendeine verrückte Nachbarin oder ein Gauner", sagte sie. „Du meinst immer, daß das Allerschlimmste passiert."

Sie küßte mich zärtlich. „Gehen wir doch schlafen." Sie gab mir einen weit ausgedehnteren Kuß, also gingen wir ins Bett. Wir liebten uns, und hinterher flüsterte sie: „Ich liebe dich." – „Ich dich auch." Und dann lächelte ich in die Dunkelheit. Ich war bei weitem der angstbeschissenste kleine Gauner des Westens. Aber eins wußte ich auch, ich würde nie ein wirklicher Krimineller sein können. Für die kommenden Jahre meines Lebens würde ich mich auf dem schmalen, beschwerlichen Pfad bewegen. Wenn ich bloß das hinter mir hätte, ich würde nie wieder etwas Krummes drehen. Und da lachte ich. Lieber Himmel, was wäre, wenn ich einen Bankraub oder einen Mord begangen hätte? Ich wäre glatt in Ohnmacht gefallen, als der Milchmann an die Tür klopfte.

Aber drei Tage nach Weihnachten kam ein fremder Mensch in mein Büro und fragte, ob mein Name John Merlin sei. Als ich bejahte, reichte er mir einen gefalteten Briefbogen. Während ich ihn öffnete, verließ er den Raum. Auf dem Schrieb stand in dicken Lettern:

DISTRIKTGERICHTSHOF DER VEREINIGTEN STAATEN

Darunter in normalen Großbuchstaben:

SÜDLICHER DISTRIKT VON NEW YORK

Dann in Maschinenschrift mein Name und meine Adresse und ganz unten: Mit freundlichen Grüßen.

Der weitere Text lautete: „Es wird angeordnet, daß Sie, ungeachtet aller privaten und persönlichen Geschäfte, *in Person* vor dem *Großen Untersuchungsausschuß* des Volkes der Vereinigten Staaten erscheinen ..." Dann ging es weiter mit Zeit- und Ortsangaben, und am Ende stand: „Die Untersuchungsgründe sind angebliches Vergehen gegen Paragraph 18 der Strafgesetze der Vereinigten Staaten." Weiter hieß es, wenn ich nicht erscheinen sollte, werde dies als Mißachtung des Gerichts angesehen und könne zu Strafverordnungen gegen mich führen.

Also, jetzt wußte ich endlich, welches Gesetz ich gebrochen hatte. Titel und Paragraph 18 im Strafgesetzbuch der Vereinigten Staaten. Ich hatte noch nie was davon gehört. Ich las mir den Schrieb noch einmal durch. Der erste Satz faszinierte mich. Als Schriftsteller gefiel mir, wie sich das runterlas. Das haben die ganz gewiß aus den alten englischen Gesetzbüchern übernommen. Und es war schon komisch, wie deutlich und präzise Juristen sein konnten, wenn sie sich Mühe gaben.

Keine Chance, daß man sie mißverstehen könnte. Ich las mir den Satz noch einmal vor: „Es wird angeordnet, daß sie, ungeachtet aller privaten und persönlichen Geschäfte, in Person vor dem Großen Untersuchungsausschuß des Volkes der Vereinigten Staaten erscheinen."

Es war echt grandios. Fast hätte Shakespeare es schreiben können. Und nun, da es passiert war, endlich, war ich überrascht darüber, daß ich beinahe so etwas wie ein Gefühl der Fröhlichkeit empfand, den Drang, es auf Biegen oder Brechen hinter mich zu bringen. Nach meinem Dienstschluß rief ich Cully in Las Vegas an und erwischte ihn in seinem Büro. Ich erzählte ihm, was los war, daß ich in einer Woche vor einer Grand Jury zu einer Befragung erscheinen müsse. Er sagte, ich solle ganz ruhig bleiben und mir keine Sorgen machen. Er komme am nächsten Tag nach New York geflogen und werde aus seinem Hotel bei mir daheim anrufen.

VIERTES BUCH

17

In den vier Jahren seit Jordans Tod hatte Cully sich zur rechten Hand von Gronevelt emporgearbeitet. Er war kein Countdown-As mehr, außer in seinem Herzen, und er spielte nur noch selten. Die Leute nannten ihn bei seinem richtigen Namen: Cully Cross. Seine Codenummer am Telefon war „Xanadu zwei". Und was am wichtigsten war, Cully besaß jetzt das Recht auf den „Bleistift", die begehrteste Machtstellung in Vegas. Mit seinen hingekritzelten Initialien konnte er kostenlose Zimmer, kostenlose Mahlzeiten und kostenlose Drinks vergeben, an seine Lieblingskunden und an Freunde. Er besaß nicht die unbegrenzte Verfügungsgewalt über „den Stift", ein königliches Privileg, das den Hotelbesitzern und den mächtigeren Casinomanagern vorbehalten blieb. Aber auch dies würde noch kommen.

Cully hatte Merlins Anruf im Blackjack-pit unten im Casino entgegengenommen, wo der Tisch Nr. 3 verdächtig war. Er hatte Merlin versprochen, er werde nach New York kommen und ihm helfen. Danach ging er wieder zurück, um Tisch Nr. 3 weiter zu beobachten.

In den letzten drei Wochen hatte der Tisch beständig verloren. Nach den Prozentgesetzen, die Gronevelt aufgestellt hatte, war dies unmöglich: es mußte also ein Trick dabei sein. Cully hatte durch das „Himmelsauge" in der Decke spioniert, sich die Videobänder wieder und wieder vorgespielt, die vom Tisch existierten, hatte persönlich über den Tisch gewacht, aber er wußte noch immer nicht, was da vor sich ging. Und er wollte Gronevelt nicht Bericht erstatten, ehe er nicht wußte, was los war. Er hatte den Eindruck, daß der Tisch Pech hatte, aber er wußte, daß Gronevelt diese Erklärung einer Pechsträhne niemals gelten lassen würde. Gronevelt war überzeugt, daß das Haus über einen längeren Zeitraum einfach nicht verlieren könne, daß die prozentualen Gesetze unveränderlich seien. Ebenso wie die Spieler auf eine mystische Weise an ihr Glück glaubten, glaubte Gronevelt an seine Prozente. Seine Tische konnten, durften nie verlieren.

Nach dem Anruf Merlins ging Cully erneut an Tisch Nr. 3 vorüber. Als Experte in sämtlichen Tricks kam er schließlich zu der endgültigen Entscheidung, daß die Prozente einfach verrückt spielten. Er würde Gronevelt einen genauen Bericht geben und ihm die Entscheidung darüber überlassen, ob er die Dealer umverteilen oder rausschmeißen wollte.

Cully verließ die riesigen Casinoräume und stieg die Treppe neben der Cafeteria zum zweiten Stock zur Verwaltung hinauf. Er sah in seinem Büro nach, ob irgendwelche Nachrichten da seien, und ging hinüber zu Gronevelts Büro. Die Sekretärin sagte ihm, Gronevelt sei in seine Privaträume gegangen. Cully rief ihn an, und Gronevelt ließ bitten.

Cully fragte sich oft, wieso Gronevelt sich hier direkt im Hotel Xanadu eine Wohnung eingerichtet hatte. Auf der zweiten Etage war eine enorme Ecksuite, doch um zu ihr zu gelangen, mußte man per Klingelsignal auf eine riesige offene Terrasse mit Swimming-pool und einem leuchtendgrünen Kunstrasen gehen, ein Grün, das so schrill war, daß man gleich wußte, daß es unter der Wüstensonne von Las Vegas höchstens eine Woche überleben können würde. Dann kam man durch eine zweite dicke Tür zu der Suite selbst, und wieder ging das per Klingelzeichen.

Gronevelt war allein. Er trug weiße Flanellhosen und ein offenes Hemd. Der Mann wirkte erstaunlich gesund und jugendlich für seine mehr als siebzig Jahre; er las. Das Buch lag offen auf der gelbbraunen Samtcouch.

Gronevelt wies Cully mit einer Handbewegung auf die Bar hin, und Cully mixte sich einen Scotch-Soda und einen für Gronevelt. Dann saßen sie einander von Angesicht zu Angesicht gegenüber.

„Der Verliertisch im Blackjack-pit ist in Ordnung“, sagte Cully. „Jedenfalls, soweit ich es sehen kann.“

„Unmöglich“, sagte Gronevelt. „In den vergangenen vier Jahren haben Sie eine Menge gelernt, aber was Sie nicht erkennen wollen, das ist das Gesetz der Quoten. Es ist nicht möglich, daß dieser Tisch drei Wochen lang soviel Geld verliert, wenn da nicht irgendwas faul ist.“

Cully zuckte die Achseln. „Also, was mach' ich?“

Gronevelt sagte ruhig: „Ich werde dem Casinomanager auftragen, die Dealer rauszuschmeißen. Er möchte sie an einen anderen Tisch verfrachten und abwarten, was passiert. Ich weiß, was passieren wird. Es wäre besser, sie einfach rauszuwerfen.“

„Okay“, sagte Cully. „Sie sind hier der Boss.“ Er nahm einen

Schluck aus seinem Glas. „Erinnern Sie sich noch an meinen Freund Merlin – der, der Bücher schreibt?"

Gronevelt nickte. „Ein netter Junge", sagte er.

Cully setzte sein Glas ab. Eigentlich haßte er Trinken, aber Gronevelt haßte es noch mehr, allein zu trinken. Er sagte: „Diese kleine Scheiße, in die er verwickelt ist, dieser Misttrick, ist geplatzt. Er braucht meine Hilfe. Ich muß ohnedies nächste Woche nach New York fliegen und unsere Kollektionäre treffen, also hab' ich mir gedacht, daß ich einfach früher fliege, wenn Ihnen das recht ist."

„Aber sicher", sagte Gronevelt. „Wenn ich irgendwas tun kann, sagen Sie mir Bescheid. Er ist nämlich ein guter Schriftsteller." Er sagte es, als benötige er eine Entschuldigung, um zu helfen. Dann fügte er hinzu: „Wir können ihm doch immer hier unten einen Job geben."

Cully sagte: „Danke. Aber ehe Sie diese Dealer rausschmeißen, lassen Sie's mich nochmal versuchen. Wenn Sie mir sagen, es ist ein Trickspiel, dann ist es okay für mich. Bloß, es geht mir auf die Nerven, daß ich denen nicht auf die Tricks komme."

Gronevelt lachte. „Okay", sagte er. „Wenn ich so jung wäre wie Sie, dann wäre ich auch neugierig. Ich werd' Ihnen was sagen. Lassen Sie die Videobänder rüberbringen, und wir sehen sie uns gemeinsam an und sprechen über ein paar Sachen. Und dann können Sie Ihre Maschine nach New York mit klarerem Kopf besteigen. Okay? Lassen Sie einfach nur die Bänder von den Nachtschichten schicken, von zwanzig Uhr bis zwei Uhr morgens, damit haben wir die Hauptgeschäftszeit."

„Wie kommen Sie gerade auf diese Zeiten?" fragte Cully.

„Muß so sein", sagte Gronevelt. Als Cully den Hörer abhob, sagte Gronevelt: „Rufen Sie den Zimmerservice an und bestellen Sie uns was zu essen."

Während des Essens sahen sie sich die Videobänder des Verlusttisches an. Cully vermochte sein Essen nicht zu genießen, die Filme beschäftigten ihn viel zu sehr. Aber Gronevelt schien kaum auf den Videoschirm zu blinzeln, der im Schrank untergebracht war. Er aß ruhig und langsam und genoß die Demi-Bouteille Rotwein, die zum Steak gebracht worden war. Der Film wurde abrupt unterbrochen, als Gronevelt den Knopf seines Vorführgeräts drückte.

„Sie haben's nicht gesehen?" fragte Gronevelt.

„Nein", sagte Cully.

„Ich geb' Ihnen einen Tip", sagte Gronevelt. „Der Pit-Boss ist sauber. Nicht aber der Durchchecker. Einer von den Dealern am Tisch ist sauber, aber die andern beiden sind es nicht. Es passiert immer, nachdem die Dinner-Show zu Ende geht. Noch was. Die miesen Dealer geben Massen von roten Fünf-Dollar-Chips als Wechsel oder Auszahlung raus. Oft auch dann, wenn sie Fünfundzwanziger-Chips geben könnten. Kapieren Sie es jetzt?"

Cully schüttelte den Kopf. „Farbe würde sichtbar werden."

Gronevelt lehnte sich zurück und zündete sich endlich eine seiner enormen Havanna-Zigarren an. Eine pro Tag war ihm gestattet, und er pflegte sie meist nach dem Dinner zu genießen, wenn dies möglich war. „Sie haben's nicht gemerkt, weil es dermaßen simpel ist", sagte er.

Gronevelt rief den Manager des Casinos an. Dann knipste er den Videoapparat an, um den verdächtigen Blackjack-Tisch in Aktion zu zeigen. Auf dem Bildschirm konnte Cully den Casinomanager hinter dem Dealer auftauchen sehen. Er war von zwei Sicherheitsmännern flankiert, normal gekleidet, ohne Waffen.

Auf dem Bildschirm griff der Casinomanager in die Chip-Boxen des Dealers und holte einen Stapel roter Fünf-Dollar-Chips heraus. Gronevelt knipste das Bild aus.

Zehn Minuten darauf kam der Casinomanager in das Appartement. Er warf ein Häufchen Fünf-Dollar-Chips auf den Tisch vor Gronevelt. Zu Cullys Überraschung fiel der Stapel der Chips nicht auseinander.

„Sie haben recht gehabt", sagte der Manager.

Cully ergriff den roten runden Zylinder. Er sah aus wie ein Stapel von Fünf-Dollar-Chips, aber in Wirklichkeit war es ein Zylinder in den Maßen der Fünf-Dollar-Chips, der hohl war. Der Boden klappte mit Springfedern nach innen. Cully grapschte mit dem Boden herum und zerrte ihn schließlich mit der Schere fort, die Gronevelt ihm gereicht hatte. Der rote, hohle zylindrische Körper, der aussah wie ein Stapel von zehn roten Fünf-Dollar-Chips, gebar fünf schwarze Einhundert-Dollar-Chips.

„Sehen Sie jetzt, wie das gemacht wird?" fragte Gronevelt. „Ein Kumpel kommt rüber und geht ins Spiel und legt diesen Einsatz rüber und bekommt seine Fünf in Wechsel. Der Dealer steckt das in einer Reihe vor sich auf, vor den Hundertern, drückt darauf, und der Boden schluckt die Hunderter. Und ein bißchen später wechselt er dann dem gleichen Knaben und händigt ihm fünfhundert Böcke aus. Wenn das zweimal pro Nacht passiert, sind das tausend steuerfreie Dollar. So wird man auf die Schlaue reich!“

„Jesus“, sagte Cully, „mit den Kerlen werde ich nie fertigwerden.“

„Machen Sie sich keine Gedanken“, sagte Gronevelt. „Fliegen Sie nach New York und helfen Sie Ihrem Freund und bringen Sie unsere Geschäfte dort auf Trab. Sie werden ein bißchen Geld abliefern müssen, also kommen Sie so eine Stunde, bevor Sie abfliegen. Und wenn Sie dann hierher zurückkommen, habe ich gute Nachrichten für Sie. Endlich bekommen Sie ein kleines Stückchen von dem Kuchen, in dem was passiert, und Sie treffen ein paar wichtige Leute.“

Cully lachte. „Ich hab’ den kleinen Mist beim Blackjack nicht entdecken können, und dafür werde ich befördert?“

„Aber sicher doch“, sagte Gronevelt. „Sie brauchen einfach nur etwas mehr Erfahrung und ein etwas cooleres Herz.“

18

Cully saß im Erster-Klasse-Abteil des Nachtflugzeuges nach New York und nippte an einem Clubsoda pur. Auf seinem Schoß ruhte ein Aktenkoffer aus Metall, mit Leder überzogen und mit einem komplizierten Schließmechanismus versehen. Solange Cully den Koffer festhielt, konnte der einen Million Dollar im Inneren nichts passieren. Er selbst vermochte ihn nicht zu öffnen.

In Vegas hatte Gronevelt in Cullys Anwesenheit das Geld abgezählt und sorgfältig in den Koffer gestapelt, ihn dann verschlossen und Cully überreicht. Die Leute in New York wußten nie, wann oder auf welchem Weg das Geld eintreffen würde. Einzig Gronevelt entschied. Dennoch, Cully war nervös. Er klammerte sich an den Aktenkoffer und dachte über die vergangenen Jahre nach. Er war eine ziemliche Strecke vorangekommen, hatte eine Menge gelernt, und er würde weiter vorankommen und noch mehr lernen. Aber er wußte, er lebte ein gefährliches Leben, spielte um hohe Einsätze.

Warum hatte Gronevelt ihn erwählt? Was hatte Gronevelt gesehen? Was sah er voraus? Cully Cross, den metallenen Aktenkoffer auf dem Schoß umklammert haltend, versuchte sich sein künftiges Geschick auszumalen. Ebenso wie er die Karten im Blackjack-Schuh runtergezählt hatte, wie er darauf wartete, daß die Kraft in seinen starken rechten Arm flösse und er unzählige Pässe würfeln könne, so setzte er nun alle seine Kräfte an Gedächtnis und Intuition ein, um zu erkennen, wie sich die Summe aller seiner Chancen im Leben belief und was noch im Schuh verblieb.

Vor nahezu vier Jahren hatte Gronevelt begonnen, Cully als seine rechte Hand auszubilden. Cully war bereits sein Informant im Xanadu-Hotel gewesen, lange ehe Merlin und Jordan sich dort eingefunden hatten, und er hatte seinen Job gut gemacht. Gronevelt war ein wenig ärgerlich auf ihn gewesen, als er sich mit Merlin und Jordan befreundete. Und wütend, als Cully sich in dem mittlerweile legendären Zusammenstoß am Bakkarat-Tisch auf

Jordans Seite stellte. Cully hatte damals seine Laufbahn für beendet gehalten, aber seltsamerweise hatte Gronevelt ihm nach diesem Zwischenfall einen echten Job gegeben. Cully machte sich darüber oft Gedanken.

Im ersten Jahr setzte Gronevelt Cully als Dealer beim Blackjack ein, was eine ziemlich beschissene Art war, eine Karriere zu beginnen. Cully hatte den Verdacht, daß er wieder bloß als Spitzel verwendet werden sollte. Doch Gronevelt hatte etwas anderes, etwas Bestimmtes im Kopf. Er hatte Cully dazu auserwählt, Hauptakteur bei der Prozedur des Absahnens zu werden.

Gronevelt hegte die Überzeugung, Hotelbesitzer, die im Kassenraum ihres Casinos Geld absahnten, seien Trottel, weil das FBI sie früher oder später erwischen würde. Das Absahnen im Kassenbüro war viel zu auffällig. Als Besitzer oder dessen Vertreter sich dort persönlich einzustellen und einen Packen Geld zu übernehmen, ehe man der Nevada Gaming Commission, der Aufsichtsbehörde über die Casinos in Nevada, Bericht erstattete, das erschien Gronevelt als tollkühner Irrsinn. Besonders wenn es fünf oder sechs Eigentümer gab, die sich darüber in die Haare gerieten, wieviel oben abzusahnen sei. Gronevelt glaubte, daß er ein dem weitaus überlegenes System entwickelt habe. Oder jedenfalls war es das, was er Cully erklärte.

Er wußte, daß Cully ein „Mechaniker" war. Kein Spitzenmann, aber einer, der leicht mindere Karten dealen konnte. Das heißt, Cully konnte die Spitzenkarte für sich selbst behalten und die zweite vom Paket ausgeben. Und so pflegte Cully eine Stunde vor seiner von Mitternacht bis Morgengrauen dauernden Schicht in Gronevelts Suite Bericht zu erstatten und sich Anweisungen geben zu lassen. Und in bestimmten Nächten entweder um ein Uhr oder um vier Uhr morgens, pflegte sich ein Spieler in einem betont gefärbten Anzug am Blackjack-Tisch einzufinden und nacheinander bestimmte Einsätze zu machen, beginnend mit einhundert Dollar, dann fünfhundert, darauf dann einen Fünfundzwanzig-Dollar-Einsatz. Damit identifizierte er sich als der privilegierte Kunde, der in einem kurzen Spieleinsatz von ein paar Stunden zehn- oder zwanzigtausend Dollar gewinnen würde. Dieser Mann spielte seine Karten aufgedeckt, und dies war nicht ungewöhnlich für große Spieler im Blackjack. Da Cully die Hand des Spielers sehen konnte, konnte er ihm, falls nötig, eine gute Karte geben, während er die Zweitkarten rings um den Tisch verteilte. Cully wußte nicht, wie das Geld schließlich zu Gronevelt und seinen Partnern zurückkehrte. Er erledigte einfach seinen Job, ohne Fragen zu stellen. Und er hielt immer den Mund.

Doch da er alle Karten im Schuh zählen konnte, erfaßte er leicht, wie hoch die Gewinne dieser Trickgewinner waren, und über die Jahre hin hatte er herausgefunden, daß er durchschnittlich zehntausend Dollar pro Woche an Gronevelts Strohmänner verlor. In dem Jahr, in dem er noch als Dealer fungierte, wußte er nahezu die exakte Ziffer. Es handelte sich um eine halbe Million Dollar, zehntausend auf oder ab. Ein ganz schöner Rebbach, ohne daß die Steuer was davon abbiß und ohne daß man es mit den offiziellen Aktionären des Hotels und Casinos teilen mußte. Gronevelt sahnte also auch bei einigen seiner Partner ab.

Um zu verhindern, daß die Verluste festgenagelt werden könnten, hatte Gronevelt Cully jedesmal an einen anderen Tisch beordert. Manchmal tauschte er auch die Schichten aus. Dennoch machte sich Cully Sorgen, der Casinomanager könnte den ganzen Dreh kapieren. Außer, Gronevelt hatte dem Manager warnend bedeutet, er solle die Finger davon lassen.

Darum setzte Cully seine Fertigkeiten als Trickser ein, um ehrliche Spieler auszunehmen und so die „Verluste" zu decken. Das machte er drei Wochen lang, und dann, eines Tages, erhielt er einen Anruf und wurde zu Gronevelt gerufen.

Wie üblich bot er ihm Platz an und gab ihm etwas zu trinken. Dann sagte er: „Cully, lassen Sie diesen Mist. Die Kunden werden nicht betrogen."

Cully antwortete: „Ich dachte mir, daß Sie das vielleicht so haben wollen, ohne es mir direkt zu sagen."

Gronevelt lächelte. „Eine clevere Idee. Aber es ist nicht nötig. Ihre Verluste sind durch Papierkram abgesichert. Niemand wird Ihnen auf die Sprünge kommen. Und wenn, dann pfeife ich die Hunde zurück." Er hielt einen Moment inne. „Geben Sie beim Dealen den Hohlköpfen ehrliches Spiel. Dann geraten wir nicht in Schwierigkeiten, mit denen wir nicht zurechtkommen können."

„Sieht man die Sache mit den Zweitkarten auf den Filmen?" fragte Cully.

Gronevelt schüttelte den Kopf. „Nein, Sie sind ziemlich gut. Das ist nicht das Problem. Aber die Kerle von der Nevada Gaming Commission könnten einen Spieler reinschmuggeln, der es ticken hört und das dann damit in Zusammenhang bringt, daß Sie den Tisch abräumen. Sicher, das könnte auch passieren, wenn Sie grade einem meiner Kunden austeilen, aber dann würden die einfach annehmen, daß Sie das Hotel betrügen. Also bleibe ich sauber. Außerdem weiß ich ziemlich genau, wann die Gaming Commission ihre Leute schickt. Deswegen gebe ich Ihnen immer spezielle Zeiten an, wann Sie das Geld abladen. Aber wenn Sie auf eigene Rechnung vorgehen, kann ich Sie nicht schützen. Und zudem beschwindeln Sie dabei den Kunden. Das macht einen Riesenunterschied. Die Typen von der Gaming Commission machen nicht soviel Wind, wenn *wir* draufzahlen, aber die normalen Dummköpfe, das ist eine andere Sache. Da müßten wir eine Menge Geld in Politiker investieren, um das in Ordnung zu bringen."

„Okay", sagte Cully. „Aber wie haben Sie davon erfahren?"

Gronevelt sagte ungeduldig: „Prozente. Die Prozente betrügen niemals. Wir bleiben durch den Prozentschnitt reich. Und dann taucht plötzlich auf Ihrem Dealerbogen was auf, das mir sagt, daß Sie Geld einnehmen, wenn Sie für mich Geld ausschütten. Und das ist unmöglich, außer, Sie wären der glücklichste Dealer in Vegas."

Cully hielt sich an seine Anordnung, fragte sich aber immer noch, wie das alles funktionierte. Warum sich Gronevelt all die Mühe nahm. Erst später, als er „Xanadu Nummer zwei" geworden war, sah er die feinen Einzelheiten. Daß Gronevelt nicht bloß absahnte, um das Finanzamt zu betrügen, sondern dabei auch die meisten Investoren und Miteigner des Hotels um ihre Anteile erleichterte. Erst ein paar Jahre später erfuhr er, daß die Trickgewinner von Gronevelts geheimem Kompagnon, einem Mann namens Santadio, aus New York geschickt wurden und glaubten, er, Cully, sei ein Gaunerdealer, der von Santadio eingeschleust worden sei, um Gronevelt auszunehmen. Und im weiteren, daß Gronevelt und sein geliebtes Hotel auf dutzendfache Weise abgesichert waren.

Gronevelt machte seine Spielcasinokarriere in Steubenville in Ohio mit der Protektion des berühmten Cleveland-Gangs, der die örtliche Politik bestimmte. Er betrieb die illegalen Spielspelunken und machte dann schließlich seinen Weg bis nach Nevada. Dennoch war er von einem provinziellen Patriotismus beseelt. Jeder junge Mann aus Steubenville, der in Vegas einen Job als Dealer oder Croupier suchte, kam zu Gronevelt. Und wenn Gronevelt ihn nicht in seinem eigenen Casino unterbringen konnte, verschaffte er ihm einen Job in einem der anderen. Man stieß auf Steubenville-Senioren auf den Bahamas, Puerto Rico, an der französischen Riviera und sogar in London. In Reno und Vegas zählten sie in die Hunderte. Viele davon waren Casinomanager und Pit-Bosse. Gronevelt war sozusagen ein Rattenfänger der grünen Filztische.

Gronevelt hätte sich seinen Spion unter diesen Hunderten aussuchen können. Auch der Casinomanager im Xanadu stammte aus Steubenville. Warum also hatte sich Gronevelt Cully herausgepickt, einen fast Fremden aus einem anderen Teil des Landes? Cully machte sich darüber oftmals Gedanken. Und später, als er die ganzen verzwickten Transaktionen kennenlernte, begriff er natürlich, daß der Casinomanager mit im Spiel sein müsse. Und das versetzte Cully einen gewaltigen Schock. Er war erwählt worden, weil man auf ihn verzichten konnte, falls etwas schiefging. Er würde die Prügel beziehen, so oder so.

Gronevelt war mit einer angsteinflößenden Legende aus Cleveland nach Vegas gekommen. Kein Mann, den man leichtnehmen, den man betrügen oder beschwindeln durfte. Das hatte er Cully während der vergangenen Jahre bewiesen. Einmal ganz ernsthaft und ein andermal mit dem besonderen Witz der Vegas-Spieler.

Ein Jahr nach jenem ersten Gespräch mit Gronevelt wurde Cully das Büro neben dem von Gronevelt zugewiesen, und er erhielt den Titel eines Assistenten. Zu seinen Pflichten gehörte es, Gronevelt durch die Stadt zu chauffieren und ihn abends zu begleiten, wenn er unten im Casino die Runde machte, um alte Freunde und Kunden zu begrüßen, besonders die von außerhalb. Gronevelt ernannte Cully auch zum Helfer des Managers des Casinos, damit er lernen könne, wie der Laden lief. Cully lernte sämtliche Chefs der Schichten gut kennen, die Pit-Bosse, die Wächter, die Dealer und die Croupiers.

Jeden Morgen gegen zehn Uhr hatte Cully seine Frühstücksverabredung in Gronevelts Bürosuite. Ehe er hinauffuhr, holte er sich die Zahlen der Gewinne und Verluste des Casinos für die letzten vierundzwanzig Stunden vom Chef im Kassenraum. Er reichte dann Gronevelt einen kleinen Zettel hinüber, während sie sich zu ihrem Frühstück niedersetzten. Und Gronevelt studierte die Ziffern, während er den ersten Löffel von seiner Crenshaw-Melone genoß. Die Notiz war äußerst einfach:

Würfelrayon	$ 400.000 Spielergewinne – Haben $ 60.000
Blackjackrayon	$ 200.000 Spielergewinne – Haben $ 40.000
Bakkarat	
Roulette	$ 100.000 Spielergewinne – Haben $ 40.000

Ferner: (Glücksrad und Keno sind in der obigen Bilanz enthalten.)

Die Spielautomaten wurden nur einmal wöchentlich abgerechnet, und der Casinomanager gab die Zahlen Gronevelt auf einem speziellen Abrechnungsblatt. Meist erbrachten die Spielautomaten wöchentlich so etwa hunderttausend Dollar ein, und dieser Gewinn war der wirklich echte Saft. Bei den Automaten konnte das Casino nämlich nie wirklich Pech haben. Es war sicher kalkulierbares Geld, weil die Maschinen so eingestellt waren, nur einen gewissen Bruchteil des in sie hineingestopften Geldes zurückzugeben. Und wenn die Einkünfte aus den Automaten runtergingen, dann konnte dahinter bloß eine Gaunerei stecken.

Für andere Spiele traf das nicht zu, etwa für Craps, Blackjack und besonders für Bakkarat. Bei diesen Spielen rechnete das Haus damit, sechzehn Prozent der Gewinne einzustreichen. Aber auch das Haus konnte Pech haben. Besonders beim Bakkarat, wo die eingefleischten Spieler sich manchmal richtig reinstürzten und eine Glückssträhne erwischten.

Im Bakkarat gab es zuweilen wilde Schwankungen. Es hatte Nächte gegeben, in denen an den Bakkarat-Tischen so viel Geld für das Haus verloren worden war, daß sämtliche anderen Gewinne aus dem Spiel im Casino für diesen Tag aufgefressen wurden. Aber dann gab es auch Wochen, in denen der Bakkarat-Tisch enorme Gewinne abwarf. Cully war sicher, daß Gronevelt am Bakkarat-Tisch irgendwie raffiniert absahnte, aber er kam nicht darauf, wie er das machte. Dann, als der Bakkarat-Tisch einmal ein paar deftige Spieler aus Südamerika richtig gestrippt hatte, fiel ihm auf, daß die Zahlen auf dem Rechnungszettel am nächsten Tag nicht die richtigen Summen aufwiesen. Sie waren niedriger, als sie es hätten sein müssen.

Es war der Alptraum jedes Casinos, daß die Spieler eine heiße Strähne erwischten. In der Geschichte von Las Vegas hatte es Zeiten gegeben, da die Craps-Tische wochenlang heiß blieben und das Casino nur so eben für den Tag über die Runden kam. Manchmal wurden sogar die Blackjackspieler so heiß, daß sie das Haus drei, vier Tage hintereinander schlagen konnten. Beim Roulette geschah es äußerst selten, daß das Haus auch nur an einem Tag im Monat Verlust machte. Und das Glücksrad und Keno waren regelrechte Beutelschneider-Institutionen, die Spieler waren dabei für das Casino leichte Beute.

Aber das waren alles mechanische Sachen, die man wissen mußte, wenn man ein Casino leiten wollte. Sachen, die man nebenbei lernen konnte, die jeder begreifen konnte, wenn er das richtige Training und genug Zeit zur Verfügung hatte. Cully dagegen lernte unter Gronevelt eine ganze Menge mehr.

Gronevelt machte allen klar, daß er nicht an Glück glaube. Daß sein wahrer und untrügerischer Gott die Prozente waren. Und er hielt sich an diese Maxime. Wann immer das Casino im Keno-Lotto den großen Preis von fünfundzwanzigtausend Dollar auszahlen mußte, feuerte Gronevelt das gesamte Personal am Keno-Tisch. Zwei Jahre nach der Eröffnung des Xanadu-Hotels gab es eine schlimme Pechsträhne. Drei Wochen lang machte das Casino keinen Tag einen Gewinn und verlor so fast eine Million Dollar. Gronevelt warf alle hinaus, außer dem Casinomanager, der aus Steubenville stammte.

Und es schien zu wirken. Nach den Entlassungen begannen die Profite sich wieder einzustellen. Die Durststrecke war vorüber. Das Casino mußte pro Tag fünfzigtausend Riesen Gewinn machen, damit das Hotel auf seine Kosten kam. Und soweit Cully wußte, hatte das Xanadu noch in keinem Jahr mit Verlust gearbeitet. Und dabei sahnte Gronevelt noch das Beste ab.

Während des Jahres, in dem Cully für Gronevelt gedealt und abgesahnt hatte, war er niemals auf die Idee gekommen, die ein anderer in seiner Stellung gehabt haben könnte, nämlich für sich selbst abzusahnen. Es war ja schließlich so simpel, also warum hätte Cully nicht einen Freund einschleusen können, der ein paar Böcke gewann? Aber Cully wußte, das würde fatal sein. Er setzte auf höhere Chancen. Er fühlte in Gronevelt eine Einsamkeit, ein Bedürfnis nach Freundschaft, und Cully gab sie ihm. Und es lohnte sich.

Etwa zweimal im Monat nahm Gronevelt Cully nach Los Angeles mit, wo sie nach Antiquitäten suchten. Sie kauften alte Golduhren, Fotos von Los Angeles und Vegas in vergoldeten Rahmen. Sie suchten sich alte Kaffeemühlen aus, alte Spielzeugautos, Sparbüchsen für Kinder in der Form von Lokomotiven und Kirchtürmen aus dem letzten Jahrhundert, einen goldenen Geldclip, in den Gronevelt dem Empfänger einen schwarzen Hundert-Dollar-Chip des Hauses klemmen würde, oder eine seltene Münze. Für besondere hochbetuchte Spieler wählte er winzige köstliche Puppen aus dem alten China aus, viktorianische Schmuckschatullen voll altem Schmuck, Spitzenschals, die seidengrau vor Alter waren, antike nordische Bierkrüge.

Diese Gegenstände kosteten meist zumindest einhundert Dollar pro Stück, doch selten mehr als zweihundert. Bei diesen Fahrten gab Gronevelt ein paar tausend Dollar aus. Er aß mit Cully zu Abend in Los Angeles, und sie übernachteten im Beverly-Hills-Hotel und nahmen die Morgenmaschine zurück nach Vegas.

Cully hatte die Antiquitäten in seinem Koffer, und im Xanadu ließ er sie in Geschenkpapier wickeln und in Gronevelts Suite bringen. Und an jedem Abend, oder fast an jedem, steckte Gronevelt sich ein Päckchen in die Tasche und überreichte es einem seiner Texas-Ölkunden oder New-Yorker Bekleidungsbonzen, die hoch spielten und an den Tischen pro Jahr für fünfzig bis hundert Mille gut waren.

Cully war erstaunt, wie charmant sich Gronevelt bei solchen Gelegenheiten verhielt. Er wickelte das Geschenk aus, nahm die goldene Uhr und hielt sie dem Spieler hin. „Ich war in Los Angeles und habe das da gesehen, und da habe ich sofort an Sie gedacht", sagte er zu dem Spieler. „Es paßt zu Ihrer Persönlichkeit. Ich habe sie reparieren und säubern lassen. Sie sollte genau laufen." Dann fügte er abschätzig hinzu: „Man hat mir versichert, daß sie aus dem Jahre 1870 stammt, aber wer zum Teufel kann das nachprüfen? Sie wissen ja, was für Halunken diese Antiquitätenhändler sind."

Und damit vermittelte er den Eindruck, als verschwende er ungewöhnlich viel Gedanken und Sorgfalt für diesen einen Spieler. Er drängte ihm die Idee auf, daß diese Uhr äußerst kostbar sei und daß er sich besonders große Mühe gegeben habe, sie wieder in funktionsfähigen Zustand zu versetzen. Und ein Körnchen Wahrheit lag in dem allem. Die Uhr funktionierte wunderbar, er hatte in besonderem Maße an diesen Kunden gedacht. Aber mehr noch zählte das Gefühl einer persönlichen Freundschaft. Gronevelt besaß die Gabe, gefühlvolle Zuneigung zu verströmen, wenn er diese Zeichen seiner Wertschätzung übergab, was das Ganze nur noch schmeichelhafter machte.

Und Gronevelt verwendete „den Bleistift" großzügig. Die großen Spieler waren natürlich nicht zahlende Gäste des Hauses, sie hatten freies Zimmer, freies Essen und freie Getränke. Doch Gronevelt räumte diese Privilegien auch Spielern ein, die nur Fünf-Dollar-Chips setzten, sofern sie wohlhabend waren. Er war ein Meister darin, solche Leute in große Spieler zu verzaubern.

Eine weitere Lektion, die er Cully erteilte, war die, keine jungen Mädchen auszunehmen. Gronevelt war regelrecht indigniert gewesen. Er hatte Cully eine deftige Gardinenpredigt gehalten. „Was zum Kuckuck treibst du da eigentlich und quasselst die Kleinen in einen Fick? Bist du ein beschissener kleiner Stehler? Würdest du in ihre Taschen grapschen und ihnen das Kleingeld abnehmen? Was für ein Typ bist du denn? Würdest du in ihrem Haus als Gast ihr Silber stehlen? Also: wie stehst du dann da, wenn du ihre Fotze bestiehlst? Das ist ihr einziges Kapital, besonders wenn sie schön sind. Und denk dran, sobald du ihnen diesen romantischen Schmäh verzapft hast, bist du mit ihnen quitt. Du bist frei. Kein Quark über eine Beziehung. Kein Käse über eine Heirat oder daß du dich scheiden lassen willst. Kein Gejammere um ein Tausenddollardarlehen. Oder darüber, daß man sich treu ist. Und denk dran, für fünf Honigbienen ist die Kleine immer bereit, und wenn's ihr Hochzeitstag ist."

Cully hatte sich über diesen Ausbruch amüsiert. Offensichtlich hatte Gronevelt von seinen Geschäften mit Frauen gehört; aber ebenso sicher war, daß Gronevelt die Frauen nicht so gut begriff wie er selber. Gronevelt begriff ihren Masochismus nicht. Ihre Bereitwilligkeit, ihr *Bedürfnis,* an einen Schwindel zu glauben.

Aber Cully protestierte nicht. Er sagte nur muffig: „Das ist nicht so einfach, wie Sie das sagen, auch von Ihrem Standpunkt aus. Bei ein paar von denen helfen auch tausend Bienen nicht."

Und erstaunlicherweise hatte Gronevelt gelacht und ihm zugestimmt. Er erzählte sogar eine komische Geschichte, die er selbst erlebt hatte. In den Kinderjahren des Hotels Xanadu spielte eine millionenschwere Texanerin im Casino, und er präsentierte ihr einen antiken japanischen Fächer, der ihn fünfzig Dollar gekostet hatte. Die texanische Erbtante, eine gutaussehende Vierzigerin und Witwe, verliebte sich knallhart in ihn. Und Gronevelt war außerordentlich entsetzt. Er war zwar gute zehn Jahre älter als sie, aber er liebte eben nun einmal hübsche junge Mädchen. Doch aus Pflichtgefühl dem Hotel und seiner Liquidität gegenüber hatte er sie eines Nachts in seine Suite mitgenommen und mit ihr geschlafen. Und als sie dann ging, hatte er ihr, entweder aus Gewohnheit oder aus einem perversen Gefühl heraus, vielleicht aber auch mit diesem grausamen Zynismus von Las Vegas, eine Hundertdollarnote zugeschoben und gesagt, sie solle sich was Hübsches dafür kaufen. Bis heute wußte er nicht, warum er das getan hatte.

Die Ölproletin mit den Millionen schaute sich den Hunderter an und schob ihn in ihre Tasche. Und sie bedankte sich auch freundlich dafür. Sie kam weiter ins Hotel und spielte, doch sie war nicht mehr in ihn verliebt.

Drei Jahre später suchte Gronevelt Investoren, um Anbauten am Hotel zu finanzieren. Er erklärte Cully, daß zusätzliche Räume stets wünschenswert seien. „Die Spieler spielen dort, wo sie scheißen“, sagte er. „Sie wandern nicht durch die Gegend. Sie brauchen eine Show im Haus, eine Show in der Lounge, verschiedene Restaurants. Wenn man sie für die ersten achtundvierzig Stunden im Hotel festhalten kann, dann hat man sie sicher am Haken.“

Er wandte sich an die Ölprinzessin. Die nickte und sagte ja, selbstverständlich. Und schrieb ihm sofort einen Scheck aus und reichte ihn ihm mit einem außerordentlich süßen Lächeln. Der Scheck lautete auf einhundert Dollar.

„Und die Moral dieser Geschichte“, sagte Gronevelt, „ist die: Behandle niemals eine reiche smarte Vettel wie eine dumme arme Fose.“

Manchmal ging Gronevelt in Los Angeles auf Jagd nach alten Büchern. Gewöhnlich jedoch, wenn er gerade in Stimmung war, flog er nach Chicago und ging zu den Auktionen der Bücherraritäten. In seiner Suite stand hinter abgeschlossenen Regalen mit Glaspaneelen eine schöne Reihe seltener Exemplare. Als Cully in sein neues Büro einzog, fand er dort ein Geschenk von Gronevelt vor: die Erstausgabe eines Buches über das Glücksspiel aus dem Jahre 1847. Cully las es mit Interesse und behielt es eine Weile auf seinem Schreibtisch. Dann, da er nicht wußte, was er mit einem Buch anfangen sollte, trug er es rüber in Gronevelts Suite und gab es ihm zurück: „Ich bin Ihnen dankbar für das Geschenk, aber es ist bei mir verschwendete Liebesmüh“, sagte er. Gronevelt nickte, sagte aber nichts weiter. Cully hatte den Eindruck, er habe ihn enttäuscht, aber irgendwie trug es auf eine seltsame Art dazu bei, ihre Beziehung zu festigen. Einen Tag später sah er das Buch in Gronevelts verschlossenem Spezialschrank. Da wußte er, er hatte keinen Fehler begangen, und er fühlte sich geschmeichelt, daß Gronevelt ihm eine solch echte, zarte Aufmerksamkeit, wenn auch eine fehlgeleitete, hatte erweisen wollen.

Doch dann entdeckte er eine andere Seite an Gronevelt. Er hatte gewußt, daß es sie geben mußte. Cully machte es sich zur Aufgabe, dabeizusein, wenn dreimal täglich die Casino-Chips gezählt wurden. Er begleitete die Pit-Bosse, während sie die Chips auf allen Tischen, Blackjack, Roulette, Craps und Bakkarat, zählten. Er ging sogar mit in den Kassenraum und zählte dort. Der Kassenmanager war nach Cullys Gefühl stets ein wenig nervös, aber er schob dies auf seine eigene mißtrauische Natur, denn die Summen und die Chips und die Schuldscheine im Safe stimmten immer korrekt überein. Und der Casinomanager war ein altes, vertrauenswürdiges Mitglied aus Gronevelts früheren Tagen.

Doch aus irgendeinem Impuls heraus beschloß Cully eines Tages, die Tabletts mit den Chips aus dem Safe holen zu lassen. Später konnte er sich diesen Impuls erklären. Doch sobald die Metallständer draußen genau überprüft worden waren, stellte sich heraus, daß zwei Hundertdollarrecks falsch waren. Die Chips waren gefälschte schwarze Zylinder. Im dunklen Safe, weit nach hinten geschoben, wo sie nie Verwendung finden würden, hatten sie bei der täglichen Zählung echt ausgesehen. Der Manager der Kasse zeigte sich bestürzt und schockiert, aber sie wußten beide, daß so etwas nie ohne sein Einverständnis passiert sein konnte. Cully rief Gronevelt in seiner Suite an. Der kam sofort herunter in die Kasse. Die zwei Tabletts machten hunderttausend Dollar aus. Gronevelt deutete mit dem Finger auf den Manager. Es war ein schrecklicher Augenblick. Sein sonst rotbraunes Gesicht war bleich, aber seine Stimme blieb ruhig: „Verschwinde verdammt nochmal aus der Kasse." Dann wendete er sich Cully zu und sagte: „Lassen Sie sich sämtliche Schlüssel von ihm geben. Dann lassen Sie alle Pit-Bosse sämtlicher drei Schichten sofort in mein Büro rufen, egal wo sie sind. Die im Urlaub fliegen nach Vegas zurück und melden sich dann sofort bei mir, sobald sie hier sind." Dann ging Gronevelt aus der Kasse und verschwand.

Während Cully und der Manager die schriftliche Übergabe der Schlüssel erledigten, kamen zwei Männer herein, die Cully nie zuvor gesehen hatte. Der Kassenmanager kannte sie, denn er wurde leichenblaß, und seine Hände begannen unkontrolliert zu zittern.

Beide nickten ihm zu, und er nickte zurück. Der eine sagte: „Wenn du hier fertig bist, will der Boß dich im Büro sehen." Sie redeten nur mit dem Kassenmanager und ignorierten Cully völlig. Cully nahm den Hörer und rief Gronevelts Büro an. Er sagte ihm: „Zwei Kerle sind reingekommen und haben gesagt, daß Sie sie geschickt haben."

Gronevelts Stimme war wie Eis. „So ist es."

„Wollte bloß sichergehen", sagte Cully.

Gronevelts Stimme wurde milder. „Gute Idee", sagte er. „Und

Sie haben gute Arbeit geleistet." Es folgte eine kleine Pause. „Der Rest geht Sie nichts an, Cully. Vergessen Sie's. Verstanden?" Seine Stimme war nun fast sanft, es lag sogar ein Ton von müder Trauer darin.

Der Kassenmanager wurde zwei Tage lang da und dort in Vegas gesehen, dann verschwand er. Nach einem Monat erfuhr Cully, daß seine Frau ihn als vermißt gemeldet hatte. Er wollte die Bedeutung dessen zunächst gar nicht zur Kenntnis nehmen, trotz der Witze, die er in der Stadt hörte, der Kassenmanager liege jetzt in der Wüste begraben. Er wagte nie, darüber mit Gronevelt zu sprechen, und Gronevelt erwähnte das Thema nie. Auch nicht, um ihm ein Kompliment über seine gute Arbeit zu machen. Und das war gut so. Auch Cully wollte nicht daran denken, daß seine gute Arbeit dazu geführt hatte, daß der Kassenmanager jetzt im Wüstensand begraben lag.

Während der vergangenen Monate hatte Gronevelt seine Unternehmermentalität auf weniger makabre Weise gezeigt. Und mit der typischen Vegas-Schläue und -Ellbogentechnik.

Alle Casinobesitzer in Vegas hatten begonnen, einen großen Rayon für ausländische Spieler einzurichten. Die Briten wurden gleich abgeschrieben, trotz ihres geschichtlichen Ruhms, die größten Verlierer des 19. Jahrhunderts gewesen zu sein. Das Ende des Empires hatte das Ende seiner großen Verschwender bedeutet. Die Millionen Inder, Australier, Südseeinsulaner und Kanadier verströmten nicht länger Geld in die Kisten der Spiel-Mylords. England war jetzt ein armes Land, dessen paar Superreiche sich abrackerten, der Steuer zu entgehen und ihren Landbesitz zu behalten. Die wenigen, denen es möglich war zu spielen, bevorzugten die aristokratischen, hochfeinen Clubs in Frankreich und Westdeutschland und ihr eigenes London.

Die Franzosen kamen auch nicht in Frage. Die Franzosen reisten nicht gerne und würden das zusätzliche Doppel-Zero niemals akzeptieren, das in Las Vegas den Banken zusätzliche Vorteile brachte.

Aber die Deutschen und die Italiener waren verlockend. Deutschland mit seiner wachsenden Nachkriegswirtschaft hatte viele Millionäre, und die Deutschen reisten gern, spielten gern und liebten die Frauen von Las Vegas. Irgend etwas an der hochfliegenden Atmosphäre, dem Stil in Vegas kam der teutonischen Mentalität entgegen, holte Erinnerungen ans Oktoberfest, ja sogar an die

Götterdämmerung herauf. Die Deutschen waren außerdem friedliche Spieler und geschickter als die meisten anderen.

Italienische Millionäre waren Spitze in Vegas. Sie spielten tollkühn, während sie sich betranken; sie ließen sich von den sanften Anreißerinnen für selbstmörderische sechs oder sieben Tage in der Stadt festhalten. Sie schienen über unerschöpfliche Summen zu verfügen, denn keiner von ihnen zahlte Einkommensteuer. Was in die öffentlichen Truhen des Staates in Rom hätte fließen sollen, glitt in die Geldkassetten klimatisierter Casinos. Die Vegas-Mädchen liebten die italienischen Millionäre wegen deren großzügigen Geschenken und weil sie während dieser sechs oder sieben Tage sich mit genauso heftigem Ungestüm verliebten, wie sie sich am Craps-Tisch auf riskante Wetten einließen.

Die mexikanischen und südamerikanischen Spieler waren sogar noch größere Spitze. Keiner wußte so recht, was da unten in Südamerika eigentlich vor sich ging, aber man schickte Sondermaschinen hin und holte sich die Pampasmillionäre nach Vegas. Diese Sportsmänner hatten alles frei, und sie ließen die Häute von Millionen Rindern auf den Bakkarat-Tischen zurück. Sie kamen mit ihren Frauen und Freundinnen, ihre heranwachsenden Söhne waren eifrig bemüht, zu erwachsenen Spielern zu werden. Auch diese Spieler waren bei den Vegas-Mädchen Favoriten. Sie waren weniger aufrichtig als die Italiener, und manchen Berichten zufolge vielleicht etwas weniger raffiniert in der Liebe, dafür aber sicher mit mehr Appetit darauf.

Eines Tages war Cully in Gronevelts Büro, als der Casinomanager mit einem besonderen Problem ankam. Ein Südamerikaner, ein Spitzenspieler, hatte gefordert, daß man ihm acht Mädchen auf seine Suite schicken sollte, Blondinen und Rothaarige, aber keine Brünetten und keine größer als er mit seinen einssiebenundsechzig.

Gronevelt nahm die Forderung ungerührt entgegen. „Und wann will er, daß dieses Wunder geschieht?“ fragte er.

„Gegen fünf“, antwortete der Casinomanager. „Er will mit allen hinterher zum Dinner gehen und sie über Nacht dabehalten.“

Gronevelt verzog nicht einen Muskel. „Was soll es kosten?“

„Etwa drei Riesen“, antwortete der Casinomanager. „Die Mädchen wissen, daß sie von diesem Typ Geld für Roulette und Bakkarat bekommen werden.“

„Okay, lassen Sie's anlaufen“, sagte Gronevelt. „Aber sagen Sie den Mädchen, sie sollen ihn möglichst im Casino festhalten. Ich will nicht, daß er sein Geld den ganzen Strip runter verliert.“

Als der Casinomanager gehen wollte, sagte Gronevelt: „Was zum Teufel will er mit acht Frauen anfangen?"

Der Casinomanager zuckte die Achseln. „Das habe ich ihn auch schon gefragt. Er sagt, er hat seinen Sohn mit."

Zum erstenmal während dieses Gespräches lächelte Gronevelt. „Das nenne ich echten Vaterstolz", sagte er. Dann, nachdem der Casinomanager den Raum verlassen hatte, sagte er zu Cully: „Denk dran, sie spielen, wo sie scheißen *und* wo sie ficken. Wenn der Vater stirbt, kommt der Sohn weiter zu uns. Für drei Riesen wird er eine Nacht erleben, die er nie vergißt. Er ist für das Xanadu eine Million wert, außer die kriegen da unten eine Revolution."

Doch die absolute Spitze, die Champions, die Perlen aller Perlen, um die sich jeder Casinobesitzer riß, waren die Japaner. Sie waren haarsträubende Hasardeure und kamen stets in Gruppen nach Vegas. Die Spitzenmanager eines Industriekonzerns kamen, um steuerfreie Dollar zu setzen, und ihre Verluste während eines Aufenthalts von vier Tagen betrugen oft weit über eine Million Dollar. Und es war Cully, der den größten Fisch unter den Japanern für das Xanadu und Gronevelt an die Angel bekam.

Cully hatte eine Zeitlang hin eine nette Liebesbeziehung mit Kino und hinterher Bett mit einer japanischen Tänzerin von den „Oriental Follies" gehabt, die in einem Hotel am Strip auftrat. Das Mädchen wurde Daisy genannt, weil ihr japanischer Name unaussprechlich war. Sie war knapp zwanzig, aber bereits seit fünf Jahren in Vegas. Sie war eine großartige Tänzerin, süß wie eine Perle in der Muschel, aber sie überlegte, ob sie sich nicht einer kosmetischen Operation unterziehen solle, damit ihre Augen orientalischer wirkten und ihre Brüste mehr dem maisgefütterten amerikanischen Ideal entsprechen. Cully war entsetzt und erklärte ihr, sie würde dadurch ihren Appeal verlieren. Schließlich hörte Daisy nur auf ihn und seine Ratschläge, als er eine gewaltigere Lust an ihren Brüsten heuchelte, als er sie tatsächlich hatte.

Sie wurden so dicke Freunde, daß sie ihm Unterricht in Japanisch erteilte, wenn er die Nacht bei ihr verbrachte. Morgens servierte sie ihm Suppe zum Frühstück, und als er dagegen protestierte, erklärte sie ihm, daß in Japan alle zum Frühstück Suppe äßen und daß sie die beste Suppe in ihrem Dorf nahe Tokio gemacht habe. Cully stellte überrascht fest, daß die Suppe köstlich schmeckte, kräftig war, aber leicht für den Magen nach einer anstrengenden Sauf- und Liebesnacht.

Und es war Daisy, die Cully darauf aufmerksam machte, daß

einer der großen Geschäftskönige Japans plane, Vegas zu besuchen. Daisy erhielt per Luftpost von ihrer Familie japanische Zeitungen geschickt; sie hatte Heimweh und las gern über Japan. Sie erklärte Cully, daß ein Spitzenbonze aus Tokio, ein Mr. Fummiro, ein Interview gegeben habe, in dem er sagte, er fahre nach Amerika, um dort überseeische Niederlassungen seines TV-Unternehmens zu gründen. Daisy sagte, Fummiro sei in Japan als Spieler berühmt und er werde sicher nach Vegas kommen. Sie erzählte ihm auch, daß Mr. Fummiro ein recht guter Pianist sei, der in Europa studiert habe und fast mit Sicherheit Berufsmusiker geworden wäre, wenn sein Vater ihm nicht befohlen hätte, das Familienunternehmen zu leiten.

Am gleichen Tag nahm Cully Daisy mit in sein Büro im Xanadu und diktierte ihr einen Brief auf dem Briefpapier des Hotels. Unter Daisys Mithilfe konstruierte er einen Brief, der die für Westmenschen subtile *politesse* Japans wahrte und Mr. Fummiro nicht beleidigen würde.

Er lud in seinem Brief Mr. Fummiro ein, Ehrengast im Xanadu-Hotel zu sein, solange er wünsche und zu jeder ihm genehmen Zeit. Er bot Mr. Fummiro außerdem an, er könne so viele Gäste mitbringen, wie er wünsche, seinen ganzen Stab und ebenso seine Geschäftskollegen in den USA. Auf sehr delikate Weise gab Daisy Mr. Fummiro zu verstehen, daß ihn das alles keinen Cent kosten werde. Daß sogar die Bühnenshows umsonst sein würden. Ehe er den Brief aufgab, holte er sich Gronevelts Zustimmung, denn er hatte noch immer nicht die volle Verfügungsgewalt über „den Stift". Cully hatte befürchtet, Gronevelt würde den Brief unterzeichnen, aber er tat es nicht. Also waren diese Japaner offiziell Cullys Gäste, falls sie kämen.

Es dauerte drei Wochen, ehe er Antwort erhielt. Und in dieser Zeit studierte Cully weiter mit Daisy. Er lernte, daß er stets lächeln müsse, wenn er mit einem japanischen Kunden sprach. Daß er stets in Stimme und Gestik die äußerste Höflichkeit wahren müsse. Sie sagte ihm, wenn sich ein leichtes Zischen in die Sprechweise eines japanischen Mannes mische, sei das ein Zeichen für Zorn, ein Gefahrensignal. Wie die Rassel einer Klapperschlange. Cully erinnerte sich an dieses Zischen bei japanischen Bösewichtern in Filmen aus dem Zweiten Weltkrieg. Er hatte geglaubt, dies sei nur eine Manieriertheit der Schauspieler.

Die Antwort geschah durch einen Telefonanruf von Mr. Fummiros Zweigfirma in Los Angeles. Ob das Hotel Xanadu zwei

Suiten, eine für Mr. Fummiro, den Präsidenten von Japan Worldwide Sales Company, die andere für seinen Leitenden Vizepräsidenten, Mr. Niigeta, bereithalten könnte? Zusätzlich zehn weitere Zimmer für andere Mitglieder von Mr. Fummiros Entourage? Der Anruf wurde an Cully weitergeleitet, da man speziell ihn verlangt hatte. Er sagte ja. Wild vor Freude rief er daraufhin sofort Daisy an und sagte ihr, er werde in den nächsten Tagen mit ihr einkaufen gehen. Er sagte, er wolle Mr. Fummiro zehn Suiten geben, damit sich alle Mitglieder seiner Begleitung wohl fühlen sollten. Sie riet ihm davon ab. Mr. Fummiro würde an Gesicht verlieren, wenn die übrigen seiner Gäste über den gleichen Luxuskomfort verfügten. Dann bat Cully Daisy, sie solle noch am gleichen Tag nach Los Angeles fliegen und Kimonos kaufen, die Mr. Fummiro in seiner Suite tragen könne. Sie erklärte ihm, auch das würde ihn beleidigen, da er sich für westlich-zivilisiert halte und auch darauf stolz sei. Obwohl er natürlich sicher zu Hause dieses bequeme traditionelle japanische Kleidungsstück trage. Cully suchte verzweifelt in alle Richtungen, wo er ansetzen könnte, und schlug vor, Daisy solle Mr. Fummiro kennenlernen und vielleicht als seine Dolmetscherin und Dinnerpartnerin fungieren. Daisy lachte und sagte, das wäre das Letzte, was Mr. Fummiro sich wünschen würde. Er würde sich außerordentlich unbehaglich fühlen mit einem verwestlichten japanischen Mädchen, das in diesem fremden Land sein Tun beobachte.

Cully akzeptierte sämtliche ihrer Entscheidungen. Doch auf etwas bestand er. Er trug ihr auf, während des dreitägigen Aufenthalts von Mr. Fummiro täglich frische japanische Frühstückssuppe zuzubereiten. Cully würde an jedem Morgen ganz früh zu ihrem Appartement kommen, die Suppe abholen und in Mr. Fummiros Suite bringen lassen, wenn dieser sein Frühstück bestellte. Daisy murrte, aber sie gehorchte ihm.

Am Spätnachmittag rief Gronevelt Cully an. „Was zum Teufel macht ein Klavier in der Suite vier im zehnten?" fragte Gronevelt. „Gerade hat mich der Hotelmanager angerufen. Er sagt, Sie hätten sich nicht an die ordnungsgemäßen Kanäle gehalten und einen Riesenwirbel veranstaltet."

Cully erklärte ihm, daß Mr. Fummiro eintreffen werde und was für spezielle Vorlieben er habe. Gronevelt kicherte. „Nehmen Sie meinen Rolls, wenn Sie ihn am Airport abholen." Diesen Wagen benutzte er nur für die reichsten Texasmillionäre oder für seine Lieblingskunden, die er persönlich „betreute".

Am Tag darauf war Cully mit drei Gepäckdienern des Hotels, dem Rolls mit Chauffeur und zwei Cadillaclimousinen am Flugplatz. Er arrangierte, daß die Wagen direkt auf das Flugfeld fahren konnten, damit seine Gäste nicht durch das Terminal gehen mußten. Und er begrüßte Mr. Fummiro, sobald er die Treppe herunterkam.

Die Japanergruppe fiel sofort auf, nicht bloß wegen ihrer Gesichter, sondern wegen der Art, wie sie sich kleideten. Sie trugen alle schwarze Geschäftsanzüge, nach westlichem Maßstab schlecht geschneidert, weiße Hemden und schwarze Krawatten. Die zehn wirkten mehr wie ernste Büroangestellte als wie der Aufsichtsrat von Japans reichstem und mächtigstem Handelskonzern.

Auch Mr. Fummiro war leicht auszumachen. Er war der größte in der Gruppe, relativ sehr groß sogar, gut einsachtzig. Und er sah gut aus, breite, feste Gesichtszüge, breite Schultern und jettschwarzes Haar. Man hätte ihn für einen Filmstar aus Hollywood halten können, der eine Rolle als Asiate zu spielen hatte, in der er unecht wirkte. Eine Sekunde lang zuckte der Gedanke Cully durch den Kopf, daß das Ganze vielleicht ein raffinierter Schwindel sein könnte.

Nur einer aus der Gruppe stand neben Fummiro. Er war ein wenig kleiner als dieser, dafür jedoch viel magerer. Und er hatte ein Pferdegebiß wie die Japaner auf Karikaturen. Die anderen waren winzig und unscheinbar. Alle trugen sie elegante schwarze Skai-Köfferchen.

Cully reckte mit äußerster Forschheit die Hand Fummiro entgegen und sagte: „Ich bin Cully Cross vom Xanadu-Hotel. Willkommen in Las Vegas."

Mr. Fummiro sah ihn mit einem schimmernden Lächeln an. Die weißen Zähne waren groß und vollkommen, und er sagte mit nur leichtem Akzent: „Sehr erfreut, Sie kennenzulernen."

Danach stellte er den Pferdezähnigen als Mr. Niigeta vor, seinen Leitenden Vizepräsidenten. Er murmelte die Namen der übrigen, die sämtlich Cully zeremoniell die Hand drückten. Cully ließ sich die Gepäckstickets geben und versicherte ihnen, alles Gepäck werde ihnen im Hotel aufs Zimmer gebracht.

Dann geleitete er sie zu den wartenden Wagen. Er und Fummiro und Niigeta stiegen in den Rolls, die anderen in die Cadillacs. Auf der Fahrt zum Hotel erklärte er seinen Fahrgästen, daß man ihnen Kreditmöglichkeiten eingeräumt habe. Fummiro tätschelte den

Koffer Niigetas und sagte in seinem nicht ganz akzentfreien Englisch: „Wir haben Ihnen Bargeld mitgebracht.“ Beide Männer lächelten Cully zu. Er lächelte zurück. Er erinnerte sich Daisys Rat, daß er beständig lächeln müsse, während er ihnen von den Annehmlichkeiten des Hotels erzählte, und daß sie sämtliche Shows in Vegas sehen könnten. Einen Moment war er in Versuchung, etwas von weiblicher Gesellschaft zu sagen, doch irgendein Instinkt warnte ihn, es zu tun.

Im Hotel führte er sie direkt auf ihre Zimmer und ließ den Portier die Meldezettel heraufbringen, damit sie sie unterzeichnen konnten. Sie wohnten alle auf dem gleichen Flur. Fummiro und Niigeta hatten Suiten nebeneinander mit einer Verbindungstür. Fummiro sah sich den Komfort in allen Räumen genau an, und Cully bemerkte den Ausdruck der Befriedigung, als er feststellte, daß seine Suite die weitaus beste war. Aber seine Augen begannen wirklich zu leuchten, als er den Stutzflügel in seiner Suite entdeckte. Er setzte sich sofort auf den Schemel und ließ die Finger über die Tasten gleiten. Horchte. Cully hoffte, das Ding sei gestimmt. Er konnte das nicht hören, aber Fummiro nickte nachdrücklich mit dem Kopf, lächelte breit, und mit freudestrahlendem Gesicht sagte er: „Sehr gut, sehr freundlich.“ Dann schüttelte er Cully ausgiebig die Hand.

Dann bedeutete er Niigeta, er solle den Aktenkoffer aufmachen, den er trug. Cully gingen die Augen über. Der Koffer steckte voll säuberlich gebündelter Geldscheine. Er hatte keine Ahnung, wieviel das sein konnte. „Wir würden das gern in Ihrem Casinosafe deponieren“, sagte Mr. Fummiro. „Dann können wir uns immer etwas abholen, wenn wir es für unseren kleinen Urlaub brauchen.“

„Gewiß doch“, sagte Cully. Niigeta klappte den Koffer zu, und sie begaben sich zusammen ins Casino hinunter und ließen Fummiro allein in seiner Suite, damit er sich ein wenig erfrischen könne.

Sie gingen in den Raum, wo der Casinomanager sein Büro hatte. Das Geld wurde abgezählt. Es waren fünfhunderttausend Dollar. Cully achtete darauf, daß Niigeta die richtige Quittung erhielt und die nötigen Papiere, so daß das Geld auf Verlangen gleich an den Tischen behoben werden könnte. Der Casinomanager persönlich und Cully würden Fummiro und Niigeta die Pit-Bosse und Aufsichtspersonen vorstellen. Danach brauchten die zwei in allen Winkeln des Casinos bloß den Finger zu heben, um gegen Unterzeichnung eines Revers Chips zu bekommen. Ganz ohne Getue. Man würde ihnen königliche Behandlung angedeihen lassen, sie mit allergrößter Zuvorkommenheit bedienen. Eine Ehrerbietung, die ganz besonders echt und sauber war, da sie ausschließlich auf Geld beruhte.

In den nächsten drei Tagen kreuzte Cully am Morgen mit Daisys Frühstückssuppe auf. Der Zimmerservice hatte den Befehl, ihm Bescheid zu geben, sobald Mr. Fummiro nach seinem Frühstück klingelte. Cully ließ ihm eine Stunde Zeit zum Frühstücken, dann klopfte er an, um ihm einen guten Morgen zu wünschen. Er fand Fummiro bereits am Flügel, wo er gefühlvolle Sachen spielte. Die leere Suppenschale stand hinter ihm. Bei diesen Morgentreffs arrangierte Cully Tickets für die Shows und Sightseeing-Trips für Mr. Fummiro und seine Freunde. Mr. Fummiro lächelte beständig höflich und dankbar, und Mr. Niigeta kam durch die Verbindungstür aus seiner Suite, um Cully zu begrüßen und ihm für die Frühstückssuppe zu danken, an der er offensichtlich beteiligt worden war. Cully vergaß nicht, zu lächeln und mit dem Kopf zu nicken, wie die beiden es taten.

Während ihrer dreitägigen Spieltour versetzten die zehn Japaner Vegas' Casinos in Angst und Schrecken. Sie blieben zusammen und spielten zusammen am gleichen Bakkarat-Tisch. Wenn Fummiro den Schuh hatte, setzten sie alle mit ihm das Limit auf die Bank. Sie hatten ein paar heiße Glückssträhnen, aber gnädigerweise nicht im Xanadu. Sie spielten nur Bakkarat, und sie spielten es mit einer *joie de vivre*, die mehr italienisch als fernöstlich wirkte. Fummiro tätschelte den Schuh, hämmerte auf den Tisch, wenn er sich selbst eine natürliche Acht oder Neun austeilte. Er war ein leidenschaftlicher Spieler und strahlte vor Wonne über einen Zweitausend-Dollar-Einsatz, der ihm Gewinn brachte. Das erstaunte Cully. Er wußte, Fummiro war über eine halbe Milliarde Dollar schwer. Warum also sollte ihn solches Kleinvieh, obwohl es natürlich das Vegas-Limit war, beim Spiel so erregen?

Nur einmal sah er hinter den lächelnden Augen Fummiros den Stahl blitzen. Eines Abends setzte Niigeta auf „Spieler", während Fummiro den Schuh hatte. Fummiro schickte ihm mit hochgezogenen Augenbrauen einen langen Blick zu und äußerte etwas auf japanisch. Zum erstenmal nahm Cully den leichten Zischton wahr, vor dem Daisy ihn gewarnt hatte. Niigeta stammelte irgendeine Entschuldigung durch seine Pferdezähne und wechselte sofort seinen Einsatz auf „Bank".

Der Trip war für alle ein enormer Erfolg. Fummiro und seine Freunde kehrten mit über hunderttausend Dollar Gewinn nach Japan zurück, doch im Xanadu hatten sie zweihunderttausend draufgezahlt. Die Verluste hatten sie in anderen Casinos wettgemacht. Und sie hatten in Las Vegas eine Legende hinterlassen.

Der Trupp der zehn Männer in ihren schwarzen Anzügen wanderte den Strip entlang von einem Casino zum anderen. Sie waren ein erschreckender Anblick, wenn sie zu zehnt in einem Casino auftauchten und wie Leichenträger nach der Leiche im Kontoauszug des Casinos spähten. Der Pit-Boss beim Bakkarat hörte von dem Chauffeur des Rolls, wohin sie fahren wollten, und informierte die Leute im Casino, was auf sie zukäme und daß sie den roten Teppich ausrollen sollten. Alle Pit-Bosse warfen ihre Informationen in einen Topf. Auf diese Weise erfuhr Cully, daß Niigeta ein geiler orientalischer Bock war, der in den anderen Hotels mit Spitzennutten bumste. Was bedeutete, daß er nicht wollte, daß Fummiro erfuhr, daß er lieber fickte als spielte.

Cully brachte sie zum Airport, als sie nach Los Angeles abflogen. Er hatte eine von Gronevelts getürkten goldenen Taschenuhren mit, die er Fummiro mit Gronevelts Komplimenten überreichte. Dieser war kurz an den Dinnertisch der Japaner gekommen, hatte sich vorgestellt und die Honneurs gemacht.

Fummiro bedankte sich ausgesprochen überschwenglich, und Cully machte mit dem stereotypen Lächeln im Gesicht wieder die Runde der zu schüttelnden Hände, bevor die Japaner in ihr Flugzeug kletterten. Cully raste ins Hotel zurück, telefonierte, daß das Klavier aus der Suite entfernt werden solle, und ging dann in Gronevelts Büro hinauf. Dieser schüttelte ihm herzlich die Hand und legte ihm beglückwünschend den Arm um die Schulter.

„Einer der besten Gast-Jobs, die ich in allen meinen Jahren in Vegas erlebt habe“, sagte Gronevelt. „Wo haben Sie das über die Suppensache rausgekriegt?“

„Ein kleines Mädchen namens Daisy“, sagte Cully. „Ist es okay, wenn ich ihr auf Hotelkosten ein Geschenk kaufe?“

„Sie können einen Riesen verwenden“, antwortete Gronevelt. „Das war eine sehr gute Verbindung, die Sie da mit den Japsen angebahnt haben. Bleiben Sie ihnen auf den Fersen. Die besonderen Weihnachtsgeschenke und Einladungen. Dieser Fummiro ist ein richtiger Spieler zum Ausnehmen, wie ich noch keinen gesehen habe.“

Cully runzelte die Stirn. „Ich war, was die Puppen betrifft, ein bißchen unsicher", sagte er. „Wissen Sie, Fummiro ist wirklich ein prima Kerl, und ich wollte beim erstenmal nicht zu aufdringlich werden."

Gronevelt nickte. „Recht hatten Sie. Der kommt wieder. Und wenn er eine Puppe haben will, dann wird er danach fragen. Soviel Geld wie der macht man nicht, wenn man sich scheut zu fragen."

Gronevelt hatte wie üblich recht. Drei Monate später war Fummiro wieder da und erkundigte sich während der Varieté-Show nach einer der langbeinigen blonden Tänzerinnen. Cully war bekannt, daß sie strichte, obwohl sie mit einem Dealer im Sands verheiratet war. Nach der Show ließ Cully den Bühneninspizienten rufen und fragte, ob das Mädchen mit Fummiro und ihm selbst einen Drink nehmen würde. Das wurde arrangiert, und Fummiro lud das Mädchen zu einem späten Souper ein. Das Mädchen schaute Cully fragend an, und er nickte ihr zu. Dann ließ er die beiden allein. Er ging in sein Büro, rief den Regisseur an und erklärte ihm, er müsse für die Mitternachts-Show einen Ersatz finden. Am nächsten Morgen ging Cully nicht in Fummiros Suite hinauf, nachdem das Frühstück gebracht worden war. Am späteren Morgen rief er das Mädchen zu Hause an und sagte ihr, sie könne, solange Fummiro in der Stadt sei, sämtliche Vorstellungen ausfallen lassen.

Bei den darauffolgenden Trips blieb alles beim alten. Inzwischen hatte Daisy einen der Küchenchefs des Xanadu gelehrt, wie man diese japanische Suppe zubereitete, und sie erschien ganz offiziell auf der Frühstückskarte. Cully fand überdies heraus, daß Fummiro sich im TV immer die endlos langen Serien einer bestimmten Western-Show anschaute. Er war einfach wild darauf. Besonders die blonde Dorfnaive, die den Typ des resoluten, aber sehr weiblichen und dabei unschuldigen Tanzsalonmädchens darstellte, hatte es ihm offenbar angetan. Cully hatte einen Geistesblitz. Durch seine Kontakte zum Film setzte er sich mit der Dame aus der Fernsehserie in Verbindung. Sie hieß Linda Parsons. Er flog nach Los Angeles, lunchte mit ihr und erzählte ihr von der Leidenschaft Fummiros für sie und ihre Show. Die Geschichten, die Cully über Fummiro und seine Spielweise im Casino auftischte, faszinierten sie. Wie er im Xanadu mit Koffern voller Geldscheine abstieg, Millionen Dollar in bar, die er dann manchmal in drei Tagen beim Bakkarat verlor. Cully sah die kindlich-unschuldige Gier in ihren Augen. Sie sagte Cully, sie werde liebend gern nach Vegas kommen, wenn Fummiro wieder da sei.

Einen Monat später kamen Fummiro und Niigeta wieder ins Xanadu-Hotel und wollten vier Tage bleiben. Cully unterrichtete Fummiro sofort davon, daß Linda Parsons ihn besuchen wolle. Seine Augen begannen zu leuchten. Obwohl er bereits über vierzig war, verfügte er noch über ein unglaublich jungenhaftes Aussehen, das durch seine offenkundige Begeisterung nur noch anziehender wurde. Er bat Cully, das Mädchen sofort anzurufen, und Cully sagte, er werde das tun, verschwieg jedoch, daß er das bereits getan hatte und daß sie versprochen hatte, am nächsten Nachmittag in der Stadt zu sein. Fummiro war so aufgeregt, daß er wie ein Irrsinniger spielte und in dieser Nacht über dreihunderttausend Dollar verlor.

Am Morgen darauf ging Fummiro aus, um sich einen neuen blauen Anzug zu kaufen. Aus irgendeinem Grund glaubte er, blaue Anzüge seien der Gipfel US-amerikanischer Eleganz, und Cully arrangierte es mit den Sy-Devore-Leuten im Sands-Hotel, ihm sofort Maß zu nehmen und ihm den Anzug noch am selben Tag zu liefern. Cully schickte einen seiner „Xanadu-Gastgeber" mit Fummiro mit, um sicherzugehen, daß alles glattlief.

Linda Parsons erwischte noch die Frühmaschine und kam vor dem Mittag in Vegas an. Cully holte sie ab und brachte sie ins Hotel. Sie wollte sich für die Begegnung mit Fummiro frischmachen, also steckte er sie in Niigetas Suite, da er annahm, dieser würde bei seinem Chef sein. Dies sollte sich als ein nahezu fataler Irrtum herausstellen.

Nachdem er sie in der Suite installiert hatte, ging Cully in sein Büro zurück und versuchte Fummiro aufzuspüren. Doch der hatte den Couturier bereits verlassen und war wohl in eins der Casinos unterwegs geraten, um zu spielen. Nirgendwo war er aufzutreiben. Nach etwa einer Stunde erhielt Cully einen Anruf aus der Suite Fummiros. Es war Linda Parsons. Sie wirkte ein wenig erregt. „Könnten Sie runterkommen?" fragte sie. „Ich habe ein Sprachproblem mit Ihrem Freund."

Cully zögerte keinen Moment, stellte erst gar nicht Fragen. Fummiro sprach gut genug Englisch; nun gab er vor, es nicht zu können. Vielleicht war er verärgert und enttäuscht über das Mädchen. Cully hatte festgestellt, daß die jugendliche Naive als leibhaftige Person schon ein paar Meilen mehr auf dem Rücken hatte, als das aus den geschickt fotografierten Fernsehserien ersichtlich wurde. Oder vielleicht hatte Linda etwas getan oder gesagt, das seine sensible fernöstliche Seele verletzt hatte.

Aber es war Niigeta, der ihm die Tür zur Suite öffnete. Und Niigeta schwelgte in trunkenem Stolz. Cully sah Linda Parsons mit einem japanischen Kimono voll goldener Drachen bekleidet aus dem Bad kommen.

„Du heiliger Jesus Christus", sagte Cully nur.

Linda lächelte ihn schwach an. „Da haben Sie mich aber schön in die Scheiße gezogen", sagte sie. „Der ist überhaupt nicht schüchtern und sieht auch nicht gut aus und spricht noch nicht mal Englisch. Ich hoffe, er ist wenigstens reich."

Niigeta grinste noch immer und spielte weiter den Balzhahn. Er verbeugte sich sogar vor Linda, während sie redete. Er hatte offenbar nicht verstanden, was sie gesagt hatte.

„Habt ihr gebumst?" fragte Cully in fast völliger Verzweiflung.

Linda zog eine Schnute. „Er hat mich durch das Appartement gejagt. Ich hatte gedacht, wir würden wenigstens einen Abend voll Romantik zusammen genießen, mit Blumen und Geigen. Aber dann wurde ich ihn nicht los. Darum dachte ich, ach, zum Teufel, bring's hinter dich, wenn er so ein verdammter geiler japanischer Bock ist. Also haben wir gefickt."

Cully wiegte den Kopf hin und her und sagte: „Du hast den falschen Japsen gefickt, Baby."

Linda stierte ihn einen Moment mit einer Mischung aus Schock und Entsetzen an. Dann brach sie in lautes Gelächter aus. Es war ein ehrliches Gelächter, und es paßte zu ihr. Sie ließ sich auf das Sofa fallen und lachte weiter, und ihr weißer Oberschenkel zeigte sich unter dem offenen Kimono. In diesem Augenblick war Cully von ihr verzaubert. Dann aber schüttelte er den Kopf. Das war eine ernste Sache. Er hob den Telefonhörer und rief Daisy in ihrem Appartement an. Als erstes bemerkte Daisy: „Keine Suppe mehr." Cully beschied sie, keine Witze zu machen und sofort rüber ins Hotel zu kommen. Er sagte ihr, es sei wahnsinnig wichtig und sie müsse sich beeilen. Dann rief er Gronevelt an und erklärte ihm die Lage. Gronevelt sagte, daß er sofort runterkommen würde. Und Cully betete inzwischen, daß Fummiro nicht auf der Bildfläche erscheinen möge.

Eine Viertelstunde später waren Gronevelt und Daisy bei ihnen in der Suite. Linda hatte Cully und Niigeta und auch sich selbst einen Drink an der Hausbar gemixt, und auf ihrem Gesicht lag noch immer ein leichtes Grienen. Gronevelt war ihr gegenüber der Charme in Person. „Ich bedaure sehr, daß so etwas geschehen konnte", sagte er. „Aber haben Sie doch nur ein wenig Geduld.

Wir werden das schon alles wieder richtig hinbekommen." Dann wendete er sich Daisy zu und sagte: „Erklären Sie Mr. Niigeta genau, was passiert ist. Daß er Mr. Fummiros Frau genommen hat. Daß sie dachte, er sei Mr. Fummiro. Erklären Sie, daß Mr. Fummiro verrückt vor Liebe nach ihr ist und sich einen neuen Anzug für diese Begegnung mit ihr gekauft hat."

Niigeta lauschte mit dem gleichen breiten Grienen, das er immer hatte. Doch in seinen Augen zeigte sich nun ein wenig Angst. Er fragte Daisy etwas auf japanisch, und Cully bemerkte das leichte Warnzischen in seiner Diktion. Daisy begann hastig auf japanisch auf ihn einzureden. Sie lächelte dabei weiter, doch das Lächeln auf Niigetas Gesicht verblaßte langsam, je länger sie sprach, und als sie zu Ende gesprochen hatte, sank er auf den Fußboden und war restlos ohnmächtig.

Daisy übernahm die Leitung. Sie packte eine Whiskyflasche und goß ihm davon einiges in den Mund, dann half sie ihm auf das Sofa. Linda schaute mitleidig zu. Niigeta rang die Hände und ergoß sich in Wortkaskaden Daisy gegenüber. Gronevelt fragte, was er da sage. Daisy zuckte die Achseln. „Er sagt, das ist das Ende seiner Laufbahn. Er sagt, Mr. Fummiro wird ihn abschießen. Daß er Mr. Fummiro zuviel Gesicht hat verlieren lassen."

Gronevelt nickte. „Sagen Sie ihm, er soll bloß den Mund halten. Sagen Sie ihm, ich werde ihn für einen Tag in ein Krankenhaus stecken, weil er sich übel fühlt, und daß er danach zur Behandlung nach Los Angeles fliegt. Wir werden für Mr. Fummiro eine Geschichte erfinden. Sagen Sie ihm, er soll keiner Menschenseele was davon erzählen, dann sorgen wir dafür, daß Mr. Fummiro nie herausfindet, was los war."

Daisy übersetzte, Niigeta nickte. Das höfliche Lächeln kehrte zurück, aber es war eher eine geisterhafte Grimasse. Gronevelt wendete sich Cully zu. „Sie warten mit Miss Parsons auf Fummiro. Verhaltet euch, als ob nichts geschehen wäre. Um Niigeta kümmere ich mich. Er kann nicht hierbleiben, denn wenn er seinen Chef sieht, fällt er wieder in Ohnmacht. Ich lass' ihn rausbringen."

Und so geschah es dann auch. Als Fummiro schließlich eine Stunde später erschien, traf er auf eine Linda Parsons, die umgezogen und frisch geschminkt war und mit Cully auf ihn wartete. Fummiro war sofort bezaubert, Linda Parsons war von seinem Aussehen überwältigt und gab sich wie in ihren Westernfilmen so jugendlich unschuldig wie nur denkbar.

„Ich hoffe, es macht Ihnen nichts aus", sagte sie. „Aber ich habe mich in der Suite Ihres Freundes einquartiert, damit ich direkt neben Ihnen bin. So haben wir mehr Zeit miteinander."

Fummiro begriff sofort, was sie meinte. Sie war nicht einfach so eine Schlampe, die sich einfach zu ihm ins Bett schmeißen würde. Sie würde sich zuerst einmal verlieben müssen. Er nickte mit einem breiten Lächeln und sagte: „Aber sicher, aber sicher doch." Cully unterdrückte einen Seufzer der Erleichterung. Linda spielte ihre Karten genau richtig aus. Er verabschiedete sich und blieb noch eine Weile im Flur stehen. Schon ein paar Minuten später konnte er hören, wie Fummiro die Tasten bediente und Linda mitsang.

In den folgenden drei Tagen hatten Fummiro und Linda die klassische, nahezu mathematisch perfekte Las-Vegas-Liebesaffäre. Sie waren verrückt aufeinander und verbrachten jede Minute zusammen. Im Bett, an Spieltischen, gleich ob mit Glücks- oder mit Pechsträhne, beim Einkaufen in den schicken Galerien und Boutiquen der Hotels am Strip. Linda liebte japanische Suppe zum Frühstück, und sie liebte Fummiros Klavierspiel. Und er liebte ihre bleiche Blondheit, die milchweißen Schenkel, die langen Beine, die weichen, vollen Brüste. Aber am meisten liebte er ihren beständig ausgeglichenen guten Humor, ihre Fröhlichkeit. Er gestand Cully, daß Linda eine große Geisha hätte werden können. Und Daisy erklärte Cully, dies sei das größte Kompliment, das ein Mann vom Kaliber Fummiros einer Frau machen könne. Fummiro behauptete überdies, Linda bringe ihm Glück im Spiel. Als er seinen Aufenthalt abbrach, hatte er nur zweihunderttausend von der baren Million verloren, die er im Casinosafe deponiert hatte. Und in der ausgegebenen Summe waren ein Nerzmantel, ein Brillantring, ein falbfarbenes Palominopferd und ein Mercedes inbegriffen, die er für Linda gekauft hatte. Er war billig davongekommen. Ohne Linda hätten die Chancen so gestanden, daß er wenigstens eine halbe Million, oder vielleicht sogar die ganze, am Bakkarat-Tisch hinausgeworfen hätte.

Zunächst hielt Cully Linda für eine Top-Luxusnutte. Aber nachdem Fummiro aus Vegas abgeflogen war, aß er mit ihr zu Abend, ehe sie ihren Flug nach Los Angeles antrat. Sie war wirklich wild auf Fummiro. „Er ist ein so interessanter Typ", sagte sie. „Ich mochte diese Suppe als Frühstück und daß er Klavier spielt. Und im Bett war er einfach umwerfend. Ich wundere mich gar nicht, daß die japanischen Frauen für ihre Männer alles tun."

Cully lächelte. „Ich bin nicht überzeugt, daß er seine Frauen zu Hause genauso behandelt wie Sie."

Linda seufzte. „Jaaah, ich weiß. Trotzdem, es war grandios. Wissen Sie, daß er Hunderte von Fotos mit seiner Kamera von mir gemacht hat? Man müßte denken, daß ich das allmählich satt wurde, aber es machte mir wirklich einen Riesenspaß. Ich habe ihn auch fotografiert. Er ist ein sehr attraktiver Mann."

„Und außerdem sehr reich", sagte Cully.

Linda zuckte die Achseln. „Ich war schon früher mit reichen Typen zusammen. Und ich verdiene ganz schön. Aber der, der war richtig wie ein kleines Kind. Aber wie er spielte, das mag ich wirklich nicht. Mein Gott! Ich könnte zehn Jahre von dem leben, was der an einem Tag verspielt!"

Cully dachte: Ist das wirklich so? Und sofort begann er Pläne zu schmieden, damit sich Linda Parsons und Fummiro nie wieder treffen sollten. Aber mit einem schiefen Lächeln sagte er: „Ja, mir paßt es auch nicht, wenn er so ausgenommen wird. Das könnte ihn vom Spielen abbringen."

Linda grinste ihn freundlich an. „Aha. Darauf möchte ich wetten. Aber danke für alles. Ich habe mich wirklich so gut wie nie zuvor amüsiert. Vielleicht begegnen wir uns mal wieder."

Er wußte, wonach sie fischte, aber er sagte dennoch mit weicher Stimme: „Wann immer Sie die Sehnsucht nach Vegas packt, rufen Sie mich einfach an. Alles geht auf das Haus, außer den Chips."

Linda sagte ein wenig nachdenklich: „Glauben Sie, Fummiro ruft mich das nächstemal an, wenn er rüberkommt? Ich hab' ihm meine Nummer in Los Angeles gegeben. Ich habe ihm auch gesagt, daß ich nach Japan in die Ferien fliegen würde, wenn die Show abgedreht ist. Und er hat gesagt, er würde sich irre freuen. Wenn ich käme, solle ich es ihm vorher sagen. Aber er war ein bißchen kühl dabei."

Cully schüttelte den Kopf. „Japanische Männer mögen es nicht, wenn Frauen dermaßen aggressiv in der Beziehung sind. Die hinken tausend Jahre hinter der Entwicklung her. Besonders so große Tiere wie Fummiro. Sie haben die beste Chance, wenn Sie sich zurückhalten und die ganze Sache cool spielen."

Sie seufzte. „Ja, so ist es wohl."

Er brachte sie zum Flugplatz und küßte sie auf die Wange, ehe sie ihre Maschine bestieg. „Ich rufe Sie an, wenn Fummiro sich wieder meldet", sagte er.

Als er wieder im Xanadu war, fuhr er zur Privatsuite Gronevelts hinauf und erklärte ihm steif: „Es gibt auch das, daß man zu einem Spieler zu gut ist."

Gronevelt sagte: „Ach, machen Sie sich nichts draus. Wir haben seine ganze Million so früh im Spiel ja gar nicht haben wollen. Aber recht haben Sie dennoch. Diese Actrice ist nicht das richtige Mädchen, mit dem man einen Spieler zusammenbringen darf. Zum ersten, sie ist nicht gierig genug. Zweitens ist sie zu anständig. Und, was am schlimmsten ist: sie ist intelligent."

„Wie können Sie das wissen?" fragte Cully.

Der lächelte. „Habe ich recht?"

„Aber genau", sagte Cully. „Ich werde dafür sorgen, daß Fummiro von ihr abgetrickst wird, wenn er wiederkommt."

„Das wird nicht nötig sein", sagte Gronevelt. „Ein Mann wie der besitzt zuviel Kraft. Er braucht das nicht, was sie ihm geben könnte. Nicht mehr als einmal. Einmal, das ist ein Spaß. Aber mehr steckt nicht dahinter. Wenn es nämlich mehr gewesen wäre, dann hätte er besser für das Mädchen gesorgt, als er abfuhr."

Cully war ein wenig erschrocken. „Ein Mercedes, ein Nerzmantel und ein Brillantring? Das ist nicht genug?"

„Mitnichten", sagte Gronevelt. Und er sollte recht behalten. Als Fummiro das nächstemal nach Vegas kam, fragte er mit keinem Wort nach Linda Parsons. Und diesmal verlor er seine Million Bares aus dem Safe.

19

Der Jet flog ins morgendliche Licht, die Stewardess kam mit Kaffee und Frühstück vorbei. Cully hielt den Aktenkoffer dicht an sich gepreßt, während er aß und trank, und als er fertig war, sah er die Stahltürme New Yorks über dem Horizont. Dieser Anblick erfüllte ihn stets mit Schrecken. Wie sich die Wüste von Las Vegas endlos weit erstreckte, so ragten hier anscheinend die Meilen von Stahl und Glas unendlich und bedrängend zum Himmel. Es verursachte ihm ein Gefühl von Verzweiflung.

Die Maschine setzte zur Landung an, schwenkte nach rechts, während sie über der City kreiste, stieß dann nach unten, eine weiße Decke gegen eine blaue, dann sonnenüberstrahlte Luft, die zementgrauen Start- und Landebahnen, die kleinen grünen Flecken, die den Teppich über der Erde ausmachten. Die Maschine landete mit einem Stoß, der hart genug war, die Fahrgäste zu wecken, die immer noch schliefen.

Cully fühlte sich frisch und ganz munter. Er brannte darauf, Merlin zu sehen; der Gedanke daran machte ihn glücklich. Der gute, brave Merlin, der anständige Kerl, wie von Gott geschaffen, der einzige Mann in der Welt, dem er vertraute.

20

Am Tag, an dem ich vor dem Untersuchungsgericht erscheinen sollte, machte mein ältester Junge seine Prüfung in der neunten Klasse für die Zulassung zur Highschool. Valerie wollte, daß ich mir freinehme und mit ihr zu den Prüfungen ginge. Ich sagte, ich könne das nicht, weil ich zu einem Sondertreffen über das Reservistenprogramm der Armee gehen müsse. Noch immer hatte sie nicht die geringste Ahnung, in welchem Schlamassel ich steckte, und ich erzählte ihr auch nichts. Helfen hätte sie nicht können, sondern sich bloß Sorgen gemacht. Wenn alles okay ging, dann brauchte sie es ja nie zu erfahren. Und so war es mir am liebsten. Ich war nicht dafür, Probleme mit dem Ehepartner zu teilen, wenn der sowieso nichts daran ändern konnte.

Valerie war über die Graduation ihres Sohnes ganz stolz. Vor ein paar Jahren hatten wir gemerkt, daß er eigentlich nicht lesen konnte, aber trotzdem in jedem Semester versetzt wurde. Valerie war scheußlich wütend, begann ihm das Lesen beizubringen, und sie machte das ganz wunderbar. Und jetzt bekam er exzellente Noten. Nicht daß ich nicht ebenfalls wütend gewesen wäre. Das war noch ein weiteres Zornesgift, das in mir gegen New York City schwelte. Wir lebten in einem Viertel mit Leuten, die geringe Einkommen hatten, alles Arbeitermalocher und Neger. Und die Schule kümmerte sich einen Furz darum, ob die Kinder was lernten oder nicht. Die versetzten sie einfach in die nächsthöhere Klasse, um sie loszuwerden, um sie aus dem System auszuscheiden, ohne daß sie selbst in Schwierigkeiten kamen, und mit dem geringstmöglichen Aufwand.

Vallie freute sich auf den Umzug in unser neues Heim. Das Haus lag in einem schulreichen Distrikt, einer Gemeinde auf Long Island, wo die Lehrer sich Mühe gaben, daß alle ihre Grundschüler sich fürs College qualifizierten, und wenn es auch nicht ausgesprochen wurde: es gab hier kaum Farbige. Valeries Kinder würden, wie sie es sah, in der gleichen gesicherten Umgebung aufwachsen, die sie selbst als katholisches Schulkind erlebt hatte. Mir war es recht. Ich wollte ihr nicht erklären, daß die Probleme, vor denen sie zu fliehen versuchte, ihre Wurzeln in der Krankhaftigkeit unserer ganzen Gesellschaft hatten und daß wir ihnen nicht entrinnen würden, indem wir uns unter die Bäume und auf den Rasen von Long Island flüchteten.

Und außerdem hatte ich ja wirklich andere Sorgen. Vielleicht würde ich statt dessen ins Kittchen wandern. Das hing von dem Untersuchungsgericht ab, vor dem ich noch heute würde erscheinen müssen. Als ich an diesem Morgen aus dem Bett stieg, fühlte ich mich verdammt lausig. Vallie brachte die Kleinen selber zur Schule und blieb dort, um an den Prüfungen teilzunehmen. Ich sagte zu ihr, ich würde spät zur Arbeit gehen. Also fuhren sie früher als ich weg. Ich holte mir meinen Kaffee, und während ich daran nippte, malte ich mir all das aus, was ich vor dem Untersuchungsausschuß zu tun hatte ...

Ich mußte alles ableugnen. Es gab keine Möglichkeit für sie, den Bestechungsgeldern, die ich angenommen hatte, auf die Spur zu kommen. Cully hatte mir das ganz fest versichert. Aber was mich beunruhigte, war die Tatsache, daß ich einen Fragebogen ausfüllen mußte über das, was mein Besitz war. Eine Frage lautete, ob ich Hauseigentümer sei. Und da hatte ich mich wirklich auf sehr dünnes Eis begeben. Die Wahrheit war, ich hatte eine Anzahlung auf ein Heim in Long Island gemacht, eine Depositenzahlung, aber es hatte bisher noch keinen endgültigen Abschluß gegeben. Also schrieb ich einfacherweise nein. Ich stellte mir vor, daß ich kein Haus besitze, und im Fragebogen war von einer Anzahlung nicht die Rede. Doch ich fragte mich, ob das FBI das herausgefunden hatte. Eigentlich müßte es das.

Darum hatte ich also mit der Frage zu rechnen, ob ich eine Anzahlung auf ein Haus geleistet hätte. Und dann würde ich es zugeben müssen. Dann würden sie mich fragen, wieso ich das nicht auf dem Fragebogen erwähnt hätte, und ich würde das erklären müssen. Und was dann, wenn Frank Alcore zusammenbrach und ihnen von unseren Unternehmungen erzählte, als wir Partner waren? Ich war bereits fest entschlossen, in diesem Punkt zu lügen. Franks Aussage stand dann gegen die meine. Die Transaktionen hatte immer er selber ausgeführt, keiner würde seine Aussage stützen. Und dann erinnerte ich mich an jenen Tag, an dem einer von Franks Kunden versucht hatte, mich anzureißen und mich mit einem an Frank adressierten Briefumschlag zu bestechen, als Frank gerade nicht im Büro war. Ich hatte das abgelehnt. Und das war eine glückliche Fügung, denn der Typ war einer von denen, die die anonymen Briefe ans FBI geschrieben und damit die ganze Chose ins Rollen gebracht hatten. Und es war wirklich reines Glück gewesen. Denn ich hatte es nur abgelehnt, weil ich den Kerl persönlich nicht riechen konnte. Und jetzt würde er aussagen müssen, daß ich mich geweigert hätte, das Geld anzunehmen, und das würde sicher ein Punkt zu meinen Gunsten sein.

Und wenn Frank wirklich weich wurde und mich dem Untersuchungsausschuß zum Fraß vorwarf? Ich glaubte es nicht. Der einzige Weg, auf dem er sich selbst retten konnte, bestand darin, andere in höheren Rängen zu beschuldigen. Den Major oder den Oberst. Und da lag eben der Hase im Pfeffer: sie waren überhaupt nicht in die Sache verwickelt. Außerdem hatte ich das Gefühl, daß Frank ein viel zu anständiger Kerl war, als daß er mich mit reinreißen würde, bloß weil er erwischt worden war. Und außerdem stand für ihn zuviel auf dem Spiel. Wenn er sich schuldig bekannte, verlor er automatisch seinen Regierungsjob nebst Pension, seinen Rang als Reservist nebst zugehöriger Pension. Er würde also frech leugnen müssen.

Meine einzige große Sorge war Paul Hemsi. Der Knabe, für den ich am meisten getan hatte und dessen Vater mir versprochen hatte, er werde mich für den Rest meines Lebens glücklich machen. Nachdem ich mich um Paul bemüht hatte, hatte ich nie wieder etwas von Mr. Hemsi gesehen. Nicht einmal ein Päckchen mit Strümpfen. Dabei hatte ich mir gerade von dem einen dicken Schnitt erhofft, na, jedenfalls ein paar Riesen, aber die paar Schachteln mit Kleidung waren dann alles, einfach alles gewesen. Und ich hatte nicht nachgehackt oder um irgendwas gebeten. Diese Kleiderschachteln waren ja alles in allem Tausende wert gewesen. Zwar würden sie mich nicht „für den Rest meines Lebens glücklich machen“, aber verdammt noch mal, es machte mir nichts aus, aufs Kreuz gelegt zu werden.

Aber als das FBI mit seinen Untersuchungen anfing, gingen Gerüchte um, daß es Paul Hemsi gelungen sei, der Einberufung zu entkommen und statt dessen bei der Reserve zu landen, obwohl er bereits fest einberufen gewesen war. Ich wußte, daß der Brief von der Musterungsbehörde, in dem seine Rückstellung zurückgewiesen worden war, sich nicht mehr in unseren Akten befand, sondern an höhere Militärstellen weitergeleitet worden war. Ich mußte daher annehmen, daß die Leute vom FBI mit dem Sekretär bei der

Musterungsbehörde gesprochen hatten und dieser ihnen die Geschichte erzählt hatte, die ich ihm verpaßt hatte. Und das wäre ja noch immer okay gewesen. Nichts regelrecht Gesetzwidriges, ein bißchen verwaltungsmäßiger Hokuspokus, wie er ja schließlich jeden Tag vorkam. Aber man hörte Gerüchte, daß Paul Hemsi unter den Verhören des FBI zusammengebrochen sei und ausgesagt habe, daß ich von anderen seiner Freunde Bestechungsgelder erhalten hätte. Sagte er angeblich.

Ich ging aus dem Haus und fuhr an der Schule meines Jungen vorbei. Da gab es ein enorm großes Spielfeld mit einem zementierten Basketball-Feld, und alles war von hohen Maschendrahtzäunen abgeschirmt. Während ich vorbeifuhr, sah ich, daß die Graduationsprüfungen draußen im Hof stattfanden. Ich parkte, ging an den Drahtzaun und hielt mich an dem Draht fest.

Jungen und Mädchen, kaum aus den Kinderschuhen heraus, standen ordentlich in Reih und Glied, alle für die Zeremonie hübsch angezogen, die Haare gekämmt, die Gesichter sauber geschrubbt, und da standen sie nun und warteten mit kindlichem Stolz darauf, daß sie durch das Ritual auf die nächste Stufe in Richtung Erwachsensein gehoben würden.

Für die Eltern waren Tribünen errichtet worden. Und ein riesiges Holzpodium für die Honoratioren, den Direktor der Schule, einen kleinen Lokalpolitiker, einen uralten, verwitterten Typ mit dem Kepi und dem blauen Band der Overseas Legion und einer Uniform, die nach den zwanziger Jahren und der American Legion aussah. Über dem Podium flatterte die Flagge der Vereinigten Staaten von Amerika. Ich hörte den Direktor auf dem Podium irgend etwas darüber sagen, daß er nicht die Zeit habe, alle Diplome und Ehrungen einzeln zu verteilen, daß aber die Klassenschüler jeweils, wenn er ihre Klasse verkündete, aufstehen und sich den Tribünen zuwenden sollten.

Und so schaute ich sie mir ein paar Minuten lang an. Nach jeder Verkündigung drehten sich eine Reihe von jungen Mädchen und Jungen herum und präsentierten sich der Tribüne mit den Müttern und Vätern und anderen Verwandten und nahmen deren Applaus entgegen. Auf den Gesichtern strahlten Stolz und Vorfreude. Heute waren sie die Helden. Die Würdenträger hatten sie gepriesen, und jetzt applaudierten ihnen ihre vorangegangenen Generationen. Ein paar dieser armen Hunde konnten noch immer nicht richtig lesen. Und keiner von ihnen war auf die Welt vorbereitet worden oder auf den „Trouble“, der auf sie zukam. Ich war froh, daß ich das Gesicht meines Sohnes nicht sehen konnte. Ich ging zu meinem Auto zurück und fuhr nach New York und zu meiner Begegnung mit dem Untersuchungsausschuß.

In der Nähe des Bundesgerichtshofgebäudes parkte ich auf dem Parkplatz und betrat dann die riesigen, mit Marmorböden ausgelegten Hallen und Gänge. Ich fuhr mit dem Lift bis zum Untersuchungsgerichtssaal hinauf, verließ den Fahrstuhl und war schockiert von dem Anblick der Zuschauerbänke, auf denen Massen von jungen Reservisten aus unseren Einheiten saßen. Da waren mindestens hundert von ihnen. Einige nickten mir zu, ein paar schüttelten mir die Hand, und wir rissen Witze über die ganze Geschichte. Ich sah Frank Alcore einsam bei einem der Riesenfenster stehen. Ich ging rüber zu ihm, ergriff seine Hand und schüttelte sie. Er sah ruhig aus, aber in seinem Gesicht zeichnete sich die Anspannung ab.

„Ist das nicht ein Riesenscheiß?“ fragte er, als wir uns die Hand gaben.

„Ja“, sagte ich. Niemand trug Uniform außer Frank. Er hatte sich alle Bändchen aus den Kämpfen des Zweiten Weltkriegs angehängt und dazu seine Master-Sergeant-Streifen und die Dienstzeitwinkel ... Er sah wirklich wie ein wilder Karrieresoldat aus. Mir war klar, daß er darauf setzte, daß das Untersuchungsgericht es ablehnen werde, einen Patrioten, der zur Verteidigung seines Landes aufgerufen worden war, unter Anklage zu stellen. Und ich hoffte, er würde damit durchkommen.

„Jesus“, sagte Frank. „Die haben so zirka zweihundert von uns aus Fort Lee raufgeflogen. Und das alles wegen einem Haufen Quatsch. Bloß weil ein paar von den kleinen reichen Scheißern ihren Hustensaft nicht schlucken wollten, als sie wieder einberufen wurden.“

Ich war überrascht und beeindruckt. Es war uns als eine solche Kleinigkeit erschienen, was wir da getan hatten. Man nimmt einfach ein bißchen Geld für einen kleinen Hokuspokus an. Es war mir nicht einmal kriminell erschienen. Nur eine Gefälligkeit, ein Sichzusammenfinden zwischen zwei Interessenten verschiedener Art, das für beide nützlich war und niemandem Schaden zufügte. Sicher, ein paar Gesetze hatten wir übertreten, aber etwas wirklich Böses hatten wir damit doch nicht angerichtet. Und da hockte nun die Regierung und gab Tausende Dollar aus, bloß um uns in den Knast zu bringen. Das erschien mir nicht als fair. Wir hatten niemanden totgeschossen, keine Bank ausgeraubt, wir hatten keinen Aktenschwindel getrieben oder Schecks gefälscht oder Hehlergut angenommen; auch hatten wir niemanden vergewaltigt, und wir waren noch nicht einmal russische Spione. Warum zum Teufel dann dieses ganze Getue? Ich lachte. Aus irgendeinem Grund war ich plötzlich in ausgezeichneter Laune.

„Worüber, verdammt noch mal, lachen Sie?“ fragte Frank. „Die Sache ist ernst.“

Rings um uns herum standen überall Leute in Hörweite. Ich sagte mit fröhlicher Stimme zu Frank: „Na, warum sollen wir uns denn graue Haare wachsen lassen? Wir sind unschuldig, und wir wissen ganz genau, daß das Ganze da ein Haufen Mist ist. Ach, scheißen Sie die doch alle an!“

Er griente zurück. Er hatte es begriffen. „Ja“, sagte er. „Aber trotzdem würde ich ein paar von diesen kleinen Zuckerschwänzen gern umlegen.“

„Sagen Sie das nicht mal als Witz!“ Ich gab ihm einen Blick, der ihn warnen sollte. Die konnten ja den Raum mit Wanzen verseucht haben. „Das meinen Sie doch nicht ehrlich so.“

„Na also, ich glaube nicht“, sagte Frank widerstrebend. „Da nimmt man doch an, die Burschen sind stolz darauf, ihrem Land zu dienen. Also, ich hab' nicht gekniffen, und ich habe einen ganzen Krieg hinter mir.“

Dann rief einer der Gerichtsdiener Franks Namen auf, ganz dicht bei den großen Türen, auf denen in schwarz-weißen Lettern GRAND JURY ROOM stand. Als Frank hineinging, sah ich Paul Hemsi herauskommen. Ich ging auf ihn zu und sagte: „Hallo Paul, wie geht's?“ Ich hielt ihm die Hand hin, und er schüttelte sie.

Er wirkte verlegen, aber keineswegs schuldbewußt.

„Wie geht's Ihrem Vater?“ fragte ich.

„Ach, der ist okay“, sagte Paul. Er zögerte kurz. „Ich weiß, daß ich eigentlich über meine Aussage nichts sagen darf. Sie wissen, ich darf das nicht. Aber mein Vater hat mir aufgetragen, Ihnen zu sagen, Sie sollten sich nicht die geringsten Sorgen machen.“

Heftige Erleichterung setzte sich auf mich herab. Der da war wirklich meine einzige Sorge gewesen. Aber Cully hatte gesagt, das mit den Hemsis würde er schon regeln, und offenbar war das auch der Fall. Ich hatte keine Ahnung, wie Cully das hingedreht hatte, und es kam mir auch nicht darauf an, es zu wissen. Ich sah, wie Paul auf die Lifttüren zustrebte, und dann kam noch einer von meinen „Kunden“, den ich, weil er ein junger Kerl und im Begriffe war, Bühnenregisseur zu werden, kostenlos rausgemogelt hatte. Er machte sich richtig Sorgen um mich und erklärte mir, daß er und seine Freunde aussagen würden, daß ich niemals Geld von ihnen verlangt oder erhalten hätte. Ich sagte danke und schüttelte ihm die Hand. Ich machte sogar ein paar witzige Bemerkungen, lächelte scheußlich viel, und dabei war das gar nicht einmal gespielt. Ich genoß die Rolle des recht raffinierten, bestechlichen Typs, der seine umfassend US-amerikanische Unschuld demonstriert. Etwas verwundert bemerkte ich, daß mir das alles Spaß zu machen begann. Eigentlich hielt ich ja hof mit einer ganzen Menge meiner früheren Kunden, die mir nacheinander erklärten, was das Ganze für ein entsetzlicher Mist sei, den bloß ein paar Sauerärsche aufgebracht hatten. Ich glaubte schon, daß sich auch Frank aus der Schlinge ziehen könnte. Da sah ich ihn aus dem Gerichtssaal kommen und hörte, wie mein Name aufgerufen wurde. Frank wirkte ein wenig angebittert und dabei wütend, und ich sah sofort, er würde die Sache durchkämpfen und war nicht in die Knie gegangen, und ich ging durch die zwei enorm großen Türen in den Saal des Untersuchungsgerichts. Bis ich drin war, lag auf meinem Gesicht kein Lächeln mehr.

Es war gar nicht wie im Kino. Das Richterkollegium wirkte wie ein Menschenhaufen. Die Herrschaften saßen überdies auf Klappstühlen und nicht in Geschworenenbänken oder so etwas. Der Untersuchungsrichter stand hinter einem Schreibtisch, auf dem Papiere lagen, von denen er herunterlas. Ein Stenotypist saß an einem winzigen Schreibpult und hatte eine Schreibmaschine vor sich stehen. Man wies mich an, auf einem Stuhl Platz zu nehmen, der erhöht auf einer kleinen Plattform stand, so daß das Gericht mich deutlich sehen konnte. Ich kam mir fast wie der Ladderman in einem Bakkarat-Pit vor.

Der Untersuchungsrichter war ein noch junger Kerl in einem altmodischen schwarzen Anzug, weißem Hemd und mit einer sauber geknoteten himmelblauen Krawatte. Er hatte dichtes schwarzes Haar und eine auffallend bleiche Gesichtsfarbe. Seine Stimme klang ruhig und sehr distanziert, als er die Fragen an mich stellte. Er holte bloß Informationen ein, versuchte nicht, das Richterkollegium zu beeindrucken.

Er kam nicht einmal näher, als er fragte, sondern blieb bei seinem Tisch stehen. Er fragte mich nach Namen und Beruf.

„Mr. Merlin“, sagte er, „haben Sie jemals von jemandem Geld für etwas genommen?“

„Nein“, sagte ich. Ich sah dabei ihn und die Mitglieder des

Kollegiums direkt an. Ich blickte ernst drein, obwohl mir aus irgendeinem Grund zum Lachen zumute war. Noch war ich in Hochstimmung.

Der Untersuchungsrichter sagte: „Haben Sie von jemandem Geld dafür genommen, daß Sie ihn in die Liste für das Sechsmonateprogramm der Armeereserve aufnahmen?“

„Nein“, sagte ich.

„Haben Sie Kenntnis von anderen Personen, die entgegen dem Gesetz für bevorzugte Behandlung dritter Personen Geld von diesen genommen haben?“

„Nein“, sagte ich und sah immer noch ihn und diesen Menschenhaufen in den unbequemen Klappstühlen an. Der Raum war düster, und ich konnte kein Gesicht deutlich ausmachen.

„Haben Sie Kenntnis davon, daß ein Offizier oder sonst jemand seinen Einfluß gebraucht hat, um jemanden, dessen Name nicht auf der Liste für das Sechsmonateprogramm stand, in die Reservearmee aufzunehmen?“

Ich hatte gewußt, daß er das fragen würde. Und ich hatte mir überlegt, ob ich jenen Kongreßabgeordneten erwähnen sollte, der damals mit dem Stahlerben kam und den Major spuren ließ. Oder den Oberst der Reserve und einige andere Reserveoffiziere, die die Freunde ihrer Söhne auf die Liste obenan gesetzt hatten. Möglicherweise lenkte das die Aufmerksamkeit von mir ab. Doch dann wurde mir klar, daß es dem FBI darauf ankam, Leute in den höheren Rängen auffliegen zu lassen. Wenn das gelang, dann würde man die Untersuchungen um so intensiver weiterführen. Zudem würden die Zeitungen sich mit der Sache beschäftigen, wenn ein Kongreßabgeordneter darin verwickelt war. Also hatte ich beschlossen, den Mund zu halten. Wenn man mir etwas nachweisen konnte und Klage erhob, konnte mein Anwalt immer noch dieses Ding ins Spiel bringen. Ich schüttelte den Kopf und sagte: „Nein.“

Der Untersuchungsrichter schichtete seine Papiere um und sagte dann, ohne mich anzusehen: „Das genügt. Sie können wieder hinausgehen.“ Ich erhob mich von meinem Stuhl, stieg vom Podium herunter und verließ den Saal. Und dann schoß es mir ein, warum ich so fröhlich, so in Hochstimmung war.

Ich war ein Magier gewesen. Wirklich. In all den Jahren, als jeder sich bestechen ließ, ohne einen Gedanken an die Welt zu verschwenden, hatte ich in die Zukunft geblickt und diesen Tag vorhergesehen. Diese Fragen, dieses Gericht, das FBI, das

Schreckgespenst der Inhaftierung. Und ich hatte meine Zaubersprüche aufgesagt. Ich hatte mein Geld bei Cully versteckt. Ich hatte mir alle Mühe gegeben, mir unter jenen, mit denen ich illegale Geschäfte machte, keine Feinde zu machen. Ich hatte nie eine bestimmte Summe verlangt. Und wenn einige meiner Kunden mich hochnahmen, hatte ich sie nie verfolgt. Auch nicht Mr. Hemsi, der versprochen hatte, mich für den Rest meines Lebens glücklich zu machen. Nun, er hatte mich dadurch glücklich gemacht, daß er seinen Sohn dazu verhielt, nicht gegen mich auszusagen. Vielleicht war's das gewesen und nicht Cully. Leider wußte ich es besser. Cully allein hatte mich aus der Schlinge gezogen. Aber okay, selbst wenn ich Hilfe nötig gehabt hatte, war ich doch ein Magier. Alles war so gelaufen, wie ich es mir vorgestellt hatte. Ich war stolz auf mich. Was kümmerte mich, daß ich vielleicht nur ein cleverer kleiner Geldschneider war, der seine Vorkehrungen getroffen hatte.

21

Als Cully das Flugzeug verlassen hatte, nahm er sich ein Taxi und fuhr zu der berühmten Bank in Manhattan. Er sah auf die Uhr. Es war kurz nach zehn. Wahrscheinlich telefonierte Gronevelt in diesem Augenblick gerade mit dem Vizepräsidenten der Bank, in der Cully das Geld deponieren sollte.

Alles verlief genau nach Plan. Cully wurde ins Büro des Vizepräsidenten geführt und übergab diesem hinter verschlossenen Türen den Aktenkoffer.

Der Vizepräsident öffnete ihn mit seinem Schlüssel und zählte vor Cully die Million Dollar ab. Dann füllte er eine Quittung aus, kritzelte seinen Namen darunter und übergab Cully den Schein. Sie reichten einander die Hände, und Cully ging. An der nächsten Straßenecke zog er einen vorbereiteten frankierten Briefumschlag aus der Tasche seines Jacketts, steckte die Quittung hinein und klebte den Umschlag zu. Dann warf er ihn in den Briefkasten an der Ecke. Er fragte sich, wie das Ganze wohl funktionierte, wie der Vizepräsident das Geld unterbrachte und wer es abholte. Eines Tages mußte er das herausfinden.

Cully und Merlin trafen sich im Speisesaal des „Plaza". Aber das Problem besprachen sie erst, als sie mit dem Lunch fertig waren und durch den Central Park schlenderten. Merlin erzählte Cully die ganze Geschichte, Cully nickte dazu und machte nur hin und wieder eine zustimmende Bemerkung. Soweit er es beurteilen konnte, handelte es sich um eine kleine Gaunerei, die das FBI zufällig entdeckt hatte. Selbst wenn Merlin schuldig gesprochen wurde, hatte er nur eine bedingte Strafe zu erwarten. Eigentlich kein Grund zur Aufregung. Aber Merlin war ein so anständiger Kerl, daß er sich wahrscheinlich schämte, als vorbestraft zu gelten. Das war aber schon das Schlimmste, was ihm passieren konnte.

Als Merlin Paul Hemsi erwähnte, kam der Name ihm irgendwie bekannt vor. Sobald aber Merlin ihm von seinem Zusammentreffen mit Hemsi senior im Bekleidungshaus erzählte, wußte er plötzlich genau, woher ihm der Name vertraut war. Einer der vielen Giganten der Bekleidungsindustrie, die so manches verlängerte Wochenende sowie die Feiertage um Weihnachten und Neujahr in Vegas verbrachten, war Charles Hemsi, ein leidenschaftlicher Spieler und Weiberfreund. Selbst wenn Charles Hemsi mit seiner Frau nach Vegas kam, mußte Cully ihm eine Nutte verschaffen. Während Mrs. Hemsi eifrig Roulette spielte, drückte ihm Cully den Schlüssel mit der Zimmernummer in die Hand und flüsterte ihm zu, um welche Zeit das Mädchen ihn im Zimmer erwarte.

Charles Hemsi schlenderte dann in die Cafeteria hinüber, um den wachsamen Augen seiner Frau zu entgehen. Von dort lief er schnell den Hotelgang entlang, bis er zu dem Zimmer kam, dessen Nummer auf dem Schlüsselanhänger stand. Drinnen wartete bereits ein hübsches Mädchen auf ihn. Das Ganze dauerte keine halbe Stunde. Dann gab Charlie dem Mädchen einen schwarzen Hundert-Dollar-Jeton und schlenderte völlig entspannt und zufrieden über den blauen Teppichboden der Hotelgänge zurück zum Casino. Er ging am Roulette-Tisch vorbei, sah seiner Frau kurz beim Spiel zu, schenkte ihr einige ermunternde Worte und ein paar Chips, aber nie einen von den schwarzen, und stürzte sich dann fröhlich wieder ins Getümmel um die Craps-Tische. Ein großer, derber, gutmütiger Kerl, ein erbärmlich schlechter Spieler, der fast immer verlor, und ein hemmungsloser Spieler, der nie aufhörte, wenn er doch einmal gewonnen hatte. Er war Cully nur nicht gleich eingefallen, weil er Charlie Hemsi schon länger nicht gesehen hatte.

Hemsi hatte Gläubiger in ganz Vegas. Allein im Tresor des Xanadu-Casinos lagen Schuldscheine von ihm im Wert von 50.000 Dollar. Einige Casinos hatten ihm bereits Mahnbriefe geschickt, Gronevelt aber hatte Cully befohlen, noch zuzuwarten. „Vielleicht zahlt er doch noch", sagte Gronevelt. „Dann wird er sich daran erinnern, daß wir nette Leute sind, und wird uns wieder besuchen. Wenn dieses Arschloch spielt, bedeutet das Geld für die Bank."

Cully bezweifelte es. „Dieses Arschloch hat in Vegas mehr als 300.000 Dollar Schulden", sagte er. „Seit einem Jahr hat er sich hier nicht mehr blicken lassen. Ich glaube, er wartet so lange, bis das Geld eingetrieben wird."

„Kann sein", antwortete Gronevelt. „Aber er hat einen großen

Betrieb in New York. Wenn er ein gutes Jahr gehabt hat, wird er wieder auftauchen. Der kommt vom Spiel und den Nutten nicht los. Jetzt sitzt er zu Hause bei Frau und Kindern und besucht die Partys in der Nachbarschaft. Vielleicht hat er etwas mit einem Mädchen aus seiner Fabrik. Aber das macht ihn nervös, weil zu viele Leute davon wissen. Hier in Vegas geht alles so glatt. Außerdem ist er ein fanatischer Würfelspieler. So einer trennt sich nicht so leicht vom Tisch."

„Und wenn sein Betrieb kein gutes Jahr hat?" fragte Cully.

„Dann wird er sein Hitler-Geld verwenden", sagte Gronevelt. Er bemerkte Cullys fragenden, belustigten Gesichtsausdruck. „So wird das in der Bekleidungsindustrie genannt. Während des Krieges haben sie alle auf dem Schwarzmarkt ein Vermögen verdient. Als die Regierung alle Textilien rationierte, wurde viel schwarz verkauft. Dieses Geld brauchten die Händler bei der Steuer nicht anzugeben. Konnten es gar nicht angeben. Und so sind alle reich geworden. Allerdings müssen sie es geheimhalten. Wenn man in diesem Land reich werden will, muß man es im Dunkeln tun."

Diesen Satz Gronevelts vergaß Cully nie. „Man muß im Dunkeln reich werden." Das war das Credo von Vegas, und nicht nur von Vegas. Es war auch das Credo vieler Geschäftsleute, die nach Vegas kamen. Männer, die Supermärkte oder private Kreditunternehmen besaßen, Leiter von Architekturbüros, zwielichtige Kirchenräte aller Konfessionen, die heilige Körbchen herumreichten und Geld einsammelten. Große Firmen mit Scharen von Rechtsberatern, die sich innerhalb der Legitimität eine dunkle Zone errichteten.

Cully hörte Merlin nur mit halbem Ohr zu. Glücklicherweise war Merlin kein Schwätzer. Bald hatte er seinen Bericht beendet, und während sie stumm nebeneinander durch den Park gingen, ordnete Cully alle Fakten in seinem Kopf. Um ganz sicherzugehen, bat er Merlin, ihm Hemsi senior noch einmal zu beschreiben. Nein, es war nicht Charlie. Es war offenbar einer seiner Brüder, Teilhaber der Firma – und allem Anschein nach der dominierende Teilhaber. Charlie wirkte auch nicht wie ein schwer arbeitender Geschäftsmann. Langsam entstand in Cullys Hirn ein Plan, und er sah bereits alle Schritte, die er unternehmen mußte. Es war ein herrlicher Coup, und Gronevelt war sicher damit einverstanden.

Sie hatten nur noch drei Tage Zeit, dann mußte Merlin vor Gericht erscheinen. Aber das würde genügen.

Nun erst konnte Cully seinen Spaziergang mit Merlin richtig genießen. Sie sprachen über alte Zeiten und stellten sich die alten Fragen über Jordan. Warum hatte er das bloß getan? Warum sollte ein Mann, der gerade vierhundert Riesen gewonnen hatte, sich eine Kugel in den Kopf jagen? Merlin hatte schon in Büchern von dem Vakuum gelesen, das der Erfolg erzeugen konnte. Cully dagegen hielt das alles für einen aufgelegten Blödsinn. Er wußte genau, wie glücklich ihn selber „der Bleistift", die volle Zeichnungsberechtigung, machen würde. Dann wäre er Kaiser. Reiche und mächtige Männer, schöne Frauen wären seine Gäste. Von allen Enden der Welt könnte er sie nach Vegas fliegen lassen, das Hotel Xanadu würde alles bezahlen. Eine Unterschrift von ihm, Cully, genügte. Er würde die prächtigsten Suiten vergeben, die erlesensten Gerichte servieren lassen, die besten Weinsorten anbieten und die schönsten Frauen, eine allein oder zwei zugleich, oder drei zugleich. Wirkliche Schönheiten! Er könnte den gewöhnlichen Sterblichen in ein Paradies versetzen – für drei, vier, fünf Tage oder sogar eine ganze Woche. Und alles kostenlos.

Außer daß seine Gäste natürlich Jetons kaufen mußten. Ein geringer Preis. Schließlich konnten sie ja auch gewinnen, wenn sie Glück hatten. Wenn sie klug spielten, würden sie nicht allzuviel verlieren. Mit Wärme dachte Cully daran, daß er „den Bleistift" auch Merlin würde zugute kommen lassen. Merlin konnte haben, was er wollte, wenn er nach Vegas kam.

Merlin war also ein Gauner, wenn auch nur ein kleiner. Es war Cully klar, daß es sich hier nur um eine zeitweise Verirrung handeln konnte. Mindestens einmal im Leben kommt fast jeder in die krumme Gasse. Und Merlin zeigte Reue, zumindest Cully gegenüber. Er hatte etwas von seiner heiteren Gelassenheit, von seinem Selbstvertrauen verloren. Das rührte Cully. Er war selbst nie unschuldig gewesen und liebte die Unschuld bei anderen.

Darum umarmte er Merlin auch, als er sich von ihm verabschiedete. „Mach dir keine Sorgen", sagte er. „Ich bringe das für dich in Ordnung. Du mußt vor Gericht nur alles ableugnen. Okay?"

Merlin lachte. „Was bleibt mir anderes übrig?" sagte er.

„Und wenn du wieder einmal nach Vegas kommst, brauchst du nichts zu bezahlen", sagte Cully. „Du bist mein Gast."

„Ich habe kein Vegas-Winner-Jackett mehr", sagte Merlin und lächelte.

„Das macht nichts", erwiderte Cully. „Wenn du zuviel verlierst, spiele ich persönlich für dich beim Blackjack den Dealer."

„Das wäre Betrug und kein Spiel", entgegnete Merlin. „Ich habe das Betrügen aufgegeben, seit ich die Vorladung zur Gerichtsverhandlung bekam."

„Ich habe ja nur Spaß gemacht", sagte Cully. „Das würde ich Gronevelt nie antun. Vielleicht wenn du eine schöne Frau wärst, aber du bist viel zu häßlich." Zu seinem Staunen sah er, wie Merlin zusammenzuckte. Und ihm wurde klar, daß Merlin zu jenen Menschen gehörte, die sich selbst für häßlich hielten. Es gibt viele Frauen, die das tun, aber nur wenige Männer, dachte er. Cully verabschiedete sich nun endgültig von Merlin und fragte ihn nur noch, ob er vielleicht etwas von dem schwarzen Geld brauche, das er im Hotel in Vegas für ihn aufbewahrte. Merlin sagte: „Nein, vorläufig nicht." Und damit trennten sie sich.

Sobald Cully in sein Zimmer im Plaza-Hotel zurückgekehrt war, rief er einige Casinos in Vegas an. Nein, Charles Hemsis Schuldscheine waren noch nicht eingelöst. Er rief Gronevelt an, um ihm seinen Plan darzulegen, besann sich aber im letzten Augenblick anders. Niemand in Vegas wußte genau, wie viele Telefone das FBI angezapft hatte. Er erwähnte Gronevelt gegenüber nur ganz nebenbei, daß er noch einige Tage in New York bleiben und bei einigen New-Yorker Kunden, die mit ihren Zahlungen im Rückstand wären, Geld eintreiben wollte. Gronevelt sagte lakonisch: „Machen Sie es auf eine nette Art." Und Cully antwortete, natürlich, was könnte er denn sonst tun? Beide wußten, daß sie für die Abhörgeräte des FBI sprachen. Aber Gronevelt war nun wenigstens vorgewarnt und würde später in Vegas eine Erklärung verlangen. Cully aber brauchte sich keine Vorwürfe zu machen; er hatte nicht versucht, Gronevelt zu übergehen.

Am nächsten Tag suchte Cully Charles Hemsi auf, und zwar nicht in der Firma, sondern auf einem Golfplatz in Roslyn, Long Island. Cully mietete sich einen Wagen und war schon sehr früh draußen. Er bestellte sich im Klubhaus einen Drink und wartete.

Erst nach zwei Stunden sah er Charlie Hemsi vom Spiel zurückkommen. Cully stand auf und ging langsam hinaus; dort stand Charles und plauderte noch mit seinen Partnern, bevor er zu den Umkleideräumen ging. Er sah, daß Hemsi einem der Spieler

Geld in die Hand drückte. Dieser Idiot war soeben im Golf geschlagen worden, er verlor wirklich immer und überall. Cully schlenderte zu der Gruppe hinüber.

„Charlie“, sagte er so strahlend, als begrüßte er ihn in seinem Hotel in Vegas. „Schön, Sie wieder einmal zu sehen!“ Er hielt ihm die Hand hin, und Hemsi schüttelte sie.

Er sah den verwirrten Ausdruck in Hemsis Gesicht, der bedeutete, daß er ihn zwar kannte, aber nicht wußte, woher. Cully sagte: „Vom Hotel Xanadu. Cully. Cully Cross.“

Wieder änderte sich Hemsis Gesichtsausdruck. Angst, gemischt mit Ärger, dann das typische Grinsen des Geschäftsmannes. Cully schenkte ihm sein charmantestes Lächeln und schlug Hemsi auf den Rücken. Er sagte: „Sie sind uns abgegangen. Haben Sie schon ewig lang nicht gesehen. Jesus, was für ein seltsamer Zufall, daß ich Sie hier antreffe. Gerade so unwahrscheinlich wie im Roulette auf Anhieb die richtige Zahl.“

Die anderen Golfspieler waren inzwischen zum Klubhaus gegangen, und Charlie wollte ihnen nachgehen. Er war ein großer, kräftiger Mann, viel kräftiger als Cully, und drängte sich einfach an ihm vorbei. Cully ließ es ruhig geschehen. Dann rief er ihm nach. „Charlie, nehmen Sie sich doch eine Minute Zeit für mich. Ich bin hier, weil ich helfen will.“ Seine Stimme sollte gelassen klingen und ohne bittenden Unterton. Doch der Klang seiner Worte war hart wie Stahl.

Der andere zögerte, und sofort war Cully neben ihm. „Charlie, hören Sie zu, das kostet Sie nichts. Ich erledige das mit Ihren Schulden in Vegas, und Sie zahlen keinen Penny. Ihr Bruder muß mir nur einen kleinen Gefallen tun.“

Charlie Hemsis großes, derbes Gesicht wurde blaß, und er schüttelte den Kopf. „Ich will nicht, daß mein Bruder etwas von diesen Schulden erfährt. Er ist furchtbar. Sie dürfen es ihm auf keinen Fall verraten.“

Cully sagte sanft, fast ein wenig bedauernd: „Die Casinos haben es satt, noch länger zu warten, Charlie. Jetzt kommen bald die Eintreiber, und Sie wissen, wie die das machen. Die kommen zu Ihnen ins Büro und machen Stunk. Sie brüllen nach ihrem Geld. Wenn man zwei Bären nach ihrem Geld brüllen sieht, dann kann das einen schon ein bißchen nervös machen.“

„Meinen Bruder kann niemand einschüchtern“, sagte Charles Hemsi. „Er ist zäh und hat gute Verbindungen.“

„Sicher“, sagte Cully. „Ich will damit ja nicht sagen, daß sie Sie zum Zahlen zwingen können, wenn Sie nicht wollen. Aber Ihr Bruder erfährt alles, er wird hineingezogen, und das Ganze wird ein Riesenschlamassel. Hören Sie, ich verspreche Ihnen etwas. Verschaffen Sie mir eine Unterredung mit Ihrem Bruder, und ich übernehme alle Ihre Schuldscheine und übertrage sie auf uns. Sie können wieder kommen und spielen, und ich werde alles für Sie arrangieren wie bisher. Nur Schuldscheine dürfen Sie keine mehr ausstellen, Sie müssen alles bar bezahlen. Wenn Sie gewinnen, können Sie in kleinen Raten Ihre Schuld abstottern. Das ist doch ein gutes Geschäft. Nein?" Cully machte eine Handbewegung, fast als wollte er sich entschuldigen.

Er merkte das wachsende Interesse in Charlies hellblauen Augen. Der Mann war ein ganzes Jahr lang nicht in Vegas gewesen. Das Spiel ging ihm sicher ab. Cully erinnerte sich nicht, daß Charlie in Vegas je Golf gespielt hätte; das bedeutete, daß er sich nicht viel aus Golf machte. Viele leidenschaftliche Glücksspieler verbrachten zur Abwechslung ganz gern einen Vormittag auf dem schönen Platz des Xanadu-Hotels. Dieser Kerl langweilte sich dabei zu Tode. Aber immer noch zögerte er.

„Ihr Bruder erfährt es auf alle Fälle", sagte Cully. „Besser, er hört es von mir als von den Eintreibern. Sie kennen mich doch. Sie wissen, daß Sie sich auf mich verlassen können."

„Was für einen Gefallen soll er Ihnen denn tun?" fragte Charlie.

„Einen ganz kleinen", antwortete Cully. „Er wird es tun, wenn er die Umstände erfährt. Das schwöre ich Ihnen. Es wird ihm nichts ausmachen. Er wird es mit Freuden tun."

Charlie lächelte traurig. „Mit Freuden sicher nicht", sagte er. „Aber kommen Sie doch ins Klubhaus, wir trinken etwas und können weiter darüber reden."

Eine Stunde später war Cully auf dem Rückweg nach New York. Er war neben Charlie gestanden, als dieser mit seinem Bruder telefonierte und ihm Cullys Besuch ankündigte. Er hatte Charlie Hemsi nach allen Regeln der Kunst eingeseift. Er würde die Gläubiger in Vegas bezahlen, keiner würde je das Geld von ihm verlangen. Charlie würde das nächste Mal, wenn er nach Vegas käme, das schönste Zimmer bekommen und die beste Bedienung. Und als Draufgabe ein Mädchen, groß, langbeinig, blond, eine von diesen Engländerinnen mit herrlichem britischen Akzent und dem hübschesten Hinterteil der Welt, die beste Tänzerin der Show im Hotel Xanadu. Und Charlie dürfte sie die ganze Nacht bei sich behalten. Charlie würde sie lieben, und sie würde Charlie lieben.

Schließlich planten sie einen Besuch Charlies in Vegas für Ende des Monats. Als Cully ihn verließ, war Charlie überzeugt, er bekäme Honig zu schlecken, anstatt Rizinusöl die Kehle hinuntergeschüttet.

Cully fuhr zuerst zurück ins „Plaza", um sich zu waschen und umzuziehen. Den Wagen stellte er ab, er wollte zu Fuß zum Bekleidungshaus gehen. Er zog seinen besten Sy-Devore-Anzug an, ein seidenes Hemd und eine konservative braunkarierte Krawatte. In seinen Hemdsärmeln steckten Manschettenknöpfe. Er hatte nun, nach den Erzählungen des Bruders, ein ziemlich genaues Bild von Eli Hamsi und wollte nicht gleich zu Beginn einen schlechten Eindruck machen.

Während Cully durch das Textilviertel ging, empfand er Ekel vor dem Schmutz dieser Stadt und den verkniffenen, hageren Gesichtern, die man hier auf den Straßen sah. Handwagen, beladen mit grellbunten Kleidern auf Metallständern, wurden von Schwarzen oder von alten Männern mit faltigen roten Trinkergesichtern geschoben. Wie Sand oder trockenes Gras in einer Wüste fing sich der Straßenmüll – weggeworfene Zeitungen, Speisereste, leere Flaschen – in den Rädern der Wagen und umspülte ihre Schuhe und Hosenaufschläge. Die Gehsteige waren so voll von Menschen, daß man selbst im Freien kaum atmen konnte. Die Gebäude sahen aus wie vom Krebs zerfressen, graue Geschwüre, die zum Himmel ragten. Einen Augenblick lang bereute Cully seine Zuneigung zu Merlin. Er haßte diese Stadt. Er wunderte sich, daß es Menschen gab, die freiwillig hier lebten. Und da zerrissen sich manche den Mund über Vegas. Und über die Spielcasinos. Scheiße. Das Glücksspiel hielt zumindest die Stadt sauber.

Die Eingangshalle des Hemsi-Gebäudes wirkte etwas ordentlicher als andere. Die Wände des Vorraumes, in dem sich auch der Aufzug befand, schienen von einer dünneren Schmutzschicht überzogen als die üblichen weißen Fliesen. Jesus, dachte Cully, was für eine miese Firma. Als er im sechsten Stock ausstieg, mußte er seine Meinung allerdings revidieren. Die Sekretärinnen im Vorzimmer entsprachen nicht dem Standard von Vegas, aber Eli Hemsis Büroräume taten das sehr wohl. Und Eli Hemsi selbst, das sah Cully auf einen Blick, war kein Mann, dem man etwas vormachen konnte.

Eli Hemsi trug wie immer einen dunklen Anzug aus Seide und

eine perlgraue Krawatte auf einem auffallend weißen Hemd. Sein klobiger Kopf war aufmerksam geneigt, während Cully sprach. Seine tiefliegenden Augen wirkten traurig. Aber seine Kraft und Energie waren unverkennbar. Armer Merlin, dachte Cully. Ausgerechnet mit diesem Mann mußte er sich anlegen.

Cully faßte sich so kurz, wie es unter den Umständen möglich war, und blieb streng sachlich. Mit Charme war bei Eli Hemsi sowieso nichts zu erreichen. „Ich bin gekommen, um zwei Menschen zu helfen", sagte Cully. „Ihrem Bruder Charles und einem Freund von mir, er heißt Merlin. Glauben Sie mir, das ist wirklich mein einziges Ziel. Damit ich den beiden helfen kann, müssen Sie mir einen kleinen Gefallen tun. Wenn Sie nein sagen, bleibt mir keine andere Möglichkeit der Hilfe. Aber selbst wenn Sie nein sagen, werde ich nichts unternehmen, was irgend jemandem schaden könnte. Alles bleibt dann wie bisher." Er machte eine Pause, um Eli Hemsi die Möglichkeit zu geben, auch etwas zu sagen, aber der große Kopf blieb unbeweglich in starrer Aufmerksamkeit. Die düsteren Augen zuckten nicht einmal.

„Ihr Bruder Charles", fuhr Cully fort, „schuldet meinem Hotel in Vegas, dem Xanadu, mehr als 50.000 Dollar. Außerdem hat er in ganz Vegas weitere 250.000 Dollar Schulden. Ich möchte gleich betonen, daß mein Hotel ihn wegen dieser Schulden nie drängen wird. Dazu ist er ein zu guter Kunde und ein zu netter Kerl. Die anderen Casinos könnten vielleicht ein wenig unangenehm werden, aber auch sie können ihn nicht zur Bezahlung zwingen, wenn Sie Ihre Beziehungen spielen lassen, die Sie ja haben, wie ich weiß. Aber dann schulden Sie Ihren Beziehungen einen Gefallen, der vielleicht mehr kostet als das, worum ich sie bitte."

Eli Hemsi seufzte und fragte dann mit seiner sanften und doch mächtigen Stimme: „Ist mein Bruder ein guter Spieler?"

„Nein, kein besonders guter", sagte Cully. „Aber das hat nicht viel zu bedeuten. Jeder verliert irgendwann einmal."

Hemsi seufzte noch einmal. „Im Geschäft taugt er auch nicht viel. Ich werde ihn auszahlen, meinen eigenen Bruder hinauswerfen. Ich will ihn loswerden. Er macht mir nichts als Sorgen mit seiner Spielleidenschaft und seinen Weibergeschichten. Als er jung war, war er ein guter Kaufmann, einer der besten, aber jetzt ist er zu alt und hat auch gar kein Interesse am Geschäft. Ich weiß nicht, ob ich ihm helfen kann. Seine Spielschulden zahle ich jedenfalls nicht, das steht fest. Ich spiele selbst nicht, ich habe keinen Spaß daran. Warum soll ich für seinen Spaß bezahlen?"

„Das verlange ich auch nicht von Ihnen", sagte Cully. „Ich will Ihnen sagen, was ich für ihn tun kann. Mein Hotel wird den anderen Casinos alle seine Schuldscheine abkaufen. Er braucht sie aber nicht zu bezahlen, außer wenn er in unser Casino kommt und dort spielt und gewinnt. Wir werden ihm kein Geld mehr borgen, und ich werde dafür sorgen, daß auch kein anderes Casino in Vegas ihm Kredit gibt. Wenn er nur um bares Geld spielt, kann ihm nicht viel passieren. Das bedeutet Stärke. Für ihn. So wie es unser Vorteil ist, wenn wir die Leute Schuldscheine unterschreiben lassen. Diesen Schutz kann ich ihm geben."

Hemsi sah ihn immer noch aufmerksam an. „Aber mein Bruder wird das Spielen nicht aufgeben?"

„Dazu werden Sie ihn nie bringen", sagte Cully einfach. „Es gibt viele Menschen wie ihn und nur wenige wie Sie, Mr. Hemsi. Er findet ein normales Leben nicht mehr aufregend genug, es interessiert ihn nicht. Das kommt sehr häufig vor."

Eli Hemsi nickte, dachte über die Worte nach, schob sie in seinem Büffelkopf hin und her. „Aber Sie selbst machen dabei auch kein schlechtes Geschäft", sagte er dann zu Cully. „Keiner kann die Schulden meines Bruders eintreiben, das haben Sie selbst gesagt. Sie geben also nichts her. Und dann kommt mein dummer Bruder mit zehn- oder zwanzigtausend in der Tasche, und Sie nehmen sie ihm beim Spiel ab. Ihr gewinnt, oder nicht?"

Cully überlegte sich seine Worte sehr genau. „Es könnte auch anders kommen", sagte er. „Ihr Bruder könnte weitere Schuldscheine unterschreiben und noch viel mehr Schulden machen. So viel, daß manche Leute schon der Meinung sein könnten, es würde sich auszahlen, das Geld einzutreiben – wenn nötig, mit allen Mitteln. Wer weiß schon im voraus, wie verrückt ein Mensch werden kann? Glauben Sie mir, Ihr Bruder kann auf Vegas nicht verzichten. Es liegt ihm im Blut. Männer wie er kommen aus der ganzen Welt zu uns. Drei, vier, fünfmal im Jahr. Ich weiß nicht, warum, aber sie kommen. Es bedeutet ihnen etwas, das wir beide, Sie und ich, uns gar nicht vorstellen können. Außerdem dürfen Sie eines nicht vergessen: Ich muß seine Schuldscheine kaufen – das kostet mich Geld." Während er das sagte, überlegte er, wie er Gronevelt dieses Vorhaben schmackhaft machen könnte. Aber darüber konnte er sich später den Kopf zerbrechen.

„Und welchen Gefallen soll ich Ihnen erweisen?" Endlich wurde die Frage gestellt, mit der gleichen sanften und doch mächtigen Stimme. Es war eigentlich die Stimme eines Heiligen, voll Würde und Gelassenheit. Cully war beeindruckt und zum ersten Mal ein wenig besorgt. Vielleicht gelang der Plan doch nicht.

Cully sagte: „Ihr Sohn Paul – er hat gegen meinen Freund Merlin ausgesagt. Sie erinnern sich sicher an Merlin. Sie haben ihm versprochen, ihn für den Rest seines Lebens glücklich zu machen." Cully legte Stahl in seine Stimme. Er ärgerte sich über die Macht, die dieser Mann ausstrahlte. Eine Macht, die von seinem enormen Erfolg stammte, seinem Aufstieg von bitterer Armut zu einem Millionenvermögen inmitten einer feindlichen Welt, von den siegreichen Schlachten seines Lebens, das mit einem Narren von Bruder belastet war.

Aber Eli Hamsi biß auf den Köder dieses ironischen Vorwurfs nicht an. Er lächelte nicht einmal. Er hörte immer noch zu.

„Die Aussage Ihres Sohnes ist der einzige Beweis gegen Merlin. Ich verstehe natürlich, daß Paul Angst hatte." Plötzlich glitzerte es gefährlich in den dunklen Augen, die ihn beobachteten. Ärger darüber, daß dieser Fremde den Vornamen seines Sohnes kannte und ihn so ungeniert, ja fast verächtlich aussprach. Cully schenkte ihm sein süßestes Lächeln. „Sie haben einen netten Jungen, Mr. Hemsi. Alle sind überzeugt, daß man ihn nur durch Tricks und Drohungen dazu gebracht hat, seine Aussage vor dem FBI zu machen. Ich habe mit einigen hervorragenden Rechtsanwälten gesprochen. Sie sagen, er kann vor Gericht seine Aussage teilweise zurücknehmen. Er kann so aussagen, daß er die Geschworenen nicht überzeugt und trotzdem keine Schwierigkeiten mit dem FBI bekommt. Vielleicht kann er die Aussage auch ganz zurückziehen." Er betrachtete das Gesicht seines Zuhörers aufmerksam. Es war nichts darin zu lesen. „Ich nehme an, Ihr Sohn ist vor dem Gesetz immun", sagte Cully. „Er wird nicht belangt werden. Soviel ich weiß, haben Sie ja wahrscheinlich auch Vorsorge getroffen, daß er seinen Wehrdienst nicht ableisten muß. Er kommt also hundertprozentig okay heraus. Ich bin sicher, Sie haben das alles schon geregelt. Aber wenn er mir diesen Gefallen tut, verspreche ich Ihnen, daß sich nichts ändert."

Eli Hemsi sprach nun mit anderer Stimme. Sie war lauter, nicht mehr so sanft und doch voll Überredungskunst – die Stimme eines Geschäftsmannes, der etwas verkaufen will. „Ich wollte, ich könnte das tun", sagte er. „Ihr Freund Merlin ist ein äußerst netter Junge. Er hat mir geholfen, dafür werde ich ihm ewig dankbar sein." Cully bemerkte, daß er einen Mann vor sich hatte, der das

Wort „ewig“ ziemlich oft gebrauchte. Bei ihm gab es keine Halbheiten. Er hatte Merlin versprochen, daß er ihn für den Rest seines Lebens glücklich machen würde. Nun wollte er ihm ewig dankbar sein. Einer, der viel verspricht, sich vor seinen Verpflichtungen aber drücken möchte. Zum zweiten Mal fühlte Cully Ärger aufsteigen, daß dieser Saukerl Merlin in der Hand hatte. Dennoch hörte er weiterhin mit freundlichem Lächeln zu.

„Leider kann ich gar nichts machen“, sagte Hemsi. „Ich kann meinen Sohn nicht gefährden. Das würde mir meine Frau nie verzeihen. Sie liebt ihn mehr als ihr Leben. Mein Bruder ist ein erwachsener Mensch. Wer kann ihm helfen? Wer kann ihn beeinflussen und sein Leben ändern? Um meinen Sohn dagegen muß man sich kümmern. Ihm gilt meine erste Sorge. Später, glauben Sie mir, will ich gern alles für Mr. Merlin tun. In zehn, zwanzig, dreißig Jahren. Ich werde ihn nie vergessen. Wenn das hier vorüber ist, können Sie mich um alles bitten.“ Mr. Hemsi stand von seinem Schreibtisch auf und streckte die Hand aus. Seine mächtige Gestalt neigte sich in feierlicher Dankbarkeit. „Ich wünschte, mein Sohn hätte einen Freund wie Sie.“

Cully schüttelte ihm grinsend die Hand. „Ich kenne Ihren Sohn nicht, aber Ihr Bruder ist mein Freund. Er wird mich Ende dieses Monats in Vegas besuchen. Aber machen Sie sich keine Sorgen, ich werde schon auf ihn aufpassen. Ich werde schon dafür sorgen, daß er nicht in Schwierigkeiten gerät.“ Er sah den nachdenklichen Blick in Hemsis Augen. Er konnte ihm den entscheidenden Schlag ebensogut gleich versetzen.

„Da Sie mir nicht helfen können“, sagte Cully, „muß ich Merlin einen wirklich guten Rechtsanwalt verschaffen. Der Bezirksrichter hat Ihnen wahrscheinlich gesagt, daß Merlin sich schuldig bekennen und eine bedingte Strafe bekommen wird. Und daß alles so geregelt wird, daß Ihr Sohn nicht nur Immunität vor dem Gesetz bekommt, sondern auch nie mehr zur Armee zurück muß. Hat er Ihnen vielleicht gesagt. Aber Merlin wird sich nicht schuldig bekennen. Es wird zu einer Gerichtsverhandlung kommen. Ihr Sohn wird in einem öffentlichen Verfahren aussagen müssen. Es wird viel Publicity geben. Ich weiß, daß Sie das nicht stört, aber die Zeitungen bringen sicher heraus, wo Ihr Sohn Paul sich aufhält und was er macht. Es ist mir gleichgültig, wer Ihnen was versprochen hat. Ihr Sohn wird seinen Militärdienst ableisten müssen. Die Zeitungen werden da einen zu starken Druck ausüben. Und zu all dem werden Sie und Ihr Sohn sich auch noch

Feinde schaffen. Um Ihre Worte zu gebrauchen: ‚Ich werde Sie unglücklich machen für den Rest Ihres Lebens!' "

Nun, da die Drohung offen ausgesprochen war, lehnte sich Hemsi in seinem Stuhl zurück und starrte Cully an. Sein düsteres Gesicht, schwer und gefurcht, wirkte eher traurig als erbost. Cully stieß daher sofort nach. „Sie haben Verbindungen. Rufen Sie sie an und hören Sie, was sie Ihnen raten. Fragen Sie sie nach mir. Sagen Sie ihnen, daß ich für Gronevelt arbeite. Wenn sie auch Ihrer Meinung sind und Gronevelt anrufen, kann ich nichts dagegen machen. Aber Sie befinden sich dann in ihrer Schuld."

Hemsi lehnte sich weiter zurück. „Sie sagen, es wird alles gut gehen, wenn mein Sohn tut, was Sie von ihm verlangen?"

„Dafür verbürge ich mich", sagte Cully.

„Er braucht dann nicht zum Militär?" fragte Hemsi noch einmal.

„Auch dafür verbürge ich mich", sagte Cully. „Ich habe Freunde in Washington, genau wie Sie. Aber meine Freunde können Dinge tun, die Ihre Freunde nicht tun können, und sei es auch nur, weil sie nicht mit Ihnen in Zusammenhang gebracht werden wollen."

Eli Hemsi begleitete Cully zur Tür. „Danke", sagte er. „Ich danke Ihnen vielmals. Ich muß alles, was Sie mir gesagt haben, überdenken. Sie hören von mir."

Sie schüttelten sich noch einmal die Hände, dann begleitete er Cully noch bis zur Tür des Vorzimmers. „Ich wohne im ‚Plaza' ", sagte Cully. „Und ich fliege morgen früh nach Vegas. Ich wäre Ihnen deshalb dankbar, wenn Sie mich noch heute abend anrufen könnten."

Es war aber Charlie Hemsi, der ihn anrief. Charlie war betrunken und bester Laune. „Cully, Sie schlauer kleiner Bastard. Ich weiß nicht, wie Sie das gemacht haben, aber ich soll Ihnen von meinem Bruder ausrichten, daß alles okay ist. Er ist ganz Ihrer Meinung."

Cully entspannte sich. Eli Hemsi hatte sich also telefonisch von der Richtigkeit seiner Behauptungen überzeugt. Und Gronevelt hatte anscheinend mitgespielt. Er empfand große Zuneigung und Dankbarkeit für Gronevelt. Er sagte zu Charlie: „Das ist ja wunderbar. Ich sehe Sie also Ende dieses Monats in Vegas, Charlie. Sie werden sich so gut unterhalten wie noch nie."

„Ich komme ganz bestimmt", sagte Charlie Hemsi. „Und vergessen Sie nicht auf die Tänzerin."

„Nein, bestimmt nicht", sagte Cully.

Danach zog er sich an und ging zum Abendessen aus. Im Vorraum des Restaurants rief er von einem Telefonautomaten Merlin an. „Alles in Ordnung, es war nur ein Mißverständnis. Du hast nichts zu befürchten."

Merlins Stimme schien sehr weit weg, beinahe körperlos, und nicht ganz so dankbar, wie Cully es sich gewünscht hätte. „Danke", sagte Merlin. „Ich sehe dich dann bald in Vegas." Und er legte auf.

22

Cully Cross hat für mich alles in Ordnung gebracht. Aber der arme Patriot, Frank Alcore, wurde angeklagt, vom aktiven Dienst suspendiert, in den Stand eines Zivilisten versetzt und als solcher vom Gericht verurteilt. Ein Jahr Gefängnis. Eine Woche danach ließ mich der Major in sein Büro holen. Er war nicht wütend über mich oder indigniert, er lächelte sogar leicht belustigt.

„Ich weiß nicht, wie Sie es geschafft haben, Merlin", sagte er zu mir, „aber Sie sind der Strafe entkommen. Gratuliere. Und es ist mir auch scheißegal, die ganze Sache ist ja zum Lachen. Diese Jungen hätte man ins Gefängnis stecken sollen! Ich freue mich für Sie, aber ich habe Auftrag bekommen, dafür zu sorgen, daß so etwas nicht wieder vorkommt. Ich spreche jetzt zu Ihnen als Freund, verstehen Sie? Ich übe keinerlei Druck auf Sie aus. Ich gebe Ihnen nur den guten Rat: scheiden Sie freiwillig aus dem öffentlichen Dienst aus. Kündigen Sie, und zwar sofort."

Ich war total vor den Kopf gestoßen, und mir wurde ein wenig übel. Ich hatte gedacht, alles sei in Ordnung, und nun stand ich ohne Posten da. Wie zum Teufel sollte ich meine Rechnungen bezahlen? Wie konnte ich meine Frau und die Kinder ernähren? Wie sollte ich die Hypothek für das neue Haus auf Long Island aufbringen, das ich in wenigen Monaten beziehen wollte?

Ich versuchte, so unbeteiligt dreinzuschauen wie beim Pokern. Ich sagte: „Das Gericht hat mir keine Schuld nachgewiesen. Warum muß ich kündigen?"

Der Major mußte meine Gedanken dennoch erraten haben. Ich erinnere mich, daß Jordan und Cully mich in Vegas immer damit geneckt hatten, daß jeder mir vom Gesicht ablesen könne, was ich denke. Jedenfalls sah der Major mich mitleidig an. „Ich sage Ihnen das nur zu Ihrem eigenen Nutzen. Bald wird es hier von CID-Leuten wimmeln. Das FBI wird auch herumschnüffeln. Und die Jungen von der Reservearmee werden Sie weiterhin bedrängen und ein Geschäft mit Ihnen machen wollen. So wird die Sache immer wieder aufgerührt. Wenn Sie aber gehen, ist das Ganze bald vergessen. Die Schnüffler werden nichts finden und wieder abziehen."

Ich wollte gerade fragen, was mit den anderen Zivilisten geschehen sollte, die Bestechungsgelder angenommen hatten, aber der Major kam mir zuvor. „Ich weiß von mindestens zehn anderen Beratern wie Sie, die ebenfalls kündigen werden. Einige haben es bereits getan. Glauben Sie mir, ich stehe auf Ihrer Seite. Und Sie werden schon durchkommen. Auf diesem Posten hier verschwenden Sie ohnehin nur Ihre Zeit. In Ihrem Alter sollten Sie es schon weiter gebracht haben."

Ich nickte. Das war auch meine Ansicht. Ich hatte bis jetzt aus meinem Leben nicht viel gemacht. Ja, es war ein Roman von mir erschienen, aber im öffentlichen Dienst hatte ich doch sichere hundert Dollar die Woche verdient. Außerdem bekam ich weitere drei- bis vierhundert im Monat als freier Mitarbeiter verschiedener Zeitschriften, aber da die illegale Goldquelle versiegt war, mußte ich mich jedenfalls nach einem Job umschauen.

„Okay", sagte ich. „Ich werde einen Brief schreiben und kündigen. Zwei Wochen Kündigungsfrist."

Der Major nickte und reichte mir die Hand. „Sie haben noch bezahlten Krankenurlaub gut", sagte er. „Beanspruchen Sie ihn in diesen zwei Wochen und suchen Sie sich in der Zeit einen neuen Posten. Ich nehme das auf meine Kappe. Es genügt, wenn Sie jede Woche ein paarmal hereinkommen, um die Schreibarbeiten zu erledigen."

Ich ging zurück zu meinem Schreibtisch und verfaßte meinen Kündigungsbrief. Die Situation war nicht ganz so schlimm, wie sie auf den ersten Blick aussah. Ich hatte noch etwa zwanzig Tage bezahlten Urlaub zu bekommen, das waren rund 400 Dollar. Schätzungsweise 1500 Dollar hatte ich in den staatlichen Pensionsfonds eingezahlt. Die konnte ich herausnehmen, verzichtete damit allerdings auf eine Pension mit 65 Jahren. Aber das war in mehr als dreißig Jahren. Bis dahin war ich vielleicht schon tot. Ich besaß also im ganzen zwei Riesen. Und dann waren da noch Bestechungsgelder, die ich bei Cully in Vegas hinterlegt hatte. Einen Augenblick lang geriet ich in Panik. Es waren etwa dreißig Riesen. Wenn Cully mich nun hinterging und mir das Geld nicht zurückgab? Ich könnte gar nichts tun! Wir waren gute Freunde, er hatte mir aus dem Schlamassel geholfen, aber ich machte mir über Cully keine Illusionen. Er war ein kleiner Geldschneider. Und wenn er behauptete, daß ich ihm das Geld für den Gefallen schuldete, den er mir erwiesen hatte? Ich könnte nichts dagegen sagen. Ich hätte das Geld gezahlt, um dem Gefängnis zu entgehen. Und ob ich es gezahlt hätte!

Aber am meisten Angst hatte ich davor, Valerie zu gestehen, daß ich meine Stelle verloren hatte. Ihrem Vater mußte ich es auch erklären. Der alte Mann würde sicher herumfragen und die Wahrheit auf alle Fälle erfahren.

An diesem Abend sagte ich Valerie noch nichts. Am nächsten Morgen ging ich nicht ins Büro, sondern besuchte Eddie Lancer in seiner Redaktion. Ich erzählte ihm alles, und er saß da, schüttelte den Kopf und lachte. Als ich geendet hatte, sagte er verwundert: „Weißt du, man ist wirklich nie vor Überraschungen sicher. Ich war immer der Meinung, daß es nur einen noch anständigeren Menschen auf der Welt gäbe als dich – deinen Bruder Artie."

Ich erzählte Eddie Lancer, daß mir die Annahme der Bestechungsgelder, dieses leichte Abgleiten ins Kriminelle, psychologisch sehr geholfen hätte. Irgendwie hatte ich dadurch viel von meiner alten Bitterkeit verloren. Die Ablehnung meines Romans durch das Publikum, die Sinnlosigkeit meines Lebens, meine ständigen Mißerfolge und daß ich eigentlich immer unglücklich gewesen war.

Lancer sah mich mit seinem gewissen Lächeln an. „Und ich hielt dich immer für den unkompliziertesten, ausgeglichensten Menschen, der mir je untergekommen ist", sagte er. „Du bist glücklich verheiratet, du hast Kinder, führst ein gesichertes Leben, verdienst deinen Unterhalt. Du arbeitest an einem neuen Roman. Was, zum Teufel, willst du mehr?"

„Ich brauche einen Job", erklärte ich ihm.

Eddie Lancer dachte eine Weile nach. Seltsamerweise war es mir gar nicht peinlich, ihm diese Bitte vorzutragen.

„Ganz unter uns gesagt, ich bleibe nur noch etwa sechs Monate hier", sagte er schließlich. „Ein anderer Redakteur rückt dann auf meinen Platz auf. Ich kann meinen Nachfolger selber vorschlagen, und er ist mir dann auch einen Gefallen schuldig. Ich werde ihn bitten, daß er dich als freier Mitarbeiter beschäftigt und dir so viele Aufträge gibt, daß du davon leben kannst."

„Das wäre herrlich", sagte ich.

„Und ich kann dir bis dahin auch genug Arbeit aufhalsen", meinte Eddie. „Abenteuerberichte, ein paar von den üblichen blöden Liebesgeschichten und einige Buchbesprechungen, die ich sonst selber mache. Einverstanden?"

„Natürlich", sagte ich. „Was glaubst du, wann dein Buch fertig wird?"

„In einigen Monaten", antwortete Lancer. „Und deines?"

Dieses Gefrage haßte ich. In Wahrheit hatte ich nämlich erst das Gerüst für einen Roman, den ich über einen berühmten Kriminalfall in Arizona schreiben wollte. Ich hatte mit dem Schreiben noch gar nicht begonnen. Ich hatte die Skizze meinem Verleger vorgelegt, aber er hatte sich geweigert, mir darauf einen Vorschuß zu geben. Das sei die Art von Roman, die sich nicht gut verkaufe, weil darin ein Kind gekidnappt und später ermordet würde. Der Held des Buches, der Kidnapper, habe mit keinerlei Sympathie zu rechnen. Es sollte etwas Ähnliches werden wie „Schuld und Sühne", und das schreckte den Verleger ab.

„Ich arbeite daran", sagte ich. „Es wird noch eine ganze Weile dauern."

Lancer lächelte verständnisvoll. „Du bist ein guter Schriftsteller", sagte er. „Du kommst noch einmal ganz groß heraus. Keine Sorge."

Wir sprachen dann noch eine Zeitlang über das Schreiben und über Bücher. Wir waren beide der Meinung, daß wir bessere Schriftsteller waren als die meisten der berühmten Buchautoren, die auf den Bestsellerlisten standen und ein Vermögen verdienten. Als ich fortging, war ich sehr zuversichtlich. Das war nach jedem Besuch bei Lancer so. Aus irgendeinem Grund war er einer der wenigen Menschen, in deren Gesellschaft ich mich wohl fühlte. Und weil ich wußte, daß er gescheit und begabt war, munterte mich seine gute Meinung über mein Talent sehr auf.

Und so hatte sich alles zum Besten gewendet. Ich war jetzt hauptberuflich Schriftsteller, ich konnte ein anständiges Leben führen, ich war dem Gefängnis entgangen, und in einigen Monaten würde ich zum ersten Mal in meinem Leben in mein eigenes Haus ziehen. Man sagt: „Crime does not pay" – Verbrechen zahlt sich nicht aus. Aber eine kleinere Gaunerei tut das vielleicht doch.

Zwei Monate später bezog ich mein neugebautes Haus auf Long Island. Jedes Kind hatte nun sein eigenes Zimmer, wir hatten drei Badezimmer und einen eigenen Raum für die Wäsche. Ich brauchte nicht mehr in der Badewanne zu liegen, während mir das Wasser von den frisch gewaschenen Kleidungsstücken ins Gesicht tropfte. Ich brauchte nicht mehr zu warten, bis die Kinder endlich fertig waren. Ich genoß den beinahe überwältigenden Luxus einer ungestörten Privatsphäre. Mein eigenes Zimmer zum Schreiben, mein eigener Garten, mein eigener Rasen. Ich war von den anderen Menschen getrennt. Hier war Shangri-La. Und doch war das etwas, was so viele Menschen für ganz selbstverständlich hielten.

Und was das Allerwichtigste war: Ich hatte endlich das Gefühl, meiner Familie Sicherheit zu bieten. Wir hatten die Armen und Verzweifelten hinter uns gelassen. Nie würden sie uns einholen. Ihre Tragödien würden nie mehr unsere eigenen heraufbeschwören. Nie würden meine Kinder Waisenkinder werden.

Während ich eines Tages auf meiner Veranda hinter dem Haus saß, wurde mir klar, daß ich wirklich glücklich war, vielleicht glücklicher, als ich es je im Leben wieder sein würde. Und das bedrückte mich ein wenig. Wenn ich ein Künstler war, wieso bedeuteten mir dann die ganz gewöhnlichen Freuden so viel, eine Frau, die ich liebte, Kinder, die mich begeisterten, ein billiges Reihenhaus in der Vorstadt. Eines stand fest: Ich war kein Gauguin. Vielleicht war das auch der Grund, warum ich nicht so viel schrieb. Ich war zu glücklich. Und ich dachte ein klein wenig vorwurfsvoll an Valerie. Sie hatte mich in der Falle. Jesus.

Denn ganz befriedigen konnte mich das auf die Dauer ja nicht. Alles ging so reibungslos. Und die Freude, die man an Kindern hatte, war so banal. Sie waren so ekelhaft „niedlich". Als mein Sohn fünf Jahre alt war, ging ich mit ihm in der Stadt spazieren. Plötzlich sprang eine Katze aus einem Kellerfenster und lief so schnell davon, daß ihre Füße kaum den Boden zu berühren schienen. Mein Sohn wandte sich zu mir und fragte: „War das jetzt eine Katze oder ein Angsthase?" Als ich Valerie davon erzählte, war sie ganz hingerissen und wollte die Geschichte sofort an eine Zeitschrift einschicken, die für putzige Aussprüche „aus Kindermund" Geld bezahlte. Meine Reaktion war ganz anderer Art. Ich fragte mich, ob nicht seine Freunde ihn einen Angsthasen genannt hatten, und er hatte das nicht so sehr als Beleidigung empfunden, sondern herumgerätselt, was diese komische Bezeichnung wohl bedeutete. Ich mußte an alle Geheimnisse der Sprache und die vielen Erfahrungen denken, mit denen mein Sohn zum ersten Mal in Berührung kam. Und ich beneidete ihn um die Unschuld seiner Kindheit, so wie ich ihn auch um das Glück beneidete, daß er Eltern hatte, denen er so etwas sagen konnte und die deswegen in Begeisterungsstürme ausbrachen.

Und ich erinnerte mich an einen Sonntagnachmittag, an dem die ganze Familie auf der Fifth Avenue spazierenging. Valerie schaute sich gern in den Auslagen die Kleider an, die sie sich doch nie leisten konnte. Plötzlich kam eine Frau auf uns zu, nicht einmal einen Meter groß, aber elegant gekleidet, mit Wildlederjacke, weißer Bluse und einem dunklen Tweedrock. Meine Tochter zog Valerie am Mantel, zeigte auf die Liliputanerin und sagte: „Mami, was ist das?"

Valerie war entsetzt und sehr verlegen. Sie hatte immer schreckliche Angst, jemanden zu kränken. Sie machte „Pst", und meine Tochter schwieg, bis die Dame an uns vorübergegangen war. Dann erklärte Valerie unserer Tochter, daß die Frau zu den Menschen gehörte, die immer klein blieben. Meine Tochter begriff das nicht gleich. Schließlich fragte sie: „Du meinst, sie ist nicht gewachsen? Du meinst, sie ist eine alte Dame wie du?"

Valerie lächelte mir zu. „Ja, mein Liebes", sagte sie. „Und nun denk nicht mehr daran. Das betrifft ja nur sehr wenige Menschen."

Am gleichen Abend zu Hause, als ich den Kindern vor dem Schlafengehen noch eine Geschichte erzählte, schien meine Tochter ganz in Gedanken versunken und hörte mir gar nicht zu. Ich fragte sie, was denn los sei. Da sagte sie mit weit aufgerissenen Augen: „Daddy, bin ich wirklich ein kleines Mädchen oder bin ich nur eine alte Dame, die nicht mehr gewachsen ist?"

Ich wußte natürlich, daß es Millionen Menschen gab, die solche Geschichten über ihre Kinder erzählten. Es war alles schrecklich gewöhnlich. Und doch konnte ich mir nicht helfen: Ich hatte das Gefühl, daß es mich reicher machte, wenn ich am Leben meiner Kinder Anteil nahm. Daß das Gewebe meines Lebens aus diesen vielen kleinen Fädchen bestand, die keinerlei Bedeutung zu haben schienen.

Und wieder fiel mir eine Geschichte über meine Tochter ein. Eines Abends hatte sie beim Essen Valerie durch ihre ständige Ungezogenheit sehr wütend gemacht. Sie hatte ihren Bruder mit Essen beworfen, absichtlich ein Glas ausgeschüttet und dann noch die Saucière umgestoßen. Schließlich brüllte Valerie: „Wenn du jetzt noch etwas anstellst, bring' ich dich um!"

Das war natürlich nicht wörtlich gemeint, aber meine Tochter sah sie aufmerksam an und fragte dann: „Hast du ein Schießgewehr?"

Es war komisch, weil sie so fest davon überzeugt war, daß ihre Mutter sie nur töten könnte, wenn sie ein Gewehr besäße. Sie wußte noch nichts von Kriegen und Katastrophen, Sexualattentätern und Raubmördern, von Autounfällen und Flugzeugabstürzen, von Schlägereien, Krebs, Giftanschlägen, Fensterstürzen. Valerie und ich mußten lachen, und Valerie sagte: „Natürlich habe ich kein Gewehr, sei doch nicht so dumm." Da wich der Ausdruck besorgter Spannung vom Gesicht der Kleinen. Mir fiel auf, daß Valerie seither nie mehr eine solche Bemerkung machte, auch wenn sie sehr wütend war.

Auch Valerie setzte mich manchmal in Erstaunen. Im Laufe der Jahre war sie immer katholischer und konservativer geworden. Sie war schon lange nicht mehr das künstlerisch begabte Mädchen von Greenwich Village, das Schriftstellerin werden wollte. In unserer Stadtwohnung durfte man keine Haustiere halten, und Valerie hatte mir nie gesagt, daß sie Tiere liebte. Da wir nun ein eigenes Haus hatten, kaufte Valerie einen kleinen Hund und ein Kätzchen. Ich war darüber nicht sehr glücklich, obwohl es reizend aussah, wenn die Kinder auf dem Rasen mit den Tieren spielten. Um ehrlich zu sein: ich hatte Haushunde und Katzen nie leiden können. Sie kamen mir immer vor wie Karikaturen von Waisenkindern.

Ich war *zu* glücklich mit Valerie. Ich hatte keine Ahnung, wie selten so etwas ist und wie wertvoll. Sie war aber auch eine ideale Frau und Mutter für einen Schriftsteller. Wenn die Kinder sich schlugen und verarztet werden mußten, geriet sie nie in Panik und rief mich nie zu Hilfe. Sie machte alle Arbeit in Haus und Garten, die für gewöhnlich ein Mann tut und für die ich nicht genügend Geduld aufbrachte. Ihre Eltern wohnten jetzt nur dreißig Minuten von uns entfernt, und oft nahm sie am Abend oder an einem Wochenende das Auto und fuhr mit den Kindern hin, ohne mich auch nur zu fragen, ob ich mitkommen wollte. Sie wußte, daß ich diese Art von Besuchen haßte und außerdem die Zeit ungestörter Ruhe gut brauchen konnte, um an meinem Buch zu arbeiten.

Aber aus irgendeinem Grund litt Valerie unter Alpträumen – vielleicht war ihre katholische Erziehung daran schuld. Oft mußte ich sie in der Nacht aufwecken, weil sie verzweifelt klagte und schluchzte, obwohl sie fest schlief. Eines Nachts fürchtete sie sich entsetzlich, ich hielt sie fest in meinen Armen und fragte sie, was denn los sei, was sie denn so Schlimmes geträumt habe, und sie flüsterte mir zu: „Sag mir nie, daß ich sterben muß."

Grauenhafte Angst befiel mich. Ich stellte mir vor, daß sie beim Arzt gewesen sei und dort böse Neuigkeiten erfahren hätte. Als ich sie am nächsten Morgen danach fragte, konnte sie sich an nichts erinnern. Als ich mich erkundigte, ob sie beim Arzt gewesen sei, lachte sie mich aus. Sie sagte: „Das ist meine religiöse Erziehung. Wahrscheinlich fürchte ich mich bloß davor, daß ich in die Hölle komme."

Zwei Jahre lang schrieb ich als freier Mitarbeiter verschiedene Artikel für Zeitschriften, beobachtete, wie meine Kinder heranwuchsen, und war so glücklich verheiratet, daß es mich beinahe anekelte. Valerie besuchte ihre Angehörigen sehr häufig, und ich saß dann in meinem Arbeitszimmer im Erdgeschoß und schrieb. Wir sahen also wirklich nicht sehr viel voneinander. Ich hatte mindestens drei Aufträge im Monat von Zeitschriften, gleichzeitig arbeitete ich an dem Roman, von dem ich hoffte, er würde mich reich und berühmt machen. Der Roman über die Entführung und den Mord war mein Vergnügen. Die Zeitschriften waren mein Lebensunterhalt. Ich schätzte, daß ich noch drei Jahre brauchen würde, bis das Buch fertig war, aber das störte mich nicht. Ich las den wachsenden Stoß von Manuskriptseiten immer wieder durch, wenn ich mich einsam fühlte. Und es war wunderschön, zu sehen, wie die Kinder größer wurden und Valerie glücklicher und zufriedener und weniger geängstigt vom Gedanken an den Tod. Aber ich glaube, nichts hat Bestand. Wenn alles vollkommen ist, schafft man sich selber Schwierigkeiten.

Nachdem ich zwei Jahre lang in meinem Haus in der Vorstadt gewohnt und zehn Stunden täglich geschrieben hatte, einmal im Monat ins Kino gegangen war und alles gelesen hatte, was mir unterkam, freute ich mich über einen Anruf von Eddie Lancer, der mich einlud, mit ihm in der Stadt essen zu gehen. Zum ersten Mal seit zwei Jahren sollte ich New York wieder bei Nacht sehen. Tagsüber war ich ja öfter da, um mit den Redakteuren meine Artikel zu besprechen, aber zum Abendessen war ich immer schon wieder zu Hause. Valerie hatte sich zu einer ausgezeichneten Köchin entwickelt, und ich wollte auf meine Abende mit den Kindern und auf meine Stunde Schreibarbeit zum Abschluß des Tages nicht verzichten.

Aber Eddie Lancer war soeben aus Hollywood zurückgekehrt, und er versprach mir großartige Geschichten und ein ebenso großartiges Abendessen. Und wie gewöhnlich fragte er mich, wie weit ich mit meinem Roman sei. Er behandelte mich immer so, als ob er genau wüßte, daß ich einmal ein berühmter Schriftsteller sein würde, und das gefiel mir natürlich. Er war einer der wenigen Menschen meiner Bekanntschaft, die echte Freundlichkeit ohne Hintergedanken zeigten. Er konnte auch sehr amüsant sein auf eine Art, um die ich ihn beneidete. Er erinnerte mich dann an Valerie und an die Geschichten, die sie früher geschrieben hatte. Sie besaß diese Art von Humor in ihren Geschichten und manchmal auch im täglichen Leben. Sogar jetzt noch flackerte er von Zeit zu Zeit auf. Und so sagte ich Eddie, daß ich am nächsten Tag sowieso in die Redaktion müßte und wir anschließend miteinander essen gehen könnten.

Er führte mich in ein Lokal, das „Pearl's" hieß und von dem ich noch nie gehört hatte. Ich war so unwissend und hatte keine Ahnung, daß es New Yorks populärstes China-Restaurant war. Ich aß überhaupt zum ersten Mal chinesisch an diesem Abend. Als ich Eddie das sagte, wunderte er sich sehr. Er machte mich mit den verschiedensten chinesischen Gerichten bekannt und zeigte mir gleichzeitig einige prominente Besucher des Lokals. Dann packte er sogar mein Glückskeks aus und las mir vor, was darauf geschrieben stand. Er hielt mich aber davon ab, es zu essen. „Nein, nein, man darf es nicht essen", sagte er. „Das gilt als unkultiviert. Wenn dieser Abend dir auch sonst nichts bringt, etwas Wertvolles hast du doch gelernt: daß man in einem chinesischen Restaurant nie das Glückskeks essen darf."

Es war die Art von Geplänkel, wie es nur zwischen zwei Freunden und aufgrund ihrer Beziehung zueinander komisch ist. Aber zwei Monate später las ich eine von Eddies Geschichten im „Esquire", in der er diese Szene beschrieb. Es war eine rührende Geschichte – er machte sich über sich selbst lustig, wie er sich über mich lustig gemacht hatte, doch nun kannte ich ihn besser als vorher; ich verstand, daß sein geistreicher Humor nur seine tiefe Einsamkeit und seine Entfremdung von der Welt und den Menschen verdecken sollte. Und ich bekam auch einen Hinweis darauf, wie er wirklich über mich dachte. Er beschrieb mich als einen Mann, der sein Leben fest in der Hand hat und weiß, was er will.

Allerdings irrte er, wenn er meinte, die Sache mit dem Glückskeks sei das einzig Wertvolle gewesen, das dieser Abend mir brachte. Er überredete mich nämlich, nach dem Essen mit ihm eine der literarischen Partys zu besuchen, für die New York berühmt war. Und dort traf ich den großen Osano wieder.

Wir aßen gerade unseren Nachtisch und tranken Kaffee dazu.

Eddie hatte mich gezwungen, Schokoladeeis zu bestellen. Er erklärte mir, das sei der einzige Nachtisch, der zu einem chinesischen Essen passe. „Denk immer daran", sagte er. „Iß nie dein Glückskeks und bestelle immer Schokoladeeis als Nachtisch." Und dann fragte er mich ganz unvermittelt, ob ich ihn nicht zu der Party begleiten wolle. Ich zögerte ein wenig. Ich hatte eineinhalb Stunden Autofahrt nach Long Island vor mir, ich wollte möglichst bald zu Hause sein und vielleicht noch eine Stunde arbeiten, bevor ich zu Bett ging.

„Komm doch mit", sagte Eddie. „Den Pantoffelhelden in häuslicher Zurückgezogenheit kannst du später auch noch spielen. Schlag dir einmal eine Nacht um die Ohren. Es wird gute Getränke geben, interessante Gespräche und ein paar hübsche Katzen. Und vielleicht lernst du wichtige Leute kennen. Es fällt einem Kritiker schwerer, dich in Grund und Boden zu verreißen, wenn er dich persönlich kennt. Und dein Zeug liest sich vielleicht besser für einen Verleger, wenn er dich einmal bei einer Party gesehen hat und findet, daß du ein netter Kerl bist." Eddie wußte, daß ich für mein neues Buch noch keinen Verleger hatte. Der Verleger meines ersten Buches wollte mich nie wieder sehen, weil nur 2000 Exemplare davon verkauft worden waren und niemand es als Taschenbuch herausbringen wollte.

Ich ging also mit und traf Osano. Er ließ sich nicht anmerken, ob er sich an das Interview noch erinnerte, und auch ich erwähnte es mit keinem Wort. Aber eine Woche später bekam ich einen Brief von ihm, in dem er mich fragte, ob wir uns zum Lunch treffen könnten. Er hätte mir einen Job anzubieten und wolle mit mir darüber sprechen.

23

Ich nahm die Stellung bei Osano aus vielerlei Gründen an. Es war ein interessanter und angesehener Posten. Seit Osano vor einigen Jahren zum Redakteur der Literaturbeilage der bedeutendsten Zeitung Amerikas bestellt worden war, hatte er immer Schwierigkeiten mit seinen Mitarbeitern gehabt, und nun sollte ich sein Assistent werden. Die Bezahlung war gut, und ich konnte daneben weiter an meinem Roman arbeiten. Auch war ich zu Hause einfach zu etabliert. Ich war auf dem besten Weg, ein bürgerlicher Einsiedler zu werden. Ich war zwar glücklich, aber mein Leben war langweilig. Ich sehnte mich nach etwas mehr Aufregung, nach Gefahr. Ich hatte undeutliche Erinnerungen an meine Flucht nach Vegas und wie mir im Grunde meine Einsamkeit und meine Verzweiflung damals doch sehr gefallen hatten. Ist es denn gar so verrückt, mit Begeisterung an unglückliche Zeiten zurückzudenken und gleichzeitig das Glück geringzuachten, das man in Händen hält?

Der Hauptgrund für meinen Entschluß aber war Osano selbst. Er war schließlich der berühmteste Schriftsteller Amerikas – gepriesen wegen seiner Serie erfolgreicher Romane, berühmt für seine Zusammenstöße mit dem Gesetz und seine revolutionäre Haltung gegenüber der Gesellschaft. Unrühmlich bekannt auch für seine skandalösen Sexaffären. Er kämpfte gegen alles und jeden. Und doch nahm er auf der Party, zu der Eddie mich mitschleppte, alle mit seinem Charme und seiner Persönlichkeit gefangen. Dabei gehörten die Leute auf dieser Party zur Elite der literarischen Welt und waren selbst charmant und schwierig genug.

Ich muß zugeben, daß Osano mich faszinierte. Auf der Party geriet er in eine wütende Diskussion mit einem der mächtigsten Literaturkritiker des Landes, der gleichzeitig sein guter Freund und eifriger Bewunderer seiner Arbeiten war. Dieser Kritiker hatte gewagt, die Meinung zu äußern, daß auch Autoren von Sachbüchern Kunst produzierten, ja daß es sogar unter den Kritikern Künstler gebe. Osano stürzte sich sofort auf ihn. „Du Dreckskerl", brüllte er, balancierte sein Glas in einer Hand und hob drohend die andere, als wollte er ihn gleich ohrfeigen. „Du hast vielleicht Nerven! Lebst von echten Schriftstellern und behauptest, selbst der Künstler zu sein! Du hast ja keine Ahnung, was Kunst ist. Ein Künstler schafft etwas ganz allein aus sich selbst, verstehst du das, du Arschloch? Er ist wie eine Spinne, die Spinnweben sind in seinem Körper versteckt. Und dann kommt ihr Scheißer daher und kehrt sie mit euren verdammten Hausfrauenbesen weg, nachdem er sie mühsam gesponnen hat. Mit dem Besen könnt ihr gut umgehen, ihr Idioten, aber sonst schon nichts." Sein Freund war ganz verdutzt, denn er hatte gerade Osanos Sachbücher gelobt und gemeint, daß sie Kunstwerke seien.

Osano ging dann weiter zu einer Gruppe von Damen, die nur darauf warteten, ihn zum Helden der Party zu machen. Unter ihnen befanden sich auch einige Frauenrechtlerinnen, und das Gespräch dauerte keine zwei Minuten, als schon wieder seine Gruppe die allgemeine Aufmerksamkeit auf sich zog. Eine der Damen schrie wütend auf ihn ein, während er ihr mit verächtlichem Grinsen zuhörte. Seine hinterhältigen grünen Augen leuchteten dabei wie die einer Katze. Dann legte er los.

„Ihr Frauen verlangt Gleichberechtigung und versteht nicht einmal die Spielregeln des Machtkampfes", sagte er. „Euer ganzer Trumpf ist eure Fotze, und die zeigt ihr euren Gegnern ganz offen. Ihr verschenkt sie geradezu. Und ohne sie habt ihr überhaupt keine Macht. Männer können ohne Zärtlichkeit leben, aber nicht ohne Sex. Frauen brauchen Zärtlichkeit, aber sie kommen ohne Sex aus." Diese letzte Behauptung rief bei den Damen wütenden Protest hervor.

Er aber wehrte sie ab. „Die Frauen klagen immer über die Ehe, dabei ist das doch das beste Geschäft ihres Lebens. Die Ehe erinnert mich immer an Wertpapiere, die man kauft. Es gibt eine Wertsteigerung und einen Wertverlust. Für den Mann sinkt der Wert ständig. Und wissen Sie, warum? Frauen werden immer weniger wert, je älter sie sind. Und schließlich haben wir sie am Hals wie ein altes Auto. Frauen vertragen das Alter schlechter als Männer. Können Sie sich eine Fünfzigjährige vorstellen, die einen Zwanzigjährigen in ihr Bett locken kann? Und nur wenige Frauen sind wirtschaftlich unabhängig genug, um sich die Jugend zu kaufen, wie die Männer das tun."

Eine der Damen rief: „Ich habe einen zwanzigjährigen Freund." Sie war eine attraktive Person von etwa vierzig Jahren.

Osano grinste boshaft. „Da kann ich nur gratulieren“, sagte er. „Aber was ist, wenn Sie einmal fünfzig sind? Da die jungen Mädchen heutzutage so leicht zu haben sind, werden Sie sich die jungen Burschen gleich nach ihrer Schulentlassung schnappen und ihnen zur Belohnung ein Zehngangrad versprechen müssen. Und glauben Sie wirklich, Ihre jungen Freunde verlieben sich in Sie, wie ein junges Mädchen sich in einen Mann verliebt? Ihnen kommt nicht das gute, alte Freudsche Vaterbild zu Hilfe wie uns. Und ich wiederhole es noch einmal, ein vierzigjähriger Mann ist wesentlich attraktiver als ein zwanzigjähriger. Selbst mit fünfzig kann er noch sehr anziehend wirken. Das hat biologische Gründe.“

„Alles Blödsinn!“ sagte die hübsche Vierzigerin. „Die jungen Mädchen halten euch alte Esel zum Narren, und ihr glaubt ihnen den Quatsch, den sie euch erzählen. Ihr seid überhaupt nicht attraktiver, ihr habt nur mehr Macht. Außerdem sind alle Gesetze auf eurer Seite. Wenn wir das erst einmal ändern, wird sich alles andere auch ändern.“

„Sicher“, sagte Osano spöttisch. „Sie werden gesetzlich festlegen, daß die Männer sich operieren lassen müssen, damit sie häßlicher werden. Im Namen der Gleichberechtigung und der Chancengleichheit. Vielleicht lassen Sie uns auch von Gesetz wegen die Eier abschneiden. Aber auch das wird an der Wahrheit nichts ändern.“ Er machte eine Pause, dann sagte er: „Wissen Sie, wer den dümmsten Satz der ganzen Weltliteratur geschrieben hat? Browning. ‚Werde mit mir zusammen alt! Das Schönste kommt erst . . .‘ “

Ich trieb mich immer in seiner Nähe herum und hörte ihm zu. Das meiste, was Osano sagte, schien mir Unsinn zu sein. Vor allem hatten wir unterschiedliche Ansichten über das Schreiben. Überhaupt haßte ich literarische Gespräche, obwohl ich alle Kritiken las und alle Literaturzeitschriften kaufte.

Was, zum Teufel, machte einen Menschen wirklich zum Künstler? Es war nicht seine Empfindsamkeit. Es war nicht seine Intelligenz. Es war nicht seine Seelenqual, nicht die Ekstase. Das war alles Quatsch.

In Wirklichkeit glich man einem Tresorknacker, der lange an der Drehscheibe herumfummelte und horchte, bei welcher Ziffer sie einschnappte. Und nach einigen Jahren sprang dann plötzlich die Tür auf, und man konnte beginnen auszuräumen. Das teuflische aber war, daß der Tresor oft keine großen Kostbarkeiten enthielt.

In diesem Geschäft mußte man verdammt viel Arbeit und auch

Nervenkraft investieren. Man konnte in der Nacht nicht schlafen. Man verlor jegliches Zutrauen zu den Menschen und zu der Welt da draußen. Im Alltag wurde man zum Feigling, zum Drückeberger. Man schob jede Verantwortung, jegliches Gefühl von sich, aber schließlich war das das einzige, was man tun konnte. Und vielleicht war ich aus diesem Grund sogar stolz auf all das Zeug, das ich für die verschiedensten Zeitschriften schrieb. Es war eine Fähigkeit, die ich besaß, letztlich ein Handwerk. Ich war nicht bloß ein Scheißkünstler.

Osano hat das nie verstanden. Er wollte immer schon ein Künstler sein und hatte einiges produziert, das man Kunst oder doch beinahe Kunst nennen konnte. Er hat auch später in Hollywood nicht verstanden, daß die Filmindustrie noch jung war, ein Baby, das noch nicht ans Töpfchen gewöhnt war, und daß man ihr deshalb keinen Vorwurf machen durfte, wenn sie alles rundum mit ihrem Kot bespritzte.

Eine der Damen sagte: „Osano, man sagt Ihnen absolute Rekorde bei Frauen nach. Was ist das Geheimnis Ihres Erfolges?"

Alle lachten, einschließlich Osano. Ich bewunderte ihn immer mehr – ein Kerl, der fünfmal verheiratet war und es sich leisten konnte, zu lachen. Osano sagte: „Bevor sie zu mir ziehen, sage ich ihnen immer, daß alles zu hundert Prozent nach meinem Willen gehen muß und zu keinem Prozent nach ihrem. Sie verstehen meinen Standpunkt und sind einverstanden. Ich sage ihnen auch immer, daß sie, wenn sie mit diesem Arrangement nicht mehr zufrieden sind, einfach ausziehen sollen. Ohne Streit, ohne Erklärungen, ohne Diskussionen – einfach gehen. Und ich verstehe nicht: sie sagen ja, wenn sie einziehen, aber dann halten sie sich nicht an die Abmachung. Sie wollen es zu zehn Prozent nach ihrem Willen. Und wenn sie das nicht bekommen, fangen sie Streit an."

„Das ist ja ein wunderbares Angebot", sagte eine der Damen ironisch. „Und was bekommen sie dafür?"

Osano sah sie an und sagte mit unbewegtem Gesicht: „Schönes Gebumse." Darauf riefen einige laut „Buh".

Sobald ich entschlossen war, den Job bei ihm anzunehmen, setzte ich mich hin und las alles, was er je geschrieben hatte. Seine früheren Arbeiten waren erstklassig, mit fein strichlierten, klaren Szenen, die an Kupferstiche erinnerten. Die Romane waren getragen von einer logischen Handlung und gut gezeichneten Charakteren. Und es steckten viele Ideen drin. Seine späteren Bücher waren tiefer, gedankenschwerer, die Sprache pompöser. Sie erinnerten an einen berühmten Mann, der sich gern im Schmuck aller seiner Orden zeigt. Alle diese Romane beschäftigten die Kritiker, gaben ihnen viel Material, das sie bearbeiten, interpretieren, besprechen, angreifen konnten. Die letzten drei Bücher allerdings fand ich ausgesprochen schlecht. Nicht so die Kritiker.

Nun begann für mich ein neues Leben. Ich fuhr jeden Tag nach New York und arbeitete von elf Uhr vormittag bis tief in die Nacht. Unsere Büroräume waren riesig, sie waren ein Teil der Zeitungsredaktion, zu der unsere Literaturbeilage gehörte. Bei uns ging es immer hektisch zu. Bücher kamen jeden Monat effektiv zu Tausenden herein, aber wir hatten nur Platz für etwa 60 Buchbesprechungen in der Woche. Dennoch mußten alle Bücher zumindest überflogen werden. Im Büro war Osano wirklich zu allen seinen Mitarbeitern sehr nett. So fragte er mich immer wieder nach meinem Roman und erklärte sich bereit, ihn vor der Veröffentlichung zu lesen und mir einige redaktionelle Ratschläge zu geben, aber ich war zu stolz, um ihm das Manuskript zu zeigen. Obwohl er berühmt war und ich nicht, hielt ich mich für den besseren Schriftsteller von uns beiden.

Nach langen Abenden, an denen wir die Listen von Büchern für Buchbesprechungen zusammengestellt und überlegt hatten, wem wir sie zur Bearbeitung übergeben sollten, nahm Osano meist einen Schluck aus der Whiskyflasche, die er im Schreibtisch aufbewahrte, und hielt mir lange Vorträge über Literatur, das Leben eines Schriftstellers, über Verleger, Frauen und alles andere, das ihn zu dieser Zeit gerade beschäftigte. In den vergangenen fünf Jahren hatte er an seinem großen Roman gearbeitet, von dem er hoffte, er würde ihm den Nobelpreis bringen. Er hatte bereits eine gigantische Summe als Vorschuß erhalten, der Verleger wurde langsam ungeduldig und fing an, ihn zu bedrängen. Das ärgerte Osano schrecklich. „Dieser Trottel“, sagte er. „Er hat mir geraten, zur Inspiration die Klassiker zu lesen. So ein verdammter Idiot! Haben Sie je versucht, die Klassiker noch einmal zu lesen? Jesus, so alte Scheißer wie Hardy und Tolstoi und Galsworthy! Vierzig Seiten brauchen sie, um einen Furz zu lassen. Und wissen Sie auch, warum? Sie hatten ihre Leser ja in der Falle. Kein Fernsehen, kein Radio, keine Kinos. Auch keine Reisen, wenn man bei der Holperei in den Kutschen nicht Schwielen am Arsch bekommen wollte. In England durfte man nicht mal bumsen. Vielleicht waren die französischen Schriftsteller deswegen auch disziplinierter. Die konnten bumsen, soviel sie wollten, zum Unterschied von den englischen Viktorianern. Nun, ich frage Sie, warum sollte einer, der einen Fernsehapparat und eine Strandhütte hat, Proust lesen?"

Auch ich war mit Proust nie recht weitergekommen, ich nickte daher zustimmend. Dafür hatte ich alle anderen gelesen und konnte mir absolut nicht vorstellen, daß das Fernsehen oder eine Strandhütte den Platz dieser Schriftsteller einnehmen sollten.

Osano schimpfte weiter. „ ‚Anna Karenina' wird ein Meisterwerk genannt. Das ist doch ein Scheißbuch. Ein gebildeter Großbürger, der sich herabläßt, über Frauen zu schreiben. Nie zeigt er, was diese Person wirklich denkt oder empfindet. Er gibt einfach die konventionellen Ansichten seiner Zeit wieder. Und dann beschreibt er auf 300 Seiten, wie man eine russische Farm bewirtschaftet. Das stopft er da mitten hinein, als ob das dem Leser nicht scheißegal wäre. Und wem ist es nicht scheißegal, was mit dem Arschloch Wronsky und seiner Seele passiert? Jesus, ich weiß wirklich nicht, welche ärger sind, die Russen oder die Engländer. Der verdammte Dickens, und Trollope – fünfhundert Seiten haben die hingelegt wie nichts. Sie haben geschrieben, wenn sie gerade nichts im Garten zu tun hatten. Die Franzosen haben sich wenigstens kurz gefaßt. Aber dieser schreckliche Balzac! Wer kann den heutzutage noch lesen?"

Er nahm einen Schluck Whisky und seufzte tief. „Keiner von denen konnte wirklich mit der Sprache umgehen. Keiner außer Flaubert, und der gehört nicht zu den ganz Berühmten. Nicht, daß die Amerikaner viel besser wären. Keine Spur. Dieser verdammte Dreiser weiß doch nicht einmal, was die Wörter bedeuten. Er ist ein Analphabet, ich meine das ganz im Ernst. Ein Eingeborener. Eine 900 Seiten lange Zumutung. Keiner dieser Idioten würde heute einen Verleger finden, und wenn doch, würden die Kritiker sie in der Luft zerreißen. Mensch, die hatten es damals leicht. Keine Konkurrenz." Er machte eine Pause und seufzte unwillig. „Merlin, mein Junge, wir sind eine aussterbende Rasse, wir Schriftsteller. Suchen Sie sich lieber etwas anderes, machen Sie Dreckszeug fürs Fernsehen oder für den Film. Das können Sie mit der linken Hand." Er legte sich auf die Couch, auf der er für gewöhnlich sein Mittagsschläfchen hielt. Ich versuchte ihn aufzumuntern.

„Wäre das nicht eine großartige Idee für einen Artikel im

‚Esquire‘?“ sagte ich. „Nehmen Sie die sechs Klassiker her oder mehr als sechs, und verreißen Sie sie in Grund und Boden. So wie damals die modernen Romanschreiber.“

Osano lachte. „Jesus, das war ein Mordsspaß. Ich hatte das gar nicht ernst gemeint, mich nur ein bißchen aufgespielt, so eine Art Machtkampf, und alle waren todbeleidigt. Aber es hat funktioniert. Es hat mich größer gemacht und die anderen kleiner. Das ist das Spiel mit der Literatur, nur haben die armen Arschlöcher es nicht gemerkt. Sie haben in ihren Elfenbeintürmen getobt und geglaubt, das genügt.“

„Diesmal wäre es noch leichter“, sagte ich. „Allerdings werden die Herren Professoren sich auf Sie stürzen.“

Osano bekam langsam Interesse an der Sache. Er stand von der Couch auf und ging zu seinem Schreibtisch. „Welches Werk der Weltliteratur hassen Sie am meisten?“

„‚Silas Marner‘“, sagte ich. „Und das wird in den Schulen immer noch durchgenommen.“

„George Eliot, ja“, sagte Osano. „Alle Lehrer lieben sie heiß. Schön, eines hätten wir. Ich hasse ‚Anna Karenina‘ am meisten. Und Tolstoi ist besser als Eliot. Um Eliot schert sich heute kein Schwein mehr, aber wenn ich Tolstoi angreife, werden die Professoren Feuer schreien.“

„Wollen Sie einen Dickens dazunehmen?“ fragte ich.

„Unbedingt“, sagte Osano. „Aber nicht ‚David Copperfield‘. Ich muß gestehen, dieses Buch liebe ich. Er war wirklich ein komischer Kauz, dieser Dickens. Ich mag, was er über Sex schreibt, obwohl er verdammt scheinheilig war. Und er hat auch eine Menge Blech geschrieben. Tonnenweise.“

Wir fingen an, eine Liste aufzustellen. Wir waren anständig genug, Flaubert und Jane Austen ungeschoren zu lassen. Aber als ich ihm Goethes „Die Leiden des jungen Werther“ anbot, schlug er mich auf den Rücken und grölte. „Das lächerlichste Buch, das je geschrieben wurde“, sagte er. „Ich werde deutsche Hackfleischklöße draus machen.“

Schließlich hatten wir folgende Liste:

„Silas Marner“
„Anna Karenina“
„Die Leiden des jungen Werther“
„Dombey and Son“
„The Scarlet Letter“
„Lord Jim“

„Moby Dick“
Proust (alles)
Hardy (irgend etwas)
„Wir brauchen noch eines, dann haben wir zehn“, sagte Osano.
„Shakespeare“, schlug ich vor.

Osano schüttelte den Kopf. „Ich habe Shakespeare immer noch gern. Eigentlich ist es ja komisch: er hat für Geld geschrieben, er hat schnell geschrieben, er war ein ungebildeter, dahergelaufener Niemand, aber keiner konnte ihm etwas anhaben. Und es war ihm scheißegal, ob das, was er schrieb, auch stimmte oder nicht – Hauptsache, es war schön oder rührend. Aber letztlich ist er doch groß. Obwohl ich diesen falschen Macduff und den schwachsinnigen Othello immer gehaßt habe.“

„Sie brauchen aber noch einen“, sagte ich.

„Ja“, sagte Osano und strahlte vor Begeisterung. „Lassen Sie mich nachdenken. Dostojewski! Das ist der Richtige. Wie wär's mit den ‚Brüdern Karamasow‘?“

„Da wünsche ich Ihnen viel Glück“, sagte ich.

Nachdenklich sagte Osano: „Nabokov hält ihn für einen Dreck.“

„Dann wünsche ich auch ihm viel Glück“, sagte ich.

Wir kamen nicht weiter, und so beschloß Osano, es einfach bei neun zu belassen. Schließlich mußten es nicht immer zehn sein. Im Gegenteil. Dennoch fragte ich mich, wieso wir es nicht auf zehn gebracht hatten.

Er schrieb den Artikel noch am gleichen Abend, und zwei Monate später wurde er veröffentlicht. Er war blendend geschrieben und sehr provokant, und immer wieder hatte Osano Hinweise eingestreut, daß sein nächster Roman keine solchen Fehler haben würde wie diese Werke der Weltliteratur, ja sie alle ersetzen würde. Der Artikel entfesselte einen Aufruhr, in allen Zeitungen erschienen wütende Entgegnungen, die Osano beschimpften und seinen demnächst erscheinenden Roman angriffen – und genau das wollte er ja. Er war wirklich ein erstklassiger Anreißer, dieser Osano. Cully wäre stolz auf ihn gewesen. Ich nahm mir insgeheim vor, die beiden einmal zusammenzubringen.

Nach sechs Monaten war ich Osanos rechte Hand. Der Job machte mir Freude. Ich las viele Bücher selbst und schrieb kurze Bemerkungen darüber für Osano, der sie dann unseren freien Mitarbeitern zur Besprechung übergab. Unser Büro war ein Meer von Büchern; man watete darin, man stolperte über sie, sie bedeckten unsere Schreibtische und Stühle. Sie waren wie Scharen von Würmern und Ameisen auf einem Aas. Ich hatte Bücher immer geliebt und hochgeachtet, langsam aber begann ich die Geringschätzung und Verachtung mancher intellektueller Kritiker und Rezensenten zu begreifen: Sie waren die Kammerdiener der Helden.

Aber das Lesen bereitete mir immer noch Vergnügen, besonders bei Romanen und Biographien. Die wissenschaftlichen Bücher, die Philosophen und gelehrteren Literaturkritiker verstand ich nicht, daher schob Osano sie anderen Assistenten zu, die sich auf diese Gebiete spezialisiert hatten. Osano selbst machte es Spaß, die bedeutenden Literaturkritiker, die selber Bücher schrieben, zu übernehmen, und meist ließ er kein gutes Haar an ihnen. Wenn sie dann anriefen oder schrieben, um zu protestieren, erklärte er ihnen, daß er „den Ball treffen wollte, nicht den Spieler". Diese Phrasendrescherei machte sie nur noch wütender. Da er aber immer den Nobelpreis im Kopf hatte, behandelte er manche Kritiker äußerst respektvoll und räumte ihren Artikeln und Büchern viel Platz ein. Das waren allerdings nur wenige Ausnahmen. Am liebsten verriß er englische Romanautoren und französische Philosophen. Und doch merkte ich im Laufe der Zeit, daß er seinen Job haßte und daß er sich so viel wie möglich davon zurückzog.

Dabei nützte er seine Position schamlos aus. Die Public-relations-Assistentinnen der Verlage merkten bald, wie sie ihn behandeln mußten. Wenn sie ein „heißes" Buch hatten, das sie unbedingt rezensiert haben wollten, brauchten sie nur Osano zum Lunch einzuladen und ihm ein Loch in den Bauch zu reden. Wenn die Mädchen jung und hübsch waren, plänkelte er eine Weile mit ihnen und machte ihnen dann auf eine nette Art klar, daß er bereit wäre, den Platz in der Literaturbeilage für ein bißchen Liebe einzutauschen. Er sprach das ganz offen aus. Für mich war das schockierend. Ich hatte gedacht, so etwas käme nur in Filmen vor. Die gleichen Handelsmethoden gebrauchte er auch, wenn Rezensenten sich um Arbeit bewarben. Er hatte ein großes Budget zu seiner Verfügung, und wir gaben viele Rezensionen in Auftrag, die wir zwar bezahlten, aber nicht veröffentlichten. Er hielt sich immer an die Abmachung. Wenn die anderen ihrer Verpflichtung nachkamen, kam auch er seiner Verpflichtung nach. Als ich sein Assistent wurde, hatte er bereits eine hübsche Anzahl von Freundinnen, die auf die wichtigste Literaturbeilage Amerikas

Einfluß nehmen konnten – und das nur auf Grund ihrer sexuellen Großzügigkeit. Der Kontrast zwischen dieser Tatsache und dem hochgestochenen intellektuellen und moralischen Ton der Beilage belustigte mich.

An den Tagen, an denen wir Redaktionsschluß hatten, blieb ich oft lange mit ihm im Büro, wir gingen gemeinsam essen und auf einen Drink, und dann setzte er sich meist in irgendein Liebesnest ab. Er wollte auch mich immer dazu überreden, und ich mußte ihm jedesmal wieder sagen, daß ich glücklich verheiratet sei. Bald wurde das zu einem stehenden Scherz zwischen uns. „Hast du es noch nicht satt, mit deiner Frau zu schlafen?“ fragte er. Genau wie Cully. Ich antwortete gar nicht, sondern ignorierte es. Es ging ihn wirklich nichts an. Dann schüttelte er den Kopf und sagte: „Du bist das zehnte Weltwunder. Hundert Jahre verheiratet, und immer noch schläft er gern mit seiner Frau.“ Manchmal sah ich ihn verärgert an, dann zitierte er immer einen Schriftsteller, den ich nicht kannte. „Es muß keine Schurken geben. Die Zeit ist der Feind.“ Das war sein Lieblingszitat. Er gebrauchte es sehr oft.

Meine Arbeit ermöglichte es mir, in die literarische Welt ein wenig hineinzuriechen. Ich hatte immer schon davon geträumt, zu dieser Welt zu gehören. Ich hatte mir vorgestellt, daß es da keinen Streit, kein Feilschen um Geld gäbe. Diese Menschen schufen ja die Helden, die wir in ihren Büchern so liebten, und ich dachte immer, sie müßten genauso sein wie ihre Gestalten. Natürlich mußte ich bald feststellen, daß sie genauso waren wie alle anderen Menschen, nur etwas verrückter. Ich bemerkte auch, daß Osano alle diese Leute haßte. Oft hielt er mir einen Vortrag darüber.

„Wirklich bedeutend sind nur die Romanschriftsteller“, sagte er. „Aber nicht die Verfasser von Kurzgeschichten und Drehbüchern, die Lyriker und Dramatiker und die fliegengewichtigen literarischen Journalisten. Alles nur Plunder. Nichts dahinter. Keine festen Knochen in all dem Zeug. Wenn man einen Roman schreibt, kommt man ohne feste Knochen nicht aus.“ Er dachte noch eine Weile nach und schrieb dann ein paar Worte auf ein Stück Papier. Da wußte ich, daß ein Artikel über die festen Knochen am nächsten Sonntag in der Beilage erscheinen würde.

Oft beklagte er sich auch über den schlechten Stil der Beilage. Die Auflagenziffer war gesunken, und er machte die langweiligen Bücherrezensenten dafür verantwortlich.

„Sicher, die Kerle sind smart, sie haben interessante Ideen. Aber sie können keinen anständigen Satz bilden. Sie kommen mir oft vor wie Stotterer. Man bekommt einen Krampf, wenn man jedes Wort verstehen will, das sie zwischen zusammengebissenen Zähnen herausquetschen."

Jedes Wochenende brachte Osano seinen eigenen Beitrag auf Seite 2. Er schrieb brillant, geistreich und immer mit dem Ziel, sich so viele Feinde zu schaffen wie nur möglich. Einmal verfaßte er einen Artikel, in dem er die Todesstrafe befürwortete. Er wies darauf hin, daß bei einer allgemeinen Volksabstimmung die Todesstrafe von einer überwältigenden Mehrheit gutgeheißen würde. Nur einer Elite, wie den Lesern unserer Literaturbeilage, sei es gelungen, erfolgreich gegen die Todesstrafe in den Vereinigten Staaten anzukämpfen. Er behauptete, es handle sich dabei um eine Verschwörung der Spitzenpolitiker. Die Regierung erlaube ganz bewußt den in Armut lebenden kriminellen Elementen, den Mittelstand zu bestehlen, zu überfallen, auszurauben, zu vergewaltigen und zu ermorden. Es sei dies ein Ventil, das man den Unterschichten geben müßte, damit sie nicht revolutionär würden. Die Spitzenpolitiker hätten ausgerechnet, daß die Kosten auf diese Art geringer gehalten werden könnten. Die elitären Schichten wohnten in sicheren Gegenden, schickten ihre Kinder in Privatschulen, stellten Leute zu ihrem persönlichen Schutz an und seien daher sicher vor der Rache des irregeleiteten Proletariats. Er machte sich über die Liberalen lustig, die meinten, daß das menschliche Leben heilig sei und die Tötung eines Bürgers von Staats wegen eine brutalisierende Wirkung auf die Menschheit im allgemeinen hätte. „Wir sind doch nur Tiere", schrieb er, „und sollten nicht besser behandelt werden als bösartige Elefanten in Indien. Wenn diese einen Menschen getötet haben, werden sie zum Tod verurteilt." Ja, der zum Tod verurteilte Elefant, so betonte er, habe mehr Würde und käme bestimmt in einen besseren Himmel als die heroinsüchtigen Mörder, die fünf oder sechs Jahre lang in einem komfortablen Gefängnis leben durften, ehe man sie wieder freiließ, damit sie weitere Mittelstandsbürger ermorden könnten. Als er dann die Frage behandelte, ob die Todesstrafe eine abschreckende Wirkung habe, wies er darauf hin, daß die Engländer das gesetzestreueste Volk der Welt seien; dort trügen die Polizisten nicht einmal eine Waffe. Er führte das einzig und allein auf die Tatsache zurück, daß die Engländer noch im 19. Jahrhundert achtjährige Kinder dafür hinrichten ließen, daß sie Spitzentaschentücher gestohlen hatten. Dann gab er zu, daß diese Praxis zwar Verbrechen ausgemerzt und das Eigentum geschützt habe, gleichzeitig aber daran schuld sei, daß die Energischeren aus dem Arbeiterstand zu politischen Tieren wurden anstatt zu kriminellen, und das habe den Sozialismus nach England gebracht. Ein Satz in Osanos Artikel regte die Leser besonders auf: „Wir wissen nicht, ob die Todesstrafe abschreckend wirkt. Eines aber wissen wir sicher: Ein hingerichteter Verbrecher wird keinen Mord mehr begehen!"

Am Schluß des Essays beglückwünschte er die Regierenden Amerikas zu der blendenden Idee, den Angehörigen der unteren Schichten die Erlaubnis zum Stehlen und Töten zu geben, damit sie keine politischen Revolutionäre würden.

Es war ein unmöglicher Artikel, aber so glänzend geschrieben, daß die ganze Sache völlig logisch klang. Hunderte von Protestschreiben erreichten uns, darunter solche von den berühmtesten sozialen Denkern unter unseren liberalen und intellektuellen Lesern. Ein besonders scharfer Brief, verfaßt von einer radikalen Organisation und unterzeichnet von den wichtigsten Schriftstellern Amerikas, wurde an den Herausgeber der Zeitung geschickt. Darin wurde verlangt, daß Osano als Redakteur der Literaturbeilage abgesetzt würde. Osano brachte den Brief in der nächsten Nummer.

Er war immer noch zu berühmt, als daß man ihn einfach hätte absetzen können. Alles wartete darauf, daß sein „großer" Roman herauskam. Der, der ihm den Nobelpreis sichern sollte. Manchmal, wenn ich in sein Büro kam, schrieb er etwas auf lange gelbe Blätter, die er in die Schreibtischlade steckte, sobald ich eintrat, und ich wußte, es war das berühmte Werk, das hier entstand. Ich fragte ihn nie danach, und von selber sprach er auch nie darüber.

Einige Monate später machte er sich erneut unbeliebt. Er schrieb einen Artikel für Seite 2 und zitierte dabei verschiedene Studien, die bewiesen, daß manches Vorurteil zu Recht bestand. Daß die Italiener schon als Verbrecher geboren würden; daß die Juden sich aufs Geldverdienen besser verstünden als alle übrigen Menschen, daß sie außerdem die besten Medizinstudenten und Geigenvirtuosen wären und, das allerschlimmste: daß sie öfter als alle anderen Leute ihre Eltern in Altersheime steckten. Er zitierte Statistiken, um zu beweisen, daß die Iren Trinker wären – vielleicht wegen eines unbekannten chemischen Fehlers oder wegen ihrer Ernährung oder weil sie verhinderte Homosexuelle seien. Und so weiter. Nun war wirklich der Teufel los. Aber Osano ließ sich davon nicht beirren.

Meiner Meinung nach verlor er langsam den Verstand. An einem Wochenende benützte er die ganze erste Seite der Literaturbeilage für seine eigene Besprechung eines Buches über Hubschrauber. Das war auch so eine fixe Idee, von der er nicht loskam. Eines Tages, so meinte er, würden Hubschrauber die Autos ersetzen, und wenn das geschah, würde man die Millionen Kilometer asphaltierter Autobahnen abtragen und wieder zu Ackerland machen. Der Helikopter würde dazu beitragen, daß die Familien zu ihrer ursprünglichen Struktur zurückkehrten, weil es dann den Leuten leichtfiele, ihre weitverstreut wohnenden Verwandten zu besuchen. Er war überzeugt davon, daß das Automobil bald ausgespielt haben werde. Vielleicht, weil er Autos haßte. Für seine Wochenenden in den Hamptons mietete er sich immer ein Wasserflugzeug oder einen Hubschrauber.

Er behauptete, daß es nur weniger technischer Erfindungen bedürfe, und der Hubschrauber wäre so leicht zu bedienen wie das Auto. In diesem Zusammenhang erwähnte er, daß das automatische Getriebe Millionen von Frauen zu Autofahrern gemacht habe, die mit dem Schalthebel nicht umgehen konnten. Diese kleine Randbemerkung trug ihm den Zorn der „Women's Liberation" ein. Was das Ganze aber so besonders arg machte, war die Tatsache, daß ausgerechnet in dieser Woche einer der geachtetsten Literaturkenner Amerikas eine bedeutende Studie über Hemingway herausgebracht hatte. Dieser Wissenschaftler besaß ein dichtes Netz einflußreicher Freunde im ganzen Land und hatte zehn Jahre lang an dieser Studie gearbeitet. Alle anderen Literaturbeilagen brachten die Besprechung seines Buches auf der ersten Seite, nur wir nicht. Osano gönnte ihm nur Seite 5 und bloß drei Spalten anstatt einer ganzen Seite. Einige Tage später ließ der Herausgeber ihn zu sich rufen, er verbrachte drei Stunden in der großen Bürosuite im obersten Stockwerk und versuchte sich zu rechtfertigen. Als er wieder herunterkam, grinste er über das ganze Gesicht und sagte fröhlich zu mir: „Ich werde schon noch etwas Leben in diese verdammte Bude bringen. Aber ich glaube, Merlin, du solltest dich lieber nach einem neuen Job umsehen. Ich brauche mir ja keine Sorgen zu machen, ich habe meinen Roman beinahe beendet, dann kann ich als freier Mensch nach Hause gehen."

Zu diesem Zeitpunkt arbeitete ich schon etwa ein Jahr bei ihm und konnte eigentlich nicht verstehen, daß er überhaupt zum Schreiben kam. Er ging mit jedem Weibstück ins Bett, das er nur erwischen konnte, und besuchte außerdem jede Party in New

York. In dieser Zeit hatte er einen schnellen Kurzroman herausgebracht und 100 Riesen Vorschuß kassiert. Er schrieb ihn während seiner Arbeitszeit im Büro und brauchte etwa zwei Monate dazu. Die Kritiker waren begeistert, aber der Roman verkaufte sich nicht besonders gut, obwohl er für den „National Book Award" vorgeschlagen wurde. Ich hatte das Buch gelesen. Der Stil war auf brillante Weise obskur, die Charakterzeichnung lächerlich, die Handlung total verrückt. Ich hielt es für ein dummes Buch, trotz seiner Gedankenspielereien. Osano war ein kluger Kopf, darüber gab es keinen Zweifel. Aber meiner Meinung nach war das Buch als Roman ein glatter Versager. Er fragte mich nie, ob ich es gelesen hätte. Offensichtlich wollte er meine Meinung nicht hören. Wahrscheinlich wußte er selbst, daß es Quatsch war, denn eines Tages sagte er: „Jetzt habe ich wieder Geld auf meinem Konto, jetzt kann ich das große Buch zu Ende schreiben." Eine Art Entschuldigung.

Mit der Zeit mochte ich Osano recht gern, gleichzeitig aber fürchtete ich mich immer ein wenig vor ihm. Er konnte mich ausquetschen wie kein anderer. Er brachte mich dazu, über Literatur, über Glücksspiele und sogar über Frauen zu sprechen. Und dann, wenn er mir Maß genommen hatte, schlug er zu. Er hatte einen sicheren Blick für Überheblichkeit bei jedem anderen, nur nicht bei sich selbst. Als ich ihm von Jordans Selbstmord in Vegas erzählte und alles, was dann geschehen war, und daß ich glaubte, es habe mein Leben verändert, dachte er lange darüber nach. Dann teilte er mir seine Ansicht mit und verband sie wie üblich mit einem kurzen Vortrag.

„Du erzählst diese Geschichte gern, du kommst immer wieder darauf zurück, und weißt du, warum?" fragte er. Er ging zwischen den Bücherstößen in seinem Büro auf und ab und fuchtelte dabei mit den Armen in der Luft herum. „Weil du genau weißt, daß du etwas Derartiges nicht zu befürchten brauchst. Du wirst dich nie selbst vernichten. So verzweifelt wirst du nie sein. Du weißt, daß ich dich mag, sonst wärst du ja nicht mein engster Mitarbeiter. Und ich kenne niemanden, dem ich mehr vertraue als dir. Höre einmal, da muß ich dir gleich etwas gestehen. Ich mußte letzte Woche mein Testament abändern. Wegen dieser verdammten Wendy!"

Wendy war seine dritte Ehegattin und machte ihn noch immer mit ihren Forderungen verrückt, obwohl sie seit der Scheidung schon zweimal verheiratet gewesen war. Wenn er ihren Namen nur erwähnte, bekamen seine Augen einen irren Blick. Aber dann beruhigte er sich wieder und lächelte mir zu. Wenn er so lächelte, sah er aus wie ein kleiner Junge, obwohl er sicher weit über fünfzig war.

„Ich hoffe, du hast nichts dagegen", sagte er. „Aber ich habe dich zum Verwalter meines literarischen Nachlasses ernannt."

Ich war verblüfft und geschmeichelt, doch gleichzeitig schreckte ich vor dieser Sache zurück. Ich wollte nicht, daß er mir so sehr vertraute oder mich so gern hatte. Ich konnte diese Gefühle nicht erwidern. Ich war zwar so weit, daß mir seine Gesellschaft Spaß machte, und ich war fasziniert von seiner Art zu denken. Und obwohl ich mir das nicht eingestehen wollte, war ich doch auch beeindruckt von seinem Ruhm als Schriftsteller. In meinen Augen war er reich und berühmt und mächtig; die Tatsache, daß er mir so viel Vertrauen schenken mußte, zeigte mir, wie verwundbar er doch war, und das bedrückte mich. Es zerstörte einige meiner Illusionen über ihn.

Aber dann sprach er wieder über mich. „Weißt du, im Unterbewußtsein verachtest du Jordan, wagst es aber nicht, dir das selbst einzugestehen. Ich habe diese Geschichte schon weiß Gott wie oft von dir gehört. Sicher, du hattest ihn gern, und es tat dir leid um ihn; vielleicht verstandest du ihn sogar. Mag sein. Trotzdem kannst du dich nicht damit abfinden, daß ein Mann, dem es so gut geht, sein Leben einfach wegwirft. Denn du weißt, daß dein Leben zehnmal so hart war wie seines, und trotzdem würde dir so etwas nie einfallen. Du bist sogar glücklich. Dein Leben war beschissen, du hast nie viel gehabt und mußtest dich fast zu Tode arbeiten. Du führst eine beschränkte, bürgerliche Ehe. Du bist ein Künstler und hast noch nie Erfolg gehabt, obwohl die Hälfte deines Lebens schon hinter dir liegt. Und im Grunde genommen bist du glücklich. Jesus, du schläfst immer noch gern mit deiner Frau und bist doch schon – wie lange? – zehn, fünfzehn Jahre verheiratet. Hast du denn gar kein Temperament? Eines jedenfalls weiß ich: Du bist unheimlich zäh. Du lebst in deiner eigenen Welt; du tust, was du willst. Du hast dein Leben fest in der Hand. Du gerätst nie in Schwierigkeiten, und wenn doch, wirft dich das nicht um. Du findest einen Ausweg. Nun, ich bewundere dich, aber beneiden kann ich dich nicht. Ich habe nie erlebt, daß du etwas wirklich Gemeines gesagt oder getan hättest, aber ich glaube, letztlich sind dir alle anderen Menschen scheißegal. Du gehst unbeirrt deinen eigenen Weg."

Und dann wartete er, wie ich reagieren würde. Er grinste und sah mich dabei mit seinen grünen hinterlistigen Augen herausfordernd an. Ich wußte, daß es ihm Spaß machte, mir diese Szene vorzuspielen, aber ich wußte gleichzeitig, daß er es bis zu einem gewissen Grad ernst meinte, und das kränkte mich.

Es gab so vieles, das ich ihm gern gesagt hätte. Ich wollte ihm erzählen, daß ich als Waisenkind aufgewachsen war; daß mir immer abging, was die Grundlage, der Mittelpunkt der Erfahrung fast jedes Menschen ist. Daß ich keine Familie hatte, keine festen sozialen Kontakte, nichts, das mich mit der übrigen Welt verband. Ich hatte nur meinen Bruder Artie. Wenn die Leute über das Leben sprachen, verstand ich gar nicht, was sie meinten, bis ich Vallie heiratete. Darum hatte ich mich auch im Krieg freiwillig gemeldet. Ich hatte begriffen, daß auch der Krieg ein grundlegendes menschliches Erlebnis war, und ich wollte davon nicht ausgeschlossen sein. Und ich hatte recht gehabt. Der Krieg wurde meine Familie – so blödsinnig das klingen mag. Ich war immer froh, daß ich ihn miterlebt hatte. Und was Osano übersah oder auch nur nicht erwähnte, weil er annahm, daß ich es sowieso wußte: Es war gar nicht so leicht, sein eigenes Leben fest in der Hand zu haben. Was er nicht wissen konnte: daß die Münze des Glücks eine Währung war, die ich nie verstehen lernte. Ich war fast mein ganzes früheres Leben unglücklich gewesen, und zwar einzig und allein auf Grund der äußeren Umstände. Und äußere Umstände machten mich dann auch wieder verhältnismäßig glücklich. Daß ich Valerie heiraten konnte, daß wir Kinder bekamen, daß ich eine Fertigkeit oder künstlerische Begabung oder die Fähigkeit zu schreiben hatte, mit der ich meinen Lebensunterhalt verdiente – das alles machte mich glücklich. Es war ein bewußtes Glück, aufgebaut aus dem Nichts. Und für mich daher um so wertvoller. Ich wußte, daß ich ein eingeengtes Leben führte, daß es allzu leer schien, allzu bürgerlich. Daß ich nur wenige Freunde besaß, keine gesellschaftlichen Kontakte, wenig Interesse am Erfolg. Ich wollte nur irgendwie durchs Leben kommen – so dachte ich jedenfalls.

Und Osano, der mich beobachtete, lächelte immer noch. „Ja, du bist der eigensinnigste Sohn einer Hündin, der mir je untergekommen ist. Du läßt niemanden an dich heran. Du sagst niemandem, was du wirklich denkst."

Dagegen mußte ich nun doch protestieren. „Hör einmal, du kannst mich nach meiner Meinung über alles fragen, und ich werde sie dir sagen. Nein, du brauchst nicht einmal zu fragen. Dein letztes Buch war ein Dreck, und du redigierst diese Beilage wie ein Geisteskranker."

Osano lachte. „Das habe ich nicht gemeint. Ich habe nie behauptet, daß du nicht ehrlich bist. Aber lassen wir das. Eines Tages wirst du wissen, was ich gemeint habe. Besonders, wenn du einmal anfängst, dir Freundinnen zu halten und dabei an jemanden wie Wendy gerätst."

Von Zeit zu Zeit kam Wendy zu uns ins Büro. Sie war eine auffallend hübsche Brünette mit irr blickenden Augen und einem Körper voll sexueller Energie. Sie war sehr intelligent, und Osano gab ihr immer wieder Bücher zum Rezensieren. Sie war die einzige seiner Exfrauen, die keine Angst vor ihm hatte, und sie hatte ihm seit seiner Scheidung ständig das Leben schwer gemacht. Wenn er mit seinen Alimentationszahlungen im Rückstand war, versuchte sie, ihn verhaften zu lassen. Sobald er ein neues Buch veröffentlichte, ging sie zu Gericht und ließ die Alimente für sich und ihre Kinder erhöhen. Sie hatte einen zwanzigjährigen Schriftsteller zu sich in die Wohnung genommen und bestritt seinen Unterhalt. Der junge Mann war drogensüchtig, und Osano machte sich Sorgen, daß er den Kindern etwas antun könnte.

Osano erzählte mir Geschichten aus dieser Ehe, die mir ganz unglaublich vorkamen. So waren sie einmal auf dem Weg zu einer Party im Aufzug gestanden, und Wendy hatte sich geweigert, ihm zu sagen, in welchem Stockwerk die Party war, nur weil sie vorher einen heftigen Streit gehabt hatten. Er wurde so wütend, daß er sie würgte, um die Auskunft zu bekommen. Er bezeichnete das als Spiel und nannte es „Hühnchen würgen". Dieses Spiel gehörte zu seinen schönsten Erinnerungen an diese Ehe. Während ihr Gesicht schwarz anlief, schüttelte sie den Kopf und wollte ihm immer noch nicht sagen, wo die Party stattfand. Er mußte sie loslassen. Er wußte, sie war noch verrückter als er.

Manchmal, wenn sie einen kleinen Streit hatten, rief sie bei der Polizei an und verlangte, daß man ihn aus der Wohnung entferne. Die Polizei erschien dann wirklich und war verblüfft über so viel Unvernunft. Die Polizisten sahen, daß Osanos Kleider in Fetzen auf dem Boden lagen; sie hatte sie mit einer Schere zerschnitten. Sie gab das auch ohne weiteres zu, meinte aber, daß Osano deswegen noch lange nicht das Recht hätte, sie zu schlagen. Was sie nicht erzählte: daß sie auf den zerschnittenen Anzügen und Hemden und Krawatten gesessen war und mit einem Vibrator darauf masturbiert hatte.

Über diesen Vibrator hatte Osano manches zu erzählen. Wendy hatte einen Psychiater aufgesucht, weil sie nie zum Orgasmus kam. Nach sechs Monaten gestand sie Osano, daß der Psychiater sie bumste – als Teil der Therapie. Osano war kein eifersüchtiger Mensch, aber diesmal verabscheute er sie. „Abscheu", sagte er. „Nicht Haß. Das ist ein Unterschied."

Natürlich bekam Osano jedesmal einen Wutanfall, wenn er die Rechnung des Psychiaters erhielt. „Ich zahle diesem Kerl 100 Dollar die Woche, damit er meine Frau bumst – und so etwas nennt sich moderne Medizin?" Einmal erzählte er diese Geschichte bei einer Cocktailparty, die seine Frau gab. Darüber war sie so wütend, daß sie ihre Besuche bei dem Psychiater aufgab und statt dessen einen Vibrator kaufte. Jeden Abend vor dem Dinner schloß sie sich im Schlafzimmer ein, damit die Kinder nicht hineinkamen, und masturbierte mit Hilfe dieser Maschine. Sie kam jedesmal zum Orgasmus. Während dieser Zeit durfte sie weder von den Kindern noch von ihrem Mann gestört werden – das hatte sie sich streng verbeten. Die ganze Familie einschließlich der Kinder nannte diese Zeit „die glückliche Stunde".

Laut Osanos Aussage verließ er sie schließlich aus einem völlig anderen Grund. Sie fing an, sich ständig darüber auszulassen, daß F. Scott Fitzgerald seine besten Sachen von seiner Frau Zelda gestohlen hätte. Wenn er das nicht getan hätte, wäre Zelda eine große Schriftstellerin geworden. Osano packte sie an den Haaren und stieß sie mit der Nase in den „Großen Gatsby".

„Lies das, du dumme Gans", sagte er. „Lies diese Sätze und vergleiche sie mit dem Buch seiner Frau. Und komm und behaupte noch einmal einen solchen Blödsinn."

Sie las beides, ging dann zu Osano und sagte das gleiche wie vorher. Daraufhin schlug er sie ins Gesicht, daß sie zwei blaue Augen hatte, und verließ sie für immer.

Erst vor kurzem hatte Wendy wieder einen ärgerlichen Sieg über Osano davongetragen. Er wußte, daß sie die Alimente, die sie von ihm für die Kinder bekam, ihrem jungen Liebhaber gab. Eines Tages erschien nun seine Tocher bei ihm und bat ihn um Geld für Kleider. Sie erklärte, daß ihr Gynäkologe ihr wegen einer Scheidenentzündung geraten habe, keine Jeans mehr zu tragen. Ihre Mutter habe gesagt: „Geh doch zu deinem Vater, er soll dir das

Geld geben." Zu dieser Zeit waren sie schon fünf Jahre geschieden.

Um einem Streit aus dem Weg zu gehen, gab Osano gleich seiner Tochter das Geld, das er sonst ihrer Mutter für sie zahlte. Wendy hatte nichts dagegen. Aber ein Jahr später ging sie zu Gericht und klagte Osano – er habe ihr für dieses Jahr kein Geld gegeben. Die Tochter sagte zugunsten ihres Vaters aus. Osano war sicher, daß er gewinnen würde, sobald der Richter die Umstände erfuhr. Aber der Richter erklärte ihm streng, daß er nicht nur das Geld an die Mutter zu zahlen habe, sondern auch die ganze Summe für das vergangene Jahr auf einmal. Er mußte in diesem Jahr also zweimal zahlen.

Wendy war so glücklich über ihren Sieg, daß sie danach versuchte, netter zu ihm zu sein. Er aber wies vor den Kindern ihre zärtlichen Annäherungsversuche ab und sagte kalt: „Du bist die gemeinste Hure, die mir je untergekommen ist."

Als Wendy das nächste Mal in die Redaktion kam, verweigerte er ihr den Zutritt zu seinem Büro und nahm keine der Rezensionen an, die er bei ihr bestellt hatte. Er war sehr verwundert, daß sie absolut nicht begriff, warum er sie so sehr verabscheute. Ihren Freunden gegenüber schimpfte sie unflätig über ihn und verbreitete das Gerücht, daß er sie im Bett nie befriedigt habe, daß er impotent sei. Daß er ein verhinderter Schwuler sei, der sich eigentlich für kleine Jungen interessiere. Sie versuchte durchzusetzen, daß die Kinder die Sommerferien nicht bei ihm verbringen durften, aber diese Schlacht gewann Osano. Bald danach veröffentlichte er eine sehr boshafte, witzige Kurzgeschichte über sie in einer bekannten Zeitschrift. Im Leben war er ihr anscheinend nicht gewachsen, aber in dieser Geschichte zeichnete er ein wirklich abscheuliches Porträt von ihr, und da jeder aus der literarischen Welt New Yorks sie kannte, wurde sie sofort identifiziert. Sie war zerschmettert, soweit das bei ihr überhaupt möglich war. Von da an ließ sie Osano in Ruhe. Innerlich aber wirkte sie in ihm weiter wie ein Gift. Er konnte nicht an sie denken, ohne daß sein Gesicht rot anlief und seine Augen einen irren Blick bekamen.

Eines Tages kam er ins Büro und erzählte mir, daß eine Filmgesellschaft einen seiner alten Romane gekauft habe, um ihn zu verfilmen. Er müsse zu einer Besprechung über das Drehbuch nach Kalifornien fahren, wobei für alle Kosten die Gesellschaft aufkäme. Er bot mir an, ihn zu begleiten. Ich sagte: okay, aber ich würde die Reise gern in Las Vegas unterbrechen und dort auf ein oder zwei Tage einen alten Freund besuchen. Er war damit einverstanden. Er haßte es, allein zu reisen oder irgend etwas allein zu tun, und er hatte das Gefühl, sich auf feindliches Territorium zu begeben. Er wollte einen Freund neben sich haben. Jedenfalls sagte er das. Und da ich noch nie bis Kalifornien gekommen war und mein Gehalt weiterlief, während ich wegfuhr, schien mir die Sache ein gutes Geschäft zu sein; ich wußte nicht, daß sie sich mehr als bezahlt machen würde.

24

Während Osano die Besprechung über das Drehbuch zu seinem Roman beendete, war ich in Vegas. Also flog ich das kurze Stück nach LA, um ihm auf dem Flug von LA nach New York Gesellschaft zu leisten. Cully hatte gewollt, daß ich Osano nach Vegas mitbringe, damit er ihn kennenlerne, aber ich konnte Osano nicht dazu überreden und mußte daher jetzt nach LA.

In seiner Suite im Beverly-Hills-Hotel war Osano deprimierter denn je. Die Filmindustrie habe ihn wie Scheiße behandelt, meinte er. Wußten die denn nicht, daß er der Welt berühmtester Autor war, Liebling der Literaturkritik von London bis Neu-Delhi, von Moskau bis Sydney? Was er verschwieg, war, daß noch jeder Film, der auf einem seiner Bücher basierte, aus unerforschlichen Gründen eine finanzielle Pleite gewesen war.

Osano störten auch noch andere Dinge. Sein Stolz vertrug es nicht, daß der Regisseur mehr zu reden hatte als der Autor. Und als Osano einer seiner kleinen Freundinnen eine kleine Nebenrolle in dem Film verschaffen wollte, konnte er das nicht arrangieren. Das ärgerte ihn um so mehr, als der Kameramann und der Darsteller einer Nebenrolle das sehr wohl mit ihren Freundinnen schafften. Ein Kameramann und ein lausiger Schmierenkomödiant hatten also mehr Einfluß als der große Osano. Ich konnte nur hoffen, ihn in die Maschine zu bugsieren, bevor er überschnappte. Unter großem Wortaufwand ließ ich eine Schimpforgie los und nahm das Studio ordentlich auseinander. Bis zum Abflug hatten wir noch den ganzen Tag und die Nacht vor uns. Um ihn weiter zu beruhigen, schleppte ich ihn zu seinem hiesigen Agenten, einem cleveren Sportstyp mit einer Menge Klienten aus dem Showgeschäft. Außerdem hatte er immer die schönsten Mädchen um sich. Er hieß Doran Rudd.

Doran tat sein Bestes. Aber wenn eine Katastrophe dräut, ist sie durch nichts abzuwenden.

„Was Sie brauchen", sagte Doran, „das ist ein bißchen Entspannung, ein schönes Nachtmahl mit einer schönen Partnerin und danach ein Beruhigungsmittel, damit Sie die Nacht durchschlafen. Vielleicht lassen Sie sich einen blasen, das beruhigt auch."

Mit Frauen wußte Doran charmant umzugehen, unter Männern aber bewarf er das andere Geschlecht mit Kot.

Osano zog zuerst eine Show ab, bevor er okay sagte. Schließlich läßt sich ein weltberühmter Autor und zukünftiger Nobelpreisträger nicht gern gängeln wie ein Kind. Aber der Agent hatte noch ganz andere Typen rumgekriegt, einen Staatssekretär, einen Präsidenten sowie Amerikas größten Evangelisten, der Millionen Gläubige an die Hostienkrippe kriegte und im übrigen, wie Doran sagte, der größte Hurenbock aller Zeiten gewesen sei.

Es war ein Vergnügen, Dorans Beschwichtigungstaktik mitzuverfolgen. Das war nicht bloß die Vegas-Tour mit Mädchen und Pizza an der Hotelzimmertür, das war echt Klasse.

„Ich kenne da ein Mädchen, intelligent und wie wild darauf, Sie kennenzulernen", sagte Doran zu Osano. „Sie hat jedes Ihrer Bücher gelesen und hält Sie für den größten Schriftsteller Amerikas. Ehrlich. Und sie ist nicht eins von diesen kleinen Starlets. Sie hat an der University of California einen Grad erworben, macht kleine Rollen beim Film und kann Kontakte herstellen, wenn es um Drehbuchfragen geht. Genau die Person für Sie."

Natürlich konnte er Osano nichts vormachen. Osano wußte genau, daß das Spielchen jetzt für ihn so ablief, sich das aufschwatzen zu lassen, was er ohnedies wollte. Und als nun Doran zum Telefonhörer griff, konnte er es sich nicht verkneifen zu fragen: „Das ist alles schön und gut. Aber wird sie sich auch vögeln lassen?"

Der Agent wählte bereits mit seinem Goldfüllhalter eine Nummer.

„Die Chance steht neunundneunzig zu eins für Sie", sagte er.

Osano fragte schnell: „Wie kommen Sie auf diese Ziffern?" Das tat er immer, wenn ihm jemand statistische Zahlen an den Kopf warf. Er haßte jegliche Statistik. Er war sogar davon überzeugt, daß die „New York Times" nur deshalb Börsenberichte brachte, weil eine seiner Aktien mit 295 Punkten notiert hatte und in dem Moment auf 290 runterging, wenn er verkaufen wollte.

Doran hielt verblüfft inne. „Ich hab' sie, seit ich sie kenne, bereits fünfmal mit Kerlen losgeschickt. Und vier von ihnen hatten Erfolg bei ihr."

„Das ist dann nur achtzig zu zwanzig", sagte Osano. Doran begann wieder zu wählen. Als sich jemand meldete, lehnte er sich in seinem Drehsessel zurück und machte uns ein Zeichen. Dann begann er seinen Part runterzuspulen.

Es war bewundernswert. Echt bewundernswert. Er war hervorragend, seine Stimme voll Wärme, sein Lachen ansteckend.

„Catherine“, flötete er. „Liebste meiner Klientinnen. Hör mal zu. Ich hab' mit dem Regisseur gesprochen, der diesen Western mit Clint Eastwood macht. Wirst du mir glauben, wenn ich dir sage, er erinnert sich an dich nach diesem einen Gespräch im Vorjahr? Er sagt, du hättest von allen am besten vorgesprochen, aber er mußte die Rolle jemandem mit einem Namen geben. Und nach dem Abdrehen hat es ihm leid getan. Jedenfalls, er will dich morgen um elf oder um drei sehen. Ich ruf' dich dann noch an, um dir die genaue Zeit zu sagen. Okay? Hör mal, ich hab' ein gutes Gefühl diesmal, ich glaube, jetzt ist dein großer Augenblick gekommen. Nein, ich scherze nicht.“

Er hörte eine Weile zu. „Jaaa, jaaa, du wirst bestimmt großartig sein. Absolut.“ Er sah zu uns herüber und verdrehte komisch die Augen, was ich gar nicht mochte. „Jaaa, werde ihnen auf den Zahn fühlen und dich dann wieder anrufen. Du, jetzt spitz einmal die Ohren. Rate, wen ich gerade in meinem Büro habe. Falsch. Falsch. Er ist Schriftsteller. Osano. Jaaa, kein Spaß. Nein, er ist es wirklich. Und denk dir, er hat dich erwähnt, nicht mit Namen natürlich, aber wir redeten über Filme, und er erwähnte plötzlich diese Rolle, die du in ‚City Death‘ gespielt hast. Ist das nicht komisch? Ja, er ist ein Fan von dir. Ja, ich hab' ihm gesagt, daß du seine Romane magst. Hör zu, ich hab' eine großartige Idee. Ich gehe heute abend mit ihm essen, zu ‚Chasen's‘, warum kommst du nicht und setzt unserm Dinner ein Glanzlicht auf? Ich lasse dich um acht mit einem Wagen abholen. Okay, Sweetheart. Du bist mein Kleinchen. Ich bin sicher, du wirst ihm gefallen. Starlets mag er nicht. Er braucht jemand, mit dem er reden kann, und da ist mir eben klargeworden, daß ihr wie geschaffen seid füreinander. Abgemacht. Wiedersehn, Süße.“

Der Agent legte auf, lehnte sich zurück und schenkte uns sein strahlendes Lächeln. „Sie ist wirklich ein netter kleiner Käfer“, sagte er.

Osano war von der Szene sichtlich nicht angetan. Frauen mochte er wohl, doch er mochte nicht, wenn man sie nötigte. Lieber ließe er sich von einer Frau bedrängen als umgekehrt, hatte er mir gelegentlich eines Vortrags über seine Philosophie der Liebe gesagt. Daß es besser sei, selber Opfer zu sein.

„Man muß es so sehen", hatte er ausgeführt. „Wenn du verliebt bist, dann kriegst du die Sahne, selbst wenn das Mädchen dir was vormacht. Du fühlst dich als der Größte, du genießt jede Minute, während sie lausige Zeiten durchmacht. Denn für sie ist es harte Arbeit, für dich ein Spiel. Warum also ein Gezeter, wenn sie dir am Ende den Rücken kehrt und du bist der Beschissene?"

Nun, seine Philosophie wurde in jener Nacht einem Härtetest unterworfen. Noch vor Mitternacht kam er heim, rief mich an und kam auf einen Drink in mein Zimmer, um mir zu berichten, wie die Sache mit Catherine gelaufen war. Anfangs waren ihre Gewinnchancen niedrig, die seinen hoch gewesen. Die lebhafte, reizende Brünette warf all ihr Garn, zeigte Osano, daß sie ihn mochte, ihn bewunderte und Schauer des Entzückens sie durchfuhren, weil sie mit ihm zusammen speisen durfte. Doran vernahm das Signal und verduftete nach dem Kaffee, Osano und Catherine leerten zur Auflockerung eine Flasche Champagner, bevor sie ins Hotel gehen wollten, um sich ins eigentliche Geschäft zu stürzen. Und das war der Moment, wo sich Osanos Glück wendete. Noch hätte er aussteigen können, wenn ihn sein Selbstgefühl nicht daran gehindert hätte.

Dickie Sanders brachte den Stein ins Rollen. Eine der ungewöhnlichsten Schauspielerfiguren Hollywoods. Er hatte einmal den Oscar bekommen und in sechs erfolgreichen Filmen gespielt. Das Einmalige an ihm war sein Zwergenwuchs. Nun, so schlimm war das nicht, wie es klingen mag. Zum „kleinen" Mann fehlten ihm eben einige Zentimeter. Und er sah gut aus für einen Zwerg. Eine Miniaturausgabe von James Dean, könnte man sagen. Mit dem gleichen traurigen Lächeln, das seine wohlberechnete, verheerende Wirkung auf Frauen nie verfehlte. Sie konnten ihm nicht widerstehen. Welche Maid, sagte Doran später, läßt sich schon die Gelegenheit entgehen, mit einem gutaussehenden Zwerg ins Bett zu gehen? Jeder Einwand von wegen Zwerg ist dabei doch die reinste Fliegenscheiße.

Als Dickie Sanders ins Restaurant hereinspazierte, gab's erst gar nicht ein Kräftemessen. Er war allein, blieb bei ihrem Tisch stehen, um Catherine zu begrüßen. Die beiden kannten einander offenbar, sie war, schien es, in einem seiner Filme in einer kleinen Rolle tätig gewesen. Jedenfalls hatte er sofort bei ihr mehr Steine im Brett als Osano. Und Osano war darüber derart verschnupft, daß er aufstand, sie mit dem Zwerg am Tisch zurückließ und allein ins Hotel ging.

„So eine Scheißstadt", sagte er. „Ein Kerl wie ich zieht gegen einen verdammten Liliputaner den kürzeren." Er war wirklich zutiefst verletzt. Sein Ruhm bedeutete nichts, und daß er einer der nächsten Nobelpreisträger sein würde, ebenfalls nicht. Sein Pulitzer-Preis und seine nationalen Buchpreise hatten kein Eis zum Schmelzen gebracht. Ein Zwergenmensch war ihm vorgezogen worden, und das ertrug er nicht. Ich mußte ihn förmlich ins Schlafzimmer tragen und ins Bett legen. Meine letzten Trostworte waren: „Hör zu, er ist kein Zwerg, sondern eben nur nicht besonders groß."

Als wir am nächsten Morgen die B-747 nach New York bestiegen, war er noch immer deprimiert. Nicht nur, weil er Catherines Beischlafstatistik negativ beeinflußt hatte, sondern auch weil man seinen Roman verstümmelt hatte. Er wußte, das Drehbuch war schlecht. Ich war derselben Ansicht. Dementsprechend war seine Stimmung, und er zwang die Stewardess, ihm noch vor dem Abheben einen Scotch zu bringen.

Wir saßen in der ersten Reihe gleich hinter der Trennwand zum Cockpit, und die beiden Sitze jenseits des Mittelganges hatte eines jener distinguierten Ehepaare mittleren Alters belegt, sehr schlank beide, sehr elegant. Der Mann hatte den flehenden, freudlosen Ausdruck eines Unterjochten im Gesicht. Man hatte den Eindruck, daß er in einem privaten Fegefeuer lebte, aber das auch verdiente. Verdiente, weil er arrogant war, sich aufwendig kleidete und ihm die Bosheit in den Augen stand. Er litt, und, bei Gott, er würde alle um ihn herum ebenfalls leiden lassen, wenn er annehmen durfte, sie würden es sich gefallen lassen.

Seine Frau war die klassische Ausgabe der unverstandenen Frau. Sie war offensichtlich reich, reicher als ihr Gatte – obzwar, reich waren sie beide. Schon die Art, wie sie vom Steward das Essen entgegennahmen, Osano mißbilligend ansahen, als er an dem eigentlich verbotenen Glas Scotch nippte, stempelte sie zu Reichen.

Die Frau war von der aufdringlichen Schönheit, die die plastische Chirurgie und tägliche Bäder in südlicher oder künstlicher Sonne einem schenken. Und sie hatte jenen verdrossenen Ausdruck um den Mund, der alle Frauen so häßlich macht. Zu ihren Füßen an der Trennwand stand ein Korb aus Maschendraht, der den vielleicht niedlichsten Pudel der Welt beherbergte. Das gelockte silbrigweiße Haar hing ihm in Kringeln über die Augen. Er hatte eine rosige Schnauze und um den Hals eine rosa Schleife, und selbst an seinem Schwänzchen baumelte ein rosafarbenes Band. Es war der glücklichste Hund, den man sich vorstellen kann, und zugleich der süßeste. Die zwei miesen menschlichen Wesen, denen er gehörte, hatten offenbar ein nicht geringes Vergnügen, einen solchen Schatz ihr eigen zu nennen. Wenn der Blick des Mannes auf das Tier fiel, glätteten sich seine Züge. Die Frau zeigte nicht so sehr Vergnügen, sondern Besitzerstolz, gleich den alten, häßlichen Weibern, die mit Argusaugen ihre jungfräulichen Töchter bewachen, während sie sie auf den Heiratsmarkt treiben. Wenn sie ihre Hand ausstreckte, damit der Pudel sie gierig lecke, tat sie es wie der Papst, der den Ring zum Kusse reicht.

Osano war groß darin, alles zu registrieren, selbst wenn es schien, als blicke er in die entgegengesetzte Richtung. In seinen Sitz gefläzt, hatte er sich ganz seinem Drink gewidmet. Nachher aber sagte er zu mir: „Lieber lasse ich mir von dem Hund einen blasen als von der Alten." Die Düsen übertönten sicherlich seine Worte, aber ich wurde dennoch leicht unruhig. Sie sandte uns einen kalten, bösen Blick herüber, doch war das vielleicht so ihre Art, die Leute anzusehen.

Zudem plagte mich das schlechte Gewissen, die beiden verurteilt zu haben, auf bloßen Verdacht hin. Sie waren schließlich auch Menschen. Und so sagte ich zu Osano: „Vielleicht sind sie nicht so schlecht, wie sie aussehen."

„Und ob sie das sind", sagte er.

Solche Worte paßten nicht zu ihm. Er konnte Chauvinist, Rassist und Spießbürger sein, aber bloß aus rhetorischen Gründen. Es hatte also nichts zu bedeuten. Ich ließ die Sache also, und als die hübsche Stewardess zum Dinner die Tischplatten runterklappte und wir auf unseren Sitzen gefangen waren, erzählte ich ihm über Vegas. Er konnte nicht glauben, daß ich einmal ein hemmungsloser Spieler gewesen war.

Die beiden Leutchen jenseits des Mittelganges völlig vergessend, ja verdrängend, sagte ich zu ihm: „Und weißt du, wie die Spieler den Selbstmord bezeichnen?"

„Nein", sagte Osano.

Ich lächelte. „Sie nennen es das große As."

Osano schüttelte den Kopf. „Erstaunlich", sagte er trocken.

Mir entging nicht, daß er angesichts der rührseligen Bezeichnung verächtlich die Lippen zusammenkniff. Aber ich redete weiter. „Cully gebrauchte den Ausdruck irgendwann einmal, nachdem Jordan es getan hatte. Er sagte so ungefähr: ‚Ihr wißt, was dieser verdammte Jordy getan hat? Er hat das große As aus dem Ärmel gelassen. Der Schwanz hat das große As ausgespielt.‘ “ Ich schwieg, die Erinnerung an jene Szene stand klarer denn je vor mir. Komisch, ich hatte Cullys Worte völlig vergessen gehabt. „Er sagte es sozusagen in Großbuchstaben: Das große As.“

„Und warum, glaubst du, hat er es getan?“ fragte Osano. Er war nicht sehr interessiert, aber er sah, wie sehr mir die Sache naheging.

„Wer zum Teufel kann das wissen?“ sagte ich. „Ich hielt mich für besonders klug. Ich meinte ihn zu durchschauen, dabei war er es, der mir ein Bein stellte. Das ist es, was mich verrückt macht. Er ließ mich an seiner Menschlichkeit, an seiner tragischen Menschlichkeit zweifeln. Nie soll jemand einen an seiner Menschlichkeit zweifeln lassen.“

Osano grinste und deutete mit dem Kopf auf das Paar jenseits des Mittelganges. „Wie die?“ sagte er. Und jetzt wußte ich, warum ich ihm die Geschichte erzählt hatte.

Ich sah die Frau und den Mann an. „Möglich.“

„Okay“, sagte er. „Aber manchmal geht es einem gegen den Strich. Besonders bei den Reichen. Weißt du, was bei reichen Leuten so faul ist? Daß sie glauben, sie sind soviel wert wie jeder andere, weil sie so gestopft sind.“

„Und sind sie's nicht?“ fragte ich.

„Nein“, sagte Osano. „Sie sind wie Bucklige.“

„Bucklige sind nicht so viel wert wie jeder andere?“ fragte ich. Fast hätte ich „Zwerge“ gesagt.

„Nein“, sagte Osano. „Noch sind es Leute mit nur einem Auge, einem Arm oder einem Bein, Kritiker und Häßliche. Sie müssen daran arbeiten, so gut zu werden wie die anderen. Die beiden da drüben haben nicht daran gearbeitet. So weit sind sie nie gekommen.“

Das war nun etwas unlogisch und nicht gerade einer seiner brillantesten Gedankenflüge. Aber was soll's, er hatte keine gute Woche hinter sich. Nicht jedermanns Liebesleben wird durch einen Zwerg ruiniert. Ich ließ das Thema fallen.

Wir beendeten die Mahlzeit. Osano trank den schlechten Champagner, aß das schlechte Essen, das selbst in der Ersten Klasse nicht gegen die Hot dogs auf Coney Island aufkommt. Als die Filmleinwand heruntergerollt wurde, polterte Osano aus seinem Sitz hoch und stieg die Stufen zum Aufenthaltsraum im Oberdeck der 747 hinauf. Ich trank meinen Kaffee aus und folgte ihm.

Er saß in einem hochlehnigen Sessel und hatte sich eine seiner langen Havannas angesteckt. Er bot mir eine an, und ich nahm sie. Ich kam langsam auf den Geschmack, was das Zigarrenrauchen betraf, und Osano gefiel das sehr. Er war stets generös, ging aber mit seinen Havannas sorgsam um. Wenn man von ihm eine erhielt, beobachtete er genau, ob sie einem schmeckte, man also verdiente, sie bekommen zu haben. Die Lounge füllte sich langsam. Die diensthabende Stewardess machte unentwegt Drinks zurecht. Als sie Osano seinen Martini brachte, setzte sie sich auf die Sessellehne, und er legte die Hand in ihren Schoß und umschloß ihre Finger.

Berühmtheit, das konnte ich jetzt beobachten, bescherte einem eben solche Dinge. Erstens hatte man die Selbstsicherheit. Und zweitens fühlte sich so ein junges Ding, anstatt sich daran zu stoßen, daß man ein lüsterner Alter war, gewöhnlich ungeheuer geschmeichelt, von einem so bedeutenden Mann attraktiv gefunden zu werden. Wenn ein Osano sie vögeln wollte, mußte sie eine von der besonderen Sorte sein. Und was sie alle nicht wußten, war, daß Osano hinter jedem Kittel her war. Was nicht arg ist, denn viele Männer sind das ebenfalls.

Das junge Mädchen badete in Osanos Charme. Und dann kam eine Frau mittleren Alters auf ihn zu. Ihr Gesicht war interessant, doch man sah, daß sie leicht verrückt sein mußte. Sie erzählte, sie habe eine Herzoperation gehabt, seit sechs Monaten mit keinem Mann geschlafen, doch jetzt wäre es wieder soweit. Osano bekam solche Geschichten oft von Frauen zu hören. Sie glaubten, als Schriftsteller müsse er Verständnis für alles haben. Dazu kam seine Berühmtheit, und sie wollten sich vor ihm interessant machen.

Osano zog seine herzförmige Pillenschachtel heraus. Sie enthielt weiße Tabletten. Er nahm sich eine und hielt die Schachtel der Herzkranken und der Stewardess hin. „Los“, sagte er, „das putscht auf. Wir werden nur so dahinschweben.“ Dann besann er sich. „Nein, nicht Sie“, sagte er zu der Operierten. „Nicht in Ihrem Zustand.“ Und da wußte ich, daß sie bereits aus dem Spiel war.

Denn die Pillen waren Penicillintabletten, die Osano vor jedem Sexualverkehr nahm, um sich gegen Geschlechtskrankheiten zu immunisieren. Um die Wirkung zu verdoppeln, bot er sie dann auch immer einem wahrscheinlichen Partner an. Er ließ sich die Pille in den geöffneten Mund fallen und spülte sie mit einem Schluck Martini hinunter. Die Stewardess nahm lächelnd eine, und Osano verfolgte das mit vergnügter Miene. Er hielt mir die Schachtel hin, aber ich schüttelte den Kopf.

Die Stewardess war ein wirklich hübsches junges Ding, aber mit beiden, Osano und der Herzoperierten, konnte sie allein nicht fertigwerden. Um die Aufmerksamkeit wieder auf sich zu lenken, sagte sie mit süßer Stimme zu Osano: „Sind Sie verheiratet?"

Nun wußte sie ebensogut wie jedermann, daß Osano nicht nur verheiratet war, sondern es davor mindestens viermal schon gewesen war. Sie konnte nicht wissen, daß sie Osano damit verärgerte, weil er immer Schuldgefühle gegenüber den Frauen hatte, auch gegenüber seinen Geschiedenen. Osano grinste und sagte kühl: „Ich bin verheiratet, habe eine Konkubine und eine ständige Freundin. Und bin eben auf der Suche nach einer Dame, mit der ich mich etwas vergnügen kann."

Das war beleidigend. Das junge Mädchen errötete, erhob sich hastig und nahm die Serviertätigkeit wieder auf.

Osano widmete sich nun ganz der vergnüglichen Unterhaltung mit der Herzkranken, gab ihr Tips für den ersten Geschlechtsverkehr nach ihrer Genesung. Er nahm sie dabei ein wenig auf die Schippe.

„Hören Sie", sagte er. „Beim erstenmal sollten sie nicht einfach drauflosficken. Für Ihren Kerl wirds kein guter Fick, weil Sie etwas Angst haben. Es muß so gehen, daß der Kerl über Sie drübergeht, wenn Sie im Halbschlaf sind. Sie nehmen also ein Beruhigungsmittel, und im Moment, wo sie eindösen, vernascht er sie. Kapiert? Und nehmen Sie sich einen, der's versteht. Einen perfekten Blasengel."

Die Frau hatte etwas Farbe aufgezogen. Osano grinste. Er wußte genau, was er tat. Auch ich war leicht verlegen. Ich konnte sehen, wie sie nachdachte, auf welche Weise sie Osano dazu kriegen könnte, die Aufgabe bei ihr zu übernehmen. Sie ahnte nicht, daß sie zu alt war für ihn und nur eine Karte in seinem Spiel, die junge Stewardess in die Horizontale zu bringen.

Da rasten wir mit 900 km/h dahin und ahnten nichts Böses. Aber Osano wurde betrunkener, und die Dinge spitzten sich zu. Die Herzkranke hatte der Alkohol weinerlich gemacht. Sie greinte uns was übers Sterben vor und wie den Mann finden, der es ihr richtig verpassen würde. Das machte Osano nervös. Er sagte zu ihr:

„Notfalls können Sie immer noch das große As ausspielen." Natürlich wußte sie nicht, wovon er redete. Aber sie hatte begriffen, daß sie überflüssig wurde. Ihr verletzter Blick ärgerte Osano noch mehr. Er bestellte einen Drink, und die Stewardess, eifersüchtig und zornig darüber, daß er ihr eine Abfuhr erteilt hatte, brachte ihm den Drink und entfernte sich auf die kalte, beleidigende Weise, in der junge Leute ältere oft ihre Jugend fühlen lassen. Man sah Osano an jenem Tag sein Alter an.

In diesem Augenblick kam das Ehepaar mit dem Pudel die Treppe zur Lounge hoch. Nun, in die Frau würde ich mich wohl nie verliebt haben. Der verdrießliche Mund, das unnatürliche Nußbraun der Haut, von der das Chirurgenmesser alle Zeichen des Alterns entfernt hatte, das alles war zu abstoßend, um der Phantasie Stoff zum Spinnen zu geben, außer man war Sado-Masochist.

Der Mann hatte den Pudel auf dem Arm. Das Tier ließ vergnüglich seine Zunge aus dem Maul hängen. So wie der Mann den Pudel trug, sah er auf berührende Weise verletzlich aus. Osano schien wie üblich keine Notiz von ihnen zu nehmen. Die Blicke, die die beiden ihm zuwarfen, zeigten deutlich, daß sie wußten, wer er war. Offenbar kannten sie ihn vom Fernsehen. Er hatte Hunderte Male vor der Fernsehkamera gestanden und sich dabei stets auf idiotische Weise in den Vordergrund gespielt und sich unter seinem Wert verkauft.

Das Paar bestellte Drinks. Die Frau sagte zu ihrem Mann etwas, und folgsam setzte er den Pudel auf den Boden. Der Pudel blieb nah bei ihnen, begann dann herumzuwandern und an Stuhl- und Menschenbeinen zu schnüffeln. Osano haßte Tiere, das wußte ich. Aber er schien gar nicht zu merken, daß der Pudel an seinem Fuß herumschnüffelte. Er unterhielt sich weiterhin mit der Herzoperierten. Diese beugte sich hinab, zog das rosa Band am Hals des Tieres zurecht und ließ sich von der winzigen rosa Zunge die Hand lecken. Die gewissen Tierlieben mancher Perverser habe ich nie verstanden, aber dieser Pudel war, so komisch es klingt, irgendwie sexy. Ich fragte mich, wie das mit dem sauergesichtigen Ehepaar weitergehen würde. Der Pudel trippelte durch die Gegend, kehrte zu seinen Eigentümern zurück und ließ sich schließlich auf den Füßen seines Frauchens nieder. Sie setzte dunkle Brillen auf, was aus irgendeinem Grund bedrohlich wirkte, und als die Stewardess ihr den Drink reichte, sagte sie etwas zu dem jungen Mädchen. Die Stewardess blickte sie erstaunt an.

Und das war, glaube ich, der Moment, da meine Nervosität steil anstieg. Osano war völlig überdreht. Er haßte es, in einem Flugzeug eingesperrt zu sein, er haßte es, mit einer Frau Konversation machen zu müssen, die er nicht aufs Kreuz legen wollte. Woran er dachte, war, wie er die Stewardess in die Toilette bringen könnte, um mit ihr auf die Schnelle eine Nummer zu machen. Das Mädchen kam mit einem Drink und beugte sich herab, um mir etwas ins Ohr zu flüstern.

Osano wurde eifersüchtig. Er glaubte, die Kleine habe es auf mich abgesehen, was vor allem anderen eine Besudelung seines Ruhms dargestellt hätte. Daß sie einen jüngeren, besser aussehenden Kerl haben wollte, dafür hatte er Verständnis, nicht aber für die Herabsetzung seiner Dichterperson.

Was mir die Stewardess zuflüsterte, verhieß aber ganz anderen Ärger. Sie sagte: „Die Dame wünscht, daß ich Mr. Osano sage, er solle seine Zigarre ausmachen. Es belästige ihren Hund."

Jesus Christus. Der Hund durfte gar nicht frei in der Lounge umherlaufen, er hatte in seinem Körbchen zu sein. Jeder wußte das. Das Mädchen wisperte verzweifelt: „Und was mache ich jetzt?"

Was dann geschah, geht, glaube ich, auf mein Konto. Ich wußte, daß Osano jederzeit wild werden konnte, und dies war ein sehr geeigneter Augenblick. Anderseits bin ich immer neugierig auf Reaktionen der Menschen. Ich wollte sehen, ob die Stewardess den Nerv hatte, einem Kerl wie Osano zu sagen, er solle seine geliebte Havanna wegen eines beschissenen Hundes ausmachen. Besonders dann, wenn Osano sein Erste-Klasse-Ticket eigens dafür bezahlt hatte, sie in der Lounge rauchen zu dürfen. Ebenso wollte ich erleben, wie Osano das hochnäsige Sauertopfgesicht in die Schranken verwies. Ich hätte meine Zigarre ausgedämpft und Ruhe gegeben. Aber ich kannte Osano. Er würde zuallererst die B-747 in die Hölle schicken.

Die Stewardess wartete auf eine Antwort. Ich zuckte mit den Schultern. „Tun Sie, was Ihre Aufgabe ist", sagte ich. Und es war eine heimtückische Antwort.

Die Stewardess mochte auch dieser Meinung sein. Oder vielleicht wollte sie Osano demütigen, weil er ihr keine Beachtung mehr schenkte. Oder sie war einfach ein naives Kind, das glaubte, man müsse seinen spontanen Eingebungen folgen, und die ihre war, Osano wäre ein leichter zu schluckender Brocken als die Alte.

Nun, wir machten jeder einen schweren Fehler. Die Stewardess stand dicht neben Osano und sagte: „Sir, würde es Ihnen etwas ausmachen, Ihre Zigarre auszudämpfen? Die Dame dort sagt, der Rauch belästige ihren Hund."

Osanos auffallend grüne Augen verloren ihre Farbe. Er blickte die Stewardess lange und intensiv an.

„Darf ich das noch einmal hören?" sagte er.

Ich machte mich zum Absprung aus dem Flugzeug bereit. Ich sah, wie sich der Ausdruck manischer Wut auf Osanos Gesicht ausbreitete. Das war nicht länger ein Scherz. Die Frau starrte Osano mit Ekel an. Sie wartete geradezu auf eine Auseinandersetzung, auf einen richtigen Exzeß. Die Streitlust war ihr ins Gesicht geschrieben. Der Gatte schaute zum Fenster hinaus und betrachtete den endlosen Himmel. Für ihn war das offenbar eine vertraute Situation, und er war gewiß, seine Frau würde ihren Willen durchsetzen. Ein kleines, zufriedenes Lächeln spielte um seinen Mund. Nur der süße kleine Pudel war in Schwierigkeiten. Er schnappte nach Luft und war geplagt von einem niedlichen Schluckauf.

Die Lounge war verraucht, jedoch nicht nur von Osanos Zigarre. Fast jedermann hielt eine brennende Zigarette in der Hand, und man hatte den Eindruck, die Pudelbesitzer wollten, daß alle das Rauchen einstellten.

Die Stewardess war durch Osanos Blick förmlich paralysiert. Sie brachte kein Wort hervor. Die Frau schien in keiner Weise eingeschüchtert, ja sie genoß den Ausdruck der Wut auf Osanos Gesicht. Ihr hatte noch niemand eine in die Fresse gehauen oder ein paar Zähne ausgeschlagen, das sah man. Ein solcher Gedanke war ihr noch nie gekommen. Jetzt beugte sie sich sogar zu Osano herüber, begab sich damit in seine Reichweite ... Ich mußte die Augen schließen. Ich tat es nur für einen Augenblick, und in diesem hörte ich die Frau in kultiviertem, kaltem Ton völlig ausdruckslos zu Osano sagen: „Ihre Zigarre tut meinem Hund nicht gut. Würden Sie bitte zu rauchen aufhören?"

Ihre Worte waren überheblich genug, doch der Ton, in dem sie sprach, war beleidigender, als alle Worte es sein konnten. Man sah, daß sie einen Streit erwartete und sein Gegenargument, der Hund dürfe nicht frei umherlaufen, die Lounge sei zum Rauchen da. Und daß sie genau wußte, Osano würde die Zigarre ausgemacht haben, wenn sie gesagt hätte, der Rauch belästige sie. Sie aber wollte, daß er es wegen des Hundes tue. Sie wollte eine Szene haben.

Osano begriff das alles in Sekundenschnelle. Alles. Und genau das trieb ihn in den Wahnsinn. Ich sah sein Lächeln kommen, das so ungemein bezaubern konnte, aber auch den Blick seiner farblosen Augen. Und dieser Blick war der eines rasenden Irren.

Er schrie sie nicht an. Er schlug sie nicht in die Fresse. Er warf einen Blick auf ihren Gatten, um zu sehen, was dieser tun würde. Der Gatte lächelte schwach. Er billigte, was seine Frau tat, zumindest schien es so. Dann nahm Osano mit einer gezielten Bewegung die Zigarre aus dem Mund und tötete sie an dem Ascher seines Sitzes ab. Die Frau sah ihm dabei verächtlich zu. Nun streckte Osano den Arm aus, und man sah, daß sie jetzt erwartete, er werde den Pudel liebkosen. Ich wußte es besser. Osanos Hand senkte sich auf den Kopf des Tieres, umschloß dessen Hals.

Was dann geschah, vollzog sich so schnell, daß ich es nicht verhindern konnte. Er hob das Tier in die Höhe, sich von seinem Sessel erhebend, würgte es mit beiden Händen. Der Pudel schnappte nach Luft, röchelte, sein Schwänzchen mit der rosa Schleife wedelte verzweifelt. Die Äuglein quollen aus den Ringellöckchen hervor. Die Frau schrie, sprang auf und fuhr Osano mit gekrümmten Fingern ins Gesicht. Der Gatte in seinem Sitz machte keine Bewegung. In diesem Augenblick fiel die Maschine in ein Luftloch, und jedermann geriet außer Balance. Osano, betrunken wie er war, und ganz damit beschäftigt, den Pudel zu erwürgen, verlor den Halt und stürzte der Länge nach in den Mittelgang, die Hände noch immer um den Hals des Hundes gekrallt. Um aufzustehen, mußte er den Hund loslassen. Die Frau schrie etwas wie, sie würde ihn umbringen. Die Stewardess schrie vor Angst. Osano stand hochaufgerichtet da, schickte ein Lächeln in die Runde und ging auf die Frau zu, die ihn immer noch anschrie. Sie dachte wohl, jetzt würde ihm leid tun, was er getan hatte, und nun könne sie ihn demütigen. Sie wußte nicht, daß er bereits beschlossen hatte, sie zu strangulieren wie zuvor den Hund. Dann kapierte sie . . . Sie verstummte.

Mit unnatürlicher Ruhe sagte Osano: „Du Fotze, jetzt kriegst du's.“ Und sprang sie an. Er war nicht mehr bei Sinnen. Er hieb ihr übers Gesicht. Ich ging in die Hocke und packte ihn bei den Beinen. Seine Hände waren bereits um ihren Hals gelegt, und sie schrie. Dann brach das Tollhaus los. Im Flugzeug befanden sich offenbar Sicherheitsbeamte in Zivil, denn zwei Männer ergriffen Osano gekonnt bei den Armen, schälten ihn aus seinem Jackett, dieses als Zwangsjacke benützend. Aber wie ein wildgewordener

Eber wehrte er sich, seine Angreifer hierhin und dorthin mit sich zerrend. Jedermann sah mit Entsetzen zu. Ich versuchte Osano zu beruhigen, aber er hörte nichts. Ein Berserker in Aktion. Er bedachte die Frau und ihren Mann mit Flüchen. Die zwei Sicherheitsbeamten versuchten ihn zu besänftigen, indem sie ihn beim Namen nannten, und der eine, ein gutaussehender, athletischer junger Mann, fragte ihn, ob er Ruhe geben würde, falls sie ihn losließen. Osano kämpfte weiter. Dann riß dem athletischen Jungen die Geduld.

Osanos Wut hatte einsame Höhe erreicht, teils, weil es seiner Natur entsprach, teils, weil er ein berühmter Mann war und wußte, er genoß, was sein Betragen betraf, Sonderstatut. Der Junge fühlte das instinktiv, doch nun sah er sich mit der Tatsache konfrontiert, daß man seine überlegene Stärke nicht respektierte. Und er wurde seinerseits wild. Er packte ein Büschel von Osanos Haaren und riß ihm den Kopf so heftig zurück, daß ihm fast das Genick brach. Dann schlang er den Arm um Osanos Hals und sagte: „Du Hund, ich brech' dir den Kragen." Osano wurde still.

Himmel, die Scherereien, die wir danach hatten! Der Flugkapitän wollte, daß man Osano in eine Zwangsjacke stecke, aber ich konnte es ihm ausreden. Die Beamten ließen die Lounge räumen, und wir verbrachten dort den Rest des Fluges. Sie ließen uns in New York erst aussteigen, als die Maschine leer war, und so bekamen wir die Frau nicht mehr zu Gesicht. Aber das letzte, was wir von ihr sahen, reichte. Sie hatten ihr das Blut abgewaschen, ihr eines Auge war fast ganz zu, der Mund zu Brei geschlagen. Der Gatte trug den Pudel, der immer noch lebte und mitleid- und schutzheischend mit dem Schwanz wedelte. Es gab ein gerichtliches Nachspiel, mit dem die Anwälte befaßt waren. Natürlich ging es durch alle Zeitungen. Der große amerikanische Romancier und Kandidat für den Nobelpreis hatte um ein Haar einen Pudel umgebracht. Armer Hund. Armer Osano. Wie sich herausstellte, war die sauertöpfische Dame Besitzerin eines großen Aktienpaketes der Fluglinie plus weiterer Dollarmillionen und konnte natürlich nicht damit drohen, nie mehr diese Fluglinie zu benützen. Was Osano betraf, so war er glücklich und zufrieden. Für Tiere hatte er kein Gefühl übrig. Er sagte: „Solange man sie essen kann, kann man sie auch töten." Als ich ihn darauf hinwies, daß er noch nie Hundefleisch gegessen habe, zuckte er die Achseln und sagte: „Wenn es richtig zubereitet ist, esse ich es."

Eines hatte Osano übersehen. Die Verrückte war auf ihre Art menschlich. Okay, sie war verrückt. Okay, sie verdiente, daß man ihr die Fresse einschlug. Aber sie verdiente nicht, was Osano ihr antat. Sie konnte wirklich nichts dafür, daß sie so und nicht anders war. Ein um Jahre jüngerer Osano würde das erkannt haben. Aus irgendeinem Grund konnte er das heute nicht mehr.

25

Der Pudel mit der erotischen Ausstrahlung war nicht gestorben, also drang die Dame nicht auf Bestrafung des Täters. Es schien ihr nichts auszumachen, daß sie geschlagen worden war, oder sie und ihr Gatte nahmen es nicht wichtig. Möglicherweise hatte sie es sogar genossen. Sie schickte Osano ein paar freundliche Zeilen, solcherart die Tür zur Versöhnung offenlassend. Osano grunzte und warf das Briefchen in den Papierkorb.

„Warum gibst du ihr nicht eine Chance?" sagte ich. „Vielleicht ist sie eine gar nicht so uninteressante Person."

„Schlägertypen bei Frauen mag ich nicht", sagte Osano. „Das Luder möchte, daß ich sie als Sandsack benütze."

„Sie könnte eine Ersatz für Wendy sein", sagte ich. Ich wußte, daß Wendy immer eine gewisse Faszination auf ihn ausübte, obwohl sie seit Jahren geschieden waren und trotz des vielen Ärgers, den sie ihm verursachte.

„O Gott", sagte Osano. „Das ist genau das, was ich jetzt brauche." Aber er lächelte. Denn er wußte, was ich meinte: daß es ihm unter Umständen nicht mißfiel, wenn eine Frau geschlagen wurde. Doch er wollte mir zeigen, daß ich unrecht hatte.

„Wendy ist die einzige Frau, die mich je so reizte, daß ich sie schlug", sagte er. „Die anderen gingen mit meinen besten Freunden ins Bett, stahlen mir mein Geld, legten mich bei den Alimenten rein, erzählten Lügen über mich, aber ich habe sie nie geschlagen, ja ich haßte sie nicht einmal. Ich bin gut Freund mit allen meinen Exfrauen. Nur diese verdammte Wendy ist ein eigener Fall. Eine eigene Kategorie für sich. Wenn ich mit ihr zusammen geblieben wäre, hätte ich sie eines Tages umgebracht."

Aber die Pudel-Strangulation machte in allen literarischen Zirkeln New Yorks die Runde. Osano sorgte sich um seine Chancen für den Nobelpreis. „Diese Scheiß-Skandinavier sind große Hundefreunde", sagte er. Und er heizte die Eigenkampagne für den Nobelpreis wieder dadurch an, daß er Briefe an alle seine Freunde und an die literarische Kollegenschaft schrieb. Außerdem schrieb er Artikel und Kritiken über die bedeutendsten literarischen Arbeiten und ließ sie in seiner Literaturbeilage erscheinen. Dazu Aufsätze über Literatur, die meiner Meinung nach der reinste Mist waren. Oft, wenn ich in sein Büro kam, arbeitete er an seinem Roman, füllte Seite um Seite gelblinierten Papiers – sein großer Roman, der einzige Text, den er mit der Hand schrieb. Alles andere tippte er mit zwei Fingern auf der Schreibmaschine, die er erreichte, wenn er auf seinem Drehstuhl hinter dem mit Bücherstapeln belegten Schreibtisch eine Wendung von neunzig Grad machte. Nie hatte ich jemand mit zwei Fingern schneller tippen sehen als ihn. Es klang wie das Rattern eines Maschinengewehrs. Und mit diesem Tempo bewältigte er Themen wie die Lagebestimmung des amerikanischen Romans, oder warum England auf dem Gebiet der Epik nichts Großes mehr hervorbringe, außer auf dem Gebiet des Agententhrillers, nahm er alle zuletzt erschienenen Werke auseinander und manchmal das Gesamtwerk von Leuten wie Faulkner, Mailer, Styron, Jones, kurz von jedem, der ihm den Nobelpreis streitig machen konnte. Er agumentierte so brillant, seine Sprache war so effektvoll, daß er einen überzeugte. Indem er all dieses Zeug veröffentlichte, zertrümmerte er seine Gegner und hielt das Feld für sich frei. Einziger Schönheitsfehler dabei war nur, daß er, soweit es um sein literarisches Werk ging, nur zwei vor zwanzig Jahren erschienene Werke aufzuweisen hatte, die ihm Anspruch auf literarischen Ruf verschaffen konnten. Der Rest, Romane und Sachbücher, war nicht so gut.

In Wahrheit hatte er in den letzten zehn Jahren viel von seiner Popularität und von seiner literarischen Reputation eingebüßt. Er hatte zu viele Bücher veröffentlicht, die nach reinen Marktüberlegungen konzipiert worden waren, hatte sich mit der anmaßenden Art seiner Redaktionstätigkeit zu viele Feinde gemacht. Denn selbst wenn er mit Kritikerlob einigen mächtigen Persönlichkeiten der literarischen Szene in den Arsch kroch, tat er es mit derartiger Arroganz und Herablassung und indem er sich in das Lob mit einbezog – wie bei seinem Artikel über Einstein, in dem er über die halbe Strecke nur von sich redete –, daß er sich die, die er lobte, zu Feinden machte. Ein Satz von ihm hatte einen allgemeinen Aufschrei zur Folge. Er sagte, der große Unterschied zwischen der französischen und der englischen Literatur des neunzehnten Jahrhunderts liege darin, daß die französischen Schriftsteller Sex gehabt hätten, die englischen nicht. Die Leser unserer Literaturbeilage kochten vor Zorn und Empörung.

Und über all diesem stand sein skandalöses Benehmen. Die Herausgeber unserer Zeitschrift hatten von dem Vorfall im Flugzeug erfahren, der auch in die Klatschkolumnen durchgesikkert war. Bei einem Vortrag an einem College in Kalifornien lernte er eine neunzehnjährige Studentin kennen, die eher wie ein Starlet aussah als wie ein Bücherwurm, der sie tatsächlich war. Er nahm sie mit nach New York, und sie lebten zusammen. Die Affäre dauerte sechs Monate, doch während dieser Zeit nahm er sie zu allen literarischen Veranstaltungen mit. Osano war Mitte der Fünfzig, noch nicht grau, aber mit sichtbarem Fettansatz. Wenn man die beiden zusammen sah, wurde einem ein wenig ungemütlich. Besonders wenn Osano betrunken war und sie ihn heimschleppen mußte.

Dazu trank er im Büro. Dazu betrog er seine Neunzehnjährige mit einer vierzigjährigen Romanautorin, die eben einen Bestseller geschrieben hatte. Das Buch war nicht so hervorragend, aber Osano widmete ihm eine ganze Seite in seiner Literaturbeilage und bezeichnete die Dame als große Hoffnung der amerikanischen Literatur.

Und etwas tat er, was ich wirklich haßte. Er gab Kommentare ab, wenn man ihn darum bat. Und so erschienen miserable Bücher, hatten aber auf dem Umschlag ein Osano-Zitat, das dann etwa folgendermaßen lautete: „Der beste Südstaatenroman seit Styron's ‚Lie Down in Darkness'." Oder: „Ein schockierendes Buch von wahrhaft bestürzendem Inhalt", was eher zweischneidig war, denn Osano wollte damit zweierlei erreichen, seinem Freund einen Gefallen erweisen und den Leser vor dem Buch warnen.

Für mich war es deutlich zu erkennen, daß der gute Osano irgendwie zerbröckelte. Vielleicht wurde er langsam verrückt? Ich konnte mir nicht denken, von was. Sein Gesicht sah krank aus, gedunsen und schwammig, seine grünen Augen hatten einen eigenartigen, unnormalen Glanz. Und da war auch etwas mit seinem Gang, ein Hinken beim Gehen, ein Schwanken manchmal nach links. Ich machte mir Sorgen um ihn. Obwohl mir das, was er schrieb, nicht gefiel, obwohl ich sein Gestrampel um den Nobelpreis, mit allen damit verbundenen Halsabschneidereien, mißbilligte, und ebenso, daß er jede Frau vögeln wollte, die ihm über den Weg lief, mochte ich ihn. Er redete mit mir über meinen Roman, ermutigte mich, gab mir Ratschläge, versuchte mir Geld zu borgen, obwohl ich genau wußte, daß er finanziell tief in der Tinte saß und enorm viel Geld für den Unterhalt seiner fünf Exfrauen und seiner acht oder neun Kinder brauchte. Schon allein die Quantität seines Geschreibsels beeindruckte mich. In einer der Monatszeitschriften war immer was von ihm drin, manchmal auch in zweien oder dreien; jedes Jahr schrieb er ein Sachbuch über ein Thema, das die Verleger für „heiß" hielten. Er redigierte die Literaturbeilage und schrieb dafür jede Woche einen längeren Aufsatz. Er arbeitete für den Film. Er verdiente ungeheuer viel, war aber stets pleite. Er wußte, daß er mit einem Vermögen in der Kreide war, nicht nur an Geborgtem, sondern an empfangenen Vorschüssen für künftige Bücher. Ich erwähnte einmal, daß er Löcher aufmache, die er nie wieder werde schließen können, doch er wischte den Gedanken mit einer ungeduldigen Geste beiseite.

„Ich hab' noch ein As im Ärmel", sagte er. „Mein großer Roman ist fast fertig. Noch ein Jahr vielleicht, dann bin ich wieder reich. Dann geht's auf nach Skandinavien, den Nobelpreis in Empfang zu nehmen. Denk doch an die Blondinen, die wir dort oben vögeln werden." In diese Reise bezog er mich stets mit ein.

Die größten Auseinandersetzungen hatten wir, wenn er mich um meine Meinung über seine Artikel zum Thema Literatur im allgemeinen fragte. Meine stereotype Antwort, ich sei nur ein Erzähler, erboste ihn jedesmal. „Du bist ein Künstler mit göttlicher Inspiration", pflegte ich ihm zu sagen. „Du bist ein Intellektueller, mit deinem Hirn kannst du Schmalz für hundert Kurse über moderne Literatur erzeugen. Ich bin bloß ein Tresorknacker. Ich lege mein Ohr an die Tresortür und warte, bis ich die Zuhaltungen des Schlosses schnappen höre."

„Du mit deinem Tresorknackerscheiß", sagte Osano. „Du weichst mir bloß aus. Du hast Ideen. Du bist ein echter Künstler. Aber du begeilst dich an dem Gedanken, ein Zauberer zu sein, ein Taschenspieler, der alles unter Kontrolle hat, was er schreibt, auch das Leben im allgemeinen, und der in keine Falle geht. Das ist deine Arbeitsmethode . . ."

„Du hast eine falsche Auffassung von einem Zauberer", erwiderte ich. „Ein Zauberer zaubert, das ist alles."

„Und du glaubst, das ist genug?" fragte Osano. Er lächelte traurig.

„Genug für mich", sagte ich.

Osano nickte. „Du weißt, daß ich einmal ein großer Zauberer war, du hast mein erstes Buch gelesen. Alles Zauber, nicht wahr?"

Ich war froh, ihm beistimmen zu können. Meine ganze Zuneigung gehörte diesem Buch. „Purer Zauber", sagte ich.

„Aber es war nicht genug", sagte Osano. „Mir nicht genug."

Schlecht für dich, dachte ich. Er schien in meinen Gedanken zu lesen. „Nein, nicht wie du denkst", sagte er. „Ich habe so etwas nicht mehr geschrieben, weil ich so etwas nicht schreiben will oder – vielleicht – nicht kann. Nach diesem Buch war ich kein Zauberer mehr. Ich wurde ein Schriftsteller."

Ich zuckte die Achseln, etwas teilnahmslos, wie ich glaube. Osano sah es und sagte: „Und mein ganzes Leben wurde Scheiße. Aber das kannst du ja selber sehen. Ich beneide dich um dein Leben. Alles ist unter Kontrolle. Du trinkst nicht, du rauchst nicht, du rennst den Weibern nicht nach. Du schreibst nur und spielst nur und gefällst dir als guter Gatte und Vater. Du bist ein recht unspektakulärer Zauberer, Merlin. Ein Zauberer, der kein Risiko eingeht. Ein sicheres Leben, sichere Bücher. Du hast die Hoffnungslosigkeit einfach verschwinden lassen."

Er war wütend auf mich. Er dachte, er ginge einem unter die Haut. Und wußte nicht, wie beschissen er war. Er dachte, weil mir alles egal war, bedeute das, mein Zauber funktioniere. Das war alles, was er sehen konnte. Nun, um so besser für mich. Er dachte, ich hätte mein Leben unter Kontrolle, litte nicht, ließe es nicht zu, daß ich litte, würde nie von jener Einsamkeit geplagt, die ihn den Frauen in die Arme trieb, dem Alkohol, dem Rauschgift. Zwei Dinge hatte er nicht erkannt. Daß er litt, weil er tatsächlich immer mehr dem Wahnsinn verfiel. Und das zweite war, daß jeder Mensch auf dieser Welt leidet und allein ist und das Beste daraus zu machen versucht. Daß man also in der Tat sagen konnte, daß dieses Leben keineswegs das große Geschäft war, beschissene Literatur hin, beschissene Literatur her.

Und dann bekam ich Sorgen aus einer ganz anderen Ecke. Eines Tages erhielt ich in der Redaktion einen Anruf von Pam, Arties Frau. Sie sagte, sie müsse mit mir über eine wichtige Sache reden und sie wolle nicht, daß Artie dabeiwäre. Ob ich sofort kommen könne? Ich fühlte echte Angst in mir aufsteigen. Unbewußt machte ich mir stets Sorgen um Artie. Er war so schwächlich und sah immer müde aus. Bei seinem zarten Körper zeigten sich die Folgen körperlicher Anstrengung deutlicher als bei anderen. Ich geriet so in Panik, daß ich sie bat, mir gleich am Telefon zu sagen, worum es sich handle. Aber sie wollte nicht. Nein, körperlich sei bei ihm alles in Ordnung, beruhigte sie mich, keinerlei todverheißende ärztliche Diagnosen, sondern ein persönliches Problem, sie und Artie betreffend. Und sie brauche meine Hilfe.

In meiner Selbstsucht fiel mir sofort ein Stein vom Herzen. Offenbar war es ihr Problem und nicht das von Artie. Dennoch verließ ich das Büro früher als sonst und fuhr hinaus nach Long Island. Artie wohnte an der Nordküste, ich an der Südküste. Es war daher kein allzu großer Umweg. Ich dachte mir, ich würde sie anhören und zum Abendessen daheim sein, wenn auch leicht verspätet. Valerie rief ich gar nicht erst an.

Ich fuhr stets gern zu Artie. Er hatte fünf Kinder, aber sie waren alle reizend und hatten viele Freunde, die auch immer da waren, ohne daß es Pam etwas ausgemacht hätte. Sie hatte große Schüsseln mit Eßbarem und literweise Milch in Krügen bereit, um die Schar abzufüttern. Kinder saßen drinnen vor dem Fernseher, Kinder rannten draußen auf dem Rasen umher. Ich sagte Hallo zu ihnen, sie grüßten zurück. Pam zog mich sogleich in die Küche mit dem großen Erkerfenster. Sie hatte Kaffee gemacht und goß mir eine Schale voll. Sie hielt den Kopf die ganze Zeit über gesenkt, blickte plötzlich auf und sagte: „Artie hat eine Freundin."

Trotz fünfmaligem Gebären sah Pam immer noch jung aus, hatte eine gute Figur, lang und schlank, die vor dem ersten Kind fast dürr gewesen war, und ein madonnengleiches Gesicht. Sie stammte aus einer Stadt im Mittelwesten, ihr Vater war Direktor einer kleinen Bank, Artie hatte sie am College kennengelernt. In den letzten drei Generationen hatte keine Frau in ihrer Familie mehr als zwei Kinder gehabt. In den Augen ihrer Eltern war sie wegen ihrer fünf Kinder so etwas wie eine Märtyrerin. Die Eltern konnten es nicht verstehen. Ich aber wußte die Erklärung. Ich hatte Artie einmal danach gefragt, und er hatte gesagt: „Hinter dem Madonnengesicht steckt ein Bärenweib. Und mir ist das nur recht."

Hätte ein anderer so etwas über seine Frau gesagt, ich hätte ihm ordentlich meine Meinung gesagt. „Du Glücklicher", sagte ich nur.

Als Pam jetzt Artie beschuldigte, wurde ich zornig. Ich kannte Artie. Ich wußte, daß es ihm unmöglich war, seine Frau zu betrügen. Daß er niemals die Familie, die er gegründet hatte, und sein Familienglück aufs Spiel setzen würde.

Pam schien in sich zusammengesunken, Tränen standen in ihren Augen. Aber sie forschte in meinem Gesicht. Wenn Artie eine Affäre hatte, dann war ich der einzige, dem er es sagen würde. Sie hoffte, mein Gesichtsausdruck würde es verraten.

„Es ist nicht wahr", sagte ich. „Artie rennen die Weiber dauernd nach, und er haßt es. Er ist der aufrechteste Kerl der Welt. Du weißt, ich würde ihn nicht in Schutz nehmen. Ich würde ihn nicht verpetzen, aber ich würde ihn auch nicht in Schutz nehmen."

„Das weiß ich", sagte Pam. „Aber er kommt mindestens dreimal in der Woche spät heim. Und gestern abend hatte er Lippenstift auf seinem Hemd. Und er führt Telefongespräche, nachdem ich zu Bett gegangen bin, mitten in der Nacht. Ruft er dich an?"

„Nein", sagte ich. Ich fühlte mich plötzlich elend. Es konnte wahr sein. Ich glaubte es noch immer nicht, aber ich mußte es in Erfahrung bringen.

„Und er gibt Geld aus, was er nie getan hat", sagte Pam. „O Scheiße." Sie weinte jetzt.

„Kommt er heute abend zum Essen?" fragte ich. Sie nickte. Ich griff zum Telefonhörer und rief Valerie an, um ihr zu sagen, daß ich bei Artie zu Abend essen würde. Ich tat das zuweilen auf die Eingebung des Augenblicks hin, wenn ich den plötzlichen Wunsch hatte, ihn zu sehen, und Valerie stellte daher keine Fragen. Als ich einhängte, fragte ich Pam: „Hast du genug zu essen auch für mich?"

Sie nickte lächelnd. „Natürlich", sagte sie.

„Ich fange ihn bei der Bahnstation ab", sagte ich. „Wir klären die Sache noch vor dem Essen." Ich trieb die Sache etwas ins Komische und schloß mit den Worten: „Mein Bruder ist unschuldig."

„Aber natürlich", sagte Pam. Aber sie lächelte.

Am Bahnhof, als ich auf den Zug wartete, fühlte ich Mitleid für Pam und Artie, und in diesem Mitgefühl schwang etwas Triumph mit. Ich war es immer gewesen, der rausgehauen werden mußte, und nun mußte ich ihn raushauen. Trotz aller Indizien, dem Lippenstift auf dem Hemd, dem Extrageld, dem späten Heimkommen und den Telefonanrufen, war ich überzeugt, daß Artie im Grunde unschuldig war. Im schlechtesten Fall handelte es sich um ein junges Mädchen, das so beharrlich war, daß er schließlich schwach geworden war. Immer noch konnte ich es nicht glauben. In mein Mitgefühl mischte sich Neid. Ich hatte ihn immer wegen seiner Anziehungskraft auf Frauen beneidet. Und mit einer gewissen Befriedigung sagte ich mir, es sei nicht so übel, häßlich zu sein.

Als Artie ausstieg und mich sah, war er nicht überrascht. Ich hatte ihn schon oft ohne vorherige Anmeldung von der Bahn abgeholt. Mir machte es Freude, und er war stets froh, mich zu sehen. Diesmal aber merkte ich, als ich ihn genau musterte, daß er nicht hocherfreut war.

„Ich werd' verrückt! Was machst du hier?“ rief er. Aber er lächelte und hakte sich unter. Sein Lächeln war das des Kindes Artie.

„Ich bin gekommen, um dich aus dem Dreck zu ziehn“, sagte ich fröhlich. „Pam hat dich endlich ertappt.“

Er lachte. „Bitte, nicht wieder diesen Blödsinn!“ Pams Eifersucht reizte ihn immer zum Lachen.

„Tja“, sagte ich. „Spätes Heimkommen, späte Telefonanrufe, und jetzt auch noch der klassische Beweis: Lippenstift auf dem Hemd.“ Dabei fühlte ich mich großartig, denn schon aus Arties Miene und Gehaben erkannte ich, daß alles ein Irrtum war.

Plötzlich aber setzte sich Artie auf eine der Bänke im Bahnhofsgebäude. Sein Gesicht zeigte Erschöpfung. Ich stand da, blickte auf ihn nieder und fühlte mich ungemütlich.

Artie hob den Kopf. Ein eigenartiger Zug des Bedauerns stand in seinem Antlitz.

„Mach dir keine Sorgen“, sagte ich, „wir kriegen das schon hin.“

Er versuchte zu lächeln. „Merlin der Magier“, sagte er. „Du setzt am besten gleich deinen Zauberhut auf. Setz dich wenigstens.“ Er zündete sich eine Zigarette an. Er raucht zuviel, dachte ich. Ich setzte mich neben ihn. Scheiße. In meinem Gehirn rasten die Gedanken, wie ich die Sache zwischen ihm und Pam regeln könnte. Eines wollte ich auf keinen Fall: ihn oder sie belügen.

„Ich betrüge Pam nicht“, sagte Artie. „Und das ist alles, was ich dir sagen kann und will.“

Ohne Frage, ich glaubte ihm. Er würde mich nie belügen.

„In Ordnung“, sagte ich. „Aber jetzt mußt du auch noch Pam erklären, was los ist, sonst schnappt sie über. Sie hat mich im Büro angerufen.“

„Wenn ich es ihr sage, muß ich es auch dir sagen. Und du willst es nicht hören.“

„Also sag's schon“, drängte ich. „Wo zum Teufel ist da ein Unterschied? Du sagst mir doch immer alles. Was kann schon sein?“

Artie warf die Zigarette auf die Steinfliesen des Bahnsteigs. „Okay“, sagte er. Er legte mir die Hand auf den Arm, und mich durchlief es plötzlich kalt. „Laß mich jetzt reden und unterbrich mich nicht“, sagte er.

„Okay“, sagte ich. Ich legte soviel Wärme wie möglich in meinen Blick. Ich konnte mir immer noch nicht vorstellen, was jetzt kommen würde.

„Seit zwei Jahren habe ich versucht, unsere Mutter ausfindig zu machen. Wer sie ist, wo sie ist und wer wir sind. Vor einem Monat habe ich sie gefunden.“

Ich hatte mich erhoben, seinen Arm weggeschoben. Artie stand ebenfalls auf und versuchte meinen Arm wieder zu ergreifen. „Sie ist Trinkerin“, sagte er. „Sie verwendet einen Lippenstift. Sie sieht gut aus. Aber sie ist einsam. Und sie möchte dich sehen, sagt sie ...“

Ich unterbrach ihn. „Erzähl mir nichts weiter“, sagte ich. „Erzähl mir nie mehr etwas. Du mach, was du willst, aber ich seh' sie höchstens in der Hölle wieder, nicht aber lebend.“

„He, jetzt sei einmal friedlich“, rief Artie. Er versuchte mich am Arm zu ergreifen, doch ich riß mich los und ging zum Wagen. Er folgte mir. Wir stiegen ein, und ich fuhr ihn heim. Ich hatte mich wieder gefangen, und als ich sah, daß er bedrückt dreinsah, sagte ich: „Du sagst es am besten Pam.“

„Das werde ich“, sagte Artie.

Ich hielt vor der Auffahrt.

„Kommst du mit rein zum Abendessen?“ fragte Artie. Er stand vor dem offenen Wagenfenster und streckte den Arm herein und legte ihn mir auf die Schulter.

„Nein“, sagte ich.

Ich sah ihm nach, wie er ins Haus ging und den Rest der Kinderschar mit sich hineinscheuchte. Dann fuhr ich ab. Ich fuhr betont langsam und vorsichtig. Ich hatte mich dazu diszipliniert, gerade in den Fällen besonders vorsichtig zu werden, in denen andere alle Vorsicht beiseite ließen. Als ich heimkam, sah ich an Vallies Gesicht, daß sie bereits wußte, was geschehen war. Die Kinder waren schon im Bett, und sie hatte mir auf dem Küchentisch das Abendessen angerichtet. Während ich saß und sie eben mal zum Herd mußte, ließ sie im Vorbeigehen ihre Hand über meinen Nacken gleiten. Dann saß sie mir gegenüber, wir tranken Kaffee, und sie wartete darauf, daß ich zum Thema käme. Dann fiel ihr etwas ein. „Pam will, daß du sie anrufst.“

Ich rief an. Pam versuchte sich bei mir zu entschuldigen, weil sie solchen Mist gebaut hatte. Ich sagte, es wäre kein Mist gewesen und ob sie sich nun, da sie die Wahrheit wisse, besser fühle. Pam kicherte. „Jesus, fast wäre mir lieber, es hätte sich um eine Freundin gehandelt." Sie war aufgekratzt, unsere Rollen waren vertauscht, jetzt tat es ihr leid, daß ich es war, der Hilfe brauchte. Ich sagte, sie solle sich keine Sorgen machen.

Stockend kam es jetzt. „Merlin, es ist doch nicht dein Ernst, daß du sie nicht sehen willst!"

„Glaubt Artie das?" fragte ich.

„Er sagt, er habe es immer gewußt. Er hätte es dir erst gesagt, wenn er sicher sein konnte, daß du in der richtigen Verfassung warst. Wenn nicht ich gewesen wäre. Er ist sauer auf mich, weil ich das Ganze ins Rollen gebracht habe."

Ich mußte lachen. „Sieh einmal", sagte ich, „als böser Tag für dich hat es begonnen und als böser Tag für ihn endet es. Er ist die geschädigte Partei. Besser er als du."

„Sicher", sagte Pam. „Aber hör zu, es tut mir wirklich leid für dich."

„Es hat überhaupt nichts mit mir zu tun", sagte ich.

Und Pam sagte okay und hängte ein.

Valerie wartete schon. Sie sah mich eindringlich an. Sie war von Pam und vielleicht auch von Artie mit Verhaltensmaßregeln versehen worden und wollte sehr vorsichtig zu Werke gehn. Aber sie hatte natürlich nichts begriffen. Sie und Pam waren wirklich gute Ehefrauen, aber sie verstanden nicht unsere Lage. Ihrer beider Eltern hatten sich mit Händen und Füßen dagegen gewehrt, daß sie Waisen mit unbekanntem Stammbaum heirateten. Ich konnte mir vorstellen, welche Horrorgeschichten man ihnen über ähnliche Fälle aufgetischt hatte. Was, wenn es in der Familie Geisteskrankheiten oder Degenerationserscheinungen gegeben hatte? Oder Negerblut, jüdisches Blut, Protestantenblut und all den Blödsinn. Nun hatten wir ein Beweisstück in Händen, jetzt, da keiner es mehr brauchte. Pam und Valerie mochten über Arties Sentimentalität nicht allzu glücklich sein, darüber, daß er sozusagen das „missing link" der Familie aus dem Boden grub.

„Willst du, daß sie herkommt, damit sie unsere Kinder sieht?" fragte Valerie.

„Nein", sagte ich.

Valerie war bestürzt und etwas erschrocken. Sie dachte wohl an die Möglichkeit, daß ihre Kinder sie einmal verstoßen könnten.

„Sie ist deine Mutter. Sie muß ein sehr unglückliches Leben geführt haben."

„Weißt du überhaupt, was das Wort Waise bedeutet?" sagte ich. „Hast du je gelesen, was darüber im Konversationslexikon steht? Es ist darunter ein Kind zu verstehen, das seine Eltern durch den Tod verloren hat. Oder ein kleines Tier, das die Mutter verloren hat oder von ihr verlassen worden ist. Such dir aus, welche Bedeutung dir lieber ist."

„Okay", sagte Valerie. Ich hatte ihr einen echten Schrecken eingejagt. Sie ging, um nach den Kindern zu sehen, und richtete danach die Betten im Schlafzimmer für die Nacht. Ich blieb gewöhnlich lange auf, um zu lesen oder Notizen zu machen, und wenn ich dann zu Bett ging, schlief sie bereits fest.

Nach zwei Monaten war alles vorbei. Artie rief mich eines Tages an und teilte mir mit, daß seine Mutter wieder verschwunden sei. Wir vereinbarten ein Treffen in einem Restaurant in der Stadt, wo wir die Sache unter uns besprechen könnten. Vor unseren Frauen konnten wir nicht darüber reden, so als handelte es sich um eine peinliche Angelegenheit. Artie schien heiter. Er sagte mir, sie habe eine Nachricht hinterlassen. Sie habe viel getrunken und sei in Lokale gegangen, um sich Männer zu angeln, erzählte er weiter. Er habe sie eigentlich gemocht, ihr das Trinken abgewöhnt, ihr neue Kleider gekauft, eine Wohnung gemietet und sie regelmäßig finanziell unterstützt. Sie habe ihm erzählt, wie damals alles passiert sei. Sie wäre wirklich nicht schuld daran.

An diesem Punkt unterbrach ich ihn. Ich wollte es nicht hören. „Wirst du sie wieder suchen?" fragte ich.

Artie lächelte wehmütig. „Nein", sagte er. „Weißt du, die Sache fraß selbst heute noch an ihr. Sie wollte mich gar nicht um sich haben. Zuerst, nachdem ich sie gefunden hatte, spielte sie die Rolle, die ich von ihr erwartete, wahrscheinlich aus einem Gefühl der Schuld heraus und in der Hoffnung, sie könne es mir recht machen, wenn sie zuließe, daß ich mich um sie kümmerte. Aber eigentlich paßte es ihr nicht. Das machte sie mir sogar einmal deutlich, um, wie ich glaube, dem Ganzen etwas mehr Spannung zu geben." Er lachte. „Ich wollte, daß sie uns besuche, aber sie lehnte es stets ab. Auch gut."

„Und wie hat Pam die Sache aufgenommen?" fragte ich.

Artie lachte laut. „Jesus, sie war sogar eifersüchtig auf meine Mutter. Als ich ihr sagte, die Geschichte sei zu Ende, da hättest du den Ausdruck der Erleichterung auf ihrem Gesicht sehen sollen. Eines muß ich dir sagen, Bruderherz, du hast beim Anhören dieser Neuigkeit nicht einmal mit den Ohren gewackelt."

„Weil es mir so oder so scheißegal ist."

„Jaa, jaa", sagte Artie, „ich weiß. Macht ja nichts. Ich glaube auch nicht, daß sie dir ans Herz gewachsen wäre."

Sechs Monate darauf hatte Artie eine Herzattacke. Eine nicht so arge zwar, aber er lag doch einige Wochen im Krankenhaus und blieb einen weiteren Monat von der Arbeit weg. Ich besuchte ihn täglich, und er behauptete steif und fest, es handele sich bloß um eine Unpäßlichkeit, einen Fall ohne Bedeutung.

Ich setzte mich in die Bibliothek und las alles nach, was ich über Herzattacken finden konnte. Auf diese Weise erfuhr ich, daß seine Reaktion normal war und daß sich die Krankheitsfälle sehr oft tatsächlich als so harmlos erwiesen, wie die Kranken behaupteten. Pam jedenfalls war in Panikstimmung. Als Artie aus dem Krankenhaus war, setzte sie ihn auf strengste Diät, entfernte jede Zigarette im Haus und hörte zu rauchen auf, um ihm das Abgewöhnen zu erleichtern. Er tat es, wenn auch unter Schwierigkeiten. Und vielleicht weil die Herzsache ihm doch Angst machte, gab er nun acht auf sich. Er machte die ihm vom Arzt verordneten langen Spaziergänge, aß genau nach Vorschrift und rührte Rauchzeug nicht mehr an. Sechs Monate später sah er besser aus als je zuvor, und Pam und ich tauschten keine ängstlichen Blicke mehr, wenn er das Zimmer verließ.

„Ich danke Gott, daß er das Rauchen aufgegeben hat", sagte Pam. „Drei Päckchen am Tag, das mußte ihn ja schaffen."

Ich nickte, aber glaubte ihr nicht. Ich war immer davon überzeugt, es wären die zwei Monate gewesen, in denen er versucht hatte, die Mutter zurückzugewinnen.

Kaum war Artie aus dem Schneider, geriet ich in Schwierigkeiten. Ich verlor meinen Job bei der Literaturbeilage. Nicht aus eigenem Verschulden, sondern weil man Osano feuerte und mich als seine rechte Hand mit ihm.

Osano hatte alle Stürme überdauert: seine offen gezeigte Mißachtung der mächtigsten literarischen Zirkel des Landes, die politische Intelligenzia, die kulturellen Fanatiker, die Liberalen, die Konservativen, Women's Lib, die Radikalen, seine sexuellen Eskapaden, seine Spielleidenschaft, die Benützung seiner Position als Plattform zur Erlangung des Nobelpreises. Plus einem Sachbuch zur Verteidigung der Pornographie – nicht weil diese eine befreiende Wirkung auf die Gesellschaft habe, wie er darin ausführte, sondern weil sie sozusagen das antielitäre Vergnügen für die Armen im Geiste darstelle. Für alles das würden die Herausgeber ihn längst gefeuert haben, hätte sich nicht die Auflage verdoppelt, seit er die Chefredaktion übernommen hatte.

Ich hatte inzwischen ein nettes Einkommen. Ich schrieb viele Artikel für Osano. Ich konnte seinen Stil täuschend nachahmen, so daß es mir genügte, wenn er mir fünfzehn Minuten lang seine stets auf brillante Art verrückten Ansichten über ein bestimmtes Problem vortrug, um den Artikel abfassen zu können. Nachher überlas er ihn, setzte ihm ein paar Lichter auf, und wir teilten uns das Honorar. Und dieses halbe Honorar war immer noch doppelt so hoch wie das, das man mir für einen Artikel zahlte.

Aber selbst das schaffte ihn nicht. Seine Exfrau Wendy besorgte das. Obzwar es unfair wäre, ihr die alleinige Schuld zuzuschieben. Sie reichte ihm nur das Messer. Er erledigte die Arbeit dann selber.

Osano war vier Wochen in Hollywood gewesen, während welcher ich das Blatt für ihn redigierte. Er führte irgendeine Filmsache zu Ende, und wir bedienten uns eines fliegenden Kuriers, der ihm jeweils Artikel zur Genehmigung vorlegte, bevor ich sie dann erscheinen ließ. Als Osano schließlich nach New York zurückkehrte, gab er für alle seine Freunde eine Party, um seine Heimkehr und den Happen Geld, den er in Hollywood verdient hatte, zu feiern.

Die Party fand in der Wohnung in der East Side statt, wo seine letzte Frau mit den ihrer beider Ehe entsprossenen drei Kindern lebte. Er selbst bewohnte nur eine Garçonnière im Village, zu klein für eine Party dieser Größenordnung. Mehr konnte er sich auch gar nicht leisten.

Ich ging hin, weil er darauf bestand. Valerie kam nicht mit. Sie mochte Osano nicht, und sie mochte keine Partys außerhalb ihres Familienkreises. In den Jahren war es zwischen uns zu einem unausgesprochenen Agreement gekommen. Jeder ließ sich bei den Partys, die der andere besuchte, entschuldigen. Die Ausrede für mich lautete, ich sei mit meinem Roman und meiner Arbeit als freier Schriftsteller beschäftigt; die ihre, sie habe die Kinder zu beaufsichtigen und traue keinem Babysitter. Beide waren wir froh über dieses Arrangement, wiewohl sie mehr davon profitierte, denn ich hatte keinerlei gesellschaftlichen Umgang, es sei denn mit meinem Bruder, und ansonsten nur meine Arbeit für die Literaturbeilage.

Wie dem auch sei, Osanos Party war *das* literarische Ereignis New Yorks. Die Top-Leute von der „New York Times Book Review“ kamen, die Kritiker fast aller Zeitschriften und jene

Autoren, mit denen Osano noch auf freundschaftlichem Fuße stand. Ich saß in einer Ecke und plauderte mit Osanos Letztverflossener, als ich Wendy hereinkommen sah und mir blitzschnell in den Kopf schoß, daß das Ärger bedeutete. Denn sie war gar nicht eingeladen worden, das wußte ich.

Osano bemerkte sie zugleich mit mir und ging ihr mit dem eigenartig hinkenden Gang der letzten Monate entgegen. Er war leicht betrunken, und da ich fürchtete, er könnte die Nerven verlieren, eine Szene machen oder sonst was Verrücktes anstellen, erhob ich mich und gesellte mich zu ihnen. Ich kam gerade zurecht, um Osanos Begrüßungsworte zu hören.

„Wozu kreuzt du hier auf?" Er konnte schrecklich sein in seinem Zorn, aber Wendy, das wußte ich von ihm, war die einzige Person, die es geradezu genoß, wenn er wild wurde.

Wendy trug Jeans und einen Pulli und hatte einen Schal um ihre Stirn gewunden. Ihr schmales Gesicht bekam dadurch medeenhafte Züge, und ihre schwarzen Ringellocken kräuselten sich gleich Schlangen unter dem Schal hervor.

Sie sah Osano wortlos an. In ihrem Blick standen Triumph und Haß zugleich. Sie sah in die Runde, schien all den literarischen Glanz, von dem Osano sie ausgesperrt hatte, förmlich in sich hineinzutrinken, und ließ schließlich ihre Augen mit höchster Befriedigung auf ihm ruhen. Dann sagte sie: „Ich habe dir etwas Wichtiges mitzuteilen."

Osano leerte sein Glas. Er grinste sie böse an. „Dann sag es und dampfe wieder ab."

Wendy sagte ernst: „Es ist eine schlechte Nachricht."

Osano lachte röhrend. Er schien richtig erheitert. „Du bist die schlechte Nachricht in Person", sagte er und lachte weiter.

Wendy beobachtete ihn mit Befriedigung. „Ich muß es dir unter vier Augen sagen."

„Du liebe Scheiße", sagte er. Aber er wußte, Wendy würde mit Vergnügen eine Szene machen. Also führte er sie hinauf ins Arbeitszimmer. Später kam mir der Gedanke, er habe sie mit Absicht nicht in eins der Schlafzimmer geführt, aus Angst, er könnte sie in plötzlichem Verlangen auf ein Bett werfen und vögeln wollen, so stark war noch die Wirkung, die ihr Körper auf ihn ausübte. Und er wußte, es würde ihr Vergnügen machen, sich ihm zu verweigern. Aber es war dennoch ein Fehler, sie ins Arbeitszimmer zu führen. Es war sein Lieblingsraum, der immer noch ihm und seiner Arbeit vorbehalten war. Er hatte ein riesiges

Fenster, aus dem er während der Arbeit hinauszuschauen und die Vorgänge unten auf der Straße zu verfolgen pflegte.

Ich hielt mich am Fuß der Treppe auf. Ich weiß nicht, weshalb. Irgendwie spürte ich, daß Osano Hilfe brauchen würde. Und so war ich auch der erste, der Wendys Angstschrei hörte und darauf reagierte. Ich rannte die Stufen hoch und stieß die Tür des Arbeitszimmers mit einem Tritt auf.

Ich kam gerade zur rechten Zeit, um zu sehen, wie Osano Wendy packte. Sie schlug mit beiden Armen wild auf ihn ein, um ihn abzuwehren. Ihre knochigen Hände waren gekrümmt, die Finger krallenhaft gestreckt. Sie versuchte, ihm das Gesicht zu zerkratzen. Sie hatte Angst, aber sie genoß es auch, das sah man. Osano blutete aus zwei langen Rissen an der rechten Wange. Noch ehe ich ihn zurückhalten konnte, hatte er Wendy ins Gesicht geschlagen, so daß sie gegen ihn taumelte. Mit einer unglaublich raschen Bewegung packte er sie, hob sie wie eine gewichtlose Puppe hoch und schleuderte sie mit furchtbarer Gewalt durch die Scheibe des großen Fensters. Das Glas zersplitterte, und Wendy fiel auf das Pflaster der Straße hinab.

Ich weiß nicht, was mich mehr entsetzte, Wendys zarter Körper, wie er durch die berstende Scheibe flog, oder Osanos von Wut entstelltes Gesicht. Ich rannte aus dem Zimmer, rief den Gästen zu: „Telefoniert nach einem Rettungswagen!" Im Vorraum griff ich mir einen Mantel und rannte damit auf die Straße.

Wendy lag wie ein Insekt mit gebrochenen Beinen da. Sie versuchte sich auf Armen und Beinen aufzurichten, schaffte es aber nur bis in kniende Stellung. Wie eine Spinne sah sie aus, die Gehversuche machte. Dann sank sie wieder zu Boden.

Ich kniete neben ihr nieder und deckte sie mit dem Mantel zu. Ich zog mein Jackett aus und schob es ihr unter den Kopf. Sie hatte Schmerzen, aber es floß kein Blut aus Mund oder Ohren, und auch die Augen blickten nicht hinter jenem Schleier, den ich während des Krieges als Zeichen nahenden Todes kennengelernt hatte. Ihr Gesicht war zur Ruhe gekommen. Ich hielt ihre Hand. Sie war warm. Sie richtete ihren Blick auf mich. „Sie werden wieder okay", sagte ich. „Ein Ambulanzwagen ist unterwegs. Sie werden wieder okay."

Sie lächelte. Jetzt sah sie schön aus, und zum ersten Mal begriff ich, weshalb sie so große Anziehungskraft auf Osano ausübte. Sie hatte Schmerzen, aber jetzt grinste sie tatsächlich. „Diesmal hab' ich dem Schwein einen Blattschuß verpaßt", sagte sie.

Im Krankenhaus stellte man einen Zehenbruch und einen Bruch des Schlüsselbeins fest. Sie war bei Bewußtsein und konnte eine klare Aussage machen, und die Polizisten holten Osano ab. Ich rief seinen Rechtsanwalt an. Er schärfte mir ein, möglichst den Mund zu halten, er würde die Sache allein regeln. Er kannte Wendy und Osano seit langem und durchschaute die Dinge besser als ich. Er sagte mir, ich solle bleiben, wo ich war, bis er anriefe.

Unnötig zu erwähnen, daß sich die Gesellschaft auflöste, nachdem Kriminalbeamte einige der Anwesenden, mich inbegriffen, ausgefragt hatten. Ich sagte, ich hätte nur gesehen, wie Wendy durch die Scheibe flog. Nein, Osano hätte ich nicht neben ihr stehen gesehen. Und damit gaben sie sich zufrieden. Osanos Exfrau gab mir einen Drink und setzte sich neben mich aufs Sofa. Ein kleines, amüsiertes Lächeln spielte um ihren Mund. „Ich habe gewußt, daß das einmal passieren würde“, sagte sie.

Es dauerte fast drei Stunden, bis der Anwalt anrief. Er sagte, er habe Osano gegen Kaution freigekriegt, aber es wäre anzuraten, daß jemand ein paar Tage mit ihm verbringe. Osano würde in seine Garçonnière im Village gehen. Ob ich nicht mit ihm dorthin gehen könnte, um ihm die Presse vom Leib zu halten. Ich sagte ja. Daraufhin gab der Anwalt mir eine kurze Darstellung der Lage. Osano hatte ausgesagt, Wendy habe ihn angegriffen, worauf er sie weggestoßen habe, sie habe das Gleichgewicht verloren und sei durch das Fenster gestürzt. Der Anwalt war sicher, er werde Wendy dazu bringen, diese Aussage zu bestätigen, schon in ihrem eigenen Interesse. Denn wenn Osano ins Gefängnis mußte, verlor sie den Unterhaltsbeitrag für sich und die Kinder. Alles würde sich glätten, wenn nur Osano davon abgehalten werden könnte, etwas Dummes zu sagen. Osano werde in einer Stunde in seiner Wohnung sein, er, der Anwalt, bringe ihn persönlich dorthin.

Ich verließ die Wohnung in der East Side und nahm ein Taxi zum Village. Ich setzte mich unter das Vordach des Hauses und wartete, bis die von einem Chauffeur gelenkte Limousine des Anwalts angerollt kam. Osano stieg aus.

Er sah schrecklich aus. Die Augen traten ihm aus den Höhlen, seine Haut war kalkweiß. Er ging an mir vorbei, und ich folgte ihm in die Liftkabine. Er zog die Schüssel heraus, aber seine Hände zitterten, und so mußte ich den Lift in Gang setzen.

Als wir seine winzige Garçonnière betraten, warf er sich auf eine Couch, die zugleich sein Bett war. Er hatte bis jetzt kein Wort gesprochen. Er lag da, bedeckte das Gesicht mit beiden Händen, nicht aus Verzweiflung, sondern weil er total erschöpft war. Ich sah mich in der winzigen Wohnung um. Osano, der Welt berühmtester Schriftsteller, lebt in diesem Loch, dachte ich. Aber er wohnte fast nie hier. Meist war er in seinem Haus in den Hamptons oder oben in Provincetown – wenn er nicht gerade mit einer reichen geschiedenen Frau zusammen lebte und ihr Liebhaber für einige Monate war.

Ich setzte mich in den verstaubten Armsessel und schob einen Bücherstapel mit dem Fuß in die Ecke. „Ich habe den Bullen gesagt, daß ich nichts gesehen habe", erklärte ich.

Osano setzte sich auf und nahm die Hände von seinem Gesicht. Zu meinem Erstaunen feixte er mich an.

„Mann, hast du sie durch die Luft fliegen gesehen? Ich habe immer gesagt, sie ist eine Hexe. Ich warf sie gar nicht mit so viel Kraft. Die flog von allein."

Ich starrte ihn an. „Ich glaube, du bist völlig übergeschnappt", sagte ich. „Vielleicht solltest du zum Arzt gehen." Ich sprach mit schneidender Schärfe. Immer noch sah ich Wendy vor mir, wie sie auf dem Pflaster lag.

„Scheiße, die kommt wieder in Ordnung", sagte Osano. „Und du fragst mich gar nicht, warum ich's tat. Oder glaubst du, ich werfe alle meine Exfrauen zum Fenster hinaus?"

„Für so etwas gibt es keine Entschuldigung", sagte ich.

Osano grinste. „Du kennst Wendy nicht. Ich wette zwanzig Riesen, wenn ich dir sage, was sie mir oben im Zimmer mitteilte, daß du sagen wirst, du hättest an meiner Stelle das gleiche getan."

„Die Wette gilt", sagte ich. Ich ging ins Bad, feuchtete ein Handtuch an und warf es ihm zu. Er wischte sich damit Nacken und Gesicht ab und stöhnte vor Vergnügen, als das kühle Naß seine Haut erfrischte.

Osano stützte sich auf die Ellbogen. „Sie erinnerte mich daran, daß sie mich in Briefen mehrmals um Geld für unseren Jungen gebeten hatte. Natürlich schickte ich ihr keins, weil ich wußte, sie würde es für sich verwenden. Dann sagte sie, sie habe mich, solange ich in Hollywood gewesen sei, nicht damit belasten wollen, daß der Kleine an spinaler Kinderlähmung erkrankt sei und sie ihn mangels an Geld in den Armentrakt des Städtischen Krankenhauses habe bringen lassen müssen. Du weißt, worum's der verdammten Schickse ging. Sie rief mich nicht an, weil sie wollte, daß der ganze Scheiß mir auf den Kopf fällt, daß ich allein die Schuld habe."

Ich wußte, daß Osano alle seine Kinder aus seinen verschiedenen Ehen gern hatte. Mich erstaunte das bei ihm. Er schickte ihnen immer Geschenke zum Geburtstag und holte sie in den Sommerferien zu sich. Und er kam von Zeit zu Zeit vorbei und nahm sie ins Theater, zum Abendessen oder zu einer Sportveranstaltung mit. Deshalb wunderte mich, daß er jetzt gar nicht in Sorge war wegen seines kranken Jungen. Er erriet meine Gedanken.

„Das Kind hatte nur hohes Fieber, irgendeine Infektion des Atmungstraktes. Während du deinen ritterlichen Pflichten nachkamst, rief ich im Krankenhaus an, noch bevor die Polizisten kamen. Man sagte mir, es bestehe keinerlei Gefahr. Dann rief ich meinen Arzt an, und er läßt den Jungen in ein Privatkrankenhaus überführen. Alles ist also okay."

„Willst du, daß ich hierbleibe?" fragte ich ihn.

Osano schüttelte den Kopf. „Ich muß nach dem Jungen sehen und mich um die anderen Kinder kümmern, denen ich die Mutter genommen habe. Aber morgen ist das Biest garantiert wieder da."

Bevor ich ihn verließ, stellte ich ihm noch eine Frage. „Als du sie aus dem Fenster warfst, war dir da bewußt, daß das Zimmer nur eine Etage über dem Straßenniveau liegt?"

Er feixte wieder. „Sicher", sagte er. „Und außerdem, ich hätte mir nicht vorgestellt, daß sie so weit fliegen würde. Ich sage dir, sie ist eine Hexe."

Alle New Yorker Zeitungen brachten es am nächsten Tag auf der ersten Seite. Osano war für eine solche Sonderbehandlung noch berühmt genug. Da Wendy nicht auf eine gerichtliche Verfolgung des Tatbestandes drängte, mußte er wenigstens nicht in den Knast gehen. Sie sagte aus, möglicherweise sei sie gestolpert und durchs Fenster gestürzt. Aber das war am nächsten Tag, und der Schaden war nun mal angerichtet. Osano wurde veranlaßt, freiwillig seinen Posten als Chefredakteur zu verlassen, und ich ging mit ihm. Ein humorig sein wollender Kolumnist stellte die Überlegung an, daß Osano, falls er den Nobelpreis bekäme, der erste Nobelpreisträger sein würde, der seine Frau aus dem Fenster geworfen habe. Aber die Wahrheit war, daß jedermann wußte, daß diese kleine Komödie alle diesbezüglichen Hoffnungen Osanos zunichte machte. Man verlieh den hehren Nobelpreis nicht einem unseriösen Mann wie Osano. Und Osano machte die Dinge dadurch nicht besser, daß er einige Zeit darauf einen satirischen Aufsatz schrieb, in dem er sich über die besten Möglichkeiten verbreitete, die eigene Frau umzubringen.

Jetzt hatten wir beide ein Problem. Ich mußte sehen, wie ich mich als freier Schriftsteller durchs Leben schlug; er mußte irgendwo für einige Zeit untertauchen, wo die Reporter ihn nicht aufspüren konnten. Sein Problem konnte ich lösen. Ich rief Cully in Las Vegas an und erklärte ihm, was geschehen sei. Ich fragte Cully, ob er Osano für ein paar Wochen im Xanadu unter Verstau nehmen könne. Ich wußte, daß ihn dort niemand suchen würde. Und Osano war einverstanden. Er war noch nie in Las Vegas gewesen.

26

Nachdem Osano in Vegas in sicherem Gewahrsam war, konnte ich mich meinen Problemen zuwenden. Ich hatte keinen Job, und so nahm ich so viele Aufträge entgegen, wie nur möglich. Ich schrieb Buchbesprechungen für das „Time"-Magazin und für die „New York Times", und Osanos Nachfolger gab mir ebenfalls Arbeit. Aber es war mir zu nervenaufreibend. Nie wußte ich, wieviel Geld ich eigentlich verdiente. Also beschloß ich, mich mit ganzer Kraft auf meinen Roman zu werfen und zu hoffen, er würde mir eine Menge Geld bringen.

In den nächsten zwei Jahren verlief mein Leben karg und einfach. Zwölf bis fünfzehn Stunden im Tag verbrachte ich am Schreibtisch. Ich ging mit meiner Frau in den Supermarkt einkaufen, badete sonntags mit meinen Kindern am Jones Beach, damit Valerie sich erholen könne. Manchmal nahm ich um Mitternacht Dexamyl-Tabletten, um mich bis drei oder vier wachzuhalten.

Während dieser Zeit traf ich mich einige Male mit Eddie Lancer in New York zum Abendessen. Eddie hatte sich nun ganz auf das Schreiben von Drehbüchern verlegt und saß daher in Hollywood. Romane würde er wohl keine mehr schreiben. Er genoß das Leben dort, die Frauen, das Geld und schwor, nie mehr einen Roman anzufangen. Vier seiner Drehbücher waren Filmerfolge geworden, und er war nun sehr gefragt. Er bot mir an, falls ich Lust hätte, an die Westküste zu gehen, mir einen Job als sein Mitarbeiter zu verschaffen, und ich sagte nein. Ich sah mich nicht im Filmgeschäft. Nach den komischen Geschichten zu schließen, die er mir erzählte, war Hollywood für einen Schreiber kein reines Vergnügen. Man war kein Künstler mehr, eher ein Übersetzer der Ideen anderer.

In diesen zwei Jahren sah ich Osano etwa einmal im Monat. Er war eine Woche in Vegas geblieben und dann verschwunden. Cully rief mich an und beklagte sich darüber, daß Osano nicht nur abgehauen, sondern seine Hauptfreundin mitgenommen habe, ein Mädchen namens Charlie Brown. Cully war nicht empört gewesen, lediglich erstaunt. Das Mädchen, berichtete er, sei schön, mache unter seinem Schutz und Schirm eine Menge Geld in Vegas, führe ein Leben im Luxus und habe nun alles hingeschmissen wegen eines fetten alten Schriftstellers, der nicht nur einen Bierbauch habe, sondern auch der verrückteste Kerl sei, dem Cully je begegnet wäre.

Ich sagte Cully, ich stünde nun weiter in seiner Schuld und sollte ich die beiden in New York sehen, würde ich ihr eine Flugkarte nach Vegas kaufen.

„Sag ihr bloß; sie soll sich melden", sagte Cully. „Sag ihr, daß ich sie vermisse, daß ich sie liebe. Sag ihr, was dir dazu einfällt. Ich möchte sie zurückhaben. Für mich ist das Mädchen ein Vermögen wert."

„Okay", sagte ich. Aber wenn ich Osano traf, war er stets allein und sah nicht gerade aus, als ob er imstande wäre, sich die Anhänglichkeit eines Mädchens mit den von Cully geschilderten Vorzügen zu erhalten.

Es ist immer seltsam, von jemandes plötzlichem Ruhm zu hören, dem kometenhaften Aufstieg einer Karriere. Damit verglichen, verlief meine Erfolgsbahn überraschend zahm.

Zwei Jahre hatte ich wie ein Einsiedler gelebt, dann war das Buch fertig, ich schickte es an meinen Verleger und vergaß die Sache. Einen Monat darauf rief mich mein Lektor an, ich solle sofort nach New York hineinfahren, sie hätten die Taschenbuchrechte für mehr als eine halbe Million Dollar verkauft. Ich war starr vor Staunen, konnte nichts sagen. Alle – mein Lektor, mein Agent, Osano, Cully – hatten mich davor gewarnt, ein Buch über Kidnapping zu schreiben, in dem der Kidnapper der Held ist. Ein solches Buch würde bei der Masse nicht ankommen. Ich drückte dem Lektor gegenüber mein Erstaunen aus, und er sagte: „Sie haben eine so großartige Story geschrieben, daß das Thema selbst keine Rolle mehr spielt."

Als ich heimkam und Valerie erzählte, was geschehen sei, tat sie nicht überrascht. Sie sagte bloß: „Wir können ein größeres Haus kaufen. Die Kinder wachsen heran und brauchen mehr Raum." Und dann ging das Leben normal weiter, abgesehen davon, daß Valerie in nur zehn Minuten Entfernung von ihren Eltern ein Haus fand, wir es kauften und einzogen.

Inzwischen war der Roman erschienen. Er kam auf alle Bestsellerlisten des Landes, war wirklich ein Verkaufserfolg, ohne daß das mein Leben in irgendeiner Weise verändert hätte. Das lag, wie ich erkannt hatte, daran, daß ich so wenig Freunde hatte. Da war Cully, da war Osano, und da war Eddie Lancer. Und das war schon alles. Mein Bruder Artie war natürlich mächtig stolz auf mich und wollte eine große Party geben, bis ich ihm sagte, er könne das tun, aber ich würde nicht hinkommen. Was mich echt bewegte, das war eine große Besprechung von Osano, die in der Literaturbeilage auf der ersten Seite erschien. Er lobte mich da, wo ich es verdiente, und wies auf Schwächen hin, wo es welche gab. Auf seine übliche Weise überbewertete er das Buch, weil ich ein Freund von ihm war. Und dann, natürlich, begann er von sich zu reden und von seinem im Enstehen begriffenen Roman.

Ich rief ihn in seiner Wohnung an, aber es hob niemand ab. Hierauf schrieb ich ihm und bekam Antwort. Wir trafen uns in New York zu einem Abendessen. Er sah furchtbar aus. Aber er hatte eine wunderschöne, mondäne Blondine mitgebracht, die kaum ein Wort herausbrachte, dafür mehr aß als wir beide zusammen. Er stellte sie mir als „Charlie Brown" vor, und da wußte ich, sie war Cullys Freundin. Aber ich richtete ihr Cullys Botschaft nicht aus. Warum sollte ich Osano kränken?

An einen netten Vorfall erinnere ich mich stets. Ich sagte zu Valerie, sie solle sich Kleider kaufen gehen, ich würde inzwischen die Kinder beaufsichtigen. Sie nahm einige Freundinnen mit und kam mit einem Arm voll Paketen heim.

Ich saß über einem neuen Buch, fand aber nicht so recht den Faden, und so ließ ich mir zeigen, was sie gekauft hatte. Sie machte ein Päckchen auf und zeigte mir ein gelbes Kleid.

„Es hat neunzig Dollar gekostet", sagte Valerie. „Stell dir vor! Neunzig Dollar für ein Sommerkleid!"

„Es sieht wunderbar aus", sagte ich pflichtschuldig.

Sie hielt es sich an den Körper. „Weißt du", sagte sie, „ich konnte mich nicht entschließen, ob ich das grüne oder das gelbe nehmen sollte. Dann entschied ich mich für das gelbe. Gelb steht mir besser, nicht wahr?"

Ich mußte lachen. „Liebling, ist dir gar nicht der Gedanke gekommen, beide zu kaufen?"

Sie sah mich verblüfft an und lachte dann ebenfalls.

Und ich sagte: „Du kannst dir ein gelbes, ein grünes, ein blaues und ein rotes kaufen."

Wir lächelten einander an und wußten in diesem Augenblick,

daß wir in eine neue Lebensphase getreten waren. Unterm Strich fand ich, war Erfolg nicht so interessant oder befriedigend, als ich erwartet hatte. Wie üblich in solchen Fällen, las ich Bücher über dieses Thema und erfuhr, daß mein Fall in der Tat nicht ungewöhnlich war. Da kämpften Männer jahrelang darum, die höchsten Höhen des Erfolges zu erklimmen, und begingen den Tag ihres Triumphes damit, daß sie sich aus dem Fenster stürzten.

Es war Winter, und ich beschloß, mit meiner Familie Urlaub in Puerto Rico zu machen. Zum erstenmal in unserer Ehe konnten wir uns so etwas leisten. Meine Kinder waren nie in einem Feriencamp gewesen.

Wir genossen das Baden, die Hitze, die fremde Umgebung und das ungewohnte Essen, waren fasziniert davon, am Morgen den kalten Winter zurückzulassen und am Nachmittag bereits unter brütender Sonne von sanfter Meeresbrise umweht zu werden. Am Abend nahm ich Valerie ins Spielcasino des Hotels mit, während unsere Kinder in der Halle in Korbsesseln brav unsere Rückkehr erwarteten. Alle fünfzehn Minuten rannte Valerie hinaus, um nachzusehen, ob ihnen nichts passiert sei, und am Ende ging sie mit ihnen hinauf in unsere Suite, und ich spielte bis vier Uhr früh weiter. Jetzt, da ich reich war, hatte ich natürlich Glück und gewann ein paar tausend Dollar, und komischerweise machte mir der Spielgewinn mehr Freude als der Erfolg als Autor und das viele Geld, das ich bis jetzt an dem Buch verdient hatte.

Als wir heimkamen, erwartete mich eine noch größere Überraschung. Ein Filmstudio, die „Malomar Films", hatte 100.000 Dollar für die Filmrechte bezahlt und weitere 50.000 plus Spesen ausgesetzt, wenn ich nach Hollywood ginge, um das Drehbuch zu schreiben.

Ich besprach es mit Valerie. Ich wollte keine Drehbücher schreiben. Ich sagte, ich würde die Filmrechte wohl verkaufen, aber den Drehbuchvertrag nicht unterzeichnen. Ich dachte, es würde sie freuen. Statt dessen sagte sie: „Ich glaube, es wäre gut für dich, hinüberzufahren. Du wirst dort neue Menschen kennenlernen, und das kann dir nicht schaden. Du weißt, daß ich mir manchmal Gedanken darüber mache, weil du so ein Einzelgänger bist."

„Wir könnten alle übersiedeln", warf ich ein.

„Nein", sagte Valerie. „Ich bin hier glücklich, wo ich meine Familie habe. Wir können die Kinder nicht einfach aus der Schule nehmen, und ich will nicht, daß sie in Kalifornien aufwachsen."

Wie viele Leute in New York betrachtete Valerie Kalifornien als exotischen Außenposten der Vereinigten Staaten, wo es nur so von Rauschgiftsüchtigen, Mördern und verrückten Sektierern wimmelte, die jeden Katholiken, der ihnen über den Weg lief, niederschossen.

„Der Vertrag läuft für die Dauer von sechs Monaten", sagte ich. „Ich könnte einen Monat dort arbeiten und dann hin und her pendeln."

„Klingt gut", sagte Valerie. „Ein zu Hause berufstätiger Mann ist nervenaufreibend. Frag jede Frau. Es bringt meine Haushaltsführung durcheinander. Bisher konnte ich nichts dagegen sagen, weil du dir ein eigenes Büro nicht hättest leisten können. Jetzt aber kannst du es, und ich will nicht mehr, daß du zu Hause arbeitest. Miete dir etwas, verlasse am Morgen das Haus und komm am Abend wieder. Ich bin sicher, du wirst effektivere Arbeit leisten."

Ich war beleidigt. Das Arbeiten zu Hause hatte mir Freude gemacht, und ich war betroffen, daß sie es nicht so empfand. Das war, glaube ich, auslösendes Moment für meinen Entschluß, das Drehbuch zu meinem Roman zu verfassen. Eine kindische Trotzreaktion. Wenn sie mich nicht zu Hause haben wollte, würde ich gehen und abwarten, wie ihr dann das gefiel. Jeden anderen hätte Hollywood gereizt. Ich fand, es sei ein Ort, über den man gern etwas las, aber ich hätte es nicht einmal als Tourist besuchen mögen.

Ein wichtiger Lebensabschnitt war vorüber. Osano hatte in seiner Besprechung geschrieben: „Alle Autoren, die guten wie die schlechten, sind Helden. Sie kämpfen einen einsamen Kampf, haben den Glauben eines Heiligen. Sie werden öfter besiegt, als sie siegreich sind, und von der mörderischen Welt wird ihnen kein Pardon gegeben. Ihre Stärke läßt bisweilen nach, weshalb fast kein Roman ohne schwache Punkte ist und jedem Kritiker Angriffsflächen liefert; und sie müssen alle Übel der realen Welt, sei es nun die Krankheit ihrer Kinder, die Falschheit ihrer Freunde, die Hintergehungen von seiten ihrer Frauen, beiseite schieben, als gäbe es sie nicht. Unter Mißachtung ihrer Wunden kämpfen sie weiter und hoffen auf das Wunder, von irgendwo frische Energien gespendet zu bekommen."

Solche sentimentalen Formulierungen mißfielen mir, aber ich hatte dennoch das Gefühl, von der Gesellschaft der Helden zu desertieren. Es war mir egal. Von den sentimentalen Anwandlungen der Schreibenden hielt ich nun einmal nichts.

FÜNFTES BUCH

27

Die „Malomar Films", obwohl ein Ableger der „Tri-Culture Studios" des Moses Wartberg, arbeitete auf völlig selbständiger Basis. Sie verfügte über ihr eigenes kleines Filmgelände. Bernard Malomar hatte daher freie Hand für die Gestaltung der geplanten Verfilmung des Romans von John Merlin.

Was Malomar wollte, das war die Produktion guter Filme, was gar nicht leicht war, wenn man Wartbergs „Tri-Culture Studios" im Genick sitzen hatte. Er haßte Wartberg. Sie waren erklärte Feinde, aber Wartberg war selbst als Gegner ein interessanter, unterhaltsamer Partner. Zudem respektierte Malomar Wartbergs Qualitäten als Finanzmann und Manager. Er wußte, reine Filmemacher konnten ohne solche Leute nicht existieren.

Malomar in seiner mit viel Plüsch ausgestatteten Bürosuite am äußersten Ende seines Geländes hatte außer mit Wartberg noch mit einem weit unangenehmeren Quälgeist fertigzuwerden, der ihm den Arsch zerfraß, wenn auch mit einem nicht so tödlichen. Wenn Wartberg, wie Malomar es spaßhaft ausdrückte, der Krebs in seinem Dickdarm war, dann repräsentierte Jack Houlinan die Hämorrhoiden, die einem im Alltag weit mehr zusetzen konnten.

Jack Houlinan, als Vizepräsident für den ganzen PR-Sektor verantwortlich, spielte seine Rolle als PR-Genie mit geradezu tödlicher Selbstgewißheit. Wenn er einen zu irgendeiner Unerhörtheit veranlassen wollte und man lehnte ab, dann sprach er einem mit Begeisterung im Ton das Recht zu solcher Ablehnung zu. Sein Lieblingssatz war dann: „Alles, was Sie sagen, ist für mich okay. Ich würde nie, wirklich nie, Sie zu etwas überreden, was Sie nicht tun wollen. Ich hab' nur gefragt." Und solche Worte nach einem stundenlangen Vortrag, wie nützlich es wäre, sich vom Empire State Building hinabzustürzen, um mit ein paar Zeilen in der „Times" Erwähnung zu finden.

Mit seinen Vorgesetzten, etwa dem Vizepräsidenten und Produktionschef der „Tri-Culture Studios", verantwortlich auch für den Merlin-Streifen, oder mit Ugo Kellino, der sein persönlicher

Klient war, ging er wesentlich offener und menschlicher um. Jetzt beispielsweise äußerte er sich frei gegenüber Bernard Malomar, der für leeres Gerede wahrlich nicht die Zeit hatte.

„Wir haben Probleme", sagte Houlinan. „Denn ich glaube, dieser verdammte Film kann die größte Bombe seit Nagasaki werden."

Malomar war der jüngste Studio-Chef seit Thalberg und liebte es, in der Rolle des naiven Genies aufzutreten. Im Ton äußerster Unbefangenheit sagte er: „Ich kenne den Film nicht und glaube daher, daß das ein Blödsinn ist. Sie machen sich doch nur um Kellino Sorgen. Sie wollen, daß wir ein Vermögen dafür ausgeben, weil dieser Schwanz sich einbildete, er müsse selber Regie führen."

Houlinan war Ugo Kellinos persönlicher PR-Mann mit einer Jahrespauschale von fünfzig Riesen. Kellino war ein großer Schauspieler, aber mit einem fast krankhaften Selbstbewußtsein ausgestattet, eine in Kreisen der Spitzenstars, Regisseure und selbst Scriptgirls, die sich schon als erfolgreiche Drehbuchschreiberinnen sahen, weitverbreitete Seuche. Selbstbewußtsein war in der Filmmetropole das, was in einer Bergwerksstadt Tuberkulose war: endemisch, aber nicht unbedingt tödlich.

Tatsächlich war es ja ihr Selbstbewußtsein, das sie erst interessant machte. Das galt für Kellino. Seine Leinwanddynamik war derart, daß man ihn auf eine Liste der fünfzig berühmtesten Männer der Welt gesetzt hatte. Der breit ausgewalzte Zeitungsbericht darüber hing bei ihm zu Hause an der Wand, und er hatte darunter mit Rotstift den Kommentar gesetzt: „Gut fürs Ficken." Und Houlinan sagte mit Emphase immer bewundernd: „Kellino würde sogar eine *Schlange* vögeln." Dabei betonte er das Wort „Schlange", so als handelte es sich bei diesem Satz um seine Erfindung und nicht um ein allgemein gebräuchliches Klischee für Masochisten.

Vor einem Jahr hatte Kellino darauf bestanden, bei seinem nächsten Film Regie zu führen. Er war einer der wenigen Stars, die mit einer solchen Forderung durchkommen konnten. Aber man hatte ihm ein Budget vorgeschrieben, bei dessen Überschreitung sein Honorar und seine Prozentbeteiligung herangezogen werden würden. Die „Malomar Films" garantierte nur für zwei Millionen. Alles für den Fall, daß Kellino hundert Klappen auf Szenen verpulverte, die ihn mit seiner neuesten Freundin neben sich oder mit seinem neuesten Freund unter sich zeigten. Und genau das hatte Kellino ohne echten Substanzverlust für den Film dann auch praktiziert. Danach aber begann er am Drehbuch herumzupfuschen. Lange Monologe, Licht- und Schattenspiele auf seinem von Verzweiflung gezeichneten Antlitz sollten in quälenden Rückblenden die Tragödie seiner Jugend begreiflich machen und sollten beitragen zur Erklärung, warum er auf der Leinwand mit Mädchen und Jungen sexuell verkehrte. Und Kellino hatte das Recht zur Überwachung des Schnitts, also konnte man im Schneideraum mangels einer rechtlichen Handhabe nichts tun, um den Film zurechtzubiegen. Obzwar man das, falls nötig, dennoch tat. Malomar hatte keine großen Befürchtungen. Ein Film mit Kellino als Hauptdarsteller würde die zwei Millionen einspielen. Das war sicher. Und alles darüber hinaus war Reingewinn. Falls aber alles schieflief, konnte er den Film im Verleih untergehen lassen; niemand würde ihn sehen. Er hatte bei dem Geschäft jedenfalls sein Hauptziel erreicht: daß nämlich Kellino in der Verfilmung von John Merlins Reißer die Hauptrolle übernahm. Er fühlte es in den Knochen, daß der Film dem Studio ein Vermögen einbringen würde.

Houlinan sagte: „Wir müssen eine Sonderkampagne vom Stapel lassen. Wir müssen eine Menge Geld ausgeben. Wir müssen den Streifen produktgerecht anbieten."

„Himmelherrgott", sagte Malomar. Ansonsten war er höflicher. Aber er hatte genug von Kellino, genug von Houlinan und genug vom Film. Das wollte nichts besagen. Denn er hatte auch genug von schönen Frauen und liebenswürdigen Männern. Und genug vom kalifornischen Klima. Um sich abzulenken, musterte er Houlinan. Sein Groll gegen ihn und Kellino datierte weit zurück.

Houlinan war exquisit gekleidet. Seidener Anzug, seidene Krawatte, italienische Schuhe, eine Uhr von Piaget. Seine Brilleneinfassung war eine Spezialanfertigung, dunkel, mit Goldgesprenkel. Er hatte das huldvoll-gütige Gnomengesicht der Prediger, die sonntags auf den kalifornischen Fernsehschirmen erschienen, und es war schwer zu glauben, daß er eine miese Figur mit kohlrabenschwarzer Seele war und sich dessen noch brüstete.

Jahre zuvor hatten Kellino und Malomar in einem Restaurant in aller Öffentlichkeit einen Streit ausgefochten, der ins Vulgäre ausartete und seinen demütigenden Niederschlag in den Gazetten und in den Klatschzirkeln der Branche fand. Houlinan lieferte damals sein Meisterstück in Form einer Kampagne, an deren Ende Kellino als Held dastand, Malomar als Produzenten-Gauner, der sich dem strahlenden Filmhelden schließlich hatte beugen müssen.

Houlinan war ein Genie, wenn auch nicht von zu großer Weitsicht. Malomar hatte ihn seither für jenen Streich zahlen lassen.

In den letzten fünf Jahren war kein Monat vergangen, in dem die Zeitungen nicht eine Story über Kellino als Helfer der vom Glück weniger Begünstigten gebracht hätten. Ein armes, an Leukämie erkranktes Mädchen brauchte Blut von einem Spender in Sibirien? Auf Seite fünf berichteten die Zeitungen dem Leser, daß Kellino seinen Jet nach Sibirien geschickt habe. Ein schwarzer Protestierer wanderte ins Gefängnis? Kellino erlegte für ihn Kaution. Wenn ein italienischer Polizist und Vater von sieben Kindern von den Black Panthers massakriert wurde, wer schickte der Witwe einen Scheck in der Höhe von zehntausend Dollar und setzte für die Kinder Stipendien aus? Kellino. Wenn ein Black Panther des Polizistenmordes angeklagt wurde, wer zahlte zehntausend Dollar für seine Verteidigung? Kellino. Wann immer ein alternder Filmstar krank wurde, berichteten die Zeitungen, daß Kellino die Bezahlung der Krankenhausrechnung übernommen und ihm eine kleine Rolle in einem seiner nächsten Filme zugesagt habe, womit das Alterchen für die nächste Zeit ausgesorgt hatte. Aber einer von diesen ausgedienten Stars, mit Millionen auf der Bank und einem Haß auf die ganze Branche, gab ein Interview, in dem er sich sehr abfällig über Kellinos Großzügigkeit äußerte, ja förmlich darauf spie, und das Ganze war derart komisch, daß selbst der große Houlinan es nicht vertuschen lassen konnte.

Houlinan hatte noch andere verborgene Talente. Er war eine Kuppelnatur. Seine Spürnase für junge, frische Starlets machte ihn zum Daniel Boone der Zelluloidwildnis. Oft brüstete er sich seiner Methode. „Sag einer Schauspielerin, wie großartig sie in ihrer Nebenrolle gewesen ist. Sag es ihr dreimal an einem Abend, und sie zieht dir die Hosen runter und reißt dir fast den Schwanz aus.“ Er war Kellinos Vorprüfer, testete die Mädchen vorher im Bett, ehe er sie an Kellino weiterreichte. Jene, die selbst nach den lockeren Begriffen der Filmindustrie als zu neurotisch bezeichnet werden konnten, gelangten gar nicht bis zu Kellino. Aber, wie Houlinan oft sagte: „Die, die Kellino ablehnt, sind es wert, unter Option genommen zu werden.“

Im Vollgefühl seines ersten Triumphes an diesem Tag sagte Malomar: „Das große Werbebudget kannst du vergessen. Das ist kein Film dafür.“

Houlinan sah ihn nachdenklich an. „Und wenn wir eine kleine

Promotion mit einigen der wichtigsten Kritiker machen? Ein paar der bedeutendsten sind dir einen Gefallen schuldig."

Malomar sagte trocken: „Die verschwende ich nicht darauf." Er verschwieg, daß er diese Schuldner für seinen nächsten Film mobilisieren wollte. Er hatte bereits alles genau geplant, und Houlinan würde nicht mitmischen. Beim nächsten Film würde er, Malomar, der Star sein und nicht Kellino.

Houlinan saß immer noch tief in Gedanken versunken. Schließlich sagte er: „Ich schätze, ich werde mir meine Kampagne selber bauen müssen."

Malomar wurde ungeduldig. „Denk daran, es ist immer noch eine Produktion der ‚Malomar Films'. Alles geht über mich. Okay?"

„*Natürlich*", sagte Houlinan in jenem für ihn typischen Brustton der Überzeugung, so als ob es ihm gar nicht einfiele, eine andere Möglichkeit in Betracht zu ziehen.

Malomar sagte tonlos: „Jack, denk immer daran, daß du eine gewisse Grenze bei mir nicht überschreiten darfst. Ungeachtet deiner Position."

Houlinan lächelte verwirrt. „Das vergesse ich nicht. Habe ich es je vergessen? Hör mal, ich hab' da ein Klasseweib aus Belgien in einem Bungalow des Beverly-Hills-Hotels untergebracht. Machen wir morgen zum Frühstück eine Sitzung?"

„Ein andermal", sagte Malomar. Er war der Mädchen müde, die von allüberall eingeflogen kamen, um gevögelt zu werden. Er war all dieser schmalen, schönen, feinziselierten Gesichter müde, der schönen, eleganten Körper in perfekter Hülle, all dieser Schönen, mit denen er ununterbrochen bei Partys, in Restaurants und bei Filmpremieren fotografiert wurde. Er war nicht nur als talentiertester Filmemacher von Hollywood berühmt, sondern auch dafür, daß er die schönsten Freundinnen hatte. Nur seine engsten Freunde wußten, daß er Sex lieber mit den ungeschlachten mexikanischen Dienstmädchen machte, die auf seinem Landgut arbeiteten. Wenn sie ihn wegen dieser Abwegigkeit aufzogen, entgegnete ihnen Malomar stets, daß seine liebste Entspannung darin bestehe, auf einem richtigen Weib zu liegen, daß man aber bei diesen Cover-girls auf nichts als Haar und Knochen zu liegen käme. Die mexikanischen Bauernmädchen hätten Fleisch und Saft. Nicht daß das immer stimmte, aber Malomar, der sich seiner eigenen Vornehmheit bewußt war, wollte damit seinen Widerwillen gegen ebendiese Vornehmheit ausdrücken.

Er war jetzt an dem Punkt angelangt, wo er nichts mehr wollte, als gute Filme zu machen. Die glücklichsten Stunden waren für ihn die nach dem Abendessen, wenn er in den Schneideraum ging und bis zum Morgengrauen an einem neuen Streifen werkte.

Als Malomar Houlinan hinausbegleitete, sagte seine Sekretärin leise, daß draußen der Autor des Romans mit seinem Agenten Doran Rudd warte. Malomar sagte, sie solle die Herren hereinführen. Er machte sie mit Houlinan bekannt.

Houlinan taxierte beide Männer schnell. Rudd kannte er. Offen, charmant, mit einem Wort: ein Kuppler. Ein Typ. Aber auch der Autor war ein Typ. Der naive Schreiberling, der herkommt, um an seinem Script zu arbeiten, geblendet von Hollywood, von Produzenten, Regisseuren und Studio-Bossen aus den Pantinen gekippt wird und schließlich einem Starlet auf den Leim geht und sein Leben ruiniert, indem er sich von der Gefährtin zweier Jahrzehnte wegen einer Schickse scheiden läßt, die mit jedem Regisseur in der Stadt gevögelt hat, nur um mit ihm ins Gespräch zu kommen. Und der dann höchst aufgebracht ist über die Art und Weise, in der man seinen lahmarschigen Roman auf der Leinwand verstümmelt. Dieser da war nicht anders. Er war ruhig, offensichtlich schüchtern und angezogen wie ein Spießer. Nicht einer von den modebewußten Spießern, wie es sie neuestens selbst unter Producern wie Malomar gab, oder unter Stars, die sich speziell mit Flecken versehene, verwaschen aussehende Jeans von den besten Schneidern anmessen ließen. Nein, ein richtiger Spießer. Und häßlich obendrein, wie dieser blöde französische Schauspieler, den sie in Europa so in den Himmel hoben. Nun, er, Houlinan, würde sein Scherflein dazu beitragen, daß dieser Minderling gleich jetzt ein wenig durch den Fleischwolf gedreht wurde.

Houlinan schenkte dem Schriftsteller John Merlin ein eindrucksvolles „Hallo!“ und sagte ihm, sein Buch sei das beste, das er je gelesen habe. Er hatte es nicht gelesen.

Dann blieb er bei der Tür stehen, drehte sich um und sagte: „Hören Sie, Kellino würde sich gern heute nachmittag mit Ihnen fotografieren lassen. Wir haben nachher mit Malomar eine Besprechung, und es wäre gut für die Publicity. Ist drei Uhr okay? Bis dahin sollte Ihre Konferenz zu Ende sein, nicht?“

Merlin sagte okay. Malomar zog eine Grimasse. Er wußte, daß Kellino gar nicht in der Stadt war, sondern sich in Palm Springs sonnte. Er würde vor sechs nicht kommen. Houlinan wollte Merlin hier festnageln und eine Anti-Show abziehen lassen, nur um ihm zu zeigen, wer in Hollywood den größeren Bizeps hatte. Nun, Merlin sollte diese Erfahrung ruhig mal machen.

Malomar, Doran Rudd und Merlin hatten eine lange Sitzung. Es ging um das Drehbuch. Malomar stellte fest, daß Merlin eher vernünftig und kooperativ zu sein schien und nicht eine der üblichen Schmeißfliegen. Er verzapfte dem Agenten, wie gewöhnlich, den Unsinn über ein Ein-Millionen-Budget, wo jedermann doch wußte, daß sie am Ende an die fünf Millionen würden ausgeben müssen. Und als sie sich erhoben, erlebte Malomar seine erste Überraschung. Er erwähnte Merlin gegenüber, er könne auf Kellino in der Bibliothek warten. Merlin schaute auf die Uhr und sagte sanft: „Es ist zehn nach drei. Ich warte auf niemanden länger als zehn Minuten, nicht einmal auf meine Kinder.“ Sagte es und ging.

Malomar lächelte dem Agenten zu. „Schriftsteller“, sagte er. Ganz so, wie er oft „Schauspieler“ sagte, oder „Regisseur“, oder „Produzent“. Er sagte es nie bei Schauspielerinnen, denn man konnte ein menschliches Wesen nicht mit Verachtung strafen, das mit einem Monatszyklus fertigzuwerden hatte und zugleich Schauspielerin sein wollte. Das machte schon die Debütantinnen zu verrückten Ziegen.

Doran Rudd zuckte die Achseln. „Er wartet auch nicht auf den Arzt. Wir mußten uns heute beide untersuchen lassen und hatten am Vormittag zehn Verabredungen. Sie kennen die Wartezimmer. Man muß eben einige Minuten warten. Er sagte zu der Vorzimmerdame: ‚Ich bin pünktlich, warum ist es der Doktor nicht?‘ Und ging.“

„Himmel“, sagte Malomar.

Die Schmerzen in der Brustgegend kamen wieder. Er ging ins Bad und schluckte eine Herztablette. Dann legte er sich auf die Couch, um ein Nickerchen zu machen, wie es der Arzt ihm verordnet hatte. Eine seiner Sekretärinnen würde ihn wecken, wenn Houlinan und Kellino eintrafen.

„Die ‚Steinerne Frau‘ ist Kellinos Debüt als Regisseur. Als Schauspieler ist er immer hervorragend; als Regisseur ist er kaum Mindestmaß; und als Philosoph prätentiös bis undiskutabel. Das soll nicht heißen, daß die ‚Steinerne Frau‘ ein schlechter Film ist. Es handelt sich hier keineswegs um Kitsch, sondern um einen Hohlkörper ohne Inhalt.

Kellino beherrscht die Szene, macht uns die Person, die er darstellt, glaubhaft. Doch diese Person bleibt uns völlig gleichgültig. Wie kann uns ein Mann interessieren, der sein Leben wegen einer hirnlosen Puppe wegwirft, deren einzige Persönlichkeitsmerkmale, mit denen sie Männer beeindruckt, runde Brüste und ein runder Popo sind, an denen die chauvinistische männliche Phantasie genug Halt findet? Selina Dentons Agieren vor der Kamera beschränkt sich auf indianische Holzschnittpose, also in Ekstase von Grimassen entstelltes Dutzendgesicht. Wann werden Hollywoods Rollenbesetzer endlich begreifen, daß der Kinobesucher wirkliche Frauen auf der Leinwand sehen will? Eine Schauspielerpersönlichkeit wie Billie Stroud, mit ihrer Bühnendominanz, ihrer zwingenden Spieltechnik, ihrer faszinierenden Erscheinung (sie ist schön, wahrhaft schön, wenn man einmal die kommerzialisierte Kosmetikschönheit vergißt, die die amerikanischen Männer seit der Erfindung des Fernsehens als Stereotyp geschaffen haben) hätte diesen Film retten können, und es ist unverständlich, warum Kellino, dessen Spiel so intelligent und einfühlsam ist, das als Regisseur nicht erkannte. Vermutlich hatte er als Schauspielerstar, Regisseur und Coproduzent genug Einfluß, um es wenigstens auf einen Versuch ankommen zu lassen.

Das Drehbuch von Hascom Watts ist eine jener pseudoliterarischen Übungen, die sich gut lesen, aber auf der Leinwand keinerlei Sinn ergeben. Man erwartet von uns, daß wir die Tragödie eines Menschen begreifen, dem nichts Tragisches zustößt. Die Tragödie eines Mannes, der am Ende Selbstmord begeht, weil er als Schauspieler scheitert (wer scheitert nicht?) und weil die hirnlose Puppe ihn mit ihrer Schönheit (wohlgemerkt, Schönheit in den Augen des Publikums!) umgarnt und dann nach Strich und Faden ganz im Stil von Dumas dem Jüngeren betrügt.

Kellinos Gegenspieler, der als Retter der Welt auftritt, indem er sich in jeder sozialen Frage auf die richtige Seite schlägt, ist gutherzig, aber im Wesen als Faschist angelegt. Denn aus einem liberalen Helden wird in Uniform im Handumdrehen ein faschistischer Diktator. Beispiel Mussolini.

Auch die weiblichen Charaktere des Films sind im Grunde faschistoid. Sie tun nichts anderes, als die Männer mittels ihres Körpers zu manipulieren. Ihre Beteiligung am politischen Geschehen besteht darin, Männer zu ruinieren, die die Welt zu verbessern versuchen. Kann Hollywood nicht einen Moment lang daran glauben, daß es zwischen Mann und Frau Beziehungen gibt, bei denen der Sex keine Rolle spielt? Kann es nicht wenigstens einmal zeigen, daß auch in den Frauen ‚männliche' Tugenden wohnen, etwa der Glaube an die Menschlichkeit und den Kampf für den Fortschritt? Hat man in Hollywood denn nicht genug Phantasie, um sich vorstellen zu können, daß die weiblichen Zuseher möglicherweise, nur möglicherweise, an einem Film Gefallen finden, der sie als wirkliche menschliche Wesen darstellt und nicht als bloße Marionetten, die dauernd damit beschäftigt sind, die Fesseln, die ihnen die Männer angelegt haben, abzustreifen?

Kellino ist ein unbegabter Regisseur – wie schon gesagt, kaum Mindestmaß. Er stellt die Kamera an den richtigen Platz, aber er führt sie nicht. Sein Spiel rettet den Film vor dem Desaster, das diesem angesichts eines nur Hurengeruch verbreitenden Drehbuchs drohte. Seine Regie war keine Hilfe, sie hat auch nichts verpatzt.

Bis auf Kellino ist die Besetzung eine Katastrophe. Es wäre unfair, einen Schauspieler wegen seines Aussehens abzulehnen, aber George Fowles ist selbst für den Schleimer, den er darstellen soll, zu schleimig. Und Selina Denton zu nichtssagend für die nichtssagende Person, die sie zu sein hat. Manchmal ist es gar nicht schlecht, gegen die Rolle zu besetzen. Vielleicht hätte Kellino es bei diesem Film tun sollen. Vielleicht aber war es nicht der Mühe wert. Das faschistische Drehbuch, das chauvinistische Männerbild der ‚liebenswerten Frau' haben dieses Filmprojekt zum Scheitern verurteilt, noch bevor die erste Klappe abgedreht wurde."

„Diese hundsverdammte Fotze", sagte Houlinan, weniger im Zorn als in hilfloser Bestürzung. „Was, verdammt nochmal, erwartet sie sich überhaupt von einem Film? Und warum, Himmelherrgott, geht sie nicht runter davon, daß diese Billie Stroud ein schönes Weib ist? In vierzig Jahren beim Film ist mir kein Filmstar untergekommen, der häßlicher gewesen wäre als sie. Das geht über meine Vorstellungskraft."

Kellino sagte nachdenklich: „Alle anderen Scheißkritiker sind derselben Meinung wie sie. Den Film können wir vergessen."

Malomar hörte den beiden zu. Darmkrebs und Hämorrhoiden zum Duett vereint. Was zum Teufel machte es schon aus, was Clara Ford sagte? Der Film mit Kellino in der Hauptrolle würde die Ausgaben einspielen und sogar anderswo die Generalunkosten abdecken helfen. Genau das hatte er sich davon erwartet. Und jetzt hatte er Kellino für den wichtigen Film an der Angel: für die Merlin-Verfilmung. Was die sonst so kluge Clara Ford nicht wußte: Kellino hatte hinter sich einen Hilfsregisseur stehen gehabt, der die eigentliche Arbeit verrichtete, ohne daß sein Name im Insert aufschien.

Der Kritikerin gehörte Malomars besonderer Haß. Sie gebärdete sich so autoritär, schrieb so brillant, hatte solchen Einfluß und verstand doch so gar nichts vom Filmemachen. Wußte sie nicht, daß die Besetzung der weiblichen Hauptrolle davon abhing, wen Kellino gerade vögelte; und die Besetzung der Nebenrollen davon, mit wem der Regisseur gerade ins Bett ging? Wußte sie nicht, daß dies die eifersüchtig gehüteten Vorrechte derer waren, die bei gewissen Filmen das Sagen hatten? Daß es für jede Nebenrolle tausend Anwärterinnen gab, von denen gut die Hälfte die Beine breit machten, ohne daß sie mehr dafür haben wollten als einen Termin zum Rollenvorsprechen, verbunden mit der Zusage, man werde sie, falls sie in die engere Auswahl kämen, verständigen. Und daß die in die Gegend fickenden Regisseure, die sich alle ihren Privatharem aufbauten, mehr Macht hatten als die größten Geldverdiener der Erde, sofern er auf schöne, intelligente Frauen Ausübung fand. Dabei nützte man diese Chancen gar nicht immer. Sogar das war einem zu anstrengend und gar nicht der Mühe wert.

Was daher Malomar so amüsierte, war die Tatsache, daß diese Kritikerfrau die einzige war, die den unverwundbaren Houlinan aus der Balance gekippt hatte.

Kellino ärgerte sich über etwas ganz anderes. „Was zum Teufel meint sie mit faschistisch? Ich war mein ganzes Leben lang ein Antifaschist."

Malomar sagte müde: „Das ist doch nur Fliegenschiß. Die verwendet das Wort ‚Faschist' so wie wir das Wort ‚Fotze'. Sie meint damit gar nichts."

Kellino wurde wild. „Ich scheiß auf meine schauspielerische Leistung. Aber niemand schimpft mich ungestraft einen Faschisten."

Houlinan ging nervös auf und ab, wollte schon einen Griff in Malomars Zigarrenschachtel tun, überlegte es sich dann wieder. „Dieses Weib bringt uns um", sagte er. „Sie bringt uns immer um. Und daß du sie nicht zu den Voraufführungen einlädst, hilft uns gar nichts, Malomar."

Malomar hob die Schultern. „Es soll uns auch nicht helfen. Ich tu's nur für meine Galle."

Sie musterten ihn interessiert. Daß er seine Galle erwähnte, paßte nicht zu ihm.

Houlinan sagte: „Scheiße für diesmal. Es ist für den Film alles zu spät, was wir tun. Aber was machen wir mit Clara in Zukunft?"

Malomar sagte: „Du bist Kellinos PR-Mann, tu, was du willst. Clara ist dein Baby."

Er hoffte, die Konferenz bald beenden zu können. Mit Houlinan allein wäre er in zwei Minuten fertig gewesen. Aber Kellino war der große Star, dem man mit äußerster Liebe und Geduld die Zehen küssen mußte.

Den Rest des Tages und den Abend hatte Malomar sich für den Schneideraum vorbehalten. Sein höchstes Vergnügen. Er war einer der Größten unter den Filmemachern und wußte es auch. Zudem liebte er das Schneiden. Dabei konnte man so schön die Köpfe der Starlets rollen lassen. Völlig unnötige Großaufnahme eines hübschen Mädchens, das die Hauptvorgänge einer Szene mitverfolgte. Daran erkannte man sie. Der Regisseur hatte sie gepempert, und das war nun Malomars Rache. Malomar in seinem Schneideraum schnitt, es sei denn, er mochte den Regisseur oder es handelte sich um den einen unter Millionen Fällen, wo die Großaufnahme wirklich etwas brachte. Himmel, wie viele Weiber hatten alles getan, um sich für den Bruchteil einer Sekunde auf der Leinwand zu sehen, weil sie dachten, damit sei ihnen der Weg zu Ruhm und Geld geebnet, damit würden ihre Schönheit und Begabung blitzartig zur hellen Flamme emporlodern. Malomar war schöner Frauen müde. Sie waren eine Landplage, besonders wenn sie auch noch Grütze im Kopf hatten. Was nicht bedeutete, daß er ihnen nicht hin und wieder auf den Leim ging. Auch er hatte seine kaputten Ehen hinter sich, drei insgesamt, und alle mit Schauspielerinnen. Bei hübschen Mädchen erging es ihm so wie einem Anwalt, dessen Telefon läutete: er machte sich auf Komplikationen gefaßt.

„Ruf eine deiner Sekretärinnen herein", sagte Kellino.

Malomar drückte auf den Summerknopf, und wie durch Zauberkraft erschien ein Mädchen in der Tür. Malomar hatte vier Sekretärinnen. Zwei bewachten die Eingangstüren zu seinen Büroräumen, die anderen beiden die Tür zum inneren Sanktuarium. Egal was passierte, wenn er auf den Knopf drückte, erschien eine. Vor drei Jahren war das Unmögliche geschehen. Er hatte auf den Knopf gedrückt, und niemand war gekommen. Die eine der beiden Wächterinnen vor dem Heiligtum hatte einen Nervenzusammenbruch erlitten, und ein freiberuflicher Produzent labte sie gerade mit etwas. Die andere war gerade eine Etage höher in der Buchhaltung. Von den beiden Außenwächterinnen war die eine für diesen Tag krank gemeldet. Die vierte und letzte hatte dem menschlichen Verlangen nachgegeben, einmal blauzumachen und dafür eine „Frauensache“ als Grund anzugeben. Was dann nicht zog. Denn in jener fatalen Sekunde läutete Malomar, vier Sekretärinnen waren ein beruhigendes Sicherheitspolster, und dennoch erschien niemand. Alle vier wurden entlassen.

Kellino diktierte jetzt einen Brief an Clara Ford. Malomar bewunderte seinen Stil. Und wußte, was ihm dieser Brief einbringen würde. Doch er machte sich nicht die Mühe, Kellino zu sagen, daß er keine Chance sah.

„Liebe Miss Ford“, diktierte Kellino. „Nur meine Bewunderung für Ihre Kritikertätigkeit veranlaßt mich, diesen Brief an Sie zu schreiben, um einige Punkte anzuführen, in denen ich mit den von Ihnen in Ihrer Kritik vertretenen Ansichten nicht übereinstimmen kann. Betrachten Sie bitte dies nicht als Beschwerde. Ich respektiere Ihre Integrität zu sehr, habe zu große Achtung vor Ihrer Klugheit, um mich mit einer faulen Klage zu begnügen. Ich möchte hier nur feststellen, daß das Mißlingen des Films, wenn es ein solches ist, einzig auf meine Unerfahrenheit als Regisseur zurückzuführen ist. Ich glaube noch immer, daß wir ein schönes Drehbuch hatten. Und ich glaube, daß alle, die mit mir an dem Film arbeiteten, gut waren und bloß durch mich als Regisseur eingeengt. Das ist alles, was ich sagen möchte, außer diesem, daß ich immer noch zu Ihren Fans gehöre und hoffe, daß wir beide einmal Gelegenheit haben, uns bei einem Lunch über Kunst und Film zu unterhalten. Ich glaube jetzt zu wissen, daß ich noch einiges zu lernen habe, bevor ich eine neue Regieaufgabe übernehme – es wird einige Zeit bis dahin vergehen, das versichere ich Ihnen. Und von wem kann man mehr lernen als von Ihnen?

Herzlichst, Ihr Kellino.“

„Es wird nicht funktionieren“, sagte Malomar.

„Wahrscheinlich nicht“, sagte Houlinan.

„Du mußt sie aufs Kreuz legen und ihr den Verstand aus dem Leib vögeln“, sagte Malomar. „Die ist viel zu clever, um auf deinen Scheiß reinzufallen.“

Kellino sagte: „Ich bewundere sie wirklich. Ich möchte wirklich was von ihr lernen.“

„Laß diesen Blödsinn!“ brüllte Houlinan. „Ficken mußt du sie! Himmelherrgott! Das ist die Antwort. Vögle ihr die Seele aus dem Leib.“

Malomar konnte die beiden plötzlich nicht mehr ertragen. „Macht euch das anderswo aus. Geht und laßt mich arbeiten“, sagte er.

Sie gingen. Er begleitete sie nicht hinaus.

An einem der nächsten Vormittage saß Houlinan in seiner Bürosuite im Gebäude der „Tri-Culture Studios“ und widmete sich seiner Lieblingsbeschäftigung. Er bereitete eine Presseaussendung vor, die einen seiner Klienten zu einer gottgleichen Person machen würde. Er hatte sich Kellinos Vertrag durchgesehen, um sicherzugehen, daß er für das, was er tun wollte, die rechtliche Kompetenz besaß. Dann schrieb er:

TRI-CULTURE STUDIOS UND MALOMAR FILMS
ZEIGEN
EINE MALOMAR-KELLINO-PRODUKTION
MIT
UGO KELLINO
FAY MEADOWS
IN EINEM UGO-KELLINO-FILM
„GLÜCKSRITTER“
UNTER DER REGIE VON BERNARD MALOMAR

. . . in weiteren Rollen – er kritzelte ein paar Namen hin, in winziger Schrift, um kleine Letterntypen anzuzeigen. Dann setzte er darunter: „Produzenten: Ugo Kellino und Hagan Cord.“ Dann: „Hergestellt von Malomar und Kellino.“ Und wieder in kleiner Schrift: „Drehbuch von John Merlin nach dem Roman von John Merlin.“ Er lehnte sich in seinem Stuhl zurück und bewunderte sein Werk. Er läutete seiner Sekretärin und bat sie, es abzutippen. Dann verlangte er nach dem Ordner, auf dem „Nachruf/Kellino“ draufstand.

Er liebte es, den Inhalt dieses Ordners durchzugehen. Er enthielt einen dicken Packen von Anweisungen, was bei Kellinos Tod alles zu geschehen hatte. Er und Kellino hatten oben in Palm Springs einen Monat lang an dem Plan gearbeitet. Nicht daß Kellino erwartete, er würde bald sterben. Aber er wollte sichergehen, daß im Falle seines Todes jedermann erfuhr, was für ein großer Mann er gewesen war. Eine dicke Mappe enthielt die Namen all derer, die er aus der Branche kannte und die man bitten würde, einen Kommentar zu seinem Tod abzugeben. Und es gab einen Entwurf für eine zweistündige Fernsehsendung „Das war Kellino".

Alle seine Starkollegen würden dabei auftreten. Ausschnitte aus seinen besten Filmen waren ausgewählt, die man zeigen würde. Ein anderer Filmausschnitt zeigte ihn, wie er den Preis der Akademie in Empfang nahm. Dazu kam ein Sketch, in dem seine Freunde sich über seine Bemühungen um eine Regiearbeit lustig machten. Und schließlich fehlte auch nicht eine Liste jener, denen Kellino einmal geholfen hatte und die daher berichten konnten, wie er sie aus den Tiefen der Verzweiflung geholt, sie aus Umständen befreit habe, die jeder Beschreibung spotteten.

Jene Exfrauen waren angeführt, die man um einen Kommentar bitten würde, und jene, bei denen es nicht empfehlenswert war. Unter den letzteren war eine, mit der man besonderes vorhatte. Sie sollte am Tag von Kellinos Tod auf Safari nach Afrika ausgeflogen werden, so daß sie allen Informationsmedien für eine Weile entzogen war. Und es gab einen Expräsidenten der Vereinigten Staaten, von dem bereits Zitierbares existierte.

Außerdem gab es in dem Akt einen kürzlich geschriebenen Brief an Clara Ford, in dem diese um einen Beitrag zum Nachruf gebeten wurde. Auf dem Briefkopf stand „Los Angeles Times". Der Briefkopf war echt, das Schreiben allerdings von Houlinan inspiriert worden. Er hatte eine Kopie von Clara Fords Antwort erhalten, sie aber nie Kellino gezeigt. Nun las er den Brief wieder. „Kellino war ein begabter Schauspieler, der in einigen Filmen eine großartige Darstellerleistung geboten hat. Und es ist schade, daß er zu früh verstorben ist, um zu jener Größe zu finden, die ihm bei passender Rolle und optimaler Regie zweifellos noch beschieden gewesen wäre."

Jedesmal wenn Houlinan diesen Brief las, mußte er einen Drink nehmen. Er wußte nicht, wen er mehr hassen sollte, Clara Ford oder John Merlin. Hochnäsige Autoren waren ihm verhaßt, schon wenn er sie von weitem sah. Und Merlin war einer. Was glaubte dieser Hurensohn, wer er war, daß er sich leistete, nicht zu warten, um mit Kellino fotografiert zu werden? Aber zumindest ihm konnte er Prügel vor die Füße werfen. Clara war außerhalb seiner Reichweite. Er hatte versucht, zu erreichen, daß man sie hinauswarf, indem er Kellinos Fans mobilisierte und allen Druck, dessen „Tri-Cultures“ fähig war, auf die entsprechenden Leute ausübte. Aber sie war einfach zu mächtig für ihn. Nun hoffte er, Kellino würde mehr Glück haben. Das würde sich bald zeigen. Kellino hatte sich mit ihr verabredet. Er war mit ihr am Abend zuvor essen gegangen und hatte ihm versprochen, ihn anzurufen und ihm genau zu berichten, wie die Sache gelaufen sei.

28

Schon nach wenigen Wochen in Hollywood hatte ich das Gefühl, im Land der Embien zu leben. Womit ich einen, zumindest von meiner Warte aus gesehen, amüsanten, wenn auch ein wenig herablassenden Eigendünkel demonstrierte.

Die Embien, auch Springfüßer genannt, sind Insekten. Das Weibchen weist kannibalische Züge auf, und der Geschlechtsakt macht ihr solchen Appetit, daß das Männchen im letzten Augenblick seiner Ekstase plötzlich ohne Kopf dasteht.

Doch in einem dieser herrlichen evolutionären Prozesse lernte das Männchen, ein winziges Stück Nahrung in ein von seinem eigenen Körper produziertes Netz einzuspinnen und mitzubringen. Während das mordlustige Weibchen dieses Netz abschilfert, bespringt das Männchen es, kopuliert und sucht das Weite.

Ein noch höher entwickeltes Männchen kam darauf, daß es nichts weiter zu tun brauchte, als sein Netz um ein kleines Steinchen oder eine Erdkrume zu weben. Und nach einem weiteren gewaltigen evolutionären Sprung wurde das Springfüßermännchen zum Hollywoodproduzenten. Als ich Malomar von dieser Erkenntnis Mitteilung machte, zog er eine Grimasse und sah mich scheel an; dann lachte er.

„Na schön", sagte er. „Wollen Sie sich wegen einem Stück Weiberfleisch den Kopf abbeißen lassen?"

Anfangs gewann ich von fast allen Leuten, die ich kennenlernte, den Eindruck, sie würden ohne zu zögern jemandes Ohr oder Fuß oder Ellbogen abbeißen, nur um Erfolg zu haben. Andererseits erfüllte mich die Leidenschaft, mit der die Menschen hier das Filmemachen betrieben, nachgerade mit Bewunderung. Sie liebten ihre Tätigkeit. Scriptgirls, Sekretärinnen, die Rechnungsführer der Studios, Kameramänner, Requisiteure, Techniker, Schauspieler und Schauspielerinnen, Regisseure und sogar Produzenten, sie alle sprachen von dem „Film, den ich gemacht habe". Sie hielten sich allesamt für Künstler. Mir fiel auf, daß es nur *eine* Gruppe von Menschen gab, die mit dem Filmgeschäft zu tun hatten und diese

Redewendung nicht gebrauchten: die Drehbuchautoren. Vielleicht lag es daran, daß ihre Drehbücher immer wieder umgeschrieben wurden. Praktisch jeder tat ein wenig von seinem Hirnschmalz hinzu. Sogar das Scriptgirl veränderte die eine oder andere Zeile, oder die Frau eines Charakterschauspielers schrieb die Rolle ihres Mannes um, der dann am nächsten Tag damit ankam und erklärte, seiner Meinung nach müsse die Rolle so und nicht anders gespielt werden. Natürlich gereichte die umgeschriebene Rolle nicht so sehr dem Film als vielmehr den Fähigkeiten des Schauspielers zum Vorteil. Für den Autor war es ein enervierender Zustand. Alle wollten seinen Job haben.

Ich gelangte zu der Auffassung, daß das Filmemachen eine äußerst dilettantische Kunsttätigkeit darstelle, und das ohne Eigenverschulden, weil nämlich das Medium selbst so mächtig ist. Mit einer Kombination aus Fotografie, Kostüm, Musik und einer simplen Story können völlig untalentierte Leute tatsächlich ein Kunstwerk schaffen. Aber vielleicht gehe ich da zu weit. Zumindest können sie etwas produzieren, das ausreicht, um ihnen selbst das Gefühl zu geben, bedeutende und wertvolle Persönlichkeiten zu sein.

Filme können den Menschen viel Vergnügen bereiten und sie gefühlsmäßig ansprechen, aber sie können sie nur sehr wenig lehren. Sie können nicht die Tiefen eines Charakters ausloten, wie das ein Roman tut. Sie können die Menschen nichts lehren, wie Bücher das können. Sie können Gefühle wecken, aber sie tragen nichts zum Verständnis des Lebens bei. Der Film besitzt solche magischen Kräfte, daß er so gut wie allem und jedem Wert beizumessen vermag. Für viele Leute ist er eine Art Droge, ein harmloses Kokain. Für andere kann er eine wertvolle Therapie darstellen. Wer möchte nicht seine Vergangenheit, oder auch die Zukunft, wie sie ihm vorschwebt, so aufzeichnen, daß er selbst darin liebenswert erscheint?

So jedenfalls stellte sich mir damals die Filmwelt dar. Später, selbst schon ein wenig vom Filmfieber angesteckt, neigte ich der Ansicht zu, daß ich vielleicht zu grausam und hochnäsig geurteilt hatte.

Mich wunderte die unglaubliche Macht, die der Film über die Menschen zu haben schien. Malomar war vom Filmemachen besessen. Alle Leute, die im Filmgeschäft tätig waren, kämpften darum, es zu beherrschen. Die Regisseure, die Stars, die Fotografen, die hohen Tiere der Studios.

Ich begriff, daß das Kino die vitalste Kunstform unserer Zeit ist, und mich plagte die Eifersucht. Schon auf dem College machten die Studenten ihre eigenen Filme, statt Romane zu schreiben. Und plötzlich kam es mir in den Sinn, daß das Filmen vielleicht gar keine Kunst war, sondern eine Form der Therapie. Jeder wollte seine eigene Lebensgeschichte erzählen, seine eigenen Gefühle und Gedanken offenbaren. Aber wie viele Bücher waren schon aus diesem Grund geschrieben worden? Doch weder Bücher noch Bilder noch Musik verströmten diesen Zauber. Die Filme vereinigten alle Künste in sich; sie sollten unwiderstehlich sein. Mit dieser gewaltigen Rüstkammer sollte es eigentlich unmöglich sein, einen schlechten Film zu machen. Selbst das größte Arschloch der Welt konnte einen großen Film drehen. Kein Wunder, daß Vetternwirtschaft das Filmgeschäft beherrschte. Man konnte tatsächlich seinen Neffen ein Drehbuch schreiben lassen, aus seiner Freundin einen Star machen und seinen Sohn zum Direktor eines Studios bestellen. Der Film konnte jeden zum Künstler stempeln.

Und wie ließ es sich erklären, daß kein Schauspieler jemals einen Regisseur oder Produzenten ermordet hatte? Es mußte doch in all den Jahren genügend Anlässe dazu gegeben haben – Anlässe künstlerischer oder finanzieller Natur. Wie kam es, daß kein Regisseur je einen Eigentümer eines Studios ermordet hatte, und kein Drehbuchautor je einen Regisseur? Dazu gab es nur eine Antwort: Die Herstellung eines Filmes wirkte therapeutisch; sie ließ keine gewalttätigen Regungen aufkommen.

Wer hätte je gedacht, daß eines der wirksamsten Mittel, um seelisch gestörte Menschen zu heilen, einmal darin bestehen könnte, daß man sie ihre eigenen Filme drehen ließ? Ich brauche da nur an die berufsmäßig Filmschaffenden zu denken, die doch allesamt verrückt oder halbverrückt sind. Daß Schauspieler und Schauspielerinnen von gestörtem Geisteszustand sind, bedarf keiner weiteren Erwähnung.

Ja, so würde es kommen. Der Mensch der Zukunft würde daheim bleiben und sich Filme anschauen, die seine Freunde gedreht hatten, um nicht verrückt zu werden. Diese Filme würden sein Leben retten. So muß man das sehen. Am Ende konnte jedes Arschloch ein Künstler sein. Gar keine Frage: Wenn die Leute im Filmgeschäft gute Filme herstellen konnten, konnte das jeder. Da gab es Bankiers, Kleiderfabrikanten, Rechtsanwälte und so weiter, und die legten fest, welche Filme gedreht werden sollten. Sie besaßen nicht einmal jenen schöpferischen Wahnsinn, der es ihnen erleichtert hätte, ein Kunstwerk zu schaffen. Wem also würde es etwas schaden, wenn jedes Arschloch einen Film machte? Das einzige Problem würde darin bestehen, die Kosten niedrig zu halten. Man würde keinen Psychiater brauchen und kein Talent. Wir würden jeder ein Künstler sein dürfen.

Und alle diese so gar nicht liebenswerten Menschen begriffen es nie, daß man etwas dazu tun mußte, um geliebt zu werden. Trotz ihres Narzißmus, ihres Infantilismus und ihrer Eigenliebe waren sie nicht imstande, das innere Blut ihrer selbst auf ein liebenswertes Äußeres auf der Leinwand zu projizieren. Sich zumindest als Schatten liebenswert zu machen, ohne es im wirklichen Leben verdient zu haben. Man kann natürlich sagen, daß alle Künstler das tun; ich brauchte nur an das Bild des großen Schriftstellers Osano als hemmungslosen Schleimscheißer in seinem Privatleben zu denken. Aber sie mußten zumindest eine Gabe, ein Talent besitzen, das sie nutzen konnten, um mit ihrer Kunst Freude oder Wissen oder ein tieferes Verständnis zu vermitteln.

Beim Film aber war alles möglich – ohne Gabe und ohne Talent. Man konnte sich einen stinkreichen Dussel suchen und ihn, ohne die Hilfe eines bedeutenden Regisseurs, eines guten Drehbuchautors, eines großen Stars etc. etc., allein mit der Magie des Films zum Helden machen. Die große Zukunft des Films für alle diese Leute bestand darin, daß sie sich auch ohne Talent bewältigen ließ – was nicht heißen soll, daß sie mit Talent nicht besser bewältigt werden konnte.

Da wir sehr intensiv am Drehbuch arbeiteten, verbrachten Malomar und ich viel Zeit miteinander. Wir werkten manchmal bis spät nachts in seinem Filmmagnatenhaus, in dem ich mich recht unbehaglich fühlte. Es war zuviel für einen Menschen allein, schien mir. Riesige, überladen eingerichtete Zimmer, Tennisplätze, Schwimmbecken, und ein separates Haus, in dem sich der Vorführraum befand. Eines Abends schlug er mir vor, mir einen neuen Film zu zeigen, und ich sagte ihm, daß ich auf Filme nicht sehr scharf wäre. Das klang wohl etwas sehr hochmütig, und er war ein wenig verärgert.

„Sie wissen ja, daß wir mit diesem Script viel besser vorankämen, wenn Sie die Filmindustrie nicht so geringachten würden“, bemerkte er.

Das ging mir ein bißchen unter die Haut. Ich bildete mir ein, zu gute Manieren zu haben, um so etwas zu zeigen. Überdies war ich stolz auf meine Arbeit, und nun gab er mir zu verstehen, daß ich seine Arbeit bloß behindere. Malomar war nämlich in meiner Achtung gestiegen. Er war Produzent und Regisseur und hätte bei unserer Zusammenarbeit rücksichtslos seinen Willen durchsetzen können, tat es aber nicht. Wenn er mir eine Änderung im Script vorschlug, hatte er gewöhnlich recht. Hatte er unrecht und ich konnte es ihm beweisen, beugte er sich meinem Urteil. In anderen Worten, er entsprach nicht allen meinen Vorstellungen über das Leben der Embien.

So kam es, daß wir, statt den Film zu sehen oder an unserem Script zu arbeiten, uns an diesem Abend in die Haare gerieten. Ich sagte ihm meine Meinung über die Filmindustrie und ihre Kreaturen. Je mehr ich mich ereiferte, desto friedlicher wurde Malomar, und am Ende lächelte er.

„Sie reden wie 'ne Schickse, die keinen Mann mehr kriegt", tadelte er mich sanft. „Der Film ist die neue Kunstform, und Sie haben Angst, Sie könnten mit Ihrem Beruf einpacken müssen. Du bist einfach eifersüchtig, mein Junge."

„Filme lassen sich nicht mit Romanen vergleichen", sagte ich. „Ein Film kann niemals ein Buch ersetzen."

„Das ist irrelevant", gab Malomar zurück. „Die Menschen wollen Filme sehen – jetzt und in aller Zukunft. Was soll der Quatsch mit den Produzenten und den Springfüßern? Du bist vor ein paar Monaten nach Hollywood gekommen und fällst über alle dein Urteil. Du kratzt uns allen den Verputz ab. Dabei sind doch alle Branchen gleich; überall wird mit Zuckerbrot und Peitsche gearbeitet, die Filmleute sind verrückt, sie gebrauchen rücksichtslos ihre Ellbogen, sie handeln mit Sex wie die Indianer mit Muschelketten, na und wenn schon? Du läßt eines außer acht: Produzenten und Drehbuchautoren, Regisseure und Schauspieler, sie alle geben sich große Mühe. Sie studieren viele Jahre lang und arbeiten angestrengter als jeder andere Berufszweig, den ich kenne. Sie opfern sich auf, und du kannst sagen, was du willst, es braucht Talent und sogar Genie, um einen guten Film zu machen. Die Schauspieler und Schauspielerinnen sind die Infanterie der Filmwelt. Sie werden als erste abgeschossen. Und mit dem Ficken allein kommen sie nicht zu den großen Rollen. Sie müssen echte Künstler sein, sie müssen ihr Handwerk verstehen. Natürlich gibt es Armleuchter und Wahnsinnige in diesem Geschäft, die einen Fünf-Millionen-Dollar-Film kaputt machen, weil sie unbedingt ihre Ische oder ihren Knülch dabeihaben wollen. Aber die halten sich nicht lange. Und dann ziehst du über Produzenten und Regisseure her. Nun, die Regisseure brauche ich erst gar nicht zu verteidigen. Sie haben den härtesten Job in der Industrie. Aber auch die Produzenten haben ihre Funktion. Man könnte sie mit Löwenbändigern im Zirkus vergleichen. Weißt du überhaupt, was es heißt, einen Film zu machen? Zuerst einmal mußt du zehn Burschen im Finanzausschuß eines Studios in den Arsch kriechen. Dann mußt du bei irgendwelchen beklopften Stars Vater und Mutter spielen. Du mußt die Techniker bei guter Laune halten, weil sie dich sonst mit Drückebergerei und Überstunden fertigmachen. Sieh mal, ich hasse Moses Wartberg, aber ich gebe zu, daß seine Genialität in finanziellen Dingen dazu beiträgt, die Filmindustrie in Gang zu halten. Ich achte diese Genialität ebenso, wie ich seine künstlerische Potenz verachte. Als Produzent und Regisseur muß ich mich ständig gegen ihn wehren. Und selbst du wirst zugeben, daß einige meiner Filme künstlerisch wertvoll sind."

„Was Sie da verzapfen, ist gut zur Hälfte Blech", sagte ich.

„Du kannst ruhig Bernard zu mir sagen, mein Junge. Du setzt immer wieder die Produzenten herab", entgegnete Malomar. „Aber es sind die Produzenten, die die Filme überhaupt erst möglich machen. Und sie tun das, indem sie zwei Jahre lang hundert verschiedene Babies küssen, Babies von Financiers, Babies von Schauspielern, Babies von Regisseuren und Babies von Drehbuchautoren. Und sie müssen ihnen auch noch die Windeln wechseln und bekommen die Scheiße tonnenweise ins Hirn gestopft. Wahrscheinlich haben sie darum eine so miese Ausdünstung. Und trotzdem glauben viele von ihnen mehr an die Kunst, als die Talentfritzen an sie glauben. Oder an die Phantasie. Du wirst kaum je erleben, daß ein Produzent nicht bei der Preisverteilung der Akademie erscheint, um seinen Oscar in Empfang zu nehmen."

„Dazu nötigt sie ihr Ego", wandte ich ein, „nicht ihr Glaube an die Kunst."

„Du und deine verschissene Kunst", sagte Malomar. „Ich gebe zu, nur ein Film unter hundert ist etwas wert, aber ist es bei den Büchern vielleicht anders?"

„Bücher haben eine andere Funktion zu erfüllen", verteidigte ich mich. „Filme können nur das Äußere zeigen."

Malomar zuckte die Achseln. „Du gehst mir ganz schön auf die Nerven."

„Filme sind keine Kunstform", wiederholte ich. „Es sind Zauberkunststücke für Kinder." Aber das glaubte ich selbst nicht so recht.

Malomar seufzte. „Daran mag etwas Wahres sein. In seiner Form ist der Film Zauberei und nicht Kunst. Er ist ein Schwindel, der die Leute dazu bringen soll, aufs Sterben zu vergessen."

Das war nicht richtig, aber ich erhob keinen Einwand. Ich wußte, daß Malomar, seit er Angina pectoris gehabt hatte, gesundheitlich nicht auf der Höhe war, und ich wollte ihm nicht sagen, daß dieser Zustand sein Denken bestimmte. Für mich war es die Kunst, die den Menschen zu leben lehrte.

Na schön, er überzeugte mich nicht, aber nach diesem Gespräch betrachtete ich meine Umgebung mit weniger Voreingenommenheit. In einem hatte er recht: Ich war eifersüchtig auf den Film. Die Arbeit war so leicht, die Vergütung so reichlich, der Ruhm so schwindelerregend. Der Gedanke, wieder allein in meinem Zimmer zu sitzen und Romane zu schreiben, hatte etwas Beklemmendes. Kindischer Neid lag meiner Verachtung zugrunde. Ich würde nie wirklich Teil dieser Filmwelt sein – dazu hatte ich weder das Talent noch das Temperament. Irgendwie würde ich sie immer verachten, aber mehr aus snobistischen als aus moralischen Gründen.

Ich hatte alles über Hollywood gelesen, und wenn ich Hollywood sage, meine ich die Filmindustrie. Ich hatte Schriftsteller, insbesondere Osano gehört, die aus Hollywood zurückgekehrt waren. Sie verfluchten die Studios, bezeichneten die Produzenten als die aufdringlichsten Schwanzlutscher der Welt und die Leiter der Studios als ungehobelte und unverschämte Typen, die kaum von Affen zu unterscheiden waren; die Studios selbst waren betrügerische, wenn nicht gar verbrecherische Unternehmungen, gegen die sich die Schwarze Hand wie die Genossenschaft der Schwestern der Christlichen Liebe ausnehmen würde. Nun, so wie diese Männer aus Hollywood zurückkamen, so ging ich nach Hollywood.

Ich zweifelte keinen Augenblick daran, daß ich mit Hollywood fertigwerden könnte. Als Doran mich zur ersten Besprechung mit Malomar und Houlinan brachte, wußte ich sofort, wie ich mit ihnen dran war. Houlinan war ein leichter Fall, aber Malomar komplizierter, als ich erwartet hatte. Doran war natürlich eine Karikatur. Aber um die Wahrheit zu sagen, ich mochte Doran und Malomar. Houlinan verabscheute ich auf den ersten Blick. Und als der Kerl mich aufforderte, mich mit Kellino fotografieren zu lassen, hätte ich ihn um ein Haar zum Teufel gejagt. Kellino erschien nicht zur festgesetzten Zeit, und so war ich diese Sorge los. Ich hasse es, auf Leute zu warten. Ich bin ihnen nicht böse, wenn sie zu spät kommen; warum sollten sie auf mich böse sein, wenn ich nicht auf sie warte?

Was mich an Hollywood so faszinierte, das waren die verschiedenen Spezies der Embien.

Junge Kerle, den Vasektomie-Nachweis in der Tasche, Filmrollen unter dem Arm, Scripts und Koks in ihren Garçonnièren. Sie hofften Filme zu machen und suchten talentierte junge Mädchen und Burschen, um sie vorsprechen zu lassen und – zum Zeitvertreib – zu ficken. Dann gab es auch noch die Bona-fide-Produzenten mit Büros auf dem Studiogelände und einer Sekretärin und 100.000 Dollar als Förderungsbeitrag. Sie lagen den Managern und den Künstleragenturen in den Ohren, ihnen Leute herüberzuschicken. Diese Produzenten hatten zumindest schon einmal einen Film gemacht, für gewöhnlich einen billigen Stinker, der nicht einmal die Kosten des Negativs eingespielt hatte und am Ende in Flugzeugen oder Autokinos gezeigt wurde. Die Produzenten bezahlten einer kalifornischen Wochenzeitschrift dafür, daß sie den Film unter die besten zehn des Jahres reihte. Oder sie zahlten dafür, daß „Variety" einen Bericht brachte, wonach der Film in Uganda einen größeren Bruttoerlös erbracht habe als „Vom Winde verweht", was nichts anderes bedeutete, als daß „Vom Winde verweht" dort nie gelaufen war. Diese Produzenten hatten üblicherweise Fotografien großer Stars, gezeichnet mit „in Liebe", auf ihren Schreibtischen stehen. Sie verbrachten den Tag damit, hübsche, um Erfolg ringende Schauspielerinnen in ihren Büros zu empfangen. Den Schauspielerinnen war es bitterernst mit ihrer Arbeit, und sie hatten keine Ahnung, daß dem Produzenten nur daran lag, einen Nachmittag totzuschlagen und, mit etwas Glück, zu einem Beutelschleck zu kommen, der seinen Appetit zum Abendessen anregen würde. War er wirklich scharf auf eine bestimmte Schauspielerin, lud er sie zum Essen in die Studiokantine ein und stellte sie irgendwelchen Prominenten vor, die gerade vorbeikamen. Die Prominenten, die diese Routine schon aus ihrer Jugendzeit kannten, ließen es sich gefallen, wenn der Produzent es nicht zu weit trieb. Sie selbst waren über Kinkerlitzchen dieser Art schon hinaus. Sie hatten wichtigere Dinge im Kopf – außer, das Mädchen war etwas Besonderes. Dann konnte es sein, daß sie der jungen Dame eine Chance gaben.

Die jungen Leute kannten diese Routine und wußten, daß es, zumindest zum Teil, ein abgekartetes Spiel war, bei dem man aber auch Glück haben konnte. Also nahmen sie ihre Chancen bei einem Produzenten, einem Regisseur oder einem Star wahr, und wenn sie nur einigermaßen Bescheid wußten und etwas Grütze im Kopf hatten, setzten sie ihre Hoffnungen nie auf einen Drehbuchautor. Mir war klar, warum Osano so schlecht abgeschnitten hatte.

Aber ich verstand, daß das alles dazugehörte. So wie das Geld und die luxuriösen Hotelsuiten, die Schmeicheleien und die berauschende Atmosphäre der Studiokonferenzen nebst dem Gefühl, eine bedeutende Persönlichkeit bei der Herstellung eines großen Films zu sein. Darum wurde ich auch nie richtig süchtig. Wenn mich geile Gedanken bekümmerten, flog ich nach Vegas und kühlte mich am Spieltisch ab. Cully wollte mir immer eine hübsche Nutte aufs Zimmer schicken, aber ich lehnte ab. Nicht daß ich prüde gewesen wäre, und natürlich kam ich in Versuchung, aber das Spiel reizte mich mehr, und außerdem hatte ich Schuldgefühle.

Zwei Wochen spielte ich Tennis, ging mit Doran und Malomar essen und besuchte Partys. Diese Hollywoodpartys waren interessant. Auf einer traf ich einen verwelkten Star, der mein Wichsobjekt gewesen war, wenn ich als Junge onanierte. Sie mußte schon über fünfzig sein, aber nach etlichen Gesichtsstraffungen und mit allen Arten von Schönheitsmitteln sah sie noch recht passabel aus. Sie war schon ein bißchen fett und ihr Gesicht vom Alkohol aufgedunsen. Sie trank sich voll und versuchte, alle, die ihr über den Weg liefen, ob Mann oder Frau, zu einem Fick zu überreden, fand aber keinen Interessenten. Und das war nun eine Frau, von der Millionen junger Amerikaner geträumt hatten. Ich fand das irgendwie interessant, aber in Wahrheit deprimierte es mich. Ja, die Partys waren amüsant. Vertraute Gesichter bekannter Schauspieler und Schauspielerinnen. Manager, die an ihrem Selbstvertrauen keinen Zweifel ließen. Charmante Produzenten, forsche Regisseure. Ich muß zugeben, daß sie um vieles interessanter waren, als ich es je auf einer Party hätte sein können.

Auch das milde Klima sagte mir zu. Ich liebte die von Palmen gesäumten Straßen von Beverly Hills, und ich liebte es, durch

Westwood zu streifen, Westwood mit allen seinen Kinos, den Studenten, frisch vom College, allesamt Film-*aficionados*, und den wirklich bildhübschen Mädchen. Ich konnte verstehen, daß sich all die großen Romanciers der dreißiger Jahre „verkauft" hatten. Wozu fünf Jahre an einem Roman schreiben, der ihnen zwei Riesen einbrachte, wenn sie hier dieses Leben führen und den gleichen Betrag in einer Woche verdienen konnten? Tagsüber arbeitete ich in meinem Büro, konferierte mit Malomar über den Script, lunchte in der Kantine und ging dann in ein Atelier hinüber und sah zu, wie ein Film gedreht wurde. Die Gefühlsintensität, mit der die Schauspieler und Schauspielerinnen arbeiteten, faszinierte mich immer wieder aufs neue. Einmal war ich besonders tief beeindruckt. Ein junges Paar spielte eine Szene, in der der Junge seine Freundin erwürgte, während sie sich liebten. Nach der Szene fielen sich die beiden in die Arme und weinten, so als ob sie eben wirklich eine Tragödie erlebt hätten. Eng umschlungen verließen sie die Aufnahmehalle.

Der Lunch in der Kantine machte Spaß. Ich traf dort alle Leute, die in Filmen beschäftigt waren, und es schien, als hätten alle mein Buch gelesen – zumindest behaupteten sie das. Es überraschte mich, daß Schauspieler und Schauspielerinnen eigentlich nicht viel redeten. Sie waren gute Zuhörer. Die Produzenten renkten sich die Zunge aus, die Regisseure, für gewöhnlich von drei oder vier Assistenten umringt, machten sorgenvolle Gesichter. Die Techniker schienen sich am besten zu unterhalten. Aber beim Drehen zuzusehen war langweilig. Es ging mir nicht schlecht, aber ich hatte Heimweh nach New York. Ich vermißte Valerie und die Kinder und meine Dinners mit Osano. Das waren die Tage, an denen ich abends in eine Maschine nach Vegas stieg, dort übernachtete und früh am Morgen wieder zurückflog.

Nachdem ich schon einige Male zwischen Los Angeles und New York gependelt war, lud mich Doran eines Tages zu einer Party ein, die er in dem Haus gab, das er in Malibu gemietet hatte, eine Party für seine Klienten, bei der sich Kritiker, Drehbuchautoren, Produzenten mit Schauspielern, Schauspielerinnen und Regisseuren mischten. Ich hatte nichts Besseres vor, ich hatte keine Lust, nach Vegas zu fliegen, und so ging ich hin. Dort lernte ich Janelle kennen.

29

Es war eine jener zwanglosen Zusammenkünfte in einem Haus mit Tennisplatz und einem großen Jacuzzi-Schwimmbecken mit dampfend heißem Wasser. Das Haus war nur durch einen schmalen Sandstreifen vom Meer getrennt. Die Gäste waren salopp gekleidet. Mir fiel auf, daß viele Männer ihre Autoschlüssel auf einen Tisch in der Halle warfen, und als ich Eddie Lancer danach fragte, erklärte er mir, daß Männerhosen in Los Angeles so hautnah geschnitten waren, daß man nichts in die Tasche stecken konnte.

Während ich durch die verschiedenen Räume wanderte, hörte ich interessante Gespräche. Eine großgewachsene, magere, dunkle, dem Anschein nach aggressive Frau bedrängte einen gutaussehenden Produzententyp, der eine Seglermütze trug. Eine sehr kleine Blondine stürzte auf die beiden zu und sagte zu der Frau: „Wenn Sie meinen Mann noch einmal anfassen, schlage ich Ihnen eins in die Fotze." Der Mann mit der Seglermütze war ein Stotterer und konterte mit todernstem Gesicht: „Da-da-da-das w-w-würde ihr nichts ausmachen. Sie b-b-braucht sie fast nicht."

Ich passierte ein Schlafzimmer, sah ein Paar Kopf an Bein liegen und hörte eine sehr lehrerinnenhafte Frauenstimme sagen: „Komm endlich rauf!"

Ein New-Yorker Romanautor ließ sich über die Filmindustrie aus. „Das ist hier so: Wenn einer sich einen Ruf als guter Zahnarzt erworben hat, darf er hier als Gehirnchirurg arbeiten." Auch so ein verärgerter Schreiberling, dachte ich.

Ich schlenderte auf den Parkplatz nahe am Pacific Coast Highway hinauf und sah Doran, der mit einigen Freunden einen Stutz Bearcat bewunderte. Jemand hatte Doran soeben mitgeteilt, daß der Wagen 60.000 Dollar koste. „Ein Wagen, der soviel Geld kostet", scherzte Doran, „müßte doch eigentlich auch im Bett seinen Mann stellen." Alle lachten. „Woher nimmt der Kerl nur den Mut, so ein Ding einfach hier abzustellen?" fuhr er fort. „Das kommt mir so vor, wie wenn einer, der mit Marilyn Monroe verheiratet ist, Nachtarbeit annimmt."

Ich war eigentlich nur zu der Party gekommen, um Clara Ford kennenzulernen, die nach meiner Meinung beste Filmkritikerin Amerikas. Sie war blitzgescheit, drechselte wunderschöne Sätze, las eine Menge Bücher und sah jeden Film. In 99 von 100 Fällen war ich mit ihr einer Meinung. Wenn sie einen Film lobte, wußte ich, daß ich ihn mir anschauen konnte, daß er mir gut gefallen oder ich zumindest imstande sein würde, das ganze Opus über mich ergehen zu lassen. Wenn man von einer Kritikerin sagen konnte, daß ihre Kritiken künstlerisches Niveau hatten, dann war sie es, und es gefiel mir, daß sie nie von sich behauptete, ein schöpferischer Mensch zu sein. Sie war es zufrieden, Kritikerin zu sein.

Auf der Party hatte ich nicht viel Gelegenheit, mit ihr zu reden, und das war mir nur recht. Ich wollte eigentlich nur sehen, was für eine Frau sie war. Sie war mit Kellino gekommen, und er kümmerte sich um sie. Und da die meisten Gäste sich um Kellino scharten, schenkte man auch Clara Ford viel Beachtung. Ich saß in einer Ecke und beobachtete sie.

Clara Ford war eine jener süßen kleinen Frauen, die man allgemein als unscheinbar klassifiziert, doch ihre Gesichtszüge wurden in einem Maß von Intelligenz belebt, daß sie, zumindest in meinen Augen, eine Schönheit war. Was an ihr faszinierte, war der Umstand, daß sie gleichzeitig hart und unschuldig wirken konnte. Sie war abgebrüht genug, um es mit allen anderen anwesenden New-Yorker Kritikern aufnehmen und sie als unübertreffliche Arschlöcher hinstellen zu können. Sie rasselte ihre Argumente herunter wie ein Staatsanwalt bei einem todsicheren Fall. Einen Kollegen, dessen „humorvolle“ Sonntagsartikel über das Filmgeschehen peinlich wirkten, stellte sie als ausgemachten Trottel hin. Sie scheute auch eine Auseinandersetzung mit dem Wortführer der in Greenwich Village beheimateten Liebhaber der Avantgarde-Filme nicht und stellte ihn als den dummen Kerl hin, der er tatsächlich war; andererseits war sie klug genug, ihm auch den Status eines Fachidioten einzuräumen, und sprach ihm echte Gefühle für gewisse Filme nicht ab. Als sie die Reihe durch war, hatte sie die Skalps aller dieser Burschen in ihrer uneleganten, offenbar in einem Warenhaus erstandenen Handtasche.

Ich sah, daß sie sich gut unterhielt. Und daß sie merkte, wie Kellino sich bemühte, sie mit seiner Courschneiderei einzuwickeln. Durch das Stimmengewirr hörte ich Kellino sagen: „Ein Manager ist ein Fachidiot, der seinen Beruf verfehlt hat.“ Das war ein alter Trick von ihm, den er bei männlichen und weiblichen

Kritikern anwendete. Er hatte sogar einen beachtlichen Erfolg bei einem bekannt strengen Kritiker erzielt, als er einen anderen Kritiker als „verunglückten Schwulen“ bezeichnete.

Jetzt war Kellino so scheißcharmant zu Clara Ford, daß es wie eine Szene in einem Film wirkte. Er zeigte seine Grübchen wie andere Männer ihre Muskeln, und Clara Ford, so intelligent sie auch sein mochte, fing an schlapp zu machen und sich für seine Artigkeit empfänglich zu zeigen.

„Was meinen Sie“, hörte ich plötzlich eine Stimme neben mir, „wird sie sich von Kellino schon beim ersten Rendezvous ficken lassen?“

Die Stimme gehörte einem wirklich gutaussehendem blonden Mädchen, besser gesagt einer Frau, denn so jung war sie nicht mehr. Ich schätzte sie auf dreißig. Wie bei Clara Ford war es auch bei ihr zum Teil die Intelligenz, die ihrem Gesicht seine Schönheit gab.

Sie hatte feine, breitflächige Knochen im Gesicht, und über diese Knochen spannte sich eine zarte weiße Haut, und man merkte nicht, daß die Haut auch dem Make-up etwas verdankte. Sie hatte verwundbare braune Augen; Entzücken konnte sich darin spiegeln wie bei einem Kind, oder Tragik wie bei einer Heldin aus einem Roman von Dumas. Wenn das wie die Beschreibung einer Geliebten in einem Roman von Dumas klingt, soll es mir recht sein. Vielleicht empfand ich das damals nicht so, als ich sie das erste Mal sah. Ja, das kam erst später. Jetzt blickten die Augen schelmisch. Sie fühlte sich wohl, wie sie da außerhalb des Sturmzentrums der Party stand. Sie hatte, was bei schönen Frauen ungewöhnlich ist, jenen fröhlichen, glücklichen Ausdruck, den Kinder haben, wenn man sie allein gelassen hat und sie nun tun können, was ihnen Spaß macht. Ich stellte mich vor, und sie sagte, sie hieße Janelle Lambert.

Jetzt erkannte ich sie wieder. Ich hatte sie in verschiedenen Filmen in kleinen Rollen gesehen, und sie war immer gut gewesen. Sie gab immer ihr Zweitbestes. Sie gefiel auf der Leinwand, aber man betrachtete sie nie als große Schauspielerin. Ich erfuhr, daß sie Clara Ford bewunderte und gehofft hatte, die Kritikerin würde ein paar Worte mit ihr wechseln. Das hatte sie nicht getan, und darum war Janelle jetzt so drollig boshaft. Bei jeder anderen Frau hätte die Bemerkung über Clara Ford und Kellino gehässig geklungen, aber ihr verzieh man sie.

Sie wußte, wer ich war, und sagte über das Buch, was die Leute so sagten. Und ich zog meine alte Nummer ab: die des zerstreuten Professors, der Komplimente gar nicht mehr hört. Mir gefiel, wie sie gekleidet war, schlicht, aber elegant und ohne modischen Firlefanz.

„Gehen wir zu ihnen hinüber", schlug sie vor. Ich dachte, sie wollte Kellino kennenlernen, aber als wir hinkamen, versuchte sie Clara Ford in ein Gespräch zu verwickeln. Sie machte einige kluge Bemerkungen, doch die Ford ließ sie abblitzen – weil Janelle so schön war, dachte ich bei mir.

Plötzlich machte Janelle kehrt und ging davon. Ich folgte ihr. Als ich sie an der Tür einholte, sah ich, daß sie weinte.

Von Tränen verschleiert, waren ihre Augen hinreißend: goldbraun mit schwarzen Flecken oder vielleicht auch nur dunkler getönt (ich erfuhr erst später, daß sie Haftschalen trug). Die Tränen ließen die Augen größer und goldener erscheinen, verrieten aber, daß Janelle mit etwas Make-up nachgeholfen hatte, das jetzt zerfloß.

„Sie sind wunderschön, wenn Sie weinen", sagte ich. Ich imitierte Kellino in einer seiner betörenden Rollen.

„Ach, fick dich doch selbst, Kellino", konterte sie.

Ich hasse Frauen, die Worte wie „ficken" und „Fotze" und „vögeln" gebrauchen. Sie war die einzige Frau, bei der das Wort „Fick" humorvoll und freundlich klang, das F und das K weich hingenuschelt, wie im Süden üblich. Vielleicht, weil es offenkundig war, daß sie das Wort bis vor kurzem nicht verwendet hatte. Vielleicht, weil sie mich anlachte, um mir zu zeigen, daß sie wußte, daß ich Kellino imitierte. Sie hatte ein bezauberndes Lachen, kein charmantes Lächeln.

„Ich weiß gar nicht, warum ich mich so kindisch aufführe", sagte sie. „Aber ich gehe nie zu Partys. Ich bin nur gekommen, weil ich wußte, daß sie hier sein würde. Ich bewundere sie so sehr."

„Sie ist eine gute Kritikerin", erwiderte ich.

„Sie ist ja so ausgekocht", sagte Janelle. „Einmal schrieb sie etwas Nettes über mich. Und, wissen Sie, ich dachte, sie hätte etwas übrig für mich. Und jetzt serviert sie mich ganz einfach ab. Ohne jeden Grund."

„Sie hat eine Menge Gründe", hielt ich ihr entgegen. „Sie sind schön, und sie ist es nicht. Und für heute nacht hat sie mit Kellino etwas vor. Sollte sie etwa zusehen, wie Sie ihn auf andere Gedanken bringen?"

„Das ist doch Unsinn", protestierte sie. „Ich mag überhaupt keine Schauspieler."

„Aber Sie sind schön", wiederholte ich. „Außerdem haben Sie intelligent mit ihr gesprochen. Da muß sie Sie doch einfach hassen."

Zum ersten Mal sah sie mich mit sowas wie richtigem Interesse an. Ich war ihr schon ein gutes Stück Wegs voraus. Sie gefiel mir, weil sie schön war. Sie gefiel mir, weil sie nie auf Partys ging. Sie gefiel mir, weil sie sich nicht für Schauspieler wie Kellino interessierte, für diese Typen, die so verdammt gut aussahen und Charme versprühten und so wunderschön in von erstklassigen Salons maßgeschneiderten Anzüge gekleidet daherkamen und sich von einem scherenschwingenden Rodin die Haare stutzen ließen. Und weil sie so intelligent war. Und weil sie wegen einer Kritikerin weinen konnte, die sie auf einer Party brüskiert hatte. Wenn sie so weichherzig war, würde sie mich vielleicht nicht töten. Es war ihre Verwundbarkeit, die mich schließlich veranlaßte, sie einzuladen, mit mir zu essen und ins Kino zu gehen. Osano hätte mir aus dem Born seiner Erfahrung gesagt: Eine verwundbare Frau wird dich auf jeden Fall töten.

Das komische ist, sie sprach mich sexuell überhaupt nicht an. Ich konnte sie nur einfach verdammt gut leiden. Denn ungeachtet der Tatsache, daß sie schön war und dieses wunderbar fröhliche Lachen hatte, wirkte sie auf den ersten Blick nicht sexy. Vielleicht war ich auch schon zu routiniert, um es zu merken. Denn als Osano sie später kennenlernte, sagte er, er hätte eine Sexualität an ihr gespürt wie an einem stromführenden Draht. Als ich Janelle davon erzählte, meinte sie, das müsse gewesen sein, weil sie inzwischen *mich* kennengelernt hätte. Denn bevor wir uns begegneten, habe sie dem Sex abgeschworen. Als ich sie verkohlte und ihr das nicht abnehmen wollte, grinste sie nur und fragte mich, ob ich noch nie etwas von Vibros gehört hätte.

Es ist schon eigenartig, daß eine erwachsene Frau, wenn sie einem erzählt, daß sie mit einem Vibro onaniert hat, einen richtig geil machen kann. Aber das ist leicht zu erklären. Ein solches Geständnis läßt den Schluß zu, daß sie keine wahllosen Geschlechtsbeziehungen unterhält, obwohl sie attraktiv ist und in einem Milieu lebt, wo die Männer hinter den Frauen her sind wie die Katzen hinter den Mäusen.

Wir gingen zwei Wochen lang miteinander aus, etwa fünfmal insgesamt, bevor wir endlich zusammen ins Bett fanden. Und vielleicht war es eine schönere Zeit, bevor wir miteinander schliefen, als nachher.

Tagsüber arbeitete ich im Studio am Drehbuch, nahm ein paar Drinks mit Malomar und kehrte dann in meine Suite im Beverly Hills zurück, um zu lesen. Manchmal ging ich auch ins Kino. Wenn ich mit Janelle verabredet war, holte sie mich abends ab und fuhr mit mir spazieren oder ins Kino. Wir gingen essen, und sie brachte mich ins Hotel zurück. Wir tranken ein paar Gläser und plauderten, und gegen ein Uhr früh fuhr sie nach Hause. Wir waren gute Kameraden, kein Liebespaar.

Sie erzählte mir, warum sie sich von ihrem Mann getrennt hatte. Während ihrer Schwangerschaft war sie ganz verrückt nach Sex gewesen, aber er wollte nichts von ihr wissen, solange sie einen vollen Ranzen hatte. Als dann das Baby kam, machte es ihr Freude, es zu säugen. Sie fand es herrlich, daß Milch aus ihren Brüsten floß und das Baby nährte; sie wollte, ihr Mann sollte die Milch kosten, an ihren Brüsten saugen und das köstliche Naß schmecken. Das wäre doch etwas Wunderbares, meinte sie. Ihr Mann wandte sich angewidert ab. Damit war er für sie erledigt.

„Das habe ich noch keinem erzählt", gestand sie mir.

„Mein Gott", sagte ich, „er muß verrückt gewesen sein."

Spätabends saß sie einmal neben mir auf dem Sofa, und wir schmusten wie Kinder. Ich hatte ihr die Höschen bis über die Knie gezogen, aber plötzlich wollte sie nicht mehr und stand auf. In angenehmer Erwartung hatte ich inzwischen schon meine Hose heruntergelassen. „Tut mir leid", sagte sie, halb weinend, halb lachend, „ich bin eine intelligente Frau, aber ich kann einfach nicht." Wir schauten uns an und fingen an zu lachen. Wir schauten beide so komisch aus mit den nackten Beinen, sie mit dem Höschen auf den bloßen Füßen und ich mit Hose und Unterhose um die Knöchel geschlungen.

Ich hatte sie jetzt schon zu gern, um ihr böse zu sein, und sonderbarerweise hatte ich auch nicht das Gefühl, einen Korb bekommen zu haben. „Alles in Ordnung", sagte ich und zog meine Hose hoch. Sie tat das gleiche mit ihrem Höschen, wir ließen uns auf das Sofa zurückfallen und begannen von neuem zu kosen. Als sie ging, fragte ich sie, ob sie morgen wiederkommen würde. Sie sagte ja, und ich wußte, daß sie mit mir ins Bett gehen würde.

Am nächsten Abend kam sie in meine Suite und küßte mich. „Scheiße", platzte sie heraus. „Rate mal, was passiert ist."

So unerfahren war ich nicht, daß ich nicht gewußt hätte, daß man ein Kreuz machen kann, wenn eine als Bettgespielin in Aussicht genommene Dame eine Bemerkung dieser Art fallen läßt. Aber ich machte mir keine Sorgen.

„Meine Regel hat angefangen", sagte sie.

„Wenn es dich nicht stört, mich stört es nicht", konterte ich, nahm sie bei der Hand und führte sie ins Schlafzimmer. In zwei Sekunden lagen wir nackt im Bett; sie behielt ihr Höschen an, und ich konnte die Binde darunter fühlen. „Zieh das Zeug aus", sagte ich, und sie tat es. Wir küßten uns und hielten einander fest.

In dieser ersten Nacht waren wir noch nicht ineinander verliebt. Wir hatten uns nur riesig gern. Wir liebten uns wie Anfänger. Wir küßten uns und wir fickten ohne jedes Beiwerk. Hielten uns in den Armen, plauderten und fühlten uns wohl und warm. Ihre Haut war seidig, und sie hatte ein wunderhübsches, weiches und festes Hinterteil, kleine Brüste, die sich herrlich anfühlten, und große rote Knöpfchen. Wir liebten uns zweimal innerhalb einer Stunde, und es war lange her, daß ich das getan hatte. Schließlich bekamen wir Durst, und ich ging ins Nebenzimmer, um eine Flasche Champagner aufzumachen, die ich kalt gestellt hatte. Als ich ins Schlafzimmer zurückkehrte, hatte sie wieder ihr Höschen an. Sie saß mit gekreuzten Beinen auf dem Bett, in der Hand ein nasses Handtuch, mit dem sie die Blutflecken aus dem weißen Laken rieb. Nackt, die Champagnergläser in der Hand, stand ich da und sah ihr zu. Das war der Moment, da jenes überwältigende Gefühl von Zärtlichkeit in mir aufstieg, das ein Verhängnis ahnen läßt. Sie hob den Kopf und lächelte. Ihr blondes Haar war zerzaust, und ihre großen braunen Augen blickten kurzsichtig ernst.

„Ich möchte nicht, daß das Stubenmädchen etwas merkt", erklärte sie.

„Nein, sie soll nicht wissen, was wir getan haben", stimmte ich ihr zu.

Eifrig schrubbte sie weiter, studierte die Laken, um sicherzugehen, daß sie keine Flecken übersehen hatte. Dann ließ sie das Handtuch auf den Boden fallen und nahm ein Glas Champagner aus meiner Hand. Wir saßen zusammen auf dem Bett, tranken und lachten uns so töricht und verschmitzt an, als ob wir es geschafft hätten, in die Schulmannschaft aufgenommen zu werden. Aber wir waren noch nicht ineinander verliebt. Der Sex war schön gewesen, aber nichts Großartiges. Wir waren einfach glücklich, daß wir beieinander sein konnten, und als sie heimgehen mußte, schlug ich ihr vor, bei mir zu schlafen, aber sie sagte, das könne sie nicht, und ich stellte ihr keine Fragen. Ich dachte, daß sie vielleicht mit einem Kerl zusammen lebte und wohl abends ausgehen, aber nicht über Nacht wegbleiben durfte. Und es störte mich nicht. Es hatte seine Vorteile, wenn man nicht verliebt war.

Ein Gutes hat Women's Lib: Vielleicht wird es dazu kommen, daß es nicht mehr so kitschig ist, sich zu verlieben. Denn als wir uns dann tatsächlich ineinander verliebten, taten wir es auf die traditionellste und kitschigste Art. Wir verliebten uns nach einem heftigen Streit. Vorher hatten wir schon mal einen kleinen Tanz gehabt. Als wir einmal nachts im Bett waren, schaffte ich es nicht. Ich war nicht impotent, aber ich konnte nicht zu Ende kommen. Sie tat alles nur Erdenkliche, um mir zu helfen, aber dann fing sie an zu schreien und zu toben. Sie wolle nie wieder mit mir schlafen, sie hasse Sex, und warum hatten wir bloß damit angefangen! Sie weinte vor Enttäuschung und weil sie glaubte, versagt zu haben. Ich lachte sie aus. Das wäre doch keine Katastrophe, beruhigte ich sie. Ich wäre einfach müde. Ich hätte eine Menge Dinge im Kopf, wie zum Beispiel einen Fünf-Millionen-Dollar-Film und dazu noch alle die normalen Schuldgefühle und Verklemmungen eines durch spießbürgerlichen Lebenswandel konditionierten Amerikaners des zwanzigsten Jahrhunderts. Ich nahm sie in die Arme, wir plauderten eine Weile – und dann kamen wir beide, ohne in Schweiß zu geraten. Immer noch nicht großartig, aber schön.

Na gut. Dann mußte ich wieder einmal nach New York zurück, um eine Familienangelegenheit zu regeln, und als ich nach Kalifornien zurückkam, waren wir für den ersten Abend nach meiner Rückkehr verabredet. Ich war so begierig, sie zu sehen, daß ich auf dem Weg ins Hotel mit meinem Mietwagen bei Rot über die Kreuzung fuhr und in einen anderen Wagen hineinkrachte. Mir passierte nichts, aber ich mußte mir einen neuen Wagen besorgen, und vielleicht hatte ich auch einen kleinen Schock abbekommen. Als ich dann Janelle anrief, tat sie sehr überrascht. Sie hatte mich mißverstanden. Sie sagte, wir hätten uns für den nächsten Abend verabredet. Ich war fuchsteufelswild. Ich hatte mich um ein Haar totgefahren, weil ich solche Sehnsucht nach ihr hatte, und nun kam sie mir mit diesem faulen Trick. Aber ich blieb höflich.

Ich sagte, ich hätte am nächsten Abend Besprechungen und würde sie im Laufe der Woche anrufen, sobald ich wüßte, daß ich frei wäre. Sie hatte keine Ahnung, daß ich wütend war, und wir plauderten eine Weile. Ich rief sie nicht mehr an. Fünf Tage später rief sie an. „Du Hurensohn", begann sie. „Ich dachte, du hättest mich wirklich lieb. Und jetzt ziehst du diesen alten Don-Juan-Scheiß ab, daß du dich totstellst. Warum, zum Teufel, sagst du es nicht geradeheraus, daß du mich nicht mehr magst?"

„Hör mal", konterte ich, „du bist es, die falschspielt. Du weißt verdammt gut, daß wir an diesem Abend verabredet waren. Du hast mich abgehängt, weil du etwas Besseres vorhattest."

Sehr ruhig und sehr überzeugend antwortete sie: „Ich habe dich mißverstanden, oder du hast dich geirrt."

„Du lügst", fuhr ich sie an. Ich konnte mir meine kindische Wut nicht erklären. Aber vielleicht war es mehr als das. Ich hatte geglaubt, sie wäre aufrichtig zu mir, und dann dieser klassische Weibertrick. Ich kannte mich aus, denn vor meiner Heirat war ich am längeren Arm gesessen, als verschiedene Mädchen ihre Galane abhängten, um mit mir auszugehen, und ich hatte nicht viel gehalten von diesen Mädchen.

Erledigt. Es war vorbei, und es war mir scheißegal. Aber zwei Tage später rief sie wieder an.

Wir begrüßten uns, und dann sagte sie: „Ich dachte, du hättest mich wirklich lieb."

Und zu meiner Überraschung sagte ich: „Schätzchen, es tut mir leid." Ich weiß nicht, warum ich „Schätzchen" sagte, ich gebrauche dieses Wort nie. Aber ich hörte, wie sie aufatmete.

„Ich möchte dich sehen", sagte sie.

„Komm rüber", sagte ich.

Sie lachte. „Jetzt?" Es war ein Uhr früh.

„Na sicher."

Wieder lachte sie. „Okay."

Etwa zwanzig Minuten später war sie da. Ich hatte eine Flasche Champagner vorbereitet, wir plauderten, und dann fragte ich: „Wollen wir ins Bett gehen?"

Warum fällt es so schwer, etwas zu schildern, das so restlos froh macht? Es war der unschuldigste Sex der Welt, und es war phantastisch. Ich war nicht mehr so glücklich gewesen seit der Zeit, da ich als Kind im Sommer den ganzen Tag Ball gespielt hatte. Und mir wurde klar, daß ich Janelle alles verzeihen konnte, wenn ich bei ihr, und nichts, wenn ich fort von ihr war.

Ich hatte Janelle schon einmal versichert, daß ich sie liebte, aber sie hatte gemeint, ich solle so etwas nicht sagen, denn sie wüßte, daß es mir damit nicht ernst wäre. Ich wußte selbst nicht, ob es mir ernst damit war, und gab mich zufrieden. Ich sagte auch jetzt nichts. Doch als wir in der Nacht beide aufwachten und uns liebten, sagte sie sehr ernst: „Ich liebe dich."

Du lieber Himmel! Die ganze Sache ist so verdammt kitschig! Es ist der gleiche Bockmist, mit dem sie einen dazu bringen, eine neue Rasiercreme zu kaufen oder mit einer bestimmten Fluglinie zu fliegen. Aber warum ist dieser Kitsch so wirksam? Mit einem Schlag änderte sich alles. Der Geschlechtsakt wurde zu einem außergewöhnlichen Erlebnis. Ich schaute buchstäblich keine andere Frau mehr an. Und wenn ich Janelle nur sah, war ich schon sexuell erregt. Wenn sie mich vom Flughafen abholte, zerrte ich sie hinter die Autos auf dem Flugplatz, um sie an Brüsten und Beinen zu berühren und sie zwanzigmal abzuküssen, bevor wir ins Hotel fuhren.

Ich konnte es nicht erwarten. Als sie einmal lachend protestierte, erzählte ich ihr von den Eisbären. Daß ein Eisbärmännchen nur auf den Sexgeruch eines bestimmten Eisbärweibchens reagieren kann, und manchmal muß er Tausende Meilen über das arktische Eis laufen, bevor er sie ficken kann. Darum gäbe es auch nur so wenige Eisbären. Sie war überrascht, als sie das hörte. Dann kam sie drauf, daß ich sie verkohlt hatte, und gab mir eins hinter die Ohren. Aber ich sagte ihr, daß sie tatsächlich diese Wirkung auf mich habe. Daß es nicht aus Liebe sei oder weil sie so phantastisch aussehe oder so klug sei und alles habe, was ich mir seit meiner Jugend von einer Frau erträumte. Nein, das war es nicht. Für diesen kitschigen Bockmist von Liebe und Seelenverwandtschaft und ähnlichen Quatsch war ich nicht anfällig. Sie hatte ganz einfach den richtigen Geruch; ihr Körper strömte einen Duft aus, der mich erregte. Sie brauchte sich nichts darauf einzubilden.

Das großartige war, daß sie dafür Verständnis zeigte. Sie wußte, daß ich nicht versuchte, die Sache zu verniedlichen. Daß ich mich auflehnte gegen das Klischee einer romantischen Liebe und auch dagegen, mich auf Gnade und Ungnade zu ergeben. Sie umarmte mich und sagte: „Okay, okay." Und als ich sie im Scherz aufforderte: „Bade nicht zu oft!", drückte sie mich wieder an sich und sagte: „Okay."

Ich lehnte mich gegen diesen Zustand innerlich auf, denn Komplikationen dieser Art konnte ich nun wirklich nicht gebrauchen. Ich war glücklich verheiratet. Es hatte eine Zeit gegeben, da ich meine Frau mehr liebte als sonst irgend jemand auf der Welt, und selbst nachdem ich angefangen hatte, ihr untreu zu sein, war sie mir immer noch lieber als jede andere Frauensperson, die ich kannte. So fühlte ich mich jetzt beiden gegenüber schuldig. Und Geschichten über die Liebe hatten mich schon immer irritiert.

Nun, wir hatten eben ein komplizierteres Innenleben als die Eisbären. Und mein Märchen hatte auch noch ein Pointe, die ich Janelle verschwiegen hatte: Die Eisbärdamen hatten nicht das gleiche Problem wie die Herren.

Und dann machte ich mich natürlich jener abgründigen Gemeinheiten schuldig, die Verliebte immer wieder begehen. Ich zog heimlich Erkundigungen über sie ein. Ging sie mit Produzenten und Stars aus, um Rollen zu bekommen? Hatte sie andere Affären? Hatte sie einen festen Freund? Mit anderen Worten: War sie eine Fotze, die sich zu jeder passenden und unpassenden Gelegenheit von einer Million anderer Männer ficken ließ? Was man nicht alles tut, wenn man sich in eine Frau verknallt! Nie würde man das bei einem Mann machen, den man gut leiden kann. Da verläßt man sich auf sein eigenes Urteil, auf sein Gefühl. Bei Frauen ist man immer mißtrauisch. Verliebtsein ist ein schmutziges Geschäft.

Wenn ich wirklich etwas Nachteiliges über sie erfahren hätte, würde ich mich nicht in sie verliebt haben! Eine wahrhaft romantische Sentenz. Kein Wunder, daß so viele Frauen Männer hassen. Meine einzige Rechtfertigung für eine solche Einstellung bestand darin, daß ich so viele Jahre ein schriftstellerischer Einsiedler gewesen war und von Frauen nie viel verstanden hatte.

Und dann konnte ich tatsächlich nichts in Erfahrung bringen, was ein schiefes Licht auf sie geworfen hätte. Sie ging auf keine Partys. Sie war mit keinem Schauspieler liiert. Für eine Frau, die recht häufig in Filmen zu sehen war, wußte man eigentlich sehr wenig über sie. Sie verkehrte nicht in Filmkreisen und ließ sich auch nie in den Restaurants sehen, die „man“ frequentierte. Nie schien ihr Name in den Klatschspalten auf. Kurz und gut, sie war die Frau, von der ein spießbürgerlicher Einsiedler träumte. Sie las sogar Bücher. Was wollte ich noch mehr?

Zu meiner Überraschung hörte ich, daß sie zusammen mit Doran Rudd in irgendeiner Provinzstadt in Tennessee aufgewachsen war. Er sagte, sie wäre die anständigste Frau in ganz Hollywood. Gleichzeitig riet er mir, meine Zeit nicht zu verschwenden; ich würde sie nie ins Bett bekommen. Ich war entzückt. Ich fragte ihn noch einmal, was er von ihr hielte, und er meinte, sie wäre die beste Frau, die er je gekannt habe. Erst später erfuhr ich – aus Janelles Mund –, daß sie mit Doran zusammen gelebt und er sie nach Hollywood gebracht hatte.

Sie liebte es, ihre Unabhängigkeit zu demonstrieren. Ich wollte einmal für das Benzin zahlen, weil sie mich doch immer herumkutschierte. Sie lachte und lehnte ab. Es war ihr gleich, was ich anhatte, und sie schätzte es, wenn ich nicht darauf achtete, wie sie gekleidet war. Wir gingen beide in Jeans und Sweaters ins Kino und aßen sogar in einer der billigen Kneipen an der Straße. Wir hatten genügend Status, um uns das leisten zu können. Alles lief perfekt. Der Sex war großartig. So schön wie in jüngeren Jahren und mit unschuldigen Präliminarien, die erotischer waren als jeder Pornofilm. Gelegentlich redeten wir davon, Reizwäsche für sie zu kaufen, aber wir kamen nie dazu. Ein- oder zweimal versuchten wir, die Spiegel so zu gebrauchen, daß wir uns darin sehen konnten, aber sie war zu kurzsichtig und auch zu eitel, um sich die Brille aufzusetzen. Einmal lasen wir sogar zusammen ein Buch über Analverkehr. Wir waren ganz aufgeregt, und Janelle sagte: „Okay." Ich war sehr vorsichtig, aber wir hatten kein Vaselin, und darum behalfen wir uns mit ihrer Coldcream. Es war wirklich komisch, denn ich hatte ein Gefühl, als ob die Temperatur mit einemmal unter Null gesunken wäre. Und das mit der Coldcream funktionierte überhaupt nicht, und sie schrie wie am Spieß. Da gaben wir es auf. Das war nichts für uns Spießbürger. Wir kicherten wie kleine Kinder und nahmen ein Bad; das Buch wies mit allem Nachdruck darauf hin, daß man sich nach dem Analverkehr gründlich reinigen müsse. Das Ganze war nur ein Beweis dafür, daß wir keine Stimulantia brauchten. Es war einfach herrlich, und unser Glück währte ewiglich. Bis wir Feinde wurden.

Und während dieser Zeit ungetrübten Glücks erzählte mir meine blonde Scheherezade ihre Lebensgeschichte. Womit ich nicht zwei, sondern drei Leben lebte. Mein Familienleben mit Frau und Kindern in New York, mein Leben mit Janelle in Los Angeles und Janelles Leben bis zu dem Zeitpunkt, da wir uns begegneten. In den B-747 schwebte ich wie auf einem Zauberteppich von Ost nach West und von West nach Ost. Ich war in meinem ganzen Leben noch nie so glücklich gewesen. An einem Film zu arbeiten, das war wie Billardspielen oder Blackjack oder Würfeln – entspannend. Endlich hatte ich das Problem gelöst und herausgefunden, wie man sein Leben leben sollte. Und ich war charmant wie noch nie. Meine Frau war glücklich, Janelle war glücklich, meine Kinder waren glücklich. Artie hatte keine Ahnung, was los war, aber eines Abends, als wir in einem Restaurant saßen, sagte er plötzlich: „Zum erstenmal in meinem Leben mache ich mir keine Sorgen mehr um dich."

„Seit wann denn das?" fragte ich und dachte, er bezöge sich auf den Erfolg meines Buches und daß ich jetzt an dem Film arbeitete.

„Seit eben jetzt", antwortete er, „seit diesem Augenblick."

Ich war sofort auf der Hut: „Was meinst du damit?" fragte ich.

Artie überlegte. „Du warst nie wirklich glücklich", antwortete er. „Du warst immer ein unausstehlicher Knülch. Du hattest nie richtige Freunde. Du hast immer nur Bücher gelesen und Bücher geschrieben. Du konntest keine Partys ausstehen, kein Kino, keine Musik, nichts. Du konntest es nicht einmal ertragen, wenn unsere Familien zusammenkamen, um irgendwelche Festtage zu feiern. Du hattest nicht einmal an deinen Kindern Freude."

Ich war schockiert und verletzt. Es war einfach nicht wahr. Vielleicht machte ich diesen Eindruck, aber es stimmte nicht. Ich hatte ein flaues Gefühl im Magen. Wenn Artie so von mir dachte, wie dachten andere Leute von mir? Das vertraute Gefühl der Vereinsamung stieg in mir auf. „Das ist nicht wahr", sagte ich.

Artie lächelte. „Natürlich nicht. Ich will damit nur sagen, daß du jetzt auch zu anderen Menschen offen bist, nicht nur zu mir. Valerie meint, es wäre jetzt um vieles leichter, mit dir zu leben."

Auch das schmerzte mich. In all den Jahren mußte sich meine Frau immer wieder beklagt haben, und ich hatte nichts davon geahnt. Sie machte mir nie Vorwürfe. Doch in diesem Augenblick begriff ich, daß ich sie nie wirklich glücklich gemacht hatte, zumindest nicht nach den ersten paar Jahren unserer Ehe.

„Naja", sagte ich. „Wenigstens ist sie jetzt glücklich."

Und Artie nickte. Ich dachte, wie paradox das doch war, daß ich meiner Frau untreu sein mußte, um sie glücklich zu machen. Und plötzlich wurde mir klar, daß ich Valerie jetzt mehr liebte als je zuvor. Ich mußte lachen. Es war alles so bequem, und so stand es auch in den Büchern zu lesen, denn natürlich hatte ich mich sofort in die einschlägige Literatur vertieft, als ich in die klassische Lage des ungetreuen Ehemanns geriet.

„Valerie hat nichts dagegen, daß ich so viel Zeit in Kalifornien zubringe?" fragte ich.

Artie zuckte die Achseln. „Ich glaube, sie ist froh. Weißt du, ich kenne dich ja schon, aber du hast eine Art, die einem oft auf die Nerven geht."

Wieder war ich ein wenig verletzt, aber meinem Bruder konnte ich nie böse sein.

„Das ist gut“, sagte ich. „Morgen muß ich wieder nach Kalifornien, um an meinem Film zu arbeiten.“

Artie lächelte. Er verstand meine Gefühle. „Solange du auch wieder zurückkommst, ist nichts dagegen einzuwenden“, sagte er. „Wir können ohne dich nicht leben.“ Sonst redete er nie so sentimental daher, aber er merkte, daß er mich verletzt hatte. Er behandelte mich immer noch als Baby.

„Geh zum Teufel!“ sagte ich, aber ich war wieder froh.

So unglaublich es klingt, aber vierundzwanzig Stunden später war ich 2000 Meilen weit weg, allein mit Janelle im Bett, und hörte zu, wie sie mir ihre Lebensgeschichte erzählte.

Es fing damit an, daß sie und Doran Rudd alte Freunde und zusammen in Johnson City, Tennessee, aufgewachsen waren. Und daß sie schließlich Liebhaber waren und nach Kalifornien übersiedelten, wo sie Schauspielerin und Doran Rudd Manager wurde.

30

Als Janelle mit Doran Rudd nach Kalifornien ging, hatte sie ein Problem. Ihr Sohn war erst drei Jahre alt und zu jung, um in der Weltgeschichte herumgeschleppt zu werden. Sie ließ ihn bei ihrem Exgatten zurück. In Kalifornien lebte sie mit Doran zusammen. Er versprach ihr, sie zum Film zu bringen, und verschaffte ihr tatsächlich ein paar kleine Rollen – oder glaubte zumindest, sie ihr verschafft zu haben. In Wirklichkeit stellte er nur die Kontakte her, und Janelles Charme und Witz tat das übrige. In dieser Zeit blieb sie ihm treu, während er sie nach Strich und Faden betrog. Einmal wollte er sie sogar dazu überreden, mit ihm und einem anderen Mann zusammen ins Bett zu gehen. Der Gedanke stieß sie ab. Nicht, weil sie irgendwelche moralische Bedenken gehabt hätte, sondern weil es schon schlimm genug war, das Gefühl zu haben, von *einem* Mann als Lustobjekt angesehen zu werden. Sie fand die Vorstellung widerlich, daß zwei Männer sich an ihrem Körper ergötzen könnten, daß sie dabei auch Gelegenheit haben würde, zwei Männer beim Verkehr miteinander zu beobachten. Wäre sie nicht so naiv gewesen, sie würde es in Erwägung gezogen haben – um zu sehen, wie Doran das Ding in den Arsch verpaßt bekam, was er in so reichem Maße verdient hätte.

Sie war davon überzeugt, daß die kalifornische Umwelt es sei, die ihr Leben beeinflußte. Die Leute da wären so sonderbar, sagte sie oft zu Merlin, wenn sie ihm Geschichten erzählte. Man sah, daß sie sie gern hatte, ganz gleich, wieviel Schaden sie ihr auch zugefügt haben mochten.

Doran bemühte sich, als Produzent einen Fuß in die Tür zu setzen, indem er versuchte, ein „Paket" zusammenzubringen. Er hatte ein entsetzliches Drehbuch von einem unbekannten Autor erworben, dessen einzige Tugend darin bestand, daß er auf Barzahlung verzichtete und sich mit einem Gewinnanteil zufriedengab. Doran überredete einen einst angesehenen Regisseur, Regie zu führen, und einen männlichen Star, dessen Ruhm längst verblichen war, die Hauptrolle zu übernehmen.

Natürlich wollte kein Studio etwas mit dem Projekt zu tun haben. Es war eines dieser Pakete, die Leuten, die nichts davon verstanden, attraktiv erschienen. Doran war ein Verkaufsgenie und machte sich auf die Suche nach Kapital. Eines Tages brachte er einen potentiellen Financier nach Hause, einen großgewachsenen, schüchternen, gutaussehenden Mann von fünfunddreißig Jahren. Gepflegte Sprechweise. Kein Schwadroneur. Hoher Beamter in einem gutfundierten Geldinstitut, das auf Finanzierungen spezialisiert war. Er hieß Theodore Lieverman und verliebte sich beim ersten Dinner in Janelle.

Sie speisten bei Chasen's. Doran zahlte die Rechnung und entschuldigte sich: Er müsse zu einer Besprechung mit seinem Regisseur und seinem Drehbuchautor. Sie hätten noch am Drehbuch zu arbeiten, erklärte Doran und runzelte besorgt die Stirn. Schon vorher hatte er Janelle entsprechend instruiert.

„Der Bursche kann uns eine Million Dollar für den Film verschaffen. Sei nett zu ihm. Vergiß nicht, daß du die zweite weibliche Hauptrolle spielst."

Das gehörte zu Dorans Technik. Er versprach ihr die zweite weibliche Hauptrolle, um Verhandlungsspielraum zu gewinnen. Sollte Janelle Schwierigkeiten machen, konnte er den Einsatz auf die erste weibliche Hauptrolle erhöhen. Was auch nichts zu bedeuten hatte. Wenn nötig, würde er keines dieser Versprechen halten.

Janelle hatte durchaus nicht die Absicht, „nett" zu sein, wie Doran es meinte. Aber zu ihrer Überraschung stellte sie fest, daß Theodore Lieverman ein wirklich lieber Kerl war. Er machte keine schmutzigen Witze über Starlets. Er machte keine Annäherungsversuche. Er war echt schüchtern. Und er war überwältigt von ihrer Schönheit und ihrer Intelligenz, was ein berauschendes Gefühl von Macht in ihr weckte. Als er sie in ihre und Dorans Wohnung begleitete, lud sie ihn auf einen Drink ein. Wieder war er der perfekte Gentleman. Er gefiel Janelle. Sie interessierte sich für Menschen und fand sie faszinierend. Und sie wußte von Doran, daß Ted Lieverman zwanzig Millionen Dollar erben würde. Daß er verheiratet und Vater von zwei Kindern war, hatte Doran ihr verschwiegen. Lieverman sagte es ihr und fügte zögernd hinzu: „Wir leben getrennt. Unsere Scheidung stößt auf Schwierigkeiten, denn ihre Anwälte verlangen zuviel Geld."

Janelle lachte ihr ansteckendes Lachen, mit dem sie außer Doran alle Männer entwaffnete. „Wieviel ist zuviel?"

„Eine Million Dollar“, antwortete Lieverman und verzog den Mund. „Das ginge in Ordnung, aber sie will es in bar. Und meine Anwälte sind der Meinung, daß jetzt nicht der richtige Zeitpunkt ist, etwas zu liquidieren.“

„Mein Gott“, lachte Janelle. „Sie haben zwanzig Millionen. Was spielt das schon für eine Rolle?“

Zum erstenmal wurde Lieverman richtig munter. „Sie können das nicht verstehen. Die meisten Leute verstehen es nicht. Es stimmt, ich habe sechzehn, vielleicht auch achtzehn Millionen, aber meine Ertragslage ist nicht allzu rosig. Ja, ich habe Grundbesitz und Aktien und Obligationen, aber ich muß das Geld immer wieder zurückfließen lassen. Darum habe ich sehr wenig Bargeld. Ich wollte, ich könnte das Geld so ausgeben wie Doran. Und dann, Sie wissen ja, Los Angeles ist ein schrecklich teures Pflaster.“

Janelle war schon in vielen Büchern auf diesen Typ des knausrigen Millionärs gestoßen. Und da er weder witzig war noch charmant noch besonders anziehend, da er also nichts anzubieten hatte außer seiner Bravheit und seinem Geld, von dem er sich offenbar nicht leicht trennen vermochte, schaffte sie sich ihn nach einem zweiten Drink vom Hals. Als Doran nach Hause kam, war er wütend.

„Verdammt noch mal, den hätten wir bis aufs Hemd ausziehen, von dem hätten wir leben können!“ sagte Doran. In diesem Augenblick beschloß sie, ihn zu verlassen.

Schon am nächsten Tag mietete sie eine kleine Wohnung in Hollywood in der Nähe des Paramount-Studios und bekam, ohne fremde Hilfe, eine kleine Rolle in einem Film. Sie arbeitete ein paar Tage und fuhr dann, von Heimweh nach ihrem kleinen Sohn und Tennessee geplagt, nach Johnson City zurück. Dort blieb sie zwei Wochen; länger hielt sie es nicht aus.

Sie überlegte, ob sie ihren Sohn mitnehmen sollte, aber das erwies sich als undurchführbar, und sie ließ ihn wieder bei ihrem Exgatten zurück. Der Abschied von ihrem Kind fiel ihr schwer, aber sie war entschlossen, erst etwas Geld zu verdienen und eine Karriere zu beginnen, bevor sie einen Haushalt einrichtete.

Ihr Exmann war immer noch ihrem Charme verfallen. Sie sah jetzt besser und feiner aus. Sie ließ ganz bewußt ihre Reize sprechen und erteilte ihm dann eine Abfuhr, als er versuchte, mit ihr ins Bett zu gehen. Er lief wütend aus dem Haus. Sie verachtete ihn, obwohl sie ihn aufrichtig geliebt hatte. Als sie schwanger gewesen war, hatte er sie mit einer anderen Frau betrogen. Er hatte die Milch aus ihrer Brust abgelehnt, die er mit dem Baby hätte teilen sollen.

„Augenblick mal", sagte Merlin. „Wie war das?"

„Was?" sagte Janelle und lachte. Merlin wartete.

„Tja, ich hatte große Titten, als ich das Baby bekam. Und die Milch, die ich hatte, das war ein zauberhaftes Gefühl. Er sollte davon kosten! Ich hab dir doch schon einmal davon erzählt."

Als sie die Scheidung einreichte, verachtete sie ihn so sehr, daß sie jegliche Unterhaltszahlung ablehnte.

Sie kehrte nach Hollywood zurück und fand zwei Nachrichten vor, die eine von Doran und die andere von Theodore Lieverman.

Sie rief zuerst Doran an, und er kam sie besuchen. Er war überrascht, als er hörte, daß sie in Johnson City gewesen war, stellte aber keine einzige Frage in bezug auf ihre gemeinsamen Freunde. Wie gewöhnlich konzentrierte er sich auf das, was ihm im Augenblick wichtig war.

„Hör mal", begann er, „dieser Ted Lieverman ist richtig verknallt in dich. Das ist kein Witz. Er ist ganz verrückt nach dir, und nicht nur nach deiner Pussy. Wenn du es geschickt anstellst, kannst du dir zwanzig Millionen Dollar erheiraten. Er hat versucht, dich zu erreichen, und ich habe ihm deine Adresse gegeben. Ruf ihn an. Du kannst dein Glück machen."

„Er ist verheiratet", gab Janelle zu bedenken.

„Nächsten Monat ist die Scheidung rechtskräftig", sagte Doran. „Ich habe mich über ihn erkundigt. Er ist ein feiner Kerl, ein gerader Michel. Er braucht nur eine Kostprobe von dir im Bett zu bekommen, und du hast ihn und seine Millionen in der Tasche."

Er redete, wie es ihm einfiel. Janelle war eine der Karten in seinem Spiel.

„Du bist widerlich", sagte Janelle.

Doran bot seinen ganzen Charme auf. „Sei doch nicht so, Süße. Sicher, wir haben uns getrennt, aber du bist immer noch die heißeste Bluse, die ich je gehabt habe. Besser als alle diese Bienen in Hollywood. Du fehlst mir. Glaub mir, ich verstehe, warum du dich von mir getrennt hast. Aber das heißt doch nicht, daß wir nicht Freunde sein können. Ich will dir doch nur helfen. Du mußt erwachsen werden. Gib dem Mann eine Chance. Mehr verlange ich doch gar nicht."

„Na schön, ich werde ihn anrufen", versprach Janelle.

Sie hatte nie über Geld nachgedacht, nicht in dem Sinn, daß sie reich sein wollte. Aber jetzt kam ihr zu Bewußtsein, wie Geld ihr

Leben verändern würde. Sie könnte ihren Sohn zu sich nehmen und Dienstboten anstellen, die auf ihn aufpaßten, während sie arbeitete. Sie könnte sich von den besten Lehrern ausbilden lassen. Sie hatte Theater und Film lieben gelernt. Sie wußte jetzt, was sie mit ihrem Leben anfangen wollte.

Von ihrer Liebe zum Theater hatte sie nicht einmal zu Doran gesprochen, aber er spürte es. Sie hatte sich Bücher über Theater und Film aus der Bibliothek geholt und sie aufmerksam gelesen. Sie ließ sich von einem Liebhabertheater engagieren, dessen Leiter sich so wichtig nahm, daß er sie amüsierte, aber auch anzog. Als er ihr beteuerte, sie wäre eines der größten Naturtalente, die ihm je begegnet wären, hätte sie sich beinahe in ihn verliebt und ging selbstverständlich mit ihm ins Bett.

Der reizlose, knausrige, reiche Theodore Lieverman hielt einen goldenen Schlüssel zu so vielen Türen in Händen, daß sie ihn anrief und sich mit ihm zum Abendessen verabredete.

Janelle fand Lieverman süß, ruhig und schüchtern. Sie mußte die Initiative ergreifen. Schließlich brachte sie ihn dazu, von sich zu erzählen. Janelle erfuhr einige Neuigkeiten. Er hatte zwei Zwillingsschwestern gehabt, ein paar Jahre jünger als er, die beide bei einer Flugzeugkatastrophe ums Leben gekommen waren. Damals hatte er einen Nervenzusammenbruch erlitten. Jetzt wollte seine Frau die Scheidung, eine Million Dollar in bar und einen Teil seines Vermögens. Allmählich kam heraus, daß Gefühlsarmut sein Leben bestimmt hatte – eine finanziell gesicherte Jugend hatte einen schwächlichen und verwundbaren Menschen aus ihm gemacht. Das einzige, worauf er sich verstand, war Geldverdienen. Er hatte einen absolut sicheren Plan entworfen, um Dorans Film zu finanzieren. Aber man mußte auf den richtigen Zeitpunkt warten und die Anleger an die Angel locken. Er, Lieverman, würde die Pumpe mit Bargeld füllen, um sie in Tätigkeit zu setzen, eine Art Entwicklungshilfe leisten.

Zwei oder drei Wochen lang gingen sie jeden Abend zusammen aus, und er war immer so nett und schüchtern, daß Janelle schließlich ungeduldig wurde. Schließlich schickte er ihr jeden Tag Blumen. Er kaufte ihr eine Schmucknadel von Tiffany, ein Feuerzeug von Gucci und einen antiken Goldring von Roberto. Und er war unsterblich verliebt in sie. Sie versuchte, ihn ins Bett zu holen, und war überrascht, als er sich ablehnend verhielt. Sie konnte nur ihren guten Willen zeigen. Schließlich bat er sie, ihn nach New York und Puerto Rico zu begleiten. Er mußte für seine

Firma eine Geschäftsreise machen. Sie begriff, daß er aus irgendwelchen Gründen, zumindest am Anfang, nicht in Los Angeles mit ihr schlafen konnte. Wahrscheinlich wegen seiner Schuldgefühle. Manchen Männern ging es eben so. Sie konnten ihre Frauen nur betrügen, wenn sie tausend Meilen von ihnen entfernt waren. Zumindest das erstemal. Sie fand das amüsant und interessant.

New York war die erste Station, und hier nahm er sie zu seinen geschäftlichen Besprechungen mit. Sie sah, wie er über die Filmrechte eines eben erschienenen Romans eines berühmten Autors verhandelte. Er war schlau und geschickt, und sie begriff, daß darin seine Stärke lag. Und in dieser ersten Nacht gingen sie schließlich zusammen ins Bett, und sie sah sich mit einer der Wahrheiten über Theodore Lieverman konfrontiert.

Er war fast völlig impotent. Zuerst ärgerte sie sich; sie glaubte, Schuld daran zu haben. Sie tat, was sie konnte, und schließlich gelang es ihr, ihn zum Höhepunkt zu bringen. In der nächsten Nacht ging es etwas besser. In Puerto Rico klappte es noch ein bißchen besser. Aber er war zweifellos der untauglichste und langweiligste Liebhaber, den sie je gehabt hatte. Sie war froh, als sie wieder nach Los Angeles zurückkehrten. Als er sie vor ihrem Haus absetzte, machte er ihr einen Heiratsantrag. Sie sagte ihm, daß sie es sich überlegen werde.

Sie dachte nicht daran, ihn zu heiraten, bis Doran ihr die Leviten las. „Du willst es dir überlegen? Überlegen? Räum doch mal in deinem Gehirnkasten auf!" sagte er. „Der Kerl ist verrückt nach dir. Heirate ihn. Steh ein Jahr mit ihm durch. Dann bekommst du mindestens eine Million Dollar, und er wird dich immer noch lieben. Dann bist du unabhängig. Du hast hundertmal so viele Chancen, Karriere zu machen. Noch etwas: Durch ihn wirst du auch noch andere reiche Leute kennenlernen. Männer, die dir vielleicht besser gefallen, und am Ende verliebst du dich in einen. Du kannst dein ganzes Leben verändern. Langweile dich ein Jahr; eine Leidenszeit wird es schon nicht sein für dich."

Es sah Doran ähnlich, daß er glaubte, weiß Gott wie schlau zu sein. Daß er Janelle tatsächlich die Augen über die Grundwahrheiten des Lebens öffnete, die jede Frau kennt, weil sie ihr schon an der Wiege gesungen werden. Aber Doran begriff, daß es Janelle aus tiefster Seele widerstrebte, so etwas zu tun – nicht weil es unmoralisch war, sondern weil sie einen Menschen nicht auf so schamlose Weise, so kaltblütig, betrügen konnte. Und auch, weil sie so voll Lebensfreude war, daß sie es nicht ertragen konnte, sich ein Jahr zu langweilen. Doch Doran gab ihr schnell zu bedenken, daß sie sich wahrscheinlich auch langweilen würde, ohne daß Theodore sie deprimierte. Und außerdem würde sie Theodore in diesem Jahr auch wirklich glücklich machen.

„Weißt du, Janelle", sagte Doran, „so schlecht kannst du gar nicht gelaunt sein, daß du nicht immer noch amüsanter bist als die meisten Leute, wenn sie bei bester Stimmung sind." Das war eine der wenigen Wahrheiten, die er seit seinem zwölften Lebensjahr ausgesprochen hatte.

Doch es war Theodore, der auf höchst ungewöhnliche Weise die Initiative ergriff und so eine Entscheidung herbeiführte.

Er kaufte ein wunderschönes Haus in Beverly Hills im Wert von 250.000 Dollar, mit Schwimmbecken, Tennisplätzen und zwei Dienstboten. Er wußte, daß Janelle gern Tennis spielte. Sie hatte es in Kalifornien gelernt. Und ganz selbstverständlich auch ein Verhältnis mit ihrem Tennislehrer gehabt, einem phantastisch aussehenden blonden jungen Mann, der ihr zu ihrer Überraschung für seinen Unterricht eine Rechnung präsentierte. Später erfuhr sie von anderen Frauen von den Eigenheiten kalifornischer Männer. Daß sie in einer Bar Drinks bestellten, die Frauen für die eigenen Drinks bezahlen ließen und sie dann aufforderten, die Nacht mit ihnen zu verbringen. Sie spendierten ihrer Bettgespielin nicht einmal ein Taxi, mit dem sie am Morgen heimfuhr. Janelle hatte ihren Spaß mit dem Tennisfritzen, im Bett und auf dem Tennisplatz, und erwarb in beiden Bereichen zusätzliche Fertigkeiten. Schließlich wurde sie seiner müde, weil er sich besser kleidete als sie. Außerdem war er zu flatterhaft und versuchte sowohl ihre Freundinnen als auch ihre Freunde zu verführen, und das ging Janelle, so aufgeschlossen und vorurteilsfrei sie auch sein mochte, entschieden zu weit.

Sie hatte noch nie mit Lieverman Tennis gespielt. Er erwähnte einmal ganz beiläufig, daß er Arthur Ashe in der High-School geschlagen habe, was Janelle zu der Annahme verleitete, daß er um Klassen besser war als sie und, wie die meisten Tennisspieler, nur ungern mit Anfängern spielte. Doch als er sie überredete, in das neue Haus einzuziehen, gab sie eine großangelegte Tennisparty.

Sie verliebte sich in das Haus. Es war eine Luxusvilla mit Gästezimmern, Billardtischen, Turnhalle, Schwimmbecken und Badehütten. Sie machten Pläne für die Einrichtung und eine besondere Täfelung. Sie gingen zusammen einkaufen. Doch im Bett war er jetzt eine völlige Niete, und Janelle versuchte es gar nicht mehr mit ihm. Aber er würde seinen Mann stellen, beteuerte er, sobald die Scheidung nächsten Monat ausgesprochen wäre und sie geheiratet hätten. Janelle hoffte es aufrichtig. Sie fühlte sich schuldig, und wenn sie ihn schon nur seines Geldes wegen heiratete, wollte sie ihm wenigstens eine treue Frau sein. Aber die Aussicht auf ein Leben ohne Sex machte sie nervös.

Und am Tag der Tennisparty wußte sie, daß sie sich verspekuliert hatte. Sie hatte immer das Gefühl gehabt, daß an der ganzen Sache etwas faul war. Theodore Lieverman flößte ihr, ihren Freunden und selbst dem abgebrühten Doran so viel Vertrauen ein, daß sie glaubte, es wäre nur ihr schlechtes Gewissen, das sie nach einem Ausweg suchen ließ.

Am Tag der Tennisparty erschien Theodore endlich auf dem Platz. Er spielte nicht schlecht – für einen Anfänger. Er konnte unmöglich Arthur Ashe geschlagen haben, selbst wenn der Meister damals noch in den Windeln gelegen hätte. Janelle war überrascht. Sie war sicher gewesen, daß ihr Liebhaber nicht log – obwohl sie immer angenommen hatte, daß alle Liebhaber Lügner waren. Aber Theodore spielte nie den dicken Otto, er prahlte nicht, gab nie mit seinem Geld und seiner gehobenen Position in der Finanzwelt an. Außer mit Janelle sprach er überhaupt nie mit anderen Leuten. Sein abgeklärtes Wesen war in Kalifornien eine Rarität, und Janelle wunderte sich, daß er sein ganzes Leben in diesem Staat verbracht hatte. Doch als sie ihn beim Tennisspiel beobachtete, wußte sie, daß er in einem Punkt gelogen hatte. Eine beiläufig hingeworfene Äußerung, auf die er nicht näher eingegangen war und die er nie wiederholt hatte. Sie hatte es nicht bezweifelt, wie sie eigentlich nichts bezweifelt hatte, was er ihr erzählte. Keine Frage, daß er sie liebte. Er hatte es ihr auf jede Weise bewiesen – was nicht allzuviel bedeutete, solange er im Bett eine Niete war.

An diesem Abend nach der Tennisparty animierte er sie, ihren kleinen Jungen aus Tennessee kommen zu lassen; das Haus sei groß genug. Sie wäre einverstanden gewesen, wenn er ihr nicht vorgelogen hätte, Arthur Ashe geschlagen zu haben. Und sie tat gut daran, auf seinen Vorschlag nicht einzugehen, denn einige Tage darauf, während Lieverman in der Stadt war, wurde ihr eine Besucherin gemeldet.

Die Besucherin war Mrs. Theodore Lieverman, die bisher unsichtbar gebliebene Ehefrau. Sie war ein hübsches kleines Ding, aber verschreckt und offensichtlich von Janelles Schönheit beeindruckt, so als könne sie nicht glauben, daß ihr Mann ein

Gewinnlos dieser Art gezogen hatte. Sobald sie sich vorgestellt hatte, fühlte sich Janelle von einer seelischen Last befreit und begrüßte Mrs. Lieverman so herzlich, daß sie die arme Frau noch mehr verschreckte.

Aber auch Mrs. Lieverman überraschte Janelle. Sie war nicht böse. Und sie begann das Gespräch mit einer erstaunlichen Erklärung: „Mein Mann ist nervös und sehr sensibel. Bitte, erwähnen Sie ihm gegenüber nicht, daß ich gekommen bin."

„Natürlich nicht", versprach Janelle. Ihre Stimme hob sich, und sie konnte ihre freudige Erregung kaum verbergen. Die Frau würde ihren Mann wiederhaben wollen, und sie würde ihn so schnell zurückbekommen, daß ihr schwindlig werden würde.

„Ich weiß nicht, wo Ted das ganze Geld herhat", sagte Mrs. Lieverman. „Man zahlt ihm ein gutes Gehalt. Aber er hat doch keine Ersparnisse."

Janelle lachte. Sie wußte schon die Antwort, aber sie fragte trotzdem: „Und was ist mit den zwanzig Millionen Dollar?"

„O Gott! O Gott!" stöhnte Mrs. Lieverman. Sie schlug die Hände vors Gesicht und begann zu weinen.

„Und er hat auch nie Arthur Ashe auf der High-School im Tennis geschlagen", versuchte Janelle sie zu beruhigen.

„O Gott! O Gott!" jammerte Mrs. Lieverman.

„Und Sie lassen sich nicht nächsten Monat scheiden", stellte Janelle fest.

Mrs. Lieverman wimmerte nur noch. Janelle ging zur Bar und mixte zwei steife Drinks. Sie nötigte ihrer Besucherin ein Glas auf.

„Wie haben Sie es erfahren?" fragte Janelle.

Mrs. Lieverman öffnete ihre Handtasche, so als suchte sie ein Taschentuch. Statt dessen holte sie einen Stoß Briefe heraus und gab sie Janelle. Es waren Rechnungen. Janelle studierte sie aufmerksam und sah alles klar. Als Anzahlung für das schöne Haus hatte er einen Scheck auf 25.000 Dollar ausgeschrieben. Bei dem Scheck befand sich ein Brief, in dem er ersuchte, noch vor der Bezahlung der Restsumme in das Haus einziehen zu dürfen. Der Scheck war geplatzt. Jetzt drohte ihm der Eigentümer mit Gefängnis. Die Schecks für die Dienstboten waren ebenfalls geplatzt. Der Scheck für die Firma, die für das Essen und Trinken bei der Tennisparty gesorgt hatte, war geplatzt.

„Mann, o Mann", sagte Janelle.

„Er ist so sensibel", murmelte Mrs. Lieverman.

„Er ist krank", erklärte Janelle.

Mrs. Lieverman nickte.

„Vielleicht wegen seiner zwei Schwestern, die bei einem Flugzeugabsturz ums Leben gekommen sind?“ erkundigte sich Janelle nachdenklich.

Mrs. Lieverman stieß einen Aufschrei aus, einen Schrei der Empörung und Verzweiflung. „Er hat nie Schwestern gehabt. Verstehen Sie denn nicht? Er ist ein pathologischer Lügner. Wenn er nur den Mund aufmacht, lügt er. Er hat keine Schwestern, er hat kein Geld, er läßt sich nicht scheiden von mir, und er hat Geld von der Firma genommen, um mit Ihnen nach Puerto Rico und nach New York zu fahren und den Aufwand für dieses Haus zu bezahlen.“

„Warum zum Teufel wollen Sie ihn dann zurückhaben?“ fragte Janelle.

„Weil ich ihn liebe“, antwortete Mrs. Lieverman.

Darüber dachte Janelle, während sie Mrs. Lieverman musterte, mindestens zwei Minuten lang nach. Ihr Mann war ein Lügner und ein Schwindler; er hatte eine Geliebte und im Bett einen Platten. Von der Tatsache ganz abgesehen, daß er ein miserabler Tennisspieler war. Was sollte man da zu Mrs. Lieverman sagen? Janelle klopfte ihr auf die Schulter, gab ihr noch einen Drink und sagte: „Warten Sie fünf Minuten.“

So lange brauchte sie, um alle ihre Sachen in zwei Vuitton-Koffer zu stopfen, die Theodore ihr gekauft hatte, vermutlich mit ungedeckten Schecks. Sie kam mit den Koffern herunter und sagte zu der Frau: „Ich gehe. Sie können hier auf Ihren Mann warten. Sagen Sie ihm, daß ich ihn nicht wiederzusehen wünsche. Es tut mir aufrichtig leid, daß ich Ihnen Kummer gemacht habe. Bitte, glauben Sie mir: Er hat mir versichert, daß Sie ihn verlassen hätten. Daß Ihnen nichts an ihm läge.“

Mrs. Lieverman nickte verstört. Janelle nahm den blauen Mustang, den Theodore ihr gekauft hatte. Sicher würde die Firma auf Rückgabe bestehen. Sie würde den Wagen von jemanden ins Haus zurückfahren lassen. Aber sie wußte nicht, wo sie hinfahren sollte. Sie erinnerte sich an die Kostümberaterin Alice de Santis, die so freundlich gewesen war, und beschloß, zu ihr hinzufahren und sie um Rat zu bitten. Falls Alice nicht daheim war, würde sie zu Doran fahren. Sie wußte, daß er sie jederzeit aufnehmen würde.

Janelle gefiel die Art, wie Merlin die Geschichte aufnahm. Er lachte nicht. Er zeigte keine Schadenfreude. Er lächelte, schloß die Augen und genoß. Und er sagte genau das Richtige – ungläubig, fast bewundernd:

„Armer Lieverman“, sagte er. „Armer, armer Lieverman.“

„Und was ist mit mir, du gemeiner Schuft“, konterte Janelle mit gespielter Entrüstung. Nackt warf sie sich auf seinen nackten Körper und legte ihre Hände um seinen Hals. Merlin öffnete die Augen und lächelte.

„Erzähl mir noch eine Geschichte.“

Stattdessen vernaschte sie ihn. Sie hätte ihm noch eine ganz andere Geschichte erzählen können, aber dazu war er noch nicht reif. Erst mußte er so in sie verliebt sein, wie sie in ihn verliebt war. Mehr Geschichten konnte er noch nicht verkraften. Insbesondere nicht die von Alice.

31

Ich war an dem Punkt angelangt, an dem Liebende immer anlangen. Sie sind glücklich, sie können es gar nicht glauben, daß sie soviel Glück verdienen. Und dann denken sie, daß vielleicht alles nur Schwindel ist. So gespensterten auch bei mir Eifersucht und Mißtrauen durch die Ekstasen unserer Umarmungen. Einmal mußte sie für eine Rolle vorsprechen und konnte mich nicht vom Flugzeug abholen. Ein anderes Mal hatte ich damit gerechnet, daß sie die Nacht bei mir verbringen würde, aber sie mußte zu Hause schlafen, weil sie schon früh am Morgen einen Anruf aus dem Studio erwartete. Selbst als sie mich am frühen Nachmittag ins Bett nahm – ich sollte nicht enttäuscht sein und ihr vertrauen –, war ich überzeugt, sie lüge. Und in der Erwartung, daß sie lügen würde, sagte ich jetzt zu ihr: „Ich habe heute mit Doran zu Mittag gegessen. Er behauptet, du hättest einen vierzehnjährigen Liebhaber gehabt, als du noch eine simple Südstaatenschönheit warst."

Janelle hob ein wenig den Kopf und schenkte mir ihr süßes, schüchternes Lächeln, das mich vergessen ließ, wie sehr ich sie haßte.

„Ja", antwortete sie. „Das ist schon lange her."

Sie ließ den Kopf sinken. Ihr Gesicht trug einen geistesabwesenden, belustigten Ausdruck, während sie an diese Liebesgeschichte zurückdachte. Ich wußte, daß sie an alle ihre Liebesaffären mit etwas Rührung zurückdachte, selbst wenn sie sehr schlecht ausgegangen waren. Sie sah mich wieder an.

„Stört dich das?" fragte sie.

„Nein", sagte ich. Aber sie wußte, daß es mich störte.

„Tut mir leid", sagte sie. Sie sah mich kurz an und drehte dann den Kopf zur Seite. Sie streckte ihre Hände aus, ließ sie unter mein Hemd gleiten und streichelte mich am Rücken. „Es war eine unschuldige Sache", sagte sie.

Ich blieb stumm und wandte mich nur ein wenig ab, die Berührung veranlaßte mich, ihr alles zu verzeihen.

„Doran erzählte mir auch", sagte ich und erwartete wieder, daß sie lügen würde, „daß du wegen Unzucht mit Minderjährigen vor Gericht gestanden hast."

Von ganzem Herzen wünschte ich, sie würde mich anlügen. Mir war es gleich, ob es wahr war oder nicht. Ich würde ihr auch keine Vorwürfe machen, wenn sie eine Alkoholikerin wäre oder eine Straßenhure oder eine Mörderin. Ich wollte sie lieben, und das war alles. Still und nachdenklich sah sie mich an, so als wollte sie alles tun, um mir gefällig zu sein.

„Was soll ich dazu sagen?" fragte sie und schaute mir dabei in die Augen.

„Einfach die Wahrheit", antwortete ich.

„Also schön, es ist wahr", sagte sie. „Aber ich wurde freigesprochen. Der Richter hat die Klage abgewiesen."

Ich fühlte mich ungeheuer erleichtert. „Dann hast du es also nicht getan."

„Was getan?" fragte sie.

„Du weißt schon."

Wieder dieses süße scheue Lächeln. Aber mit einem Hauch wehmütigen Spotts.

„Du meinst, ob ich mit einem vierzehnjährigen Jungen geschlafen habe?" fragte sie. „Ja, das habe ich."

Sie erwartete, daß ich das Zimmer verlassen würde. Ich blieb stumm. Ihr Gesicht wurde noch spöttischer. „Er war sehr groß für sein Alter", fügte sie hinzu.

Das interessierte mich. Die Dreistigkeit ihrer Herausforderung reizte mich. „Das erklärt natürlich alles", sagte ich trocken. Und beobachtete sie, als sie mich vergnügt anlachte.

Jetzt waren wir beide böse aufeinander. Janelle auf mich, weil ich mir angemaßt hatte, über sie zu richten. Ich wollte aufbrechen, und darum sagte sie: „Es ist eine hübsche Geschichte, sie wird dir gefallen."

Sie sah, wie ich den Köder schluckte. Eine Geschichte zu hören, machte mir immer schon fast so viel Spaß, wie mit einer Frau zu schlafen. In manchen Nächten hörte ich ihr stundenlang zu, wenn sie mir ihre Lebensgeschichte erzählte. Ich konnte raten, ob und wann sie etwas ausließ oder für meine zarten Männerohren redigierte, so wie sie eine Gruselgeschichte für ein Kind redigiert haben würde.

Das sei es, was sie mehr als alles sonst an mir liebe, gestand sie mir einmal. Daß ich so erpicht auf Geschichten war. Und daß ich es ablehnte, ein Urteil zu fällen. Sie konnte praktisch sehen, wie ich mir die Geschichte im Kopf herumgehen ließ, wie ich sie selbst erzählen oder wie ich sie verwenden würde. Und ich hatte sie ja nie wirklich für etwas verurteilt. Und sie wußte, daß ich das auch jetzt nicht tun würde, wenn sie mir ihre Geschichte erzählte.

Nach ihrer Scheidung hatte Janelle sich einen Liebhaber genommen, Doran Rudd. Er war Discjockey im dortigen Rundfunk, großgewachsen, ein wenig älter als Janelle. Er besaß eine nie erlahmende Energie, war immer charmant und amüsant und verschaffte Janelle schließlich auch einen Job als Sprecherin des Wetterberichts dieser Funkstation. Für eine Stadt wie Johnson City war das ein feiner Job und außerdem gut bezahlt.

Doran hatte eine fixe Idee: Er wollte eine stadtbekannte Persönlichkeit sein. Er besaß einen riesigen Cadillac, kaufte seine Anzüge in New York und schwor, daß er eines Tages das große Geschäft machen würde. Vor Künstlern empfand er ehrfürchtige Scheu; gleichzeitig faszinierten sie ihn. Er besuchte die Vorstellungen aller Tourneetheater, um sämtliche Broadway-Stücke zu sehen; stets schickte er einer der Schauspielerinnen Billetdoux hinter die Bühne, gefolgt von Blumen, gefolgt von Einladungen zum Abendessen. Es überraschte ihn, als er entdeckte, wie leicht es war, sie ins Bett zu bekommen. Allmählich kam er darauf, wie einsam sie waren. Von berückender Schönheit auf der Bühne, boten sie einen mitleiderregenden Anblick in ihren mit uralten Eiskästen ausgestatteten zweitklassigen Hotelzimmern. Er unterließ es nie, Janelle von seinen Abenteuern zu erzählen. Sie waren eher Freunde als ein Liebespaar.

Eines Tages sah er seine große Chance. In der Konzerthalle der Stadt trat ein Vater-Sohn-Duo auf. Der Vater war ein Gelegenheitsklavierspieler, der sich seinen Lebensunterhalt damit verdient hatte, daß er in Nashville Güterwagen auslud, bis er entdeckte, daß sein neunjähriger Sohn singen konnte. Der Vater, ein emsiger Bürger aus dem Süden, der seine Arbeit haßte, sah in seinem Sohn das Mittel, einen unverwirklichbaren Traum Wahrheit werden zu lassen. Mit seiner Hilfe konnte er vielleicht einem Leben langweiliger und harter Plackerei entrinnen. Er wußte, daß sein Sohn gut war, aber er wußte nicht, wie gut. Es genügte ihm, den Jungen die Lieder des Evangeliums zu lehren und mit Tourneen durch das gut christliche Hinterland ein angenehmes Leben zu führen. Ein singender blonder Engel, der Jesus pries, wirkte unwiderstehlich auf das Kleinstadtpublikum. Für den Vater war es ein beschauliches Leben. Er war gesellig, nicht unempfänglich für die Reize junger Mädchen und liebte die Abwechslung von seiner bereits verbrauchten Frau, die natürlich daheim blieb.

Aber auch Mutter träumte von all den Köstlichkeiten, die die goldene Stimme ihres Sohnes ihr bringen würde. Beide waren sie gierig, aber nicht gierig, wie die Reichen von Natur aus sind, sondern gierig wie ein verschmachtender Mann auf einer einsamen Insel, der plötzlich gerettet wird und seine Wahnvorstellungen endlich in die Tat umsetzen kann.

So kam es, daß Doran, als er in die Garderobe kam, um dem Alten von der Stimme des Jungen vorzuschwärmen und ihnen gleich anschließend einen Vorschlag zu machen, natürlich geneigte Ohren fand. Doran wußte, wie gut der Junge war, und hatte bald heraus, daß er der einzige war, der es wußte. Von den Einkünften aus den Kirchenliederkonzerten wollte er keine Prozente haben, versicherte er ihnen. Er würde den Jungen managen und nur 30 Prozent von dem kassieren, was der Junge mehr als 25.000 Dollar im Jahr verdiente.

Das war natürlich ein Angebot, dem man nicht widerstehen konnte. Wenn sie 25.000 Dollar im Jahr bekamen, eine unglaubliche Summe, warum sollte Doran nicht 30 Prozent vom Rest haben? Und wie konnte ihr Junge, Rory, mehr als das verdienen? Unmöglich. Soviel Geld gab es gar nicht. Auch versicherte Doran Mr. Horatio Bascombe und Mrs. Edith Bascombe, daß er ihnen keine Spesen berechnen würde. Man setzte einen Vertrag auf und unterschrieb.

Doran entwickelte sogleich eine hektische Betriebsamkeit. Er borgte sich Geld aus, um ein Schallplattenalbum mit Evangelienliedern herauszubringen. Es war ein durchschlagender Erfolg. In diesem Jahr verdiente Rory über 50.000 Dollar. Doran übersiedelte nach Nashville, um Verbindungen mit der Musikwelt anzuknüpfen. Er nahm Janelle mit und machte sie zur Sekretärin der Geschäftsleitung in seiner neuen Musikfirma. Im zweiten Jahr verdiente Rory über 100.000, das meiste mit einer alten religiösen Ballade, die Janelle in Dorans Discjockey-Archiv gefunden hatte. Doran besaß keinerlei schöpferische Begabung; er war nicht imstande, den Wert eines Liedes einzuschätzen.

Doran und Janelle lebten jetzt zusammen. Doch sie bekam ihn gar nicht so oft zu Gesicht. Er reiste nach Hollywood, um einen Film abzuschließen, oder nach New York, um einen Exklusivvertrag mit einer der großen Schallplattengesellschaften zu unterzeichnen. Bald würden sie alle Millionäre sein.

Dann kam die Katastrophe. Rory zog sich eine schwere Verkühlung zu, und es schien, als würde er seine Stimme verlieren. Doran fuhr mit ihm zum besten Spezialisten von New York. Der Spezialist heilte Rory vollständig aus, sagte aber dann ganz beiläufig zu Doran: „Sie wissen ja, daß er mutieren wird, wenn er in die Pubertät kommt."

Das war etwas, woran Doran nicht gedacht hatte. Vielleicht, weil Rory so groß für sein Alter war. Vielleicht, weil Rory ein völlig unschuldiger, weltfremder Junge war. Seine Eltern hatten ihn vor Mädchen abgeschirmt. Er liebte die Musik und war selbst ein ausgezeichneter Musiker. Außerdem war er bis zu seinem elften Lebensjahr immer kränklich gewesen. Doran war verzweifelt: ein Mann, der einen Schatz vergraben hat und nicht mehr weiß, wo. Er hatte mit Rory Millionen verdienen wollen – jetzt sah er seine Felle davonschwimmen. Millionen Dollar! Buchstäblich Millionen Dollar!

Dann hatte Doran eine seiner großen Ideen. Medizinisch war alles klar. Nachdem er alle Informationen gesammelt hatte, erzählte er Janelle von seinem Plan. Sie war entsetzt.

„Du bist ein richtiger Hurensohn", sagte sie. Beinahe kamen ihr die Tränen.

Doran konnte ihr Entsetzen nicht begreifen. „Hör einmal", sagte er, „das hat die Katholische Kirche eingeführt."

„Sie haben es für Gott getan", erwiderte Janelle. „Nicht für Geld."

Doran schüttelte den Kopf. „Bitte, bleib bei der Sache. Ich muß es dem Jungen einreden und seinen Eltern. Und das wird verteufelt schwer sein."

Janelle lachte. „Du bist wirklich verrückt. Ich werde dir nicht dabei helfen. Und selbst wenn ich es täte, wirst du sie dazu nicht überreden können."

Doran lächelte. „Der Vater ist der Schlüssel. Ich dachte, du könntest vielleicht nett zu ihm sein. Ihn ein bißchen auftauen."

Doran besaß damals noch nicht jene aalige kalifornische Glätte und Gewandtheit, und als Janelle ihm den schweren Aschenbecher an den Kopf warf, war er zu überrascht, um ihn einzuziehen. Der Ascher schlug ihm ein Stück Zahn ab, und er blutete aus dem Mund. Er wurde gar nicht zornig, schüttelte nur den Kopf über Janelles Verbohrtheit.

Eigentlich wollte Janelle ihn damals verlassen, aber sie war zu neugierig. Sie wollte sehen, ob Doran es wirklich zuwege brachte.

Doran war im allgemeinen ein guter Menschenkenner und wußte genau, wie weit die Habgier die Persönlichkeit eines Menschen zu verändern vermochte. Mr. Horatio Bascombe war also der Schlüssel. Der Vater konnte Frau und Sohn herumkriegen. Und er war der Verwundbarste. Wenn sein Sohn kein Geld mehr verdiente, hieß das für Mr. Bascombe, daß er wieder Güterwagen abladen mußte. Im Land herumreisen, Klavier spielen, mit hübschen Mädchen poussieren, exotische Leckerbissen verspeisen – damit würde dann Schluß sein. Und nur noch seine verbrauchte Frau blieb ihm dann. Der Vater hatte am meisten zu verlieren – daß Rory seine Stimme behielt, war für ihn wichtiger als für jeden anderen.

Doran wickelte Mr. Bascombe mit einer hübschen kleinen Sängerin aus einem anrüchigen Jazzclub in Nashville ein. Am nächsten Abend ein festliches Diner mit Zigarren. Bei Zigarren legte er ihm in Umrissen seine Pläne für Rorys Karriere dar. Ein Musical am Broadway, ein Schallplattenalbum mit Liedern, komponiert von den berühmten Brüdern Dean. Sodann eine Hauptrolle in einem Film, der aus Rory eine zweite Judy Garland oder einen zweiten Elvis Presley machen könnte. Mr. Bascombe würde gar nicht mehr imstande sein, das viele Geld zu zählen. Bascombe schnurrte wie ein Kater, als er das hörte. Es war gar nicht mehr Habgier, er brauchte ja bloß noch abzuräumen. Es mußte so kommen. Er war ein Millionär. Und dann ließ Doran die Katze aus dem Sack.

„Es gibt nur eine Schwierigkeit", sagte Doran. „Die Ärzte sagen, daß ihm der Stimmwechsel bevorsteht. Er kommt jetzt in die Pubertät."

Bascombe zeigte sich ein wenig besorgt. „Seine Stimme wird ein bißchen tiefer werden. Vielleicht klingt sie dann noch besser."

Doran schüttelte den Kopf. „Was ihn zu einem Superstar macht, das ist gerade die hohe, klare Süße seiner Stimme. Sicher klingt sie dann vielleicht besser, aber er wird fünf Jahre brauchen, um sie zu schulen und sich ein neues Image zu schaffen. Und dann steht es eins zu hundert, daß er wieder an die Spitze kommt. Ich habe ihn dem Publikum mit der Stimme verkauft, die er jetzt hat."

„Na ja, vielleicht kommt es gar nicht dazu", meinte Bascombe.

„Vielleicht", sagte Doran und ließ es dabei bewenden.

Zwei Tage darauf kam Bascombe zu ihm in die Wohnung.

Janelle ließ ihn ein und gab ihm einen Drink. Und als er und Doran ihr Gespräch anfingen, verließ sie das Zimmer.

In dieser Nacht im Bett, nachdem sie sich geliebt hatten, fragte Janelle: „Wie kommst du mit deinen schmutzigen Plänen weiter?"

Doran lachte. Er wußte, daß Janelle ihn für das, was er vorhatte, verachtete, aber sie war so geil, daß sie ihn immer bestens bedient hatte. Wie Rory wußte auch sie nicht, wie phantastisch sie war. Doran war zufrieden. Gute Bedienung, darauf legte er Wert. Menschen, die ihren eigenen Wert nicht kannten.

„Den gierigen alten Bastard habe ich schon an der Angel", sagte er. „Jetzt muß ich noch die Mutter und den Sohn bearbeiten."

Doran, der sich für das größte Verkaufsgenie östlich der Rockies hielt, schrieb seinen Erfolg der ihm eigenen Überredungskunst zu. In Wahrheit aber hatte er einfach Glück gehabt. Nur das harte Leben, das Mr. Bascombe bis zu dem Tag geführt hatte, da er das Wunder der Stimme seines Sohnes erlebte, machte ihn für Dorans Vorschlag empfänglich. Er konnte den goldenen Traum nicht aufgeben und in die Sklaverei zurückgehen. Nichts Ungewöhnliches also. Richtiges Glück hatte Doran mit der Mutter.

Mrs. Bascombe kam aus einer Kleinstadt im Süden. Als junges Mädchen führte sie ein gemäßigt ausschweifendes Leben, bis sie Horatio Bascombes Klavierspiel und provinziellem Charme erlag. Mit den Jahren verblaßte ihre Schönheit, sie geriet unter den morastigen Einfluß südstaatlicher Religiosität. Je weniger liebenswert ihr ihr Gatte wurde, desto anziehender erschien ihr Jesus. Die Stimme ihres Sohnes war ihr Liebesopfer für Jesus. Darauf stützte sich Doran. Er ließ Janelle im Zimmer, während er mit Mrs. Bascombe sprach, denn er wußte, daß dieses heikle Thema die ältere Frau nervös machen würde, wenn sie sich mit einem Mann allein in einem Raum befand.

Er war auf devote Weise charmant und höflich zu Mrs. Bascombe. Er sprach davon, daß in den kommenden Jahren Hunderte Millionen Menschen ihren Sohn hören würden, wie er Jesu Herrlichkeit verkündete. In katholischen Ländern, in mohammedanischen Ländern, in Israel, in den Städten Afrikas. Ihr Sohn würde der bedeutendste Evangelist des christlichen Glaubens nach Luther sein. Bedeutender als Billy Graham, bedeutender als Oral Roberts, zwei Männer, die Mrs. Bascombe als Heilige auf Erden verehrte. Und zudem würde ihr Sohn Rory vor der schwersten Sünde, die der Mensch nur allzu leicht auf sich lud, bewahrt bleiben. Das war ganz eindeutig Gottes Wille.

Janelle beobachtete die beiden. Sie bewunderte Doran. Daß er so etwas tun konnte, ohne im Grunde ein böser Mensch zu sein; er war nur einfach selbstsüchtig, er war wie ein Kind, das seiner Mutter Geld aus der Tasche stahl. Und nachdem Doran sie eine ganze Stunde lang bekniet hatte, wurde Mrs. Bascombe langsam schwach. Und jetzt gab Doran ihr den Rest.

„Ich weiß, daß Sie Jesus dieses Opfer bringen werden, Mrs. Bascombe. Das große Problem ist Rory, Ihr Sohn. Er ist ja noch ein Junge, und Sie wissen ja, wie Jungens sind."

Mrs. Bascombe lächelte grimmig. „Ja", sagte sie. „Ich weiß." Sie warf einen giftigen Blick auf Janelle. „Aber mein Rory ist ein braver Junge. Er wird tun, was ich ihm sage."

Doran stieß einen Seufzer der Erleichterung aus. „Ich habe gewußt, daß ich mich auf Sie verlassen kann."

Dann sagte Mrs. Bascombe kühl: „Ich tue das für Jesus. Aber ich möchte einen neuen Vertrag haben. Als seine Co-Managerin möchte ich fünfzehn Prozent von Ihren dreißig haben." Sie machte eine kleine Pause. „Und mein Mann braucht nichts davon zu wissen."

Doran seufzte. „Es hat schon was für sich, wenn man gläubig ist", sagte er. „Ich hoffe, Sie schaffen es."

Rorys Mutter schaffte es. Niemand wußte, wie. Es war alles abgesprochen. Die einzige, der die ganze Sache nicht gefiel, war Janelle. Sie war entsetzt. So entsetzt, daß sie nicht mehr mit Doran schlafen wollte und er daran dachte, sie loszuwerden. Doran hatte aber auch noch ein anderes Problem. Einen Arzt zu finden, der einem vierzehnjährigen Jungen die Eier abschneiden würde. Denn darum ging es ja. Was den alten Päpsten recht war, mußte Doran billig sein.

Janelle war es, die die ganze Sache hochgehen ließ. Sie saßen alle in Dorans Wohnung. Doran arbeitete gerade daran, Mrs. Bascombe ihre fünfzehn Prozent als Co-Managerin wieder abzuluchsen, und achtete daher nicht auf seine Umgebung. Janelle stand auf, nahm Rory bei der Hand und zog ihn hinter sich her in ihr Schlafzimmer.

Mrs. Bascombe protestierte: „Was machen Sie mit meinem Jungen?"

„Wir kommen gleich wieder", sagte Janelle in liebenswürdigem Ton. „Ich will ihm nur etwas zeigen." Im Schlafzimmer angekommen, versperrte sie die Tür. Dann führte sie Rory zum Bett, schnallte seinen Gürtel auf und zog ihm die Hose und Unterhose aus. Sie steckte seine Hand zwischen ihre Beine und bettete seinen Kopf auf ihren bereits entblößten Busen.

In drei Minuten waren sie fertig, und dann überraschte der Junge Janelle. Er zog seine Hose an und vergaß die Unterhose. Er schloß die Schlafzimmertür auf und stürzte ins Wohnzimmer. Mit dem ersten Faustschlag traf er Doran mitten ins Gesicht, und dann verteilte er seine Hiebe wie eine Windmühle, bis sein Vater ihn zur Besinnung brachte.

Janelle lag nackt auf dem Bett und lächelte mir zu. „Doran haßt mich, obwohl seitdem schon sechs Jahre vergangen sind. Ich habe ihn Millionen gekostet."

Auch ich lächelte. „Und was war bei der Verhandlung?"

Janelle zuckte die Achseln. „Der Richter war ein kultivierter Mann. Er sprach mit mir und dem Jungen in seinen Amtsräumen, und dann wies er die Klage ab. Er machte die Eltern und Doran darauf aufmerksam, daß sie sich strafbar gemacht hatten, riet ihnen aber gleichzeitig, den Mund zu halten."

Ich dachte kurz nach. „Und was hat er dir gesagt?"

Wieder lächelte Janelle. „Wenn er dreißig Jahre jünger wäre, sagte er, würde er alles darum geben, mich als Freundin zu haben."

Ich seufzte. „Mein Gott, wenn man dir zuhört, hast du nie einen Fehler gemacht. Aber jetzt möchte ich, daß du mir die Wahrheit sagst. Versprichst du das?"

„Ich verspreche es."

Ich machte eine kleine Pause. Dann fragte ich sie: „Hat es dir Spaß gemacht, dich von diesem vierzehnjährigen Jungen ficken zu lassen?"

Janelle zögerte keinen Augenblick. „Es war phantastisch", antwortete sie.

„Okay", sagte ich. Ich war so konzentriert, daß sich Falten in meine Stirn gruben und Janelle lachte. Sie liebte diese Augenblicke, wenn ich mich wirklich bemühte, sie zu verstehen. „Mal sehen", sagte ich. „Er hatte Locken, und er war gut gebaut. Reine Haut, noch keine Pickel. Lange Wimpern und die Jungfräulichkeit eines Chorknaben. Mann!" Ich versuchte ihn mir vorzustellen. „Sag die Wahrheit! Du warst empört, aber in deinem Innersten wußtest du, daß das deine Entschuldigung war, dich von einem vierzehnjährigen Jungen ficken zu lassen. Anders hättest du es nicht fertiggebracht, obwohl du von Anfang an darauf aus warst. Der Junge hat dich geil gemacht, und so ging alles nach Wunsch. Du hast dich von dem Jungen ficken lassen und ihn damit gerettet. Klasse. Stimmt's?"

„Nein", antwortete Janelle und lächelte.

Wieder seufzte ich, aber dann mußte ich lachen. „Was bist du doch für ein fauler Zauber!" Aber ich war geschlagen, und sie wußte es. Sie hatte selbstlos gehandelt, sie hatte einem jungen Menschen seine Männlichkeit bewahrt. Daß sie dabei auch ihren Spaß gehabt hatte, war schließlich nur die verdiente Belohnung ihrer Tugendhaftigkeit. Da unten im Süden sind sie alle Diener Jesu – jeder auf seine Weise.

Und, mein Gott, ich liebte sie nur noch mehr.

32

Malomar hatte einen schweren Tag hinter sich und dazu noch eine Konferenz mit Moses Wartberg und Jeff Wagon. Er hatte sich für Merlins und seinen Film stark gemacht. Die erste Fassung, die er ihnen zeigte, hatte Wartberg und Wagon mißfallen. Es entbrannte die übliche Diskussion. Sie wollten einen Kommerz-Film daraus machen, mehr *action* darin haben und die einzelnen Figuren vergröbern. Malomar leistete Widerstand.

„Es ist ein gutes Drehbuch", sagte er, „und vergessen Sie nicht, daß das nur die erste Fassung ist."

„Das brauchen Sie uns nicht zu sagen", antwortete Wartberg. „Das wissen wir. Wir haben es immer so beurteilt."

„Sie wissen, daß ich Ihren Ansichten gegenüber stets aufgeschlossen bin und Sie sorgfältig abwäge", sagte Malomar kühl. „Aber was ich bis jetzt von Ihnen gehört habe, erscheint mir durchwegs unerheblich."

„Malomar", sagte Wagon besänftigend und setzte sein charmantes Lächeln auf, „Sie wissen, daß wir an Sie glauben. Darum haben wir auch einen Vertrag mit Ihnen gemacht. Sie können bei Ihren Filmen nach Gutdünken schalten und walten. Wir aber müssen mit Werbung und Öffentlichkeitsarbeit für unsere Beurteilung einstehen. Wir haben Ihnen erlaubt, das Budget Ihres Projekts um eine Million zu überziehen. Das gibt uns doch, glaube ich, das moralische Recht, bei der endgültigen Gestaltung dieses Films ein Wörtchen mitzureden."

„Es war von Anfang an ein Scheißbudget", antwortete Malomar, „das haben wir alle gewußt und waren uns auch darüber einig."

„Sie wissen aber", sagte Wartberg, „wenn wir das Budget überschreiten, verlieren Sie Prozentpunkte. Das steht in allen unseren Verträgen. Wollen Sie dieses Risiko eingehen?"

„Du lieber Himmel!" gab Malomar zurück. „Ich kann mir nicht vorstellen, daß Sie diese Klausel anwenden, wenn der Film eine Menge Geld bringt."

Wartberg grinste über das ganze Gesicht. „Kann sein, wir wenden sie an, kann sein, wir tun's nicht. Dieses Risiko gehen Sie ein, wenn Sie an Ihrer Gestaltung festhalten."

Malomar zuckte die Achseln. „Dieses Risiko übernehme ich", antwortete er. „Und wenn das alles ist, was Sie mir zu sagen haben, gehe ich jetzt in den Schneideraum zurück."

Malomar war erschöpft, als er das Tri-Culture-Studio verließ, um sich in sein eigenes kutschieren zu lassen. Er dachte daran, heimzufahren und ein Schläfchen zu machen, aber es gab zuviel Arbeit. Er hatte noch mindestens fünf Stunden zu tun. Wieder fühlte er die leichten Schmerzen in der Brust. Diese Schweinehunde werden mich noch umbringen, dachte er. Und dann wurde er sich plötzlich der Tatsache bewußt, daß Wartberg und Wagon seit seinem Herzinfarkt weniger Angst vor ihm hatten, häufiger mit ihm diskutierten, ihn immer mehr mit Kostenfragen quälten. Vielleicht wollten die Schweinehunde ihn wirklich umbringen.

Er seufzte. Der Scheißdreck, mit dem er sich herumärgern mußte, dieser verdammte Merlin mit seinem ständigen Gejammere über die Produzenten, über Hollywood und über die Tatsache, daß sie allesamt keine künstlerischen Menschen waren. Und er riskierte sein Leben, um das von Merlin erarbeitete Konzept des Films zu retten. Er hatte nicht übel Lust, Merlin anzurufen und ihm zu sagen, er sollte gefälligst selbst in die Arena steigen und sich mit Wartberg und Wagon herumschlagen, aber er wußte, daß Merlin einfach seinen Hut nehmen und den Film Film sein lassen würde. Merlin hatte eine andere Einstellung als er. Er empfand nicht seine, Malomars, Liebe für den Film, glaubte nicht an das, was Film sein konnte.

Zum Teufel damit, dachte Malomar. Er würde den Film nach seinem Geschmack gestalten. Es würde ein guter Film werden. Merlin würde zufrieden sein, und auch das Studio, wenn der Film Geld einspielte. Und wenn sie versuchen sollten, ihm seine Prozente zu beschneiden, würde er sich mit seiner Produktionsgesellschaft nach einem anderen Studio umsehen.

Als die Limousine stehenblieb, fühlte Malomar die gleiche freudige Erregung, die er schon immer empfunden hatte: die gehobene Stimmung eines Künstlers, der mit dem Wissen zu seiner Arbeit zurückkehrt, daß er etwas Wunderbares schaffen wird.

Fast sieben Stunden schuftete er mit seinen Leuten, und als die Limousine ihn endlich zu Hause absetzte, war es fast Mitternacht. Er war so müde, daß er gleich zu Bett ging. Er stöhnte vor

Erschöpfung. Der Schmerz in seiner Brust kam neuerlich, griff auch auf den Rücken über, doch nach ein paar Minuten verschwand er wieder. Er lag ruhig da und versuchte einzuschlafen. Er war zufrieden. Er hatte den Tag gut genützt. Er hatte die Haifische vertrieben, und er hatte seinen Film geschnitten.

Malomar saß gern mit seinen Leuten und dem Regisseur im Schneideraum. Er liebte es, im Dunkeln zu sitzen und Entscheidungen darüber zu treffen, was die schattenhaften Gestalten tun sollten und was nicht. Gottgleich gab er ihnen eine gewisse Art von Seele. Wenn sie „gut" waren, gab er ihnen ein anziehenderes Äußeres, indem er den Cutter anwies, ein nicht sehr schmeichelhaftes Bild herauszuschneiden, um eine Nase nicht zu knochig, einen Mund nicht zu boshaft erscheinen zu lassen. Mit einer besser beleuchteten Aufnahme konnte er die Augen der Heldin reizvoller, ihre Gesten anmutiger und ergreifender wirken lassen. Er vermied es, die „Guten" in Verzweiflung zu stürzen. Er ließ Gnade walten.

Gleichzeitig hatte er ein scharfes Auge auf die Bösen. Entsprachen die Farben ihrer Krawatte und der Sitz ihrer Jacke ihrem schurkischen Wesen? Lächelten sie zu vertrauenerweckend? Verrieten die Falten in ihren Gesichtern zuviel Milde? Am Schneidetisch wurde ein falsches Persönlichkeitsbild ausgelöscht. Auf keinen Fall durften sie langweilig sein. Der Bösewicht mußte interessant sein. Malomar in seinem Schneideraum achtete auf die kleinste Kleinigkeit. Der Welt, die er schuf, sollte eine vernünftige Logik innewohnen, und wenn er sie fertig hatte, freute man sich für gewöhnlich, sie zu erleben.

Malomar hatte Hunderte solcher Welten geschaffen. Sie lebten für alle Zeit in seiner Erinnerung fort, so wie Gottes zahllose Galaxien in Seiner Erinnerung fortlebten. Und Malomar fand seine Welten erstaunlich. Wenn er den dunklen Schneideraum verließ und in die von Gott geschaffene Welt hinaustrat, die ihm so ganz und gar sinnlos erschien, war das eine andere Sache.

In den letzten drei Jahren hatte Malomar drei Herzattacken überstanden. Überanstrengung, sagte der Arzt. Aber Malomar wurde das Gefühl nicht los, daß Gott in Seinem Schneideraum falsch geschaltet hatte. Er, Malomar, war der Letzte, der Herzinfarkte haben sollte. Wer würde alle diese noch zu schaffenden Welten überwachen? Und er paßte doch so auf sich auf! Er aß wenig und nach Vorschrift. Jeden Morgen turnte er. Er trank wenig. Er koitierte regelmäßig, aber nicht im Übermaß. Er war immer noch ein junger, stattlicher Mann. Er sah wie ein Held aus. Und er versuchte, sich gut zu benehmen – so gut, wie das in der Welt, wie Gott sie abdrehte, eben möglich war. In Malomars Schneideraum würde eine Type wie Malomar nie an einem Herzinfarkt sterben. Der Cutter würde dieses Teilbild herausschneiden, der Produzent würde den Script umarbeiten lassen. Der Regisseur und alle Schauspieler würden mitarbeiten müssen. Einen solchen Mann würde man nicht umkommen lassen.

Doch seine Herzschmerzen konnte Malomar nicht herausschneiden. Und in seinem riesigen Haus stopfte er sich, oft spät nachts noch, Herztabletten in den Mund. Und lag dann, von Angst wie gelähmt, in seinem Bett. Wenn er sich besonders schlecht fühlte, rief er seinen Hausarzt an. Der Arzt kam und saß die ganze Nacht neben ihm, untersuchte ihn, beruhigte ihn und hielt seine Hand, bis der Morgen graute. Nie wies der Arzt ihn ab. Malomar hatte den Script für das Leben dieses Mannes geschrieben. Er hatte ihm Zugang zu den schönsten Schauspielerinnen verschafft; er wurde ihr Hausarzt und oft auch ihr Liebhaber. Als Malomar früher, vor seinem ersten Herzinfarkt, ein anstrengenderes Sexualleben führte, als sein großes Haus sich mit Starlets und eleganten Modellen füllte, war der Arzt sein Dinnergast gewesen, und gemeinsam hatten sie das für den Abend angerichtete Smorgasbord weiblicher Schönheiten verkostet.

In dieser Nacht nun, da Malomar allein in seinem Bett lag, rief er den Arzt an. Der Arzt kam, untersuchte ihn und versicherte ihm, daß die Schmerzen vergehen würden. Es bestehe keine Gefahr. Er solle versuchen einzuschlafen. Der Arzt brachte ihm Wasser für seine Tabletten und Beruhigungsmittel. Mit dem Stethoskop hörte er sein Herz ab. Es war in Ordnung – es brach nicht in Stücke, wie Malomar vermeinte. Und nach ein paar Stunden, als es ihm besser ging, sagte er dem Arzt, er könne heimgehen. Und dann schlief Malomar ein.

Er träumte. Es war ein lebhafter Traum. Von Menschen umringt, stand er auf einem Bahnhof. Er kaufte eine Fahrkarte. Ein kleiner, aber stämmiger Mann drängte sich vor und verlangte auch eine Fahrkarte. Der kleine Mann hatte einen riesigen Zwergenkopf und schrie Malomar an. Malomar beruhigte ihn. Er trat zur Seite. Der Mann kaufte seine Fahrkarte. „Hören Sie", sagte er zu dem Mann, „wenn Ihnen etwas nicht paßt, mir ist alles recht." Und während er noch redete, würde der Mann größer, und seine Gesichtszüge glätteten sich. Er war plötzlich ein alter Herr und sagte zu Malomar: „Schreiben Sie mir Ihren Namen auf. Ich werde etwas für Sie tun." Er liebte Malomar. Malomar sah das ganz deutlich. Sie waren beide sehr nett zueinander. Und der Mann am Fahrkartenschalter behandelte den Mann jetzt mit großem Respekt.

Malomar erwachte in der ausgedehnten Finsternis seines riesigen Schlafzimmers. Seine Pupillen verengten sich, und der peripherischen Sicht beraubt, fixierte er das weiße Lichtrechteck der offenen Badezimmertür. Einen Augenblick glaubte er immer noch, auf die Leinwand im Schneideraum zu starren, doch dann erkannte er, daß es nur ein Traum gewesen war. Als er das begriff, trennte sich sein Herz in unheilvoll arhythmischer Galoppade von seinem Körper. Die elektrischen Impulse des Herzmuskels verhedderten sich. Schwitzend setzte er sich auf. Sein Herz erbebte in einem letzten donnernden Ansturm. Er fiel zurück und schloß die Augen, und alles Licht erlosch auf der Leinwand, die sein Leben war. Er hörte nur noch ein kratzendes Geräusch wie von auf Stahl zerbrechendem Zelluloid, und dann war er tot.

33

Es war Doran Rudd, mein Agent, der mich anrief und mich von Malomars Tod in Kenntnis setzte. Er teilte mir auch mit, daß für den nächsten Tag eine große Besprechung über den Film anberaumt sei. Ich müsse die nächste Maschine nehmen, und er würde mich vom Flughafen abholen.

Am Kennedy-Flughafen rief ich Janelle an, um ihr zu sagen, daß ich käme, aber es meldete sich nur ihre Stimme auf Tonband, mit leicht französischem Akzent im monotonen Sekretärinnensingsang, und ich hinterließ eine Nachricht für sie.

Malomars Tod erschütterte mich. In den Monaten unserer Zusammenarbeit hatte ich enormen Respekt vor ihm bekommen. Nie redete er Blech; mit seinen Adleraugen erspähte er jeglichen Bockmist in einem Script oder einem Stück Film. Er erteilte mir Privatunterricht, wenn er mir Filme vorführte, und erklärte mir, warum eine Szene nichts hergab oder worauf man bei einem Schauspieler achten mußte, der auch in einer schlechten Rolle noch Talent bewies. Wir diskutierten viel. Meine snobistische Art wäre eine Abwehrreaktion, meinte Malomar, und ich hätte das Medium Film nicht eingehend genug studiert. Er machte sich sogar erbötig, mir beizubringen, wie man Regie führte, aber ich lehnte ab. Er wollte wissen, warum.

„Hören Sie", sagte ich, „jeder Mensch ist ein Agens, das auf anderer Menschen Schicksal einwirkt – allein dadurch, daß er existiert, selbst wenn er stillsteht und mit niemandem in Berührung kommt. Das ist es, was ich am Leben so hasse. Und das schlimmste Agens dieser Art ist ein Filmregisseur. Denken Sie nur an alle diese Schauspieler und Schauspielerinnen, die Sie in Verzweiflung stürzen, wenn Sie sie abweisen. Denken Sie an all die Leute, denen Sie Befehle erteilen müssen. Das Geld, das Sie ausgeben, die Schicksale, die Sie beeinflussen. Ich schreibe nur Bücher, ich tue niemandem weh, ich helfe nur. Die Leute können meine Hilfe annehmen oder sie können es lassen."

„Sie haben recht", sagte Malomar. „Sie werden nie ein Regisseur werden. Aber ich glaube, Sie reden Scheiße. Kein Mensch kann so passiv sein."

Natürlich hatte er recht. Ich wollte nur eine privatere Welt beherrschen.

Trotzdem betrübte mich sein Tod. Ich hatte ihn gern gemocht, obwohl wir uns eigentlich nicht sehr gut kannten. Und natürlich machte ich mir auch ein wenig Sorgen, wie es jetzt mit unserem Film weitergehen würde.

Doran Rudd holte mich vom Flughafen ab. Er teilte mir mit, daß der neue Produzent Jeff Wagon sei und daß Tri-Culture Malomars Studio geschluckt habe. Ich solle mich darauf vorbereiten, daß es eine Menge Schwierigkeiten geben würde, meinte er. Auf dem Weg ins Studio faßte er zusammen, was er über Tri-Culture wußte. Über Moses Wartberg, dessen Frau Bella und über Jeff Wagon. Sozusagen als Einleitung erzählte er mir, daß es wohl nicht das bedeutendste Studio Hollywoods sei, wohl aber das unbeliebteste; man nenne es oft auch das „Drei-Geier-Studio". Daß Wartberg ein Haifisch sei und die drei Vizepräsidenten Schakale. Ich wies ihn darauf hin, daß man mit Metaphern nicht so umspringen könne, daß, wenn Wartberg ein Haifisch sei, die Vizepräsidenten Lotsenfische sein mußten. Ich machte meine Späße, aber mein Agent hörte mir gar nicht zu. Er sagte nur: „Ich wollte, Sie hätten sich eine Krawatte umgebunden."

Ich sah ihn an. Er trug seine schicke schwarze Lederjacke über einem Rollkragenpullover. Er zuckte die Achseln.

„Moses Wartberg hätte ein semitischer Hitler sein können", meinte Doran. „Aber er würde ein bißchen anders gedreht haben. Er würde alle erwachsenen Christen in die Gaskammer und ihre Kinder als Stipendiaten ans College geschickt haben."

Behaglich in Doran Rudds Mercedes 450 SL gekuschelt, hörte ich seinem Geschnatter kaum zu. Er sagte mir, daß es einen erbitterten Kampf um den Film geben würde. Daß Jeff Wagon ihn produzieren und Wartberg sich persönlich dafür engagieren würde. Die beiden hätten Malomar zu Tode gequält, sagte Doran. Das erschien mir als eine für Hollywood typische Übertreibung. Aber die Essenz dessen, was Doran mir erzählte, war doch, daß sich das Schicksal des Films heute entscheiden würde. Auf der langen Fahrt ins Studio versuchte ich daher, mir alles ins Gedächtnis zurückzurufen, was ich über Wartberg und Wagon wußte.

Jeff Wagon war der Prototyp eines Kommerz-Produzenten, also eines Erzeugers von sogenannten B-Filmen, und das von seinem eckigen Kopf bis hinunter zu den Bally-Schuhen an seinen Füßen. Er hatte sich im Fernsehen einen Namen gemacht und sich dann auf die gleiche schmierige Weise und mit dem gleichen ästhetischen Effekt ins Spielfilmgeschäft gedrängt, so wie ein Tintenfleck sich auf einem Leinentischtuch ausbreitet. Er hatte über hundert Fernseh- und zwanzig Spielfilme gemacht. Keiner von ihnen hatte auch nur einen Hauch von Charme, Qualität oder Kunst an sich. Unter den Kritikern, den Arbeitern und den Schauspielern in Hollywood kursierte ein Witz, in dem Wagon mit Selznick, Lubitsch und Thalberg verglichen wurde. Von seinen Filmen sagte man, sie hätten den Schwanzstempel, weil eine boshafte junge Schauspielerin ihn einmal den „Schwanz" genannt hatte.

In einem typischen Jeff-Wagon-Film agierten von den Jahren und sonstigem verschlissene, nach Lohntüten hungernde Stars. Sie wußten, daß es ein B-Film war. Seine Regisseure wählte er sorgfältig aus; gewöhnlich waren es Durchschnittstalente, die einen Rattenschwanz von Mißerfolgen hinter sich hatten; es fiel ihm dann leicht, ihnen den Arm auf den Rücken zu drehen und sie zu nötigen, den Film so herunterzukurbeln, wie er ihn haben wollte. Das komische war, daß er mit seinen Filmen, so schlecht sie auch sein mochten, entweder ohne Verlust abschnitt oder sogar Geld verdiente, weil sie nämlich, vom kommerziellen Standpunkt gesehen, auf gesunden Ideen basierten. Sie hatten für gewöhnlich ihr vorprogrammiertes Publikum, und Jeff Wagon war, was die Kostenseite anging, ein wahrer Meister. Seine Spezialität waren Verträge, mit welchen er jedermann um seine Prozente betrog, wenn der Film Erfolg hatte und ein Kassenschlager wurde. Und kam er damit nicht durch, dann prozessierte er, um anschließend auf einen „Vergleich" einzugehen. Aber Moses Wartberg sagte immer, daß Jeff Wagon gute Ideen habe. Er wußte wahrscheinlich nicht, daß Wagon selbst diese Ideen stahl. Er tat dies auf eine Art, auf die nur das Wort Verführung paßt.

In seinen jungen Jahren war Jeff Wagon seinem Spitznamen gerecht geworden, indem er alle Starlets im Tri-Culture-Studio auf die Matte legte. Er hielt seine Zusagen ein. Wenn sie ihn ranließen, durften sie in Fernsehfilmen die Bardamen in einer Kneipe oder die Empfangsdamen in einem Büro spielen. Wenn sie es geschickt anstellten, bekamen sie genug Arbeit, um davon leben zu können. Doch als er mit Spielfilmen anfing, ging das nicht mehr. Bei

Drei-Millionen-Dollar-Budgets gab man sich nicht mehr damit ab, Schaukelmädchen mit kleinen Rollen ins Bett zu locken. Er fand eine Lösung: er ließ sie für eine Rolle vorsprechen oder versicherte ihnen, daß er alles nur Mögliche für sie tun werde; eine feste Verpflichtung ging er nicht ein. Einige hatten natürlich Talent, und wenn er für sie den Fuß in die Tür stellte, bekamen sie ein paar schöne Rollen in Spielfilmen. Die eine oder andere wurde sogar ein Star, und oft waren sie ihm hernach dankbar.

Eines Tages aber kam eine atemberaubende Schönheit von achtzehn Lenzen aus den nördlichen Regenwäldern Oregons. Sie hatte alles, was man sich nur wünschen konnte: ein hübsches Gesicht, eine gute Figur, Temperament und sogar Talent. Doch die Kameras wollten ihr nicht ihr Recht werden lassen. In dieser idiotischen Welt des Films kam ihr Äußeres nicht an.

Sie war auch ein bißchen verrückt. In den Wäldern Oregons aufgewachsen, war sie eine geübte Jägerin. Sie konnte einem Hirsch die Haut abziehen und mit einem Grizzlybär kämpfen. Nachdem ihr ihr Agent gut zugeredet hatte, ließ sie sich einmal im Monat widerstrebend von Jeff Wagon ficken. Aber sie kam aus einer Gegend, wo die Leute sich durch Geradlinigkeit ihres Denkens auszeichneten, und so erwartete sie von Jeff Wagon, daß er sein Wort halten und ihr die Rolle verschaffen würde. Als das nicht geschah, ging sie mit Jeff Wagon und einem Jagdmesser ins Bett und stieß es ihm im kritischen Augenblick in die Eier.

Es ging nicht allzu schlimm aus. Erstens einmal schnitt sie ihm nur eine Kerbe in sein rechtes Ei, und man huldigte ganz allgemein der Ansicht, daß ihm bei seinen großen Eiern der Verlust eines kleines Scheibchens nicht schaden würde. Er selbst versuchte den Zwischenfall zu vertuschen und lehnte es ab, sie vor Gericht zu bringen. Aber die Geschichte wurde publik. Das Mädchen bekam genügend Geld für ein Blockhaus und ein neues Jagdgewehr und wurde zurück nach Oregon verfrachtet. Jeff Wagon aber hatte seine Lektion gelernt. Er gab es auf, Starlets zu verführen, und begann damit, Autoren ihre Ideen abzuluchsen. Das war gewinnbringender und weniger gefährlich. Autoren waren dümmer und feiger.

Und so verführte er die Autoren, indem er sie in elegante Lokale ausführte; und indem er sie mit Aufträgen lockte. Die neue Fassung eines Scripts, ein paar tausend Dollar für ein Treatment. Zwischendurch ließ er sie von ihren Ideen für zukünftige Romane oder Drehbücher erzählen. Und dann stahl er ihre Ideen, indem er sie auf andere Schauplätze verlegte und die einzelnen Figuren veränderte – stets aber unter Beibehaltung des Grundgedankens. Es war sein Privatvergnügen, Autoren hereinzulegen, indem er ihnen nichts bezahlte. Und da die Autoren für gewöhnlich keine Ahnung vom Wert ihrer Ideen hatten, protestierten sie auch nicht. Anders als diese Fotzen, die einen drüberließen und goldene Berge dafür erwarteten.

Die Agenten waren es, die Jeff Wagon auf die Schliche kamen und den Autoren unter ihren Kunden verboten, mit ihm essen zu gehen. Aber aus dem ganzen Land kamen immer wieder junge Schriftsteller nach Hollywood. Und alle hofften sie, den einen Fuß in die Tür zu bekommen, der sie reich und berühmt machen würde. Und es war Jeff Wagons geniale Methode, den Türspalt so weit offen stehen zu lassen, daß ihre Zehen grüne und blaue Flecken abbekamen, wenn er die Tür zuknallte.

Als ich einmal in Vegas war, sagte ich zu Cully, daß er und Wagon ihre Opfer auf die gleiche Weise ausraubten. Aber Cully war anderer Meinung.

„Hör einmal zu“, sagte Cully, „ich und Vegas, wir sind hinter deinem Geld her, das ist wahr. Aber Hollywood will dir die Eier abschneiden.“

Dabei wußte er nicht, daß das Tri-Culture-Studio eben erst eines der größten Casinos in Vegas gekauft hatte.

Mit Moses Wartberg war das eine andere Geschichte. Bei einem meiner ersten Besuche in Hollywood war ich auch ins Tri-Culture-Studio gefahren worden, um dort meine Aufwartung zu machen.

Ich sprach Moses Wartberg nur kurz – und wußte sofort, wer er war. Er hatte die gleiche Haifischvisage, wie ich sie auch schon bei hohen Offizieren, Casinobesitzern, sehr schönen und sehr reichen Frauen und Mafia-Bossen gesehen hatte. Es war der kalte Stuhl der Macht, die Frostigkeit in Blut und Hirn, das erschreckende Fehlen von Erbarmen oder Mitgefühl in allen Zellen des Organismus. Der berauschendsten aller Drogen, der Macht, verfallene Menschen, einer bereits errungenen und seit langem ausgeübten Macht. Und von Moses Wartberg wurde sie bis zur letzten Konsequenz ausgeübt.

Als ich an jenem Abend Janelle davon erzählte, daß ich im Tri-Culture-Studio gewesen war und Wartberg kennengelernt hatte, sagte sie lässig: „Der gute alte Moses. Ich kenne Moses.“ Sie warf mir einen herausfordernden Blick zu, und ich schluckte den Köder.

„O. k.“, sagte ich. „Erzähle mir, wie gut du Moses kennst.“

Janelle stieg aus dem Bett, um mir die Geschichte richtig vorzuführen.

„Ich war schon seit etwa zwei Jahren in Hollywood und kam nicht weiter. Ich wurde zu einer Party eingeladen, an der alle großen Tiere teilnehmen würden, und als braver kleiner Möchtegern-Star ging ich hin, um Kontakte herzustellen. Ein Dutzend Mädchen wie ich waren gekommen, spazierten herum, sahen schön aus und hofften, irgendein einflußreicher Produzent würde von ihren Talenten beeindruckt sein. Nun, ich hatte Glück. Moses Wartberg kam auf mich zu, und er war charmant. Ich verstand gar nicht, wie die Leute so häßliche Dinge von ihm erzählen konnten. Ich entsinne mich, daß seine Frau vorbeikam und ihn mitnehmen wollte, aber er achtete gar nicht auf sie. Er fuhr fort, mit mir zu plaudern, und ich, ich war ganz faszinierende Südstaatenschönheit. Und tatsächlich, noch bevor der Abend zu Ende ging, hatte ich eine Einladung von Moses Wartberg in der Hand, am nächsten Tag bei ihm zu Abend zu essen. In der Früh rief ich meine Freundinnen an und erzählte es ihnen. Sie beglückwünschten mich und kündigten mir an, daß ich mich von ihm ficken würde lassen müssen, und ich sagte, das würde ich natürlich nicht tun, nicht bei unserem ersten Zusammentreffen, und außerdem würde er mehr Respekt vor mir haben, wenn ich mich am Anfang ein wenig zierte.“

„Das ist eine gute Methode“, warf ich ein.

„Ich weiß“, sagte sie. „Bei dir hat sie ja auch funktioniert, aber das war damals echt meine Einstellung. Ich hatte noch nie mit einem Mann geschlafen, den ich nicht wirklich mochte. Ich hatte noch nie mit einem Mann geschlafen, nur um etwas zu erreichen, daß er etwas für mich tat. Das sagte ich meinen Freundinnen, und sie meinten, ich wäre verrückt und daß ich, wenn Moses Wartberg sich wirklich in mich verliebte oder mich wirklich gern mochte, auf bestem Wege sein würde, ein Star zu werden.“

Ein paar Minuten lang spielte sie pantomimisch das Bild aufrichtiger Tugend, die sich zu rechtschaffener Sündhaftigkeit zu bekehren suchte.

„Und was geschah dann?“ fragte ich.

Die Hände in die Hüften gestützt, den Kopf neckisch zur Seite gelegt, stand Janelle vor mir. „Um fünf Uhr nachmittag traf ich die größte Entscheidung meines Lebens. Ich beschloß, mit einem Mann zu bumsen, den ich nicht kannte – nur um weiterzukommen. Ich kam mir schrecklich tapfer vor, und ich freute mich, daß ich endlich einen Entschluß gefaßt hatte, wie das sonst nur ein Mann tun würde."

Einen Augenblick lang fiel sie aus ihrer Rolle.

„Tun Männer das etwa nicht?" fragte sie honigsüß. „Sie tun doch alles, um ein Geschäft zu machen, sie erniedrigen sich sogar. Ist das nicht so im Geschäftsleben?"

„Kann schon stimmen", sagte ich.

„Hast du das nicht auch tun müssen?"

„Nein", antwortete ich.

„Du hast nie so etwas getan, um zu erreichen, daß dein Buch verlegt wird, um einen Agenten zu finden, um einen Kritiker zu bewegen, etwas Nettes über dich zu schreiben?"

„Nein."

„Du hast eine gute Meinung von dir, nicht wahr?" sagte Janelle. „Ich habe schon vor dir Verhältnisse mit verheirateten Männern gehabt, und eines war ihnen allen gemeinsam: Sie wollten alle den großen weißen Cowboyhut tragen."

„Was soll das nun wieder heißen?"

„Sie wollen fair sein gegenüber ihren Frauen und Freundinnen. Das ist der Eindruck, den sie machen wollen, und darum kann man ihnen auch nichts vorwerfen. Du machst das ja auch."

Ich dachte eine Weile nach. Ich sah, wo sie hinauswollte.

„Okay", sagte ich, „und?"

„Und was?" antwortete Janelle. „Du sagst mir, daß du mich liebst, aber du kehrst zu deiner Frau zurück. Kein verheirateter Mann sollte einer anderen Frau sagen, daß er sie liebt, wenn er nicht bereit ist, seine Frau zu verlassen."

„Das ist romantischer Quatsch", sagte ich.

Einen Augenblick lang war sie wütend. „Wenn ich zu dir nach Hause ginge und deiner Frau erzählte, daß du mich liebst, würdest du mich verleugnen?"

Ich lachte. Ich mußte wirklich lachen. Ich preßte die Hand auf meine Brust. „Sag das noch einmal!" forderte ich sie auf.

Und sie sagte: „Würdest du mich verleugnen?"

Und ich erwiderte: „Selbstverständlich."

Sie sah mich an. Sie war wütend, und dann fing auch sie an zu lachen. „Bei dir bin ich rückfällig geworden", sagte sie, „aber das wird mir nicht mehr passieren."

Und ich verstand, was sie damit meinte.

„Na schön“, sagte ich. „Und was war mit Wartberg?“

„Ich tat mein bestes Badesalz ins Bad. Ich salbte mich, zog mein bestes Kleid an, ließ mich zum Opferaltar fahren. Ich wurde eingelassen und von Moses Wartberg empfangen. Wir setzten uns, nahmen einen Drink, er fragte mich nach meiner Karriere, und wir plauderten etwa eine Stunde. Er machte das sehr geschickt. Er gab mir zu verstehen, daß er viel für mich tun würde, wenn die Nacht erwartungsgemäß verlief. Ich dachte mir, dieser Hurensohn wird mich nicht nur nicht ficken, er wird nicht einmal mit mir zu Abend essen.“

„Derlei hattest du von mir nie zu befürchten“, sagte ich.

Sie sah mich lange an und fuhr fort: „Und dann sagte er: ‚Oben im Schlafzimmer ist das Essen angerichtet. Wollen wir hinaufgehen?‘ Und ich antwortete ganz unschuldig: ‚Gern, ich glaube, ich bin ein wenig hungrig.‘ Er geleitete mich die Treppe hinauf, eine wunderschöne Treppe wie im Film, und öffnete die Schlafzimmertür. Er schloß sie hinter mir von draußen, und ich stand im Schlafzimmer, vor mir ein Tischchen mit ausgesuchten Leckerbissen.“

Sie nahm die Pose des unschuldigen, verwirrten jungen Mädchens ein.

„Wo ist Moses?“ fragte ich.

„Draußen vor der Tür, am Gang.“

„Er ließ dich allein essen?“

„Nein“, sagte Janelle. „Mrs. Bella Wartberg erwartete mich in ihrem durchsichtigsten Negligé.“

„Du lieber Himmel!“

Janelle nahm eine andere Pose ein. „Ich hatte nicht gewußt, daß ich mit einer Frau bumsen sollte. Ich hatte acht Stunden gebraucht, um mich zu entschließen, mich von einem Mann ficken zu lassen, und jetzt stellte sich heraus, daß ich eine Frau ficken sollte. Darauf war ich nicht vorbereitet.“

„Ich wäre auch nicht darauf vorbereitet gewesen“, bemerkte ich.

„Ich wußte wirklich nicht, was ich tun sollte“, fuhr Janelle fort. „Ich setzte mich, Mrs. Wartberg servierte mir Sandwiches und Tee, holte ihre Brüste aus dem Negligé und fragte: ‚Gefallen sie Ihnen, meine Liebe?‘ Und ich sagte: ‚Sie sind sehr schön.‘“

Und dann sah mir Janelle in die Augen, senkte den Kopf, und ich fragte: „Und was geschah dann? Wie hat sie reagiert, als du sagtest, daß sie sehr schön wären?“

Janelle öffnete die Augen weit, Ungläubigkeit, Erstaunen mimend. „Bella Wartberg sagte: ‚Wollen Sie daran saugen, Liebste?'"

Und dann ließ sich Janelle mit mir aufs Bett sinken. „Ich lief aus dem Zimmer", beendete sie ihre Erzählung, „ich lief die Treppe hinunter aus dem Haus, ich konnte zwei Jahre lang keinen Job mehr bekommen."

„Das Leben ist hart in Hollywood", sagte ich.

„Nein, nein", widersprach Janelle. „Wenn ich acht Stunden länger mit meinen Freundinnen gesprochen hätte, wäre auch das in Ordnung gegangen. Man muß sich auf alles einstellen können."

Ich lächelte sie an, und sie sah mir herausfordernd in die Augen.

„Stimmt", sagte ich. „Wo ist der Unterschied?"

Der Mercedes schoß über die Schnellstraße, und ich versuchte Doran zuzuhören.

„Der alte Moses ist ein gefährlicher Bursche", sagte Doran, „nehmen Sie sich in acht." Und so dachte ich über Moses nach.

Moses Wartberg war einer der mächtigsten Männer Hollywoods. Sein Studio, das Tri-Culture-Studio, war finanziell gesünder als die meisten anderen Gesellschaften, produzierte aber die schlechtesten Filme. In einem dem schöpferischen Streben zugeordneten Bereich hatte Moses Wartberg eine auf reinen Gelderwerb ausgerichtete Maschine geschaffen. Ein Mann ohne jede schöpferische Phantasie. Man erblickte darin ein genialisches Talent.

Wartberg war ein fetter, schlabbriger, in schlecht geschneiderten Vegas-Anzügen steckender Mann, zeigte nie irgendwelche Gefühle, und es war ein Teil seiner Lebensphilosophie, nur das zu geben, was man ihm nehmen konnte. Er glaubte daran, nichts geben zu müssen, was man ihm und den Anwälten des Studios nicht abzwingen konnte. In seiner Art war er unparteiisch. Er betrog Produzenten, Stars, Drehbuchschreiber und Regisseure um ihre Prozente an erfolgreichen Filmen. Nie zeigte er sich für eine großartige Regiearbeit, eine großartige schauspielerische Leistung oder einen großartigen Script dankbar. Wie oft hatte er viel Geld für Mist bezahlt? Warum also sollte er einen Menschen nach seinem Wert bezahlen, wenn er ihn billiger haben konnte?

Wartberg sprach über Filme wie Generäle über den Krieg. Er sagte Dinge wie: „Ohne Eier zu zerbrechen, kann man keine

Omelette machen." Wenn ein Geschäftspartner sich auf ihre freundlichen Beziehungen berief, wenn ein Schauspieler ihn daran erinnerte, daß sie einander doch liebten und warum zum Teufel wolle ihn das Studio aufs Kreuz legen, hatte Wartberg nur ein dünnes Lächeln für ihn und sagte kühl: „Wenn ich das Wort ‚Liebe' höre, nehme ich meine Brieftasche heraus."

Persönliche Würde bedeutete ihm nichts, und er war stolz, wenn man ihm vorwarf, jeglichen Anstandsgefühls zu ermangeln. Er besaß nicht den Ehrgeiz, als Mann zu gelten, auf dessen Wort man bauen konnte. Er glaubte nicht daran, eine Abmachung mit Handschlag zu besiegeln, er vertraute auf das Kleingedruckte. Er war nie zu stolz, seine Mitmenschen um eine Idee, einen Script oder um die ihm zustehenden Prozente aus dem Gewinn eines Films zu bescheißen. Wenn ihm, üblicherweise von einem übermäßig erregten Schauspieler (Produzenten wußten, daß es zwecklos war), ein Vorwurf gemacht wurde, antwortete er kühl: „Ich mache Filme." Im gleichen Ton, wie etwa Baudelaire einen ähnlichen Vorwurf mit den Worten quittiert haben würde: „Ich bin ein Poet."

Er bediente sich seiner Anwälte wie der Gangster seiner Revolver, er arbeitete mit Zuneigung wie die Prostituierte mit dem Sex. Er benutzte gute Taten wie die Griechen das Trojanische Pferd. Er unterstützte das Will-Rogers-Heim für pensionierte Schauspieler, das Land Israel, die hungernden Millionen Indiens, die arabischen Flüchtlinge aus Palästina. Es war nur die private Mildtätigkeit gegenüber einzelnen Individuen, die ihm gegen den Strich ging.

Das Tri-Culture-Studio war in den roten Zahlen gewesen, als Wartberg die Leitung übernahm. Er ließ unverzüglich ein digitales Rechensystem installieren. Seine Verträge waren die für den Vertragspartner ungünstigsten in ganz Hollywood. Nie spekulierte er mit wahrhaft schöpferischen Ideen, solange sie nicht von anderen Studios erprobt worden waren. Und sein größter Trumpf waren kleine Budgets.

Wo andere Gesellschaften Zehn-Millionen-Dollar-Filme zum Fenster hinaus produzierten, machte das Tri-Culture-Studio keinen, dessen Budget drei Millionen überstieg. Schon wenn es mehr als zwei Millionen waren, ging einer der drei Vizepräsidenten dem Produzenten vierundzwanzig Stunden nicht von der Pelle. Um zu verhindern, daß ein Film den Rahmen seines Budgets sprengte, zwang er die Produzenten, ihm die zeitgerechte Fertigstellung zu garantieren, nötigte er die Regisseure, ihm ihre Anteile zu verpfänden, und drängte er die Schauspieler, ihm ihre Seelen zu verschreiben. Ein Produzent, der das Budget nicht überschritt oder gar darunter blieb, war für Moses Wartberg ein Held – und wußte es auch. Es machte nichts aus, wenn der Film gerade nur seine Kosten einspielte. Ließ sich aber das Budget nicht einhalten – und wenn der Film 20 Millionen Bruttogewinn machte und dem Studio ein Vermögen einbrachte –, berief sich Wartberg auf die Strafklausel im Produzentenvertrag und strich ihm seine Beteiligung am Gewinn. Sicher, es gab Prozesse, aber im Studio saßen 20 festangestellte Anwälte auf ihren Ärschen herum, und die Anwälte brauchten Gerichtspraxis. Also kam es gewöhnlich zu einem Vergleich. Insbesondere dann, wenn der Produzent oder Schauspieler oder Drehbuchautor noch weitere Filme bei Tri-Culture machen wollte.

In einem Punkt waren sich alle einig: Wartberg war ein organisatorisches Genie. Er hatte drei Vizepräsidenten, die mit der Leitung verschiedener Unternehmensbereiche betraut waren, einer gegen den anderen um Wartbergs Gunst buhlten und auf den Tag warteten, da sie seine Nachfolge antreten würden. Alle drei bevölkerten Luxusvillen, erhielten reichlich bemessene Gehaltszulagen und hatten komplette Verfügungsgewalt innerhalb ihrer Aufgabenkreise, sofern Wartberg kein Veto einlegte. Alle drei machten sie Jagd auf Talente und Scripts und dachten sich Spezialprojekte aus. Dabei wußten sie, daß die Budgets niedrig, die künstlerischen Kräfte fügsam zu sein hatten und sie jeden Funken von Originalität vernichten mußten, bevor sie es wagen konnten, mit einem solchen Projekt in Wartbergs Büroflucht im obersten Stockwerk des Direktionsgebäudes zu erscheinen.

In sexueller Hinsicht genoß er einen untadeligen Ruf. Spiel und Spaß mit Starlets gab es für ihn nicht. Nie übte er Druck auf einen Regisseur oder Produzenten aus, eine Favoritin in einem Film zu beschäftigen. Zum einen Teil lag dies an seiner asketischen Natur, an seiner niedrigen sexuellen Vitalität, zu einem anderen an seinem eigenen Gefühl persönlicher Würde. Der Hauptgrund aber war, daß er seit dreißig Jahren eine glückliche Ehe mit seiner Jugendliebe führte.

Sie hatten sich in einer Highschool in der Bronx kennengelernt, jung geheiratet und lebten seitdem zusammen.

Bella Wartberg hatte das Leben einer Märchenprinzessin geführt. Als strammer Teenager in einer Highschool in der Bronx hatte sie Moses Wartberg mit der tödlichen Mischung aus üppigen Brüsten und übermäßiger Sittsamkeit bezirzt. Sie trug lose schwere Wollsweater und um einige Nummern zu große Kleider, aber es war, als wollte man ein leuchtendes radioaktives Stück Metall in einer Höhle vergraben. Man wußte, daß die Brüste existierten, und die Tatsache, daß sie versteckt waren, machte sie nur noch aphrodisischer. Als Moses Produzent wurde, wußte sie eigentlich nicht, was das bedeutete. In zwei Jahren bekam sie zwei Kinder und wäre durchaus bereit gewesen, sich für den Rest ihres fruchtbaren Lebens jedes Jahr ein weiteres anzuschaffen, doch war es Moses, der Einhalt gebot. Damals hatte er seine Kräfte schon zum Großteil in seine Karriere gesteckt; das Wochenbett hatte den Körper, der ihm einst begehrenswert erschienen war, durch Narben entstellt, die Brüste, an denen er gesaugt hatte, waren verfallen und von Adern durchzogen. Und für seinen Geschmack war sie auch zu sehr die gute kleine jüdische Hausfrau. Er nahm ihr eine Zofe und vergaß sie. Er schätzte sie immer noch hoch, weil sie eine unvergleichliche Waschfrau war, die seine weißen Hemden untadelig stärkte und bügelte. Sie war eine gute Hausfrau. Sie kontrollierte seine Vegas-Anzüge und seine geschmacklosen Krawatten und schickte sie in genau den richtigen Zeitabständen in die Reinigung – nicht zu oft, um sie nicht vorzeitig abzunützen, und nicht zu selten, um sie nicht schmierig werden zu lassen. Einmal kaufte sie eine Katze, die das Sofa als Liegestatt benützte, und dann setzte sich Moses auf dieses Sofa. Als er aufstand, hatte er Katzenhaare auf seiner Hose. Er packte die Katze und warf sie gegen die Wand. Er brüllte Bella hysterisch an. Am nächsten Tag verschenkte sie das Tier.

Doch die Macht fließt auf magische Weise von einer Quelle zur anderen. Moses übernahm die Leitung des Tri-Culture-Studios, und es war, als ob eine Fee Bella Wartberg mit ihrem Zauberstab berührt hätte. Die Frauen der Direktoren, aus Kalifornien stammend, nahmen sich ihrer an. Hollywoods Modefriseur formte ihr eine schwarze Lockenpracht, die ihr ein königliches Aussehen verlieh. Die Gymnastikkurse im Sanctuary, einer Kuranstalt, die alle Leute im Showgeschäft zu ihren Kunden zählte, setzten ihrem Körper gnadenlos zu. Von hundertfünfzig Pfund Lebendgewicht kam sie auf einhundertzehn. Selbst ihre Brüste verkümmerten und schrumpften zusammen. Aber nicht genug, um mit dem Rest ihres Körpers zu harmonisieren. Ein Spezialist in plastischer Chirugie reduzierte sie auf zwei kleine, perfekt proportionierte Rosenknospen. Bei dieser Gelegenheit schnippelte er auch ein paar Scheibchen von ihren Schenkeln weg und ein gutes Stück von ihrem Hintern. Die Modeberater des Studios entwarfen eine Garderobe, die zu ihrem neuen Körper und zu ihrem neuen Status paßte. Bella Wartberg blickte in den Spiegel, und was sie dort sah, das war keine stramme, mit lustvollem Fleisch behangene, durchschnittlich hübsche jüdische Prinzessin mehr, sondern eine wespenschlanke, vierzig Jahre alte Exdebütantin, munter, lebenslustig und bis zum Rand voll mit Kraft und Saft. Erfreulicherweise blieb ihr verborgen, daß ihr Aussehen nur eine Verzerrung dessen darstellte, was sie gewesen war, und daß ihr altes Ich wie ein Geist in den Knochen ihres Körpers und in der Struktur ihrer Gesichtszüge fortlebte. Sie war eine magere, modebewußte Dame, mit dem Knochengerüst, das sie ererbt hatte. Aber sie hielt sich für schön. Und so war sie auf alles vorbereitet, als ein junger Schauspieler und Schürzenjäger ihr vorheuchelte, sich in sie verliebt zu haben.

Sie erwiderte seine Gefühle leidenschaftlich und aufrichtig. Sie besuchte ihn in seiner verlotterten Wohnung in Santa Monica und wurde zum ersten Mal nach allen Regeln der Kunst gefickt. Der junge Schauspieler war ein sehr männlicher Mann, liebte seinen Beruf und ging so in seiner Rolle auf, daß er fast glaubte, sie wirklich zu lieben. Bei Gucci kaufte er ihr ein Bettelarmband, das sie für den Rest ihres Lebens als Andenken an ihre erste große Affäre in Ehren hielt. Doch als er sie eines Tages bat, ihm zu einer Rolle in einem von Tri-Cultures großen Spielfilmen zu verhelfen, war er äußerst bestürzt, als sie ihm erklärte, daß sie sich niemals in die Geschäfte ihres Mannes einmenge. Es gab eine heftige Auseinandersetzung, und der Schauspieler verschwand aus ihrem Leben. Sie vermißte ihn, sie vermißte seine schmierige Wohnung, sie vermißte seine Rock-Platten, aber sie war ein vernünftiges Mädchen gewesen und zu einer vernünftigen Frau herangewachsen. Nie wieder würde sie den gleichen Fehler machen. Nach diesem Abenteuer suchte sie sich ihre Liebhaber mit der gleichen Sorgfalt aus wie ein Spaßmacher seine Hüte.

In den folgenden Jahren entwickelte sie sich zu einer geschickten Maklerin in ihren Affären mit Schauspielern. Sie zog talentierte Leute den untalentierten vor und hatte tatsächlich auch mehr Spaß mit den talentierten. Es zeigte sich, daß Allgemeinbildung und Talent für gewöhnlich Hand in Hand gingen. Und sie half ihnen bei ihrem Fortkommen. Sie beging nie den Fehler, sich direkt an ihren Mann zu wenden. Moses saß zu hoch im Olymp, um sich mit solchen Kleinigkeiten abzugeben. Statt dessen ging sie zu einem der drei Vizepräsidenten. Sie schwärmte vom Talent eines Schauspielers, den sie in einem Kellertheater in einem Ibsen-Stück gesehen habe, betonte, daß sie den Betreffenden nicht persönlich kenne, aber sicher sei, daß er ein Gewinn für das Studio sein würde. Der Vizepräsident schrieb sich den Namen auf, und der Schauspieler bekam eine kleine Rolle. Es sprach sich schnell herum. Bald war Bella Wartberg berüchtigt als eine Frau, die sich von jedem jederzeit bespringen ließ, so daß jeder der Vizepräsidenten, wenn sie einen von ihnen in seinem Büro besuchte, darauf achtete, stets eine seiner Sekretärinnen im Zimmer zu haben – so wie ein Frauenarzt darauf achtet, eine Schwester dabei zu haben, wenn er eine Patientin untersucht.

Die drei Vizepräsidenten im Kampf um die Macht mußten Wartbergs Frau gefällig sein – oder glaubten, es sein zu müssen. Jeff Wagon wurde Bellas guter Freund und stellte ihr sogar den einen oder anderen kräftigen jungen Mann vor. Und wenn das alles nicht ausreichte, sah sie sich in den eleganten Läden Rodeos nach Frauen um, speiste ausgiebig mit jungen Starlets in exklusiven Restaurants und trug dabei bedeutungsvoll große, Männlichkeit andeutende Sonnenbrillen. Aufgrund seiner engen Beziehungen zu Bella war Jeff Wagon der aussichtsreichste Kandidat für Moses Wartbergs Position, wenn dieser sich einmal zurückziehen würde. Es gab nur einen Haken: Was würde Moses Wartberg tun, wenn er erfuhr, daß seine Frau Bella die Messalina von Beverly Hills war? Die Schreiberinnen von Klatschspalten berichteten über Bellas Affären auf so wenig verschlüsselte Weise, daß Wartberg wissen mußte, um wen es sich handelte. Bella war stadtbekannt.

Wie üblich überraschte Moses Wartberg Freund und Feind, indem er überhaupt nichts unternahm. Nur selten rächte er sich an dem Liebhaber; nie ergriff er Repressalien gegen seine Frau.

Das erste Mal rächte er sich, als ein junger Rock-and-Roll-Star mit seiner Eroberung prahlte und Bella Wartberg eine „verrückte alte Fotze“ nannte. Der Rock-and-Roll-Star hatte es als Kompliment gemeint, aber Moses Wartberg empfand es genauso beleidigend, wie wenn einer seiner Vizepräsidenten in Blue-Jeans und Rollkragenpullover zur Arbeit gekommen wäre. Der Rock-and-Roll-Star verdiente zehnmal so viel Geld mit seinem Plattenalbum, als er mit der Rolle in seinem Film je verdienen würde, aber er war vom amerikanischen Traum angesteckt: sein Narzißmus, der ihn dazu drängte, sich selbst im Film darzustellen, faszinierte ihn. Am

Abend der ersten Voraufführung des Films hatte er sein Gefolge von Kollegen und Freundinnen zusammengerufen und brachte sie in den privaten Vorführraum in Wartbergs Haus, in dem sich schon die Stars des Tri-Culture-Studios drängten. Es war eine der großen Parties des Jahres.

Der Rock-and-Roll-Star saß und saß und saß. Er wartete und wartete und wartete. Der Film lief und lief und lief. Aber auf der Leinwand war der Rock-and-Roll-Star nicht zu sehen. Seine Rolle lag auf dem Fußboden des Schneideraums. Er soff sich die Hucke voll und mußte nach Hause gebracht werden.

Moses Wartberg hatte seinen Aufstieg vom Produzenten zum Leiter des Studios mit einem großen Coup gefeiert. Es war ihm aufgefallen, daß die Filmmoguln sich immer wieder über das Zuviel an Aufmerksamkeit ereiferten, das Schauspieler, Autoren, Regisseuren und Produzenten bei der Verleihung der Academy Awards zuteil wurde. Es erboste sie, daß ihren Angestellten alle Verdienste um Filme angerechnet wurden, die sie, die Moguln, geschaffen hatten. Es war Moses Wartberg, der schon vor Jahren einen Vorschlag unterstützt hatte, einen Irving-Thalberg-Preis zu stiften und ihn bei der alljährlichen Feierlichkeit der Akademie zu überreichen. Er war klug genug gewesen, den Vorschlag dahingehend abzuändern, daß der Preis nicht alljährlich verliehen werden sollte. Er sollte einem Produzenten zufallen, der über mehrere Jahre hinweg ein künstlerisch hohes Niveau eingehalten hatte. Und er war auch so klug gewesen, eine Klausel einzufügen, wonach niemand den Preis mehr als einmal erhalten durfte. In der Praxis sah es dann so aus, daß viele Produzenten, deren Filme nie einen Academy Award geschafft hatten, die aber in der Filmindustrie großen Einfluß ausübten, dadurch, daß sie den Thalberg-Preis erhielten, ein großes Stück Publicity für sich verbuchen konnten. Aber immer noch nicht zum Zug kamen die Leiter der Studios und die Top-Stars, die das große Geld brachten und deren Leistung nie gut genug war. Thalberg propagierte die Schaffung eines Humanitätspreises, der derjenigen Persönlichkeit in der Filmindustrie zuerkannt werden sollte, die die höchsten Ideale hegte und sich für die fortschrittliche Erneuerung der Industrie und der ganzen Menschheit einsetzte. Vor zwei Jahren war Moses Wartberg endlich dieser Preis zugesprochen worden; er hatte ihn im Fernsehen vor hundert Millionen bewundernder amerikanischer Fernseher entgegengenommen. Er wurde ihm von einem international bekannten japanischen Regisseur überreicht – aus dem einfachen Grund, weil sich kein amerikanischer Regisseur finden ließ, der ihn ihm hätte überreichen können, ohne sich dabei schiefzulachen.

An dem Abend, da Moses Wartberg den Preis erhielt, erlitten zwei Drehbuchautoren vor Empörung Herzattacken. Eine Schauspielerin warf ihren Fernsehapparat aus dem Fenster ihrer im vierten Stock des Beverly Wilshire Hotels gelegenen Suite. Drei Regisseure traten aus der Akademie aus. Aber der Preis wurde Moses Wartbergs teuerster Besitz. Ein Drehbuchautor meinte, es wäre, wie wenn Insassen eines Konzentrationslager für Hitler als den beliebtesten Politiker gestimmt hätten.

Es war Wartberg, der die Technik ersann, einen aufgehenden Stern am Filmhimmel mit so hohen Hypothekenzahlungen für seine Luxusvilla in Beverly Hills zu belasten, daß er sich genötigt sah, in miesen Filmen hart zu arbeiten. Es war Moses Wartberg, dessen Studio ständig bis zum bitteren Ende vor Gericht darum kämpfte, schöpferische Kräfte um das ihnen zustehende Geld zu bringen. Es war Wartberg, der in Washington Verbindungen unterhielt. Politiker wurden mit hübschen Starlets versorgt, aus Reptilienfonds finanziert, auf kostenlose Urlaubsreisen nach studioeigenen Erholungsstätten auf der ganzen Welt geschickt. Wartberg wußte, wie man Anwälte gebrauchte und das Gesetz mißbrauchte, um zu stehlen und zu betrügen. Das behauptete zumindest Doran. Für mich entsprach sein Verhalten dem eines jeden anderen richtigen amerikanischen Geschäftsmannes.

Von seiner Schläue abgesehen, war sein Draht nach Washington der wichtigste Posten auf der Aktivseite des Tri-Culture-Studios.

Seine Feinde verbreiteten Skandalgeschichten über ihn, die allein wegen seiner asketischen Lebensweise nicht wahr sein konnten. Sie brachten Gerüchte in Umlauf, daß er heimlich jeden Monat nach Paris fliege, um sich dort mit Kinderprostituierten zu vergnügen. Sie streuten das Gerücht aus, er wäre ein Voyeur. Daß er durch ein Guckloch seine Frau beobachte, wie sie ihre Liebhaber empfing. Aber das war alles nicht wahr.

An seiner Intelligenz und an seiner Charakterstärke war nicht zu zweifeln. Im Gegensatz zu den anderen Filmmoguln scheute er das Rampenlicht – bis auf die eine Ausnahme: den Humanitätspreis.

Es war Haß auf den zweiten Blick, als Doran den Wagen auf das Tri-Culture-Gelände steuerte. Die Baulichkeiten starrten vor

Beton, und die Anlage war landschaftlich verschönert und erinnerte an jene Industrieparks, die Long Island das Aussehen gutmütiger Konzentrationslager für Roboter verleihen. Als wir durch das Tor rollten, hatten die Wachen keinen Parkplatz für uns, und wir mußten auf den großen, mit Zeituhren ausgestatteten Platz mit dem rot-weiß-gestreiften Balken, der automatisch hochging. Ich dachte nicht daran, daß ich eine Viertel-Dollar-Münze brauchen würde, um wieder hinauszukommen.

Ich hielt das für einen Zufall, für das Versehen einer Sekretärin, aber Doran belehrte mich eines Besseren: Es war Teil von Moses Wartbergs ausgeklügelter Methode, Talente wie mich in ihre Schranken zu weisen. Ein Star wäre einfach umgekehrt und zurückgefahren. Mit Regisseuren oder auch bekannten Schauspielern erlaubten sie sich das nicht, aber Schriftsteller mußten wissen, daß sie keinen Anlaß hatten, sich größenwahnsinnigen Vorstellungen hinzugeben. Ich hielt Doran für verrückt und lachte, aber ein wenig ärgerte es mich doch.

Im Hauptgebäude mußten wir unsere Identität nachweisen, und dann machte der Sicherheitsbeamte einen Anruf, um zu erfahren, ob wir auch erwartet wurden. Eine Sekretärin kam herunter und fuhr mit uns in das oberste Stockwerk hinauf. Und dieses oberste Stockwerk war gespenstisch. Sehr elegant, aber gespenstisch.

Trotz alledem muß ich zugeben, daß ich von Jeff Wagons Charme und Kenntnis des Filmgeschäftes beeindruckt war. Ich wußte, daß er ein falscher Fuffziger und ein Gewaltmensch war, aber das erschien mir irgendwie natürlich. Wie es ja auch nicht unnatürlich ist, eine exotisch aussehende, aber ungenießbare Frucht auf einer tropischen Insel zu finden. Wir setzten uns vor seinen Schreibtisch, mein Agent und ich, und Wagon wies seine Sekretärin an, keine Anrufe durchzuschalten. Sehr schmeichelhaft. Aber offenbar hatte er nicht das geheime Codewort gebraucht, das sie veranlaßt hätte, alle Anrufer abzuweisen; während wir konferierten, nahm er mindestens drei Gespräche entgegen.

Bevor die Konferenz begann, mußten wir noch eine halbe Stunde auf Wartberg warten. Jeff Wagon erzählte ein paar lustige Geschichten, darunter auch die von dem Mädchen aus Oregon, das ihn eine Scheibe von seinem Ei gekostet hatte. „Wenn sie bessere Arbeit geleistet hätte", meinte Wagon, „würde sie mir in den letzten Jahren viel Geld und eine Menge Schwierigkeiten erspart haben."

Wagons Telefon summte, und dann führte er mich und Doran

den Gang hinunter in ein luxuriöses Konferenzzimmer, das jederzeit auch als Filmatelier verwendbar gewesen wäre.

Am langen Konferenztisch saßen Ugo Kellino, Houlinan und Moses Wartberg und spannen ein lässiges Geplauder. Einige Plätze weiter saß ein Mann in mittleren Jahren mit struppigem weißem Haar. Wagon machte uns bekannt: er war der neue Regisseur des Films und hieß Simon Bellfort. Der Name klang mir. Vor zwanzig Jahren hatte er einen großartigen Kriegsfilm gedreht. Gleich darauf unterschrieb er einen langfristigen Vertrag mit Tri-Culture und wurde Jeff Wagons B-Film-Regisseur Nummer eins.

Der junge Kerl neben ihm war Frank Richetti. Er hatte ein scharfgeschnittenes, verschlagenes Gesicht und paßte in seiner Kleidung genau auf Janelles Beschreibung jener attraktiven Männer, die, eine Mischung aus Don Juan, Strichjunge und Zuhälter, Beverly Hills unsicher machten. Sie nannte sie Schleimstädter. Aber vielleicht sagte sie das nur, um mir eine Freude zu machen. Ich begriff nicht, wie ein Mädchen einem Kerl wie Frank Richetti widerstehen konnte. Er war Simon Bellfort für diesen Film als Produzent zugeteilt. Moses Wartberg verlor keine Zeit mit überflüssigem Gerede. In einem Ton, der seine Macht spüren ließ, kam er gleich zur Sache.

„Ich bin nicht glücklich mit dem Script, den Malomar hinterlassen hat", begann er. „Er ist völlig falsch ausgelegt. Es ist kein Tri-Culture-Film. Malomar war ein Genie, und er hätte diesen Film drehen können. Wir haben keinen Mann von seinem Niveau."

Höflich, verbindlich fiel Frank Richetti ihm ins Wort. „Ich weiß nicht, Mr. Wartberg. Wir haben da ein paar recht gute Regisseure." Er lächelte Simon Bellfort freundlich an.

Wartberg blickte ihn kalt an. Richetti würde fortan den Mund halten. Und Bellfort errötete ein wenig und drehte den Kopf zur Seite. „Etatmäßig haben wir eine Menge Geld für diesen Film vorgesehen", setzte Wartberg fort. „Wir müssen diese Investition absichern. Wir wollen aber auch nicht, daß die Kritiker über uns herfallen und uns vorwerfen, wir hätten Malomars Werk in die Pfanne gehaut. Wir wollen seine Reputation ‚für' den Film einsetzen. Houlinan wird der Presse eine von uns allen unterzeichnete Erklärung übermitteln, wonach der Film so gemacht wird, wie Malomar ihn gemacht haben wollte. Daß es Malomars Film sein wird, ein letzter Tribut an seine Größe und seine Leistungen für die Filmindustrie."

Wartberg schaltete eine Pause ein, während Houlinan Kopien der Presseerklärung verteilte. Ich sah, daß es ein wunderschöner Briefkopf war, das Wortzeichen des Tri-Culture-Studios in eindrucksvollem Rot und Schwarz.

„Moses, alter Junge", sagte Kellino leichthin, „ich glaube, Sie sollten vielleicht erwähnen, daß Merlin und Simon bei dem neuen Script mit mir zusammenarbeiten werden."

„O. k., es wurde erwähnt", antwortete Wartberg. „Und ich darf Sie erinnern, Ugo, daß es nicht Ihre Aufgabe ist, bei Produktion oder Regie mitzumischen. So haben wir es ausgemacht."

„Sicher", sagte Kellino.

Jeff Wagon lächelte und lehnte sich zurück. „Die Presseerklärung ist unsere offizielle Position", sagte er, „aber, Merlin, ich muß Sie darauf hinweisen, daß Malomar sehr krank war, als er Ihnen bei diesem Script an die Hand ging. Der Script ist schrecklich. Wir müssen ihn umschreiben. Ich habe einige Ideen. Es bleibt noch viel zu tun. Füttern wir zunächst einmal die Medien mit Material über Malomar. Sind Sie einverstanden, Jack?" fragte er Houlinan. Houlinan nickte.

„Ich hoffe", wandte sich Kellino sehr treuherzig an mich, „Sie werden mit mir zusammenarbeiten, um den großen Film zu schaffen, der er nach Malomars Willen sein sollte."

„Nein", erwiderte ich, „das kann ich nicht tun. Ich habe diesen Script zusammen mit Malomar geschrieben. Ich halte ihn für gut. Ich bin daher nicht bereit, etwas daran zu ändern oder ihn umzuschreiben, und ich werde daher auch keine diesbezügliche Presseerklärung unterzeichnen."

„Wir wissen ja alle, was Sie empfinden", schmeichelte Kellino. „Sie sind Malomar sehr nahegestanden. Mir gefällt, was Sie da eben gesagt haben, und ich finde es wunderbar. In Hollywood ist solche Loyalität nicht oft zu finden, aber vergessen Sie nicht, daß Sie einen Gewinnanteil an diesem Film haben. Es liegt also in Ihrem Interesse, daß der Film ein Erfolg wird. Wenn Sie kein Freund des Films sind, oder gar ein Feind des Films, dann schädigen Sie sich nur selbst."

Ich mußte wirklich lachen, als er damit kam. „Ich bin ein Freund des Films. Darum will ich ihn auch nicht umschreiben. Sie alle hier stehen dem Film feindselig gegenüber."

„Zum Teufel mit ihm", sagte Kellino grob. „Lassen wir ihn laufen. Wir brauchen ihn nicht."

Zum ersten Mal sah ich mir Kellino genauer an und erinnerte

mich, wie Osano ihn beschrieben hatte. Ganz entsprechend dessen Bericht war Kellino erstklassig angezogen: ein gutgeschnittener Anzug, ein wunderschönes Hemd, seidig glänzende braune Schuhe. Er sah sehr gut aus, und ich mußte daran denken, wie Osano das italienische Wort *cafone* gebraucht hatte. Ein *cafone*, hatte er gesagt, „ist ein Bauer, der zu Reichtum und Ruhm gelangt ist und nun versucht, Anschluß an den Adel zu finden. Er macht alles genau richtig. Er lernt gute Manieren, spricht gewählt und kleidet sich wie ein Engel. Aber wie elegant er sich auch kleiden mag, wieviel Mühe er sich auch gibt, wieviel Zeit er auch für seine Erscheinung aufwendet, an seinem Schuh klebt immer ein kleines Stück Scheiße."

Ich sah Kellino an und dachte, wie genau er doch auf diese Beschreibung paßte.

„Bring das in Ordnung", sagte Wartberg zu Wagon und ging aus dem Zimmer. Er hatte keine Zeit, sich mit einem hirnverbrannten Drehbuchautor herumzuschlagen. Er war zu dieser Konferenz überhaupt nur gekommen, um Kellino eine Gefälligkeit zu erweisen.

„Merlin ist wichtig für unser Projekt", wandte sich Wagon aalglatt an Kellino. „Wenn er sich die Sache erst richtig überlegt hat, wird er sich unserer Ansicht anschließen. Was meinen Sie, Doran, wollen wir uns nicht in ein paar Tagen noch einmal zusammensetzen?"

„Na klar", sagte Doran. „Ich rufe Sie an."

Wir standen auf, um zu gehen. Ich gab Kellino meine Kopie der Presseerklärung. „Sie haben da etwas am Schuh", sagte ich. „Nehmen Sie doch das und putzen Sie's damit weg."

Ich sollte mir keine Sorgen machen, meinte Doran, als wir das Tri-Culture-Studio verließen. In der nächsten Woche würde er alles in Ordnung bringen, denn Wartberg und Wagon konnten es sich nicht leisten, in mir einen Feind des Films zu haben. Sie würden Entgegenkommen zeigen. Und schließlich sollten wir nicht auf meinen Gewinnanteil vergessen.

Ich sagte ihm, daß es mir scheißegal wäre, und bat ihn, schneller zu fahren. Ich wußte, daß Janelle im Hotel auf mich wartete, und ich hatte das Gefühl, daß mir im Moment nichts wichtiger war, als sie wiederzusehen. Ihren Körper zu berühren, ihren Mund zu küssen, bei ihr zu liegen und zuzuhören, wenn sie mir Geschichten erzählte.

Ich war froh, einen Vorwand zu haben, eine Woche in Los

Angeles zu bleiben und sechs oder sieben Tage bei ihr sein zu können. Der Film war mir wirklich scheißegal. Jetzt, wo Malomar tot war, wußte ich, daß er nur wieder ein Stück Mist aus dem Tri-Culture-Studio sein würde.

Als Doran mich vor dem Beverly Hills Hotel absetzte, legte er seine Hand auf meinen Arm und sagte: „Augenblick noch. Es gibt da noch etwas, worüber ich mit Ihnen sprechen möchte."

„O. k.", sagte ich ungeduldig.

„Ich wollte es Ihnen schon längst sagen", fuhr Doran fort, „aber ich dachte, es geht mich eigentlich nichts an."

„Mein Gott", sagte ich, „wovon reden Sie eigentlich? Ich hab's eilig."

Doran lächelte ein wenig traurig. „Ja, ich weiß. Janelle wartet auf Sie. Stimmt's? Über Janelle wollte ich mit Ihnen reden."

„Hören Sie mal", sagte ich zu Doran, „ich weiß alles von ihr, und es ist mir gleich, was sie getan hat oder was sie war. Es ist mir völlig gleich."

Doran machte eine kleine Pause. „Kennen Sie diese Alice, mit der sie zusammen lebt?"

„Ja", sagte ich. „Sie ist ein reizendes Mädel."

„Eine Klunte ist sie", sagte Doran.

Ein sonderbares Gefühl des Wiedererkennens überkam mich, als ob ich Cully wäre, wenn er gerade einen Schuh frisch legte. „Na und?" sagte ich.

„So wie Janelle auch", sagte Doran.

„Sie meinen, sie ist lesbisch?" fragte ich.

„Das Wort bedeutet bisexuell", klärte Doran mich auf. „Sie mag Männer und Frauen."

Ich dachte kurz darüber nach; dann lächelte ich ihn an und sagte: „Kein Mensch ist vollkommen." Ich stieg aus dem Wagen und ging in mein Zimmer hinauf, wo Janelle schon auf mich wartete, und wir liebten uns, bevor wir zum Abendessen gingen. Aber diesmal bat ich sie nicht, mir Geschichten zu erzählen. Ich erwähnte nichts von dem, was Doran mir erzählt hatte. Wozu auch? Ich hatte es schon seit langem gemerkt und mich damit abgefunden. Besser so, als wenn sie mit anderen Männern bumste.

SECHSTES BUCH

34

Mit den Jahren hatte Cully Cross gelernt, den Schuh fehlerlos herunterzuzählen und war schließlich auch zum großen Gewinner geworden. Im Xanadu war er jetzt wirklich die Nummer zwei, hatte ausreichend „Sprit“ und volle Befehlsgewalt über den „Bleistift“. Es war ein „goldener Bleistift“. Er konnte über alles entscheiden: nicht nur über Zimmer, Speisen und Getränke, sondern auch über Flugtickets nach allen Erdteilen und über die teuersten Callgirls. Er hatte das Recht, Schuldscheine von Kunden verschwinden zu lassen. Er konnte sogar gratis Spielmarken an die Starunterhalter verteilen, die im Xanadu auftraten.

In all den Jahren war Gronevelt mehr wie ein Vater und nicht wie ein Boss zu ihm gewesen. Ihre Freundschaft hatte sich vertieft. Zusammen hatten sie sich gegen Hunderte von Gaunern gewehrt, hatten die Piraten zurückgeschlagen, die immer wieder versuchten, dem Hotel Xanadu seine Banknotenbündel zu entreißen. Schadensregulierer, die keine Schuldscheine anerkennen wollten, Einfaltspinsel, die den Spielautomaten mit Magneten auf den Leib rückten, Reiseleiter, die Schwindler mit gestohlenen Kreditkarten ins Haus schmuggelten, unehrliche Croupiers, Fälscher von Lottoscheinen, mit Minicomputern ausgerüstete Knaben an den Blackjack-Tischen und Würfelmanipulierer zu Tausenden. Cully und Gronevelt hatten sich mit Erfolg gegen solche Leute zur Wehr gesetzt.

Mit seiner Begabung, immer neue Gäste für das Hotel zu gewinnen, hatte Cully sich Gronevelts Achtung erworben. Er hatte ein weltweites Backgammon-Turnier organisiert, das im Xanadu über die Bühne ging. Er erhielt dem Hotel einen Kunden, der jährlich eine Million Dollar im Casino zurückließ, indem er ihm jedes Jahr zu Weihnachten einen Rolls-Royce schenkte. Für das Hotel war der Wagen ein Absetzbetrag. Der Kunde war froh, einen Wagen zu bekommen, der 60.000 Dollar wert war und ihn 180.000 in Steuerdollars gekostet haben würde; auf diese Weise bekam er zwanzig Prozent seines Verlustes wieder herein.

Seinen elegantesten Coup landete Cully mit Charles Hemsi. Noch Jahre danach prahlte Gronevelt mit der Schläue seines Protegés.

Gronevelt hatte Vorbehalte angemeldet, als Cully alle Schuldscheine Hemsis, die in Vegas zu finden waren, um zehn Cents den Dollar aufkaufte, ließ aber Cully seinen Willen. Tatsächlich kam Hemsi mindestens sechsmal im Jahr nach Vegas und stieg immer im Xanadu ab. Bei einem seiner Besuche hatte er phantastisches Glück am Crapstisch und gewann 70.000 Dollar. Mit diesem Geld löste er einige seiner Schuldscheine ein, und damit lag das Xanadu wieder im Vorteil. Aber jetzt erst zeigte Cully seine Genialität.

Bei einem seiner Besuche erwähnte Charlie Hemsi, daß sein Sohn ein Mädchen in Israel heiraten würde. Cully war außer sich vor Freude für seinen Freund und bestand darauf, das Hotel Xanadu für alle Kosten der Hochzeit aufkommen zu lassen. Das Düsenflugzeug des Hotels (auch eine Cully-Idee; die Maschine war gekauft worden, um den Reisebüros das Geschäft zu stehlen), würde die ganze Hochzeitsgesellschaft nach Israel fliegen. Das Xanadu würde alles bezahlen: die Hotels in Israel, die Hochzeit selbst, das Orchester, alle Spesen. Die Sache habe nur einen kleinen Haken: Da die Gäste von überall her kamen, würden sie das Flugzeug in Vegas besteigen müssen. Aber keine Sorge, sie könnten gratis im Xanadu wohnen.

Cully schätzte die Kosten für das Hotel auf 200.000 Dollar. Er überzeugte Gronevelt, daß es sich auszahlen würde, und wenn nicht, würden sie zumindest Charlie Hemsi und seinen Sohn für alle Zeit als Kunden haben.

Doch es wurde ein Riesengeschäft. Über hundert Hochzeitsgäste kamen nach Vegas, und als sie nach Israel abflogen, hatten sie fast eine Million Dollar in den Kassen des Casinos zurückgelassen.

Heute aber wollte Cully Gronevelt einen noch gewinnträchtigeren Plan vorlegen, einen Plan, der Gronevelt und seine Partner zwingen würde, ihn zum Generaldirektor des Xanadu zu bestellen, ihn auf die nach Gronevelt einflußreichste Position zu berufen. Er wartete auf Fummiro. Bei seinen letzten zwei Besuchen hatte Fummiro eine Menge Schuldscheine unterschrieben; er hatte Schwierigkeiten, sie einzulösen. Cully wußte auch, warum, und er wußte die Lösung. Aber er wußte auch, daß er warten mußte, bis Fummiro die Initiative ergriff; daß Fummiro zurückscheuen würde, wenn Cully selbst ihm die Lösung vorschlug. Das hatte Daisy ihn gelehrt.

Schließlich kam Fummiro auch wieder, spielte vormittags Klavier und aß mittags seine Suppe. Frauen interessierten ihn nicht. Er war ein leidenschaftlicher Spieler und hatte schon drei Tage später sein ganzes Bargeld verloren und Schuldscheine für weitere 300.000 Dollar unterschrieben. Vor seiner Abreise bat er Cully, in sein Hotelzimmer zu kommen. Fummiro war sehr höflich und nur ein klein wenig nervös. Er wollte sein Gesicht nicht verlieren. Er fürchtete, Cully könnte glauben, daß er seine Spielschulden nicht bezahlen wolle. Darum erklärte er Cully sehr ausführlich, daß er zwar genug Geld in Tokio hätte und daß die Million Dollar nur eine Kleinigkeit für ihn wäre, aber das Problem darin bestünde, das Geld aus Japan herauszubekommen und die japanischen Yen in amerikanische Dollar umzuwechseln.

„Wenn Sie nach Japan kommen könnten, Mr. Cross", sagte er zu Cully, „würde ich Ihnen das Geld in Yen bezahlen. Sicher würden Sie eine Möglichkeit finden, das Geld nach Amerika zu bringen."

Cully wollte Fummiro des uneingeschränkten Vertrauens versichern, das das Hotel ihm entgegenbrachte. „Mr. Fummiro", sagte er, „es besteht wirklich keine Eile, Sie genießen bei uns jeden Kredit. Die Million Dollar kann warten, bis Sie das nächste Mal nach Vegas kommen. Das ist wirklich kein Problem. Wir freuen uns immer, Sie bei uns begrüßen zu dürfen. Bitte machen Sie sich keine Sorgen. Ich stehe stets zu Ihren Diensten, und wenn Sie jetzt etwas brauchen, bitte sagen Sie es mir, und ich werde alles nach Ihren Wünschen erledigen. Es ist für uns eine Ehre, daß Sie uns diesen Betrag schulden."

Fummiros Gesichtszüge entspannten sich. Er hatte es hier nicht mit einem barbarischen Amerikaner zu tun, sondern mit einem, der fast so höflich war wie ein Japaner. „Warum kommen Sie mich nicht einmal besuchen, Mr. Cross?" sagte er. „Wir werden eine herrliche Zeit in Japan verleben. Ich führe Sie in ein Geisha-Haus, Sie bekommen das Beste zu essen und zu trinken und die schönsten Frauen. Sie sind mein persönlicher Gast, ich kann mich dann für die Gastfreundschaft revanchieren, mit der Sie mich immer empfangen haben, und ich kann Ihnen die Million Dollar für das Hotel zahlen."

Cully wußte, daß die Japaner ein einschneidendes Gesetz erlassen hatten, wonach es streng verboten war, Yen aus dem Land zu schmuggeln. Fummiro schlug ihm eine strafbare Handlung vor. Er wartete also und nickte nur, vergaß dabei nicht, ständig zu lächlen.

„Ich würde gern etwas für Sie tun", fuhr Fummiro fort. „Ich vertraue Ihnen von ganzem Herzen, und das ist der einzige Grund, warum ich Ihnen den Vorschlag mache. Was den Export von Yen betrifft, ist die Regierung meines Landes sehr strikt. Ich würde gerne mein eigenes Geld herausbekommen. Wenn Sie zusätzlich zu der einen Million für das Hotel Xanadu noch eine weitere Million für mich mitnehmen und hier in Ihrem Safe deponieren könnten, würde ich Ihnen 50.000 Dollar bezahlen."

Cully empfand die süße Befriedigung des Croupiers, der den Schuh fehlerlos heruntergezählt hat. „Mr. Fummiro", sagte er aufrichtig, „aus Freundschaft zu Ihnen will ich es tun, aber ich muß natürlich noch mit Mr. Gronevelt sprechen."

„Selbstverständlich", sagte Fummiro. „Ich werde auch mit ihm sprechen."

Gleich darauf rief Cully bei Gronevelt an. Die Sekretärin teilte ihm mit, daß Gronevelt beschäftigt sei und an diesem Nachmittag keine Anrufe entgegennehmen würde. Cully ließ ihm ausrichten, daß die Sache dränge. Er wartete in seinem Büro. Drei Stunden später läutete das Telefon, und es war Gronevelt, der ihn ersuchte, zu ihm hinaufzukommen.

Gronevelt hatte sich in den letzten Jahren sehr verändert. Das Rot auf seinen Wangen war einer gespenstischen Blässe gewichen. Sein Gesicht war das eines gebrechlichen Falken. Er war ganz plötzlich alt geworden, und Cully wußte, daß er sich nur mehr selten einen Nachmittag mit einem Mädchen vertrieb. Er schien sich mehr und mehr in seine Bücher zu vertiefen und überließ die Führung des Hotels mehr und mehr Cully. Aber er machte immer noch jeden Abend seinen Rundgang durch das Casino, überprüfte die Würfelpits und sah den Croupiers und Bankhaltern mit seinen kalten Augen auf die Finger. Er war immer noch fähig, die elektrischen Strömungen des Casinos in das gebrechliche Gehäuse seines Körpers einfließen zu lassen.

Gronevelt hatte sich bereits angekleidet, um ins Casino hinunterzugehen. Er spielte mit den Knöpfen des Geräts, das die einzelnen Tische im Casino mit reinem Sauerstoff überflutete. Doch es war noch zu früh am Abend; er schaltete das Gerät in den frühen Morgenstunden ein, wenn die Spieler erschöpft waren und ans Schlafengehen dachten. Dann belebte er sie, als ob sie Puppen wären. Erst in den letzten Jahren hatte er die Leitung in seine Suite legen lassen, um das Gerät von hier aus steuern zu können.

Gronevelt beauftragte die Küche, das Abendessen für sie beide in seiner Suite zu servieren. Cully war gespannt. Warum hatte Gronevelt ihn drei Stunden warten lassen? Hatte Fummiro zuerst mit ihm gesprochen? Und er wußte sofort, daß es so war. Es verstimmte ihn: die zwei waren so stark, ihre Stellung soviel höher als die seine, und darum hatten sie sich miteinander besprochen, ohne ihn zuzuziehen.

„Ich nehme an, Fummiro hat Ihnen von seiner Idee erzählt", begann Cully ruhig. „Ich sagte ihm, daß ich mit Ihnen darüber reden müßte."

Gronevelt lächelte. „Cully, mein Junge, Sie sind ein toller Bursche. Perfekt. Ich hätte es selbst nicht besser machen können. Sie haben gewartet, bis der Japs zu Ihnen kam. Ich hatte schon Angst, Sie könnten ungeduldig werden – die vielen Schuldscheine im Tresor . . ."

„Das war meine Freundin Daisy", sagte Cully. „Sie hat einen Japaner aus mir gemacht."

Gronevelt runzelte ein wenig die Stirn. „Frauen sind gefährlich", sagte er. „Männer wie Sie und ich, wir können es uns nicht leisten, sie allzu nahe an uns herankommen zu lassen. Das ist unsere Stärke. Frauen können einen den Kopf kosten. Wegen nichts. Männer sind vernünftiger und zuverlässiger." Er seufzte. „Nun, diesbezüglich brauche ich mir wegen Ihnen keine Sorgen zu machen. Sie verstehen es, sich die Bienen vom Hals zu halten." Er seufzte, schüttelte ein wenig den Kopf und kam zur Sache.

„Wir haben nie eine sichere Methode gefunden, unser Geld aus Japan herauszubekommen – das ist die einzige Schwierigkeit bei dem Geschäft. Wir haben ein Vermögen in Schuldscheinen dort liegen, aber ich würde keinen Penny dafür zahlen. Es gibt eine ganze Reihe von Problemen. Zunächst einmal, daß Sie jahrelang im Knast sitzen, wenn die Japaner Sie erwischen. Zweitens: Im Augenblick, wo Sie das Geld kassiert haben, befinden Sie sich automatisch im Schußfeld von Gangstern. Japanische Verbrecher verfügen über einen ausgezeichneten Nachrichtendienst. Sie werden sofort erfahren, daß Sie das Geld kassiert haben. Drittens: Zwei Millionen Dollar in Yen füllen einen verdammt großen Koffer. In Japan werden Gepäckstücke durchleuchtet. Wie wollen Sie die Yen in Dollar wechseln? Wie kommen Sie in die Vereinigten Staaten? Und schließlich – obwohl ich glaube, Ihnen garantieren zu können, daß nichts passiert: Wie steht es mit amerikanischen Gangstern? Die Leute hier im Hotel werden wissen, daß wir Sie hinüberschicken, um Geld zu holen. Ich habe Partner, aber ich kann nicht garantieren, daß sie alle den Mund halten. Und Sie könnten das Geld auch rein zufällig verlieren. Das ist die Lage, in der Sie sich befinden würden, Cully. Und wenn Sie das Geld verlieren, werden wir immer den Verdacht hegen, Sie hätten ein falsches Spiel mit uns getrieben – außer, Sie werden umgebracht."

„Ich habe an alles gedacht", erwiderte Cully. „Ich habe die Kasse überprüft, und dabei festgestellt, daß wir mindestens noch eine, wenn nicht gar zwei Millionen Dollar in Schuldscheinen anderer japanischer Spieler besitzen. Ich würde also gleich vier Millionen Dollar mitbringen."

Gronevelt lachte. „Für eine einzige Reise wäre das ein zu großes Risiko. Ein schlechtes Gewinnverhältnis."

„Na ja", sagte Cully, „vielleicht eine Reise, vielleicht zwei Reisen, vielleicht drei Reisen. Zuerst muß ich mich erkundigen, wie es überhaupt zu machen ist."

„Hören Sie", sagte Gronevelt. „Sie tragen ganz allein das Risiko. Soweit ich das überblicken kann, haben Sie doch nichts davon. Wenn Sie das Spiel gewinnen, gewinnen Sie nichts. Wenn Sie verlieren, verlieren Sie alles. Wenn Sie sich auf so etwas einlassen, war alles, was ich Ihnen in den letzten Jahren beigebracht habe, für die Katz. Also warum wollen Sie das machen? Die Chancen stehen gegen Sie."

„Ich mache es ganz allein, ohne jede Hilfe", antwortete Cully. „Wenn es schiefgeht, nehme ich die Schuld auf mich. Aber wenn ich vier Millionen Dollar zurückbringe, erwarte ich, zum Generaldirektor des Hotels bestellt zu werden. Sie wissen, daß ich Ihr Mann bin. Ich würde nie etwas tun, das Ihren Interessen zuwiderläuft."

Gronevelt seufzte. „Sie lassen sich auf ein entsetzliches Hasardspiel ein. Ich rate Ihnen entschieden ab."

„Sie sind also einverstanden?" fragte Cully. Er versuchte, sich sein Frohlocken nicht anmerken zu lassen. Gronevelt sollte nicht wissen, wieviel ihm daran lag.

„Ja, ja", sagte Gronevelt. „Aber holen Sie nur die zwei Millionen von Fummiro und lassen Sie das Geld, das die anderen Leute uns schulden. Wenn etwas schiefgeht, verlieren wir nur zwei Millionen."

Cully lachte; er machte das Spiel mit. „Wir verlieren nur eine Million. Die andere gehört ja Fummiro, stimmt's?"

„Es ist alles unser Geld", erwiderte Gronevelt völlig ernst. „Wenn das Geld einmal in unserem Tresor liegt, wird Fummiro es wieder verspielen. Das macht das Geschäft so attraktiv."

Am nächsten Morgen fuhr Cully Fummiro in Gronevelts Rolls-Royce zum Flughafen. Er hatte ein kostbares Geschenk für Fummiro, einen antiken Münzhumpen aus den Tagen der italienischen Renaissance. Der Humpen war mit Goldmünzen gefüllt. Fummiro zeigte sich begeistert, doch Cully glaubte heimliche Belustigung hinter den Ergüssen seines Entzückens zu verspüren.

„Also wann kommen Sie nach Japan?" fragte Fummiro, als sie sich verabschiedeten.

„In zwei bis vier Wochen", antwortete Cully. „Ich werde sogar Mr. Gronevelt nicht über das genaue Datum informieren. Das verstehen Sie doch, nicht wahr?"

Fummiro nickte. „Ja, Sie müssen sehr vorsichtig sein. Das Geld wird bereitliegen."

Nachdem Cully ins Hotel zurückgekehrt war, ließ er sich mit Merlin in New York verbinden. „Merlin, altes Haus, wie wär's, wenn du mich auf einer Reise nach Japan begleitest, alles gratis und franko, Geishagirls eingeschlossen?"

Es folgte eine lange Pause, dann hörte er Merlins Stimme sagen: „Na klar."

35

Eine Reise nach Japan zu machen schien mir ein guter Einfall zu sein. Ich mußte in der kommenden Woche sowieso nach Los Angeles fahren, um an dem Film zu arbeiten, und das war schon die halbe Strecke. Ich zankte mich soviel mit Janelle, daß ich eine kleine Ruhepause brauchen konnte. Ich wußte, daß sie die Reise als Beleidigung auffassen würde, und das war mir sehr recht.

Vallie fragte mich, wie lange ich wegbleiben würde, und ich sagte, etwa eine Woche. Sie hatte nichts dagegen, daß ich fuhr, so wie sie nie etwas dagegen hatte. Sie war immer richtig froh, wenn ich verreiste. Ich war so unruhig zu Hause, machte sie richtig nervös. Sie verbrachte viel Zeit damit, ihre Eltern und andere Verwandte zu besuchen, und nahm die Kinder mit.

Als ich in Las Vegas aus der Maschine stieg, erwartete mich Cully mit dem Rolls-Royce auf der Rollbahn, um mir den Weg durch die Abfertigungshalle zu ersparen. In meinem Kopf begannen Alarmglocken zu läuten.

Vor langer Zeit hatte Cully mir einmal erzählt, warum er manchmal Leute direkt von der Rollbahn abholte. Er tat es, um den Kameras auszuweichen, mit welchen das FBI alle ankommenden Passagiere überwachte.

Wo die Flugsteige in die zentrale Wartehalle einmündeten, hing eine große Uhr. Hinter der Uhr, an einer Art Erker, waren Filmkameras eingebaut, die die Massen ungeduldiger Spieler aufnahmen, die aus allen Erdteilen nach Las Vegas kamen. Nachts ließ das diensthabende FBI-Team alle Filme durchlaufen und verglich sie mit den Fahndungslisten. Ihrem Glück blind vertrauende Bankräuber, flüchtige Veruntreuer, Falschgeldfabrikanten, erfolgreiche Kidnapper und Erpresser waren überrascht, wenn sie geschnappt wurden, noch bevor sie die Gelegenheit gehabt hatten, ihr unehrenhaft erworbenes Gut zu verspielen.

Als ich Cully fragte, woher er das wisse, verriet er mir, daß ein früherer hoher FBI-Mann als Chef des Sicherheitsdienstes im Hotel arbeite. So einfach war das.

Mir fiel auf, daß kein Chauffeur die Türen für uns öffnete. Cully steuerte also selbst. Er fuhr den Wagen zur Gepäcksortierhalle hinüber, und wir blieben im Wagen sitzen und warteten auf meinen Koffer. Während wir warteten, informierte er mich.

Zunächst ersuchte er mich, Gronevelt nichts davon zu sagen, daß wir am nächsten Tag nach Japan fliegen würden. Ich solle so tun, als wäre ich nur auf einen kurzen Urlaub zum Spielen gekommen. Dann erzählte er mir von unserem Vorhaben, von den zwei Millionen Dollar in Yen, die er aus Japan herauszuschmuggeln hatte, und vergaß auch nicht, auf das damit verbundene Risiko hinzuweisen. „Ich glaube nicht, daß irgendeine Gefahr besteht", sagte er aufrichtig, „aber vielleicht bist du anderer Meinung. Wenn du also nicht mitkommen willst, habe ich dafür volles Verständnis."

Er wußte, daß ich seine Einladung nicht ablehnen konnte. Ich war ihm diese Gefälligkeit schuldig – ich war ihm sogar zwei Gefälligkeiten schuldig. Die eine, weil er mich vor dem Knast bewahrt hatte. Die andere, weil er mir, nachdem alles vorbei war, die 30.000 Dollar zurückgegeben hatte. Er hatte mir meine dreißig Riesen bar in Zwanzig-Dollar-Noten zurückgegeben, und ich hatte das Geld in eine Sparkasse in Vegas eingezahlt. Nach der offiziellen Version hatte ich das Geld im Casino gewonnen, und Cully und seine Leute waren bereit, die Richtigkeit meiner Angaben zu beschwören. Aber so weit kam es nie. Der ganze Armeereserve-Skandal schlief ein.

„Ich wollte schon immer mal Japan sehen", sagte ich. „Ich habe nichts dagegen, als dein Leibwächter zu fungieren. Soll ich einen Revolver bei mir tragen?"

Cully war entsetzt. „Willst du, daß man uns umbringt? Wenn sie uns das Geld wegnehmen wollen, sollen sie doch. Verschwiegenheit heißt unsere Parole, und wir müssen schnell sein. Ich habe schon alles ausgeknobelt."

„Wozu brauchst du mich dann?" fragte ich ihn. Ich war neugierig und ein bißchen argwöhnisch. Seine Ausführungen ergaben keinen Sinn.

Cully seufzte. „Es ist ein verdammt langer Flug nach Japan", antwortete er. „Ich brauche Gesellschaft. Im Flugzeug spielen wir Gin-Rummy, und dann treiben wir uns ein bißchen in Tokio herum und amüsieren uns. Außerdem bist du ein kräftiger Bursche, und wenn so ein kleiner Ganove sein Glück bei uns versuchen will, kannst du ihm Angst machen."

„O. k.“, sagte ich. Aber etwas war mir faul an der Sache.

Wir aßen mit Gronevelt zu Abend. Er sah nicht gut aus, aber beim Geschichtenerzählen über seine erste Zeit in Las Vegas lief er zu großer Form auf. Er erzählte, wie er mit steuerfreien Dollars sein Vermögen gemacht hatte, noch bevor die Bundesregierung Armeen von Spionen und Rechnungsprüfern nach Nevada sandte.

„Um reich zu werden, braucht man das Dunkel“, sagte Gronevelt. Das war sein Vogel, der genauso verrückt herumgeisterte wie Osanos Nobelpreishornisse. „In unserem Land muß jeder im Dunklen reich werden. Die vielen tausend kleinen Läden und Firmen kratzen nur an der Oberfläche, während die großen Gesellschaften im Schutz der Dunkelheit den Rahm abschöpfen.“ Und nirgendwo sonst standen die Chancen besser als in Vegas. Gronevelt klopfte die Asche von seiner Zigarre und sagte: „Das ist es, was Vegas so stark macht. Nirgendwo sonst kann man im Dunkeln leichter reich werden als hier. Das ist die Stärke dieser Stadt.“

Cully wechselte das Thema. „Merlin bleibt nur über Nacht“, sagte er. „Ich denke, ich fahre morgen früh mit nach Los Angeles und sehe mich nach ein paar Antiquitäten um. Bei der Gelegenheit kann ich auch einigen von den Hollywood-Leuten ihre Schuldscheine präsentieren.“

Gronevelt tat einen langen Zug aus seiner Havanna. „Gute Idee“, sagte er. „Langsam gehen mir die Geschenke aus.“ Er lachte. „Wißt ihr, wo ich die Idee her habe, den Leuten Geschenke zu machen? Aus einem Buch über Glücksspiele, veröffentlicht im Jahre 1870. Bildung ist eine große Sache.“ Er seufzte und erhob sich, ein Zeichen, daß wir gehen sollten. Er schüttelte mir die Hand und begleitete uns höflich zur Tür. Dann verabschiedete er sich in ernstem Ton von Cully: „Ich wünsche Ihnen einen guten Flug.“

Im Schein des Wüstenmondes stand ich mit Cully auf dem künstlichen Rasen der Terrasse. Wir sahen den Strip mit seinen Millionen roter und grüner Lichter und in weiter Ferne die dunklen Berge. „Er weiß, daß wir zusammen fahren“, sagte ich.

„Wenn er es weiß, dann weiß er es“, gab Cully zurück. „Wir frühstücken um acht. Wir müssen früh losfahren.“

Am nächsten Morgen flogen wir von Las Vegas nach San Francisco. Cully reiste mit einem Riesenkoffer aus schwerem braunen Leder, die Schutzecken aus matt schimmerndem Messing. Auch das Schloß war massiv. „Der platzt nicht auf“, sagte Cully. „Und es wird leichter sein, ihm auf der Spur zu bleiben, wenn er auf dem Gepäckwagen liegt.“

Ich hatte noch nie so einen Koffer gesehen und sagte das auch.

„Eine Antiquität, die ich in Los Angeles aufgegabelt habe“, erklärte Cully selbstzufrieden.

Wir bestiegen eine 747 der Japan Airlines knapp eine Viertelstunde vor dem Abflug. Cully hatte es ganz bewußt so eingerichtet. Während des langen Fluges spielten wir Gin-Rummy, und als wir in Tokio ankamen, hatte ich ihm 6000 Dollar abgeknöpft. Aber das schien Cully nichts auszumachen. Er klopfte mir auf die Schulter und sagte: „Ich krieg' dich schon noch auf dem Rückflug.“

Ein Taxi brachte uns zum Hotel. Ich war begierig, die Märchenstadt des Fernen Ostens zu erleben. Aber sie sah aus wie eine schäbigere und qualmigere Ausgabe von New York. Alles in bescheidenerem Maßstab, die trübe Silhouette eine Miniatur der vertrauten und eindrucksvollen Silhouette New Yorks, die Menschen kleiner, die Häuser flacher. Als wir ins Zentrum kamen, sah ich Männer, die weiße Gesichtsmasken aus Gaze trugen. Es sah gespenstisch aus. Cully erklärte mir, daß die Japaner in den Großstädten diese Masken trügen, um sich gegen Lungenkrankheiten vor der verschmutzten Luft zu schützen.

Wir kamen an Gebäuden und Läden vorbei, die aus Holz zu sein schienen, und dazwischen gab es moderne Wolkenkratzer und Bürohäuser. Die Straßen waren voller Menschen, viele westlich gekleidet, andere, vor allem die Frauen, in einer Art Kimono. Es war eine verwirrende Collage gegensätzlicher Stilrichtungen.

Das Hotel war eine Enttäuschung. Modern, amerikanisch, die riesige Halle mit einem schokoladebraunen Teppich und einer Menge mit schwarzem Leder bezogener Lehnsessel. In den meisten saßen aktentaschenbeschwerte, kleingewachsene Japaner in schwarzen Straßenanzügen. Es hätte ein Hilton-Hotel in New York sein können.

„Und das ist der Ferne Osten?“ fragte ich Cully.

Cully schüttelte ungeduldig den Kopf. „Jetzt schlafen wir uns erst mal aus. Morgen erledige ich meine Geschäfte, und morgen abend zeige ich dir, was in Tokio alles los ist. Keine Bange, du wirst dich gut unterhalten.“

Wir hatten eine große, aus zwei Schlafzimmern bestehende

Suite. Wir packten aus, und mir fiel auf, daß Cully recht wenig in seinem messingbeschlagenen Monstrum hatte. Wir waren beide recht müde, und obwohl es erst sechs Uhr nach Tokioter Zeit war, gingen wir schlafen. Am nächsten Morgen klopfte es an die Tür meines Schlafzimmers, und Cully sagte: „Komm, Zeit aufzustehen.“ Vor meinem Fenster brach der Morgen an.

Er bestellte das Frühstück aufs Zimmer. Ich war enttäuscht. Ich fing an, mich an die Idee zu gewöhnen, daß ich nicht viel von Tokio zu sehen bekommen würde. Der Kellner brachte Eier und Speck, Kaffee und Orangensaft und sogar ein paar englische Muffins. Das einzig Orientalische waren die Pfannkuchen. Sie waren groß und zweimal so dick, wie Pfannkuchen sein sollten. Sie glichen überdimensionalen Brotscheiben und waren nicht braun, sondern von gelblicher Blässe. Ich kostete einen und hätte schwören mögen, daß er nach Fisch schmeckte.

„Was zum Teufel ist das?“ fragte ich Cully.

„In Fischöl gebackene Pfannkuchen.“

„Ich passe“, sagte ich und schob ihm meinen Teller hin.

Cully aß sie alle auf. „Du mußt dich nur daran gewöhnen“, meinte er.

Beim Kaffee fragte ich ihn: „Was steht auf dem Programm?“

„Es ist ein wunderschöner Tag draußen“, antwortete Cully. „Wir werden einen Spaziergang machen, und dann werde ich dir meine Pläne entwickeln.“

Mir war klar, daß er im Zimmer nicht reden wollte. Er hatte Angst, wir könnten abgehört werden.

Wir verließen das Hotel. Es war noch sehr früh, die Sonne ging soeben auf. Wir bogen in eine Seitenstraße ein, und plötzlich befand ich mich im Fernen Osten. So weit das Auge reichte, standen wackelige Häuser, und entlang des Gehsteigs türmten sich Haufen von grünem Unrat so hoch, daß sie eine Mauer bildeten.

Es waren nur wenig Leute auf der Straße. Auf einem Fahrrad kam ein Mann in flatterndem Kimono vorbei. Plötzlich tauchten zwei drahtige Männer in khakifarbenen Arbeitshosen und Arbeitshemden mit Gazemasken über ihren Gesichtern vor uns auf. Ich sprang zur Seite, und Cully lachte, als die zwei Männer in einer Seitengasse verschwanden.

„Menschenskind!“ sagte ich. „Diese Masken sind schauerlich.“

„Du wirst dich daran gewöhnen“, meinte Cully. „Jetzt hör mir gut zu. Ich möchte, daß du über alles Bescheid weißt, damit du keine Fehler machst.“

Während wir die grüne Mauer aus graugrünem Müll entlanggingen, führte Cully mir noch einmal aus, daß er zwei Millionen Dollar in japanischen Yen herausschmuggeln wolle und daß es strenge Gesetze gebe, die die Ausfuhr der Landeswährung untersagten.

„Wenn sie mich erwischen, komme ich ins Gefängnis", sagte Cully. „Außer, Fummiro hat gute Beziehungen. Oder aber Fummiro geht mit mir ins Gefängnis."

„Und was ist mit mir?" forschte ich. „Wenn du erwischt wirst, werde ich nicht auch erwischt?"

„Du bist ein bekannter Schriftsteller", beruhigte mich Cully. „Die Japaner haben großen Respekt vor der Kultur. Du wirst nur des Landes verwiesen. Du hast nichts weiter zu tun, als den Mund zu halten."

„Ich bin also nur hier, um mich zu unterhalten", sagte ich. Ich wußte, daß die Sache stank, und er sollte wissen, daß ich es wußte.

Dann fiel mir etwas anderes ein. „Wie zum Teufel kriegst du es in den Staaten durch den Zoll?" fragte ich.

„Wir versuchen es erst gar nicht", gab Cully mir zur Antwort. „Wir laden die Kohlen in Hongkong ab. Hongkong ist ein Freihafen; dort müssen nur Leute durch den Zoll, die mit Hongkong-Pässen reisen".

„Du lieber Himmel", sagte ich, „jetzt teilst du mir mit, daß wir nach Hongkong fliegen. Und wohin geht's dann? Tibet?"

„Mach keine Witze. Reg dich ab. Ich habe das Ganze schon voriges Jahr durchexerziert. Mit einem kleinen Betrag. Ein Versuchsballon."

„Wo ist ein Revolver?" sagte ich. „Ich habe eine Frau und drei Kinder, du Hurensohn. Ich will mich wehren können."

Aber ich mußte dennoch lachen. Cully hatte mich ganz schön drangekriegt.

Aber Cully merkte nicht, daß ich nur Spaß machte. „Du kannst keinen Revolver tragen", warnte er mich. „Alle japanischen Fluglinien haben elektronische Kontrollen. Und die meisten durchleuchten auch dein Gepäck." Er unterbrach sich und fügte dann hinzu: „Die einzige Fluglinie, die nicht durchleuchtet, ist die Cathay. Du weißt also, was du zu tun hast, wenn mir etwas zustößt."

„Ich sehe mich schon allein in Hongkong sitzen mit zwei Millionen Piepen unterm Bett", sagte ich. „Und vor der Tür eine Million Ganoven, die sie mir wieder abjagen wollen."

„Mach dir keine Sorgen", beruhigte mich Cully. „Es wird nichts passieren. Alles geht wie geschmiert."

Ich lachte, aber ich war auch beunruhigt. „Und wenn etwas passiert, was tue ich in Hongkong?"

„Du gehst in die Futaba-Bank und verlangst den Vizepräsidenten zu sprechen. Er übernimmt das Geld und wechselt es in Hongkongdollar um. Er gibt dir eine Quittung und verrechnet dir etwa 20 Riesen für Spesen. Dann wechselt er die Hongkongdollar in amerikanische Dollar um, und das kostet weitere 50.000 Dollar. Die amerikanischen Dollar gehen in die Schweiz, und dafür bekommst du wieder eine Quittung. Eine Woche später bekommt das Hotel Xanadu von der Schweizer Bank einen Wechsel auf zwei Millionen minus der in Hongkong verrechneten Spesen. Siehst du, wie einfach das ist?"

Als wir zum Hotel zurückschlenderten, dachte ich darüber nach. Schließlich war ich wieder bei meiner ersten Frage angelangt: „Und wozu, verdammt noch mal, brauchst du mich?"

„Stell keine Fragen mehr, tu nur, was ich dir sage", antwortete Cully. „Du bist mir eine Gefälligkeit schuldig, stimmt's?"

„Stimmt", sagte ich. Und stellte keine Fragen mehr.

Als wir wieder im Hotel waren, machte Cully einige Anrufe, wobei er japanisch sprach, und sagte mir dann, daß er ausgehen müsse. „Gegen fünf sollte ich wieder da sein", sagte er. „Vielleicht verspäte ich mich ein wenig. Warte hier auf mich. Wenn ich bis zum Abend nicht zurück bin, fliegst du morgen wieder heim. O. k.?"

„O. k.", sagte ich.

Ich versuchte im Schlafzimmer unserer Suite zu lesen. Ich glaubte, Geräusche im Salon zu hören, ging hinüber und las dort weiter. Ich ließ mir das Mittagessen heraufkommen, und nachdem ich gegessen hatte, rief ich daheim an. Die Verbindung war schon in wenigen Minuten hergestellt, was mich überraschte. Ich hatte gedacht, es würde mindestens eine halbe Stunde dauern.

Vallie nahm auch gleich den Hörer ab, und an ihrer Stimme erkannte ich, daß sie sich freute.

„Na, wie sieht's aus im geheimnisvollen Fernen Osten?" fragte sie. „Geht's dir gut? Warst du schon in einem Geishahaus?"

„Noch nicht", antwortete ich. „Alles, was ich bis jetzt von Tokio gesehen habe, war der Müll. Seitdem warte ich auf Cully. Er ist in Geschäften unterwegs. Auf dem Flug hab ich ihm sechs Riesen im Gin-Rummy abgenommen."

„Fein", sagte Valerie. „Dann kannst du ja mir und den Kindern ein paar von diesen berühmten Kimonos kaufen. Gestern hat übrigens ein Mann hier angerufen. Er behauptete, er wäre ein Freund von dir aus Vegas. Er sagte, er hoffe dich dort bald wiederzusehen. Ich habe ihm gesagt, daß du in Tokio bist."

Mein Herz machte einen kleinen Sprung. Dann fragte ich ganz lässig: „Hat er seinen Namen genannt?"

„Nein", antwortete Valerie. „Vergiß unsere Geschenke nicht."

„Ich werde nicht vergessen", sagte ich.

Ich verbrachte den Rest des Tages damit, mir Sorgen zu machen. Ich rief die Fluggesellschaft an und ließ mir für die Frühmaschine zurück in die Staaten einen Platz reservieren. Plötzlich war ich gar nicht mehr so sicher, daß Cully überhaupt zurückkommen würde. Ich warf einen Blick in sein Schlafzimmer. Der große messingbeschlagene Koffer war verschwunden.

Es begann zu dämmern, als Cully ins Zimmer kam. Fröhlich und aufgekratzt rieb er sich die Hände. „Alles in Ordnung", sagte er. „Kein Grund zur Sorge. Heute abend feiern wir, und morgen erledigen wir noch ein paar Kleinigkeiten. Übermorgen sind wir schon in Hongkong."

„Ich habe mit meiner Frau gesprochen", antwortete ich ihm. „Wir haben uns nett unterhalten. Sie hat mir erzählt, daß jemand aus Vegas angerufen hat und wissen wollte, wo ich bin. Sie hat es ihm gesagt."

Das brachte ihn auf die Erde zurück. Er dachte darüber nach. Dann zuckte er die Achseln. „Das klingt nach Gronevelt", meinte er. „Er wollte sich nur vergewissern, daß er richtig getippt hat. Er ist der einzige, der deine Telefonnummer hat."

„Vertraust du Gronevelt bei so einer Transaktion?" fragte ich Cully. Und wußte sofort, daß ich ins Fettnäpfchen getreten war.

„Was zum Teufel willst du damit sagen?" entrüstete sich Cully. „Der Mann war in all den Jahren wie ein Vater zu mir. Er hat mich zu dem gemacht, was ich heute bin. Ihm vertraue ich mehr als jedem anderen, sogar mehr als dir."

„Na schön", erwiderte ich. „Aber warum hast du ihn dann nicht davon in Kenntnis gesetzt, daß wir fliegen? Warum hast du ihm diesen Quatsch erzählt, daß du in Los Angeles Antiquitäten kaufen willst?"

„Weil das genau die Vorgangsweise ist, die er mir beigebracht hat. Sage nie jemandem etwas, das er nicht zu wissen braucht. Er wird stolz auf mich sein, daß ich die Sache so gehandhabt habe.

Auch wenn er mir dahintergekommen ist. Ich habe alles genau richtig gemacht." Jetzt war ihm leichter. „Komm", sagte er, „zieh dich an! Heute wirst du den schönsten Abend deines Lebens haben." Aus irgendeinem Grund erinnerten mich diese Worte an Eli Hemsi.

Wie jeder, der schon einmal Filme über den Fernen Osten gesehen hat, hatte auch ich meine Vorstellungen über eine Nacht in einem Geishahaus. Wunderschöne, in allen Künsten bewanderte Frauen, die sich bemühen würden, mich zu unterhalten. Als Cully mir mitteilte, daß wir von Geishas umhegt werden würden, erwartete ich, in eines jener winkeligen, bunt geschmückten Häuser geführt zu werden, wie ich sie im Film gesehen hatte. Ich war daher einigermaßen überrascht, als der von einem Chauffeur gesteuerte Wagen in einer der Hauptstraßen Tokios vor einem kleinen Restaurant hielt, das nicht viel anders aussah als eine chinesische Kneipe im unteren Teil Manhattans. Aber ein Empfangschef geleitete uns durch das vollbesetzte Lokal zu einer Tür, die in einen privaten Speisesaal führte.

Der Raum war luxuriös im japanischen Stil ausgestattet. Farbige Laternen hingen von der Decke; der lange Tisch, etwa ein Fuß über dem Boden, war mit fein getönten Tellern, kleinen Bechern und elfenbeinernen Eßstäbchen gedeckt. Wir wurden von vier Japanern erwartet, alle in Kimonos. Einer von ihnen war Mr. Fummiro. Er und Cully schüttelten sich die Hände, die anderen Herren verneigten sich. Cully stellte mich ihnen vor. Ich hatte Fummiro in Vegas spielen gesehen, ihn aber nie persönlich kennengelernt.

Sechs Geishas kamen hereingetrippelt. Sie trugen prächtige, mit auffallend bunten Blumen geschmückte Kimonos aus schwerem Brokat. Ihre Gesichter waren weiß gepudert. Sie setzten sich auf die Kissen rund um den Tisch, je eine Geisha für jeden Herrn.

Cullys Anweisungen folgend, setzte ich mich auf eines der Kissen. Kellnerinnen brachten große Schüsseln mit Fisch und Gemüse. Jede Geisha fütterte den ihr zugewiesenen Herrn. Sie verwendeten die elfenbeinernen Eßstäbchen, mit welchen sie kleine Stücke Fisch und Gemüse aufpickten. Sie wischten uns Mund und Gesicht mit zahllosen winzigen Tüchlein ab, die sich wie Waschlappen anfühlten. Sie waren parfümiert und feucht.

Meine Geisha saß dicht neben mir, drückte ihren Körper an den meinen und nötigte mich mit charmantem Lächeln und bittenden Gesten zum Essen und Trinken. Ständig füllte sie meinen Becher mit einer Art Wein nach – es war vermutlich der berühmte Sake. Der Wein mundete mir vorzüglich, aber das Essen schmeckte sehr nach Fisch, bis endlich stark durchwachsenes Kobe-Rindfleisch gebracht wurde, das in Würfeln geschnitten und mit einer köstlichen Soße übergossen war.

Ich sah mir meine charmante Geisha näher an und wußte, daß sie mindestens vierzig sein mußte. Obwohl sie sich an mich drückte, spürte ich nichts als den schweren Brokat ihres Kimonos; sie war umwickelt wie eine ägyptische Mumie.

Nach dem Essen wechselten die Geishas in der Unterhaltung ihrer Gäste ab. Eine spielte ein Instrument, das wie eine Flöte aussah. Inzwischen hatte ich schon soviel Wein getrunken, daß mir die fremdartige Musik wie ein Dudelsack klang. Eine andere rezitierte etwas, das wohl ein Gedicht war. Die Männer applaudierten. Dann erhob sich meine Geisha. So gut ich konnte, machte ich Stimmung für sie. Sie fing an, erstaunliche Purzelbäume zu schlagen.

In der Tat erschrak ich furchtbar, als sie einen direkt über meinen Kopf hinweg schlug. Dann wiederholte sie das Kunststück über Fummiros Kopf, der sie aber noch in der Luft zu fassen bekam und ihr einen Kuß gab oder zu geben versuchte. Ich war zu betrunken, um es genau zu sehen. Sie wich ihm aus, gab ihm zur Strafe einen freundschaftlichen Klaps auf die Wange, und dann lachten beide fröhlich.

Nun forderten die Geishas die Männer zu einem Spiel auf. Es überraschte mich, zu erfahren, daß das Spiel mit einer Orange an einem Stöckchen zu tun hatte. Mit am Rücken verschränkten Händen mußten wir in die Orange beißen. Gleichzeitig versuchte eine Geisha von der anderen Seite her das gleiche. Während die Orange nun zwischen Mann und Frau hin- und herpendelte, streiften die zwei Gesichter zärtlich aneinander an, was die Geishas zum Kichern brachte.

„Jetzt fehlt nur noch, daß wir Kasperle spielen", brummte Cully leise hinter mir. Mit breitem Lächeln sah er Fummiro zu, der sich offenbar blendend unterhielt, mit dem Mädchen auf japanisch scherzte und ständig bemüht war, sie festzuhalten. Dann gab es noch andere Spiele mit Stöcken und Bällen und Jongleurakte, und ich war so betrunken, daß sie mir mehr Spaß machten als Fummiro. Irgendeinmal fiel ich nieder, auf einen Haufen Kissen, und meine Geisha bettete meinen Kopf in ihren Schoß und wischte mir mit einem duftigen heißen Tüchlein das Gesicht ab.

Als nächstes erinnere ich mich, daß ich wieder mit Cully im Wagen saß. Wir fuhren durch dunkle Straßen, dann blieb der Wagen vor einem größeren Anwesen stehen. Cully führte mich durch das Tor, die Haustür öffnete sich wie durch Zauberkraft. Und dann sah ich, daß wir uns in einem echt fernöstlichen Haus befanden. Bis auf einige Matten war der Raum leer. Die Wände waren Schiebetüren aus dünnem Holz.

Ich ließ mich auf eine der Matten fallen. Ich wollte nur schlafen. Cully kniete sich neben mich. „Hier verbringen wir die Nacht", flüsterte er. „Morgen früh wecke ich dich. Bleib schön da und schlaf. Man wird sich um dich kümmern." Hinter ihm sah ich Fummiros lächelndes Gesicht. Mir fiel auf, daß Fummiro nicht mehr betrunken war, und das gab mir zu denken. Ich versuchte mich aufzusetzen, aber Cully drückte mich auf die Matte zurück. Und dann hörte ich Fummiro sagen: „Ihr Freund braucht Gesellschaft."

Ich blieb liegen. Ich war zu müde. Mir war alles gleich. Ich schlief ein.

Ich wußte nicht, wie lange ich geschlafen hatte, als das leise Zischen einer Schiebetür mich weckte. Im matten Schein der abgeschirmten Laternen sah ich zwei japanische Mädchen in gelben und blauen Kimonos hereinkommen. Sie trugen eine kleine Rotholzwanne mit heißem Wasser. Sie entkleideten mich und wuschen mich von Kopf bis Fuß, kneteten meinen Körper mit den Fingern und massierten jeden einzelnen Muskel. Während sie das taten, bekam ich eine Erektion, sie kicherten, und eine von ihnen gab meinem Glied einen Klaps. Dann hoben sie die Rotholzwanne auf und verschwanden.

Ich war wach genug, um mir die Frage zu stellen, wo Cully eigentlich steckte, aber nicht nüchtern genug, um aufzustehen und ihn zu suchen. Mir war es recht. Wieder öffnete sich die Wand. Diesmal war es nur ein Mädchen allein, ein anderes, und ich brauchte sie nur anzusehen, um zu wissen, wozu sie gekommen war.

Sie war in einen langen, wallenden grünen Kimono gekleidet, der ihren Körper verhüllte, aber ihr Gesicht war wunderschön, und das Make-up verlieh ihm einen exotischen Zauber. Ihr volles pechschwarzes Haar, das sie hoch aufgesteckt trug, war von einem glitzernden Kamm festgehalten, der aus Edelsteinen gemacht zu sein schien. Sie ging auf mich zu, und bevor sie niederkniete, konnte ich sehen, daß ihre kleinen, wohlgeformten Füße bloß waren. Die Zehennägel waren dunkelrot bemalt.

Das Licht schien matter zu werden, und plötzlich war sie nackt. Ihr Körper war milchig weiß, die Brüste klein, aber voll. Die Warzen waren hellrosa, als ob das Mädchen Rouge aufgelegt hätte. Sie beugte sich über mich, nahm den Kamm aus dem Haar und schüttelte den Kopf. Lange schwarze Zöpfe ergossen sich endlos über meinen Leib und bedeckten ihn. Dann fing sie an, meinen Körper zu küssen und zu belecken, wobei sie immer wieder den Kopf schüttelte, so daß ihr seidiges dichtes Haar über meine Schenkel wischte. Ich legte mich zurück. Ihr Mund war warm, ihre Zunge rauh. Ich versuchte mich zu bewegen, aber sie drückte mich nieder. Als sie fertig war, streckte sie sich neben mir aus und legte meinen Kopf an ihre Brust. In der Nacht wachte ich auf und nahm sie. Sie verschränkte ihre Beine hinter den meinen und erwiderte meine Stöße mit so leidenschaftlicher Kraft, als ob unsere Geschlechtsorgane einen wilden Kampf auszufechten hätten. Es war ein toller Fick, und als wir den Höhepunkt erreicht hatten, stieß sie einen dünnen Schrei aus, und wir fielen von der Matte herunter. Einer in den Armen des anderen, schliefen wir ein.

Wieder war es die Schiebetür, die mich weckte. Das Licht des frühen Morgens füllte den Raum. Das Mädchen war fort. Doch durch die offene Wand sah ich Cully im Nebenzimmer auf seinem Riesenkoffer sitzen. Trotz der Entfernung konnte ich sehen, daß er lächelte. „O. k., Merlin“, rief er mir zu, „erhebe dich von deinem Lager! Heute morgen fliegen wir nach Hongkong.“

Der Koffer war so schwer, daß ich ihn zum Wagen hinaustragen mußte. Cully schaffte es nicht. Wir hatten keinen Chauffeur, Cully saß am Steuer. Als wir zum Flughafen kamen, ließ er den Wagen einfach bei der Auffahrt stehen. Ich trug den Koffer hinein. Cully ging vor mir, um mir einen Weg zu bahnen, und führte mich zum Gepäckschalter. Ich war immer noch benebelt, und der schwere Koffer schlug mir ständig gegen die Schienbeine. Beim Schalter hefteten sie den Gepäckabschnitt an meinen Flugschein. Ich hielt es für ein Versehen und sagte nichts, als Cully es nicht bemerkte.

Wir gingen durch die Sperre hinaus aufs Rollfeld und zum Flugzeug. Doch wir gingen nicht an Bord. Cully wartete, bis ein beladener Gepäckwagen um die Ecke des Abfertigungsgebäudes gerollt kam. Wir sahen unseren großen Koffer ganz obenauf liegen. Wir beobachteten, wie die Arbeiter ihn im Bauch der Maschine verstauten. Erst dann bestiegen wir das Flugzeug.

Es waren über vier Stunden bis Hongkong. Cully war nervös, und es fiel mir nicht schwer, ihm weitere 4000 im Gin-Rummy abzunehmen. Während wir spielten, stellte ich ihm einige Fragen.

„Du hast mir doch gesagt, daß wir erst morgen fliegen?"

„Ja, das habe ich auch gedacht", antwortete Cully. „Aber Fummiro hat mir das Geld schon früher gegeben, als ich erwartete."

Ich wußte, daß er log. „Die Geisha-Party hat mir gut gefallen", sagte ich.

Cully grunzte. Er tat, als studiere er seine Karten, aber ich wußte, daß er an etwas anderes dachte. „Maulhurerei wie im Kindergarten, das Ganze", brummte er. „Ist doch alles Scheiße, dieser Geisharummel. Vegas ist mir allemal lieber."

„Na, ich weiß nicht. Ich fand es reizend. Aber ich gebe zu, die kleine Festlichkeit nachher war noch besser."

Cully vergaß seine Karten. „Was für eine Festlichkeit?" wollte er wissen.

Ich erzählte ihm von dem Mädchen. Cully lachte. „Du Glückspilz! Das hat Fummiro arrangiert. Und ich war die ganze Nacht unterwegs."

Er machte eine kleine Pause. „Hat's dich also erwischt. Ich wette, das ist das erste Mal, daß du der Biene, die du in Los Angeles hast, untreu warst."

„Das stimmt", gab ich zu. „Aber was soll's? Was 3000 Meilen entfernt passiert, zählt nicht."

Wir landeten in Hongkong. „Geh voraus in die Gepäckausgabe", sagte Cully, „und warte dort auf den Koffer. Ich bleibe bei der Maschine, bis sie ausladen. So kann kein Ganove etwas krallen."

Ich ging rasch zur Gepäckausgabe. In der Halle wimmelte es von Menschen, aber die Gesichter waren anders als in Japan, wenn auch zumeist fernöstlichen Zuschnitts. Das Transportband begann zu laufen, und ich wartete ungeduldig auf den Koffer. Nach zehn Minuten wunderte ich mich, daß Cully noch nicht aufgetaucht war. Ich sah mich um und stellte dankbar fest, daß keiner der Reisenden eine Gazemaske trug – diese Dinger hatten mir Angst gemacht. Aber ich konnte niemanden entdecken, der irgendwie gefährlich aussah.

Jetzt kam das messingbeschlagene Ungetüm daher. Ich packte es, als es vorbeiwackelte. Der Koffer war immer noch schwer. Ich vergewisserte mich, daß er nicht aufgeschlitzt worden war. Dabei merkte ich, daß ein Namensschildchen am Griff befestigt war. Es trug die Aufschrift „John Merlin" und darunter meine Privatadresse und die Nummer meines Reisepasses. Endlich wußte ich, warum Cully mich eingeladen hatte, ihn nach Japan zu begleiten. Wenn einer ins Gefängnis gekommen wäre, dann ich.

Ich setzte mich auf den Koffer, und etwa drei Minuten später erschien Cully. Er strahlte, als er mich sah. „Wunderbar", sagte er. „Draußen wartet ein Wagen. Fahren wir gleich zur Bank." Und diesmal nahm er den Koffer auf und trug ihn ohne Schwierigkeiten aus dem Flughafengebäude.

Der Wagen fuhr durch ein Gewirr von Straßen. Menschenmassen drängten sich an uns vorbei. Ich sagte nichts. Ich war Cully einen großen Gefallen schuldig gewesen, und jetzt hatte ich meine Schuld beglichen. Es tat mir weh, daß er mich getäuscht und einem solchen Risiko ausgesetzt hatte, aber Gronevelt wäre stolz auf ihn gewesen. Und aus der gleichen Erwägung heraus beschloß ich, Cully nicht zu sagen, was ich jetzt wußte. Sicher hatte er damit gerechnet, daß ich es herausbekommen würde, und würde mit einer Erklärung rasch zur Hand sein.

Der Wagen blieb vor einem schäbigen Gebäude auf einer Hauptstraße stehen. „Futaba International Bank" war mit Goldbuchstaben auf einem Fenster zu lesen. Zu beiden Seiten des Eingangs standen zwei uniformierte Männer mit Maschinenpistolen.

„Heißes Pflaster, dieses Hongkong", sagte Cully und deutete auf die Wachen. Er trug den Koffer selbst hinein. Drinnen ging er den Gang hinunter, klopfte an eine Tür, und wir traten ein. Ein bärtiger kleiner Eurasier begrüßte Cully mit strahlendem Gesicht und schüttelte ihm die Hand. Cully machte uns bekannt, doch der Name des Mannes war nur eine sonderbare Kombination von einzelnen Silben. Der Eurasier führte uns in einen Saal mit einem langen Konferenztisch. Cully warf den Koffer auf den Tisch und sperrte ihn auf. Ich muß zugeben, es war ein eindrucksvoller Anblick. Der Koffer war vollgestopft mit knusperfrischen japanischen Banknoten, schwarzer Druck auf graublauem Papier.

Der Eurasier griff zum Telefon und bellte Befehle hinein – in chinesischer Sprache, wie mir schien. In wenigen Minuten füllte sich der Raum mit Bankbeamten – fünfzehn insgesamt, alle in den gleichen glänzenden schwarzen Anzügen. Sie stürzten sich auf den Koffer. Alle zusammen brauchten sie über drei Stunden, um das Geld zu zählen. Dann brachte uns der Eurasier wieder in sein Büro zurück, füllte einen ganzen Stoß von Papieren aus, die er unterschrieb, mit allerlei Stempeln versah und schließlich Cully überreichte. Cully sah die Papiere durch und steckte sie in die Tasche. Dieses kleine Päckchen Dokumente war die „kleine“ Quittung.

Endlich standen wir in der sonnenbeschienenen Straße vor der Bank. Cully war schrecklich aufgeregt. „Wir haben es geschafft“, sagte er. „Es kann uns nichts mehr passieren.“

Ich schüttelte den Kopf. „Wie konntest du nur so ein Risiko eingehen?“ fragte ich ihn. „Soviel Geld! Das war doch heller Wahnsinn!“

Cully lächelte. „Was glaubst du wohl, was alles dazugehört, um ein Casino zu führen? So ein Betrieb ist ein einziges Risiko. Ich habe einen riskanten Job. Aber bei dieser Transaktion hatte ich die Prozentchancen auf meiner Seite.“

Wir nahmen ein Taxi, und Cully wies den Fahrer an, uns zum Flughafen zu bringen. „Menschenskind“, sagte ich, „wir fliegen um die halbe Welt, und ich bekomme in Hongkong nicht einmal was zu essen?“

„Wir wollen unser Glück nicht zu sehr strapazieren“, meinte Cully. „Es könnte jemand glauben, daß wir das Geld noch haben. Sehen wir zu, daß wir heil nach Hause kommen.“

Auf dem langen Flug in die Staaten zurück hatte Cully eine Glückssträhne und gewann sieben von den zehn Riesen, die er mir schuldete, zurück. Er würde alles zurückgewonnen haben, wenn ich nicht aufgehört hätte. „Komm doch“, sagte er. „Gib mir eine Chance auszugleichen. Sei fair.“

Ich sah ihm fest in die Augen. „Nein“, weigerte ich mich. „Nur ein einziges Mal bei diesem Ausflug möchte ich dich an Gerissenheit übertreffen.“

Damit brachte ich ihn ein wenig aus der Fassung, und er ließ mich den Rest des Flugs bis Los Angeles schlafen. Ich leistete ihm Gesellschaft, während er auf den Anschlußflug nach Vegas wartete. Während ich schlief, hatte er vermutlich nachgedacht und sich ausgerechnet, daß mir das Namensschildchen auf dem Koffer aufgefallen war.

„Hör mal", sagte er. „Du mußt mir glauben. Wenn du in Schwierigkeiten geraten wärst, würden wir, ich und Gronevelt und Fummiro, dich herausgeholt haben. Aber ich weiß zu schätzen, was du getan hast. Ich hätte das Ding nicht ohne dich drehen können. Ich hätte nicht die Nerven dazu gehabt."

Ich lachte. „Du bist mir drei Riesen vom Gin-Rummy schuldig", erwiderte ich. „Deponier sie an der Kasse vom Xanadu; ich werde sie demnächst als Einsatz beim Bakkarat verwenden."

„Geht in Ordnung", sagte Cully. „Hör mal, müssen wirklich 3000 Meilen dazwischen liegen, damit du deine Weiber, ohne Schuldgefühle zu haben, betrügen kannst? In diesem Fall ist die Welt nicht groß genug, um ihnen mehr als zweimal untreu zu sein."

Wir lachten beide und schüttelten uns die Hände, bevor er in seine Maschine einstieg. Er war immer noch mein Kumpel, der alte Cully „Countdown", ich konnte ihm nur nicht restlos vertrauen. Ich hatte immer gewußt, was für ein Mensch er war, und hatte Freundschaft mit ihm geschlossen. Wie konnte ich ihm nun böse sein, wo er doch nur sich selbst treu geblieben war?

Ich ging durch die Halle der Western Airlines und blieb bei den Telefonzellen stehen. Ich mußte Janelle anrufen. Ich überlegte, ob ich ihr sagen sollte, daß ich in Japan gewesen war, und beschloß, es nicht zu tun. Ich würde Gronevelts Lehren befolgen. Und dann fiel mir etwas anderes ein. Ich hatte keine Geschenke für Valerie und die Kinder aus dem Fernen Osten mitgebracht.

36

Es ist irgendwie interessant, wenn man nach jemandem verrückt ist, der nicht mehr verrückt nach einem ist. Man ist wie mit Blindheit und Taubheit geschlagen. Es dauerte fast ein Jahr, bis ich das kaum vernehmbare Klicken hörte, mit dem Janelle die zweite Karte von oben herauszog – obwohl es der warnenden Vorzeichen mehr als genug gegeben hatte.

Als ich einmal nach Los Angeles zurückkam, landete meine Maschine um eine halbe Stunde zu früh. Janelle pflegte mich abzuholen, aber sie war noch nicht da. Ich durchquerte das Flughafengebäude und wartete draußen. In meinen verborgensten Gedanken hoffte ich, sie vielleicht bei irgend etwas ertappen zu können. Bei was, wußte ich nicht. Vielleicht saß sie mit einem Kerl zusammen, den sie zu einem Drink aufgefordert hatte, während sie auf mich wartete. Vielleicht begleitete sie einen anderen Boyfriend, der von Los Angeles abflog, zum Flughafen. Irgend etwas. Ich war kein vertrauensvoller Liebhaber.

Und ich ertappte sie tatsächlich, wenn auch nicht so, wie ich es mir ausgemalt hatte. Ich sah sie vom Parkplatz kommen und die breite Straße überqueren, die am Flughafen vorbeiführte. Sie ging sehr langsam und, wie mir schien, sehr widerwillig. Sie trug einen langen grauen Rock und eine weiße Bluse und hatte ihr langes blondes Haar hochgesteckt. In diesem Augenblick tat sie mir fast leid, ihr Widerstreben kam so deutlich zum Ausdruck. Sie glich dem Kind, das zu einer Party gehen muß, weil die Eltern es so wünschen. Ich verging vor Sehnsucht, sie in die Arme zu schließen, sie offenbar nicht. Und während ich noch diesem Gedanken nachhing, hob sie den Kopf und sah mich. Ihr Gesicht begann zu strahlen, dann fiel sie mir um den Hals und küßte mich ab, und ich vergaß, was ich gesehen hatte.

Während dieses Besuches probte sie den ganzen Tag für ein Stück, das in wenigen Wochen Premiere haben sollte. Da ich tagsüber im Studio arbeitete, störte mich das nicht. Wir sahen uns erst abends. Sie rief mich im Studio an, um mir mitzuteilen, um wieviel Uhr die Probe zu Ende sein würde. Als ich sie um die Telefonnummer bat, um sie zurückrufen zu können, sagte sie, es gäbe kein Telefon im Theater.

Als dann eines Tages die Probe länger dauerte, fuhr ich ins Theater, um sie abzuholen. Wir wollten gerade gehen, als ein Mädchen aus dem Büro kam und zu ihr sagte: „Janelle, Mr. Evarts ist am Apparat“, und sie zum Telefon begleitete.

Ich wartete im Vorzimmer. Ich wußte, daß Evarts der Bursche war, der das Stück geschrieben hatte. Und ich wußte, daß sie mir die Telefonnummer aus einem bestimmten Grund nicht gegeben hatte, und mir wurde bald klar, was das für ein Grund war. Evarts sollte nicht erfahren, wie wir zueinander standen.

Als Janelle aus dem Büro kam, war ihr Gesicht von Freude gerötet, doch als sie mich sah, sagte sie: „Das ist das erste Mal, daß er angerufen hat. Ich wußte gar nicht, daß man mich hier im Theater telefonisch erreichen kann.“

Ich hörte das Klicken der zweiten Karte. Ich war immer noch so glücklich in ihrer Gesellschaft, glücklich mit ihrem Körper, glücklich, wenn ich nur ihr Gesicht sehen durfte. Immer noch liebte ich den Ausdruck ihrer Augen und ihres Mundes. Ich liebte ihre Augen. Sie konnte so schmerzlich und doch auch so heiter blicken. Ihr Mund war für mich der schönste Mund der Welt. Ich war wirklich noch ein Kind. Ich wußte, daß sie mit dem schönen Mund log wie gedruckt, aber es machte mir nichts aus, denn ich wußte auch, daß sie es haßte, mich zu täuschen. Sie haßte es, mich zu belügen, und sie war eine schlechte Lügnerin. Es war komisch, aber irgendwie gab sie mir zu verstehen, daß sie log. Das gehörte zu dem Schwindel dazu.

Es machte mir nichts aus. Ich nahm es in Kauf. Sicher, ich litt, aber es war immer noch ein gutes Geschäft. Doch mit der Zeit ließ meine Freude an ihr nach, und ich litt stärker unter ihren Lügen.

Ich war sicher, daß sie und Alice ein Verhältnis miteinander hatten. Als Alice einmal verreist war, fuhr ich in Janelles und Alices Wohnung, um dort die Nacht zu verbringen. Alice rief Janelle an, um mit ihr zu plaudern. Janelle war sehr kurz angebunden mit ihr, fast grob. Eine halbe Stunde später, als wir uns gerade liebten, klingelte wieder das Telefon. Janelle langte hinüber, nahm den Hörer ab und warf ihn unters Bett.

Sie haßte es, unterbrochen zu werden, wenn sie in der Horizontalen war – das war eines der Dinge, die ich an ihr so liebte. Im Hotel – wenn wir auf dem Weg ins Bett waren – ließ sie es oft nicht zu, daß ich einen Telefonanruf entgegennahm oder dem Kellner, der uns etwas zu essen oder zu trinken brachte, die Tür öffnete.

Eine Woche später, an einem Sonntagvormittag, rief ich von meinem Hotel aus Janelle in ihrer Wohnung an. Ich wußte, daß sie gerne lange schlief, und darum rief ich erst gegen elf Uhr an. Die Leitung war besetzt. Nach einer halben Stunde rief ich wieder an. Die Leitung war immer noch besetzt. Dann rief ich eine Stunde lang alle zehn Minuten an und bekam immer wieder das Besetztzeichen, und plötzlich stieg ein Bild vor mir auf: Janelle und Alice zusammen im Bett, der Hörer abgelegt. Als ich endlich durchkam, war Alice am Apparat; ihre Stimme klang weich und warm. Ich hatte keinen Zweifel mehr, daß sie ein Verhältnis hatten.

Ein andermal wollten wir einen Ausflug nach Santa Barbara machen, als das Büro eines Produzenten anrief: sie müsse sofort kommen, um für eine Rolle vorzusprechen. Sie sagte, es würde nur eine halbe Stunde dauern, und so begleitete ich sie ins Studio. Der Produzent war ein alter Freund von Janelle, und als er ins Büro kam, grüßte er sie mit einer zärtlichen, liebevollen Geste, indem er ihr mit den Fingern über das Gesicht strich; sie lächelte ihn an. Ich erblickte darin die Zärtlichkeit eines vormaligen Liebhabers, der jetzt ein guter Freund war.

Als wir schon auf dem Weg nach Santa Barbara waren, fragte ich Janelle, ob sie mit dem Produzenten geschlafen habe. Sie sah mich an und antwortete: „Ja." Und ich stellte ihr keine weiteren Fragen.

Einmal waren wir zum Abendessen verabredet, und ich fuhr in ihre Wohnung, um sie abzuholen. Sie zog sich gerade an. Alice öffnete mir die Tür. Ich konnte sie gut leiden, und irgendwie machte es mir nichts aus, daß sie Janelles Geliebte war. Zudem war ich meiner Sache noch nicht ganz sicher. Alice küßte mich immer auf die Lippen, es war ein sehr süßer Kuß, sie schien sich in meiner Gesellschaft wohl zu fühlen. Wir kamen gut miteinander aus. Aber ein gewisser Mangel an Fraulichkeit war nicht zu übersehen. Sie war sehr dünn und trug enge Blusen, die erkennen ließen, daß sie erstaunlich volle Brüste hatte, doch blieb sie stets sehr sachlich. Sie gab mir einen Drink und legte eine Edith-Piaf-Platte auf. Dann warteten wir, bis Janelle aus dem Bad kam.

Sie küßte mich. „John", sagte sie dann, „es tut mir leid. Ich habe versucht, dich im Hotel zu erreichen. Heute abend habe ich Probe. Der Regisseur kommt mich holen."

Ich war wie vor den Kopf geschlagen. Wieder hörte ich das Klicken der zweiten Karte. Sie strahlte mich an, aber da war ein leises Zucken um ihren Mund, das mich vermuten ließ, daß sie log. Sie sah mir forschend in die Augen. Sie wollte, daß ich ihr glaubte, und sah, daß ich es nicht tat. „Er kommt hierher, um mich abzuholen. Ich hoffe, daß ich um elf fertig bin."

„In Ordnung", sagte ich. Über die Schulter blickend, sah ich, wie Alice in ihr Glas starrte. Sie legte es darauf an, uns nicht zu beachten und nicht zu hören, was wir sprachen.

Ich saß eine Weile herum, und tatsächlich erschien der Regisseur. Er war ein junger Kerl, aber schon fast kahl und tat sehr geschäftsmäßig und nüchtern. Für einen Drink hatte er keine Zeit. „Wir proben bei mir", erklärte er Janelle ungeduldig. „Für die Kostümprobe morgen mußt du perfekt sein. Evarts und ich haben einige Änderungen vorgenommen."

Dann wandte er sich an mich. „Tut mir leid, daß ich Ihnen den Abend verpatzt habe, aber so ist es nun mal, das Showgeschäft." Das alte Klischee.

Er schien ein netter Kerl zu sein. Ich bedachte Janelle und ihn mit einem kalten Lächeln. „In Ordnung", sagte ich. „Laßt euch nur Zeit."

Janelle wurde ein wenig nervös. „Glaubst du, können wir um zehn fertig sein?" fragte sie den Regisseur.

„Wenn wir hart arbeiten, vielleicht", antwortete er.

Und zu mir sagte Janelle: „Warum wartest du nicht hier bei Alice? Um zehn bin ich zurück, dann können wir immer noch essen gehen. Ist dir das recht?"

„Aber sicher."

So wartete ich also mit Alice, und wir plauderten miteinander. Sie erzählte mir, daß sie die Wohnung neu eingerichtet habe. Sie nahm mich bei der Hand und führte mich durch die Zimmer. Es war wirklich sehr hübsch. Die Küche war mit besonderen Fensterläden ausgestattet, die Anrichten mit einer Art eingelegtem Muster verziert. Kupfertöpfe und Schüsseln hingen von der Decke.

„Reizend", sagte ich. „Ich kann mir nicht vorstellen, wie Janelle das alles geschafft hat."

Alice lachte. „Nein", sagte sie. „Ich bin das Hausmütterchen."

Dann führte sie mich durch die drei Schlafzimmer. Eines war offensichtlich ein Kinderschlafzimmer.

„Hier schläft Janelles Sohn, wenn er zu Besuch kommt."

Dann kamen wir in das große Schlafzimmer, in dem ein breites Bett stand. Das hatte sie gründlich verändert. Es war äußerst fraulich. An den Wänden hingen Puppen, auf dem Sofa lagen Kissen, und am Fußende des Bettes befand sich ein Fernseher.

„Wessen Schlafzimmer ist das?" erkundigte ich mich.

„Meines", antwortete Alice.

Wir kamen in das dritte Schlafzimmer, in dem ein wildes Durcheinander herrschte. Es diente offensichtlich als Abstellraum. Allerlei Kleinzeug und Krimskrams waren über das Zimmer verstreut. Auf dem kleinen Bett lag eine gesteppte Decke.

„Und wessen Schlafzimmer ist das?" fragte ich, ganz goldhaariger Spötter.

„Das gehört Janelle", antwortete Alice, ließ meine Hand los und drehte den Kopf zur Seite.

Ich wußte, daß sie log und daß sie sich das große Schlafzimmer mit Janelle teilte. Wir kehrten ins Wohnzimmer zurück.

Um halb elf läutete das Telefon. Es war Janelle. „O Gott!" sagte sie, und ihre Stimme klang so dramatisch, als ob sie an einer tödlichen Krankheit litte. „Wir sind noch nicht fertig. Wir werden noch eine Stunde brauchen. Willst du noch warten?"

Ich lachte. „Na sicher", antwortete ich. „Ich werde warten."

„Ich rufe dich noch einmal an", sagte Janelle. „Sobald ich weiß, daß wir fertig sind. Ist das o. k.?"

„Na sicher", sagte ich. Ich wartete bis zwölf. Alice wollte mir etwas zu essen machen, aber ich hatte keinen Hunger. Die Sache amüsierte mich bereits. Es gibt nichts Komischeres, als wenn man richtig zum Narren gehalten wird und es weiß.

Als das Telefon um Mitternacht abermals klingelte, wußte ich, was sie sagen würde. Und sie sagte es auch. Sie waren noch nicht fertig. Und sie wußten auch nicht, wann sie fertig sein würden.

Ich gab mich heiter. Ich wußte, daß sie müde sein würde. Und daß ich sie heute nicht mehr sehen und morgen von daheim anrufen würde.

„Du bist süß, Liebling, wirklich süß. Es tut mir schrecklich leid", sagte Janelle. „Ruf mich morgen nachmittag an."

Ich verabschiedete mich von Alice, und an der Tür küßte sie mich. Es war ein schwesterlicher Kuß, und sie sagte: „Sie rufen Janelle doch morgen an, nicht wahr?"

„Klar", sagte ich. „Ich werde sie von daheim anrufen."

Am nächsten Morgen nahm ich die erste Maschine nach New York. Auf dem Kennedy-Flughafen rief ich Janelle an. Sie war entzückt, mich zu hören. „Ich hatte schon Angst, du würdest nicht anrufen."

„Ich hatte es doch versprochen", antwortete ich.

„Wir haben bis drei Uhr früh gearbeitet", berichtete sie mir, „und die Kostümprobe ist erst heute abend um neun. Ich könnte auf ein paar Stunden zu dir ins Hotel kommen, wenn du mich sehen möchtest."

„Natürlich möchte ich dich sehen", sagte ich. „Aber ich bin in New York. Ich sagte ja, daß ich dich von daheim anrufen würde."

Am anderen Ende der Leitung entstand eine lange Pause. „Ich verstehe", sagte sie.

„Fein", sagte ich. „Ich rufe dich an, wenn ich wieder nach Los Angeles komme. Einverstanden?"

Wieder entstand eine lange Pause, und dann sagte sie: „Du hast mir immer unglaublich viel bedeutet, aber ich lass' mir nicht mehr von dir weh tun."

Und sie legte den Hörer auf.

Doch beim nächsten Besuch in Kalifornien versöhnten wir uns wieder und machten einen neuen Anfang. Sie wollte ganz aufrichtig mit mir sein, es sollte keine Mißverständnisse mehr geben. Sie schwor mir, weder mit Evarts noch mit dem Regisseur ins Bett gegangen zu sein. Daß sie immer aufrichtig mit mir gewesen sei. Daß sie mich nie wieder anlügen würde. Und um es zu beweisen, beichtete sie mir, wie es um Alice und sie stand. Es war eine interessante Geschichte, aber sie bewies nichts, zumindest nicht mir. Aber es war nett, zur Abwechslung einmal die Wahrheit zu erfahren.

37

Zwei Monate lebte Janelle mit Alice De Santis zusammen, bevor sie herausfand, daß Alice sich in sie verliebt hatte. Es dauerte so lange, weil sie beide tagsüber arbeiteten: Janelle hatte einen sehr rührigen Agenten, jagte von einem Interview zum andern, und Alice war eine emsige Kostümzeichnerin in einer großen Filmgesellschaft.

Sie hatten getrennte Schlafzimmer. Aber spätabends kam Alice manchmal in Janelles Zimmer und setzte sich zu ihr aufs Bett, um zu tratschen. Für gewöhnlich sprachen sie über ihre Arbeit. Janelle erzählte ihr auch von den mehr oder minder raffinierten Versuchen der Männer, an sie heranzukommen, und beide lachten darüber. Alice erfuhr nie, daß Janelle mit ihrem Charme als Südstaatlerin diese Annäherungsversuche geradezu herausforderte.

Alice war eine großgewachsene, attraktive Frau, kalt und nüchtern gegenüber der Umwelt. Zu Janelle war sie sanft und liebenswürdig. Vor dem Schlafengehen verabschiedete sie sich von ihr mit einem schwesterlichen Kuß. Janelle bewunderte ihre Intelligenz und ihre fachlich fundierte Tätigkeit als Kostümberaterin.

Alice beendete ihre Arbeit an einem Film zur selben Zeit, als Janelles Sohn Richard nach Los Angeles kam, um einen Teil seiner Sommerferien bei Janelle zu verbringen. Wenn ihr Sohn sie besuchte, nahm sich Janelle für gewöhnlich die Zeit, um mit ihm in der Stadt herumzufahren, ins Theater oder eislaufen zu gehen oder einen Ausflug ins Disneyland zu machen. Manchmal mietete sie auch für eine Woche ein Häuschen am Strand. Sie war immer froh, wenn er bei ihr war, und verlebte einen glücklichen Monat mit ihm. Doch wie das Schicksal nun einmal wollte, bekam sie diesen Sommer eine kleine Rolle in einer Fernsehserie, die zwar einen Großteil ihrer Zeit in Anspruch nehmen, ihr aber auch eine genügend hohe Gage einbringen würde, um ein Jahr lang ihren Lebensunterhalt davon zu bestreiten. Sie begann ihrem geschiedenen Mann einen langen Brief zu schreiben und ihm zu erklären, warum Richard sie in diesem Sommer nicht besuchen könnte. Während sie das tat, legte sie plötzlich ihren Kopf auf den Tisch und fing an zu weinen. Es schien ihr, als müßte sie jetzt ihr Kind endgültig aufgeben.

Es war Alice, die rettend einsprang. Sie überredete Janelle, Richard dennoch kommen zu lassen. Alice würde ihn herumkutschieren, mit ihm ins Studio kommen, wo er Janelle bei der Arbeit zuschauen konnte, und eiligst wieder verschwinden, bevor er dem Regisseur zu sehr auf die Nerven ging. Sie würde sich tagsüber um ihn kümmern, Janelle konnte sich abends seiner Gesellschaft erfreuen. Janelle war Alice unendlich dankbar.

Und als Richard dann kam, verlebten die drei eine wunderschöne Zeit. Wenn Janelle nach der Arbeit nach Hause kam, waren Alice und Richard bereits in freudiger Erwartung eines Ausgangs in die Stadt. Zu dritt gingen sie ins Kino, nachher auf einen kleinen Imbiß. Es war alles so nett und angenehm. Janelle mußte sich eingestehen, daß sie und ihr Exgatte nie eine so schöne Zeit mit ihrem Sohn verbracht hatten, wie sie sie jetzt mit Alice und Richard genoß. Es war fast eine vollkommene Ehe. Nie zankte Alice mit ihr, nie machte sie ihr Vorwürfe. Nie war Richard trotzig oder ungehorsam. Er lebte ein für ein Kind traumhaftes Leben, ein Leben ohne Vater und mit zwei Müttern, die ihn vergötterten. Er liebte Alice, weil sie ihn in mancher Hinsicht verwöhnte und nur selten streng mit ihm war. Sie ließ ihn einen Tenniskurs machen und spielte auch mit ihm. Sie lehrte ihn Buchstaben-Domino und tanzen. In der Tat, Alice war ein vollkommener Vater, sportlich und ein guter Kumpel, jedoch bar männlicher Willkür und ohne die Härte eines Vaters. Richard sprach außerordentlich gut an auf ihre erzieherischen Bemühungen. Seiner Mutter war er nie so liebevoll begegnet. Er half Alice, wenn sie Janelle nach der Arbeit das Essen servierte, und sah zu, wie die beiden Frauen sich nachher hübsch machten, um mit ihm auszugehen. Er liebte es, sich mit weißen Slacks, einer dunkelblauen Jacke und einem mit Krausen besetzten weißen Hemd ohne Krawatte feinzumachen. Und er war von Kalifornien begeistert.

Als dann der Tag kam, da er wieder heimfahren mußte, brachten Alice und Janelle ihn zur Mitternachtsmaschine, und als sie dann endlich allein waren, hielten sich Janelle und Alice bei den Händen und stießen einen Seufzer der Erleichterung aus, so wie ein Ehepaar nach der Verabschiedung eines Hausgastes erleichtert aufgeatmet hätte. Janelle war so ungeheuer gerührt, daß sie Alice umarmte und küßte. Alice drehte den Kopf herum, um den Kuß auf ihrem weichen zarten Mund zu empfangen. Einen Sekundenbruchteil lang hielt sie Janelles Mund auf ihrem fest.

In die Wohnung zurückgekehrt, tranken sie ihren Kakao zusammen, als ob nichts geschehen wäre. Sie zogen sich in ihre Schlafzimmer zurück. Aber Janelle war unruhig. Sie klopfte an Alices Tür und ging hinein. Sie war überrascht, als sie Alice bereits entkleidet vorfand. Alice war zwar dünn, doch ihr enger Büstenhalter umschloß einen festen vollen Busen. Natürlich hatten sie einander des öfteren nur teilweise bekleidet gesehen, doch jetzt nahm Alice ihren Büstenhalter ab und sah Janelle dann mit einem scheuen Lächeln an.

Beim Anblick dieser Brüste verspürte Janelle ein Aufwallen geschlechtlicher Lust. Sie fühlte, wie sie errötete. Es war ihr nie in den Sinn gekommen, daß eine Frau sie reizen könnte. Insbesondere nach ihrem Erlebnis mit Mrs. Wartberg. So blieb Janelle, als Alice unter die Decke schlüpfte, lässig am Bettrand sitzen, und sie plauderten über die schöne Zeit, die sie zu dritt mit Richard verbracht hatten. Plötzlich brach Alice in Tränen aus.

Janelle strich ihr über ihr dunkles Haar. „Was hast du, Alice?" fragte sie besorgt. Aber sie wußten bereits, daß sie nur schauspielerten, um das zu tun, was zu tun es sie beide drängte.

„Ich habe niemanden, den ich lieben kann", schluchzte Alice, „ich habe niemanden, der mich liebt."

Einen Augenblick lang sah Janelle diese Szene mit ironischem Abstand, eine Szene, die sie oft mit männlichen Partnern gespielt hatte. Doch die Dankbarkeit, die sie für Alice empfand, und das kleine Feuer der Lust, das ihre Brüste in ihr entfacht hatten, lockten stärker als die Freuden der Ironie. Auch sie liebte es, eine Szene zu spielen. Sie schlug die Decke zurück und berührte Alices Brüste. Interessiert beobachtete sie, wie die Warzen sich aufrichteten. Dann beugte sie sich vor und bedeckte die eine Warze mit ihrem Mund. Die Berührung übte eine starke Wirkung auf sie aus.

Ein berauschender, sanft dahinströmender Friede hüllte ihren Körper ein, während sie an der Warze von Alices Brust saugte. Sie fühlte sich wie ein Kind. Die Brust war so warm, schmeckte so süß. Sie schmiegte sich an den anderen Körper, weigerte sich aber, die Warze aufzugeben, obwohl Alices Hände einen starken Druck auf ihren Hals ausübten, um sie weiter nach unten zu drängen. Schließlich ließ Alice sie an ihrer Brust. Janelle murmelte Unzusammenhängendes, während sie saugte, es war das Murmeln eines sinnlichen Kindes, und Alice liebkoste ihren golden schimmernden Kopf, während sie mit der anderen Hand die Nachttischlampe löschte. Lange Zeit später stieß Janelle einen tiefen Seufzer befriedigter Lust aus; sie gab Alicens Brust frei und ließ ihren Kopf zwischen die Beine ihrer Freundin fallen. Wieder lange danach schlief sie erschöpft ein. Als sie erwachte, stellte sie fest, daß Alice sie entkleidet hatte, daß sie nun nackt neben ihr lag. Zwei unschuldigen Kindern gleich, hatten sie, einander vertrauensvoll in den Armen haltend, friedlich nebeneinander geschlafen.

So begann die für sie lustvollste sexuelle Partnerschaft, die Janelle bisher erlebt hatte. Nicht daß sie verliebt gewesen wäre, das war sie keineswegs. Alice war in sie verliebt. Zum Teil war das der Grund, warum die Beziehung für Janelle so befriedigend war. Es gefiel ihr einfach, an einer vollen Brust zu saugen – es war eine umwerfende neue Entdeckung. Alice gegenüber konnte sie sich ihrem Genuß hemmungslos hingeben, sie war Herr und Meister ihrer Freundin, was ihr außerordentlich behagte, denn sie brauchte ihre Rolle als Südstaatenschönheit nicht zu spielen. Das komische an der Beziehung war, daß Janelle, die süße, sanfte, weibliche Janelle, als der aktive und aggressive Teil agierte. Alice, ihrem Aussehen nach eine, wenn auch ganz reizende, Klunte, war von den beiden die Weibliche und Passive. Alice war es, die ihr gemeinsames Schlafzimmer – sie schliefen jetzt zusammen in einem Bett – in einen fraulichen Raum verwandelte, mit Krausen und Rüschen und Volants, Puppen an den Wänden, seidig glänzenden Fensterläden und allem möglichem Putz und Tand. In Janelles Schlafzimmer – als solches deklariert, um den Schein zu wahren – lag alles kunterbunt zuoberst und zuunterst.

Für Janelle war das Erregende an dieser Beziehung – zum Teil –, daß sie die Rolle des Mannes spielen konnte. Nicht nur in sexueller Hinsicht, sondern auch im Alltag, in den kleinen Dingen routinemäßigen Zusammenlebens. In ihrer äußeren Erscheinung ließ Janelle zu Hause ein maskulin saloppes Verhalten erkennen, während Alice stets darauf bedacht war, attraktiv auszusehen, um Janelle zu gefallen. Janelle unterließ auch nicht das bei Männern so beliebte lüsterne Grapschen, indem sie Alice, wenn sie gerade vorbeikam, zwischen die Beine langte oder ihre Brüste kniff. Es machte Janelle großen Spaß, die Rolle des Mannes zu spielen. Sie zwang Alice zum Verkehr. Sie empfand dabei mehr Wollust, als sie bei einem Mann empfunden hatte. Dennoch: Obwohl sie beide nach wie vor mit Männern ausgingen – unvermeidlich in ihrem Beruf, wo sich gesellschaftliche und geschäftliche Verpflichtungen ineinander verflochten –, war es allein Janelle, die immer noch Freude daran hatte, einen Abend mit einem Mann zu verbringen, war es allein Janelle, die gelegentlich die ganze Nacht ausblieb. Um am Morgen eine Alice zu Hause vorzufinden, die krank vor Eifersucht war. So daß Janelle ernstlich überlegte, ob sie nicht ausziehen sollte. Alice blieb nie über Nacht aus. Und wenn sie spät heimkam, machte sich Janelle keine Gedanken, ob sie mit einem Kerl zusammen gewesen war. Es war ihr schnuppe. Ihrer Auffassung nach hatte das eine nichts mit dem anderen zu tun.

Nur allmählich galt es als ausgemacht, daß Janelle tun und lassen konnte, was ihr beliebte. Daß sie niemandem Rechenschaft schuldig war. Zum Teil darum, weil es ihr schwergefallen wäre, sich der Aufmerksamkeiten und der Telefonanrufe all der Männer zu erwehren, mit denen sie in Berührung kam: Schauspieler, Regieassistenten, Agenten, Produzenten, Regisseure. In dem Jahr, in dem sie zusammen lebten, verlor Janelle nach und nach das Interesse, mit Männern zu schlafen. Es wurde unbefriedigend. Nicht so sehr körperlich; es war die Verteilung der Macht, die sie störte. Sie spürte, oder glaubte zu spüren, daß die Männer sich einbildeten, ihr über zu sein, nachdem sie sie im Bett gehabt hatten. Sie wurden ihrer Sache zu sicher, zu anmaßend und hochmütig. Sie erwarteten zu viel Beachtung. Beachtung, die zu schenken Janelle nicht bereit war. Und sie fand in Alice etwas, das ihr noch kein Mann gegeben hatte: völliges Vertrauen. Sie hatte nie das Gefühl, Alice könnte über sie tratschen oder auf sie herabsehen oder sie mit einer anderen Frau oder einem anderen Mann betrügen. Sie um ihre Habe bringen oder ein Versprechen nicht einlösen. Viele Männer, denen sie begegnete, machten ihr großzügige Versprechungen, die sie dann nie einhielten. Wahrhaft glücklich war sie mit Alice, die alles tat, um sie glücklich zu machen.

„Weißt du", sagte Alice eines Tages, „eigentlich könnte Richard doch ständig mit uns zusammen wohnen."

„O Gott, ich wollte, das wäre möglich", antwortete Janelle. „Aber wir haben einfach nicht die Zeit, uns um ihn zu kümmern."

„Aber natürlich haben wir die", versetzte Alice. „Sieh mal, wir arbeiten doch nur selten zur gleichen Zeit. Er wird in die Schule gehen. Die Ferien verbringt er im Lager. Im Notfall können wir uns immer eine Frau nehmen, die auf ihn aufpaßt. Ich glaube, du würdest glücklicher sein, wenn du Richard um dich hättest."

Ein verlockender Vorschlag. Janelle begriff, daß ihr Zusammenleben bleibenderen Charakter haben würde, wenn Richard bei ihnen wohnte. Was nicht so schlecht war. Sie bekam jetzt genügend Filmrollen, um gut davon zu leben. Sie könnten sogar eine größere Wohnung nehmen und sie ständig einrichten. „O. k.", sagte sie, „ich werde Richard schreiben. Mal sehen, was er dazu sagt."

Aber sie schrieb nicht. Sie wußte, daß ihr geschiedener Mann nicht zustimmen würde. Und sie wollte auch nicht, daß Alice zu wichtig für sie würde.

38

Ich fühlte mich erleichtert, als ich konkret wußte, daß Janelle auf zwei Klavieren spielte. Na, wenn schon. Zwei Frauen im Bett, das war nicht viel anders, als wenn zwei Frauen zusammen strickten. Das sagte ich Janelle, um sie zu ärgern, und schließlich hatte dieses Arrangement auch für mich Vorteile. Ich befand mich in der Lage des Mannes, der eine verheiratete Frau mit einem verständnisvollen und noch dazu weiblichen Gatten zur Geliebten hat – eine großartige Kombination. Aber nichts im Leben ist einfach. Mit der Zeit kam ich drauf, daß Janelle Alice mindestens ebenso zärtlich liebte wie mich. Schlimmer noch: ich erkannte, daß Alice Janelle inniger liebte, als ich es tat, und auf eine weit selbstlosere und aufopferndere Weise. Und soviel wußte ich jetzt schon, daß ich Janelle gefühlsmäßig nicht gerade guttat. Zugegeben, es war eine Falle, und unmöglich, aus ihr auszubrechen. Den Mann, der ihre Probleme lösen konnte, gab es nicht. Ich gebrauchte sie nur als Instrument meiner Lust. Nichts dagegen einzuwenden. Aber ich erwartete von ihr, eine in jeder Beziehung untergeordnete Rolle in meinem Leben zu spielen. Schließlich hatte ich ja meine Frau, meine Kinder und meine Arbeit. Nichtsdestoweniger erwartete ich von ihr, daß sie mich in ihrem Leben zuoberst einreihte.

Bis zu einem gewissen Grad ist alles im Leben ein Geschäft. Und ich schnitt dabei besser ab als sie. So einfach war das.

Und hier zeigt sich nun, welche Vorteile es bot, eine bisexuelle Freundin zu haben. Bei einem meiner Besuche wurde Janelle krank. Sie mußte ins Krankenhaus, um sich eine Zyste aus dem Eierstock herausoperieren zu lassen. Es traten Komplikationen ein, und sie mußte zehn Tage bleiben. Natürlich schickte ich ihr Blumen, Körbe um Körbe voll Blumen, das übliche Idiotenfutter, das Frauen so lieben. Sicher, ich ging jeden Abend hin und blieb eine Stunde bei ihr sitzen. Aber Alice erledigte alle Besorgungen für sie und verbrachte den ganzen Tag bei ihr. Manchmal war sie da, wenn ich kam, und verließ dann immer für eine Weile das Zimmer, um Janelle und mir Gelegenheit zu geben, allein zu sein.

Vielleicht wußte sie, daß Janelle es liebte, wenn ich ihre nackten Brüste hielt, während wir plauderten. Nicht weil das sexy war, sondern weil es sie erquickte. Mein Gott, Sex ist doch weitgehend erquickend, so wie ein heißes Bad, ein gutes Essen, ein gepflegter Wein. Wenn man Sex doch einfach genießen könnte, ohne Liebe und andere Komplikationen!

Jedenfalls, ein einziges Mal blieb Alice bei uns im Zimmer. Mir war schon immer aufgefallen, was für ein süßes Gesicht Alice hatte. Tatsächlich, die beiden sahen wie Schwestern aus, zwei reizende, sanfte, weibliche Schwestern. Alice hatte einen kleinen, fast dünnen Mund, wie er selten Großmütigen eigen ist. Ihrer war es. Ich konnte sie enorm gut leiden. Und warum zum Teufel hätte ich es nicht sollen? Sie machte die ganzen Schmutzarbeiten, die ich eigentlich hätte erledigen müssen. Aber ich war ein sehr beschäftigter Mann. Ich war verheiratet. Ich mußte am nächsten Tag nach New York fliegen. Wäre Alice nicht gewesen, ich würde vielleicht alles das getan haben, was sie tat. Aber ich glaube eigentlich nicht.

Ich hatte eine Flasche Champagner ins Zimmer geschmuggelt, um unseren letzten Abend zusammen zu feiern. Es machte mir nichts aus, wenn auch Alice daran teilhatte. Janelle hatte drei Gläser versteckt. Alice öffnete mit viel Geschick die Flasche.

Janelle hatte ein hübsches gefältetes Spitzennachthemd an. Wie sie da im Bett lag, sah sie wie immer ein wenig dramatisch aus. Ich wußte, daß sie absichtlich kein Make-up aufgelegt hatte – es hätte nicht zu ihrer Rolle gepaßt. Matt und bleich, eine zweite Camille. Nur daß sie in Wahrheit bestens in Form war und vor Lebensfreude sprühte. Die Augen tanzten vor Vergnügen, als sie den Champagner kostete. Sie hatte die zwei Menschen in ihrem Zimmer sitzen, die ihr die liebsten waren. Es war uns nicht erlaubt, gemein zu ihr zu sein, ihre Gefühle zu verletzen; es war uns nicht einmal erlaubt, sie daran zu hindern, gemein zu uns zu sein. Und vielleicht war es das, was Janelle veranlaßte, in Alices Anwesenheit ihre Hand auszustrecken und die meine zu ergreifen.

Seitdem ich ihr Geheimnis kannte, war ich bemüht gewesen, vor Alice nie als Liebhaber aufzutreten. Und nie ließ Alice erkennen, daß eine sexuelle Beziehung zwischen ihr und Janelle bestand. Wenn man die beiden beobachtete, hätte man schwören mögen, sie seien Schwestern oder Gefährtinnen. Sie benahmen sich völlig ungezwungen zueinander. Nur Janelle lieferte Hinweise zu ihrem Verhältnis, indem sie Alice manchmal wie ein despotischer Ehemann herumkommandierte.

Jetzt rückte Alice mit ihrem Stuhl an die Wand, fort von Janelles Bett und von uns. Als ob sie uns den offiziellen Status eines Liebespaares zuerkennen wollte. Ich weiß nicht, warum, aber diese Geste berührte mich schmerzlich – sie war so großmütig.

Ich glaube, daß ich die beiden beneidete. Sie verstanden sich so gut, daß sie es sich leisten konnten, Nachsicht gegen mich walten zu lassen und meine privilegierte Stellung als offizieller Liebhaber anzuerkennen. Janelle spielte mit meinen Fingern, und mir wurde klar, daß das keine leere Geste war, sondern Ausdruck des aufrichtigen Wunsches, mir eine Freude zu machen. Ich lächelte ihr zu. In einer Stunde würden wir die Flasche geleert haben, und ich würde gehen müsen, um meine Maschine nach New York zu erreichen. Sie würden allein zurückbleiben, und Janelle würde alles wieder gutmachen. Und Alice wußte das. Ebenso wie sie wußte, daß Janelle diesen Augenblick mit mir zusammen brauchte. Ich widerstand der Versuchung, meine Hand zurückzuziehen. Es wäre kleinlich gewesen, und in der Welt der Männer gilt ja die Maxime, diese wären im Grunde großmütiger als die Frauen. Aber ich wußte, daß meine Großmut gespielt war. Ich konnte es kaum erwarten zu gehen.

Endlich durfte ich mich mit einem Kuß von Janelle verabschieden. Ich versprach ihr, sie am nächsten Tag anzurufen. Wir umarmten uns, während Alice diskret das Zimmer verließ. Aber sie wartete draußen auf mich und begleitete mich zum Wagen hinunter. Wieder drückte sie mir einen ihrer weichen Küsse auf den Mund.

„Machen Sie sich keine Sorgen“, sagte sie. „Ich bleibe die Nacht über bei ihr.“ Nach der Operation hatte Janelle mir erzählt, daß Alice, eingerollt im Lehnsessel, die ganze Nacht bei ihr verbracht hatte. Ich war daher nicht überrascht.

„Passen Sie gut auf sich auf“, sagte ich daher nur, stieg in meinen Wagen und fuhr zum Flughafen.

Es war schon dunkel, als die Maschine vom Rollfeld abhob. Ich konnte nie in einem Flugzeug schlafen. Und so dachte ich nun an Alice und Janelle in ihrem Zimmer im Krankenhaus und war froh, daß ich in wenigen Stunden mit meiner Familie frühstücken würde.

39

Ich gestand es Janelle nie ein, daß meiner Eifersucht nicht nur romantische Gefühle, sondern auch handfeste Überlegungen zugrunde lagen. Ich habe die Weltliteratur durchforstet, aber in keinem Liebesroman je ein Geständnis gefunden, wonach ein verheirateter Mann schon allein darum auf die Treue seiner Geliebten Wert legt, weil er fürchtet, einen Tripper oder noch Ärgeres zu erwischen und in der Folge seine Frau anzustecken. Einer der Gründe, warum er das nicht einmal seiner Geliebten eingestehen kann, scheint mir der zu sein, daß er sie für gewöhnlich anlügt und beteuert, mit seiner Frau nicht mehr zu schlafen. Seine Frau hat er bereits belogen, und wenn er sie nun tatsächlich ansteckt, muß er, so er menschlicher Regungen überhaupt noch fähig ist, beiden die Wahrheit sagen. Er sieht sich genötigt, für sein sittliches Dilemma eine radikale Lösung zu finden.

Als ich eines Abends mit Janelle darüber redete, sah sie mich böse an und sagte: „Und was ist, wenn deine Frau dir etwas anhängt und du dann mir die Sache weiterreichst? Oder hältst du das für ganz und gar unmöglich?"

Wir spielten unser gewohntes Streitspiel. Aber es war kein richtiger Streit – eher ein mit Witz und Geist ausgetragener Zweikampf, bei dem Humor und Aufrichtigkeit, sogar ein wenig Grausamkeit, aber keine Brutalität zugelassen waren. „Natürlich ist es möglich", gab ich zurück. „Aber die Wahrscheinlichkeit ist sehr gering. Meine Frau ist gläubige Katholikin. Sie ist tugendhaft." Ich hob die Hand, um Janelles Protest aufzuhalten. „Außerdem ist sie älter und nicht so schön wie du, und sie hat auch weniger Gelegenheit."

Janelle beruhigte sich ein wenig. Ein Kompliment, das man ihrer Schönheit machte, konnte sie besänftigen.

„Aber du hast recht", sagte ich und lachte ein wenig. „Wenn meine Frau mir etwas anhängte und ich dich dann infizierte, würde ich mich nicht schuldig fühlen. Es wäre eine Art ausgleichende Gerechtigkeit, da wir ja doch beide Rechtsbrecher sind."

Janelle konnte sich nicht länger zurückhalten. „Ich kann einfach nicht glauben, daß du so etwas sagst", fuhr sie mich an. „Ich glaube es einfach nicht. Ich bin vielleicht eine Rechtsbrecherin, aber du bist ein Feigling!"

Als wir eines Nachts in den frühen Morgenstunden wieder einmal nicht einschlafen konnten, weil uns, nachdem wir einigemal Liebe gemacht und eine Flasche Wein geleert hatten, immer noch der Hafer stach, bestand sie schließlich darauf, daß ich ihr von der Zeit erzählte, die ich als Junge im Heim zubrachte.

Als Kind entdeckte ich die Zauberwelt der Bücher. Wenn ich spät nachts abgesondert und allein im Schlafsaal lag, eine Einsamkeit im Herzen, wie ich sie später nie wieder empfunden habe, brauchte ich nur etwas zu lesen, um mich emporzuschwingen und meiner Phantasie freien Lauf zu lassen. Die Bücher, die mir mit zehn, elf oder zwölf Jahren am besten gefielen, waren die Erzählungen aus dem amerikanischen Westen und die Sagen von Roland und Karl dem Großen und ganz besonders von König Artus und seiner Tafelrunde und seinen tapferen Rittern Lancelot und Galahad. Vor allem aber schwärmte ich für Merlin, weil ich mich ihm so ähnlich glaubte. Ich ließ meiner Phantasie die Zügel schießen: Mein Bruder Artie war König Artus, und das mit gutem Grund, denn Artie besaß König Artus' Adel und Gerechtigkeitssinn, den Anstand, die Zielstrebigkeit und die verzeihende Güte, die mir fehlten. Als Kind hielt ich mich für sehr schlau und weitsichtig und war fest davon überzeugt, daß ich mein Leben durch eine Art Zauberkraft lenken könnte. Und darum liebte ich König Artus' Zauberer Merlin, der die Vergangenheit erforscht hatte, die Zukunft voraussehen konnte und der unsterblich und zutiefst weise war.

Damals lernte ich den Trick, mich tatsächlich von der Gegenwart in die Zukunft zu versetzen. Ich habe ihn mein Leben lang angewendet. Als Kind im Heim machte ich mich zu einem jungen Mann, der umgeben war von klugen, belesenen Freunden. Ich wohnte in einem luxuriös eingerichteten Haus und trieb es im Wohnzimmer auf einem Sofa mit einer leidenschaftlichen und bildschönen Frau.

Wenn ich im Krieg eine eintönige Wache schob oder einen langweiligen Patrouillendienst versah, pflegte ich mir vorzustellen, wie ich meinen Urlaub in Paris verbrachte, köstliche Speisen verzehrte und mit lüsternen Huren das Bett teilte. Im Granatfeuer schloß ich die Augen und sah mich, mein Lieblingsbuch in der Hand, neben einem Quell auf einer Waldlichtung ruhen.

Es funktionierte, es funktionierte tadellos. Ich verschwand wie durch Zauberkraft. Und später, wenn ich solch köstliche Dinge wirklich erlebte, entsann ich mich jener schrecklichen Zeit, und mir schien, als wäre ich ihr entwischt, als hätte ich diese Leidensperioden nie durchgemacht, als wär alles nur ein Traum gewesen.

Ich erinnere mich noch, wie überrascht und fassungslos ich war, als ich zu der Stelle kam, wo Merlin König Artus mitteilt, daß er fortan allein herrschen muß, weil er, Merlin, von einer jungen Fee, der er alle seine Zauberkunststücke beigebracht hat, in einer Höhle gefangengesetzt werden wird. Wie König Artus wollte auch ich wissen, warum. Warum sollte Merlin einem jungen Mädchen alle seine Zauberkunststücke beibringen, nur um ihr Gefangener zu werden? Und warum akzeptierte er, der doch um das tragische Ende seines Königs wissen mußte, so freudigen Herzens, daß er nun tausend Jahre in einer Höhle schlafen sollte? Ich konnte es nicht begreifen. Doch als ich älter wurde, kam mir zu Bewußtsein, daß ich vielleicht ähnlich handeln würde. Jeder große Held, das hatte ich nun erfahren, mußte eine Schwäche haben.

Ich hatte viele Versionen der Artus-Sage gelesen und in einem Buch auch ein Bild von Merlin gesehen: ein Mann mit einem langen grauen Bart, auf dem Kopf eine konische, mit glitzernden Sternzeichen geschmückte Narrenkappe. In der Werkstatt des Heims fabrizierte ich mir eine solche Kappe und trug sie auf dem Schulhof. Ich liebte diese Kappe. Bis sie mir einer der Jungen stahl und ich sie nicht wiederbekam; eine zweite machte ich mir nicht mehr. Sie hatte mir dazu gedient, meine Phantasie zu beflügeln: Ich sah mich als den Helden, der ich einmal sein würde, ich sah die Abenteuer, die ich bestehen, die guten Taten, die ich vollbringen, das Glück, das mir beschieden sein würde. Doch eigentlich brauchte ich die Kappe gar nicht. Die Phantasien spannen sich von alleine weiter. Mein Leben in diesem Heim scheint ein einziger Traum gewesen zu sein. Ich war nie da. In Wirklichkeit war ich Merlin, ein Zauberer, und nichts konnte mir je etwas anhaben.

Janelle sah mich lächelnd an. „Du hältst dich tatsächlich für Merlin, nicht wahr?" fragte sie.

„Ein wenig."

Wieder lächelte sie, äußerte sich aber nicht dazu. Wir tranken etwas Wein. „Weißt du", sagte sie dann plötzlich, „manchmal bin ich ein bißchen pervers, aber bei dir habe ich Angst, es zu sein. Weißt du, was viel Spaß macht? Einer fesselt den anderen und vergewaltigt dann den Gefesselten. Was meinst du? Laß dich von mir fesseln, und dann vergewaltige ich dich. Und du kannst dich nicht wehren. Es macht wirklich Spaß."

Ich war überrascht. Wir hatten schon gelegentlich Perversitäten versucht, aber es hatte nie so richtig geklappt. Aber eines wußte ich: Nie würde ich mich von jemandem fesseln lassen. Darum sagte ich: „Okay, ich fessele dich, aber ich lasse mich nicht fesseln."

„Das ist nicht fair", protestierte Janelle.

„Das ist mir scheißegal", erwiderte ich. „Ich lasse mich nicht fesseln. Wie soll ich wissen, daß du mir nicht Streichhölzer unter den Füßen anzündest oder mir eine Nadel ins Auge stichst, nachdem du mich gefesselt hast? Nachher tut es dir leid, aber das hilft mir dann auch nicht mehr."

„Aber nein, du Dummkopf. Es würde doch nur eine symbolische Fesselung sein. Ich nehme bloß einen Schal und binde dich damit fest. Du kannst dich jederzeit wieder befreien. Es ist nichts als ein Faden. Du bist Schriftsteller, du weißt doch, was ‚symbolisch' bedeutet?"

„Nein."

Sie lehnte sich zurück und ließ ein kaltes Lächeln um ihre Lippen spielen. „Und du hältst dich für Merlin", sagte sie. „Du hast gedacht, ich würde Mitleid für den armen kleinen Jungen im Waisenhaus empfinden, der sich für Merlin hält. Du bist der abgebrühteste Hurensohn, der mir je begegnet ist, und das habe ich dir eben bewiesen. Du würdest dich nie von einer Frau verzaubern oder in eine Höhle stecken oder dir einen Schal um den Arm binden lassen. Du bist kein Merlin, Merlin."

Darauf war ich nicht vorbereitet gewesen, aber ich hatte eine Antwort für sie, eine Antwort, die ich ihr nicht geben konnte. Daß nämlich eine Zauberin schon vor ihr dagewesen war. Ich war doch verheiratet, oder nicht?

Am nächsten Tag traf ich mich mit Doran, der mir mitteilte, daß sich die Verhandlungen über den neuen Script in die Länge ziehen würden. Simon Bellfort, der neue Regisseur, kämpfte um einen größeren Anteil. „Würden Sie", erkundigte sich Doran vorsichtig, „in Erwägung ziehen, ein paar Prozentpunkte an ihn abzugeben?"

„Ich möchte bei dem Film gar nicht mittun", lautete meine Antwort an Doran. „Dieser Simon ist ein Stümper, und sein Kumpel Richetti ein ausgemachter Dieb. Kellino ist zwar auch ein Arschloch, aber wenigstens ein guter Schauspieler. Und dieser Schwanz von einem Wagon ist der größte Schleimscheißer von allen. Ich wäre froh, wenn ich die ganze Sache los sein könnte."

„Die Höhe Ihrer Beteiligung an diesem Film", wandte Doran aalglatt ein, „hängt davon ab, ob Sie als Drehbuchautor genannt werden. Wenn Sie die Burschen allein weitermachen lassen, werden die es so drehen, daß Sie nicht im Insert aufscheinen. Dann müssen Sie bei der Writers Guild ein Schiedspruchverfahren einleiten. Das Studio schlägt die Nennungen vor, und wenn man Ihnen keine Beteiligung am Drehbuch zuerkennt, müssen Sie dagegen Beschwerde führen."

„Sie sollen es nur versuchen", sagte ich. „Soviel können sie nicht daran verändern."

„Ich habe eine Idee", sagte Doran begütigend. „Eddie Lancer ist doch ein guter Freund von Ihnen. Ich werde mich dafür verwenden, daß man ihn beauftragt, mit Ihnen an dem Script zu arbeiten. Er kennt sich aus und kann alle diese Burschen von Ihnen abwehren. Okay? Vertrauen Sie mir dieses eine Mal!"

„Okay", sagte ich. Ich war die ganze Sache leid.

Bevor er sich verabschiedete, fragte mich Doran: „Warum haben Sie so eine Stinkwut auf diese Burschen?"

„Weil sich keiner auch nur im mindesten um Malomar geschert hat", antwortete ich. „Sie sind froh, daß er tot ist." Aber das war nicht die Wahrheit. Ich hatte eine Stinkwut auf sie, weil sie versuchten, mir vorzusagen, was ich schreiben sollte.

Ich kam noch rechtzeitig nach New York zurück, um die Preisverteilung der Akademie im Fernsehen zu sehen. Valerie und ich sahen uns das Spektakel jedes Jahr an. Diesmal paßte ich besonders gut auf, denn Janelle hatte mit ihren Freunden einen halbstündigen Kurzfilm gemacht, und dieser Kurzfilm war für einen Preis nominiert worden.

Mein Frau brachte Kaffee und Kekse, und wir setzten uns vor den Apparat. „Was meinst du?" fragte sie lächelnd. „Wirst du auch mal so einen Oscar in Empfang nehmen?"

„Nein", antwortete ich. „Mein Film wird ein Stinker."

Wie üblich bei diesen Preisverteilungen erledigten sie zuerst mal das Kleinzeug. Janelles Film hatte tatsächlich den Preis für den besten Kurzfilm, und auf dem Bildschirm erschien ihr Gesicht. Sie strahlte vor Freude und war so vernünftig, es kurz, und schuldbewußt genug, um es charmant zu machen. „Ich möchte den Damen danken, die diesen Film mit mir geschaffen haben", sagte sie einfach, „insbesondere Alice De Santis."

Und das brachte mir jenen Tag in Erinnerung, als ich erkannte, daß Alice Janelle weit mehr liebte, als ich sie je würde lieben können.

Janelle hatte für einen Monat ein Strandhaus in Malibu gemietet, und zu den Wochenenden verließ ich mein Hotel und verbrachte den Sonnabend und den Sonntag in ihrem Haus. Freitag abends gingen wir am Strand spazieren, und dann saßen wir auf der Veranda unter dem Mond von Malibu, und sahen den Vögeln zu; es waren Schnepfenvögel, wie Janelle zu berichten wußte. Immer wenn die Wellen den Strand hinaufrollten, nahmen sie eilig reißaus.

Wir liebten uns im Schlafzimmer, von dem aus man den Stillen Ozean überschaute. Am nächsten Tag, Sonnabend, kam Alice. Sie frühstückte mit uns und nahm dann ein kleines Stück Film aus ihrer Handtasche und gab es Janelle. Das Stück Film war fünf Zentimeter breit und nicht mehr als zehn Zintimeter lang.

„Was ist das?" fragte Janelle.

„Es ist das Insert des Regisseurs", antwortete Alice. „Ich habe es herausgeschnitten."

„Warum hast du das gemacht?" wollte Janelle wissen.

„Ich dachte, es würde dich freuen", sagte Alice. Ich beobachtete die beiden Frauen. Ich hatte den Film gesehen. Es war ein reizender kleiner Film. Janelle und Alice hatten ihn mit drei anderen Frauen als eine Art feministisches Lehrstück gedreht. Janelle war als Star genannt, Alice als Regisseur, und die Nennungen der anderen Frauen entsprachen ihrer Tätigkeit, die sie bei den Dreharbeiten ausgeübt hatten. „Ein Regisseur muß genannt werden", sagte Janelle. „Einen Film ohne Regisseur gibt es nicht."

Gerade nur um auch mal den Mund aufzumachen, mischte ich mich ein: „Ich dachte, Alice hätte Regie geführt."

Janelle warf mir einen ärgerlichen Blick zu. „Sie war für die Regie verantwortlich, aber ich habe eine Menge Regieideen beigesteuert und war der Meinung, daß mir dafür eine gewisse Anerkennung gebührt."

„Du lieber Himmel", sagte ich. „Du bist doch der Star! Alice muß doch für ihre Arbeit ein Insert bekommen!"

„Selbstvertändlich", erklärte Janelle aufgebracht. „Das habe ich ihr auch gesagt. Ich habe sie nicht geheißen, ihr Insert herauszuschneiden. Und das hat sie eben getan."

„Wie stehen Sie nun wirklich dazu?" fragte ich Alice.

Alice schien mir sehr gelassen. „Janelle hat viel an der Regie mitgearbeitet", antwortete sie. „Und mir liegt wirklich nichts an der Nennung. Janelle kann sie haben. Es liegt mir nichts daran."

Ich sah, daß Janelle sehr zornig war. Es ärgerte sie, in so schiefem Licht dazustehen, aber ich spürte, daß sie anderseits Alice nicht die volle Nennung für die Regie überlassen wollte.

„Verdammt noch mal", wandte sie sich jetzt an mich. „Guck mich nicht so an. Ich habe das Geld beschafft, um den Film drehen zu können, ich habe die Leute zusammengebracht, alle zusammen haben wir das Buch geschrieben, und ohne mich wäre das Ganze nie zustande gekommen."

„Na schön", sagte ich. „Dann laß dich doch als Produzent nennen. Warum ist denn gerade die Nennung als Regisseur so wichtig?"

Alice gab mir die Antwort: „Wir zeigen den Film vor der Akademie, und bei solchen Filmen herrscht die Meinung vor, daß nur die Regie von Bedeutung ist. Ein Erfolg wird vor allem dem Regisseur als Verdienst angerechnet. Ich finde, Janelle hat recht." Sie wandte sich an ihre Freundin: „Wie möchtest du das Insert abgefaßt haben?"

„Wir werden beide genannt, und dein Name steht an erster Stelle. Bist du einverstanden?"

„Aber sicher", stimmte Alice zu. „Wie du es haben willst."

Nachdem sie mit uns Mittag gegessen hatte, sagte Alice, sie müsse jetzt gehen, obwohl Janelle sie bat, noch zu bleiben. Sie küßten sich zum Abschied, und dann begleitete ich Alice hinaus zu ihrem Wagen.

Bevor sie losfuhr, fragte ich sie: „Macht es Ihnen wirklich nichts aus?"

„Nein, es macht mir wirklich nichts aus", antwortete sie. Ihr schönes Gesicht strahlte Ruhe und Gelassenheit aus. „Janelle war ein bißchen hysterisch, als mich die Leute nach der ersten Vorführung alle beglückwünschten. So ist sie nun mal. Aber sie glücklich zu machen, ist mir wichtiger, als mir dieses Blech anzuhören. Das verstehen Sie doch, nicht wahr?"

Ich lächelte und gab ihr einen Abschiedskuß auf die Wange. „Nein", antwortete ich, „solches Zeug verstehe ich nicht." Ich ging ins Haus zurück, aber Janelle war nirgends zu sehen. Ich nahm an, daß sie ein Stück den Strand hinuntergegangen war und mich nicht dabei haben wollte, und tatsächlich sah ich sie eine Stunde später am Wasser entlang wieder zurückkommen. Sie ging gleich ins Schlafzimmer hinauf, und als ich ihr nach einer kleinen Weile folgte, lag sie, die Decke über dem Kopf, im Bett und weinte.

Ich setzte mich aufs Bett und sagte nichts. Sie langte nach meiner Hand. Sie weinte immer noch.

„Du hältst mich für ein Luder, nicht wahr?" fragte sie.

„Nein", antwortete ich.

„Und Alice ist ein wunderbarer Mensch, nicht wahr?"

„Ich mag sie", sagte ich. Ich wußte, daß ich sehr vorsichtig sein mußte. Sie hatte Angst, ich könnte denken, Alice wäre ein besserer Charakter als sie.

„Hast du ihr gesagt, sie soll das Insert aus dem Negativ herausschneiden?" fragte ich.

„Nein", erwiderte Janelle. „Das war ihre Idee."

„Na schön", sagte ich, „dann nimm alles so, wie es ist, und grüble nicht darüber nach, wer sich besser benommen hat und wer der Bessere von euch ist. Sie wollte das für dich tun. Akzeptiere es. Du weißt, daß du es so haben willst."

Daraufhin fing sie neuerlich zu weinen an. Sie wurde richtig hysterisch, und darum kochte ich ihr eine Suppe und gab ihr eines von ihren blauen 10-Milligramm-Valiums zu schlucken. Sie schlief von diesem Nachmittag bis Sonntag morgens durch.

Ich las den ganzen Nachmittag, dann betrachtete ich den Strand und das Wasser, bis es dämmerte.

Endlich wachte sie auf. Es war zehn Uhr vormittag und ein herrlicher Tag. Ich merkte sofort, daß ihr meine Anwesenheit nicht lag und daß sie mich heute nicht um sich haben wollte. Sie wollte Alice anrufen. Alice sollte herauskommen und den Tag mit ihr verbringen. Also sagte ich ihr, ich wäre angerufen worden und könne nicht bei ihr bleiben. Sie protestierte pflichtgemäß, aber ich sah das Licht in ihren Augen. Sie wollte Alice anrufen und ihr zeigen, daß sie sie liebte.

Janelle begleitete mich zum Wagen. Sie trug einen dieser großen Hüte mit breiter, schlapp herabhängender Krempe, um ihre Haut vor der Sonne zu schützen. Ein richtiger Schlapphut. Die meisten

Frauen hätten damit erschreckend häßlich ausgesehen. Aber mit ihrem vollkommenen Gesicht und ihrer reinen Haut war sie wunderschön. Sie trug ihre maßgeschneiderten, aus zweiter Hand gekauften, künstlich abgewetterten Jeans, die ihren Körper wie eine Haut umschlossen. Ich erinnerte mich an eine Nacht, als sie nackt im Bett lag und ich ihr sagte, sie hätte einen wirklich phantastischen Popo und daß es ganzer Generationen bedürfe, um einen solchen Arsch hervorzubringen. Ich sagte es, um sie zu ärgern, weil sie doch Feministin war, aber zu meinem Erstaunen zeigte sie sich entzückt. Und ich erinnerte mich auch, daß sie etwas von einem Snob an sich hatte. Daß sie auf die aristokratische Abstammung ihrer Familie stolz war.

Sie küßte mich zum Abschied. Ihr Gesicht war rosig und frisch. Sie war kein bißchen traurig, daß ich wegfuhr. Ich wußte, daß sie und Alice einen schönen Tag zusammen verleben würden, während ich mich im Hotel in der Stadt elend fühlte. Was soll's? dachte ich. Alice verdient es, und ich verdiene es eigentlich nicht. Janelle hatte es einmal ausgesprochen: Sie, Janelle, stelle eine praktische Lösung für meine Gefühlsnöte dar, ich aber nicht für die ihren.

Der Fernseher lief immer noch. Man zollte dem toten Malomar einen kurzen Tribut. Valerie fragte mich etwas. War er ein netter Mensch gewesen? Ja, antwortete ich. Als die Sendung zu Ende war, fragte sie: „Kanntest du welche von den Leuten, die da mitgemischt haben?"

„Ein paar", antwortete ich.

„Welche?" wollte Valerie wissen.

Ich erwähnte Eddie Lancer, der einen Oskar für seinen Beitrag zu einem Script gewonnen hatte, nicht aber Janelle. Einen Augenblick lang fragte ich mich, ob Valerie mir wohl eine Falle stellte, indem sie darauf wartete, daß ich Janelle erwähnen würde. Dann fügte ich hinzu, daß ich die blonde Frau, die am Anfang des Programms einen Preis bekommen habe, kenne.

Valerie sah mich an und wandte sich ab.

40

Schon eine Woche später rief Doran mich zu weiteren Besprechungen nach Kalifornien. Er hatte den Tri-Culture-Leuten Eddie Lancer schmackhaft gemacht. Also flog ich nach Los Angeles, saß herum, ging zu Besprechungen und nahm meine Beziehungen zu Janelle wieder auf. Ich war jetzt ein wenig rastlos. Ich liebte Kalifornien nicht mehr so sehr.

Eines Abends sagte Janelle zu mir: „Du redest immer wieder davon, daß dein Bruder Artie ein großartiger Mensch ist. Wieso findest du ihn so großartig?"

„Nun ja", antwortete ich, „wahrscheinlich darum, weil er nicht nur mein Bruder, sondern auch mein Vater war."

Ich merkte, daß sie mehr über die Zeit wissen wollte, als wir beide als Waisenkinder aufwuchsen. Es entsprach ihrem Sinn für Dramatik. Ich sah förmlich, wie sie sich alle möglichen Filmgeschichten über unser damaliges Leben ausdachte. Zwei Jungen. Reizend. Stoff für einen Walt-Disney-Film.

„Du willst also wirklich noch eine Geschichte über Waisenkinder hören?" fragte ich sie. „Soll es eine erfundene oder eine echte Geschichte sein? Willst du die Wahrheit hören?"

Janelle tat, als überlege sie. „Versuch es mit der Wahrheit", sagte sie. „Wenn sie mir nicht gefällt, kannst du mir die Lüge erzählen."

Ich erzählte ihr also, daß die Leute, die ins Heim kamen, immer nur Artie, nie aber mich adoptieren wollten. So fing ich meine Geschichte an.

„Du Armer", spöttelte Janelle. Aber sie lächelte, während sie es sagte, ließ ihre Hand auf meinen Arm fallen und nahm sie nicht wieder fort.

Es war an einem Sonntag – ich war sieben und Artie acht Jahre alt –, und wir mußten unsere „Adoptionsuniform" anziehen, wie wir sie nannten. Hellblaue Jacke, gestärktes weißes Hemd, dunkelblaue Krawatte, weiße Flanellhose und weiße Schuhe. Wir wurden gebürstet und gekämmt und in das Empfangszimmer der Oberschwester gebracht, wo ein jung verheiratetes Paar darauf wartete, uns zu beaugapfeln. Die Sache ging so vor sich, daß wir vorgestellt wurden, den beiden die Hand gaben, mit unseren besten Manieren glänzten, mit den Leuten plauderten und einander „kennenlernten". Dann machten wir zusammen einen Spaziergang durch die Anlagen des Heims, vorbei an dem riesigen Garten, vorbei am Fußballplatz und am Schulhaus. Ich erinnere mich noch deutlich, daß mir die Frau wunderschön erschien. Und daß ich mich als siebenjähriger Knabe in sie verliebte. Ihr Mann liebte sie offenbar auch, schien aber von der ganzen Idee nicht sonderlich entzückt zu sein. Im Laufe des Tages wurde mir auch klar, daß die Frau von Artie, nicht aber von mir begeistert war. Ich konnte ihr wirklich keinen Vorwurf daraus machen. Artie war ein hübscher Junge; schon mit acht Jahren hatte er etwas von einem Erwachsenen an sich. Er besaß feine und ebenmäßige Gesichtszüge, und obwohl die Leute sagten, daß wir einander ähnlich sähen und man deutlich erkenne, daß wir Brüder seien, blieb mir nicht verborgen, daß ich ein bloßer Abklatsch von ihm war, so als ob er als erster aus der Form genommen worden wäre. Das war der erste Eindruck. Der zweite Eindruck machte klar, daß ich ein paar Quentchen Wachs aus der Form mitbekommen hatte: dickere Lippen, eine größere Nase. Artie besaß die Anmut eines Mädchens, mein Knochenbau war grob und schwer. Doch bis zu jenem Tag war ich auf meinen Bruder nie eifersüchtig gewesen.

Man sagte uns, daß das Ehepaar am nächsten Sonntag wiederkommen und sich bis dahin entschieden haben würde, ob sie uns beide oder nur einen von uns adoptieren würden. Wir erfuhren auch, daß sie sehr reich waren und daß es sehr schön wäre, wenn sie wenigstens einen von uns nehmen würden.

Ich erinnere mich, daß uns die Oberschwester eine lange Predigt hielt. Es war eine jener Predigten, die Erwachsene den Kindern zu halten pflegen. Sie warnen sie vor tadelnswerten Gefühlsregungen wie Eifersucht, Neid oder Boshaftigkeit und verlangen von ihnen statt dessen eine Großzügigkeit des Geistes, zu der kaum ein Heiliger, geschweige denn ein Kind fähig ist. Wir hörten ihr zu, nickten stumm und sagten: „Jawohl, Ma'am." Ohne zu wissen, wovon sie eigentlich redete. Aber mit meinen sieben Jahren wußte ich genau, was passieren würde. Am nächsten Sonntag würde mein Bruder mit der schönen reichen Dame weggehen und mich allein im Heim zurücklassen.

Auch als Kind war Artie nicht hochmütig. Doch die folgende Woche war die einzige Woche in unserem Leben, in der wir uns einander entfremdeten. In dieser Woche haßte ich ihn. Montag nach der Schule, beim Football, nahm ich ihn nicht in meine Mannschaft auf. In sportlicher Hinsicht genoß ich großes Ansehen. Ich war der beste Sportler in meiner Altersgruppe und daher immer einer der Mannschaftskapitäne. Ich nahm Artie stets zuallererst in mein Team, aber an jenem Montag tat ich es erstmals nicht. Als wir dann spielten, versuchte ich, obwohl er ein Jahr älter war als ich, ihn so derb wie möglich zu rempeln, wenn ich mit dem Ball rannte. Noch heute, dreißig Jahre später, sehe ich den Ausdruck der Verwunderung und Kränkung auf seinem Gesicht. Bei den Abendmahlzeiten setzte ich mich absichtlich nicht neben ihn. Im Schlafsaal sprach ich kein Wort mit ihm. Als wir einige Tage darauf wieder Football gespielt hatten und er, sich von mir entfernend, über den Platz ging, holte ich weit aus und warf ihm den Ball aus großer Entfernung mit aller Kraft an den Kopf. Ich hatte gar nicht gedacht, ihn zu treffen. Er fiel zu Boden, stand aber gleich wieder auf. „Ich hab's nicht absichtlich gemacht!" brüllte ich hinüber, aber er drehte sich um und ging weiter. Er zahlte mir nichts heim. Das machte mich noch wütender. Sosehr ich ihn auch demütigte, so verächtlich ich ihn auch behandelte, er sah mich nur fragend an. Keiner von uns verstand, was da eigentlich vor sich ging. Etwas wußte ich, das ihm wirklich unter die Haut gehen würde. Artie war ein sehr sparsamer Junge. Wir verdienten uns ein paar Pennies mit gelegentlichen kleinen Arbeiten, und Artie hatte ein Marmeladeglas voll mit Münzen, das er in seinem Spind aufbewahrte. Freitagnachmittag verzichtete ich auf das Footballspiel, stahl ihm das Glas, lief in ein an das Heim angrenzendes Waldstück und vergrub es dort. Ich zählte nicht einmal, wieviel Geld es war. Ich sah nur, daß das Glas fast bis zum Rand voll war. Artie vermißte es erst am nächsten Morgen und sah mich fragend an, sagte aber nichts. Von da an wich er mir aus.

Der nächste Tag war Sonntag, und wir sollten uns in unseren Adoptionsuniformen bei der Hausmutter melden. Ich stand schon früh auf und versteckte mich in dem Wäldchen hinter dem Heim. Ich wußte, was heute geschehen würde. Artie würde seine Uniform anziehen, die schöne Frau, die ich liebte, würde ihn mit sich fortnehmen, und ich würde ihn nie mehr wiedersehen. Wenigstens sein Geld würde mir bleiben. Wo der Wald am dichtesten war, legte ich mich nieder, schlief ein und schlief den ganzen Tag durch. Es war schon fast dunkel, als ich erwachte und ins Heim zurückging. Ich mußte mich bei der Oberschwester melden und bekam zwanzig Hiebe mit dem Lineal auf die Beine. Es machte mir nichts aus.

Ich ging in den Schlafsaal und war sehr überrascht, dort Artie zu finden, der auf seinem Bett saß und auf mich wartete. Ich konnte es nicht fassen, daß er noch da war. Ich erinnere mich sogar, daß ich Tränen in den Augen hatte, als Artie mich ins Gesicht schlug und fragte: „Wo ist mein Geld?“ Und dann stürzte er sich auf mich, schlug mit Händen und Füßen auf mich ein und verlangte brüllend sein Geld zurück. Ich versuchte mich zu verteidigen, ohne ihm weh zu tun, aber schließlich packte ich ihn und stieß ihn fort. Keuchend saßen wir da und starrten uns an.

„Ich habe dein Geld nicht“, sagte ich.

„Du hast es gestohlen“, warf Artie mir vor. „Ich weiß es!“

„Habe ich nicht“, sagte ich. „Ich habe es nicht.“

Wir starrten uns an und sprachen an diesem Abend kein Wort mehr miteinander. Doch als ich am nächsten Tag aufwachte, waren wir wieder Freunde. Alles war wie bisher. Nie wieder fragte Artie nach seinem Geld. Und ich sagte ihm auch nie, wo ich es vergraben hatte.

Was an diesem Sonntag geschah, erfuhr ich erst Jahre später, als Artie es mir erzählte. Als er entdeckte, daß ich fortgelaufen war, weigerte er sich, seine Adoptionsuniform anzuziehen, schrie und fluchte, versuchte die Hausmutter zu schlagen und bezog eine Tracht Prügel. Als das junge Paar, das ihn adoptieren wollte, darauf bestand, mit ihm zu sprechen, spuckte er die Frau an und überschüttete sie mit allen Schimpfworten, die einem achtjährigen Jungen geläufig sein konnten. Es war ein schrecklicher Auftritt, und die Oberschwester verabreichte ihm anschließend eine zweite Tracht Prügel.

Janelle stand vom Bett auf und holte sich ein Glas Wein. Dann kam sie ins Bett zurück, drückte sich an mich und sagte: „Ich möchte deinen Bruder kennenlernen.“

„Das wirst du nie“, erklärte ich. „Sooft ich noch Mädchen mitbrachte, haben sie sich in ihn verliebt. Ich habe meine Frau eigentlich nur geheiratet, weil sie die einzige war, die es nicht tat.“

„Hast du je das Glas mit dem Geld wieder ausgegraben?“ fragte Janelle.

„Nein“, erwiderte ich. „Ich wollte es gar nicht. Irgendein Junge sollte es finden. Ich brauchte es nicht mehr.“

Janelle trank ihren Wein aus. „Du liebst ihn, nicht wahr?“ sagte sie neidisch; sie war auf alle meine Gefühlsregungen eifersüchtig.

Darauf wußte ich wirklich keine Antwort. „Liebe“ war ein Wort, das ich unmöglich im Zusammenhang mit meinem Bruder oder auch sonst einem Mann gebrauchen konnte. Janelle gebrauchte das Wort „Liebe“ überhaupt zu häufig. Also blieb ich ihr die Antwort schuldig.

An einem anderen Abend vertrat Janelle entschieden die Ansicht, Frauen hätten das gleiche Recht zu ficken wie Männer. Ich tat, als teilte ich ihre Meinung. Unterdrückte Eifersucht ließ hämische Gehässigkeit in mir wach werden.

„Klar haben sie das gleiche Recht“, sagte ich. „Das Übel ist nur, daß Frauen biologisch nicht damit fertigwerden.“

Janelles Augen blitzten zornig. „Das ist doch alles Quatsch“, fauchte sie. „Uns fällt das Ficken genauso leicht wie euch. Wir messen dem Bumsen gar keine Bedeutung bei. Ihr Männer seid es, die soviel Aufhebens davon machen, für die Sex eine so wichtige und ernste Angelegenheit ist. Ihr seid so eifersüchtig und besitzgierig, als ob wir euer Eigentum wären.“

Das war genau die Falle, in die ich sie tapsen sehen wollte. „Das habe ich nicht gemeint“, sagte ich. „Aber hast du gewußt, daß ein Mann eine zwanzig- bis fünfzigprozentige Chance hat, bei der Frau einen Tripper zu erwischen, eine Frau aber eine fünfzig- bis achtzigprozentige, sich bei einem Mann anzustecken?“

Einen Augenblick sah sie mich erstaunt an. Ich liebte es, wenn dieser Blick kindlicher Verwunderung auf ihrem Gesicht erschien. Wie die meisten Menschen hatte auch sie keine blasse Ahnung von Geschlechtskrankheiten und wie es damit zuging. Ich selbst hatte über das Thema nachgelesen, als ich meiner Frau das erstemal untreu wurde. Alpträume plagten mich, ich könnte mich venerisch infizieren, könnte Tripper oder Syphilis erwischen und Valerie anstecken. Das war auch einer der Gründe, warum es mich so mit Sorge erfüllte, wenn Janelle mir von ihren Liebesaffären erzählte.

„Das hast du dir nur ausgedacht, um mich zu schrecken“, sagte Janelle. „Ich kenne dich doch. Wenn du so selbstsicher und professorenhaft daherredest, tischt du mir kalten Aufschnitt auf.“

„Nein“, erwiderte ich. „Es ist wahr. Etwa zwei Tage nach der

Infektion tritt beim Mann eine schleimige Absonderung auf, die Frauen aber wissen meist gar nicht, daß sie einen Tripper haben. Fünfzig bis achtzig Prozent aller Frauen zeigen wochen- und monatelang überhaupt keine Symptome, oder aber einen grünen oder gelblichen Ausfluß. Außerdem haben ihre Geschlechtsorgane eine Ausdünstung wie die von Pilzen."

Lachend ließ Janelle sich zurückfallen und warf ihre nackten Beine in die Luft. „Jetzt weiß ich, daß du mir faule Fische servierst!"

„Nein, gar nicht", entgegnete ich. „Ich rede keinen Kohl. Aber du bist gesund. Ich kann es von hier aus riechen." Ich hoffte, daß sie durch den Scherz meine Bosheit nicht merkte. „Normalerweise erfährt eine Frau erst, daß sie es hat, wenn ihr Partner es ihr sagt."

Janelle richtete sich auf. „Vielen Dank", sagte sie steif. „Willst du mir zu verstehen geben, daß du was hast und ich es daher auch haben muß?"

„Nein", antwortete ich, „ich bin gesund. Aber wenn ich es bekomme, weiß ich, daß ich es nur von dir oder von meiner Frau gekriegt haben kann."

Sie maß mich mit einem spöttischen Blick. „Und deine Frau ist über jeden Verdacht erhaben, nicht wahr?"

„Genau."

„Damit du es weißt", sagte Janelle, „ich gehe jeden Monat zu meinem Gynäkologen und lasse mich durchuntersuchen."

„Das ist doch Quatsch", konterte ich. „Um sicher zu sein, müßte er eine Kultur anlegen, und die meisten Gynäkologen tun das nicht. Es ist ein sehr komplizierter Test, der nicht immer eine objektive Diagnose zuläßt."

Sie hörte mir jetzt aufmerksam zu, und ich beschloß, die Sache noch spannender zu machen. „Und wenn du glaubst, dir kann nichts passieren, wenn du ihn dir auf die Zunge legst, dann solltest du eines wissen: Für eine Frau, die einem Mann Minette macht, ist die Gefahr sich anzustecken weit höher als für den Mann, der einer Frau an der Schrippe knabbert."

Janelle sprang vom Bett. Sie kicherte und schrie dabei: „Unfair! Unfair!"

Wir mußten beide lachen.

„Aber Tripper ist noch gar nichts", fuhr ich fort. „Wirklich schlimm ist nur die Syphilis. Wenn du einem Mann Minette machst, kannst du dir einen hübschen Schanker am Mund, an den Lippen, ja sogar an den Mandeln einwirtschaften. Das würde deiner Karriere als Schauspielerin abträglich sein. Der Schanker ist ein dunkelrotes Geschwür, das zu einer offenen Wunde aufbricht, die kaum blutet. Das gemeine dabei ist, daß die Symptome in ein bis fünf Wochen verschwinden können, aber die Krankheit steckt immer noch in deinem Körper, und du kannst andere anstecken. Möglicherweise zeigen sich Schürfstellen auf deinen Handflächen, oder du bekommst rote Knötchen auf den Fußsohlen." Ich hob eines ihrer Beine hoch. „Nein, du hast keine."

Ihre Aufmerksamkeit war jetzt gefesselt, und sie hatte auch nicht begriffen, warum ich ihr diesen Vortrag hielt.

„Und wie sieht das bei den Männern aus? Wie kommt ihr Hundesöhne dabei weg?"

„Nun", antwortete ich, „bei uns schwellen die Lymphknoten in der Leistengegend an, und darum sagt man oft, der Betreffende hätte zwei Paar Eier. Manchmal gehen einem auch die Haare aus. Darum hat man früher von einer ‚Venuskrone' gesprochen. Aber man ist nicht allzu übel dran. Mit Penicillin kriegt man es wieder weg. Wie gesagt, das schlimme ist nur, daß die Männer wissen, daß sie sich angesteckt haben, und die Frauen nicht. Darum sind den Frauen wahllose Geschlechtsbeziehungen schon allein aus biologischen Gründen nicht zu empfehlen."

Janelle war leicht betroffen. „Findest du das Thema so unterhaltend? Du bist ein gemeines Schwein." Sie merkte was.

„Es ist nicht so arg, wie es klingt", fuhr ich gelassen fort. „Selbst dann nicht, wenn du nicht weißt, daß du Syphilis hast, oder, wie es vielen Frauen geht, du überhaupt keine Symptome an dir entdekken kannst, bis dir nicht ein Mann aus der Güte seines Herzens die Nase darauf stößt. Nach einem Jahr kannst du die Krankheit nicht mehr übertragen. Du kannst niemanden mehr anstecken." Ich lächelte. „Außer du bist schwanger, dann bringst du ein syphilitisches Kind zur Welt."

Ich sah, wie sie vor diesem Gedanken zurückschauderte.

„Nach diesem einen Jahr leben zwei Drittel der Infizierten ohne irgendwelche Beschwerden. Sie haben es überstanden. Sie sind okay." Ich lächelte sie an.

„Und das restliche Drittel?" fragte sie argwöhnisch.

„Die sind nun wirklich nicht zu beneiden", sagte ich. „Syphilis greift das Herz und die Blutgefäße an. Es kann eine zehn bis zwanzig Jahre lange, völlig erscheinungsfreie Pause eintreten, und dann entsteht unter Umständen Gehirnsyphilis oder progressive Paralyse – du bleibst gelähmt. Die Krankheit kann auch die Augen, die Lunge oder die Leber befallen. Du siehst also, mein Schatz, du kannst in Teufels Küche kommen."

„Du erzählst mir das alles nur, weil du nicht willst, daß ich mit anderen Männern ausgehe", sagte Janelle. „Du versuchst nur, mir einen Schrecken einzujagen, so wie es meine Mutter gemacht hat, als ich fünfzehn war und sie mir immer wieder prophezeite, ich würde schwanger werden."

„Du hast schon recht", gab ich zu. „Aber was ich sage, ist wissenschaftlich erwiesen. Ich erhebe keine moralischen Einwände. Du kannst dich ficken lassen, von wem du willst. Du bist nicht mein Eigentum."

„Du bist ja so ein Klugscheißer", entgegnete Janelle. „Vielleicht kommt eine Pille auf den Markt wie die zur Empfängnisverhütung."

Ich versuchte meine Worte aufrichtig klingen zu lassen. „Aber natürlich", sagte ich. „Die gibt es bereits. Du brauchst nur eine Stunde vor dem Verkehr eine Tablette mit 500 Milligramm Penicillin zu nehmen. Dagegen kommt die Syphilis nicht an. Aber manchmal funktioniert es nicht und bekämpft nur die Symptome, und nach zehn oder zwanzig Jahren sitzt du echt in der Scheiße. Wenn du die Tablette zu früh oder zu spät nimmst, vermehren sich die Spirochäten. Weißt du, was Spirochäten sind? Es sind spiralig gewundene Bakterien, die im Blut schwimmen und in die Gewebe eindringen, aber die Gewebe haben nicht genug Blut, um sich gegen die Spirochäten zur Wehr zu setzen. Die Droge beinhaltet eine Substanz, die die Vermehrungstätigkeit der Zellen beeinträchtigt und infektionshemmend wirkt, und dann wird die Krankheit gegen das Penicillin im Körper resistent. Das Penicillin fördert sogar das Wachstum. Aber man kann auch etwas anderes verwenden. Es gibt Hormonpräparate, die als empfängnisverhütende Mittel verwendet werden, und man hat herausgefunden, daß sie auch gegen Geschlechtskrankheiten wirksam sind – du schlägst also zwei Fliegen mit einer Klappe. Dabei fällt mir ein, mein Freund Osano nimmt diese Pillen immer ein, wenn er das Gefühl hat, daß er bei einem Mädchen ans Ziel gelangen könnte."

Janelle lachte geringschätzig. „Das mag für euch Männer das Richtige sein. Ihr Männer fickt ja alles, was euch über den Weg läuft. Aber Frauen wissen erst ein oder zwei Stunden vorher, mit wem oder wann sie bumsen werden."

„Nun", sagte ich sehr heiter, „ich will dir einen Rat geben. Laß dich nie von einem Burschen zwischen fünfzehn und fünfundzwanzig ficken. Sie sind zehnmal sooft geschlechtskrank wie jede andere Altersgruppe. Und noch etwas: Bevor du mit einem Mann ins Bett steigst, nimm eine Nillenbeschau vor."

„Das klingt ja gräßlich. Was ist das?"

„Naja", erklärte ich ihr. „Du ziehst ihm die Vorhaut zurück, so als ob du ihm einen abwichsen wolltest, und wenn eine gelbe Flüssigkeit heraustropft, weißt du, daß er krank ist. Die Prostituierten machen das so."

Kaum hatte ich das gesagt, wußte ich, daß ich zu weit gegangen war. Sie maß mich mit einem kalten Blick, und ich fuhr eilig fort. „Dann gibt es auch noch das Herpesvirus. Das ist eigentlich keine Geschlechtskrankheit und wird für gewöhnlich von Männern übertragen, die nicht beschnitten sind. Frauen können davon Gebärmutterkrebs bekommen. Jetzt weißt du, wie's aussieht. Vom Bumsen kannst du Krebs kriegen, vom Bumsen kannst du Syphilis kriegen und weißt nicht einmal, daß du angesteckt bist. Darum können Frauen nicht so frei durch die Gegend bumsen wie Männer."

Janelle klatschte in die Hände. „Bravo, Herr Professor! Ich denke, ich werde mich nur mehr von Frauen ficken lassen."

„Keine schlechte Idee", sagte ich. Es fiel mir leicht, das zu sagen. Auf ihre weiblichen Geliebten war ich nicht eifersüchtig.

41

Einen Monat später kam ich wieder nach Los Angeles und rief Janelle an. Wir beschlossen, außer Haus zu essen und dann ins Kino zu gehen. Ich spürte eine gewisse Kälte in ihrer Stimme, darum war ich auf der Hut und einigermaßen auf den Schock vorbereitet, der mich erwartete, als ich in ihre Wohnung kam, um sie abzuholen.

Alice öffnete die Tür. Ich küßte sie und fragte sie, wie es Janelle ginge. Alice rollte die Augen himmelwärts, was soviel heißen mochte, daß Janelle ein bißchen verrückt sei. Nun, verrückt war die Sache nicht, aber doch ein bißchen komisch. Als Janelle aus dem Schlafzimmer kam, war sie gekleidet, wie ich sie noch nie zuvor gesehen hatte.

Auf ihrem Kopf saß ein weißer weicher Filzhut mit einem roten Band. Die Krempe beschattete ihre goldgesprenkelten dunkelbraunen Augen. Sie trug einen maßgeschneiderten Herrenanzug aus weißer Seide – zumindest sah es wie Seide aus. Die Hose war gerade geschnitten wie bei einem Mann. Sie hatte eine weiße Seidenbluse an und um den Hals eine prächtige rot-blau-gestreifte Krawatte. Als Pünktchen auf dem i sozusagen trug sie einen eleganten, dünnen cremefarbigen Gucci-Spazierstock, mit dem sie mich zur Begrüßung in den Bauch stieß. Ich wußte, daß ihr Aufzug einer Herausforderung gleichkam; sie verließ ihr Kabäuschen, um, ohne Worte zu gebrauchen, die Welt von ihrer Bisexualität in Kenntnis zu setzen.

„Wie gefällt es dir?“ fragte sie.

„Toll“, sagte ich und lächelte. Sie war die schickste Klunte, die mir je begegnet war. „Wo möchtest du essen?“

Sie stützte sich auf ihren Stock und betrachtete mich kühl. „Ich denke“, sagte sie, „wir sollten im ‚Scandia‘ essen. Danach könntest du mich zum erstenmal, seit wir uns kennen, in einen Nightclub führen.“

Wir hatten nie in eleganten Restaurants gegessen. Wir waren nie in einen Nightclub gegangen. Aber ich sagte okay. Ich glaube, ich verstand, was sie vorhatte. Sie zwang mich, vor der Welt zu bekennen, daß ich sie trotz ihrer Bisexualität liebte; sie wollte mich auf die Probe stellen und sehen, ob ich die derben Witze und das schmutzige Gekicher anderer hinnehmen würde. Doch da ich mich selbst schon damit abgefunden hatte, scherte es mich nicht, was andere Leute dachten.

Es war ein herrlicher Abend. Im Restaurant starrten uns alle an, und ich muß zugeben, daß Janelle hinreißend aussah. Sie sah aus wie eine blondere und lieblichere Version von Marlene Dietrich – im Südstaatenstil natürlich. Denn was immer sie tat, sie strahlte diese berauschende südliche Weiblichkeit aus. Aber ich wußte, daß sie es sehr ungnädig aufnehmen würde, wenn ich ihr das sagte. Ihre Absicht war es ja, mich zu bestrafen.

Es machte mir richtig Spaß, zu sehen, wie sie ihre Kluntenrolle spielte, da ich doch wußte, wie weiblich sie im Bett war. Es war, als ob wir allen, die uns beobachteten, einen Streich spielten. Spaß hatte ich auch deshalb, weil Janelle dachte, sie würde mich ärgern, und daher mit Argusaugen meine Bewegungen verfolgte. Anfangs war sie enttäuscht, dann freute sie sich, weil es mir offensichtlich nichts ausmachte.

Einen Nightclub zu besuchen lehnte ich ab, aber wir gingen noch auf ein paar Drinks in die Polo Lounge, wo ich ihr die Befriedigung gewährte, unser Verhältnis den sensationsgierigen Blicken ihrer und meiner Freunde auszusetzen. An einem Tisch sah ich Doran, an einem anderen Jeff Wagon sitzen; beide grinsten mich an. Janelle winkte ihnen fröhlich zu und sagte dann zu mir: „Ist das nicht eine feine Sache, irgendwohin auf einen Drink zu gehen und alle guten alten Freunde wiederzusehen?"

Ich erwiderte ihr Lachen und sagte: „Toll!"

Ich brachte sie noch vor Mitternacht nach Hause. Sie klopfte mir auf die Schulter und sagte: „Das hast du gut gemacht."

„Danke."

„Rufst du mich an?"

Und ich sagte: „Ja."

Es war ein netter Abend gewesen. Ich hatte die Spätzündungen des Oberkellners, des Türstehers und des Parkplatzwächters genossen, und wenigstens war Janelle jetzt aus ihrem Kabäuschen.

Bald darauf kam eine Zeit, da mir Janelle als Mensch lieb und wert wurde. Das soll heißen, daß ich nicht nur den Wunsch verspürte, mit ihr ins Bett zu gehen, in ihre dunklen Augen zu blicken und schwach zu werden, oder an ihrem rosigen Mund zu hängen. Und all das, was sonst noch dazugehörte: etwa das Aufbleiben bis in die frühen Morgenstunden, um ihr Geschichten zu erzählen. Du lieber Himmel! Ich erzählte ihr mein ganzes Leben, und sie erzählte mir das ihre. Kurz und gut, es kam eine Zeit, da mir klarwurde, daß ihre Funktion nicht ausschließlich darin bestand, mich glücklich zu machen, mir den Genuß ihres Körpers zu vermitteln. Ich begriff, daß es meine Pflicht war, sie ein bißchen glücklicher zu machen, selbst dann, wenn sie mich nicht glücklich machte.

Das komische war, daß ich begann, den Menschen in ihr zu sehen, nachdem sie mich „betrogen" hatte, nachdem wir angefangen hatten, uns ein wenig zu hassen, und nachdem wir alles voneinander wußten.

Sie war wirklich ein patenter Kerl. Wie ein Kind sagte sie manchmal: „Ich bin ein guter Mensch", und sie war es wirklich. Sie war geradlinig in allen wichtigen Belangen. Sicher, sie bumste auch mit anderen Kerlen und Frauen, aber was soll's, niemand ist vollkommen. Aber sie liebte immer noch die gleichen Bücher wie ich, die gleichen Filme und die gleichen Leute. Wenn sie mich belog, tat sie es, um mir nicht weh zu tun. Und wenn sie mir die Wahrheit sagte, tat sie es zum einen Teil, um mir weh zu tun (sie hatte eine so nette nachtragende Ader, und selbst diese liebte ich an ihr), und zum anderen, weil sie schreckliche Angst hatte, ich könnte die Wahrheit auf eine Weise erfahren, die mich noch mehr schmerzen würde.

So war nun unsere Beziehung endlich frei von aller Falschheit und Verstellung. Wir waren wahre Freunde, und ich liebte sie als Mensch. Ich bewunderte ihren Mut, ihre Unzerstörbarkeit trotz aller Enttäuschungen ihres beruflichen und aller Treulosigkeiten ihres privaten Lebens. Ich hatte Verständnis für alles. Ich stand zu hundert Prozent hinter ihr.

Aber wenn das so war, warum, zum Teufel, waren diese irre schönen Zeiten dahin, wie wir sie früher genossen hatten? Warum war unser Sex-Life nicht mehr so erfüllend – wenn auch immer noch besser als das anderer Leute? Warum versetzten wir einander nicht mehr in Ekstase wie einst?

Schwarze Magie, weiße Magie. Zauberei, Hexerei, Faszination, magische Verwandlungskraft. Kann es wirklich sein, daß die funkelnden Sterne unser Los bestimmen und daß der zu- und abnehmende Mond unsere Lebensbahn beeinflußt? Kann es sein, daß die unzähligen Galaxien über unser Schicksal auf Erden entscheiden? Und ist es tatsächlich so, daß wir ohne Falsch und Verstellung nicht glücklich sein können?

Es kommt in jeder Liebesaffäre, so will mir scheinen, der Moment, da es die Frau erbost, wenn ihr Liebhaber zu glücklich ist. Natürlich weiß sie, daß sie es ist, die ihn glücklich macht. Natürlich weiß sie, daß es ihr freier Wille ist, vielleicht auch ihre Aufgabe. Aber früher oder später wird ihr klar, daß der Hurensohn sie verschaukelt. Insbesondere dann, wenn er verheiratet ist und sie nicht. Denn dann ist ihre Beziehung eine Lösung für seine Probleme, nicht aber für ihre.

Und dann kommt die Zeit, wo einer der Partner unbedingt streiten muß, bevor er in die Horizontale geht. Janelle befand sich jetzt in dieser Phase. Es gelang mir für gewöhnlich, sie abzulenken, aber manchmal war auch ich streitlustig. Vornehmlich dann, wenn sie sich darüber aufregte, daß ich meine Frau nicht verlassen und ihr, Janelle, keinerlei Zusagen in bezug auf eine bleibende Verbindung machen wollte.

Wir waren nach einem Kinobesuch in ihrem Haus in Malibu. Es war schon spät. Von unserem Schlafzimmer aus konnten wir auf das Meer hinaussehen, auf dem, einer blonden Locke gleich, ein Streifen Mondlicht lag.

„Gehen wir schlafen“, schlug ich vor. Ich war ganz wild darauf, sie zu lieben. Ich war immer wild darauf, sie zu lieben.

„O Mann“, sagte sie. „Immer willst du ficken.“

„Nein“, gab ich zurück. „Ich möchte dich lieben.“ So sentimental war ich geworden.

Sie sah mich kühl an, aber ihre klaren braunen Augen funkelten vor Zorn. „Du und deine verdammte Herzenseinfalt“, sagte sie. „Du kommst mir vor wie der Aussätzige ohne sein Glöckchen.“

„Graham Greene“, stellte ich fest.

„Geh doch zum Teufel“, sagte sie, mußte aber lachen.

Und es war nur so weit gekommen, weil ich niemals log. Sie wollte, daß ich log. Ich sollte ihr mit all dem Quatsch kommen, den verheiratete Männer für ihre Freundinnen auf Lager haben. Wie etwa: „Meine Frau und ich liegen in Scheidung.“ Oder: „Meine Frau und ich haben seit Jahren nicht mehr gebumst.“ Oder: „Meine Frau und ich schlafen getrennt.“ Oder: „Meine Frau und ich haben ein Übereinkommen.“ Oder: „Meine Frau und ich, wir sind beide unglücklich.“ Da nichts davon auf mich zutraf, sagte ich es nicht. Ich liebte meine Frau, wir schliefen nicht getrennt, wir schliefen zusammen, wir waren glücklich. Ich genoß das Beste zweier Welten und war nicht bereit, es aufzugeben. Um so schlimmer für mich.

Sobald Janelle einmal lachte, war sie wieder für eine Weile in Ordnung. Sie ging ins Bad und ließ die Wanne mit heißem Wasser vollaufen. Wir badeten immer zusammen, bevor wir ins Bett gingen. Sie wusch mich und ich wusch sie; dann blödelten wir ein wenig herum, stiegen aus der Wanne und trockneten einander mit großen Handtüchern ab. Dann schlüpften wir nackt unter die Decke und hielten uns in den Armen.

Heute aber zündete sie sich eine Zigarette an, bevor sie ins Bett stieg. Das war ein Gefahrensignal. Sie wollte einen Streit vom Zaun brechen. Eine Dose mit Aufputschmitteln war ihr aus der Handtasche geglitten. Das hatte mich verdrossen. Darum war ich auch auf ein Scharmützel vorbereitet. Ich war nicht mehr so ganz in Stimmung. Die Pillendose hatte eine Kettenreaktion von Phantasien in mir ausgelöst. Jetzt, da ich wußte, daß sie eine Geliebte hatte, daß sie mit anderen Männern schlief, wenn ich bei meiner Familie in New York war, liebte ich sie nicht mehr so sehr, und die Pillen gaben mir zu der Überlegung Anlaß, daß sie sie brauchte, um es mit mir zu treiben, weil sie auch noch mit anderen Leuten bumste. Und darum hatte ich plötzlich keine Lust mehr. Sie spürte das.

„Ich habe gar nicht gewußt, daß du Graham Greene liest", sagte ich. „Das ist hübsch, dieses Bonmot mit dem Aussätzigen ohne sein Glöckchen. Das hast du dir wohl für mich aufgehoben."

Die Zigarette qualmte, und sie kniff die Augen zusammen. Das blonde Haar hing lose über ihr wunderschönes zartes Gesicht.

„Aber es ist sehr passend, weißt du das? Du kannst nach Hause fahren und deine Frau vögeln, und das ist ganz in Ordnung. Aber weil ich andere Bettgenossen habe, hältst du mich für eine Fotze. Du liebst mich nicht mehr."

„Ich liebe dich immer noch", sagte ich.

„Du liebst mich nicht mehr so wie früher."

„Ich liebe dich genug, um dich jetzt lieben und nicht bloß ficken zu wollen."

„Du bist die wandelnde Unschuld", konterte sie. „Dabei hast du's faustdick. Du hast gerade zugegeben, daß du mich jetzt weniger liebst. Und du wolltest, daß ich es weiß. Aber warum? Warum können Frauen nicht andere Liebhaber haben und andere Männer lieben? Du erzählst mir immer, daß du deine Frau immer noch liebst, aber mich mehr liebst. Daß das etwas anderes ist. Warum kann es nicht auch für mich etwas anderes sein? Warum kann es nicht für alle Frauen etwas anderes sein? Warum können wir nicht die gleiche sexuelle Freiheit genießen, ohne auf die Liebe eines Mannes verzichten zu müssen?"

„Weil ihr genau wißt, daß es euer Kind ist; die Männer wissen das nicht", antwortete ich. Ich glaube, es sollte ein Scherz sein.

Mit dramatischer Geste warf sie die Decke zurück, sprang auf und blieb im Bett stehen. „Ich kann nicht glauben, daß du das gesagt hast", stieß sie hervor. „Ich kann nicht glauben, daß du die Würde der Frau auf so ungeheuerliche Weise verletzen kannst!"

„Ich habe nur Spaß gemacht", sagte ich. „Wirklich. Aber weißt du, du denkst nicht realistisch. Du möchtest, daß ich dich anbete, dich von ganzem Herzen liebe, dich wie eine jungfräuliche Königin behandle, ganz wie in den alten Zeiten. Aber du lehnst jene Werte ab, auf die eine sich blind unterwerfende Liebe sich gründet. Wie etwa die Keuschheit. Damals gehörte eine Frau einem einzigen Mann, der für ihre Zukunft verantwortlich war. Du möchtest, daß wir euch anbeten wie den Heiligen Gral, aber du möchtest das Leben einer emanzipierten Frau führen. Du willst nicht einsehen, daß, wenn deine Wertvorstellungen sich ändern, sich auch meine ändern müssen. Ich kann dich nicht so lieben, wie du es gern möchtest. So, wie ich dich früher geliebt habe."

Sie fing an zu weinen. „Ich weiß", schluchzte sie. „Mein Gott, wie haben wir uns geliebt. Weißt du, daß ich mich von dir ficken ließ, selbst wenn ich rasende Kopfschmerzen hatte? Es war mir gleich. Ich nahm einfach ein Percodan. Und es war herrlich. Es war herrlich. Und jetzt – wir reden doch offen miteinander? –, jetzt ist Sex nicht mehr so schön, nicht wahr?"

„Nein, ist er nicht", gab ich zu.

Das machte sie wieder zornig. Sie fing an zu schreien, und ihre Stimme klang wie das Quaken einer Ente.

Ich wußte, es würde eine lange Nacht werden. Ich seufzte und langte zum Tisch hinüber, um mir eine Zigarette zu nehmen. Es ist nicht leicht, sich eine Zigarette anzuzünden, wenn eine schöne Frau vor einem so steht, daß man ihre Fotze unmittelbar vor dem Mund hat. Ich schaffte es, aber das Bild war so komisch, daß sie lachend auf das Bett zurückfiel.

„Du hast ja recht", sagte ich. „Aber, weißt du, es lassen sich auch recht handfeste Argumente für die Treue der Frauen geltend machen. Ich habe dir ja einmal erzählt, daß die Frauen meistens gar nicht wissen, daß sie geschlechtskrank sind. Und daß sie sich leichter anstecken. Vergiß nicht: je mehr Kerle du dir ins Bett nimmst, desto größer ist die Wahrscheinlichkeit, daß du einen Gebärmutterhalskrebs bekommst."

Janelle lachte. „Du Schwindler", prustete sie.

„Das ist kein Witz", sagte ich. „Alle alten Tabus gründen sich auf praktische Erfahrungen."

„Ihr Bastarde", sagte Janelle. „Ihr habt eben Glück, ihr Männer."

„So ist das nun mal", grinste ich selbstzufrieden. „Und wenn du anfängst zu schreien, klingt es wie Donald Duck."

Sie warf mir ein Kissen an den Kopf, was ich zum Anlaß nahm, sie zu packen und an mich zu drücken und mich mit ihr herumzubalgen, bis wir zueinander fanden.

„Aber ich habe recht, das weißt du", sagte sie nachher, während wir zusammen eine Zigarette rauchten. „Die Männer sind unfair. Die Frauen haben das Recht, soviel Sexualpartner zu haben, wie es ihnen beliebt. Im Ernst: Ist das nicht richtig?"

„Ja", sagte ich, ebenso ernst wie sie, wenn nicht noch ernster. Ich meinte es auch so. Ich wußte, daß sie im Prinzip recht hatte.

Sie kuschelte sich an mich. „Darum liebe ich dich so", sagte sie. „Du verstehst mich wirklich. Obwohl du ein chauvinistischer Männerrechtler bist. Wenn die Revolution kommt, werde ich dein Leben retten. Ich werde sagen, daß du ein gutes Männchen warst, bloß irregeleitet."

„Herzlichen Dank", murmelte ich.

Sie löschte das Licht und dann ihre Zigarette und sagte sehr bedächtig: „Du liebst mich also wirklich nicht weniger, weil ich mit anderen schlafe, nicht wahr?"

„Nein."

„Du weißt, daß ich dich aufrichtig liebe."

„Mhm", machte ich.

„Und du hältst mich darum nicht für eine Fotze, nicht wahr?"

„Aber nein", sagte ich. „Komm, schlafen wir." Ich streckte den Arm aus, um sie festzuhalten. Sie rückte ein wenig ab von mir.

„Warum verläßt du deine Frau nicht und heiratest mich? Sag mir die Wahrheit."

„Weil ich euch beide haben will."

„Du Schwein!" Sie stieß mir den Finger in die Eier. Es tat weh.

„Verdammt!" sagte ich. „Nur weil ich verrückt nach dir bin, nur weil ich lieber mit dir rede als mit sonst jemandem, nur weil ich lieber dich ficke als sonst jemanden, hast du noch lange nicht das Recht zu glauben, daß ich wegen dir meine Frau verlassen würde."

Sie wußte nicht, ob ich es ernst meinte oder nicht. Sie beschloß, es als Spaß zu nehmen. Eine gefährliche Annahme.

„Jetzt sei mal ernst", sagte sie. „Ehrlich. Ich möchte es nur wissen. Warum bleibst du bei deiner Frau? Nenne mir einen guten Grund."

Um mich vor einem neuen körperlichen Angriff zu schützen, rollte ich mich zu einer Kugel zusammen, bevor ich antwortete: „Weil sie keine Fotze ist."

Eines Morgens fuhr ich Janelle aufs Gelände der Paramount, wo ein großer Film gedreht wurde. Janelle hatte eine kleine Rolle und war für einen Tag engagiert. Wir waren früh dran und unternahmen deshalb einen Spaziergang durch eine für mich überraschend naturgetreue Nachbildung einer kleinen Stadt. Es gab sogar einen falschen Horizont, eine Blechplatte oder Folie, die mich für einen Augenblick täuschte. Die Fassaden waren so echt, daß ich, als wir vorbeispazierten, nicht widerstehen konnte, die Tür eines Buchladens zu öffnen – fast erwartete ich, die vertrauten Tische und Regale mit zum Kauf einladenden Büchern in knalligen Umschlägen zu sehen. Als ich die Tür öffnete, war nichts als Gras und Sand jenseits der Schwelle zu erblicken.

Janelle lachte, und wir gingen weiter. Wir kamen zu einem Schaufenster mit Arzneiflaschen und Medikamenten aus dem 19. Jahrhundert. Wir öffneten auch diese Tür, und wieder lag Sand und Gras vor uns. Wir setzten unseren Weg fort, und immer wieder öffnete ich Türen, aber Janelle lachte nicht mehr. Sie lächelte nur. Und schließlich kamen wir zu einem Restaurant mit einem Sonnendach zur Straße, und unter diesem stand ein Mann in Arbeitskleidung und kehrte. Und irgendwie überzeugte mich dieser Straßenkehrer. Ich dachte, wir hätten die Szenenaufbauten hinter uns und befänden uns im Bereich der Verpflegungsausgabestellen der Paramount. Am Fenster klebte eine Speisekarte, und ich fragte den Mann, ob das Restaurant schon offen wäre. Er hatte das Gummigesicht des alten Schauspielers. Er blinzelte mich an. Dann grinste er breit, kniff die Augen zusammen und zwinkerte.

„Meinen Sie das im Ernst?" fragte er.

Ich ging zur Tür des Restaurants und öffnete sie. Ich war ehrlich überrascht. Ehrlich überrascht, wieder nur Sand und Gras zu sehen. Ich schloß die Tür und musterte den Arbeiter. Er schien vor Schadenfreude außer sich zu sein, so als ob er diesen Spaziergang für mich organisiert hätte.

Ich begleitete Janelle zum Atelier zurück, wo gedreht wurde. „Das ist doch alles so augenfällig Kulisse", sagte sie. „Wie konntest du dich nur so täuschen lassen?"

„Ich habe mich nicht täuschen lassen", protestierte ich.

„Aber du hast doch alles für echt gehalten", gab sie zurück. „Ich habe dich beobachtet, als du die Türen öffnetest. Und ich weiß, daß du auf das Restaurant reingefallen bist."

Sie zupfte mich übermütig am Ärmel. „Man sollte dich wirklich nicht frei herumlaufen lassen", meinte sie. „Du bist ja so dumm."

Und ich mußte ihr zustimmen. Aber es ging gar nicht darum, daß ich an die Kulissen geglaubt hatte. Das war es gar nicht. Mich störte etwas anderes: Ich hatte glauben wollen, daß etwas hinter diesen Türen war. Ich konnte die Tatsache nicht akzeptieren, daß sich hinter diesen bemalten Fassaden nur Sand und Gras verbarg. Es störte mich, daß ich mich tatsächlich für einen Zauberer hielt. Daß ich beim Öffnen dieser Türen erwartete, richtige Zimmer und richtige Menschen zu sehen. So auch mit dem Restaurant. Knapp bevor ich die Tür öffnete, sah ich rote Tischtücher vor meinem geistigen Auge, dunkle Weinflaschen und Menschen, die an diesen Tischen saßen. Ich war ehrlich überrascht, als ich feststellte, daß nichts hinter der Tür war. Mir wurde klar, daß es eine Art geistige Verwirrung gewesen war, die mich veranlaßt hatte, die Türen zu öffnen, aber ich bedauerte nicht, ihr nachgegeben zu haben. Es machte mir nichts aus, daß Janelle mich auslachte, und es war mir gleichgültig, daß ich dem verrückten Straßenkehrer eine dumme Frage gestellt hatte. Du lieber Gott: ich hatte nur sichergehen wollen. Hätte ich die Türen nicht geöffnet, die Zweifel würden mich nicht mehr losgelassen haben.

42

Osano kam nach LA, um einen Filmvertrag abzuschließen. Er rief mich an und lud mich zum Abendessen ein. Ich nahm Janelle mit, weil sie ganz versessen darauf war, ihn kennenzulernen. Nach dem Dinner, beim Kaffee, versuchte sie mich über meine Frau auszuholen. Ich tat ihre Versuche mit einem Achselzucken ab.

„Darüber redest du nie, was?“ bohrte sie.

Ich gab ihr keine Antwort. Sie ließ nicht locker. Der Wein war ihr ein wenig zu Kopf gestiegen, und sie fühlte sich ein bißchen unbehaglich, weil Osano dabeisaß. Sie wurde zornig. „Du sprichst nie über deine Frau, weil du meinst, das wäre unehrenhaft.“

Ich blieb immer noch stumm.

„Du hast wohl eine sehr hohe Meinung von dir, nicht wahr?“ Kalte Wut hatte sie gepackt.

Osano lächelte leise, und nur um die Wogen zu glätten, spielte er jetzt die Rolle des berühmten und brillanten Schriftstellers, eine Rolle, der er karikaturistische Züge zu verleihen verstand. „Er spricht auch nicht davon, daß er Waise ist. Eigentlich sind ja alle Erwachsenen Waisen. Sobald wir das Erwachsenenalter erreicht haben, verlieren wir unsere Eltern.“

Janelle biß sofort an. Sie hatte mir gestanden, daß sie Osanos Geist und seine Bücher bewundere. „Ich finde, das ist brillant gedacht. Und es stimmt.“

„Es ist reiner Bockmist“, hielt ich ihr entgegen. „Wenn ihr beide euch der Sprache bedienen wollt, um Gedanken auszutauschen, dann gebraucht gefälligst die Wörter nach ihrer richtigen Bedeutung. Ein Waise ist ein Kind, das ohne Eltern und sehr oft auch ohne Verwandte aufwächst. Ein Erwachsener ist kein Waise. Er ist ein verdammter Schleimscheißer, der keine Verwendung für seine Eltern hat, weil sie ihm auf die Nerven gehen und weil er sie nicht mehr braucht.“

Es entstand eine peinliche Pause, und dann sagte Osano: „Du hast recht. Aber dennoch willst du deinen besonderen Status nicht mit jedem teilen.“

„Kann sein", gab ich zu. Dann wandte ich mich an Janelle. „Du und deine Freundinnen, ihr sagt zueinander ‚Schwester'. Schwestern sind Kinder weiblichen Geschlechts von denselben Eltern, die für gewöhnlich die gleichen traumatischen Erlebnisse in ihren Gedächtnissen eingespeichert haben. Das ist also eine Schwester, gut, schlecht oder mäßig. Wenn du eine Freundin mit ‚Schwester' ansprichst, macht ihr euch beide nur etwas vor."

Osano wechselte das Thema. „Ich lasse mich wieder einmal scheiden", kündigte er an. „Noch mehr Alimente. Eines ist sicher: Ich werde nie wieder heiraten. Für Alimente habe ich kein Geld mehr."

Wir lachten beide. „Leg dich nicht fest", warnte ich ihn. „Die Institution der Ehe besitzt in dir ihre letzte Hoffnung."

Janelle hob den Kopf. „Nein, Merlin, in dir."

Darüber mußten wir nun alle lachen. Und dann sagte ich, daß ich keine Lust hätte, noch ins Kino zu gehen. Ich war zu müde.

„Ach was", sagte Janelle. „Gehen wir auf einen Drink zu ‚Pips' und spielen wir Backgammon. Wir können es Osano beibringen."

„Warum geht ihr nicht ohne mich?" sagte ich kühl. „Ich gehe ins Hotel zurück und schlafe mich aus."

Osano beobachtete mich. Ein trauriges Lächeln spielte um seine Lippen. Er blieb stumm. Janelle starrte mich an, als wollte sie mich provozieren, meinen Vorschlag zu wiederholen. Ich ließ meine Stimme so kalt und lust- und lieblos wie möglich klingen. Gleichzeitig aber auch verständnisvoll. Sehr bedächtig sagte ich: „Hört mal, es macht mir wirklich nichts aus. Kein Witz. Ihr zwei seid meine besten Freunde, aber ich bin wirklich sehr schläfrig. Sei ein Gentleman, Osano, und vertritt mich." Das alles sagte ich, ohne die Miene zu verziehen.

Osano merkte sofort, daß ich eifersüchtig auf ihn war. „Wie du meinst, Merlin", sagte er. Meine Gefühle waren ihm scheißegal. Seiner Meinung nach führte ich mich wie ein Dummkopf auf. Und ich wußte, daß er mit Janelle ins Pips gehen, sie dann nach Hause begleiten und vögeln würde, ohne auch nur einen Gedanken an mich zu verschwenden. Nach seiner Ansicht ging es mich ja auch nichts an.

Aber Janelle schüttelte den Kopf. „Sei nicht dumm. Ich fahre mit meinem Wagen nach Hause, und ihr beide könnt tun, was ihr wollt."

Ich wußte, was sie dachte. Zwei chauvinistische Männerrechtsschweine, die sich eine Frau aufteilen wollten. Aber sie begriff auch dies: Wenn sie mit Osano mitging, gab sie mir einen Grund, sie nie wiederzusehen. Und ich glaube, daß ich genau wußte, was ich tat. Ich suchte nach einem Grund, um sie wirklich zu hassen, und wenn sie mit Osano mitging, konnte ich sie hassen und sie loswerden.

Schließlich ging Janelle mit mir ins Hotel zurück. Aber ich fühlte ihre Kälte, obwohl unsere Körper warm aneinanderlagen. Ein wenig später löste sie sich von mir, und während ich eindöste, hörte ich noch das Knacken der Federn, als sie das Bett verließ. „Janelle, Janelle“, murmelte ich im Halbschlaf.

43

Janelle

Ich bin ein *guter* Mensch. Es kümmert mich nicht, was die Leute denken. Ich bin ein guter Mensch. In meinem ganzen Leben haben mich die Männer, die ich wirklich liebte, immer nur herabgesetzt, und der Grund, warum sie mich so verächtlich behandelten, war, so sagten sie, genau das, was sie an mir liebten. Die Tatsache, daß ich mich auch für andere Menschen, und nicht nur für sie, interessieren könnte, wollten sie nicht akzeptieren. Das ist es, was die Dinge so kompliziert macht. Sie verliebten sich in mich, und dann wollten sie eine andere aus mir machen. So erging es mir auch mit der großen Liebe meines Lebens, diesem Hurensohn Merlin. Er war der Schlimmste von allen. Aber er war auch der Beste. Er verstand mich. Er war der beste Mann, der mir je begegnet war, und ich liebte ihn aufrichtig, und er tat sein Bestes. Und ich tat mein Bestes. Aber mit diesem männlichen Rollendenken wurden wir nicht fertig. Wenn mir ein anderer Mann auch nur gefiel, wurde er krank. Ich konnte es ihm direkt ansehen. Ich gebe zu, ich konnte es nicht ertragen, wenn er mit einer anderen Frau auch nur ein interessantes Gespräch anknüpfte. Na und? Aber er stellte es geschickter an als ich. Er ließ mich nichts merken. Wenn ich dabei war, beachtete er keine andere Frau, auch wenn sie ihn anhimmelte. Ich war nicht so gerissen wie er, oder vielleicht mutete mich diese Methode zu heuchlerisch an. Und was er tat, war geheuchelt. Es funktionierte. Es hatte zur Folge, daß ich ihn mehr liebte. Und meine Aufrichtigkeit hatte zur Folge, daß er mich weniger liebte.

Ich liebte ihn, weil er in fast allen Dingen so klug war. Nur nicht in bezug auf Frauen. In bezug auf Frauen war er wirklich dumm. Und auch in bezug auf mich. Vielleicht nicht dumm, aber er konnte einfach nur mit Illusionen leben. Er gab es sogar einmal zu und sagte, ich solle eine bessere Schauspielerin sein, ihm besser die Illusion vermitteln, daß ich ihn liebte. Ich liebte ihn wirklich, aber er sagte, das wäre nicht so wichtig wie die Illusion, daß ich ihn liebte. Und ich verstand das und versuchte es. Doch je mehr ich ihn liebte, desto schwerer fiel es mir, ihm seinen Wunsch zu erfüllen. Er sollte mein wahres Ich lieben. Aber vielleicht kann niemand das wahre Ich oder das wahre Dich oder überhaupt das Wahre lieben. Die Wahrheit ist: Niemand kann die Wahrheit lieben. Aber ich kann einfach nicht leben, ohne zu versuchen, mir treu zu bleiben. Natürlich lüge ich, aber nur, wenn es wichtig ist, und später, wenn mir der Zeitpunkt richtig erscheint, gebe ich immer zu, daß ich gelogen habe. Und das ist das Beschissene an der Sache.

Ich erzähle den Leuten immer, daß mein Vater sich aus dem Staub machte, als ich fünfzehn Jahre alt war. Und wenn ich betrunken bin, erzähle ich wildfremden Leuten, daß ich mich umbringen wollte, als ich fünfzehn war, aber ich sage ihnen nie, warum. Ich lasse sie in dem Glauben, daß ich es tat, weil mein Vater davonlief, und vielleicht war das auch der Grund. Ich gebe vieles zu, was meine Person betrifft. Daß ich mit einem Mann, wenn er mir ein richtig tolles Essen vorsetzt und wenn er mir gefällt, ins Bett gehe, auch wenn ich in einen anderen verliebt bin. Ist das so schrecklich? Männer tun das die ganze Zeit. Für sie ist das okay. Aber für den Mann, den ich über alles in der Welt liebte, war ich nur mehr eine Fotze, als ich es ihm sagte. Er wollte nicht begreifen, daß es nicht wichtig war, daß ich einfach nur gefickt werden wollte. Jeder Mann tut doch dasselbe.

Ich habe nie einen Mann getäuscht, wenn es um wichtige Dinge ging. Um materiellen Besitz zum Beispiel. Ich habe nie die billigen Tricks angewendet, mit welchen einige meiner besten Freundinnen ihre Männer betrügen. Nie sagte ich einem Mann, er wäre schuld, wenn ich schwanger wurde, nur um ihn zu zwingen, mir zu helfen. Solche Tricks wendete ich nicht an. Nie sagte ich einem Mann, daß ich ihn liebte, wenn es nicht wirklich so war – zumindest nicht am Anfang. Einige Zeit später, wenn ich ihn nicht mehr liebte, er hingegen mich immer noch liebte und ich ihm nicht weh tun wollte, dann belog ich ihn. Aber ich konnte nicht mehr so zärtlich zu ihm sein, und schließlich merkte er es; unsere Beziehungen kühlten sich ab, und wir sahen uns nicht wieder. Und ich haßte auch nie einen Mann, den ich einmal geliebt hatte, so abscheulich er auch nachher zu mir sein mochte. Männer können abscheulich sein zu einer Frau, die sie nicht mehr lieben – zu mir waren sie es jedenfalls.

Warum zweifeln die Männer immer daran, daß man sie liebt?

Warum zweifeln die Männer immer daran, daß man ihnen treu ist? Warum verlassen einen die Männer immer? O Gott, warum tut es so weh? Ich kann sie nicht mehr lieben. Es tut so weh, und sie sind solche Scheißer. Solche Schweinehunde. Sie verletzen einen mit der Sorglosigkeit eines Kindes. Aber einem Kind kann man verzeihen. Obwohl auch ein Kind einen zum Weinen bringen kann. Aber mich werden sie nie mehr zum Weinen bringen, nicht die Männer und nicht die Kinder.

Liebhaber sind so grausam; je mehr sie einen lieben, desto grausamer. Nicht die Casanovas, die Don Juans, die „Fotzenhähne", wie man sie nennt. Nicht die heißen Heinis. Ich meine die Männer, die dich wirklich lieben. Oh, du liebst sie, und sie sagen dir, daß sie dich lieben, und du weißt, daß es wahr ist. Und du weißt auch, daß sie dir mehr weh tun werden als jeder andere Mann auf dieser Welt. Und möchtest ihnen zurufen: „Sag nicht, daß du mich liebst." Möchtest ihnen zurufen: „Ich liebe dich nicht!"

Als Merlin mir einmal sagte, daß er mich liebe, wollte ich weinen, denn ich liebte ihn aufrichtig und wußte, daß er später einmal grausam sein würde, später, wenn wir uns wirklich kannten, alle Illusionen zerstört waren, ich ihn noch mehr und er mich um so weniger lieben würde.

Ich möchte in einer Welt leben, in der die Männer die Frauen nicht so lieben, wie sie sie jetzt lieben. Ich möchte in einer Welt leben, in der ich einen Mann nicht so lieben kann, wie ich ihn jetzt liebe. Ich möchte in einer Welt leben, in der die Liebe ewig gleich bleibt.

Einmal erzählte ich ihm, ich hätte mich von meinem Friseur vögeln lassen. Sein Gesicht hättet ihr sehen sollen! Diese grenzenlose Verachtung! Aber so sind die Männer. Sie vögeln ihre Sekretärinnen, und das ist ganz in Ordnung. Aber eine Frau, die sich von ihrem Friseur vögeln läßt, strafen sie mit Verachtung. Und dabei ist ihr Tun doch viel begreiflicher. Ein Friseur stellt eine echte persönliche Beziehung her. Er berührt uns mit seinen Händen, und mancher hat wunderbare Hände. Und sie kennen die Frauen. Ich habe nur einmal mit meinem Friseur gebumst. Er sagte mir immer, wie gut er im Bett sei, und einmal war ich geil und sagte okay, und am Abend kam er zu mir und fickte mich dieses eine Mal. Während er mich fickte, sah ich, wie er beobachtete, wie ich auf Touren kam. Er wollte seine Macht genießen. Er absolvierte alle seine billigen Tricks mit seiner Zunge und seinen

Händen und schmutzigen Reden, und ich muß sagen, es war ein feiner Fick. Aber auch ein schrecklich kaltherziger Fick. Als ich kam, erwartete ich fast, er würde einen Spiegel hinhalten, um mir zu zeigen, wie er mich hinten frisiert hatte. Er fragte mich, ob es schön gewesen wäre, und ich sagte, phantastisch. Er meinte, wir müßten es bald wieder einmal tun, und ich sagte, na sicher. Aber er forderte mich nie wieder auf, obwohl ich abgelehnt haben würde. Wahrscheinlich war ich keine so tolle Nummer gewesen. Also wem, zum Teufel, ist daraus ein Nachteil erwachsen? Warum tut ein Mann, wenn er eine solche Geschichte hört, die Frau als Fotze ab? Jeder einzelne dieser Hurensöhne würde ohne zu zögern das gleiche tun. Es bedeutet mir nichts. Wurde ich dadurch zu einem minderwertigeren Menschen?

Zugegeben, ich ließ mich von einem grauslichen Kerl vögeln. Aber wie viele Männer – und nicht die schlechtesten – vögeln grausliche Weiber, und nicht nur einmal?

Ich muß dagegen ankämpfen, in den Stand der Unschuld zurückzufallen. Wenn ein Mann mich liebt, möchte ich ihm treu sein, mich für den Rest meines Lebens nie wieder von einem anderen Mann vögeln lassen. Ich möchte alles für ihn tun. Aber heute weiß ich, daß es weder bei ihm noch bei mir von Dauer ist. Früher oder später fangen sie an, einen herunterzumachen, sie bringen einen dazu, sie weniger zu lieben. Auf jede erdenkliche Art und Weise.

Die Liebe meines Lebens, dieser Hurensohn, ihn liebte ich wirklich, und er liebte auch mich wirklich. Das muß ich ihm zugute halten. Aber ich haßte die Art, wie er mich liebte. Ich war seine Zuflucht. Zu mir kam er gelaufen, wenn ihm die Welt zuviel wurde. Er sagte immer, er fühle sich sicher mit mir zusammen in den Hotelzimmern und Wohnungen, die sich wie Landschaften voneinander unterschieden. Andere Wände, andere Betten, prähistorische Sofas, verschiedenfarbige Teppiche, und nur unsere nackten Körper immer die gleichen. Aber auch letzteres stimmte gar nicht. Damit kriegte ich ihn einmal wirklich dran, und es war echt lustig.

Ich hatte mir die Titten operieren lassen. Ich wollte immer größere Titten haben, hübsch und rund und aufrecht – und schließlich ließ ich mich operieren. Und er war vernarrt in die neuen Titten. Ich erzählte ihm, daß ich es speziell für ihn habe machen lassen, und zum Teil stimmte das auch. Aber eigentlich wollte ich mich nicht länger so unbehaglich fühlen, wenn ich für eine Rolle vorsprechen mußte, bei der etwas Fleisch gezeigt werden mußte. Die Produzenten wollen manchmal deine Titten sehen. Und ich tat es wohl auch für Alice. Aber ich sagte ihm, ich hätte es bloß für ihn getan und er solle das zu schätzen wissen. Denn er liebte mein Fleisch – und sagte mir auch immer, daß es ein ganz besonderes Fleisch wäre, und schließlich glaubte ich tatsächlich, daß er unmöglich mit einer anderen Frau schlafen könnte. So naiv und unschuldig war ich wieder geworden.

Aber es stimmte nicht. Letzten Endes stimmt nichts. Und das gilt auch für meine Gründe, mich operieren zu lassen. Ich liebe Frauentitten, und ist das etwa unnatürlich? Ich liebe es, an den Titten einer anderen Frau zu saugen. Warum widert das die Männer an? Sie finden es so angenehm und beruhigend – glauben sie, wir Frauen fänden es nicht so? Wir waren alle einmal Babies. Säuglinge.

Ist das der Grund, weshalb Frauen soviel weinen? Weil sie es nie wieder sein können? Die Männer können es sein. Sie können wieder zu Säuglingen werden. Frauen können es nicht. Väter können zu Kindern werden. Mütter können es nicht.

Er sagte immer, er fühle sich sicher. Und ich wußte, was er damit meinte. Wenn wir zusammen waren, sah ich, wie die Spannung aus seinen Zügen wich. Seine Augen wurden weicher. Und wenn wir warm und nackt zusammen lagen, wenn wir einander berührten und ich ihn mit den Armen umschlang und ihn wahrhaft liebte, konnte ich ihn seufzen hören wie eine schnurrende Katze. Und ich wußte, daß er für kurze Zeit wahrhaft glücklich war. Und daß ich wahrhaft magische Kräfte besaß. Weil ich der einzige Mensch auf der Welt war, der ihm dieses Glück schenken konnte, hatte ich das Gefühl, ein wertvoller Mensch zu sein, ein Mensch, der zu etwas taugte. Nicht bloß eine Fotze, die gerade nur zum Ficken gut war. Ich war nicht nur jemand, mit dem man sich unterhalten und klugscheißen konnte. Ich war tatsächlich eine Fee, eine liebe Fee, eine gute Fee. Und das fand ich herrlich.

In diesem Augenblick konnten wir glücklich sterben, im wahrsten Sinn des Wortes glücklich sterben. Furchtlos konnten wir dem Tod ins Auge sehen. Nur für diese kurze Zeit. Nichts dauert ewig. Nichts wird je ewig dauern. Und darum verkürzen wir ganz bewußt unser Leben, sehnen wir das Ende herbei. Heute weiß ich das. Eines Tages sagte er nur: „Ich fühle mich nicht mehr sicher“, und danach liebte ich ihn nicht mehr.

Ich bin keine Molly Bloom. Dieser Hurensohn Joyce. Während sie ja, ja, ja sagte, sagte ihr Mann nein, nein, nein. Ich lasse mich von keinem Mann ficken, der nein sagt.

Nie wieder.

Merlin schlief. Janelle kletterte aus dem Bett und schob einen Lehnsessel ans Fenster. Zündete sich eine Zigarette an und starrte hinaus. Während sie rauchte, hörte sie, wie Merlin sich unruhig in wirren Träumen im Bett herumwarf. Er murmelte etwas, aber sie achtete nicht darauf. Zum Teufel mit ihm und allen Männern.

Merlin

Janelle hatte Boxhandschuhe an. Mattrot, mit weißen Bändern. Sie stand in der klassischen Haltung eines Boxers vor mir, die Linke gestreckt, die Rechte zum KO-Schlag angewinkelt. Sie trug eine kurze weiße Seidenhose. Ihre Füße steckten in schwarzen Segeltuchschuhen ohne Schnürsenkel. Sie machte ein grimmiges Gesicht. Der feingeschnittene, sinnliche Mund war zusammengepreßt, das weiße Kinn an die Schulter gedrückt. Sie sah bedrohlich aus. Mich aber faszinierten ihre bloßen Brüste, cremig-weiß und rund, mit roten Warzen, straff gespannt, nicht von Liebes-, sondern von Kampfeslust.

Ich lächelte ihr zu. Sie erwiderte mein Lächeln nicht. Ihre Linke schoß vor und traf mich auf den Mund. „Aber Janelle“, sagte ich. Sie verpaßte mir zwei weitere harte linke Gerade. Es tat scheußlich weh, und ich fühlte, wie sich der Raum unter meiner Zunge mit Blut füllte. Ich tänzelte ein paar Schritte zurück. Ich streckte meine Hände aus, auch sie steckten in roten Handschuhen. Ich stolperte vorwärts, zog meine Hose hoch. In diesem Augenblick sprang Janelle blitzschnell auf mich los und traf mich mit einem kurzen trockenen Haken. Ich sah tatsächlich grüne und blaue Sterne vor mir wie in Comicstrips. Wieder tanzte sie von mir fort. Ihre Brüste hüpften, die roten Warzen hypnotisierten mich.

Ich trieb sie in eine Ecke. Sie duckte sich, schützte mit ihren kleinen Händen in den roten Boxhandschuhen ihren Kopf. Ich wollte einen linken Haken in ihren zart gewölbten Bauch schlagen, doch der Nabel, den ich so oft geleckt hatte, wehrte meine Hand ab. Ich ging mit ihr in den Clinch und sagte: „Aber Janelle, hör doch auf. Ich liebe dich, Schätzchen." Sie tanzte von mir fort und traf mich wieder ins Gesicht. Es war, als ob eine Katze mit ihren Krallen meine Augenbraue aufgerissen hätte, und ich spürte das Blut tropfen. Ich konnte nichts mehr sehen und hörte mich sagen: „O Gott!"

Ich wischte mir das Blut aus den Augen und sah sie in der Mitte des Rings stehen und auf mich warten. Ihr blondes Haar war zu einem Knoten hochgesteckt, die Schmuckspange, die es zusammenhielt, glitzerte wie tausend Spiegel. Blitzschnell führte sie zwei gerade Stöße, die roten Handschuhe schnellten wie Zungen vor. Doch dann gab sie sich eine Blöße, und ihr feinknochiges Gesicht war ohne Deckung. Aber meine Hände bewegten sich nicht. Ich wußte, daß mich nur der Clinch retten konnte. Sie tanzte um mich herum und versuchte mir zu entschlüpfen, aber ich packte sie um die Mitte und hielt sie fest.

Sie war wehrlos, und ich merkte, daß die Hose nicht ihren ganzen Körper umschloß. Ich sah ihren Rücken und ihr anmutiges Hinterteil, so rund und voll, an das ich mich immer im Bett angeschmiegt hatte. Ein wilder Schmerz durchzuckte mich, und ich fragte mich, warum zum Teufel sie eigentlich gegen mich kämpfte. Dünne Fäden ihrer goldenen Haare kitzelten meine Zunge, als ich ihr ins Ohr flüsterte: „Leg dich auf den Bauch." Sie wirbelte herum und traf mich mit einem rechten Haken, den ich überhaupt nicht hatte kommen sehen. Im Zeitlupentempo flog ich hochkant durch die Luft und landete auf dem Teppich. Es gelang mir, ein Bein aufzustellen, und dann hörte ich sie bis zehn zählen. Ihre Stimme klang warm und zärtlich, wie immer, wenn sie mich zum Höhepunkt mit sich fortriß. Ich blieb auf einem Knie hocken und starrte zu ihr hoch.

Sie lächelte und rief: „Zehn, zehn, zehn, zehn", rief es triumphierend, wie rasend, warf beide Arme in die Luft und hüpfte vor Freude. Ich hörte das gespenstische Heulen von Millionen Frauen, die sie in wilder Verzückung bejubelten, und eine stämmige Frau stürzte auf Janelle zu, um sie zu umarmen. Diese Frau trug einen Rollpulli aus schwerer Wolle, und über ihrem enormen Busen spannte sich das Wort „Champ". Ich fing an zu weinen.

Dann kam Janelle zu mir und half mir auf die Beine. „Es war ein fairer Kampf", sagte sie immer wieder. „Ich habe dich offen und ehrlich besiegt." Durch meine Tränen hindurch widersprach ich ihr: „Nein, nein, das hast du nicht."

Und dann erwachte ich und streckte meine Hand nach ihr aus. Aber sie lag nicht neben mir im Bett. Nackt wie ich war ging ich ins Wohnzimmer. Im Dunkel konnte ich ihre Zigarette glimmen sehen. Sie saß in einem Lehnsessel und beobachtete, wie die dunstige Dämmerung über die Stadt heraufzog.

Ich trat an sie heran und ließ meine Hände über ihr Gesicht gleiten. Ich fand kein Blut, ihre Züge waren unverletzt, und sie streckte eine samtweiche Hand aus, um die meine zu berühren, die sich über ihre nackte Brust geschlossen hatte.

„Du kannst sagen, was du willst", flüsterte ich, „ich liebe dich, was immer das heißen mag."

Sie blieb mir die Antwort schuldig.

Nach ein paar Minuten stand sie auf und führte mich zum Bett zurück. Wir liebten uns und schliefen eng umschlungen ein. „Mein Gott", murmelte ich schlaftrunken, „du hättest mich fast umgebracht."

Sie lachte.

44

Etwas weckte mich aus dem Schlaf. Durch die Spalten der Fensterläden sah ich das rosige Licht eines kalifornischen Morgengrauens; dann hörte ich das Telefon klingeln. Sekundenlang rührte ich mich nicht. Ich sah Janelles blonden Kopf halb unter der Decke hervorlugen. Sie schlief weit abgerückt von mir. Das Telefon läutete weiter, und mich beschlich ein Gefühl panischer Angst. Hier in Los Angeles mußte es noch früh am Morgen sein; der Anruf konnte nur von New York und von meiner Frau Valerie kommen. Valerie rief mich nur in Notfällen an; es mußte etwas mit einem meiner Kinder passiert sein. Ich empfand auch eine Art Schuldgefühl, weil ich diesen Anruf mit Janelle neben mir im Bett entgegennehmen würde. Ich griff nach dem Hörer und hoffte, sie würde nicht aufwachen. „Bist du es, Merlin?“ fragte die Stimme am anderen Ende.

Und es war eine Frauenstimme. Aber ich erkannte sie nicht. Es war nicht Valerie.

„Ja“, antwortete ich. „Wer spricht?“

Es war Pam, Arties Frau. Ihre Stimme bebte.

„Artie hatte heute morgen einen Herzanfall.“

Und als sie es sagte, ließen meine Ängste nach. Es handelte sich nicht um eines meiner Kinder. Es war nicht Arties erster Herzanfall, und irgendwo glaubte ich, die Sache nicht allzu ernst nehmen zu müssen.

„Scheiße“, sagte ich. „Ich nehme die erste Maschine und komme sofort rüber. Ist er im Krankenhaus?“

Am anderen Ende der Leitung entstand eine Pause, und dann hörte ich, wie ihre Stimme brach: „Merlin“, sagte sie, „er hat es nicht geschafft.“

Ich verstand wirklich nicht, was sie da sagte. Ehrlich nicht. Ich war weder überrascht noch geschockt, und dann sagte ich: „Du meinst, er ist tot?“

Sie sagte: „Ja.“

Ich bemühte mich, meine Stimme zu beherrschen. „Ich habe

eine Maschine um neun", sagte ich dann. „Ich bin um fünf in New York und fahre direkt zu dir. Soll ich Valerie anrufen?"

„Ja, bitte", sagte sie.

Ich sagte nicht, daß es mir leid täte, ich sagte überhaupt nichts. Ich sagte nur: „Es kommt alles wieder in Ordnung. Heute abend bin ich da. Soll ich deine Eltern anrufen?"

Und sie antwortete: „Ja, bitte."

„Geht es dir soweit gut?" fragte ich.

Und sie antwortete: „Ja, es geht mir soweit gut. Bitte, komm bald."

Und dann legte sie auf.

Janelle saß aufrecht im Bett und starrte mich an. Ich ließ mich mit Valerie verbinden. Ich erzählte ihr, was geschehen war. Ich bat sie, mich vom Flugplatz abzuholen, und sie wollte darüber reden, aber ich sagte ihr, ich müsse jetzt packen und dürfe meine Maschine nicht verpassen. Ich hätte jetzt keine Zeit und würde mit ihr darüber sprechen, wenn wir uns am Flughafen träfen. Dann meldete ich ein Gespräch mit Pams Eltern an. Glücklicherweise war ihr Vater am Apparat, und ich erklärte ihm, was geschehen war. Er sagte, sie würden die nächste Maschine nach New York nehmen, und er würde gleich Arties Frau anrufen.

Ich legte den Hörer auf. Janelle beobachtete mich aufmerksam. Sie hatte die Telefonate mit angehört und wußte Bescheid, aber sie sagte nichts. Ich hämmerte mit der Faust auf das Bett. „Nein, nein, nein, nein", sagte ich. Ich wußte nicht, daß ich schrie. Dann begann ich zu weinen. Ein unerträglicher Schmerz durchströmte meinen Körper. Ich fühlte, wie ich die Kontrolle über mich verlor. Ich nahm die Whiskyflasche von der Kommode und trank. Ich hatte keine Ahnung, wieviel ich trank, und nachher konnte ich mich nur daran erinnern, daß Janelle mich anzog, mit mir durch die Hotelhalle ging, mich zum Flugzeug brachte. Ich bewegte mich wie in Trance. Erst viel später, als ich wieder nach Los Angeles kam, erzählte sie mir, daß sie mich in die Wanne gesteckt habe, um mich wieder nüchtern zu machen und wieder zur Besinnung zu bringen. Dann hatte sie mich angekleidet, einen Platz für mich gebucht, mich zum Flugplatz gebracht und der Stewardess aufgetragen, sich um mich zu kümmern. An den Flug erinnere ich mich nicht mehr, aber plötzlich war ich in New York, wo Valerie auf mich wartete, und da war ich dann schon wieder in Ordnung.

Wir fuhren gleich zu Pam. Ich nahm mich sofort der Sache an und traf alle nötigen Vorkehrungen. Artie und seine Frau waren übereingekommen, daß er als Katholik und dem katholischen Ritus entsprechend beerdigt werden sollte. Ich ging zum Bezirkspfarramt und informierte die kirchlichen Stellen. Ich tat, was ich tun konnte, erledigte alles, was zu erledigen war. Ich wollte ihn nicht so allein in der Totenhalle liegen haben und drängte darauf, die Zeremonie schon am nächsten Tag abzuhalten und ihn gleich anschließend zu begraben. Die Totenwache wurde noch für den gleichen Abend angesetzt. Und während ich das Ritual des Todes abwickelte, wurde mir klar, daß ich nie wieder der gleiche sein würde. Daß mein Leben sich verändern würde, und auch die Welt, in der ich lebte. Meine Zauberkraft war dahin.

Wie kam es, daß der Tod meines Bruders mich so schwer traf? Er war ein ganz einfacher, ganz gewöhnlicher Mensch gewesen. Aber wahrhaft rechtschaffen. Und mir ist in meinem Leben keiner begegnet, auf den dieses Wort gepaßt hätte.

Manchmal erzählte er mir von den Schlachten, die er in seinem Amt gegen Korruption und administrativen Druck schlagen mußte, wenn man ihn drängte, seine Berichte über gesundheitsschädliche Zusätze weniger scharf zu formulieren. Aber seine Geschichten hörten sich nie so peinlich an wie die mancher Leute, die einem immer wieder erzählen, daß sie sich nicht kaufen lassen. Weil er sie ganz nüchtern, ohne jede Spur von Entrüstung erzählte. Daß reiche Leute mit viel Geld nichts dabei fanden, ihre Mitmenschen zu vergiften, um fettere Gewinne einzustreichen, empörte ihn nicht. Er bildete sich aber auch nichts auf seine Unbestechlichkeit ein. Er machte kein Hehl daraus, daß er sich nicht verpflichtet fühlte, für das Recht zu streiten.

Er machte sich keine Illusionen über den Erfolg seiner Bemühungen. Man konnte ihn umgehen. Ich erinnere mich noch an die Geschichten, die er mir von Chemikern anderer Regierungsstellen erzählte, die offizielle Tests durchführten und zu wesentlich günstigeren Resultaten kamen. Aber mein Bruder machte das nicht mit. Er lachte, wenn er mir diese Geschichten erzählte. Er wußte, daß die Welt korrupt war. Er wußte, daß seine Korrektheit nicht übermäßig geschätzt wurde. Er schätzte sie selbst nicht sehr hoch ein.

Er weigerte sich nur einfach, davon abzustehen. So wie ein Mensch sich weigern würde, ein Auge herzugeben oder ein Bein; wäre er Adam gewesen, er würde sich geweigert haben, auf eine

Rippe zu verzichten. So schien es jedenfalls, und so war er in allem und jedem. Ich wußte, daß er seine Frau nie betrogen hatte, obwohl er ein gutaussehender Mann war; wenn ihm ein hübsches Mädchen über den Weg lief, lächelte er vergnügt – und er lächelte nicht oft. Er liebte es, mit Menschen von Intelligenz zusammenzukommen, ließ sich aber davon nicht beeindrucken, wie das bei vielen Leuten der Fall ist. Man konnte ihn weder mit Geld noch mit Gefälligkeiten kaufen. Nie warb er um Verständnis für seine Gefühle oder seine Kümmernisse. Trotzdem urteilte er nie über andere, zumindest nicht nach außen hin. Er sprach wenig und hörte viel zu, denn das bereitete ihm Vergnügen. Er forderte das nackte Minimum vom Leben.

Mir will das Herz brechen, wenn ich daran denke, daß er schon als kleiner Junge korrekt war. Nie schwindelte er bei einem Ballspiel, nie klaute er etwas in einem Laden, nie war er unaufrichtig gegenüber einem Mädchen. Er prahlte nie und er log nie. Ich beneidete ihn um seine Reinheit und beneide ihn heute noch darum.

Und nun war er tot. Ein tragisches, ein zerstörtes Leben, so schien es, und ich beneidete ihn um sein Leben. Zum erstenmal verstand ich den Trost, den die Leute in der Religion finden, jene Leute, die an einen gerechten Gott glauben. Ich begriff, daß es auch mich trösten würde, zu wissen, daß meinem Bruder sein gerechter Lohn nicht vorenthalten werden würde, aber ich wußte auch, daß das alles nur Quatsch war. Ich lebte. Wie ungerecht, daß ich lebte, daß ich reich und berühmt sein und alle Freuden des Fleisches auf dieser Erde genießen sollte! Daß ich Sieger bleiben sollte, der ich nie herangereicht hatte an den Mann, der er gewesen und der so schmählich zu Tode gekommen war.

In Sack und Asche tat ich Buße. Ich weinte, wie ich nie um meinen Vater, nie um meine Mutter und nie um verlorene Geliebte geweint hatte. Und so hatte ich zumindest soviel Anstand, Schmerz um meinen toten Bruder zu empfinden.

Sage mir doch einer, warum das so kommen mußte! Ich kann es nicht ertragen, sein Gesicht zu sehen. Warum lag ich nicht in diesem Sarg und wartete darauf, vom Teufel geholt zu werden? Noch nie war mir das Gesicht meines toten Bruders so kraftvoll erschienen, so gelassen, so erquickt, dabei war es grau, als ob Staub darauf gefallen wäre. Und dann kamen seine fünf Kinder, feierlich gekleidet, und knieten an seinem Sarg, um ihre letzten Gebete zu sprechen. Ich fühlte mein Herz brechen, und gegen meinen Willen stürzten Tränen aus meinen Augen; ich verließ die Kapelle.

Der Schmerz aber war nicht heftig genug, um lange zu währen. Ich stand in der frischen Luft und begriff, daß ich lebte, daß ich am nächsten Tag gut essen würde, früher oder später wieder eine liebende Frau umfangen, eine Geschichte schreiben, am Strand spazierengehen würde. Nur die, die wir über alles lieben, können unseren Tod herbeiführen, nur vor ihnen müssen wir uns in acht nehmen. Unsere Feinde können uns nichts anhaben. Und das war der Kern von meines Bruders Redlichkeit: daß er weder seine Feinde fürchtete noch jene, die er liebte. Um so schlimmer für ihn. Die Tugend ist sich selbst ihr gerechter Lohn, nur Narren sterben.

Aber Wochen später hörte ich andere Geschichten. Wie er zu Beginn seiner Ehe, als seine Frau krank wurde, weinend zu ihren Eltern gekommen war und sie um Geld angebettelt hatte, das er brauchte, um ihr die nötige Pflege angedeihen zu lassen. Wie bei seinem letzten Herzanfall seine Frau versucht hatte, ihn mit Mund-zu-Mund-Beatmung zu retten, und er, Sekunden vor seinem Tod, müde abgewinkt hatte. Aber was wollte er mit dieser abschließenden Geste wirklich ausdrücken? Daß ihm das Leben zuviel, seine Redlichkeit ihm eine zu schwere Last geworden war? Ich mußte an Jordan denken. War der ein redlicher Mann gewesen?

Die da Lobreden auf Selbstmörder halten, verurteilen die Welt und geben ihr die Schuld an deren Tod. Aber könnte es nicht sein, daß die, die Hand an sich legen, nirgendwo ein Verschulden sahen und einfach zu dem Schluß kamen, daß Organismen eben sterben müssen?

Aber das war mir alles zu gefährlich. Ich löschte meinen Schmerz aus und erstickte meine Vernunft und trug meine Sünden als Schild vor mir her. Ich würde sündigen, mich in acht nehmen und ewig leben.

SIEBENTES BUCH

45

Eine Woche später rief ich Janelle an, um ihr dafür zu danken, daß sie mich ins Flugzeug gesetzt hatte. Am Apparat war ihr Anrufbeantworter, der mich mit französischem Akzent einlud, eine Nachricht zu hinterlassen. Noch während ich sprach, schaltete sie das Band aus und meldete sich selbst.

„Vor wem versteckst du dich?“ fragte ich.

Janelle lachte. „Wenn du wüßtest, wie deine Stimme klingt“, sagte sie. „So sauer . . .“

Ich lachte auch.

„Ich verstecke mich vor deinem Freund Osano“, beantwortete sie meine Frage. „Er ruft immerzu an.“

Ich hatte ein flaues Gefühl im Magen. Überrascht war ich nicht. Aber ich mochte Osano wirklich, und er wußte, welche Gefühle ich für Janelle hegte. Der Gedanke, daß er mir das antun könnte, erschreckte mich. Und eigentlich war es mir schnurz. Es war nicht mehr wichtig.

„Vielleicht wollte er nur erfahren, wo ich stecke“, sagte ich.

„Nein“, sagte Janelle. „Nachdem ich dich ins Flugzeug verfrachtet hatte, rief ich ihn an und erzählte ihm, was geschehen war. Er machte sich Sorgen um dich, aber ich versicherte ihm, daß du okay wärst. Bist du okay?“

„Ja.“

Sie stellte mir keine Fragen, was nach meiner Rückkehr nach New York geschehen war. Das schätzte ich an ihr. Sie wußte, daß ich darüber nicht reden wollte. Und ich wußte, daß sie Osano nie erzählen würde, wie ich mich an diesem Morgen, als ich von Arties Tod erfuhr, aufgeführt hatte.

Ich bemühte mich, kühl zu bleiben. „Warum weichst du ihm aus? Du hast ihn doch so amüsant gefunden, als wir zusammen zu Abend aßen. Ich hätte gedacht, du würdest mit beiden Händen nach einer Gelegenheit greifen, ihn wiederzusehen?“

Am anderen Ende entstand eine Pause, und dann hörte ich am Klang ihrer Stimme, daß sie zornig war. Sie sprach ganz ruhig. Sie artikulierte sehr deutlich. So als ob sie einen Bogen spannte, um ihre Worte gleich Pfeilen abzuschießen.

„Das ist richtig", sagte sie. „Und als er das erste Mal anrief und mich zum Dinner einlud, freute ich mich. Er war wirklich sehr amüsant."

Entschlossen, die Antwort, die ich erhalten würde, nicht zu glauben, fragte ich sie: „Hast du mit ihm geschlafen?"

Wieder die Pause. Fast konnte ich das Schwirren des Bogens hören, als sie den Pfeil abschoß.

„Ja", sagte sie.

Wir verstummten beide.

Mir war richtig elend zumute, aber wir hatten unsere Regeln. Wir durften einander keine Vorwürfe machen, wir durften uns nur rächen.

„Und wie war's?" fragte ich sie. Eine beschissene, aber automatische Reaktion.

Ihre Stimme klang sehr hell, sehr lebhaft, so als spräche sie über einen Film. „Es war lustig. Er macht eine ganze Produktion daraus. Das tut dem Ego gut."

„Ja, ja", sagte ich lässig. „Ich hoffe, er macht es besser als ich."

Wieder die lange Pause. Und dann riß die Sehne des Bogens, und ihre Stimme klang gekränkt und trotzig. „Du hast kein Recht, böse zu sein", entgegnete sie. „Was ich mit anderen Leuten mache, ist meine Sache. Darüber waren wir uns einig."

„Du hast recht", sagte ich. „Ich bin auch nicht böse." Und ich war nicht böse. Es war mehr als das. Als den Menschen, den ich liebte, gab ich sie in diesem Augenblick auf. Wie oft hatte ich Osano gesagt, wie sehr ich Janelle liebte? Und Janelle wußte, wieviel mir an Osano lag. Sie hatten mich beide verraten. Es gab kein anderes Wort dafür. Eigenartig, auf Osano war ich nicht böse. Nur auf sie.

„Du bist böse", sagte sie, wie wenn sie zu einem unvernünftigen Kind spräche.

„Nein, wirklich nicht", gab ich zurück.

Sie zahlte es mir heim, daß ich bei meiner Frau gewesen war, zahlte mir eine Million Dinge heim, aber wenn ich die Frage nicht so direkt gestellt hätte, würde sie es mir niemals erzählt haben. So grausam wäre sie nicht gewesen. Aber sie wollte mich nicht mehr belügen. Sie hatte es mir versprochen, und jetzt hielt sie sich daran. Mit wem sie ihre Zeit verbrachte, ging mich nichts an.

„Ich bin froh, daß du angerufen hast", sagte sie. „Du hast mir gefehlt. Und ärgere dich nicht wegen Osano. Ich werde ihn nicht wiedersehen."

„Warum nicht?" konterte ich. „Was sollte dich davon abhalten?"

„Ach Unsinn", sagte sie. „Er war nett, aber dann ging ihm die Pfeife aus. O Scheiße, ich hatte mir vorgenommen, dir das nicht zu erzählen." Sie lachte.

Als normal eifersüchtiger Liebhaber war ich natürlich entzückt zu hören, daß mein bester Freund Potenzschwierigkeiten hatte. Aber ich sagte nur lässig: „Vielleicht warst du nicht auf Draht. In New York hat er jede Menge aufopfernder Weiblichkeiten."

Ihre Stimme klang munter und fröhlich. „Mein Gott", rechtfertigte sie sich, „ich habe mich wirklich bemüht. Ich glaube, ich hätte einen Toten zum Leben erweckt." Sie lachte hell.

So wie es ihre Absicht gewesen war, plagte mich jetzt die Vorstellung, wie sie sich, das blonde Haar nach hinten geworfen, um einen schrottreifen Osano bemühte, seinen Körper küßte und leckte. Ich fühlte mich sehr elend.

Ich seufzte. „Du schlägst zu hart zu", sagte ich. „Ich gebe auf. Hör mal, ich möchte dir nochmals danken, daß du dich so um mich gekümmert hast. Ich kann gar nicht glauben, daß du mich in die Wanne gesteckt hast."

„Das kommt von ständiger Gymnastik", erklärte Janelle. „Ich bin sehr kräftig, weißt du?" Ihre Stimme veränderte sich. „Es tut mir schrecklich leid wegen Artie. Ich wollte, ich hätte mit dir zurückfliegen und mich um dich kümmern können."

„Das wäre schön gewesen", sagte ich. Aber in Wahrheit war ich froh, daß sie nicht mitgekommen war. Und ich schämte mich, daß sie mich in dieser Verfassung gesehen hatte. Ich hatte das sonderbare Gefühl, daß ihre Empfindungen mir gegenüber nie wieder die gleichen sein würden.

Ihre Stimme kam ganz ruhig über die Leitung. „Ich liebe dich", sagte sie.

Ich antwortete nicht.

„Liebst du mich noch?" fragte sie.

Jetzt war ich dran. „Du weißt doch, daß ich solche Dinge nicht sagen darf."

Sie blieb stumm.

„Hast du nicht selbst immer die Meinung vertreten, ein verheirateter Mann dürfe einem Mädchen nie sagen, daß er sie liebt, wenn er nicht entschlossen ist, sein Frau zu verlassen? Mehr noch: er darf es ihr erst sagen, nachdem er seine Frau verlassen hat.“

Erst nach einer kleinen Weile hörte ich wieder Janelles Stimme, nach zorneswütig rasselndem Atemholen. „Zum Teufel mit dir!“ sagte sie und knallte den Hörer auf die Gabel.

Ich würde noch einmal ihre Nummer gewählt haben, aber dann hätte sie diese unechte französische Stimme antworten lassen: „Mademoiselle Lambert ist nicht zugegen. Würden Sie bitte Ihren Namen hinterlassen?“

Also wünschte ich sie auch zum Teufel und fühlte mich großartig dabei. Aber ich wußte, wir waren noch nicht fertig miteinander.

46

Als Janelle mir erzählte, daß sie mit Osano ins Bett gegangen war, konnte sie nicht wissen, was ich fühlte. Und auch nicht, daß ich gesehen hatte, wie Osano sich an jede Frau heranmachte, die ihm über den Weg lief, wenn sie nicht allzu häßlich war. Daß sie seinen Überredungskünsten Gehör geschenkt, daß sie es ihm so leicht gemacht hatte, nahm ihr in meinen Augen viel von ihrem Wert. Sie hatte ihm als Amüsiermatratze gedient, wie viele andere auch. Mir war klar, daß Osano mich verachten mußte. Weil ich sterblich verliebt gewesen war in eine Frau, die er im Verlauf eines einzigen Abends hatte vernaschen können.

Darum brach es mir auch nicht das Herz – ich war nur deprimiert. Vermutlich litt mein Ego darunter. Ich spielte mit dem Gedanken, Janelle das alles auseinanderzusetzen, kam aber dann zu dem Schluß, daß es eine billige Rache sein würde, nur um ihr zu zeigen, daß ich sie für ein Flittchen hielt. Und sie würde sich zur Wehr setzen, das wußte ich. Was zum Teufel sollte sie daran hindern, sich ohne viel Sperenzchen erobern zu lassen? Waren Männer etwa nicht an Frauen interessiert, die sich von jedem ficken ließen? Warum hätte sie berücksichtigen sollen, daß Osanos Motive nicht eben die edelsten waren? Er war charmant, er war intelligent, er hatte Talent, er sah gut aus, und er wollte mit ihr schlafen. Warum sollte sie nicht mit ihm ins Bett gehen? Und was ging mich das an? Sie hatte mein Selbstgefühl verletzt, das war alles. Natürlich hätte ich ihr Osanos Geheimnis verraten können, aber auch das wäre eine billige Rache gewesen, die überdies in keinem Zusammenhang mit diesem Faktum stand.

Ich war trotzdem deprimiert; ob zu Recht oder zu Unrecht, meine Gefühle für sie waren nicht mehr die gleichen.

Bei meinem nächsten Aufenthalt rief ich Janelle nicht an. Wir befanden uns im letzten Stadium totaler Entfremdung, ein bei Affären dieser Art klassischer Zustand. Wie ich das mit allem tat, in das ich persönlich involviert war, hatte ich die diesbezügliche Literatur durchforscht und war nun Experte auf dem Gebiet menschlicher Liebesbeziehungen. Wir befanden uns in einer Phase des Abschiednehmens, kamen aber trotzdem hin und wieder zusammen, um den Schlag der endgültigen Trennung zu mildern. Und so rief ich sie nicht an, weil wirklich alles vorbei war oder ich es vorbei haben wollte.

Eddie Lancer und Doran Rudd hatten mich mittlerweilen dazu überredet, mit dem Film weiterzumachen. Es war ein peinsames Herumwurschteln. Simon Bellfort war ein müder alter Stümper, der sein Bestes gab und sich vor Jeff Wagon anschiß. Sein Assistent, „Schleimstadt" Richetti, war eigentlich nur Simons Laufjunge, versuchte aber immer wieder, uns seine Ideen über den Script zu entwickeln. Als er eines Tages wieder mit einer besonders verschissenen Idee aufwartete, wandte ich mich an Simon und Wagon.

„Schafft mir den Kerl vom Hals", sagte ich.

Es entstand eine peinliche Stille. Ich war entschlossen. Ich war drauf und dran, den Hut zu nehmen, und das spürten sie, denn am Ende sagte Jeff Wagon ganz ruhig: „Warum warten Sie nicht in meinem Büro auf Simon, Frank?" Richetti verließ das Zimmer. Aber das peinliche Schweigen hielt an.

„Tut mir leid", sagte ich dann. „Ich wollte nicht unhöflich sein. Aber wollen wir nun endlich mit diesem Scheißscript weitermachen oder nicht?"

„Genau", sagte Wagon. „Machen wir weiter."

Am vierten Tag nach der Arbeit im Studio beschloß ich, mir einen Film anzusehen. Ich ließ mir vom Hotel ein Taxi besorgen und fuhr mit dem Taxi zum „Westwood". Wie üblich gab es eine lange Schlange von Menschen, die hinein wollten, und ich stellte mich dazu. Ich hatte mir ein Paperback mitgenommen, um zu lesen, während ich wartete. Ich hatte die Absicht, nach dem Film in ein nahes Restaurant zu gehen, um mich dann ins Hotel zurückfahren zulassen.

Die Schlange bewegte sich nicht weiter. Die jungen Leute, die mit mir warteten, unterhielten sich über Filme; sie schienen gut unterrichtet zu sein. Die jungen Mädchen waren hübsch, und die jungen Männer mit ihren Bärten und langen Haaren noch hübscher – sofern man sich an Jesus Christus orientierte.

Ich setzte mich auf den Gehsteig, um zu lesen, und niemand beachtete mich. Hier in Hollywood legte man das nicht als exzentrisches Verhalten aus. Ich las in meinem Buch, als mich plötzlich das beharrliche Quäken einer Hupe aus meinen Gedanken riß. Ich blickte auf. Vor mir stand ein herrlicher Rolls-Royce Phantom, und auf dem Fahrersitz sah ich Janelles rosig schimmerndes Gesicht.

„Merlin", sagte Janelle, „was treibst du denn da?"

Ich erhob mich gemächlich und begrüßte sie. „Hallo, Janelle." Ich betrachtete den Burschen, der neben ihr saß. Er war jung, sah gut aus und trug einen eleganten grauen Anzug mit einer grauen Seidenkrawatte. Er war ausgezeichnet frisiert, und es schien ihm nichts auszumachen, daß Janelle angehalten hatte, um mit mir zu reden.

Janelle machte uns bekannt. Sie erwähnte, daß ihr Begleiter der Besitzer des Wagens sei. Ich bewunderte den Wagen, und er sagte, wie sehr er mein Buch bewundere und wie ungeduldig er die Premiere des Films erwarte. Janelle erwähnte auch, daß der junge Mann in leitender Position in einem Studio tätig sei. Sie wollte zu verstehen geben, daß sie nicht einfach mit einem reichen Pinkel in seinem Rolls-Royce ausgegangen war, sondern daß hier eine geschäftliche Verbindung bestand.

„Wie kommst du überhaupt hierher?" fragte sie. „Sag bloß nicht, daß du dich endlich entschlossen hast, dich ans Steuer zu setzen."

„Nein", antwortete ich, „ich habe mir ein Taxi genommen."

„Und wieso stehst du in der Schlange?"

Ich sah an ihr vorbei und sagte, daß ich keine hübschen Freundinnen mit Mitgliedskarten der Akademie hätte, die mich hineinschmuggeln könnten.

Sie wußte, daß ich Spaß machte. Wenn wir ins Kino gehen mußten, wies sie stets ihre Karte von der Akademie vor, um gleich hineinzukommen. „Du würdest die Karte gar nicht vorzeigen, selbst wenn du eine hättest", sagte sie.

Sie wandte sich ihrem Begleiter zu. „So ein dummer Kerl ist das", sagte sie. Aber in ihrer Stimme schwang ein wenig Stolz mit. Sie bewunderte mich, weil ich keine solchen Tricks anwendete, auch wenn sie selbst es tat.

Ich sah, daß Janelle berührt war. Ich tat ihr leid, weil ich mir ein Taxi nehmen mußte, um allein ins Kino zu gehen, und in der Schlange stand wie das gemeine Volk. Sie entwarf ein dramatisches Szenarium. Ich war der verlassene, gebrochene Gatte, der aus dem Fenster schaut und seine Exfrau und seine glücklichen Kinder mit einem neuen Ehemann vorbeigehen sieht. Tränen standen in ihren goldgesprenkelten braunen Augen.

Ich wußte, daß ich die Oberhand hatte. Der hübsche Kerl im Rolls-Royce ahnte nicht, daß er die Partie bereits verloren hatte. Nun nahm ich ihn mir richtig vor. Ich verwickelte ihn in ein Gespräch über seine Tätigkeit, und er fing an, wild drauflos zu plappern. Ich gab mich sehr interessiert, und er verzapfte das übliche Hollywoodblech. Ich sah, wie Janelle immer nervöser und gereizter wurde. Sie wußte, daß er ein Dummkopf war. Aber ich sollte es nicht wissen. Dann begann ich seinen Rolls-Royce zu bewundern, und da ging es erst richtig los. In fünf Minuten wußte ich mehr über einen Rolls-Royce, als ich zu wissen wünschte. Ich konnte mich vor Bewunderung gar nicht lassen, und schließlich erzählte ich Dorans alten Witz, den Janelle schon kannte; ich wiederholte ihn wörtlich. Ich ließ mir von dem Burschen berichten, wieviel der Wagen gekostet hatte, und dann sagte ich: „Ein Wagen, der soviel Geld kostet, müßte doch eigentlich auch im Bett seinen Mann stellen." Sie haßte diesen Witz.

Der Kerl schüttelte sich vor Lachen. „Das ist der beste Witz, den ich je gehört habe", sagte er.

Janelles Gesicht hatte sich gerötet. Sie sah mich an, und ich merkte, daß die Schlange sich bewegte und ich auf meinen Platz zurück mußte. Es wäre mir ein Vergnügen gewesen, ihn kennenzulernen, sagte ich dem Burschen, und zu Janelle sagte ich, daß es schön gewesen sei, sie wiederzusehen.

Als ich nach zweieinhalb Stunden wieder rauskam, sah ich Janelles vertrauten Mercedes vor dem Kino stehen. Ich stieg ein.

„He", sagte ich, „wie bist du ihn denn losgeworden?"

„Du gemeiner Schuft!" sagte sie.

Und ich lachte und beugte mich zu ihr hinüber. Sie küßte mich, wir fuhren in mein Hotel und verbrachten zusammen die Nacht.

Sie war sehr zärtlich in dieser Nacht. Einmal fragte sie: „Wußtest du, daß ich dich abholen kommen würde?"

Und ich sagte: „Ja."

Und sie wiederholte: „Du gemeiner Schuft!"

Es war eine wunderbare Nacht, aber am Morgen war alles so, als ob nichts geschehen wäre. Wir verabschiedeten uns.

Sie fragte mich, wie lange ich noch in der Stadt bleiben würde. Noch drei Tage, sagte ich, dann müsse ich nach New York zurück

„Wirst du mich anrufen?" fragte sie.

Ich antwortete, daß mir dazu wohl keine Zeit bleiben würde.

„Nicht um ein Rendezvous auszumachen, nur so", sagte sie

„Wird gemacht", versprach ich.

Ich rief sie auch wirklich an, aber sie war nicht daheim. Ich hörte ihre Stimme auf Band. Ich hinterließ eine Nachricht und flog nach New York zurück.

Als ich Janelle zum letzten Mal sah, geschah es eigentlich aus Zufall. Ich saß in meiner Suite im Beverly-Hills-Hotel und hatte eine Stunde totzuschlagen, bevor ich mich mit Freunden zum Dinner treffen sollte. Ich konnte der Versuchung nicht widerstehen, sie anzurufen, und sie erklärte sich bereit, auf einen Drink ins „Dolce Vita“ zu kommen, das nur fünf Minuten vom Hotel entfernt war. Ich ging gleich hinüber, und in ein paar Minuten kam auch sie. Wir setzten uns an die Bar, bestellten Drinks und plauderten belangloses Zeug über oberflächliche Bekannte. Sie drehte sich auf dem Hocker um, um sich vom Barmixer eine Zigarette anzünden zu lassen; dabei streifte sie mit dem Fuß ganz leicht an mein Bein an, so leicht, daß sie nicht einmal meine Hose schmutzig machte, und sagte: „Oh, entschuldige!“

Irgendwie tat es mir schrecklich weh, und als ihre Zigarette brannte und sie wieder den Blick hob, sagte ich: „Tu das nicht.“

Und ich sah Tränen in ihren Augen.

Uns an den Händen haltend, verließen wir das Lokal und gingen in mein Hotel. Ich rief meine Freunde an, um unsere Verabredung abzusagen. Wir ließen uns das Abendessen aufs Zimmer kommen. Ich legte mich auf das Sofa, und Janelle nahm ihre Lieblingsstellung ein: die Beine unter sich gekreuzt, den Oberkörper an den meinen gelehnt, so daß wir immer miteinander in Berührung waren. Auf diese Weise konnte sie in mein Gesicht herabblicken, mir an den Augen ablesen, ob ich ihr etwas vorlog. Sie glaubte immer noch, im Gesicht eines Menschen lesen zu können. Aber auch in meiner Stellung konnte ich, wenn ich den Blick hob, die anmutige Linie sehen, die Hals und Kinn miteinander verband, und das vollkommene Dreieck ihres Antlitzes.

So hielten wir uns eine Weile in den Armen. Dann fragte sie mich und sah mir dabei tief in die Augen: „Liebst du mich noch?“

„Nein“, sagte ich, „aber ich empfinde es schmerzlich, wenn du nicht bei mir bist.“

Sie blieb eine Weile stumm und wiederholte dann mit sonderbarer Betonung: „Ich meine es ernst, ganz ernst. Liebst du mich noch?“

„Sicher“, antwortete ich mit ernster Miene, und das war ehrlich gemeint. Aber ich sagte es auf eine Weise, die ihr begreiflich machen mußte, daß ich sie zwar liebte, dies jedoch ohne Bedeutung war, daß es zwischen uns nie wieder sein würde wie früher und daß ich mich ihr nie wieder ausliefen würde. Sie verstand mich sofort.

„Warum sagst du das so?" fragte sie. „Hast du mir mein Unrecht immer noch nicht verziehen?"

„Ich verzeihe dir alles", antwortete ich, „außer, daß du mit Osano geschlafen hast."

„Aber das hatte doch gar nichts zu bedeuten", sagte sie. „Ich habe mit ihm geschlafen, und dann war alles vorbei. Es hat wirklich nichts zu bedeuten."

„Ganz gleich", sagte ich. „Das werde ich dir nie verzeihen."

Sie dachte darüber nach, holte sich ein zweites Glas Wein, und nachdem sie ein paar Schluck getrunken hatte, gingen wir ins Bett. Noch war der Zauber ihres Fleisches nicht gebrochen. Und ich legte mir die Frage vor, ob diese kindische Romantik, all die Liebesgeschichten und Liebesgedichte einen wissenschaftlich nachweisbaren Kern haben könnten; ob die Gleichartigkeit der Zellen einer Frau und eines Mannes ihre Beziehungen beeinflußten. Das hätte dann gewiß nichts mit Macht oder Stand oder Intelligenz zu tun, und nichts mit Tugend und Sündhaftigkeit – es wäre ganz einfach eine der Wissenschaft längst bekannte, leicht verständliche Reaktion artverwandter Zellen.

Wir lagen im Bett und liebten uns, als Janelle sich mir plötzlich entzog und sich aufrichtete.

„Ich muß nach Hause", sagte sie.

Es war keine ihrer Strafaktionen. Ich sah, daß sie es nicht ertragen konnte, länger zu bleiben. Ihr Körper schien zusammenzuschrumpfen, ihre Brüste wurden flacher, die Haut spannte sich über ihren Backenknochen – so als ob ein schwerer Schicksalsschlag sie getroffen hätte. Sie sah mir in die Augen und versuchte gar nicht, sich zu entschuldigen oder zu rechtfertigen. Sie wiederholte nur einfach: „Ich muß nach Hause."

Ich wagte es nicht, sie zu berühren, und begann mich anzukleiden. „Alles klar", sagte ich. „Ich verstehe. Ich gehe mit dir zum Wagen hinunter."

„Nein", sagte sie. Sie war bereits angekleidet. „Das brauchst du nicht."

Ich begriff, daß sie das Zusammensein mit mir nicht mehr ertragen konnte, daß sie mich nicht mehr sehen wollte. Ich öffnete die Tür. Zu einem Abschiedskuß reichte es nicht. Sie versuchte mir zuzulächeln, bevor sie sich abwandte, aber es gelang ihr nicht.

Ich schloß die Tür, versperrte sie und ging zu Bett. Meine sexuelle Erregung, obwohl ohne Befriedigung geblieben, hatte sich verflüchtigt. Der Abscheu, den sie für mich empfand, hatte mein sexuelles Verlangen erstickt. Doch meine Eigenliebe war nicht verletzt. Ich sank fast sofort in traumlosen Schlaf und wachte erst am nächsten Morgen wieder auf. Seit Jahren hatte ich nicht mehr so gut geschlafen.

47

Cully traf seine letzten Vorbereitungen, um Gronevelt zu entthronen, aber er betrachtete sich nicht als Verräter. Gronevelt würde keinen Grund zur Klage haben; für seinen Anteil am Hotel würde er viel Geld bekommen, und er würde auch seine Suite weiterhin bewohnen dürfen. Es würde alles so weitergehen wie bisher, nur daß Gronevelt keine Macht mehr ausüben würde. Der „Bleistift" würde ihm natürlich bleiben. Er hatte immer noch viele Freunde, die ins Xanadu kamen, um zu spielen. Doch da Gronevelt als ihr Gastgeber auftrat, würde das eine sehr einträgliche Art der Gastfreundschaft darstellen.

Cully dachte, daß er das nie getan haben würde, wenn Gronevelt nicht einen Schlaganfall erlitten hätte. Seit diesem Schlaganfall war es mit dem Xanadu bergab gegangen; Gronevelt hatte einfach nicht mehr die Kraft durchzugreifen und, wenn nötig, die richtigen Entscheidungen zu treffen.

Trotzdem wurde Cully von Schuldgefühlen geplagt. Er erinnerte sich an die Jahre, die er mit Gronevelt verbracht hatte. Gronevelt war wie ein Vater zu ihm gewesen. Gronevelt hatte ihm den Aufstieg zur Macht ermöglicht. Er hatte viele glückliche Stunden mit Gronevelt verlebt, hatte seinen Geschichten zugehört und mit ihm zusammen die Rundgänge durch das Casino gemacht. Es war eine schöne Zeit gewesen. Er hatte sogar Carole, die schöne „Charlie Brown", Gronevelt als erstem überlassen. Und einen Augenblick lang fragte er sich, wo Charlie Brown jetzt wohl war, warum sie mit Osano durchgebrannt war, und dann erinnerte er sich, wie er sie kennengelernt hatte.

Immer schon hatte Cully Gronevelt gern auf seinen Rundgängen durch das Casino begleitet. Gronevelt machte diese Runden gewöhnlich um Mitternacht – nach einem Abendessen mit Freunden oder nach einem intimen Dinner mit einem Mädchen in seiner Suite. Dann kam Gronevelt in das Casino hinunter und hielt Nachschau in seinem Reich. Er suchte nach Hinweisen auf betrügerische Manöver, nach Gaunern und Falschspielern, die allesamt darauf aus waren, seinen Gott, den Gott der Prozentchancen, vom Sockel zu stürzen.

Cully ging neben ihm her, und es entging ihm nicht, daß Gronevelt rüstiger und aufrechter durch die Säle zu schreiten schien, daß seine Wangen sich röteten, so als ob er durch den mit Teppichen belegten Fußboden des Casinos neue Kräfte empfinge.

Eines Nachts hörte Gronevelt, wie ein Spieler den Würfelcroupier nach der Uhrzeit fragte. Der Croupier warf einen Blick auf seine Armbanduhr und sagte: „Ich weiß es nicht, sie ist stehengeblieben."

Gronevelt war sofort hellwach. Er musterte den Croupier. Der Mann hatte eine Armbanduhr mit schwarzem Ziffernblatt, sehr groß, sehr männlich, mit Datum und Sekundenzeiger, und Gronevelt sagte: „Lassen Sie mich die Uhr sehen."

Der Croupier blickte erstaunt auf und streckte dann den Arm aus. Gronevelt hielt die Hand des Croupiers in der seinen, betrachtete die Uhr und nahm sie ihm dann mit der Fingerfertigkeit des geborenen Kartenspielers vom Handgelenk. Er lächelte den Croupier an. „Ich hebe sie Ihnen oben in meinem Büro auf", sagte er. „In einer Stunde können Sie sie holen kommen, oder Sie sind aus diesem Casino verschwunden. Wenn Sie sich sie holen kommen, werde ich mich bei Ihnen entschuldigen. Mit einem Bonus von 500 Dollar." Er steckte die Uhr in die Tasche und wandte sich ab.

Oben dann in seiner Suite hatte Gronevelt Cully gezeigt, wie die Uhr funktionierte. Sie war hohl und hatte einen Schlitz, durch den man einen Jeton stecken konnte. Mit einigen kleinen Instrumenten aus seiner Schreibtischlade nahm Gronevelt die Uhr schnell auseinander; als sie offen war, fiel ein goldgesprenkelter schwarzer Hundert-Dollar-Jeton heraus.

„Ich wüßte gern, ob er die Uhr nur für sich selbst benützte oder sie an andere verliehen hat", sagte Gronevelt sinnend. „Die Idee ist nicht schlecht. Aber das sind doch nur kleine Fische. Was kann er schon in einer Schicht damit verdienen? Dreihundert, vierhundert Dollar." Gronevelt schüttelte den Kopf. „Ich wollte, es wären alle so wie er. Dann brauchte ich mir keine Sorgen zu machen."

Cully ging wieder ins Casino hinunter. Der Pit-Boss meldete ihm, daß der Croupier gekündigt und das Hotel bereits verlassen habe.

In dieser Nacht lernte Cully „Charlie Brown" kennen. Er sah sie am Roulettetisch. Ein hübsches, schlankes blondes Mädchen mit einem so unschuldigen und jungen Gesicht, daß er sich fragte, ob sie schon das gesetzlich festgelegte Alter erreicht hatte, um überhaupt spielen zu dürfen. Sie war gut angezogen, sexy, aber nicht eben elegant, und er nahm an, daß sie nicht aus New York oder Los Angeles käme, sondern aus einer Stadt im mittleren Westen.

Cully beobachtete sie, während sie Roulette spielte, und als sie dann zu einem der Blackjack-Tische hinüberwanderte, folgte er ihr. Er stellte sich hinter den Dealer. Er sah, daß sie die Prozentchancen beim Blackjack nicht zu nützen verstand, und begann ein Gespräch mit ihr. Er sagte ihr, wann sie weitergehen und wann sie bei ihren Karten bleiben sollte. Sie fing an zu gewinnen, und ihre Jetonhäufchen wuchsen. Sie bestärkte ihn in seinen Absichten, als er sie fragte, ob sie allein in der Stadt wäre. Nein, sagte sie, sie wäre mit einer Freundin gekommen.

Cully gab ihr seine Visitenkarte. „Vizepräsident Xanadu Hotel" stand darauf zu lesen. „Wenn Sie etwas brauchen", sagte er, „rufen Sie mich einfach an. Hätten Sie Lust, heute abend unsere Show zu sehen und – als mein Gast – das Dinner einzunehmen?"

„Das wäre herrlich", sagte das Mädchen. „Könnte auch meine Freundin mitkommen?"

„Okay", sagte Cully. Er schrieb etwas auf die Visitenkarte. „Zeigen Sie das dem Oberkellner vor der Dinner-Show. Wenn Sie sonst etwas brauchen, rufen Sie mich an." Dann entfernte er sich.

Und tatsächlich wurde er gleich nach der Dinner-Show ans Telefon gerufen. Er nahm den Hörer ab und hörte die Stimme des Mädchens.

„Hier spricht Carole", meldete sie sich.

„Ich habe Ihre Stimme sofort erkannt, Carole", sagte Cully. „Das Mädchen am Blackjack-Tisch."

„Stimmt", sagte sie. „Ich wollte Ihnen nur danken. Es war wunderschön."

„Freut mich", sagte Cully. „Und wenn Sie wiederkommen, rufen Sie mich bitte an, und ich werde gerne alles für Sie tun, was ich kann. Wenn Sie zum Beispiel kein Zimmer bekommen, brauchen Sie mich nur anzurufen, und ich bringe das in Ordnung."

„Vielen Dank", sagte Carole. Ihre Stimme klang ein wenig enttäuscht.

„Augenblick mal", sagte Cully. „Wann reisen Sie ab?"

„Morgen früh", antwortete Carole.

„Darf ich Sie und Ihre Freundin zu einem Abschiedstrunk einladen?“ sagte Cully. „Es wäre mir ein Vergnügen.“

„Das wäre herrlich“, antwortete das Mädchen.

„Na fein“, sagte Cully. „Ich erwarte Sie beim Bakkarat-Tisch.“

Auch Caroles Freundin war ein hübsches Mädchen. Sie hatte dunkelbraunes Haar, volle Brüste und war ein wenig konservativer gekleidet als ihre Gefährtin. Cully überstürzte nichts. Er führte sie in die Casino-Bar, bestellte Drinks, erfuhr, daß sie aus Salt Lake City kamen und, obwohl sie noch keine Arbeit gefunden hatten, als Modelle Karriere zu machen hofften.

„Vielleicht kann ich etwas für euch tun“, sagte Cully. „In Los Angeles habe ich Freunde in der Werbebranche, und vielleicht können sie euch beiden zu einem Start verhelfen. Rufen Sie mich Mitte nächster Woche an. Ich bin sicher, daß ich etwas für euch beide habe, hier oder in Los Angeles.“

Und dabei beließen sie es in dieser Nacht.

Als Carole ihn nächste Woche anrief, gab er ihr die Telefonnummer einer Modellagentur in Los Angeles, wo er einen Freund sitzen hatte, und sagte ihr, daß sie dort fast sicher Arbeit finden würde. Sie erwähnte, daß sie am kommenden Wochenende nach Las Vegas kommen würde, und Cully sagte: „Warum steigen Sie nicht bei uns ab? Ich erledige das. Es kostet Sie keinen Penny!“

Carole war erfreut.

An diesem Wochenende klärten sich die Verhältnisse. Als Carole eintraf, wurde Cully von der Rezeption verständigt. Er vergewisserte sich, daß man Blumen und Obst in ihr Zimmer gebracht hatte. Dann rief er sie an und fragte, ob sie mit ihm zu Abend essen wolle. Sie war entzückt. Nach dem Dinner führte er sie in eine der Shows am Strip und anschließend in einige andere Casinos. Er erklärte ihr, daß er als Angestellter im Xanadu nicht spielen dürfe. Er gab ihr 100 Dollar, um damit Blackjack und Roulette zu spielen. Sie quietschte vor Begeisterung. Er beobachtete sie scharf. Sie versuchte nicht, Jetons in ihre Handtasche zu praktizieren, und das bedeutete, daß sie ein anständiges Mädchen war. Er stellte mit Befriedigung fest, daß sie beeindruckt war von der Art, wie der Empfangschef im Hotel und die Pit-Bosse in den Casinos ihn begrüßten. Als der Abend zu Ende ging, mußte Carole wissen, daß er ein sehr bedeutender Mann in Las Vegas war. Sie kamen ins Xanadu zurück, und Cully fragte sie: „Würden Sie sehen wollen, wie die Suite eines Vizepräsidenten aussieht?“

Sie lachte unschuldig. „Klar“, sagte sie. Und als sie oben waren, zeigte sie sich geziemend begeistert und ließ sich dann, Erschöpfung mimend, auf das Sofa fallen. „Mann", meinte sie, „Vegas ist so ganz anders als Salt Lake City."

„Haben Sie schon einmal daran gedacht, in Las Vegas zu bleiben?" fragte Cully. „Ein Mädchen, das so schön ist wie Sie, könnte hier ein herrliches Leben führen. Ich würde Sie mit den besten Leuten bekannt machen."

„Das würden Sie tun?" fragte Carole.

„Aber sicher. Jeder würde gern eine Frau kennenlernen, die so schön ist wie Sie."

„Ah, ah", machte sie, „ich bin nicht schön."

„Sicher sind Sie das, und das wissen Sie auch", gab Cully zurück.

Mittlerweile saß er schon neben ihr auf dem Sofa und legte eine Hand auf ihren Magen, beugte sich hinüber und küßte sie auf den Mund. Ihre Lippen schmeckten süß, und während er sie küßte, ließ er seine Hand in ihre Bluse gleiten. Sie leistete keinen Widerstand. Sie erwiderte seinen Kuß, und Cully, der an den teuren Überwurf des Sofas dachte, schlug vor: „Gehen wir ins Schlafzimmer."

„Okay", sagte sie, und Hand in Hand gingen sie ins Schlafzimmer. Cully entkleidete sie. Sie hatte einen der schönsten Körper, die er je gesehen hatte. Milchweiß. Ein Flausch unter dem Nabel, goldblond wie ihr Haar, und als er den BH öffnete, sprangen ihm ihre Brüste entgegen. Und sie war nicht scheu. Als Cully sich auszog, ließ sie ihre Hände über seinen Bauch und seine Schenkel gleiten und lehnte ihr Gesicht an seinen Magen. Er drückte ihren Kopf nach unten und ermutigte sie auf diese Weise, zu tun, was zu tun sie sich wünschte. Er ließ sie eine kleine Weile gewähren; dann nahm er sie ins Bett.

Sie liebten sich, und als es vorbei war, schlang sie die Arme um seine Brust, barg ihr Gesicht an seinem Hals und seufzte beglückt. Sie ruhten sich aus, und Cully dachte nach und schätzte kritisch ihre Reize ab. Ja, sie sah phantastisch aus, sie war kein schlechter Fick und eine passable Schwanzlutscherin, aber so toll nun wieder auch nicht. Er würde ihr eine Menge beibringen müssen, und nun begann er zu überlegen. Sie war wirklich eine der schönsten Frauen, die er je gesehen hatte, und ihr unschuldsvolles Gesicht hob die Üppigkeit ihres schlanken Körpers noch hervor. Sie sah schmächtig aus, wenn sie angekleidet war; nackt bot sie eine köstliche Überraschung. Sie war, dachte Cully, im klassischen Sinn wollüstig. Die beste Figur, die er je gesehen hatte, und, wenngleich keine Jungfrau mehr, unerfahren und noch nicht zynisch.

Und da hatte Cully nun eine Eingebung. Er würde dieses Mädchen als Waffe gebrauchen, als eines seiner Werkzeuge, um seine Macht zu festigen. Es gab Hunderte von gutaussehenden Mädchen in Vegas. Aber sie waren entweder zu dumm oder zu plump oder sie hatten nicht die richtigen Berater. Er würde etwas Besonderes aus ihr machen. Keine Hure. Nie würde er ein Zuhälter sein. Nie würde er einen Penny von ihr nehmen. Er würde sie zur Traumfrau jedes Spielers machen, der nach Vegas kam. Aber zuerst mußte er sich natürlich in sie verlieben und das Nötige tun, damit sie sich in ihn verliebte. Und erst wenn dieses Stadium erreicht war, konnte er mit ihr ins Geschäft kommen.

Carole kehrte nie mehr nach Salt Lake City zurück. Sie wurde Cullys Geliebte und lungerte in seiner Suite herum, obwohl sie in einem Appartementhaus in der Nähe des Hotels wohnte. Cully ließ sie Tennisstunden und Tanzstunden nehmen. Er engagierte eines der elegantesten Revuegirls aus dem Xanadu, das sie lehrte, sich gut anzuziehen und richtig zu schminken. Er verschaffte ihr Arbeit als Modell in Los Angeles und spielte den Eifersüchtigen. Er erkundigte sich, wie sie ihre Nächte in Los Angeles verbrachte, wenn sie über Nacht bleiben mußte, und fragte sie über ihre Beziehungen zu den Fotografen der Agentur aus.

Carole bedeckte ihn mit Küssen. „Schätzchen“, beteuerte sie, „ich könnte jetzt mit keinem anderen ins Bett gehen als mit dir.“

Soweit er feststellen konnte, war sie aufrichtig. Er hätte sie beobachten lassen können, aber es war nicht so wichtig. Er ließ die Affäre drei Monate lang laufen, und eines Abends, als sie in seiner Suite war, sagte er zu ihr: „Gronevelt fühlt sich heute wirklich elend. Er hat eine schlechte Nachricht bekommen. Ich habe ihn eingeladen, zu einem Drink zu uns herunterzukommen, aber er sitzt ganz allein oben in seiner Suite.“ In der Hotelhalle hatte Carole Gronevelt einmal kennengelernt und auch schon mit ihm und Cully zu Abend gegessen. In seiner weltgewandten Art war Gronevelt reizend zu ihr gewesen. Carole konnte ihn gut leiden.

„Oh, wie traurig“, sagte Carole.

Cully lächelte. „Ich weiß, es heitert ihn auf, wenn er dich nur sieht. Du bist schön. Es gibt keinen Mann, der sich nicht in dein unschuldsvolles Gesicht verlieben würde.“ Und so war es wirklich. In einem mit winzigen Sommersprossen übersäten Gesicht lagen die Augen weit auseinander. Sie sah zum Anbeißen süß aus.

Ihr blondes lohfarbenes Haar war stets zerzaust wie das eines Kindes.

„Weißt du, wie du aussiehst? Wie Charlie Brown, der Junge in diesen Comicstrips", sagte Cully. Und „Charlie Brown" wurde ihr Spitzname in Vegas. Sie war begeistert davon.

„Ältere Herren haben mich immer gemocht", vertraute sie Cully an. „Einige Freunde meines Vaters waren hinter mir her."

„Kann ich mir vorstellen", sagte Cully. „Und wie hast du darauf reagiert?"

„Ach, ich war ihnen nicht böse. Ich fühlte mich sogar geschmeichelt, und meinem Vater habe ich nie etwas erzählt. Sie waren wirklich nett. Sie haben mir immer Geschenke gebracht und wurden nie richtig aufdringlich."

„Ich habe eine Idee", sagte Cully. „Was hältst du davon, wenn ich Gronevelt anrufe und du gehst zu ihm hinauf und leistest ihm Gesellschaft? Ich habe einiges im Casino unten zu erledigen. Versuch doch, ihn aufzuheitern." Er lächelte, und sie sah ihn mit ernster Miene an.

„Okay", sagte sie. Cully gab ihr einen väterlichen Kuß. „Du weißt doch, was ich meine, nicht wahr?"

„Ich weiß, was du meinst."

Und während er in ihr engelsgleiches Gesicht blickte, hatte er sekundenlang das Gefühl, eine Schuld auf sich zu laden. Doch dann erhellte ein strahlendes Lächeln ihre Züge. „Ich habe nichts dagegen", sagte sie, „wirklich nicht, und ich mag ihn gut leiden. Aber bist du auch sicher, daß er mich haben will?"

In diesem Augenblick wußte Cully, daß er gewonnenes Spiel hatte. „Mach dir keine Sorgen, Schätzchen", erwiderte er. „Geh nur zu ihm hinauf, und ich rufe ihn an. Er wird dich schon erwarten, und sei du nur, wie du immer bist. Er wird bezaubert sein von dir. Glaub mir." Und während er das sagte, griff er nach dem Telefon.

Er rief Gronevelt an. „Wenn Sie meinen, daß sie heraufkommen möchte, selbstverständlich gern", sagte Gronevelt in amüsiertem Ton. „Sie ist ein reizendes Mädchen."

Cully legte den Hörer auf. „Komm, Süße", sagte er. „Ich bringe dich hinauf."

Sie fuhren zu Gronevelt hinauf. Cully stellte sie als Charlie Brown vor und sah sofort, daß Gronevelt von dem neuen Namen entzückt war. Cully mixte die Drinks, und dann saßen sie eine Weile herum und plauderten. Nach einer Weile entschuldigte sich

Cully, sagte, er habe noch einiges im Casino zu tun, und ließ sie allein.

In dieser Nacht bekam er Charlie Brown nicht zu Gesicht und wußte, daß sie sie mit Gronevelt verbracht hatte. Als er Gronevelt am nächsten Tag sah, fragte er: „War sie okay?"

„Sie war wunderbar", antwortete Gronevelt. „Ein reizendes, ein wirklich reizendes Mädchen. Ein süßes Ding. Ich versuchte ihr etwas Geld zu geben, aber sie wollte nichts nehmen."

„Naja", meinte Cully. „Sie ist noch jung, noch ein bißchen unerfahren. Waren Sie mit ihr zufrieden?"

„Sie war nett", sagte Gronevelt.

„Soll ich es so einrichten, daß sie immer zu Ihnen kommt, wenn Sie sie sehen wollen?"

„O nein", entgegnete Gronevelt. „Sie ist ein bißchen zu jung für mich. Ich empfinde ein gewisses Unbehagen mit so jungen Mädchen, insbesondere dann, wenn sie kein Geld nehmen. Seien Sie doch so nett und kaufen Sie ihr ein Geschenk für mich im Juwelierladen."

Als Cully in sein Büro zurückkam, rief er Charlie Brown in ihrer Wohnung an. „Hast du dich nett unterhalten?" fragte er.

„Oh, er war wunderbar", antwortete Charlie Brown. „Er ist wirklich ein Gentleman."

Die Antwort gab Cully zu denken. „Was meinst du damit, daß er ein Gentleman ist? Habt ihr denn nicht miteinander . . ."

„Aber sicher haben wir", sagte Charlie Brown. „Er war großartig. Man würde gar nicht glauben, daß so ein alter Mann noch so großartig sein kann. Ich werde ihn gern aufheitern, wann immer er will."

Cully verabredete sich zum Abendessen mit ihr, und als er den Hörer auflegte, lehnte er sich in seinem Sessel zurück und versuchte die Sache durchzudenken. Er hatte gehofft, Gronevelt würde sich verlieben und er könnte sie als Waffe gegen ihn einsetzen. Aber irgendwie hatte Gronevelt das gespürt. Es gab keine Möglichkeit, durch eine Frau an Gronevelt heranzukommen. Er hatte schon zu viele gehabt. Er hatte schon zu viele Käufliche gehabt. Der Begriff Tugend war ihm fremd geworden, und darum konnte er sich nicht mehr verlieben. Er konnte sich nicht in die Lust vernarren, denn sie fiel ihm zu leicht. „Gegenüber Frauen hat man die Prozentchancen nicht auf seiner Seite", predigte Gronevelt. „Man sollte nie auf seinen Vorteil verzichten."

Na schön, dachte Cully, bei Gronevelt also nicht, aber es gab genügend andere wichtige Leute in Las Vegas, die er mittels Charlie zu Fall bringen konnte. Erst hatte er geglaubt, Gronevelt habe abgewunken, weil es Charlie an Technik und Geschicklichkeit mangelte. Sie war schließlich noch ein junges Mädchen und keine Expertin. Aber in den letzten Monaten hatte Cully ihr einiges beigebracht, sie war jetzt viel besser als in jener ersten Nacht. Okay. Mit Gronevelt war nichts zu machen, obwohl er das ideale Objekt gewesen wäre; nun würde Cully sie also ganz allgemein zum Einsatz bringen. Er entschloß sich, sie „herauszustellen". Er richtete es ein, daß sie die Wochenenden mit den kapitalkräftigsten Spielern verbrachte, die nach Vegas kamen, und ermahnte sie, kein Geld von ihnen zu nehmen und nicht immer gleich mit ihnen ins Bett zu gehen. Er setzte ihr seine Überlegungen auseinander. „Du hängst dich an einen reichen Pinkel. An einen, der sich in dich verliebt, eine Menge Geld für dich ausgibt und dir eine Menge Geschenke kauft. Aber das tut er nicht, wenn er glaubt, er bräuchte nur ein paar Hunderter hinzulegen, um dich ins Bett zu bekommen. Du mußt die Rolle eines zurückhaltenden Flittchens spielen. Es wäre gar keine schlechte Idee, dich nicht gleich in der ersten Nacht bumsen zu lassen. Es schadet nichts, ein bißchen altmodisch zu sein. Und wenn du es tust, mußt du ihn glauben machen, daß du seinem Charme erlegen bist."

Es überraschte ihn nicht, daß sich Charlie stets mit allem einverstanden erklärte. Schon in der ersten Nacht hatte er an ihr jenen Masochismus entdeckt, der oft bei Frauen zu finden ist. Er kannte diese Einstellung. Das Fehlen jeden Selbstbewußtseins, der Wunsch, jemandem gefällig zu sein, von dem sie annahmen, daß er sie aufrichtig liebte. Das war natürlich ein Zuhältertrick, und Cully war kein Zuhälter, er tat alles nur zu ihrem Besten.

Charlie Brown hatte auch noch eine andere Tugend. Cully hatte noch nie einen Menschen gekannt, der soviel essen konnte. Cully war fassungslos gewesen, als sie sich das erste Mal so richtig gehenließ. Sie hatte ein Steak mit Bratkartoffeln verzehrt, einen Hummer mit Pommes frites, Torte, Eiscreme und dann noch die Reste auf Cullys Teller verputzt. Er rühmte ihre Eßgewohnheiten, und von ihren reichen Verehrern waren einige von ihren Leistungen auf diesem Sektor sehr beeindruckt. Es machte ihnen Freude, sie zum Essen auszuführen und zuzusehen, wie sie ungeheure Mengen an Speisen hinunterschlang, die ihr nie irgendwelche Beschwerden zu verursachen, ihren Hunger zu dämpfen oder ihrer Figur auch nur ein Zoll Fett hinzuzufügen schienen.

Charlie erwarb einen Wagen und einige Reitpferde. Sie kaufte das Haus, in dem sie eine Wohnung gemietet hatte, und sie gab ihr Geld Cully, der es für sie auf einer Bank deponierte. Cully eröffnete ein eigenes Pflegschaftskonto für sie und stellte ihr seinen Steuerberater zur Verfügung. Er führte sie als Angestellte auf der Lohnliste des Casinos, um ihr die Möglichkeit zu geben, eine Einkommensquelle nachzuweisen. Er nahm nie auch nur einen Penny von ihr. Aber in wenigen Jahren gab es in Vegas kaum einen bedeutenden Casinodirektor und nur wenige Hotelbesitzer, die sie nicht gefickt hatten. Sie bumste mit den großen Spielern aus Texas, New York und Kalifornien, und Cully dachte daran, sie Fummiro zuzuführen. Doch als er Gronevelt darauf ansprach, sagte dieser, ohne seine Gründe zu nennen: „Nein, nicht mit Fummiro!"

Cully fragte ihn, warum, und Gronevelts Antwort lautete: „Das Mädchen ist mir ein bißchen zu vielseitig. Für die ganz großen Spieler ist sie zu riskant." Und Cully akzeptierte dieses Urteil.

Seinen größten Coup mit Charlie Brown landete Cully, als er sie mit Brianca, einem Richter am Bundesgericht in Las Vegas, zusammenspannte. Cully arrangierte das Rendezvous. Charlie wartete in einem Zimmer des Hotels, der Richter kam durch den Hintereingang in Cullys Suite und gelangte von dort in Charlies Zimmer. Richter Brianca erschien zuverlässig jede Woche. Und als Cully begann, ihn um Gefälligkeiten zu bitten, wußten beide, was im Busch steckte.

Cully wiederholte diese Kombination mit einem Mitglied der Gaming Commission, und es war Charlies besonderen Qualitäten zu danken, ihrer unschuldsvollen Zärtlichkeit, ihrem phantastischen Körper, daß alles reibungslos funktionierte. Sie war sehr amüsant.

Sie begleitete Richter Brianca, wenn er zum Angeln fuhr. Einige Bankiers nahmen sie auf Geschäftsreisen mit, um sie zu vögeln, wenn sie gerade nichts zu tun hatten. Hatten sie etwas zu tun, dann ging Charlie einkaufen, waren sie geil, vögelten sie sie. Es war nicht nötig, sie mit zärtlichen Worten zu verführen, und Geld nahm sie nur zum Einkaufen. Sie besaß die Gabe, die Männer glauben zu machen, daß sie in sie verliebt sei, sich in ihrer Gesellschaft äußerst wohl fühle und gern mit ihnen ins Bett gehe. Sie stellte keine Forderungen an sie. Die Herren hatten nichts weiter zu tun, als sie oder Cully anzurufen.

Charlie hatte nur einen Fehler. In ihren eigenen vier Wänden war sie eine Schlampe. Mittlerweile war ihre Freundin Sarah aus

Salt Lake City zu ihr gezogen, und nach einer gewissen Lehrzeit hatte Cully auch sie „herausgestellt". Wenn er die Mädchen in ihrer Wohnung besuchte, war er bisweilen von der herrschenden Unordnung angewidert, und als er einmal einen Blick in die Küche warf, wurde er so wütend, daß er sie beide aus dem Bett warf und sie nötigte, das Geschirr zu waschen und neue Gardinen aufzuhängen. Die Mädchen taten nur widerwillig, wie ihnen geheißen, doch als er sie abends zum Essen ausführte, waren sie wieder so guter Dinge, daß sie schließlich zu dritt die Nacht in Cullys Suite verbrachten.

Charlie Brown war das Traumgirl von Las Vegas, doch gerade als Cully sie am dringendsten gebraucht hätte, verschwand sie eines Tages mit Osano. Cully konnte das nie verstehen. Als sie zurückkam, schien sie unverändert, aber Cully wußte, falls Osano sie jemals rufen sollte, würde sie Vegas verlassen.

Cully war lange Zeit Gronevelts getreue rechte Hand gewesen. Dann fing er an, mit dem Gedanken zu spielen, Gronevelts Platz einzunehmen.

Die Saat des Verrats wurde in Cullys Kopf gesät, als man ihn nötigte, zehn Anteile am Hotel Xanadu und dem Casino zu erwerben.

Er war zu einer Besprechung in Gronevelts Suite gebeten worden, wo er Johnny Santadio kennenlernte. Santadio war ein Mann von etwa vierzig Jahren, schlicht, aber elegant im englischen Stil gekleidet. Seine Haltung war aufrecht und soldatisch. Er hatte vier Jahre in Westpoint studiert. Sein Vater, einer der großen Mafiabosse in New York, hatte seinen politischen Einfluß geltend gemacht, um die Zulassung seines Sohnes Johnny an die Militärakademie zu erwirken.

Vater und Sohn waren Patrioten. So lange, bis der Vater sich gezwungen sah unterzutauchen, um sich einer unter Strafandrohung gegen ihn ergangenen Vorladung des Kongresses zu entziehen. Das FBI hatte ihn aus seinem Versteck gelockt, indem es seinen Sohn als Geisel festhielt und verlauten ließ, daß der Sohn so lange belästigt werden würde, bis der Vater der Vorladung nachkäme. Der alte Santadio war daraufhin vor einem Kongreßausschuß erschienen, Johnny aber hatte Westpoint verlassen.

Johnny Santadio war nie eines Verbrechens angeklagt oder für schuldig erklärt worden. Er war nie auch nur verhaftet worden.

Und nur weil er seines Vaters Sohn war, hatte ihm die Gaming Commission von Nevada die Genehmigung versagt, Anteile am Xanadu-Hotel zu erwerben.

Cully war von Santadio beeindruckt. Er war ein ruhiger Mann, führte eine gewählte Sprache und hätte ohne weiteres ein Musterstudent aus einer gediegenen alten New-Yorker Familie sein können. Er sah nicht einmal italienisch aus. Sie waren zu dritt im Zimmer. Gronevelt eröffnete das Gespräch, indem er Cully fragte: „Würden Sie gerne Anteile an unserem Hotel besitzen?"

„Natürlich", antwortete Cully. „Ich würde Ihnen eine Gutschrift geben."

Johnny Santadio lächelte. Es war ein sanftes, fast zärtliches Lächeln. „Gronevelt hat mir von Ihnen erzählt", sagte er. „Und Ihnen ein so gutes Zeugnis ausgestellt, daß ich das Geld für Ihre Anteile einzahlen werde."

Cully verstand. Er würde die Anteile nur als Strohmann für Santadio in Besitz nehmen. „Das geht in Ordnung", sagte er.

„Sind Sie sauber genug, um von der Gaming Commission eine Genehmigung zu bekommen?" fragte Santadio.

„Sicher", antwortete Cully. „Es sei denn, es gibt ein Gesetz, das das Bumsen verbietet."

Diesmal lächelte Santadio nicht. Er wartete, bis Cully ausgesprochen hatte, und sagte dann: „Ich werde Ihnen das Geld für die Anteile vorstrecken. Sie werden mir einen Schuldschein über den Betrag unterschreiben, den ich einzahle. Auf diesem Schuldschein wird vermerkt sein, daß Sie sechs Prozent Zinsen zahlen, und die werden Sie zahlen. Aber ich gebe Ihnen mein Wort, daß Sie nichts dabei verlieren werden, wenn Sie diese Zinsen zahlen. Haben Sie mich verstanden?"

„Na sicher", nickte Cully.

„Was wir hier machen, ist eine völlig legale Transaktion", sagte Gronevelt. „Das möchte ich klarstellen, Cully. Aber es darf niemand wissen, daß Mr. Santadio Ihren Schuldschein besitzt. Die Gaming Commission könnte das zum Anlaß nehmen, Ihre Genehmigung zu streichen."

„Das verstehe ich", sagte Cully. „Aber wie schaut die Sache aus, wenn mir etwas passiert? Wenn ich bei einem Autounfall ums Leben komme oder mit einem Flugzeug abstürze? Haben Sie sich das überlegt? Wie kommt Santadio dann zu seinen Anteilen?"

Gronevelt lächelte, klopfte ihm auf den Rücken und sagte: „War ich nicht immer wie ein Vater zu Ihnen?"

„Das waren Sie wirklich", sagte Cully aufrichtig. Es war auch seine ehrliche Überzeugung. Und diese Aufrichtigkeit trat in seiner Stimme zutage, und er sah, daß Gronevelt mit seiner Antwort zufrieden war.

„Also", sagte Gronevelt, „dann schreiben Sie Ihr Testament und hinterlassen Sie mir die Anteile in Ihrem Letzten Willen. Wenn Ihnen etwas zustoßen sollte, weiß Santadio, daß er die Anteile oder sein Geld von mir zurückbekommt. Ist dir das so recht, Johnny?"

Johnny Santadio nickte. Und wandte sich dann ganz beiläufig an Cully: „Wissen Sie eine Möglichkeit, wie ich zu einer Genehmigung kommen könnte? Kann die Gaming Commission mir trotz meines Vaters eine ausstellen?"

Cully begriff. Gronevelt mußte Santadio erzählt haben, daß er eines der Mitglieder der Kommission in der Tasche hatte. „Eine harte Sache", antwortete er. „Es würde lange dauern, und es würde viel Geld kosten."

„Wie lange?" fragte Santadio.

„Ein paar Jahre. Ich habe Sie doch richtig verstanden, daß Sie eine Genehmigung auf Ihren Namen haben möchten?"

„Stimmt genau", bestätigte Santadio.

„Wird die Gaming Commission etwas finden, wenn sie Erkundigungen über Sie einzieht?" wollte Cully wissen.

„Nichts – von der Tatsache abgesehen, daß ich meines Vaters Sohn bin", erwiderte Santadio. „Und eine Menge Gerüchte und Berichte in den Akten des FBI und der New-Yorker Polizei. Aber nur das. Keine Beweise."

„Das würde der Gaming Commission reichen, um Sie abzulehnen", bemerkte Cully.

„Ich weiß", sagte Santadio. „Darum brauche ich Ihre Hilfe."

„Ich werde es versuchen", versprach Cully.

„Sehr schön", sagte Gronevelt. „Sie können zu meinem Anwalt gehen, Cully, um Ihr Testament zu machen. Ich bekomme dann eine Abschrift. Den Rest erledigen Mr. Santadio und ich."

Santadio schüttelte Cully die Hand, und Cully verließ das Zimmer.

Ein Jahr darauf erlitt Gronevelt seinen Schlaganfall. Während er im Krankenhaus lag, kam Santadio nach Vegas und sprach mit Cully. Cully versicherte ihm, daß Gronevelt sich erholen würde und daß er nach wie vor hinter der Gaming Commission her sei.

Und dann sagte Santadio: „Sie wissen ja, daß die zehn Prozent, die Sie halten, nicht mein einziges Interesse am Casino darstellen. Ich habe einige Freunde, die Aktionäre des Hotels sind. Wir machen uns Sorgen, ob Gronevelt nach dem Schlaganfall das Hotel weiterführen kann. Verstehen Sie mich bitte nicht falsch. Ich habe die größte Achtung vor Gronevelt. Wenn er das Hotel führen kann, ist alles bestens, aber wenn nicht, wenn es mit dem Betrieb bergab geht, möchte ich, daß Sie mich das wissen lassen."

In diesem Augenblick mußte Cully sich entscheiden, ob er Gronevelt bis zum Ende treu oder auf seine eigene Zukunft bedacht sein wollte. Er ließ sich von seinem Instinkt leiten. „Das werde ich tun", sagte er. „Und nicht nur in Ihrem oder in meinem Interesse, sondern auch für Mr. Gronevelt."

Santadio lächelte. „Gronevelt ist ein feiner Kerl. Wenn für ihn etwas getan werden kann, möchte ich es für ihn tun. Das ist selbstverständlich. Aber wir haben alle nichts davon, wenn das Hotel in die Binsen geht."

„Sie haben recht", sagte Cully. „Ich werde Sie auf dem laufenden halten."

Als Gronevelt aus dem Krankenhaus kam, schien er völlig genesen zu sein, und Cully erhielt wieder seine Anweisungen von ihm. Aber nach sechs Monaten sah er, daß Gronevelt nicht die Kraft hatte, das Hotel und das Casino zu führen, und das berichtete er Johnny Santadio.

Santadio kam zu einer Besprechung und fragte Gronevelt, ob er daran denke, seinen Anteil am Hotel zu verkaufen und die Leitung des Unternehmens abzugeben.

Der recht gebrechlich wirkende Gronevelt saß still in seinem Lehnsessel und musterte Cully und Santadio. „Ich verstehe, was du meinst", sagte er zu Santadio. „Aber ich glaube, ich kann meine Arbeit noch tun, wenn du mir ein bißchen Zeit läßt. Ich mache dir einen Vorschlag. Wenn es mir in sechs Monaten nicht besser geht, werde ich tun, was dir ratsam erscheint, und natürlich werde ich dir meinen Anteil als erstem anbieten. Bist du damit einverstanden, Johnny?"

„Selbstverständlich", antwortete Santadio. „Du weißt, daß ich dir mehr vertraue als jedem Menschen, den ich kenne, und daß ich deine Tüchtigkeit sehr schätze. Wenn du sagst, daß du es in sechs Monaten schaffen kannst, glaube ich dir, ebenso glaube ich dir, daß du in sechs Monaten aufhörst, wenn du es nicht schaffen kannst. Die Entscheidung liegt allein bei dir."

Und so endete die Besprechung. Doch als Cully Santadio am Abend zum Flugplatz hinausfuhr, sagte Santadio: „Verfolgen Sie die Entwicklung. Halten Sie mich auf dem laufenden. Wenn sein Zustand sich verschlechtern sollte, müssen wir handeln."

Doch nun mußte Cully leisetreten, denn in den folgenden Monaten besserte sich Gronevelts Zustand, und er bekam den Betrieb besser in den Griff. In Cullys Berichten an Santadio war davon nichts zu lesen. Und schließlich empfahl er Santadio, Gronevelt seiner Stellung zu entkleiden.

Nur einen Monat später wurde Santadios Neffe, ein Pit-Boss in einem der Hotels am Strip, wegen Steuerhinterziehung und Unterschlagung vor ein Geschworenengericht gestellt. Santadio kam nach Vegas, um mit Gronevelt zu konferieren. Es sollten Hilfsmaßnahmen für den Neffen besprochen werden, doch Santadio steuerte einen anderen Kurs.

„Du hast noch drei Monate Zeit", sagte er zu Gronevelt. „Hast du dich schon entschlossen, ob du mir deinen Anteil verkaufen willst?"

Gronevelt ließ seinen Blick auf Cully ruhen, und es fiel Cully auf, daß der alte Mann ein bißchen traurig und ein bißchen müde aussah. Und dann wandte Gronevelt sich Santadio zu und fragte: „Was meinst du?"

„Ich mache mir Sorgen über deine Gesundheit", antwortete Santadio, „und über das Hotel. Vielleicht ist der Betrieb doch etwas zuviel für dich."

Gronevelt seufzte. „Du magst recht haben", sagte er. „Laß mich darüber nachdenken. Nächste Woche muß ich zum Arzt, und seine Diagnose wird nicht erfreulich sein, ganz gleich, wie ich mich entscheide. Aber was machen wir mit deinem Neffen? Können wir ihm irgendwie helfen?"

An diesem Tag lernte Cully einen zornigen Santadio kennen. „Zu dumm! Dumm und unnötig. Mir ist es scheißegal, ob er ins Gefängnis kommt, aber wenn sie ihn schuldig sprechen, färbt das natürlich wieder auf meinen Namen ab. Man wird glauben, daß ich dahinterstecke oder sonst irgend etwas damit zu tun hatte. Ich bin hergekommen, um ihm zu helfen, aber ehrlich gesagt, ich weiß selbst nicht, wie."

Gronevelt zeigte volles Verständnis. „So ganz hoffnungslos ist die Sache nicht", meinte er. „Vielleicht kann Cully den Richter, der den Fall verhandeln wird, unter Druck setzen. Was meinen Sie, Cully? Haben Sie Richter Brianca noch in der Hand?"

Cully überlegte. Welcher Vorteil würde dabei herausspringen? Der Richter würde in eine gefährliche Lage geraten, aber wenn nötig, würde Cully ihn dazu zwingen. Gefährlich auch für Cully, aber es könnte sich bezahlt machen. Wenn es ihm gelang, Santadio in dieser Sache dienlich zu sein, würde er ihm, sobald Gronevelt verkauft hatte, gewiß die Leitung des Unternehmens anvertrauen und damit seine Position zementieren. Er würde Herr über das Xanadu sein.

Cully sah Santadio durchdringend an und antwortete in sehr ernstem, sehr aufrichtigem Ton: „Es wird große Schwierigkeiten geben, und es wird Geld kosten, aber wenn Ihnen soviel daran liegt, Mr. Santadio, dann verspreche ich Ihnen, daß Ihr Neffe nicht ins Gefängnis kommen wird."

„Sie meinen, er wird freigesprochen?" forschte Santadio.

„Das kann ich nicht garantieren. Das wird vielleicht nicht zu machen sein. Aber wenn er verurteilt wird, so nur bedingt – das kann ich Ihnen versprechen. Immerhin besteht die Chance, daß der Richter die Geschworenen in einem Sinn belehrt, daß Ihr Neffe freigesprochen wird."

„Das wäre phantastisch", sagte Santadio. Er schüttelte Cully mit Wärme die Hand. „Wenn Sie das für mich schaffen, können Sie alles von mir haben."

Und dann stand plötzlich Gronevelt zwischen ihnen und legte wie segnend seine Hand auf ihrer beider Hände.

„Das ist schön", sagte er. „Wir haben alle Probleme gelöst. Jetzt wollen wir uns zu einem guten Dinner setzen und feiern."

Eine Woche später rief Gronevelt Cully in sein Büro. „Heute hat mir mein Arzt seinen Bericht geschickt", eröffnete er Cully. „Er rät mir, mich zurückzuziehen. Aber bevor ich abtrete, möchte ich noch etwas versuchen. Ich habe meine Bank angewiesen, eine Million Dollar auf mein Scheckkonto zu legen, und ich werde mein Glück auf allen Spieltischen der Stadt versuchen. Ich hätte Sie gern dabei – bis ich das Geld los bin oder die Million verdoppelt habe."

Cully wollte es nicht glauben. „Sie wollen gegen den Casinovorteil ankämpfen?"

„Ich möchte es einmal noch versuchen", antwortete Gronevelt. „Als junger Mensch war ich ein großer Spieler. Wenn einer die Prozentchancen schlagen kann, dann ich. Wenn ich es nicht zuwege bringe, schafft es keiner. Wir werden uns blendend unterhalten, und ich kann eine Million Dollar verkraften."

Cully staunte. In all den Jahren, die er ihn kannte, hatte nichts Gronevelts Glauben an die Prozentchancen erschüttern können. Cully erinnerte sich an eine Zeit in der Geschichte des Xanadu-Hotels, als die Spieltische Nacht für Nacht Geld verloren hatten. Die Spieler wurden reich. Cully zweifelte nicht daran, daß eine großangelegte Gaunerei im Zuge war. Er feuerte das gesamte Personal der Würfelhöhlen. Gronevelt ließ sämtliche Würfel in einer technischen Versuchsanstalt überprüfen. Auch das brachte sie nicht weiter. Cully und der Casinodirektor waren sicher, daß man etwas erfunden hatte, womit man das Rollen der Würfel steuern konnte. Eine andere Erklärung gab es nicht. Nur Gronevelt zeigte sich ungerührt.

„Keine Bange", sagte er, „der Casinovorteil wird sich auswirken."

Und tatsächlich: Nach drei Monaten schwang das Pendel ebenso heftig nach der anderen Seite aus. In den folgenden drei Monaten gewannen die Tische in den Würfelhöhlen Nacht für Nacht. Als das Jahr zu Ende ging, hatte sich alles wieder ausgeglichen. Gronevelt und Cully beglückwünschten einander, und Gronevelt sagte: „Man kann an allem den Glauben verlieren – an die Religion und an Gott, an die Frauen und an die Liebe, an Gut und Böse, an Krieg und Frieden. Sie können es sich aussuchen. Aber der Casinovorteil bleibt."

Und während der nächsten Wochen, während Gronevelt spielte, mußte Cully oft daran denken. Gronevelt war der beste Spieler, den Cully je erlebt hatte. Am Würfeltisch nahm er alle Nebenwetten an, die den Hausvorteil beschnitten. Er schien die Gezeiten des Glücks erraten zu können. Wenn eine Strähne zu Ende ging, wechselte er die Seite. Wenn die Würfel heißliefen, drückte er jeden Einsatz bis zum Limit. Beim Bakkarat konnte er den Augenblick riechen, da der Schuh zur Bank und von da zum Spieler hinüberwechseln würde. Beim Blackjack ging er mit seinen Einsätzen unter fünf Dollar hinunter, sobald der Bankhalter in eine Glückssträhne geriet, und schraubte sie bis zur obersten Grenze hinauf, sobald der Dealer kalte Füße bekam.

Zur Wochenmitte lag Gronevelt mit 500.000 Dollar im Vorteil.

Zum Wochenende waren es 600.000. Mit Cully an seiner Seite machte er weiter. Sie nahmen gemeinsam das Abendessen ein und spielten nur bis Mitternacht. Um zu spielen, betonte Gronevelt, müsse man in guter Kondition sein. Man dürfe sich nicht überanstrengen, müsse sich ausschlafen. Man müsse sein Gewicht kontrollieren und sollte nur einmal alle drei bis vier Tage ein Mädchen haben.

Gegen Mitte der zweiten Woche fing er an abzurutschen. Die Prozentchancen zermahlten ihn zu Staub. Drei Tage später war er seine Million los. Als er seinen letzten Stapel Chips setzte und verlor, drehte er sich zu Cully herum und lächelte. Er schien hocherfreut zu sein, was Cully bedenklich stimmte. „Nur so kann man leben", sagte Gronevelt, „mit den Prozentsätzen. Sonst ist das Leben nicht lebenswert. Daran sollten Sie stets denken. Was immer Sie tun, vergewissern Sie sich, daß Sie die besseren Chancen haben."

48

Bei meinem letzten Besuch in Kalifornien – es ging um die Endfassung des Tri-Culture-Filmes – lief mir in der Halle des Beverly-Hills-Hotels Osano über den Weg. Ich war so bestürzt über sein Aussehen, daß ich Charlie Brown, die ihn begleitete, zunächst gar nicht bemerkte. Osano mußte gute dreißig Pfund zugenommen haben und hatte jetzt einen enormen Bauch, der sich aus einer alten Tennisjacke herauswölbte. Sein Gesicht war aufgedunsen und mit kleinen weißen Fettüpfelchen übersät. Die einst so leuchtenden grünen Augen waren zu grauweißer Farblosigkeit verblaßt, und als er auf mich zukam, merkte ich, daß das sonderbare Schlingern beim Gehen schlimmer geworden war.

Wir setzten uns in die Polo-Lounge und bestellten Drinks. Wie gewöhnlich zog Charlie die Blicke aller Männer im Saal auf sich. Das geschah nicht nur wegen ihrer Schönheit und wegen ihres unschuldigen Gesichts. Davon gab es jede Menge in Beverly Hills, aber es lag etwas in ihrer Kleidung, in ihrem Auftreten, in der Art, wie sie ihre Blicke umherschweifen ließ, das deutlich erkennen ließ, daß sie leicht zu haben war.

„Ich sehe schrecklich aus, nicht wahr?" fragte Osano.

„Du hast schon schlechter ausgesehen", antwortete ich.

„Ja, das habe ich", gab er zurück. „Du hast ja Schwein, daß du essen kannst, was dir Spaß macht, ohne zuzunehmen."

„Aber so tüchtig wie Charlie bin ich auch nicht", bemerkte ich. Ich lächelte ihr zu, und sie erwiderte mein Lächeln.

„Wir nehmen die Nachmittagsmaschine", vertraute Osano mir an. „Eddie Lancer hoffte mir ein Drehbuch zuschanzen zu können, aber es wurde nichts daraus. Wozu soll ich dann jetzt noch hier herumsitzen? Ich habe die Absicht, mich auf eine Gesundheitsfarm zurückzuziehen, mich wieder auf den Damm kitzeln zu lassen und meinen Roman fertigzuschreiben."

„Wie weit bist du denn damit?" fragte ich.

„Es geht wunderbar", antwortete Osano. „Zweitausend Seiten habe ich schon, es fehlen nur noch fünfhundert."

Ich wußte nicht, was ich sagen sollte. Bei Herausgebern und Verlegern stand er damals bereits in dem Ruf, daß man sich auf seine Lieferungen nicht mehr verlassen könne – und das galt auch für seine Sachbücher. Der Roman war seine letzte Hoffnung.

„Du solltest dich auf die 500 Seiten konzentrieren", sagte ich, „und mit dem verdammten Buch endlich fertig werden. Damit wären alle deine Probleme gelöst."

„Ja, du hast recht", stimmte Osano mir zu. „Nur, hudeln kann ich nicht. Das würde selbst mein Verleger nicht wollen. Aber wenn ich einmal damit fertig bin, bringt mir das Buch den Nobelpreis."

Ich warf einen Blick zu Charlie Brown, um zu sehen, ob sie beeindruckt war. Ich hatte das Gefühl, daß sie nicht einmal wußte, was der Nobelpreis war.

„Du hast Glück mit deinem Verleger", sagte ich zu Osano. „Jetzt wartet er schon gute zehn Jahre auf das Buch."

Osano lachte. „Ja, es ist der großzügigste Verleger Amerikas. Sie haben mir hundert Riesen gezahlt und noch nicht eine Seite gesehen. Wirklich feine Leute, nicht so wie diese verschissenen Filmfritzen."

„Nächste Woche bin ich wieder in New York", sagte ich. „Ich ruf' dich an. Gib mir deine neue Telefonnummer."

„Es ist noch immer dieselbe", sagte Osano.

„Ich habe dich wiederholt angerufen, und es hat sich nie jemand gemeldet", wunderte ich mich.

Osano hatte eine Erklärung. „Ich war in Mexiko unten. Ich habe an meinem Buch gearbeitet und mich von Bohnen und Tacos genährt. Davon bin ich auch so verdammt fett geworden. Charlie Brown hat zehnmal soviel gegessen wie ich und keine hundert Gramm zugenommen."

Er klopfte Charlie auf die Schulter und knetete ihr Fleisch. „Charlie Brown", sagte er, „wenn du vor mir stirbst, lasse ich deinen Körper sezieren, um festzustellen, wie du es fertigbringst, so schlank zu bleiben."

Sie lächelte. „Dabei fällt mir ein, ich habe Hunger", sagte sie.

Und um uns alle aufzuheitern, bestellte ich das Mittagessen. Ich nahm einen einfachen Salat, Osano ein Omelette und Charlie Brown Frikadellen mit Pommes frites, Steak mit Gemüsen und Salat und Apfeltorte mit einer Doppelportion Eiscreme. Osano und ich amüsierten uns über die Leute, die Charlie beim Essen zusahen. Sie konnten es einfach nicht glauben. Zwei Herren am Nebentisch machten laute Bemerkungen; offenbar hofften sie, uns in ein Gespräch zu verwickeln, um dadurch Gelegenheit zu haben, mit Charlie zu reden. Doch Osano und Charlie ignorierten sie.

Ich zahlte die Rechnung, und als ich mich verabschiedete, versprach ich Osano, anzurufen, sobald ich wieder in New York sein würde.

„Das wäre schön", sagte Osano. „Nächsten Monat haben die Frauenrechtlerinnen ihren Konvent, und ich habe zugesagt, zu ihnen zu sprechen. Dazu brauche ich deine moralische Unterstützung, Merlin. Was meinst du? Wollen wir an diesem Abend zusammen essen und von dort in die Versammlung gehen?"

Ich hatte meine Zweifel. Konvente dieser Art interessierten mich nicht, und ich hatte ein wenig Sorge, daß Osano in Schwierigkeiten geraten könnte und ich ihn wieder aus der Patsche ziehen müßte. Trotzdem versprach ich ihm zu kommen.

Keiner von uns hatte Janelle erwähnt. Ich konnte mich nicht zurückhalten und fragte Osano: „Hast du Janelle gesehen?"

„Nein", erwiderte Osano. „Und du?"

„Ich habe sie schon lange nicht mehr gesehen", sagte ich.

Osano starrte mich an. Sekundenlang nahmen seine Augen die gewohnte tückische blaßgrüne Färbung an. Ein trauriges Lächeln spielte um seine Lippen. „Eine Frau wie sie solltest du nicht laufenlassen", meinte er. „Eine wie sie findest du nur einmal im Leben. So wie du in deinem Leben nur ein großes Buch schreiben kannst."

Ich zuckte die Achseln, und wir schüttelten uns abermals die Hände. Ich küßte Charlie auf die Wange und ging.

Am Nachmittag hatte ich eine Besprechung im Tri-Culture-Studio. An der Konferenz nahmen Jeff Wagon, Eddie Lancer und der Regisseur Simon Bellfort teil. Ich hatte es nie so richtig geglaubt, wenn man mir erzählte, welch rüder Ton in Hollywood bei Konferenzen zwischen Autor einerseits und Regisseur und Produzent andererseits herrschte. Diesmal aber erlebte ich zum ersten Mal selbst, wie es zu solchen Situationen kam. Es war tatsächlich so, daß Jeff Wagon und sein Regisseur uns nötigten, *ihre* Geschichte und nicht meinen Roman zu schreiben. Das Diskutieren überließ ich zum größten Teil Eddie Lancer, und schließlich wandte er sich höchst ärgerlich an Jeff Wagon: „Hören Sie, ich will nicht behaupten, daß ich klüger bin als Sie. Ich behaupte nur, daß ich mehr Glück gehabt habe. Ich habe vier Erfolgsfilme hintereinander geschrieben. Warum wollen Sie meinen Ausführungen nicht zustimmen?"

Dies schien mir eine äußerst kluge Argumentation zu sein, aber ich sah, daß Jeff Wagon und der Regisseur verdutzte Gesichter machten und offenbar nicht wußten, wovon Eddie redete. Und ich sah auch, daß es keine Möglichkeit gab, sie umzustimmen.

„Tut mir leid", sagte Eddie Lancer schließlich, „aber wenn die Herren diesen Weg einschlagen wollen, muß ich mich von diesem Film zurückziehen."

„Okay", sagte Jeff. „Und wie steht es mit Ihnen, Merlin?"

„Ich sehe nicht ein, warum ich das Buch nach Ihren Wünschen schreiben sollte", erwiderte ich. „Ich glaube nicht, daß da etwas Anständiges herauskommen würde."

„Ich schätze ein offenes Wort", sagte Jeff Wagon. „Es tut mir leid. Kennen Sie zufällig einen Autor, der mit uns an diesem Film arbeiten und gleichzeitig mit Ihnen beiden Rücksprache halten könnte, denn schließlich haben Sie ja die meiste Arbeit gemacht? Das würde uns ein gutes Stück weiterhelfen."

Der Gedanke schoß mir durch den Kopf, daß ich Osano den Auftrag zuschanzen könnte. Ich wußte, daß er dringend Geld brauchte, und ich wußte auch, daß er den Auftrag bekommen würde, wenn ich mich verpflichtete, mit ihm zu arbeiten. Aber dann stellte ich mir Osano in einer Konferenz wie dieser vor, bei der er Anweisungen von Leuten wie Jeff Wagon und diesem Regisseur befolgen müßte. Osano war immer noch einer der großen amerikanischen Literaten, und ich fürchtete, daß diese Burschen ihn zuerst demütigen und dann feuern würden. Also hielt ich den Mund. Erst am Abend vor dem Einschlafen wurde mir klar, daß ich Osano vielleicht deshalb um seine Chance gebracht hatte, weil ich ihn dafür bestrafen wollte, daß er mit Janelle geschlafen hatte.

Eddie Lancer rief mich am nächsten Morgen an. Er erzählte mir, daß er mit seinem Agenten gesprochen und dieser ihm gesagt habe, das Tri-Culture-Studio und Jeff Wagon wären bereit, ihm einen Extra-Bonus von 5000 Dollar zu zahlen, wenn er bei der Stange bliebe. Eddie wollte wissen, was ich davon hielt.

Ich sagte Eddie, daß mir alles recht sei, aber daß ich nicht zurückkommen würde. Eddie versuchte mich zu überreden. „Ich werde ihnen sagen, daß ich nur an die Arbeit gehe, wenn sie auch dich zurücknehmen und dir 25.000 Dollar zahlen. Ich bin ganz sicher, daß sie darauf eingehen werden."

Wieder dachte ich daran, Osano zu helfen, und wieder konnte ich mich nicht dazu durchringen. Eddie sprach weiter. „Mein

Agent hat mir auch gesagt, das Studio würde, wenn ich die Arbeit nicht mehr aufnehme, andere Autoren einsetzen und dann versuchen, diesen die Rechte an dem Film gutzuschreiben. Wenn wir aber nicht als Drehbuchautoren im Insert aufscheinen, verlieren wir die Unterstützung durch die Writers Guild und Bruttoprozentpunkte, wenn der Film ans Fernsehen verkauft wird. Außerdem haben wir beide auch Nettopunkte, die wir wahrscheinlich nie sehen werden. Aber schließlich besteht doch die entfernte Möglichkeit, daß der Film ein Kassenschlager wird, und dann beißen wir uns in den Arsch. Der Film könnte eine Menge Zaster abwerfen, Merlin, aber ich gehe nicht zurück, wenn du glaubst, wir sollten zusammenhalten und versuchen, unser Drehbuch zu retten."

„Die Prozente sind mir scheißegal", sagte ich, „und die Inserts auch. Und was das Drehbuch angeht, was ist denn das überhaupt für ein Drehbuch? Das ist nicht mehr mein Buch, das ist reiner Kommerz. Aber mach du nur ruhig weiter. Es ist mir wirklich schnurz. Ganz im Ernst."

„Na schön", gab Eddie sich geschlagen. „Ich werde jedenfalls versuchen, deine Rechte so gut ich kann zu schützen. Ich rufe dich an, wenn ich in New York bin, und dann treffen wir uns."

„Ausgezeichnet", sagte ich. „Viel Glück mit Jeff Wagon."

„Tja", machte Eddie. „Das werde ich wohl brauchen."

Den Rest des Tages verbrachte ich damit, mein Büro im Tri-Culture-Studio zu räumen und einige Einkäufe zu machen. Ich wollte nicht mit Osano und Charlie Brown in derselben Maschine fliegen. Ich dachte daran, Janelle anzurufen, unterließ es aber.

Einen Monat später rief Jeff Wagon mich in New York an. Er teilte mir mit, daß Simon Bellfort der Meinung sei, Frank Richetti sollte zusammen mit Lancer und mir als Drehbuchautor genannt werden.

„Ist Eddie Lancer noch dabei?" fragte ich.

„Ja."

„Okay", sagte ich. „Viel Glück."

„Danke", sagte Wagon. „Und wir halten Sie auf dem laufenden, wie es weitergeht. Wir sehen uns ja bei der Preisverteilung der Akademie."

Er legte auf.

Ich mußte lachen. Sie machten einen reinen Kommerzfilm aus

meinem Buch, und Wagon hatte die Unverfrorenheit, an einen Preis der Akademie zu denken. Jene Dame aus Oregon hätte ihm damals ein paar Scheibchen mehr von seinen Eiern runterschneiden sollen. Fast empfand ich es als Treubruch, daß Eddie Lancer weitermachte. Was Wagon einmal gesagt hatte, stimmte. Eddie Lancer war ein geborener Drehbuchautor, aber er war auch ein geborener Romanautor, und ich wußte, daß er nie wieder einen Roman schreiben würde.

Eigenartig war auch, daß ich mich verletzt fühlte, und das, obwohl das Drehbuch von Tag zu Tag an Qualität verlor und obwohl ich mich mit allen herumgestritten und selbst aus freien Stücken meine Arbeit aufgekündigt hatte. Und in meinen verborgensten Gedanken hoffte ich vielleicht immer noch, Janelle zu sehen, wenn ich nach Kalifornien zurückkehrte, um am Script zu arbeiten. Das letzte Mal hatte ich sie bloß angerufen, um Hallo zu sagen. Wir hatten eine Weile geplaudert, und dann sagte sie: „Ich bin froh, daß du mich angerufen hast." Und wartete auf meine Antwort.

Ich zögerte und sagte dann: „Ich auch." Sie fing an zu lachen und äffte mich nach. „Ich auch, ich auch", machte sie und lachte. „Ruf mich an, wenn du wieder hier bist."

„Das tue ich", versprach ich, aber ich wußte, daß ich es nicht tun würde.

Einen Monat nachdem Wagon mich angerufen hatte, war Eddie Lancer am Apparat. Er war wütend. „Merlin", sagte er, „die verändern den Script, um dich um deine Rechte zu bringen. Dieser Frank Richetti sudelt einen ganz neuen Dialog. Er schreibt deinen Text um. Sie verändern die einzelnen Episoden, so daß sie sich von deinen Szenen grundlegend unterscheiden. Ich habe sie reden gehört, Wagon und Bellfort und Richetti, wie sie dich um dein Insert und deine Prozente bescheißen werden. Sie lassen sich auch durch mich nicht stören."

„Mach dir keine Sorgen", beruhigte ich ihn. „Ich habe den Roman geschrieben und das Originaldrehbuch. Und das habe ich bei der Writers Guild deponiert. Zumindest eine Teilnennung müssen sie mir geben, und damit sind mir die Prozente sicher."

„Ich weiß nicht", sagte Eddie Lancer. „Ich habe dich gewarnt. Du weißt jetzt, was die Burschen vorhaben. Ich hoffe, du weißt dich dagegen zu schützen."

„Ich danke dir", sagte ich. „Und wie steht's mit dir? Wie kommst du weiter?"

„Dieser Scheißkerl von einem Richetti ist ein ausgemachter Analphabet", antwortete er, „und ich weiß nicht, wer der größere Stümper ist, Wagon oder Bellfort. Das wird vielleicht einer der schlechtesten Filme, die je gedreht wurden. Der arme Malomar wird sich im Grab umdrehen."

„Ja, ja, der arme Malomar", brummte ich. „Er hat mir immer erzählt, wie phantastisch Hollywood ist und wie anständig die Leute und wie groß ihre künstlerischen Qualitäten. Ich wollte, er wäre noch am Leben."

„Tja", sagte Eddie Lancer. „Hör mal, wenn du wieder in Kalifornien bist, ruf mich an, und wir essen zusammen."

„Ich glaube nicht, daß ich wieder nach Kalifornien komme", antwortete ich. „Wenn du nach New York kommst, ruf du mich an."

„Okay, das mach' ich", sagte Lancer.

Ein Jahr später kam der Film heraus. Ich bekam ein Insert für den Roman, wurde aber als Drehbuchautor nicht genannt. Die Inserts für das Drehbuch lauteten auf Eddie Lancer und Simon Bellfort. Vor der Writers Guild machte ich ein Schiedsspruchverfahren anhängig und verlor. Richetti und Bellfort hatten ganze Arbeit geleistet, und ich verlor meine Prozente. Aber das machte mir nichts aus. Der Film war eine Katastrophe, und Doran berichtete mir, daß man in der Branche jetzt dem Roman die Schuld am Durchfall des Films gebe. Mein Name wurde in Hollywood nicht mehr gehandelt, und das war das einzige an der ganzen Sache, was mich erheiterte.

Clara Ford schrieb eine der ätzendsten Kritiken. Sie verriß den Film nach Strich und Faden. Einschließlich Kellino. Offenbar hatte er seine Sache bei Clara Ford nicht allzu gut gemacht. Aber Houlinan schoß noch einen letzten Pfeil auf mich ab. In einer der Nachrichtenagenturen placierte er eine Geschichte mit der Überschrift: VERFILMTER MERLIN-ROMAN EINE PLEITE. Als ich das las, konnte ich nur bewundernd den Kopf schütteln.

49

Bald nach der Premiere des Films war ich mit Osano und Charlie Brown bei der Women's National Liberation Conference in der Carnegie Hall. Osano war als einziger Redner männlichen Geschlechts angekündigt.

Wir hatten bei „Pearl's" zu Abend gegessen. Charlie Brown setzte die Kellner in Erstaunen, als sie, ohne sich den Lippenstift zu verwischen, Pekingente, mit Schweinefleisch gefüllte Krabben, Austern in schwarzer Bohnensauce und einen großen Fisch verzehrte und nachher noch aufputzte, was Osano und ich auf unseren Tellern zurückgelassen hatten.

Als wir vor der Carnegie Hall aus dem Taxi stiegen, versuchte ich Osano dazu zu bewegen, vorauszugehen und mich mit Charlie Brown am Arm nachkommen zu lassen; die Frauen sollten glauben, daß sie mit mir gekommen sei. Ich fürchtete, daß Charlie Browns dirnenhaftes Aussehen die Linksradikalen unter den Anwesenden in Harnisch bringen könnte. Aber Osano war starrköpfig wie immer. Er wollte aller Welt kundtun, daß Charlie Brown seine Freundin war. Also ging ich hinter ihnen, als wir uns durch den Mittelgang nach vorn begaben. Ich musterte die Frauen im Saal. Ich konnte nichts Besonderes an ihnen finden, die Tatsache ausgenommen, daß es ausschließlich Frauen waren. Dabei fiel mir ein, daß ich es fast gewohnt war – im Weißen Haus, im Heer, bei Wettspielen –, nur Männer oder vornehmlich Männer zu sehen. Es war ein Schock, jetzt hier nur Frauen um sich zu haben, und ich hatte das Gefühl, mich verirrt zu haben.

Osano wurde von einer Gruppe von Damen begrüßt und auf die Tribüne geleitet. Charlie Brown und ich saßen in der ersten Reihe. Ich wünschte später, wir wären weiter hinten gesessen und hätten so die Möglichkeit gehabt, schneller wieder draußen zu sein. Ich war so unruhig, daß ich kaum die Eröffnungsansprache hörte, und schon wurde Osano zum Rednerpult geführt und vorgestellt. Einen Augenblick lang stand Osano still und wartete auf den stürmischen Applaus, der nicht kam.

Seine vor vielen Jahren veröffentlichten, von männlichem Chauvinismus geprägten Essays hatten viele der hier anwesenden Frauen vor den Kopf gestoßen. Manche fühlten sich auch zurückgesetzt, weil er einer der bedeutendsten Schriftsteller ihrer Zeit war und sie ihm seine Erfolge neideten. Aber schließlich gab es auch noch einige Bewunderer seiner Bücher, die ihn mit Applaus begrüßten, zaghaftem allerdings, für den Fall, daß der Konvent Osanos Rede mit Mißbehagen aufnehmen sollte.

Ein grobschlächtiger Hüne von Mann, stand Osano am Lesepult. Er wartete lange; dann stützte er sich mit arroganter Geste auf das Pult und sagte langsam, jedes Wort deutlich artikulierend: „Wir bekämpfen euch oder wir ficken euch."

Ein Sturm der Empörung erhob sich im Saal. Osano wurde ausgepfiffen oder ausgezischt, Pfui-Rufe hagelten auf ihn nieder. Er versuchte sich Gehör zu verschaffen. Ich weiß, daß er diese Worte nur gebraucht hatte, um die Aufmerksamkeit seiner Zuhörer auf sich zu ziehen. Die Rede selbst würde zum Ausdruck bringen, daß er dem Anliegen der Frauen wohlwollend gegenüberstand, aber er kam nicht dazu, sie zu halten. Die Pfiffe und Pfui-Rufe wurden immer lauter, und sooft Osano zum Sprechen ansetzte, ging es von neuem los. Schließlich vollführte er eine kunstvolle Verbeugung und kletterte von Podium herunter. Wir folgten ihm durch den Mittelgang auf die Straße hinaus. Das Zischen und Pfeifen wandelte sich zu Beifallsrufen, um Osano anzuzeigen, daß er das tat, was sie von ihm haben wollten: den Saal verlassen.

An diesem Abend wollte Osano nicht, daß ich ihn nach Hause begleite. Er wollte mit Charlie Brown allein sein. Aber am nächsten Morgen rief er mich an. Er bat mich um eine Gefälligkeit.

„Hör mal", begann Osano, „ich gehe in die Reisdiät-Klinik der Duke University in North Carolina. Angeblich ist es die beste Gesundheitsfarm in den Vereinigten Staaten, und sie machen einen dort richtig gesund. Ich muß abnehmen, und der Arzt meint, meine Arterien wären vielleicht verlegt, dafür ist die Reiskur gut. Es gibt nur eine Schwierigkeit: Charlie will mich begleiten. Kannst du dir das vorstellen? Das arme Ding müßte zwei Monate lang Reis essen. Ich habe ihr gesagt, daß sie nicht mitkommen kann. Aber ich muß unten meinen Wagen haben, und darum wollte ich dich bitten, für mich zu fahren. Wir könnten zusammen hinunterfahren und vielleicht ein paar Tage dort die Zeit totschlagen."

Ich brauchte eine Minute, um zu überlegen, und dann sagte ich:

„Aber sicher." Wir machten einen Termin für die nächste Woche aus. Zu Valerie sagte ich, daß ich drei oder vier Tage fortbleiben würde. Daß ich mit ihm hinunterfahren und ein paar Tage mit ihm verbringen würde, bis er sich eingewöhnt hätte. Dann würde ich mit dem Flugzeug zurückkommen.

„Aber warum kann er nicht allein fahren?" wollte Valerie wissen.

„Er sieht wirklich nicht sehr gut aus", antwortete ich. „Ich glaube nicht, daß er imstande ist, so lange am Steuer zu sitzen. Es sind mindestens acht Stunden."

Valerie schien das einzuleuchten, aber es gab da noch etwas, das mich störte. Warum ließ sich Osano nicht von Charlie hinunterfahren? Er hätte sie doch gleich nach seiner Ankunft in der Klinik heimschicken können. Also war seine Erklärung, er wolle sie nicht zu monatelangem Reisessen verurteilen, faul. Dann fiel mir ein, daß er vielleicht Charlies müde war und sie auf diese Weise abschieben wollte. Ich machte mir nicht allzu viele Gedanken wegen ihr. Sie hatte genügend Freunde, die sich um sie kümmern würden.

Also fuhr ich Osano in seinem vier Jahre alten Cadillac in die Duke-University-Klinik hinunter, und Osano war groß in Form. Er sah sogar wieder besser aus. „Ich liebe diese Gegend", sagte er, während wir durch die Südstaaten rollten. „Ich liebe die Art, wie sie hier ihr Jesus-Christus-Geschäft betreiben. Es gibt kaum eine kleine Stadt, die nicht ihren Jesus-Christus-Laden hat, ihren Mami-und-Papi-Christus-Laden; die Leute hier haben ein schönes Leben und viele Freunde. Ein Schwindelgeschäft erster Güte. Wenn ich an mein Leben denke, wünsche ich mir manchmal, ich wäre Evangelist geworden statt Schriftsteller. Ich hätte ein besseres Leben führen können."

Ich gab keinen Kommentar ab. Ich hörte nur zu. Wir beide wußten, daß Osano nichts anderes als Schriftsteller hätte werden können und daß er nur seiner Phantasie die Zügel schießen ließ.

„Jawohl", fuhr er fort, „ich würde ein großes Hillbilly-Orchester zusammengestellt und es ‚Armleuchter Jesu' genannt haben. Mir gefällt es, daß die Leute so demütig in ihrem Glauben und so wild und stolz in ihrem Alltagsleben sind. Sie kommen mir vor wie Affen in einem Schulungslager. Sie sind nicht imstande, Handlungen und ihre Folgen in Wechselbeziehung zu bringen, aber das ist wohl bei allen Religionen so. Schau dir bloß diese gottverdammten Jidden in Israel an. An Feiertagen lassen sie keine Omnibusse und keine Eisenbahnen fahren, aber sie kämpfen wie die Verrückten gegen die Araber. Und diese verschissenen Makkaronifresser in Italien mit ihrem verschissenen Papst. Ich wünschte, ich hätte im Vatikan das Kommando. Ich würde die Parole ausgeben: ‚Jeder Priester ein Dieb!' Das wäre unser Motto. Das wäre unser Ziel. Das Problem der katholischen Kirche liegt darin, daß es noch ein paar anständige Priester gibt, die alles vermurksen."

Fünfzig Meilen lang ließ er sich über die Religion aus. Dann schwenkte er auf Literatur um, danach nahm er sich die Politiker vor, und schließlich, als wir schon nahe am Ziel waren, sprach er über die Frauenrechtsbewegung.

„Das lustige ist", sagte er, „daß ich zu hundert Prozent auf ihrer Seite stehe. Ich war schon immer der Ansicht, daß die Frauen in allem zu kurz kommen, auch wenn ich gegen sie gewettert habe. Aber diese Fotzen dort haben mich ja nicht einmal reden lassen. Das ist das Unglück bei den Frauen. Sie haben überhaupt keinen Sinn für Humor. Wußten sie denn nicht, daß ich nur Spaß machte, daß ich später das Ganze umdrehen würde?"

„Warum veröffentlichst du deine Rede nicht?" fragte ich ihn. „So würden sie erfahren, was du sagen wolltest. ‚Esquire' würde es doch drucken, oder nicht?"

„Na sicher", erwiderte Osano. „Vielleicht überarbeite ich die Rede, damit sie im Druck nach etwas aussieht."

Schließlich verbrachte ich eine ganze Woche mit Osano auf der Klinik. Diese Woche sah ich mehr dicke Menschen – und ich spreche von 250- bis 300-Pfündern – als in meinem ganzen bisherigen Leben. Seitdem traue ich keinem Mädchen mehr, das ein Cape trägt, denn wenn sie mehr als 200 Pfund haben, glauben sie, es verbergen zu können, indem sie sich eine Art mexikanisches Laken oder den Umhang eines französischen Gendarmen über die Schultern werfen. In Wirklichkeit sahen sie aus wie gräßlich aufgedunsene Supermen oder Zorros, wenn sie in bedrohlicher Masse die Straße herunterkamen.

Was das Gesundheitszentrum seinen Patienten bot, war durchaus keine auf Kosmetik ausgerichtete Abmagerungskur. Man bemühte sich dort sehr ernsthaft, die Schäden zu beheben, die dem Körper durch langandauerndes Übergewicht zugefügt worden waren. Jeder neue Patient mußte tagelang alle möglichen Blut- und Röntgentests über sich ergehen lassen. Darum blieb ich bei Osano und achtete darauf, daß er nur Restaurants besuchte, die die Reisdiät auf ihren Speisekarten hatten.

Zum erstenmal wurde mir klar, was für ein Glückspilz ich war. Ich konnte essen, soviel ich wollte, und nahm nie auch nur ein Pfund zu. Diese Woche werde ich nie vergessen. Ich sah 300 Pfund schwere Mädchen von einem Trampolin springen. Ich sah, wie ein 500 Pfund schwerer Bursche zum Bahnhof gebracht wurde, um auf der Stückwaage gewogen zu werden. Es war wahrhaft traurig anzusehen, wie die unförmige Gestalt bei einbrechender Dunkelheit dahinwatschelte, einem Elefanten gleich, der auf einen Friedhof zuschwankt, wo er weiß, daß er sterben muß.

Osano bewohnte eine Suite im Hollywood Inn, in der Nähe des Zentrums. Viele Patienten wohnten dort, unternahmen gemeinsame Spaziergänge, setzten sich zum Kartenspiel zusammen oder versuchten miteinander anzubändeln. Es wurde viel geklatscht. Ein 250 Pfund schwerer Junge war zum Wochenende mit seinem 350 Pfund schweren Mädchen zu Poussagezwecken nach New Orleans gefahren. Leider waren die Restaurants in New Orleans so verführerisch, daß sie die zwei Tage mit Futtern verbrachten und mit fünf Pfund mehr am Leib wieder zurückkamen. Das lustige dabei war, daß ihre Gewichtszunahme weit schärfer verurteilt wurde als ihr vermeintlich unmoralisches Beginnen.

Eines Nachts, gegen vier Uhr früh, wurden Osano und ich durch die Schreie eines Mannes in Todespein geweckt. Auf dem Rasen vor unseren Fenstern lag einer der Patienten, der sich auf 200 Pfund heruntergehungert hatte. Von allen Seiten stürzten Leute zu ihm hin, und auch ein Arzt aus der Klinik war schon da. Der Patient wurde mit einem Krankenwagen weggebracht. Am nächsten Tag erfuhren wir, was geschehen war. Der Patient hatte alle Schokoladeautomaten im Hotel geplündert. Man zählte die Hüllen auf dem Rasen. Es waren einhundertsechzehn. Niemand fand den Zwischenfall besonders aufregend, der Bursche erholte sich und setzte seine Kur fort.

„Es wird dir nicht an Abwechslung fehlen", sagte ich zu Osano. „Material in Hülle und Fülle."

„Nein", widersprach Osano, „man kann eine Tragödie über magere Menschen schreiben, aber nie über dicke Leute. Erinnerst du dich, wie populär Tuberkulose war? Über Camille konntest du weinen, aber man kann nicht über einen Typ weinen, der in dreihundert Pfund Fett gewickelt ist. Es ist tragisch, aber man kann nichts damit anfangen. Auch der Kunst des Schreibens sind Grenzen gesetzt."

Der nächste Tag war auch der letzte für Osanos Tests, und ich hatte vor, am Abend nach New York zurückzufliegen. Osano hatte sich sehr gut gehalten. Er hatte streng Diät gelebt und fühlte sich gut, weil ich ihm Gesellschaft geleistet hatte. Als Osano ins Medical Center hinüberging, um die Resultate seiner Tests zu erfahren, packte ich meine Koffer.

Osano kam erst nach vier Stunden. Sein Gesicht war vor Erregung rot angelaufen. Seine grünen Augen funkelten und tanzten wie eh und je.

„Alles okay?“ fragte ich.

„Darauf kannst du einen lassen“, antwortete Osano.

Sekundenlang traute ich ihm nicht. Er sah mir zu munter, zu glücklich aus.

„Alles ist prima, könnte gar nicht besser sein. Du kannst heute abend nach Hause fliegen, und ich muß sagen, du bist wirklich ein Kumpel. Keiner hätte getan, was du für mich getan hast – jeden Tag Reis essen, und, was noch schwerer wiegt, diese dreihundert Pfund schweren Weiber verknusen, die da mit ihren Wackelärschen vorbeimarschieren. Welche Sünden du auch gegen mich begangen haben magst, ich verzeihe sie dir.“

Seine Augen blickten gütig und tiefernst. Ein Ausdruck sanfter Milde lag auf seinem Gesicht. „Ich vergebe dir. Denk daran, wenn dich Schuldgefühle plagen. Vergiß es nicht.“

Und dann umarmte er mich, was er bisher nur sehr selten getan hatte. Ich wußte, daß er es haßte, sich von einem Mann berühren zu lassen, und er haßte es auch, sentimental zu werden. Ich war überrascht, aber nicht verwundert, denn ich wußte, was er damit meinte, wenn er mir meine Sünden vergab. Osano war ein kluges Köpfchen. Er war um vieles gerissener als alle, die ich kannte, und wußte daher, warum ich ihm nicht den Auftrag für den Tri-Culture-Jeff-Wagon-Script zugeschanzt hatte. Er hatte es mir verziehen, und das war in Ordnung. Das war Osano. Er war wirklich ein großer Mann. Nur leider hatte ich mir selbst noch nicht verziehen.

Ich flog noch am selben Abend nach New York zurück. Eine Woche später bekam ich einen Anruf von Charlie Brown. Es war das erste Mal, daß ich ein Telefongespräch mit ihr führte. Sie hatte eine warme, weiche Stimme, unschuldig, kindlich, und sie sagte: „Merlin, Sie müssen mir helfen.“

„Was ist passiert?“

„Osano wird sterben. Er ist im Krankenhaus. Bitte, bitte, kommen Sie.“

50

Charlie hatte Osano bereits ins St.-Vincent-Krankenhaus bringen lassen, und dort wollten wir uns auch treffen. Als ich hinkam, lag er in einem Einzelzimmer, und Charlie war bei ihm. Sie saß auf dem Bett, so daß Osano seine Hand in ihren Schoß betten konnte. Charlies Hand ruhte auf Osanos nacktem Bauch; er hatte die Decke zurückgeschlagen. Sein Spitalsnachthemd lag in Fetzen auf dem Fußboden. Dieser Streich mußte ihn in gute Stimmung versetzt haben, denn er richtete sich munter im Bett auf. Er sah auch gar nicht so übel aus. Er schien sogar abgenommen zu haben.

Ich ließ meine Blicke im Krankenzimmer umherschweifen. Ich sah keine Tropfflaschen, keine spezialisierten Pflegehelferinnen, und ich hatte mich schon vorher vergewissert, daß wir uns auf keiner Intensivstation befanden. Ich fühlte mich unwahrscheinlich erleichtert; Charlie mußte sich geirrt haben – Osano lag gar nicht im Sterben.

„Hallo, Merlin", begrüßte er mich kühl. „Du mußt wirklich ein Zauberer sein. Wie hast du erfahren, daß ich hier bin? Es sollte geheim bleiben."

Ich hatte keine Lust, Späße zu machen oder Blech zu reden, darum antwortete ich ohne Umschweife: „Charlie Brown hat mich verständigt." Vielleicht hätte ich das nicht tun sollen, aber mir war nicht nach Lügen zumute.

Osano runzelte die Stirn, aber Charlie Brown lächelte nur.

„Habe ich mich nicht klar ausgedrückt?" rügte er sie. „Das geht nur mich und dich etwas an, vielleicht nur mich allein. Wie du es lieber haben möchtest. Sonst keinen."

Fast zerstreut antwortete sie: „Ich wußte, du willst Merlin bei dir haben."

Osano seufzte. „Okay", sagte er. „Du sitzt jetzt schon den ganzen Tag bei mir, Charlie. Warum gehst du nicht ins Kino oder auf 'ne flotte Fünfzehn oder ißt eine Schokoladeeiscreme oder zehn chinesische Schüsselchen! Wie auch immer: Ich gebe dir die Nacht frei. Morgen früh sehen wir uns wieder."

„In Ordnung", sagte Charlie und erhob sich. Sie stand ganz nahe bei ihm, und Osano schob seine Hand unter ihren Rock und liebkoste die Innenseite ihrer Schenkel. Es war eine im Grund nicht unzüchtige Geste; er schien nur noch einmal auskosten zu wollen, was das für ein Gefühl war. Sie beugte sich über ihn und küßte ihn.

Und während er das warme Fleisch unter ihrem Rock zärtelte, malten sich Friede und Herzensruhe auf seinem Gesicht, so als ob er zu einem geheiligten Glauben zurückgefunden hätte.

Charlie verließ den Raum, und Osano seufzte. „Glaube mir, Merlin", sagte er, „ich habe in meinen Büchern, in meinen Artikeln und Vorträgen viel Unsinn verzapft. Ich werde dir die große Wahrheit verkünden. Mit der Fotze fängt alles an und hört alles auf. Die Fotze ist das einzige, wofür es sich zu leben lohnt. Alles andere ist Schwindel und Betrug und einfach Scheiße."

Ich setzte mich nahe an sein Bett. „Und die Macht?" entgegnete ich. „Macht und Geld haben dir immer viel bedeutet."

„Du vergißt die Kunst", bemerkte Osano.

„Na schön", sagte ich. „Wir wollen die Kunst nicht vergessen. Wie steht es also mit Geld, Macht und Kunst?"

„Nicht schlecht. Ich will nichts dagegen sagen. Diese Dinge haben ihren Platz. Aber sie sind nicht lebensnotwendig. Sie sind nur der Zuckerguß auf der Torte."

Ich dachte an meine erste Begegnung mit Osano zurück. Damals glaubte ich die Wahrheit über ihn zu kennen, als er sie selbst nicht kannte. Jetzt verkündete er sie mir, und ich zweifelte an seinen Worten, denn er hatte diese Dinge alle geliebt. Im Grunde wollte er vielleicht nur sagen, daß Kunst und Geld und Ruhm und Macht nicht die Dinge waren, die aufgeben zu müssen er bedauerte.

„Du siehst jetzt besser aus", sagte ich zu Osano. „Wieso bist du im Krankenhaus? Charlie Brown sagt, diesmal stünde es kritisch, aber du siehst nicht so aus."

„Ehrlich?" Er freute sich. „Das ist schön. Aber, weißt du, die schlimmen Nachrichten bekam ich unten auf der Gesundheitsfarm, wo sie die ganzen Tests mit mir machten. Ich will dir reinen Wein einschenken. Ich bin in die Scheiße geraten, weil ich vor dem Bumsen jedesmal die Penicillinpillen nahm. Ich habe mir eine Syphilis geholt, und die Pillen haben sie nur verdeckt, die Dosen waren nicht stark genug, um sie zu zerstören. Oder vielleicht ist es diesen verdammten Spirochäten gelungen, die Droge zu umgehen. Es muß vor etwa fünfzehn Jahren passiert sein. Und seitdem haben mir diese Scheißspirochäten mein Hirn, meine Knochen und mein Herz zerfressen. Jetzt haben sie mir gesagt, daß ich progressive Paralyse habe, die mich in sechs Monaten oder in einem Jahr geistig kastrieren wird, wenn mein Herz nicht schon vorher versagt."

Ich war erschüttert. Ich konnte es gar nicht glauben. Osano sah so heiter drein. Seine listigen grünen Augen glitzerten. „Kann man nichts dagegen tun?" fragte ich.

„Nichts", antwortete Osano. „Aber es ist nicht so schlimm. Jetzt ruhe ich mich mal ein paar Wochen hier aus, und während dieser Zeit werden sie mir eine Menge Spritzen geben. Dann habe ich noch mindestens zwei Monate, um mich zu amüsieren – und das ist die Zeit, da ich deine Hilfe brauche."

Ich wußte nicht, was ich sagen sollte. Ich wußte wirklich nicht, ob ich ihm glauben sollte. Er hatte schon lange nicht mehr so gut ausgesehen. „Okay", sagte ich.

„Also, ich stelle mir das so vor", fuhr Osano fort, „du besuchst mich hin und wieder im Krankenhaus und bringst mich dann heim. Ich möchte das Risiko nicht eingehen, senil zu werden, und darum will ich mich abmelden, wenn ich die Zeit für gekommen halte. Sobald ich mich dazu entschlossen habe, möchte ich, daß du zu mir in die Wohnung kommst und mir Gesellschaft leistest. Du und Charlie Brown. Und dann kannst du sehen, wie du mit dem ganzen Affenstall fertigwirst."

Er sah mich durchdringend an. „Du mußt es nicht tun."

Jetzt glaubte ich ihm. „Natürlich mache ich das", sagte ich. „Ich bin dir ja einen Gefallen schuldig. Wirst du das Zeug haben, das du brauchst?"

„Ich werde es mir verschaffen", antwortete Osano. „Mach dir keine Sorgen."

Ich sprach mit Osanos Ärzten, und sie sagten mir, daß er das Krankenhaus noch lange nicht würde verlassen können. Vielleicht niemals. Ich empfand ein Gefühl der Erleichterung.

Ich erzählte Valerie nichts von alledem, und schon gar nicht, daß Osano sterben würde. Zwei Tage später besuchte ich ihn wieder im Krankenhaus. Er hatte mich gebeten, ihm das nächstemal ein chinesisches Dinner mitzubringen. Ich hatte daher braune Papiersäcke voll Speisen im Arm, als ich den Gang hinuntermarschierte und Schreien und Kreischen aus Osanos Zimmer hörte. Ich war nicht überrascht. Ich stellte die Säcke auf den Fußboden vor die Tür eines anderen Einzelzimmers und lief den Gang hinunter.

Im Zimmer befanden sich ein Arzt, zwei Krankenpflegerinnen und eine Oberschwester. Sie alle brüllten Osano an. Mit Tränen in den Augen stand Charlie stumm in einer Ecke. Osano saß auf der Bettkante. Er war völlig nackt und schrie den Arzt an: „Geben Sie mir meine Kleider zurück! Ich will hier raus!"

„Ich übernehme keine Verantwortung, wenn Sie das Krankenhaus verlassen", konterte der Arzt in erregtem Ton.

Worauf Osano lachend erwiderte: „Sie haben nie eine Verantwortung getragen, Sie Dummkopf. Lassen Sie mir meine Kleider bringen."

Die Oberschwester, eine Frau von imponierendem Aussehen, sagte zornig: „Es ist mir piepegal, wie berühmt Sie sind, unser Krankenhaus ist kein Bordell!"

Osano funkelte sie böse an. „Lecken Sie mich am Arsch", sagte er. „Scheren Sie sich zum Teufel!"

Pudelnackt stand er auf, und erst jetzt konnte ich sehen, wie krank er wirklich war. Er taumelte und stürzte zu Boden. Die Oberschwester, nun wieder beherrscht, von Mitleid getrieben, eilte an seine Seite, aber Osano rappelte sich hoch. Er sah mich an der Tür stehen und sagte ganz ruhig: „Hol mich hier raus, Merlin!" Es wunderte mich, daß sie alle so entrüstet waren. Es war doch sicher nicht das erste Mal, daß sie einen Patienten beim Vögeln erwischt hatten. Ich musterte Charlie Brown. Sie hatte einen kurzen engen Rock an und offensichtlich nichts darunter. Sie sah aus wie ein als Strichmädchen verkleidetes Kind. Und daneben Osanos massiger, faulender Körper. Die Empörung dieser Menschen war ästhetischer, nicht moralischer Natur.

Jetzt wurden alle auf mich aufmerksam. „Ich nehme ihn mit", sagte ich zu dem Arzt. „Ich übernehme die Verantwortung."

Der Arzt protestierte und redete beschwörend auf mich ein. Dann wandte er sich an die Schwester: „Bringen Sie ihm seine Kleider." Schließlich gab er Osano eine Spritze und sagte: „Damit Sie sich auf der Fahrt wohl fühlen."

So einfach war das. Ich zahlte die Rechnung und nahm Osano mit. Ich rief eine Leihwagenfirma an, und wir brachten ihn nach Hause und legten ihn ins Bett. Er schlief eine Weile und rief mich dann zu sich. Er erzählte mir, was im Krankenhaus vorgefallen war. Er hätte Charlie gebeten, sich zu ihm ins Bett zu legen, weil er sich so elend fühlte und glaubte, sterben zu müssen.

Er drehte den Kopf zur Seite. „Weißt du", sagte er, „das ist so schrecklich im Leben, daß wir allein im Bett sterben müssen. Im Krankenhaus sitzt die ganze Familie um uns herum, aber keiner will zu einem Sterbenden ins Bett steigen. Und auch daheim wird deine Frau sich nicht erbötig machen, zu dir ins Bett zu kommen, wenn du stirbst."

Er sah mich an und gab mir dieses gütige Lächeln, wie es zuweilen sein Gesicht erhellte. „Das ist also mein sehnlichster Wunsch. Ich möchte Charlie im Bett bei mir haben, wenn ich sterbe, im Augenblick meines Todes, dann werde ich das Gefühl haben, daß ich den anderen etwas voraus hatte, daß es kein schlechtes Leben war und gewiß kein schlechtes Ende. Sehr symbolisch, nicht wahr? Genau das Richtige für einen Romanautor und seine Kritiker."

„Wie willst du wissen, daß dieser letzte Augenblick gekommen ist?" fragte ich.

„Ich denke, es ist jetzt soweit. Ich glaube, ich sollte wirklich nicht länger zuwarten."

Jetzt war ich tatsächlich geschockt und entsetzt. „Warum nicht noch einen Tag warten?" protestierte ich. „Morgen geht es dir bestimmt besser. Du hast doch noch Zeit. Sechs Monate sind nicht schlecht."

„Hast du irgendwelche Bedenken in bezug auf mein Vorhaben?" fragte er. „Die üblichen moralischen Skrupel?"

Ich schüttelte den Kopf. „Aber wozu die Eile?"

Osano sah mich nachdenklich an. „Wozu? Der Sturz, als ich aus dem Bett steigen wollte, war das Signal. Hör mal, ich habe dich zu meinem Nachlaßverwalter eingesetzt, und deine Entscheidungen sind endgültig. Geld ist keines mehr da, nur Autorenrechte, und die gehen wohl an meine Exfrauen und meine Kinder. Meine Bücher verkaufen sich immer noch recht gut, und so brauche ich mir wohl keine Sorgen über sie zu machen. Ich wollte etwas für Charlie Brown tun, aber sie hat abgelehnt, und vielleicht hat sie damit recht."

Ich machte eine Bemerkung, die ich mir üblicherweise verkniffen hätte: „Die Hure mit dem goldenen Herzen", sagte ich. „Wie in einem schlechten Roman."

Osano schloß die Augen. „Weißt du, Merlin", sagte er, „das ist eines der Dinge, die ich an dir immer geschätzt habe. Du hast nie das Wort ‚Hure' ausgesprochen. Ich habe es vielleicht ausgesprochen, aber nie gedacht."

„Okay", sagte ich. „Möchtest du noch Telefonanrufe machen oder jemanden sehen? Oder möchtest du einen Drink?"

„Nein", erwiderte Osano. „Ich habe genug von dem Quatsch. Ich habe sieben Frauen, neun Kinder, zweitausend Freunde und Millionen Bewunderer. Keiner von ihnen kann mir helfen, darum will ich auch keinen sehen." Er lachte. „Und damit wir uns recht verstehen: Ich habe ein glückliches Leben geführt." Er schüttelte den Kopf. „Die Menschen, die du am meisten liebst, schaufeln dir dein Grab."

Ich setzte mich nahe an sein Bett, und wir plauderten ein paar Stunden über verschiedene Bücher, die wir gelesen hatten. Er erzählte mir von den Frauen, mit denen er geschlafen hatte, und einige Minuten lang versuchte er sich an das Mädchen zu erinnern, das ihn vor fünfzehn Jahren angesteckt hatte. Aber es gelang ihm nicht. „Eines ist sicher", betonte er, „sie waren alle schön. Sie waren es alle wert. Aber was macht das jetzt noch aus? Das Leben besteht aus Zufällen."

Osano streckte mir seine Hand entgegen. Ich ergriff sie und schüttelte sie, und dann sagte er: „Sag Charlie, sie soll reinkommen. Du wartest draußen." Bevor ich das Zimmer verließ, rief er mir nach: „He, hör mal! Das Leben eines Künstlers ist kein erfülltes Leben. Das kannst du auf meinen Grabstein schreiben lassen."

Ich saß lange im Wohnzimmer. Manchmal hörte ich Geräusche, einmal glaubte ich Weinen zu hören, dann hörte ich gar nichts. Ich ging in die Küche, machte Kaffee und stellte zwei Tassen auf den Küchentisch. Dann kehrte ich ins Wohnzimmer zurück und wartete weiter. Bis ich Charlies Stimme hörte, sehr süß und klar, die meinen Namen rief. Es war kein Hilferuf, nicht einmal eine Klage.

Ich trat ins Schlafzimmer. Auf dem Nachttisch lag die goldene Tiffanydose, in der er seine Penicillintabletten aufbewahrte. Sie stand offen und war leer. Die Lichter brannten, und Osano lag auf dem Rücken und starrte zur Decke. Noch im Tod schienen seine grünen Augen zu glitzern. An seiner Brust ruhte Charlies golden schimmernder Kopf. Sie hatte die Decke heraufgezogen, um ihrer beider Blöße zu bedecken.

„Sie müssen sich anziehen", sagte ich zu ihr.

Sie stützte sich auf einen Ellbogen, beugte sich über Osano und küßte ihn auf den Mund. Dann blickte sie lange auf ihn hinab.

„Sie müssen sich anziehen und gehen", wiederholte ich. „Es

wird hier bald einen mächtigen Rummel geben, und das ist wohl eines der Dinge, die Osano von mir erwartet haben würde: daß ich Sie vor Unannehmlichkeiten bewahre."

Ich kehrte ins Wohnzimmer zurück und wartete. Ich hörte das Rauschen der Brause, und fünfzehn Minuten später kam sie ins Zimmer.

„Machen Sie sich keine Sorgen", sagte ich. „Ich kümmere mich um alles." Sie trat an mich heran und ließ sich in meine Arme fallen. Es war das erste Mal, daß ich ihren Körper spürte, und ich konnte verstehen, warum Osano sie so lange geliebt hatte. Sie duftete herrlich frisch und sauber.

„Sie waren der einzige, den er sehen wollte", flüsterte Charlie. „Sie und ich. Wollen Sie mich nach dem Begräbnis anrufen?"

Ja, sagte ich, das würde ich tun. Und dann ging sie und ließ mich mit Osano allein.

Ich wartete bis zum Morgen. Dann rief ich die Polizei an und sagte, daß ich Osano tot aufgefunden hätte. Und daß er offensichtlich Selbstmord begangen habe. Für eine Minute hatte ich daran gedacht, den Selbstmord zu vertuschen und die Dose zu verstekken. Aber selbst wenn ich die Presse und die Behörden hätte dazu bewegen können, die Täuschung mitzumachen, Osano wäre es gleich gewesen. Ich wies darauf hin, daß Osano ein bedeutender Mann gewesen war; ich wollte damit erreichen, daß sie umgehend eine Ambulanz schickten. Dann rief ich Osanos Anwalt an und ersuchte ihn, seine Frauen und Kinder zu benachrichtigen. Ich verständigte Osanos Verleger, denn ich wußte, daß dieser eine Erklärung an die Presse aussenden und eine Todesanzeige in der „New York Times" veröffentlichen würde. Es lag mir daran, daß Osano diese Art von Respekt erwiesen wurde.

Die Polizei und der Staatsanwalt stellten mir eine Menge Fragen, als ob ich ein Mordverdächtiger wäre. Aber das ging schnell vorbei. Wie sich herausstellte, hatte Osano seinem Verleger mitgeteilt, daß er ihm den Roman nicht mehr liefern könne, da er die Absicht hege, sich das Leben zu nehmen.

Es gab eine großartige Totenfeier. Osanos sieben Frauen und neun Kinder und die Literaturkritiker der „New York Times", der „New York Review of Books", des „Commentary", von „Harper's Magazine" und dem „New Yorker" erwiesen Osano die letzte Ehre. Ein ganzer Bus voll Leute kam direkt von „Elaine's" in

New York. Es waren Freunde von Osano, und sie wußten, daß er es gutgeheißen haben würde, und darum hatten sie ein Faß Bier und eine Hausbar im Bus. Sie kamen betrunken zur Beerdigung. Osano wäre entzückt gewesen.

In den folgenden Wochen wurden Hunderttausende von Worten über Osano als erste große italienische Persönlichkeit der amerikanischen Kulturgeschichte geschrieben. Osano würde sich mächtig gefuchst haben. Er hatte sich nie als Italo-Amerikaner gesehen. Eines allerdings würde ihm Freude gemacht haben: Alle Kritiker waren sich einig, daß ihm zweifellos der Nobelpreis verliehen worden wäre, wenn er den Roman, an dem er arbeitete, hätte fertigstellen können.

Die Woche nach Osanos Beerdigung rief mich sein Verleger an und bat mich, an einem der nächsten Tage mit ihm zu Mittag zu essen. Ich nahm die Einladung an.

Das Arcania Publishing House galt als eines der angesehensten und literarisch hochstehendsten Verlagshäuser des Landes. Zu seinen Autoren gehörten ein halbes Dutzend Nobelpreisträger und Dutzende von Pulitzer- und NBA-Preisträgern. Der Verlag war dafür bekannt, daß er sich mehr für literarische Qualität als für Bestseller interessierte. Und Henry Stiles, der Hauptherausgeber, hätte sich jederzeit als Professor an der Universität Oxford ausgeben können. Aber er kam genauso rasch zur Sache wie irgendein Babbit.

„Mr. Merlin“, begann er, „ich bin ein großer Bewunderer Ihrer Romane. Ich hoffe, daß wir auch Sie einmal zu unseren Autoren zählen können.“

„Ich habe Osanos Sachen durchgesehen“, sagte ich. „Als sein Nachlaßverwalter.“

„Sehr gut“, sagte Mr. Stiles. „Vielleicht wissen Sie oder vielleicht auch nicht – da es sich hier um die finanzielle Seite von Mr. Osanos Leben handelt –, daß wir ihm 100.000 Dollar auf den im Werden begriffenen Roman vorgestreckt haben. Wir haben daher einen berechtigten Anspruch auf das Buch. Ich wollte nur, daß Sie das verstehen.“

„Aber sicher“, erwiderte ich, „und ich weiß auch, daß es Mr. Osanos Wunsch war, daß Sie das Buch verlegen. Mit der Herausgabe seiner Bücher haben Sie sich ein großes Verdienst erworben.“

Ein dankbares Lächeln erschien auf Mr. Stiles' Gesicht. Er

lehnte sich zurück. „Dann haben wir also keine Probleme?“ sagte er. „Ich nehme an, daß Sie bei der Durchsicht seiner Aufzeichnungen und Papiere das Manuskript gefunden haben?“

„Nun ja“, antwortete ich, „da gibt es schon ein Problem. Es ist kein Manuskript da, es ist kein Roman da – nur 500 Seiten mit Notizen.“

Seine Augen spiegelten fassungsloses Entsetzen, aber ich wußte, was er jetzt dachte. Diese verdammten Autoren, 100.000 Dollar Vorschuß, all die Jahre, und alles, was er hat, sind Notizen! Aber er bekam sich schnell wieder in die Gewalt. „Sie meinen, Sie haben nicht eine einzige Seite Manuskript gefunden?“

„Nicht eine einzige Seite.“ Ich log, aber das würde er nie erfahren. Es waren sechs Seiten vorhanden.

„Nun ja“, sagte Mr. Stiles, „unter normalen Umständen machen wir das nicht, aber wir wissen, daß andere Verlagshäuser solche Dinge oft tun. Wir wissen, daß Sie Mr. Osano bei einigen Artikeln, die unter seinem Namen erschienen sind, geholfen und dabei seinen Stil sehr gut nachgeahmt haben. Es müßte natürlich geheim bleiben. Aber könnten Sie nicht innerhalb von sechs Monaten Mr. Osanos Buch schreiben? Wir würden es unter seinem Namen veröffentlichen. Sie könnten eine Menge Geld damit verdienen. Sie werden verstehen, daß wir das nicht in einem Vertrag festhalten können, aber ich habe die Möglichkeit, Ihnen ein sehr großzügiges Abkommen über Ihre zukünftigen Bücher vorzuschlagen.“

Er hatte mich überrascht. Amerikas ehrenwertestes Verlagshaus war bereit, etwas zu tun, was man sonst nur von Hollywood oder Vegas erwarten würde. Aber warum, zum Teufel, war ich so überrascht?

„Nein“, antwortete ich. „Als Verwalter seines literarischen Nachlasses habe ich die Befugnis und das Recht, zu verhindern, daß aufgrund seiner Notizen ein Buch geschrieben wird. Wenn Sie die Aufzeichnungen, so wie sie sind, herauszugeben wünschen, würde ich Ihnen das gestatten.“

„Überlegen Sie es sich noch einmal“, sagte Mr. Stiles. „Wir reden noch einmal darüber.“ Er schüttelte traurig den Kopf. „Osano war ein Genie. Schade.“

Ich erzählte Mr. Stiles nie, daß Osano einige Seiten seines Romans geschrieben hatte. Die ersten sechs Seiten. Eine an mich gerichtete Mitteilung lag dabei.

„Merlin:
Hier hast Du die ersten sechs Seiten meines Buches. Ich schenke sie Dir. Mal sehen, was Du damit anfangen kannst. Vergiß die Notizen; es ist alles Scheiße.

Osano“

Ich hatte die Seiten gelesen und beschlossen, sie für mich zu behalten. Als ich heimkam, las ich sie noch einmal durch – ganz langsam, Wort für Wort:

Hört mir zu! Ich will die Wahrheit über das Leben eines Mannes erzählen. Über seine Liebe zu den Frauen und daß er nie Haß gegen sie empfindet. Jetzt denkt ihr, ich liege bereits falsch! Aber hört mir nur weiter zu! Ihr könnt mir glauben: ich bin ein Meister der Magie.

Meint ihr: kann ein Mann eine Frau wirklich lieben und sie gleichzeitig dauernd betrügen? Nicht körperlich natürlich, sondern geistig, sozusagen in der „Poesie seiner Seele“. Nun gut, es mag nicht leichtfallen, aber die Männer haben es immer getan.

Oder wollt ihr wissen, wie Frauen euch lieben können, euch absichtlich mit dieser Liebe füttern, um euren Körper und euren Geist zu vergiften, einfach weil sie euch vernichten wollen? Und wie sie aus leidenschaftlicher Liebe heraus beschließen, euch nicht mehr zu lieben? Und euch gleichzeitig mit einer idiotischen Ekstase den Kopf verdrehen? Unmöglich? Ganz und gar nicht, es gibt Schwierigeres als das.

Ihr braucht nicht davonzurennen. Das hier ist keine Liebesgeschichte!

Ich will euch die schmerzliche Schönheit eines Kindes erleben lassen, die tierhafte Geilheit des Mannes, die sehnsuchtsvolle, selbstmörderische Launenhaftigkeit des Weibes. Und dann – und hier wird es schwierig – will ich euch zeigen, wie die Zeit Mann und Frau umdreht, sie Körper und Seele tauschen läßt.

Dann gibt es natürlich die „wahre“ Liebe. Hiergeblieben! Es gibt sie wirklich, oder ich werde sie erschaffen. Ich bin nicht umsonst ein Meister der Magie. Ist sie wert, was sie kostet? Und wie steht's mit der Treue im Sex? Klappt das? Ist das Liebe? Ist es überhaupt menschlich, dieses perverse Verlangen, bei nur einem Partner zu bleiben? Und wenn es nicht funktioniert, bekommt man dann dennoch eine Belohnung, weil man's versucht hat? Und beides zugleich geht nicht? Nein, sicher nicht, das ist klar. Und doch ...

Leben ist eine komische Sache, und es gibt nichts Drolligeres als Liebe, die durch die Zeit reist. Aber ein wahrer Meister der Magie kann sein Publikum gleichzeitig zum Lachen und Weinen bringen. Der Tod ist eine andere Geschichte. Über den Tod mache ich keine Witze. Er liegt außerhalb meiner Macht.

Ich warte beständig wachsam auf den Tod. Mich trickst er nicht aus. Ich erkenne ihn immer sofort. Er tritt gern in biederer Verkleidung auf: als lustige Warze, die plötzlich wächst und wächst; als dunkles, haariges Muttermal, das seine Wurzeln bis zum Knochen vorantreibt. Oder er versteckt sich in hübschen kleinen Fieberröschen. Und dann taucht er plötzlich auf, der grinsende Totenschädel, und packt sein Opfer unversehens. Nicht bei mir! Ich warte auf ihn. Und ich treffe meine Vorkehrungen.

Genau wie der Tod ist auch die Liebe mühselig und kindisch, obgleich die Menschen stärker an sie glauben als an den Tod. Frauen sind da wieder anders. Ihr mächtiges Geheimnis ist, daß sie die Liebe niemals ernst nehmen und nie wirklich ernst genommen haben.

Noch einmal: Das hier wird keine Liebesgeschichte. Steckt euch mal die Liebe in die Tasche. Ich werde euch die Macht in ihrer ganzen Spannweite demonstrieren. Zuerst ist da das Leben eines armen, mühsam ringenden Schriftstellers. Talentiert. Empfindsam. Vielleicht ein bißchen genial. Ich zeige euch, wie man den Künstler zur Sau macht wegen seiner Kunst, und warum er das verdammt auch verdient. Dann zeige ich ihn als cleveren Gesetzesbrecher, der sich nie besser gefühlt hat. Ah, welch Freude für einen wahren Künstler, wenn er endlich zum Gauner wird! Endlich hat seine wahre Natur die Hüllen durchstoßen. Nichts mehr von dümmlichem Herumgetue und -gerede über seine Ehre. Der Kerl ist ein Stricher, einer, der stillschweigend mitmacht. Ein Feind der Gesellschaft, und das ganz öffentlich, statt daß er sich hinter seiner Hure Kunst versteckt. Wie erleichternd! Was für eine Freude! Was für ein heimliches Vergnügen! Und dann wird er wieder ein anständiger Mensch, denn es ist die reinste Plackerei, Gauner zu sein.

Man hat allerdings dabei gelernt, die Gesellschaft zu akzeptieren und seinen Mitmenschen zu vergeben. Wer so weit kommt, sollte kein Gauner mehr sein, außer er braucht das Geld wirklich.

Danach geht es weiter mit einer der erstaunlichsten Erfolgsstorys der Literatur. Mit dem Privatleben der Giganten des Kulturbetriebs. Vor allem eines exemplarischen Widerlings unter ihnen. Die Schickeria eben ... Jetzt haben wir also die Welt der armen, ringenden Genies, die Welt der Gauner und die Welt der arrivierten Literaten. Das Ganze verbrämt mit viel Sex und einigen Schaumspritzern Gedankenschwere, die aber niemandem den Kopf verwirren soll, ja sich vielleicht gar nicht so uninteressant liest. Und dann gibt es ein echtes pompöses Hollywood-Ende, bei dem unser Held alles in sich hineinschlingt: Preise, Geld, Ruhm, schöne Frauen. Und schließlich ... bleibt da und hört mir zu ... wandelt sich alles zu Asche.

Nicht genug? Alles schon einmal gehört? Vergeßt nicht, ich bin Meister der Magie! Ich kann euch alle diese Leute leibhaftig machen. Ich kann euch zeigen, was sie wirklich denken und fühlen. Ihr werdet um sie weinen, um jeden von ihnen. Oder vielleicht auch nur lachen. Auf jeden Fall eine Menge Spaß haben. Und etwas über das Leben lernen. Was einem allerdings im Grunde nichts nützt.

Ich weiß, was ihr denkt: Der raffinierte Hund will uns bloß dazu bringen, umzublättern. Aber wartet nur ab! Ich will bloß eine Geschichte erzählen. Was ist daran so schlimm? Wenn ich sie ernst nehme, heißt das nicht, ihr müßt sie auch ernst nehmen. Ergötzt euch daran.

Ich will eine Geschichte erzählen, nichts sonst. Ich wünsche mir weder Ruhm noch Erfolg noch Geld. Aber nichts ist leichter als das; die meisten Männer und Frauen wünschen sich das auch nicht, im Grunde. Noch besser, ich will auch keine Liebe. Als ich jung war, sagten mir einige Frauen, sie liebten mich wegen meiner langen Wimpern. Ich ließ es mir gefallen. Später war es dann mein Witz. Dann mein Einfluß und mein Geld. Danach mein Talent. Dann mein Geist. Okay, mit dem allem kann ich fertig werden. Die einzige Frau, die mir Entsetzen einjagen kann, ist die, die mich um meiner selbst willen liebt. Für die habe ich Vorbereitungen getroffen. Gifte und Dolche und düstere Gräber in Höhlen, um ihren Kopf zu verscharren. Eine solche Frau kann man nicht am Leben lassen. Besonders wenn sie auch noch sexuell treu ist, niemals lügt und einen stets allen und allem vorzieht.

Es wird hier ziemlich viel von Liebe die Rede sein, aber es ist keine Love-story. Sondern ein Buch über den Krieg. Den uralten Krieg zwischen Männern, die gute Freunde sind. Und den großen „neuen“ Krieg der Frauen gegen die Männer. Das ist eine alte

Geschichte, sicherlich, die aber jetzt offen zutage tritt. Die Kämpfer der Frauenbewegung rühmen sich, etwas Neues entdeckt zu haben, dabei sind bloß ihre Guerilleros aus ihren Unterschlupfen gekommen. Die scheinbar sanften, unterwürfigen Frauen haben den Männern seit ewigen Zeiten Fallen gestellt: an der Wiege, in der Küche und im Schlafzimmer. Und am Grab ihrer Kinder, dem geeignetsten Ort, einen Schrei nach Erbarmen zu überhören.

O weh, denkt ihr, der hat was gegen die Frauen. Doch ich habe sie niemals gehaßt. Und sie kommen bei mir besser weg als die Männer, ihr werdet sehen. Wahr ist allerdings, daß es stets nur Frauen gelungen ist, mich unglücklich zu machen. Und sie haben es seit meinen frühesten Kindertagen getan. Das gleiche wie ich könnten aber die meisten Männer sagen. Es gibt nichts, was man dagegen tun könnte.

Kein kleines Vorhaben, das alles! Ich weiß . . . ich weiß, das Ganze sieht sehr verführerisch aus. Aber Vorsicht! Ich habe so meine Tricks als Geschichtenerzähler. Und ich bin nicht eine von euren verletzlichen Künstlerseelen. Dagegen habe ich mich gefeit gemacht. Und ich habe noch ein paar Überraschungen im Ärmel.

Aber genug jetzt. Laßt mich anfangen. Und laßt mich enden.

Und das war Osanos großer Roman, das Buch, das ihm den Nobelpreis einbringen und ihn zu neuer Größe erheben sollte. Ich wünschte, er hätte es geschrieben.

Daß er ein literarischer Hochstapler erster Güte war, wie aus diesen Seiten ersichtlich, hatte keinen Belang. Vielleicht war das nur ein Aspekt seines Genies. Er wollte seine innersten Empfindungen mit der Außenwelt teilen, das war alles. Und nun – ein letzter Schabernack – hatte er mir seine letzten Seiten vermacht. Ein Scherz, weil wir doch so unterschiedliche Schreiber waren. Er ein großzügiger, und ich, das wurde mir jetzt klar, ein höchst knausriger.

Seine Bücher haben mich nie begeistert, und ich weiß nicht, ob ich ihn als Menschen schätzte. Aber als Schriftsteller habe ich ihn geliebt. Und darum beschloß ich – sollte es mir Glück bringen? oder Kraft geben? vielleicht auch nur um des Schwindels willen –, diese Seiten als meine eigenen auszugeben. Einen Passus hätte ich ändern sollen. Der Tod hat mich immer überrascht.

51

Ich habe keine Geschichte. Janelle hat das nie verstehen können. Daß ich mit mir selbst den Anfang machen mußte. Daß ich keine Großeltern oder Eltern habe, keine Onkel und keine Tanten, keine Nichten und keine Neffen. Daß ich keine Kindheitserinnerungen an ein besonderes Haus, an eine besondere Küche habe. Daß ich kein Heimatdorf und keine Heimatstadt habe. Daß ich meine Geschichte mit mir und meinem Bruder Arthur beginnen mußte. Erst als ich mit Valerie und ihrer Familie und unseren Kindern meinen Lebensraum erweiterte und mit ihr in einem Haus in der Stadt lebte, als ich zum Ehegatten und Vater avancierte, wurden sie für mich Wirklichkeit und Rettung zugleich. Doch um Janelle brauche ich mir keine Sorgen mehr zu machen. Ich habe sie seit mehr als zwei Jahren nicht mehr gesehen, und es ist drei Jahre her, daß Osano gestorben ist.

Ich kann es nicht ertragen, an Artie zu denken. Schon bei Erwähnung seines Namens kommen mir die Tränen. Er ist der einzige Mensch, um den ich je geweint habe.

Seit zwei Jahren sitze ich nun in meinem Arbeitszimmer, lese, schreibe und bin der perfekte Vater und Gatte. Manchmal gehe ich mit Freunden zum Abendessen aus, aber der Gedanke behagt mir, daß ich endlich ein ernster, strebsamer Mensch geworden bin. Daß ich fortan das Leben eines Geistesarbeiters führen werde. Daß meine Sturm- und Drangzeit vorbei ist. Kurz und gut, ich hoffe, daß mir das Leben keine Überraschungen mehr beschert. Umgeben von meinen Zauberbüchern – Austen, Dickens, Dostojewski, Joyce, Hemingway, Dreiser und, nicht zuletzt, Osano, fühle ich mich in diesem Zimmer sicher, fühle ich jedoch auch die Erschöpfung eines gehetzten Tieres, das oftmals seinen Verfolgern entkommen mußte, bevor es endlich die Sicherheit seines Baues erreichte.

Ich wußte, daß unten im Haus, in diesem Haus, das jetzt meine Geschichte war, meine Frau in der Küche damit beschäftigt war, das Sonntagsessen anzurichten. Meine Kinder sahen fern oder spielten Karten in ihrer Bude, und weil ich wußte, daß sie da waren, konnte ich die Traurigkeit in meinem Zimmer leichter ertragen.

Noch einmal las ich Osanos Bücher. Am Anfang war er ein großer Schriftsteller gewesen. Ich versuchte zu analysieren, warum er in seinen späteren Jahren scheiterte, warum er nicht imstande war, seinen großen Roman zu schreiben. Begonnen hatte er als einer, der betäubt war von den Wundern dieser Welt und von den Menschen, die sie bevölkerten. Und er endete damit, daß er nur noch über das Wunder seiner selbst schrieb. Ihm lag daran, das war deutlich zu sehen, aus seinem Leben eine Legende zu machen. Er schrieb nicht sosehr über die Welt wie über sich selbst. In jeder Zeile verlangte er laut nach Aufmerksamkeit, nicht für seine Kunst. sondern für Osano. Alle sollten wissen, wie klug, wie brillant er war.

Er achtete sogar darauf, daß man den von ihm geschaffenen Figuren nicht seine Brillanz zueignete. Er war wie ein Bauchredner, der seiner Puppe die Lacher mißgönnt, die sie einheimst. Und das war beschämend. Und doch halte ich ihn für einen großen Mann. Wie beängstigend seine Menschlichkeit, wie erschreckend seine Liebe zum Leben! Wie brillant er doch war, und wie amüsant seine Gesellschaft!

Wie konnte ich behaupten, er sei ein gescheiterter Künstler gewesen, wo doch seine Werke, mochten sie auch mit Makel behaftet sein, um vieles bedeutender zu sein schienen als meine? Ich erinnerte mich, wie ich in meiner Eigenschaft als Nachlaßverwalter seine Papiere durchgesehen und mit wachsendem Erstaunen festgestellt hatte, daß keine Spur von seinem Roman zu finden war. Ich konnte nicht glauben, daß er ein Schwindler gewesen war, daß er all die Jahre nur Notizen gemacht und vorgegeben hatte, ein Buch zu schreiben. Jetzt begriff ich, daß er ausgebrannt gewesen war. Und daß der Schabernack, den er uns gespielt hatte, nicht nur Bosheit und Arglist entsprungen war, sondern auch als Scherz zu verstehen war, über den er sich amüsierte. Und Geld hatte er auch noch dafür bekommen.

Er hatte einige der schönsten Prosadichtungen geschrieben und einige der geistvollsten Ideen seiner Zeit entwickelt, aber seine Freude daran gehabt, ein Gauner zu sein. Ich las seine Notizen, auf fünfhundert gelblinierten Bögen, jenen, die er im Büro stets vor mir verborgen hatte. Es waren brillante Notizen. Aber Notizen sind wertlos.

Das Wissen über diese Zusammenhänge brachte mich dazu, über mich selbst nachzudenken. Ich hatte vergängliche Bücher geschrieben. Aber ruhmloser als Osano. Ich hatte versucht, ohne Illusionen und ohne Risiken zu leben. Ich besaß nichts von seiner Liebe zum Leben und seinem Glauben daran. Ich dachte an Osanos Bemerkung, das Leben versuche stets, einen fertigzumachen. Vielleicht lebte er darum so unbeherrscht, kämpfte er so entschlossen gegen Schicksalsschläge und Demütigungen.

Es war lange her, daß Jordan sich die Pistole an den Kopf gesetzt hatte. Osano hatte ein volles Leben genossen und es beendet, als ihm keine andere Wahl blieb. Und ich, ich versuchte ihm zu entfliehen, indem ich einen Zauberhut aufsetzte. Mir fiel ein anderes Osano-Aperçu ein: „Das Leben kommt einem immer in die Quere." Und ich wußte, was er damit meinte. Für den Schriftsteller ist die Welt wie eines jener aschfahlen Gespenster, die mit zunehmendem Alter fahler und fahler werden; vielleicht ist das der Grund, warum Osano das Schreiben aufgab.

Der Schnee fiel in dichten Flocken vor den Fenstern meines Arbeitszimmers. Schimmerndes Weiß bedeckte die grauen nackten Zweige und das schale Braun und Grün des winterlichen Rasens. Wäre ich sentimental und in der richtigen Verfassung, es wäre mir nicht schwergefallen, die Gesichter Osanos und Arties heraufzubeschwören und sie lächelnd durch die wirbelnden Flocken hindurch auf mich zukommen zu lassen. Aber ich wehrte mich dagegen. Weder war ich so sentimental noch so nachsichtig gegen mich selbst, noch hatte ich solches Mitleid mit mir. Ich konnte auch ohne sie leben. Ihr Tod machte mich nicht kleiner, wie sie das vielleicht erwartet hatten.

Nein, in meinem Arbeitszimmer war ich sicher. Sicher vor dem heulenden Wind, der die Schneeflocken gegen mein Fenster schleuderte. In diesem Winter würde ich mein Zimmer nicht verlassen.

Die Straßen waren vereist. Mein Wagen konnte ins Schleudern geraten, der Tod mich verstümmeln. Giftige Viren konnten mein Rückgrat und mein Blut infizieren. Oh, außer dem Tod gab es noch zahlreiche andere Gefahren. Und ich war mir der Tatsache bewußt, daß der Tod Spione in mein Haus und sogar in mein Gehirn einsickern lassen konnte. Ich ergriff Maßnahmen, um mich gegen sie zu schützen.

An die Wände meines Zimmers hatte ich Diagramme geheftet, Diagramme für meine Arbeit, meine Rettung, meinen Harnisch. Ich wollte mich in die Vergangenheit zurückziehen und hatte Material zusammengetragen, um einen Roman zu schreiben, der im Römischen Kaiserreich spielte. Für den Fall, daß ich Lust haben sollte, mich in der Zukunft zu verstecken, trug ich Material für einen Roman zusammen, dessen Handlung im 25. Jahrhundert angesiedelt sein würde. Hunderte von Büchern, ganze Stapel von Büchern, die ich lesen, in die ich mich versenken wollte.

Ich schob einen großen weichen Lehnsessel ans Fenster, um aus sicherer Behaglichkeit den fallenden Schnee betrachten zu können. Von der Küche herauf ertönte der Summer. Das Abendessen war fertig. Meine Frau und meine Kinder, meine Familie wartete auf mich. Was zum Teufel war mit ihnen los nach alldem, was geschehen war? Ich betrachtete den Schnee, inzwischen war es ein Schneesturm geworden. Die Außenwelt war völlig in Weiß gehüllt. Wieder, und dringlicher nun, ertönte der Summer. Wäre ich jetzt am Leben gewesen, ich würde aufgestanden und ins gemütliche Eßzimmer hinuntergegangen sein, um behaglich und fröhlich zu Abend zu essen. Ich sah den Schnee fallen. Wieder der Summer.

Ich studierte mein Arbeitsdiagramm. Ich hatte das erste Kapitel des Romans aus dem Römischen Kaiserreich und zehn Seiten Notizen für den Roman aus dem 25. Jahrhundert geschrieben. In diesem Augenblick entschloß ich mich, den Zukunftsroman zu schreiben.

Wieder schnarrte der Summer, lang und anhaltend. Ich versperrte die Tür meines Arbeitszimmers und ging hinunter. Als ich das Speisezimmer betrat, stieß ich einen Seufzer der Erleichterung aus. Sie waren alle da. Die Kinder, schon so gut wie erwachsen und wohl nicht mehr lange bei uns. Valerie, hübsch zurechtgemacht in Hauskleid und Schürze, das schöne Haar streng nach hinten gekämmt. Ihre Wangen waren gerötet, war es von der Hitze in der Küche? Oder weil sie nach dem Essen mit ihrem Geliebten verabredet war? War das möglich? Woher sollte ich das wissen? Und wenn, war dieses Leben nicht trotzdem wert, gehütet zu werden?

Ich nahm am Kopfende des Tisches Platz. Ich scherzte mit den Kindern. Ich aß. Ich beschenkte Valerie mit einem Lächeln und lobte die Qualität des Essens. Nach dem Kaffee würde ich wieder in mein Zimmer hinaufgehen, arbeiten und leben.

Osano, Malomar, Artie, Jordan, ich vermisse euch. Aber ihr werdet mich nicht fertigmachen. Doch die Menschen, die ich liebte, die mit mir rund um den Tisch saßen, vor ihnen mußte ich auf der Hut sein.

Während des Essens kam ein Anruf von Cully. Er bat mich, ihn morgen vom Flughafen abzuholen. Er habe geschäftlich in New York zu tun. Es war das erste Mal seit über einem Jahr, daß ich von Cully etwas hörte. An seiner Stimme erkannte ich, daß er in Schwierigkeiten war.

Es war noch zu früh für Cullys Maschine. Ich kaufte mir ein paar Zeitschriften und las sie, dann bestellte ich einen Kaffee und ein Sandwich. Als ich die Durchsage hörte, daß das Flugzeug gelandet war, ging ich in die Gepäcksabfertigung hinunter, wo ich immer auf ihn wartete. Wie in New York so üblich, dauerte es etwa zwanzig Minuten, bis das Gepäck die Rutsche herunterkam. Mittlerweile drängten sich schon die meisten Passagiere um das Karussell, in welches die Rutsche einmündete, aber von Cully war nichts zu sehen. Ich wartete geduldig. Allmählich verliefen sich die Leute, und nach einer Weile befanden sich nur noch ganz wenige Koffer auf dem Karussell.

Ich rief zu Hause an und fragte Valerie, ob Cully sich gemeldet habe, und sie sagte nein. Dann rief ich die Flugauskunft der TWA an und fragte, ob ein Cully Cross mit der Maschine gekommen sei. Er habe einen Platz vorbestellt, sei aber zum Abflug nicht erschienen, sagte man mir. Ich rief das Hotel Xanadu in Vegas an und wurde mit Cullys Sekretärin verbunden. Ja, sagte sie, soviel ihr bekannt sei, habe Cully für New York gebucht. Sie wußte, daß er Vegas verlassen hatte und erst in einigen Tagen wieder zurück sein würde. Ich machte mir keine Sorgen. Sicher war ihm etwas dazwischengekommen. Cully flog ständig für sein Hotel in den Vereinigten Staaten und in der ganzen Welt herum. Er war durch etwas Unvorhergesehenes gezwungen worden, in letzter Minute seine Pläne zu ändern. Ich war ganz sicher, daß er Kontakt mit mir aufnehmen würde. Doch in meinen verborgensten Gedanken saß ein quälender Zweifel. Er hatte mich noch nie versetzt, hatte mich immer verständigt, wenn er seine Pläne ändern mußte, und es war einfach nicht seine Art, mich auf den Flughafen zu bestellen, mich stundenlang warten zu lassen und nicht zu kommen. Und doch ließ ich fast eine Woche vergehen – in der ich nichts von ihm hörte und nicht herausfinden konnte, wo er steckte –, bevor ich Gronevelt anrief.

Gronevelt zeigte sich erfreut, von mir zu hören. Seine Stimme klang sehr kräftig, sehr gesund. Ich erzählte ihm die Geschichte und fragte ihn, wo Cully wohl sein mochte. „Darüber kann ich am Telefon nicht sprechen“, sagte Gronevelt. „Aber warum kommen Sie nicht auf ein paar Tage als mein Gast nach Vegas? Dann können wir uns in Ruhe unterhalten.“

52

Als Cully erfuhr, daß Gronevelt ihn zu sprechen wünsche, rief er Merlin an.

Cully wußte, worüber Gronevelt mit ihm sprechen wollte, und er wußte auch, daß er gut daran tun würde, sich nach einer Fluchtmöglichkeit umzusehen. Merlin sagte er, er würde am nächsten Morgen die Frühmaschine nach New York nehmen, und bat ihn, ihn vom Flughafen abzuholen.

Als Cully schließlich in Gronevelts Suite kam, suchte er in seinem Gesicht zu lesen, aber er sah nur, wie sehr sich der Mann in den zehn Jahren, die er jetzt für ihn arbeitete, verändert hatte. Der Schlaganfall hatte winzige rote Äderchen im Weiß seiner Augen, auf den Wangen und sogar auf der Stirn hinterlassen. Die kalten blauen Augen schienen mit Reif bedeckt zu sein. Er machte den Eindruck, kleiner geworden zu sein, und er war um vieles gebrechlicher. Trotz alledem hatte Cully immer noch Angst vor ihm.

Wie gewöhnlich bat ihn Gronevelt, zwei Drinks zu mixen, Scotch, wie sonst auch. „Johnny Santadio kommt morgen", begann er. „Er will nur eines wissen: Wird ihm die Gaming Commission erlauben, einen Anteil an diesem Hotel zu erwerben oder nicht?"

„Sie kennen die Antwort", sagte Cully.

„Ich glaube sie zu kennen", nickte Gronevelt. „Und ich weiß, was Sie Johnny gesagt haben: daß es eine sichere Sache wäre, kein Problem. Das ist alles was ich weiß."

„Er bekommt die Genehmigung nicht", sagte Cully. „Ich konnte nichts tun."

Gronevelt nickte. „Im Hinblick auf Johnnys Familie war es von vornherein ein sehr schwieriges Unterfangen. Wie steht's mit seinen hundert Riesen?"

„Liegen unten für ihn in der Hauptkasse", antwortete Cully. „Dort kann er sie jederzeit abholen."

„Gut", sagte Gronevelt. „Gut. Darüber wird er sich freuen."

Beide lehnten sich zurück und nippten an ihren Drinks. Beide bereiteten sich darauf vor, über das zu sprechen, worum es wirklich ging.

„Sie und ich", begann Gronevelt, „wir wissen ja, warum Johnny extra nach Vegas kommt. Sie haben ihm versichert, Sie wären in der Lage, Richter Brianca dazu zu bewegen, seinen Neffen wegen dieser Betrugs- und Steuersache nur bedingt zu verurteilen. Jetzt hat er fünf Jahre bekommen. Ich hoffe, Sie haben eine Erklärung dafür."

„Ich habe keine Erklärung", antwortete Cully. „Ich habe Richter Brianca die vierzig Riesen bezahlt, die mir Mr. Santadio gegeben hat. Mehr konnte ich nicht tun. Das ist das erste Mal, daß Richter Brianca mich so enttäuscht hat. Vielleicht kann ich das Geld von ihm zurückbekommen. Ich weiß es nicht. Ich habe versucht, Verbindung mit ihm aufzunehmen, aber wahrscheinlich weicht er mir aus."

„Sie wissen", fuhr Gronevelt fort, „daß Johnny in diesem Hotel einiges mitzureden hat, und wenn er es sich in den Kopf setzt, daß Sie gehen, bleibt mir nichts anderes übrig, als Sie zu entlassen. Sie wissen auch, Cully, daß meine Position seit dem Schlaganfall nicht mehr so unangefochten ist. Ich mußte Anteile abgeben. Ich bin nur mehr ein besserer Laufjunge, ein Strohmann. Ich kann Ihnen nicht helfen."

Cully lachte. „Ich mache mir keine Sorgen darüber, daß ich entlassen werden könnte. Ich mache mir Sorgen, daß ich umgelegt werden könnte."

„Nein, nein", sagte Gronevelt. „So ernst ist die Lage nun auch wieder nicht." Er lächelte Cully zu, so wie ein Vater seinem Sohn zulächeln würde. „Dachten Sie wirklich, es wäre so ernst?"

Cullys Gesichtszüge entspannten sich, und er nahm einen großen Schluck Scotch. Erleichtert atmete er auf. „Damit wäre ich schon sehr zufrieden", sagte Cully. „Wenn ich nichts Schlimmeres als die Entlassung zu fürchten habe."

Gronevelt klopfte ihm auf die Schulter. „Geben Sie sich nicht so schnell zufrieden. Johnny weiß, was Sie in den letzten zwei Jahren seit meinem Schlaganfall für das Hotel getan haben. Eine großartige Leistung. Die Einnahmen sind um Millionen Dollar gestiegen, und das ist wichtig. Nicht nur für mich, sondern auch für Leute wie Johnny. Schön, Sie haben ein paar Fehler gemacht. Und ich muß zugeben, daß die Leute verärgert sind, insbesondere wegen des Neffen, der jetzt ins Gefängnis muß, und auch, weil Sie ihnen gesagt haben, sie brauchten sich keine Sorgen zu machen, Sie hätten Richter Brianca in der Tasche. Die verstehen einfach nicht, wie Sie so etwas sagen und dann auf die Nase fallen konnten."

Cully schüttelte den Kopf. „Ich kann es mir wirklich nicht erklären", sagte er. „Fünf Jahre sind es jetzt her, daß ich Richter Brianca in der Hand habe, insbesondere, seit ich diese kleine blonde Charlie auf ihn angesetzt habe."

Gronevelt lachte. „Ja, ich erinnere mich an sie. Hübsches Mädchen. Gutmütig."

„Ja, ja", sagte Cully. „Der Richter war ganz verrückt nach ihr. Er hat sie immer auf sein Boot mitgenommen, wenn er auf eine Woche zum Angeln nach Mexiko fuhr. Sie wäre eine wunderbare Gesellschafterin, sagte er immer. Ein reizendes Persönchen."

Aber die Geschichten, die Charlie ihm vom Richter zu erzählen pflegte, hatte Cully nicht an Gronevelt weitergegeben. Wie sie in die Amtsräume des Richters ging und ihm, nachdem er seine Robe angelegt hatte und bevor er sich in den Gerichtssaal begab, um eine Verhandlung zu leiten, rasch noch einen blasen mußte. Nie vorher hatte der alte Bursche so etwas mit einer Frau gemacht. Aber dann, sagte Charlie, konnte er gar nicht mehr genug davon bekommen.

Cully lächelte, als er daran zurückdachte. Und dann setzte Gronevelt fort:

„Ich glaube, ich weiß eine Möglichkeit, wie Sie sich rehabilitieren können", sagte er. „Ich gebe zu, Santadio ist wütend, er kocht, aber ich kann seinen Zorn beschwichtigen. Sie brauchten nur einen großen Coup für ihn zu landen, jetzt sofort. Und ich glaube, ich habe die Lösung. In Japan liegen noch weitere drei Millionen, und davon gehört eine Million Johnny. Wenn Sie dieses Geld herausbringen, so wie das letzte Mal . . . Ich könnte mir vorstellen, daß eine Million Dollar genügen würde, damit Johnny Ihnen verzeiht. Aber auf eins mache ich Sie aufmerksam: Jetzt ist es gefährlicher."

Cully war überrascht und beschloß, sich in acht zu nehmen. „Wird Mr. Santadio erfahren, daß ich die Reise unternehme?"

Hätte Gronevelt mit ja geantwortet, Cully würde sofort abgelehnt haben. Aber Gronevelt antwortete und sah ihm dabei tief in die Augen: „Es ist meine Idee, und ich würde Ihnen raten, niemandem, aber auch niemandem zu sagen, was Sie vorhaben. Nehmen Sie noch die Abendmaschine nach Los Angeles, fliegen Sie von dort gleich weiter, und Sie sind bereits in Japan, wenn Johnny hier aufkreuzt. Ich werde ihm nur sagen, daß Sie verreist sind. Während Sie unterwegs sind, werde ich alles in die Wege leiten, damit das Geld für Sie bereit liegt. Machen Sie sich keine Sorgen, daß Sie es mit Fremden zu tun bekommen könnten; wir erledigen alles durch unseren alten Freund Fummiro."

Es war Fummiros Name, der Cullys Bedenken zerstreute. „Okay", sagte er. „Ich tu's. Es ist nur so, daß ich nach New York fliegen wollte, um mit Merlin zu reden, und er holt mich morgen vom Flughafen ab. Ich muß ihn anrufen."

„Nein", warnte Gronevelt. „Man weiß nie, wer bei einem Telefongespräch mithört oder wem er etwas erzählt. Ich kümmere mich darum. Ich werde ihn wissen lassen, daß er Sie nicht abholen soll. Stornieren Sie auch nicht Ihre Buchung für morgen. Damit verwischen Sie Ihre Spur. Ich werde Johnny sagen, daß Sie in New York zu tun haben. Das ist eine ausgezeichnete Tarnung. Einverstanden?"

„Einverstanden", sagte Cully.

Gronevelt schüttelte ihm die Hand und klopfte ihm auf die Schulter. „Beeilen Sie sich", sagte er. „Und wenn Sie heil wiederkommen, verspreche ich Ihnen, daß Ihr Konto bei Johnny Santadio saldiert ist. Machen Sie sich bloß keine Sorgen."

Noch am Abend seines Abfluges rief Cully zwei Frauen an, die er kannte, beide Callgirls. Die eine war die Frau eines Pit-Bosses in einem Hotel am Strip. Sie hieß Crystin Lesso.

„Crystin", sagte er. „Hast du Lust auf ein nettes Dreieck?"

„Klar", antwortete Crystin. „Wieviel streichst du mir von meinen Schulden?"

Für Dreiecke bezahlte Cully üblicherweise den doppelten Preis, das waren 200 Dollar. Aber was soll's, dachte er, ich fliege nach Japan, und wer weiß, was passiert?

„Ich streich' dir 500 Dollar", antwortete Cully.

Er hörte, wie sie nach Luft schnappte. „Mensch", sagte Crystin, „das muß ja ein tolles Gewerfe sein. Mit wem steige ich denn in den Ring? Mit einem Gorillamädchen?"

„Keine Bange", beruhigte er sie. „Du hast doch noch immer deinen Spaß dabei gehabt, nicht war?"

„Und wann?" fragte Crystin.

„Eher zeitig", antwortete Cully. „Meine Maschine geht morgen schon sehr früh. Einverstanden?"

„Aber sicher. Abendessen bekomme ich wohl keines, oder?"

„Nein", sagte Cully. „Ich habe zu viel zu tun, ich werde keine

Zeit haben." Nachdem er aufgelegt hatte, nahm Cully ein Päckchen weißer Zettel aus seiner Schreibtischlade. Es waren Crystins Schuldscheine, die insgesamt 3000 Dollar ausmachten.

Cully überlegte. Die Frauen und ihre Geheimnisse! Crystin war ein gutaussehendes Mädchen von etwa 28 Jahren, aber eine unverbesserliche Spielerin. Vor zwei Jahren war sie mit über 20 Riesen den Bach runtergeschwommen. Sie hatte Cully um einen Termin in seinem Büro gebeten und ihm dann den Vorschlag gemacht, die 20 Riesen als Callgirl abzuarbeiten. Aber sie würde Aufträge nur von Cully direkt entgegennehmen und müsse sich, wegen ihres Mannes, auf Cullys Verschwiegenheit verlassen können.

Cully hatte versucht, es ihr auszureden. „Wenn Ihr Mann etwas erfährt, bringt er Sie um."

„Wenn er etwas von meinen Schuldscheinen erfährt, bringt er mich auch um", entgegnete Crystin. „Wo ist der Unterschied? Und außerdem, Sie wissen ja, daß ich nicht aufhören kann zu spielen, und vielleicht schaffe ich es, daß mir der eine oder der andere außer der Taxe auch noch ein bißchen was für einen kleinen Einsatz gibt."

Cully hatte sich breittreten lassen. Und stellte sie auch noch als Sekretärin des Lebensmittel- und Getränkeeinkäufers des Hotels an. Sie gefiel ihm, und mindestens einmal in der Woche gingen sie nachmittags in seiner Suite ins Bett. Nach einiger Zeit fand sie eines Tages in seinem Zimmer ein zweites Mädchen vor. Sie war von der für sie neuen Variante begeistert.

Cully nahm einen der auf 500 Dollar lautenden Schuldscheine und zerriß ihn. Und dann zerriß er, einer plötzlichen Regung folgend, alle ihre Schuldscheine und warf sie in den Papierkorb. Nach seiner Rückkehr aus Japan würde er die Buchhaltung irgendwie zurechtbiegen müssen, aber das konnte er sich für später aufheben. Falls ihm etwas zustieß, sollte sie aller Sorgen ledig sein.

Er brachte den Schreibtisch in Ordnung und ging in seine Suite hinunter. Er bestellte Champagner und rief Charlie Brown an.

Er nahm eine Dusche und schlüpfte in sein Pyjama. Es war ein sehr schickes Pyjama. Weiße Seide, rot gerändert, mit seinen Initialen auf den Taschenklappen.

Charlie Brown kam als erste. Er gab ihr ein Glas Champagner, und dann kam Crystin. Sie saßen eine Weile zusammen, und er nötigte die zwei Frauen, die ganze Flasche auszutrinken, bevor er sie ins Schlafzimmer führte.

Die Frauen kamen sich ein wenig schüchtern entgegen, obwohl sie sich in der Stadt schon gesehen hatten. Cully ließ sie ihre Kleider ablegen und zog sein Pyjama aus.

Nackt kletterten sie ins Bett. Sie plauderten, und er spaßte und tändelte mit ihnen, küßte sie und spielte mit ihren Brüsten. Dann schlang er seine Arme um beide Frauen und drückte sanft ihre Gesichter aneinander. Sie wußten, was von ihnen erwartet wurde. Zaghaft küßten sie sich auf die Lippen.

Cully hob die schlankere Charlie Brown hoch und glitt unter ihr durch, so daß die zwei Frauen nebeneinander zu liegen kamen. Eine Welle der Lust überkam ihn.

„Nur los", sagte er. „Ihr werdet es genießen. Ihr wißt, daß ihr es genießen werdet."

Er schob seine Hand zwischen Charlie Browns Beine und ließ sie dort. Gleichzeitig beugte er sich hinüber, küßte Crystin auf den Mund und drückte die zwei Frauen aneinander.

Sie brauchten eine kleine Weile, um in Fahrt zu kommen. Sie waren sehr schüchtern, sehr verlegen. So war das immer. Cully rückte allmählich von ihnen weg und blieb schließlich am Fußende des Bettes sitzen.

Während er zusah, wie die zwei Frauen sich liebten, kam plötzlich eine große Ruhe über ihn. Mit all seinem Zynismus für die Frauen und die Liebe war dieser Anblick das Schönste, was er je zu erleben hoffen konnte. Beide hatten makellose Körper und reizende Gesichter und ließen ihrer Leidenschaft so freien Lauf, wie sie sie ihm gegenüber zu entfalten nicht imstande waren. Er hätte ihnen stundenlang zuschauen mögen.

Er stand vom Bett auf und setzte sich in einen Lehnsessel. Die zwei Frauen wurden immer leidenschaftlicher. Er beobachtete, wie ihre Leiber aneinander auf und nieder glitten, bis sie einen Höhepunkt hemmungslosen Hinundherwerfens erreichten und schließlich ruhig und still, eine in den Armen der anderen, liegenblieben.

Cully ging zum Bett hinüber und küßte beide sanft. Dann legte er sich zwischen sie. „Laßt nur", sagte er, „wir wollen nur ein wenig schlafen."

Er döste ein, und als er wieder erwachte, saßen die zwei Frauen in seinem Wohnzimmer. Sie waren bereits angekleidet und plauderten miteinander.

Er nahm fünf Honigbienen aus seiner Brieftasche und gab sie Charlie Brown. Sie gab ihm einen Gutenachtkuß und ließ ihn mit Crystin allein.

Er setzte sich aufs Sofa, legte seinen Arm um Crystin und küßte sie sanft auf die Wange.

„Ich habe deine Schuldscheine zerrissen", sagte er. „Du brauchst dir keine Sorgen mehr darüber zu machen, und ich werde den Kassierer anweisen, dir für fünfhundert Dollar Chips zu geben, damit du heute nacht noch ein bißchen spielen kannst."

Crystin lachte. „Cully", sagte sie, „ich kann es nicht glauben. Du bist ein richtiger Freier geworden."

„Wir sind alle Freier", gab Cully zurück. „Aber was soll's? Du bist ein guter Kumpel gewesen in diesen zwei Jahren. Ich will nicht, daß du noch länger an der Angel hängst."

Crystin drückte seinen Arm und schmiegte sich an seine Schulter. „Warum nennst du das ‚Gewerfe'?" fragte sie ruhig. „Ich meine, wenn du mich mit einer anderen Frau zusammenbringst?"

Cully lachte. „Mir gefällt der Ausdruck. Irgendwie ist er treffend."

„Verachtest du mich deswegen?"

„Nein", sagte Cully. „Für mich ist es das Schönste."

Crystin war gegangen, aber Cully konnte nicht einschlafen. Schließlich ging er ins Casino hinunter. Er sah Crystin am Blackjack-Tisch sitzen. Sie hatte einen Stapel schwarzer 100-Dollar-Jetons vor sich liegen.

Sie winkte ihn zu sich und lächelte ihn freudig an. „Das ist heute mein Glückstag", sagte sie. „Ich liege mit zwölf Riesen vorn."

Sie nahm einige Jetons vom Tisch und drückte sie ihm in die Hand. „Das ist für dich", sagte sie. „Ich möchte sie dir schenken."

Cully zählte die Jetons. Es waren zehn Stück. Eintausend Dollar. Er lachte und sagte: „Okay, ich hebe sie dir auf. Irgendeinmal wirst du Spielgeld brauchen." Er verabschiedete sich, ging in sein Büro hinauf und warf die Jetons in eine Schreibtischlade. Er dachte daran, Merlin nochmals anzurufen, ließ es aber dann doch sein.

Er sah sich um. Es gab nichts mehr zu tun, aber er hatte das Gefühl, etwas vergessen zu haben. Als ob er einen Schuh heruntergezählt hätte, in dem einige wichtige Karten fehlten. Aber jetzt war es zu spät. In wenigen Stunden würde er in Los Angeles sein und dort die Maschine nach Tokio besteigen.

In Tokio im Hotel angekommen, nahm Cully ein Taxi und ließ sich in Fummiros Büro fahren. Die Straßen waren voll von Menschen, und viele trugen die Gazemaske, um sich gegen die verpestete Luft zu schützen. Sogar die Bauarbeiter mit ihren leuchtendroten Jacken und weißen Helmen trugen die Masken. Bei diesem Anblick wurde ihm mulmig zumute, aber er begriff, daß das nur eine Folge seiner allgemeinen Nervosität war.

Fummiro begrüßte ihn mit einem warmen Händedruck und einem breiten Lächeln.

„So schön, Sie wiederzusehen, Mr. Cross", sagte Fummiro. „Wir werden alles tun, damit Sie Ihren Aufenthalt in unserem Lande genießen. Sie brauchen meinem Sekretär nur zu sagen, was Sie benötigen."

Sie befanden sich in Fummiros modernem, in amerikanischem Stil eingerichteten Büro und konnten offen miteinander reden.

„Ich habe meinen Koffer im Hotel", sagte Cully, „und ich will nur wissen, wann ich ihn in Ihr Büro bringen soll."

„Montag", antwortete Fummiro. „Über das Wochenende können wir nichts unternehmen. Aber morgen abend gebe ich eine Party in meinem Haus, bei der Sie sich bestimmt gut unterhalten werden."

„Sehr liebenswürdig", bedankte sich Cully. „Aber ich möchte mich ausruhen. Ich fühle mich nicht sehr wohl, und es war ein langer Flug."

„Ach ja, das verstehe ich", sagte Fummiro. „Ich habe eine gute Idee. Draußen auf dem Land, in Yogawara, gibt es einen schönen Landgasthof. Es ist nur eine Stunde Fahrt von hier. Ich lasse Sie in meinem Wagen hinausfahren. Es ist die schönste Gegend Japans. Ruhig und erholsam. Es gibt dort Masseusen, und ich werde dafür sorgen, daß Sie auch andere Frauen kennenlernen. Das Essen ist vorzüglich. Natürlich japanische Kost. Alle bedeutenden Männer Japans machen dort mit ihren Geliebten einen kleinen Urlaub. Es ist sehr diskret. Sie können sich dort in aller Ruhe entspannen, und wenn Sie Montag in alter Frische wieder zurückkommen, wird das Geld für Sie bereitliegen."

Cully überlegte. Solange er nicht im Besitz des Geldes war, lief er keine Gefahr, und der Gedanke, sich auf dem Land erholen zu können, lockte ihn.

„Das klingt großartig", sagte er. „Wann können Sie mir den Wagen schicken?"

„Freitag abends herrscht sehr starker Verkehr. Fahren Sie

morgen früh. Ruhen Sie sich gut aus. Wir sehen uns dann Montag."

Cully empfand es als große Ehre, daß Fummiro ihn persönlich zum Aufzug begleitete.

Die Fahrt nach Yogawara dauerte über eine Stunde, doch als er ankam, war Cully sehr froh, daß er Fummiros Angebot angenommen hatte. Es war ein wunderschöner Landgasthof im japanischen Stil.

Man wies ihm eine prachtvolle Zimmerflucht an. Wie Geister, kaum sichtbar, schwebten die Bediensteten durch die Gänge. Und von anderen Gästen war nichts zu sehen.

In einem seiner Räume stand eine riesige Rotholzwanne. Das eigentliche Badezimmer war mit einer großen Auswahl von Rasierapparaten, Rasierwassern und Kosmetika ausgestattet – mit allem, was man sich nur wünschen konnte.

Zwei junge Mädchen, kaum dem Kindesalter entwachsen, füllten seine Wanne, wuschen ihn, bevor er in das wohlriechende heiße Wasser stieg. Die Wanne war so groß, daß er beinahe darin schwimmen konnte, und so tief, daß ihm das Wasser fast über den Kopf ging. Er fühlte, wie Müdigkeit und Spannung aus seinen Knochen wichen. Schließlich hoben ihn die zwei Mädchen aus der Wanne und führten ihn zu einer Matte im Nebenzimmer. Er streckte sich aus und wurde massiert. Finger für Finger, Zehe für Zehe, Glied für Glied, und, wie ihm schien, Haarsträhne für Haarsträhne. Es war die tollste Massage, die er je erlebt hatte.

Die Mädchen brachten ihm eine *futaba,* ein kleines, hartes, rechteckiges Kissen, auf das er seinen Kopf legen sollte. Er schlief fast sofort ein. Er schlief bis spät nachmittags und unternahm dann einen Spaziergang.

Der Gasthof stand auf einem Berghang, der ein Tal überblickte, und jenseits des Tals sah Cully das Meer, weit, blau und kristallklar. Er schlenderte um einen wunderschönen Teich herum, der mit bunten Blumen gesprenkelt war, die zu den Sonnenschirmen, Liegen und Hängematten auf der Veranda des Gasthofes zu passen schienen. Die vielen hellen Farben entzückten ihn, und die klare reine Luft erfrischte ihn. Er war nicht mehr nervös und verkrampft. Nichts würde passieren. Er würde das Geld von Fummiro bekommen, der ein alter Freund war. Sobald er es in Hongkong deponiert hatte, brauchte er Santadio nicht mehr zu fürchten und konnte getrost nach Vegas zurückkehren. Es würde keine Schwierigkeiten geben, das Hotel Xanadu würde ihm gehören, und er würde Gronevelt betreuen wie ein Sohn seinen greisen Vater.

Einen Augenblick lang wünschte er sich, den Rest seines Lebens in dieser herrlichen Gegend verbringen zu können. Alles so still und klar – so ruhig, als ob man in der Zeit vor 500 Jahren lebte. Er hätte nie ein Samurai sein wollen, doch jetzt schien ihm ihre Art der Kriegführung doch recht harmlos gewesen zu sein.

Es begann zu dämmern, und kleine Regentropfen zeichneten bizarre Muster auf die Oberfläche des Teichs. Er kehrte in den Gasthof zurück.

Der japanische Wohnstil behagte ihm. Keine Möbel, nur Matten, die Schiebetüren aus in Holzrahmen gefaßtem Papier, die die Räume zerteilten und ein Wohnzimmer in ein Schlafzimmer verwandelten. Es schien ihm so vernünftig und durchdacht.

Aus weiter Ferne hörte er den silbernen Klang eines Glöckchens. Wenige Minuten später öffnete sich die Schiebetür, und zwei junge Mädchen traten ein. Sie brachten eine riesige, fast fünf Fuß lange Schüssel herein, die sich offenbar als Tischplatte gebrauchen ließ. Die Schüssel enthielt alle Arten von Fisch, die das Meer zu bieten hatte.

Es gab schwarzen Tintenfisch, Gelbschwanz, Perlmuscheln und Austern, grauschwarze Krabben und eine getüpfelte Fischart mit rosa Fleisch. Es war ein wahrer Regenbogen von Farben, und es gab mehr zu essen, als fünf Männer hätten verzehren können. Die Frauen stellten die Schüssel auf den niedrigen Tisch, legten Kissen für ihn zurecht, damit er sich setzen konnte. Dann hockten sie sich zu beiden Seiten von ihm nieder und fütterten ihn mit kleinen Bissen.

Dann kam ein drittes Mädchen und brachte Sakewein und kleine Gläser. Sie schenkte den Wein ein und hielt ihm das Glas an den Mund, damit er trinken konnte.

Es war alles köstlich. Als er fertiggegessen hatte, stellte er sich ans Fenster und blickte auf das mit Kiefern bestandene Tal und das Meer hinaus. Er hörte, wie die Frauen hinter ihm alles wegräumten; dann schloß sich die Tür. Er war allein im Zimmer und starrte auf die See hinaus.

Noch einmal ging er im Geist alles durch, zählte er den Schuh seiner Chancen und Möglichkeiten herunter. Am Montagmorgen würde er das Geld von Fummiro bekommen, die Maschine nach

Hongkong nehmen und in Hongkong zur Bank fahren. Er versuchte auszuklügeln, wo – wenn überhaupt – eine Gefahr lauerte. Er dachte an Gronevelt, dachte an die Möglichkeit, daß Gronevelt ihn hinterginge, oder Santadio, oder vielleicht Fummiro. Warum hatte Richter Brianca ihn im Stich gelassen? Konnte Gronevelt dahinterstecken? Und dann erinnerte er sich an einen Abend mit Gronevelt und Fummiro. Er hatte den beiden so etwas wie eine innere Unruhe angemerkt. Hatte das etwas zu bedeuten? Gab es da eine ihm unbekannte Karte im Schuh? Aber Gronevelt war ein alter kranker Mann, und Santadios langer Arm reichte nicht bis in den Fernen Osten. Und Fummiro war ein alter Freund.

Aber man konnte auch Pech haben. Jedenfalls war das hier das letzte Risiko, das er einging. Und wenigstens würde er noch einen friedlichen Tag hier in Yogawara genießen können.

Hinter ihm öffnete sich die Schiebetür. Es waren die zwei jungen Mädchen, die ihn zur Rotholzwanne zurückführten.

Wieder wuschen sie ihn. Wieder hoben sie ihn in das wohlriechende Wasser der Wanne.

Er aalte sich. Und dann halfen sie ihm heraus, legten ihn auf die Matte und schoben ihm wieder das Futaba-Kissen unter den Kopf. Wieder massierten sie ihn Finger für Finger, und nun, da er völlig ausgeruht war, regte sich geschlechtliches Verlangen in ihm. Er streckte die Hand nach einem der Mädchen aus, doch sie verweigerte sich ihm sehr artig mit Gesicht und Händen. Mit Zeichen gaben sie ihm zu verstehen, daß sie ein anderes Mädchen schicken würden. Daß das, was er von ihnen haben wollte, nicht ihre Aufgabe sei.

Cully hielt zwei Finger hoch, um ihnen zu sagen, daß er zwei Mädchen haben wollte. Die beiden kicherten, und er fragte sich, ob es auch japanische Mädchen miteinander trieben.

Er sah ihnen nach, als sie gingen und die Tür hinter sich zuschoben. Er ließ den Kopf auf das kleine rechteckige Kissen sinken. Sein Körper entspannte sich lustvoll. Er nickte ein. In weiter Ferne hörte er, wie die Schiebetür sich öffnete. Ach, dachte er, sie kommen. Und weil er neugierig war und wissen wollte, wie sie aussahen, ob sie hübsch waren, wie sie gekleidet waren, hob er den Kopf. Er staunte, als sein Blick auf zwei Männer fiel, die Gazemasken über ihren Gesichtern trugen und auf ihn zukamen.

Erst dachte er, die Mädchen hätten ihn falsch verstanden, geglaubt, daß er, nicht vertraut mit der Zeichensprache, nach einer kräftigeren Massage signalisiert habe. Plötzlich erfüllten ihn die Gazemasken mit Entsetzen. Der Gedanke schoß ihm durch den Kopf, daß die Masken nie auf dem Land getragen wurden. Und dann blitzte die Wahrheit in seinem Hirn auf, und er schrie: „Ich habe das Geld nicht! Ich habe das Geld nicht!“ Er versuchte noch, sich von der Matte zu erheben, doch die zwei Männer hielten ihn fest.

Es war nicht schmerzhaft oder gar schrecklich. Es war, als versinke er im Meer, im duftenden Wasser der Rotholzwanne. Seine Augen wurden glasig. Und dann lag er still auf der Matte, das *Futaba*-Kissen unter dem Kopf.

Die zwei Männer wickelten seinen Körper in Tücher und trugen ihn schweigend aus dem Zimmer.

Jenseits des Ozeans saß Gronevelt in seiner Suite und betätigte das Gerät, das reinen Sauerstoff in sein Casino pumpte.

ACHTES BUCH

53

Ich kam spätabends in Vegas an, und Gronevelt bat mich zum Essen in seine Suite. Wir nahmen ein paar Drinks, und dann brachten uns die Kellner das Dinner, das wir bestellt hatten. Mir fiel auf, daß Gronevelt nur ganz kleine Portionen bekam. Er sah älter und gebrechlicher aus. Cully hatte mir von seinem Schlaganfall erzählt, aber ich merkte ihm nichts davon an, außer vielleicht, daß er sich langsamer bewegte und mehr Zeit brauchte, um eine Frage zu beantworten.

Ich warf einen Blick auf das Gerät hinter seinem Schreibtisch, mit dem Gronevelt reinen Sauerstoff ins Casino zu pumpen pflegte.

„Hat Cully Ihnen von dem Apparat erzählt?" fragte Gronevelt. „Das hätte er nicht tun dürfen."

„Es gibt Dinge, die muß man einfach erzählen", erwiderte ich. „Und außerdem wußte Cully, daß ich die Sache nicht an die große Glocke hängen würde."

Gronevelt lächelte. „Ob Sie es mir nun glauben oder nicht, es ist ein Akt der Güte, den ich damit exekutiere. Ich gebe den Verlierern ein wenig Hoffnung und eine letzte Spritze, bevor sie zu Bett gehen. Ich denke nicht gern an Verlierer, die Mühe haben einzuschlafen. Bei Gewinnern ist es mir gleich. Mit Glück kann ich leben, aber Geschicktheit kann ich nicht aushalten. Gegen die Prozentchancen kann kein Spieler etwas ausrichten, und die sind auf meiner Seite. Im Leben wie auch im Spiel. Der Prozentvorteil zermahlt sie zu Staub."

Es war unzusammenhängendes Zeug, das Gronevelt da verzapfte; vielleicht dachte er an seinen nahen Tod. „Im Dunkel muß man reich werden", fuhr er fort. „Man muß mit den Prozentchancen leben. Verlassen Sie sich nicht auf das Glück, das ist ein sehr trügerischer Zauber."

Ich nickte zustimmend. Nachdem wir gegessen hatten und während wir unseren Brandy schlürften, sagte Gronevelt: „Ich möchte nicht, daß Sie sich über Cully Sorgen machen, und darum werde ich Ihnen sagen, was mit ihm passiert ist. Erinnern Sie sich an die Reise, die Sie mit ihm nach Tokio und Hongkong gemacht haben, um das Geld herauszubringen? Nun, Cully hatte seine Gründe, das Ganze noch einmal zu versuchen. Ich habe ihn gewarnt. Ich habe ihn darauf hingewiesen, daß die Chancen schlecht stünden, daß er beim ersten Mal einfach Glück gehabt habe. Aber aus Gründen, über die ich nicht sprechen kann, die aber zumindest für ihn wichtig und stichhaltig waren, beschloß er zu fliegen."

„Sie mußten es ihm erlauben", hielt ich ihm vor.

„Ja", gab Gronevelt zu. „Ich hätte Nutzen aus seiner Reise gezogen."

„Und was ist ihm zugestoßen?" fragte ich Gronevelt.

„Wir wissen es nicht", antwortete Gronevelt. „Er holte das Geld in seinen eleganten Koffern ab – seitdem ist er verschwunden. Fummiro meint, er sitzt in Brasilien oder in Costa Rica und lebt dort wie ein Fürst. Aber Sie und ich, wir kennen Cully besser. Er konnte in Vegas und sonst nirgendwo leben."

„Und was glauben Sie, daß ihm zugestoßen ist?" wiederholte ich meine Frage.

Gronevelt lächelte. „Kennen Sie das Gedicht von Yeats? Es fängt, glaube ich, so an: ‚So mancher Krieger und so mancher Seemann liegt unter ungewohntem Himmel.' Und das ist auch mit Cully passiert. Vielleicht liegt er am Grund eines dieser wunderschönen Teiche hinter einem Teehaus in Japan. Und wie er es gehaßt haben würde! Er wollte in Vegas sterben."

„Haben Sie etwas unternommen?" fragte ich. „Die Polizei benachrichtigt oder die japanischen Behörden?"

„Nein", antwortete Gronevelt. „Das ist nicht möglich, und auch Sie sollten nichts dergleichen tun."

„Ich werde Ihrem Rat folgen", sagte ich. „Vielleicht kreuzt Cully eines Tages wieder auf. Vielleicht kommt er mit Ihrem Geld ins Casino marschiert, so als ob nichts gewesen wäre."

„Das ist nicht möglich", sagte Gronevelt. „Verrennen Sie sich bitte nicht in solche Ideen. Es wäre sehr gegen meine Absicht, wenn ich Ihnen noch irgendwelche Hoffnung gelassen hätte. Akzeptieren Sie die Dinge, wie sie sind. Sehen Sie in ihm einen Spieler mehr, den die Prozentchancen zu Staub zerrieben haben." Er unterbrach sich und fügte dann leise hinzu: „Er hat seinen Schuh heruntergezählt und dabei einen Fehler gemacht." Er lächelte.

Ich kannte jetzt die Antwort auf meine Frage. Was Gronevelt mir da erzählte, bedeutete nichts anderes, als daß Cully auf eine Himmelfahrt geschickt worden war, die Gronevelt selbst inszeniert hatte, und daß es auch Gronevelt war, der festgelegt hatte, wie sie enden sollte. Und während ich den Mann jetzt betrachtete, wußte ich auch, daß er nicht aus Bösartigkeit und Grausamkeit so gehandelt hatte, und auch nicht aus Rachelust, sondern aus Gründen, die ihm gut und richtig erschienen. Für ihn gehörte das einfach zum Geschäft.

Wir schüttelten uns die Hände, und Gronevelt sagte: „Bleiben Sie, so lange Sie mögen. Es geht alles auf Spesen."

„Vielen Dank", sagte ich. „Aber ich glaube, ich werde morgen zurückfliegen."

„Werden Sie heute abend noch spielen?" fragte Gronevelt.

„Ich denke schon", antwortete ich. „Ein bißchen vielleicht."

„Nun, ich hoffe, Sie haben Glück", sagte Gronevelt.

Er begleitete mich zur Tür, und bevor ich das Zimmer verließ, drückte er mir ein paar schwarze Hundert-Dollar-Jetons in die Hand. „Die haben wir in Cullys Schreibtisch gefunden", erklärte Gronevelt. „Ganz sicher würde es ihn freuen, wenn Sie einen letzten Einsatz damit machen. Vielleicht bringen sie Ihnen Glück." Er hielt kurz inne. „Tut mir leid wegen Cully. Er fehlt mir."

„Mir auch", sagte ich und ging.

54

Das Wohnzimmer der Suite, die Gronevelt mir zur Verfügung gestellt hatte, war in saftigen Brauntönen gehalten; wie in Vegas so üblich, waren die Farben allzusehr aufeinander abgestimmt. Ich hatte keine Lust zu spielen und war zu müde, um in ein Kino zu gehen. Ich zählte die schwarzen Jetons, das Erbe, das Cully mir hinterlassen hatte. Es waren zehn Stück, runde tausend Dollar. Wie glücklich, dachte ich, wäre Cully gewesen, wenn ich die Jetons in meinen Koffer getan und Vegas verlassen haben würden, ohne sie zu verlieren. Ich hielt es nicht für ausgeschlossen, daß ich genau das tun würde.

Was mit Cully geschehen war, überraschte mich nicht. Fast lag es in seinem Charakter begründet, daß er am Ende gegen die Prozentchancen ankämpfen würde. Cully war ein Arbeitstier gewesen, aber in seinem Herzen auch ein Spieler. Und weil er an seinen Countdown glaubte, konnte er Gronevelt nie gewachsen sein, Gronevelt mit seinem Folterwerkzeug der Prozentchancen, die ihre Opfer in tödlicher Umarmung zermalmten.

Ich versuchte zu schlafen, aber es gelang mir nicht. Es war zu spät, um Valerie anzurufen; in New York war es ein Uhr früh. Ich nahm die Zeitung zur Hand, die ich in Vegas auf dem Flughafen gekauft hatte, und blätterte sie durch. Ich sah eine Anzeige von Janelles letztem Film. Sie spielte die zweite weibliche Hauptrolle, eigentlich eine Nebenrolle, aber sie war so großartig darin, daß man sie für einen Preis der Akademie nominiert hatte. Vor einem Monat hatte der Film in New York seine Premiere gehabt, und ich hatte ihn mir ansehen wollen. Ich beschloß, das Versäumte jetzt nachzuholen. Ich hatte Janelle seit der Nacht, da sie mein Hotelzimmer so abrupt verlassen hatte, nicht mehr gesehen oder gesprochen.

Es war ein guter Film. Ich sah Janelle auf der Leinwand all die Dinge tun, die sie auch mit mir getan hatte. Ihr Gesicht drückte all die Zärtlichkeit, all die Zuneigung, all das sinnliche Verlangen aus, das es auch ausdrückte, wenn wir einander liebten. Und während ich auf die Leinwand starrte, fragte ich mich, was hier Wirklichkeit war und was Schein. Was hatte sie wirklich gefühlt im Bett mit mir, und was fühlte sie wirklich, als sie den Film drehte? Eine Stelle gab es in dem Film, da war sie völlig niedergeschmettert, weil ihr Geliebter sie von sich gestoßen hatte. Auf ihren Zügen malte sich die gleiche Verzweiflung, die mich oft so an ihr rührte. Mit Erstaunen nahm ich wahr, wie sie in ihrem Spiel unsere leidenschaftlichsten und geheimsten Gefühle entblößte. Hatte sie mit mir nur Theater gespielt, oder entsprang ihre darstellerische Leistung dem Leid, das wir miteinander teilen mußten? Fast hätte ich mich von neuem in sie verliebt, als ich sie auf der Leinwand sah. Ich war froh, daß sich für sie alles zum besten gewendet hatte, daß sie Erfolg hatte und das Leben ihr schenkte, was sie sich wünschte oder zu wünschen glaubte. Und das ist nun das Ende der Geschichte, dachte ich. Hier sitze ich, der arme, unselige Liebhaber, und erlebe den Erfolg meiner Geliebten aus der Ferne, schreibe meine Bücher, während sie in der faszinierenden Welt des Kinos funkelt und glitzert. Ich hatte Janelle stets versprochen: Wenn ich einmal über sie schriebe, würde ich sie niemals als einen vom Schicksal geschlagenen bemitleidenswerten Menschen darstellen. Wir hatten uns einmal den Film „Love Story“ angesehen, und sie war wütend gewesen.

„Ihr verdammten Schreiber“, erboste sie sich. „Immer laßt ihr das Mädchen am Ende sterben. Und weißt du auch, warum? Weil es so am leichtesten ist, sie loszuwerden. Ihr seid ihrer müde und wollt nicht in den Verdacht geraten, der Bösewicht zu sein. Also bringt ihr sie um und vergießt Krokodilstränen und seid am Ende noch die Helden. Dreckige Heuchler seid ihr alle. Die Frauen bedeuten euch nichts.“ Ihre großen braunen Augen verdunkelten sich vor Zorn. „Laß dir ja nicht einfallen, mich so um die Ecke zu bringen, du Schuft.“

„Ich verspreche es“, sagte ich. „Aber wie soll ich das mit deinem Gerede in Einklang bringen, daß du deinen vierzigsten Geburtstag nicht mehr erleben wirst?“

Mit diesem Quatsch war sie mir schon oft gekommen. Sie liebte es, dramatische Akzente zu setzen.

„Das geht dich nichts an“, sagte sie. „Wenn es soweit ist, werden wir uns kaum noch grüßen.“

Ich verließ das Kino und begab mich auf den weiten Weg zurück zum Xanadu. Ich begann am unteren Ende des Strip, wanderte an den Hotels, an ihren Kaskaden von Neonlicht vorbei in Richtung auf die dunklen Berge der Wüste, die am oberen Ende des Strip Wache hielten. Und ich dachte über Janelle nach. Wenn ich einmal über sie schriebe, das hatte ich ihr versprochen, würde ich sie nie als eine vom Schicksal Gezeichnete schildern, die man bemitleiden oder beklagen mußte. Sie hatte mir dieses Versprechen abgenommen.

Doch die Wahrheit ist anders. Janelle weigerte sich, im Schatten meiner Erinnerung zu verharren, wie Artie und Osano und Malomar das schicklicherweise taten. Meine Zauberkraft wirkte nicht mehr.

Denn zu dem Zeitpunkt, da ich sie auf der Leinwand sah, so lebendig und voller Leidenschaft, daß ich mich von neuem in sie verliebte, wußte ich gleichzeitig, daß sie nicht mehr unter den Lebenden weilte.

Janelle, die sich auf die Silvesterfeier vorbereitete, arbeitete sehr langsam an ihrem Make-up. Sie kippte den Schminkspiegel zurück und konzentrierte sich auf die Lidschatten. In der oberen Ecke des Spiegels sah sie einen Teil ihrer Wohnung. Es war ein fürchterliches Durcheinander: nicht weggeräumte Schuhe, achtlos hingeworfene Kleider, schmutzige Tassen und Teller auf dem Kaffeetisch, das Bett ungemacht. Sie würde Joel, wenn er sie abholen kam, nicht hereinlassen. Joel, der Mann mit dem Rolls-Royce, wie Merlin ihn immer genannt hatte. Gelegentlich schlief sie mit Joel, aber nicht zu oft, und sie wußte, daß sie heute mit ihm würde schlafen müssen. Morgen war schließlich Neujahr. Darum hatte sie sorgfältig gebadet, sich parfumiert und auch den Intimspray nicht vergessen. Sie war vorbereitet. Sie dachte an Merlin. Ob er sie wohl anrufen würde? Er hatte sie schon seit zwei Jahren nicht mehr angerufen, vielleicht würde er es heute oder morgen tun. Sie wußte, daß er nicht in der Nacht anrufen würde. Sie spielte mit dem Gedanken, ihn anzurufen, aber er würde wohl in Panik geraten, der Feigling. Er hatte ja solche Angst, sein Familienleben zu gefährden. Diese beschissene Konstruktion, die er um sich errichtet hatte und die ihm als Krückstock diente. Sie wußte, daß er sich wegen seiner Liebe zu ihr stets verachtete. Aber sie hatte ihm längst verziehen, wiewohl sie wußte, daß er seinerseits ihr nicht verzieh.

Das Make-up war perfekt. Sie war müde und hatte Kopfschmerzen. Zudem fühlte sie sich deprimiert. Aber zu Silvester war das immer so. Ein Jahr war vorüber, sie war ein Jahr älter geworden und fürchtete das Alter. Sie dachte daran, Alice anzurufen, die die Feiertage mit ihren Eltern in San Francisco verbrachte. Alice würde entsetzt sein über das Durcheinander in der Wohnung, dann aber aufräumen, ohne ihr hernach Vorwürfe zu machen. Sie mußte an Merlins Worte denken, der einmal gesagt hatte, daß sie ihre Bettgenossinnen mit einer brutalen Unverforenheit ausnütze, wie es selbst die chauvinistischsten Ehemänner nicht imstande wären. Aus einer Lade nahm sie die Rubinohrringe, die Merlins erstes Geschenk an sie gewesen waren. Sie standen ihr, und sie trug sie gern.

Es läutete an der Tür. Sie ging hin, um zu öffnen. Sie ließ Joel eintreten. Sollte er doch das Durcheinander in der Wohnung sehen, es war ihr egal. Ihre Kopfschmerzen waren schlimmer geworden, und sie lief noch schnell ins Bad, um ein paar Percodan zu nehmen, bevor sie gingen. Joel war liebenswürdig und charmant wie immer. Er öffnete den Wagenschlag für sie und ging dann um den Wagen herum. Janelle dachte an Merlin. Er hatte es stets vergessen, und wenn er dann daran dachte, war er immer so verlegen, daß sie ihn aufforderte, es doch sein zu lassen.

Es war die übliche Silvesterfeier in einem großen, zum Bersten vollen Haus. Auf dem Parkplatz bemühten sich Diener in roten Jacken, die vielen Luxuslimousinen unterzubringen. Janelle kannte etliche der Gäste. Die Männer umschwärmten sie und machten ihr Anträge, die sie elegant parierte, indem sie in heiterem Ton auf ihren zum neuen Jahr gefaßten Entschluß verwies, zumindest einen Monat lang ein keusches Leben zu führen.

Mitternacht rückte näher. Ihr war elend zumute, und Joel merkte es. Er ging mit ihr in eines der Schlafzimmer und gab ihr etwas Kokain. Sie fühlte sich sofort besser. Pünktlich um Mitternacht küßte sie alle ihre Freunde und Freundinnen, aber plötzlich waren die Kopfschmerzen wieder da. Es waren die ärgsten Kopfschmerzen, die sie je gehabt hatte, und sie wußte, daß sie unverzüglich nach Hause mußte. Sie sagte Joel, daß ihr todübel sei. Man brauchte sie nur anzusehen, um zu erkennen, daß sie litt.

„Es sind nur Kopfschmerzen", beruhigte sie ihn. „Ich komme schon wieder in Ordnung. Bitte, bring mich nach Hause."

Joel fuhr sie heim und wollte mitkommen. Ihr war klar, daß er hoffte, die Kopfschmerzen würden vergehen und er würde wenigstens den nächsten Tag gemütlich mit ihr im Bett verbringen können. Aber sie fühlte sich nun wirklich schlecht. Sie küßte ihn und sagte: „Bitte, komm nicht herein. Es tut mir schrecklich leid, dich enttäuschen zu müssen, aber ich fühle mich wirklich elend. Sterbenselend.“

Es erleicherte sie, zu sehen, daß er ihr glaubte. „Soll ich dir einen Arzt rufen?“ fragte er.

„Nein, ich werde ein paar Tabletten nehmen. Ich komme schon wieder in Ordnung.“

Sie wartete, bis er die Wohnung verlassen hatte, ging gleich ins Bad, um noch Percodan zu nehmen, machte ein Handtuch naß und wand es sich wie einen Turban um den Kopf. Sie war unterwegs ins Schlafzimmer, trat eben über die Schwelle, als sie einen schweren Schlag auf ihren Nacken verspürte. Fast wäre sie umgefallen. Einen Moment lang dachte sie, jemand, der sich im Zimmer versteckt gehalten hatte, habe sie angegriffen, gleich danach, sie habe sich an etwas gestoßen. Doch dann brachte sie ein zweiter, fürchterlicher Schlag auf die Knie. Sie begriff, daß ihr etwas Entsetzliches geschah. Es gelang ihr, zum Telefon am Bett zu kriechen, schaffte es gerade noch, den roten Klebezettel mit der Telefonnummer der Rettung auszumachen. Alice hatte ihn hingeklebt, als ihr Sohn auf Besuch gewesen war – für alle Fälle. Sie wählte die Nummer, und eine Frauenstimme meldete sich.

„Ich bin krank“, sagte Janelle. „Ich weiß nicht, was mit mir los ist, aber ich bin krank.“

Sie gab Namen und Adresse an und ließ den Hörer fallen. Es gelang ihr, sich am Bett aufzurichten, und zu ihrer Überraschung fühlte sie sich plötzlich besser. Fast schämte sie sich, die Rettung angerufen zu haben, denn es fehlte ihr ganz offenbar nichts Ernstliches. Und dann erschütterte ein dritter Schlag ihren ganzen Körper. Ihr Sehvermögen nahm ab, die Konturen verschwammen. Wieder war sie verblüfft, konnte nicht glauben, was ihr geschah. Sie vermochte kaum noch die Dinge im Raum auszunehmen. Sie erinnerte sich, daß Joel ihr etwas Kokain mitgegeben hatte, und dieses sich noch in ihrer Handtasche befand, und sie taumelte ins Wohnzimmer, um es wegzuwerfen, aber mitten im Zimmer traf sie ein weiterer Schlag. Ihr Schließmuskel öffnete sich, und wie durch einen Nebel wurde ihr bewußt, daß sie sich entleert hatte. Mit großer Mühe zog sie ihr Höschen aus, wischte den Boden damit auf und warf es unter das Sofa. Dann griff sie nach den Ohrringen. Sie wollte nicht, daß man sie ihr stahl. Sie brauchte, wie ihr schien, unendlich lange dazu, sie abzunehmen. Sie taumelte in die Küche und schob sie weit hinter das Gesims des Küchenschrankes, wo eine dichte Staubschicht lag und niemand sie vermuten würde.

Sie war noch bei Bewußtsein, als die Rettungsmänner eintrafen. Sie bekam gerade noch mit, daß sie untersucht wurde und einer der Männer ihre Handtasche öffnete und das Kokain fand. Der Arzt glaubte, sie hätte eine zu große Dosis genommen. „Wie viele Tabletten haben Sie heute abend genommen?" fragte er sie.

„Keine", antwortete sie trotzig.

„Kommen Sie, wir versuchen Ihr Leben zu retten."

Und diese Worte halfen ihr aus ihrer Verlegenheit. Sie flüchtete sich in eine Rolle. Sie gebrauchte einen Satz, den sie immer gebrauchte, um etwas herabzusetzen, das andere schätzten. Sie sagte: „O bitte." Das „O bitte", mit leiser Verachtung ausgesprochen, sollte zum Ausdruck bringen, daß es ihre geringste Sorge war, ob ihr Leben gerettet wurde, kaum wert, ein Wort darüber zu verlieren.

Die Fahrt mit dem Krankenwagen in die Klinik erlebte sie mit, und auch, daß sie im weißen Zimmer des Krankenhauses ins Bett gelegt wurde, aber es ging sie eigentlich nichts mehr an. Das geschah alles mit einer Person, die sie selbst erschaffen hatte, und es stimmte auch gar nicht. Sie konnte sich davon distanzieren, wann immer sie wollte. Sie war jetzt in Sicherheit. In diesem Augenblick verspürte sie neuerlich einen entsetzlichen Schlag und verlor das Bewußtsein.

Am Tag nach Neujahr erhielt ich einen Anruf von Alice. Ich war gelinde überrascht, ihre Stimme zu hören; offengestanden, ich erkannte sie erst wieder, als sie ihren Namen nannte. Sofort durchzuckte mich der Gedanke, daß Janelle irgendwie Hilfe brauche.

„Ich dachte, Sie würden es wissen wollen", begann sie. „Wir haben uns lange nicht mehr gesehen, aber ich dachte, ich sollte Ihnen berichten, was geschehen ist."

Ihre Stimme bebte, sie hielt inne. Ich blieb stumm, und sie fuhr fort: „Ich habe eine schlechte Nachricht in bezug auf Janelle. Sie liegt im Krankenhaus. Sie hatte eine Gehirnblutung."

Ich erfaßte nicht so recht, was sie da sagte, oder mein Verstand weigerte sich, das Gesagte zu akzeptieren. Er akzeptierte es als bloße Krankheit. „Wie geht es ihr?“ fragte ich. „War es sehr schlimm?“

Wieder entstand eine Pause, und dann sagte Alice: „Nur noch Maschinen erhalten sie am Leben. Die Tests zeigen keine Gehirntätigkeit mehr.“

Ich blieb ruhig, aber ich erfaßte es immer noch nicht. „Wollen Sie damit sagen, daß sie sterben wird?“ fragte ich. „Meinen Sie das?“

„Nein, das will ich nicht sagen“, antwortete Alice. „Vielleicht erholt sie sich wieder, vielleicht können die Ärzte sie am Leben erhalten. Ihre Familienangehörigen sind unterwegs, und sie werden alle Entscheidungen treffen. Wollen Sie kommen? Sie können bei mir wohnen.“

„Nein“, antwortete ich. „Das kann ich nicht.“ Und ich konnte wirklich nicht. „Wollen Sie mich morgen anrufen und mir sagen, wie es um sie steht? Ich komme, wenn ich helfen kann, sonst nicht.“ Es folgte ein langes Schweigen, und dann sagte Alice mit brechender Stimme: „Ich bin neben ihr gesessen, Merlin. Sie sieht so schön aus, als ob nichts geschehen wäre. Ich hielt ihre Hand, und die Hand war warm. Sie sieht aus, als ob sie schliefe. Aber die Ärzte sagen, daß ihr Gehirn zerstört ist. Wäre es nicht möglich, daß sie sich irren, Merlin? Könnte es nicht sein, daß sie sich erholt?“

In diesem Augenblick zweifelte ich nicht daran, daß alles nur ein Irrtum war, daß Janelle wieder gesund werden würde. Cully hatte einmal gesagt, daß der Mensch sich alles mögliche einbilden könne, und genau das tat ich jetzt. „Natürlich, Alice, auch Ärzte können irren. Vielleicht bessert sich ihr Zustand. Geben Sie die Hoffnung nicht auf.“

„Gut, gut“, sagte Alice. Sie weinte jetzt. „Es ist so schrecklich, Merlin. Sie liegt da und schläft wie eine Märchenprinzessin, und ich bilde mir ein, daß ein Wunder geschieht und daß sie gesund wird. Ich kann mir nicht vorstellen, ohne sie zu leben, und ich kann sie auch nicht so liegen lassen. Für sie wäre es entsetzlich, so existieren zu müssen. Wenn sonst keiner es tut, ziehe ich den Stecker raus. Ja, das tue ich. So lasse ich sie nicht leben.“

Oh, welch einmalige Gelegenheit für mich, als Held dazustehen! Eine verwunschene Märchenprinzessin, in ewigen Schlaf gesunken, und nur Merlin, der Zauberer, kann sie wieder zum Leben erwecken. Aber ich machte mich nicht einmal erbötig, beim

Herausziehen des Steckers zu helfen. „Warten Sie ab", riet ich ihr. „Rufen Sie mich an. Okay?"

„Okay", sagte Alice. „Ich dachte mir nur, Sie würden es wissen wollen. Ich dachte mir, Sie würden kommen wollen."

„Es ist schon sehr lange her, daß ich sie gesehen habe", versuchte ich ihr zu erklären. Und im Ohr klangen mir Janelles Worte: Wirst du mich verleugnen? Und meine Antwort: Aber sicher!

„Sie hat Sie mehr geliebt als jeden anderen Mann", sagte Alice.

Sie sagte nicht: mehr als jeden anderen Menschen.

„Vielleicht wird sie wieder gesund", sagte ich. „Werden Sie mich wieder anrufen?"

„Ja", versprach sie. Ihre Stimme war jetzt ruhiger. Sie begann langsam meine Ablehnung zu begreifen, und diese Ablehnung verwirrte sie. „Ich rufe Sie an, sobald es etwas Neues gibt." Dann legte sie auf.

Und ich lachte. Ich weiß nicht, warum, aber ich lachte. Ich konnte es nicht glauben, es mußte einer von Janelles Tricks sein. Die Sache war einfach zu bühnengerecht, ein Gespinst ihrer Phantasie, eine dramatisch gestaltete Scharade. Ich fühlte keinen Schmerz, und ich beklagte keinen Verlust. Dazu war ich zu vorsichtig, zu schlau. Den Rest des Tages ging ich in meinem Zimmer umher und schüttelte nur immer wieder den Kopf. Wieder mußte ich lachen, und dann ertappte ich mich dabei, wie mein Gesicht sich zu einer grinsenden Fratze verzerrte, wie die eines Menschen, dessen schandbares Geheimnis bloßgelegt ist, oder eines, der am Ende für immer in der Falle sitzt.

Alice rief mich am nächsten Tag an. „Jetzt geht es ihr gut", sagte sie.

Und für einen Augenblick glaubte ich, daß Janelle sich erholt hatte, daß alles nur ein Irrtum gewesen war. Doch dann fügte Alice hinzu: „Wir haben den Stecker rausgezogen. Wir haben die Maschine abgehängt, und jetzt ist Janelle tot."

Eine lange Weile schwiegen wir, und dann fragte sie: „Kommen Sie zum Begräbnis? Wir haben ein Theater für den Gedenkgottesdienst gemietet. Alle ihre Freunde werden kommen. Wir machen eine Party mit Champagner, und alle ihre Freunde werden Reden über sie halten. Werden Sie kommen?"

„Nein", antwortete ich. „Ich komme in ein paar Wochen, um

mit Ihnen zu sprechen – wenn Sie nichts dagegen haben. Aber jetzt kann ich nicht."

Es entstand eine lange Pause. Es schien, als ob sie sich bemühte, ihren Zorn zu beherrschen. Dann sagte sie: „Janelle hat mir einmal versichert, ich könnte Ihnen vertrauen. Also vertraue ich Ihnen. Wann immer Sie kommen wollen, ich werde mit Ihnen sprechen."

Und dann legte sie auf.

Vor mir ragte das Hotel Xanadu auf. Die hellen Lichter des riesigen Schirmdachs erstickten die einsamen Hügel am Horizont. Ich ging vorbei und träumte von den glücklichen Tagen und Monaten und Jahren, da ich Janelle hatte sehen dürfen. Seit ihrem Tod hatte ich fast jeden Tag an sie gedacht. An manchen Tagen dachte ich schon an sie, wenn ich erwachte, hatte ihr Bild vor Augen, erinnerte mich, wie sie oftmals zärtlich und wütend zur gleichen Zeit gewesen war.

In diesen ersten Minuten des Wachseins glaubte ich immer, sie wäre noch am Leben. Ich malte mir aus, wie wir uns benehmen würden, wenn wir uns wiedersahen. Ich brauchte fünf oder zehn Minuten, um mich zu erinnern, daß sie tot war. Mit Osano oder Artie war mir das nie passiert. Ich dachte nur noch selten an sie. Hatte mir mehr an ihr gelegen? Aber wenn ich solche Gefühle für Janelle hegte, wie war dann mein nervöses Lachen zu erklären, als Alice mir am Telefon die Todesnachricht überbrachte? Heute ist mir klar, daß ich es vielleicht nur tat, weil ich ihr ihr Sterben verübelte. Hätte sie weitergelebt, ich würde sie mit der Zeit vergessen haben. Nach ihrem Griff in die Trickkiste würde sie mich nun mein Leben lang heimsuchen.

Als ich wenige Wochen nach Janelles Tod mit Alice sprach, erfuhr ich, daß die Gehirnblutung auf einen angeborenen Defekt zurückging. Janelle mag von diesem Defekt gewußt haben.

Ich erinnerte mich, wie sehr ich mich ärgerte, wenn sie zu spät kam oder etwas vergaß. Ich war dann stets überzeugt, es wären Freudsche Fehlleistungen, verursacht durch den unbewußten Wunsch, sich mir zu verweigern. Aber Alice berichtete mir, daß es mit Janelle häufig passierte und kurz vor ihrem Tod schlimmer geworden war. Sicher hatte es etwas mit dem sich ausbuchtenden und schließlich berstenden Aneurysma zu tun, das zum Blutaustritt in die Schädelhöhle geführt hatte.

Ich stellte mir vor, welch bittere Worte sie für mich finden würde, wenn sie, das Gehirn voll Blut, im Bett läge und ich, von Gram gebeugt, auf sie hinabblickte. „So wolltest du mich doch haben?“ würde sie sagen. „So wollen doch die Männer ihre Frauen haben. Ist das nicht die ideale Lösung für euch?“

Ich war am oberen Ende des Strip angelangt. Ich stand im Schatten der Berge Nevadas und blickte auf das riesige Lichtermeer hinab, das das Herz von Vegas war. Heute nacht würde ich spielen und morgen früh nach New York zurückfliegen. Morgen nacht würde ich mit meiner Familie in meinem Haus schlafen und in meinem Studierzimmer an meinen Büchern arbeiten. Und würde in Sicherheit sein.

Ich betrat das Kasino des Xanadu. Eiskalte Luft schlug mir entgegen. Zwei farbige Nutten, Arm in Arm, glitten an mir vorbei. Ihre gelockten Perücken schimmerten. Hernach stellten ein paar weiße Hoppmädchen in Stiefeln und kurzen Shorts ihre perlweißen Schenkel zur Schau, aber ihre knochigen Gliedmaßen waren gezeichnet vom jahrelangen Koksgenuß. Entlang der mit grünem Filz überzogenen Blackjack-Tische hoben die Bankhalter in Abständen die Hände und „wuschen“ sie in der Luft.

Ich begab mich zu den Bakkarat-Tischen. Während ich noch auf sie zuging, verlief sich die Menge vor mir, um sich um die Würfeltische zu scharen. Der Weg zum Bakkarat war offen.

Vier Heilige mit schwarzen Krawatten erwarteten mich. Der Croupier hob die rechte Hand, um dem Bankhalter mit dem Schuh Einhalt zu gebieten. Er musterte mich kurz und gab mir mit einem Lächeln zu verstehen, daß er mich wiedererkannte. Dann rief er, die Hand immer noch erhoben: „Eine Karte für Spieler!“ Die Laddermen, zwei häßliche Jehovas, beugten sich vor.

Ich drehte mich um und ließ meine Blicke durch das Casino schweifen. Ich atmete mit Sauerstoff angereicherte Luft; ob der senile, halb verkrüppelte Gronevelt oben in seiner Suite auf seinen Zauberknopf gedrückt hatte, um all die Menschen hier wach zu halten? Ich stand völlig regunglos in der Mitte des Saales und sah mich nach einem Tisch um, der mir Glück bringen würde.

55

„Ich atme, und doch lebe ich nicht. Ich bin ein X in einer unbestimmten Gleichung; eine Art von Phantom in einem Leben ohne Anfang und ohne Ende.“

Ich las das im Waisenhaus, als ich fünfzehn oder sechzehn Jahre alt war, und ich glaube, daß Dostojewski es schrieb, um die nicht enden wollende Verzweiflung der Menschen auszudrücken, und vielleicht auch, um Entsetzen in ihre Herzen zu senken und sie zum Glauben an Gott zurückzuführen. Aber als ich als Kind diese Zeilen las, waren sie für mich ein Lichtstrahl. Sie erquickten mich, und der Gedanke, ein Phantom zu sein, schreckte mich nicht. Ich sah im X und seiner unbestimmten Gleichung einen magischen Schild. Jetzt aber, da ich auf so umsichtige Weise am Leben geblieben war und Gefahren und Leid unbeschadet überstanden hatte, konnte ich meinen alten Trick, mich in die Welt von morgen zu versetzen, nicht mehr anwenden. Mein Leben war nicht mehr quälend, und die Zukunft brachte keine Rettung. Ich war von zahllosen Tischen umgeben, an welchen man sein Glück versuchen konnte, aber ich hatte keine Illusionen. Über eines war ich mir völlig klargeworden: Wie sorgfältig ich auch plante, wie geschickt ich es auch anstellte, ob ich nun log oder mich durch gute Taten auszeichnete: gewinnen, wirklich gewinnen, kann man nicht.

Schließlich fand ich mich auch mit der Tatsache ab, daß ich kein Zauberer mehr war. Na wenn schon! Ich lebte noch, und das war mehr, als ich von meinem Bruder Artie oder Osano oder Janelle sagen konnte. Und von Cully und Malomar und dem armen Jordan. Ich verstand Jordan jetzt. Es war einfach. Das Leben war ihm zuviel gewesen. Mir war es nicht zuviel. Nur Narren sterben.

War ich ein Ungeheuer, weil ich ohne Gram, ohne Trauer war, weil mir soviel daran lag, am Leben zu bleiben? Weil ich meinen Bruder, diesen einzigen Beginn meines Daseins, und dann Osano und Janelle und Cully hatte opfern können? Und sie nicht beweinte. War ich ein Ungeheuer, weil ich mich von der Welt trösten ließ, die ich für mich geschaffen hatte?

Wie lachen wir doch über die Primitiven, die mit Entsetzen auf die pfuscherhaften Tricks der Natur reagieren, wie ängstigen wir uns vor dem Grauen und den Schuldgefühlen, die in unseren eigenen Köpfen dröhnen? Was wir für unsere Sensibilität halten, ist nur das Weiterwirken des Schreckens, der ein armes, tumbes Wesen befällt. Wir leiden umsonst. Unser eigener Todeswunsch ist unsere einzige wirkliche Tragik.

Merlin, Merlin. Die tausend Jahre sind gewiß um, und du bist wohl schon erwacht in deiner Höhle und hast deine mit Sternzeichen geschmückte Narrenkappe aufgesetzt, um in eine seltsame neue Welt zu schreiten. Nun sag mir, du armer Tölpel, hat er dir genützt, der tausendjährige Schlaf, da doch die Hexe, die dich verzauberte, im Grabe liegt und dein und mein Arthur zu Staub geworden sind?

Oder weißt du noch einen letzten wirksamen Zauberspruch? Es kann leicht danebengehen, aber was bedeutet das schon für einen Spieler? Noch habe ich ein Häufchen schwarzer Jetons.

Ich leide, aber ich lebe noch. Zugegeben, ich mag eine Art von Phantom sein, aber ich kenne meinen Anfang und ich kenne mein Ende. Ja, ich bin ein X in einer unbestimmten Gleichung, jenes X, das die Menschheit auf seiner Reise durch Millionen von Galaxien in Schrecken versetzen wird. Aber was macht das schon? Dieses X ist der Fels, auf dem ich stehe.